中国当代文学经典必读

中国代学典读

2019中篇小说卷

吴义勤 ◎主编　崔庆蕾 ◎点评

ZHONGGUO
DANGDAI
WENXUE
JINGDIAN
BIDU

百花洲文艺出版社

图书在版编目（CIP）数据

中国当代文学经典必读.2019中篇小说卷 / 吴义勤主编. —— 南昌：百花洲文艺出版社，2020.12
ISBN 978-7-5500-3908-7

Ⅰ.①中… Ⅱ.①吴… Ⅲ.①中国文学 – 当代文学 – 作品综合集②中篇小说 – 小说集 – 中国 – 当代 Ⅳ.①I217.1

中国版本图书馆CIP数据核字（2020）第210858号

中国当代文学经典必读·2019中篇小说卷

吴义勤　主编

出 版 人	章华荣
责任编辑	李梦琦　高　翔
书籍设计	方　方
制　作	何　丹
出版发行	百花洲文艺出版社
社　址	南昌市红谷滩世贸路898号博能中心一期A座20楼
邮　编	330038
经　销	全国新华书店
印　刷	江西千叶彩印有限公司
开　本	850mm×1168mm 1/16　印张 26
版　次	2021年1月第1版第1次印刷
字　数	370千字
书　号	ISBN 978-7-5500-3908-7
定　价	49.80元

赣版权登字　05-2020-211
版权所有，盗版必究

邮购联系　0791-86895108
网　址　http://www.bhzwy.com
图书若有印装错误，影响阅读，可向承印厂联系调换。

我们该为"经典"做点什么?

/吴义勤

　　当今时代，对经典的追怀和崇拜正在演变为一种象征性的精神行为，人们幻想着通过对经典的回忆与抚摸来抵抗日益世俗和商业化的物质潮流。在这一过程中，一方面，经典作为人类文学史和文明史的基石与本源，其价值得到了充分的认同与阐扬；另一方面，经典的神圣化与神秘化又构成了对于当下文学不自觉的遮蔽和否定。可以说，如何面对和正确理解"经典"，正是当代中国文学必须正视的一个问题。

　　什么是经典呢? 就人类的文学史而言，"经典"似乎是一个约定俗成的概念，它是人类历史上那些杰出、伟大、震撼人心的文学作品的指称。但是，经典又是无法科学检验的主观性、相对性概念。经典并不是十全十美、所有人都认同的作品的代名词。人类文学史上其实根本就不存在十全十美、所有人都喜欢、没有缺点的所谓"经典"。那些把"经典"神圣化、神秘化、绝对化、乌托邦化的做法，其实只是拒绝当下文学的一种借口。通常意义上，经典常常是后代"追认"的，它意味着后人对前代文学作品的一种评价。经典的标准也不是僵化、固定的，政治、思想、文化、历史、艺术、美学等因素都可能在某种特殊的历史条件下成为命名"经典"的原因或标准。但是，"经典"的这种产生方式又极容易让人形成一种错觉，即"经典"仿佛总是过去时、历时态的，它好像与当代没有什么关系，当代人不能代替后人命名当代"经典"，当代人所能做的就是对过去"经典"的缅怀和回忆。这种错觉的一个直接后果就是在"经典"问题上的厚古薄今，似乎没有人敢于理直气壮地对当代文学作品进行"经典"的命名，甚至还有人认为当代人连写当代史的权利都没有。

　　然而，后人的命名就比同代人更可信吗? 我当然相信时间的力量，相信时间会把许多污垢和灰尘荡涤干净，相信时间会让我们更清楚地看清模糊的、被掩盖的真相，但我怀疑，时间同时也会使文学的现场感和鲜活性受到磨损与侵蚀，甚至时间本身也难逃意识形态的污染。我不相信后人对我们身处时代"考古"式的阐释会比我们亲历的"经验"更可靠，也不相信，后人对我们身处时代文学的理解会比我们亲历者更准确。我觉得，一部被后代命名为"经典"的作品，在它所处的时代也一定会是被认可为"经典"的作品，我不相信，在当代默默无闻的作品在后代会被"考古"挖掘为"经典"。也许有人会举张爱玲、钱钟书、沈从文的例子，但我要说的是，他们的文学价值在他们生活的时代就早已被认可了，只不过新中国成立后很长时间由于意识形态的原因我们的文学史不允许谈及他们罢了。

这里其实就涉及了我们编选这套书的目的。我认为，文学的经典化过程，既是一个历史化的过程，又更是一个当代化的过程。文学的经典化时时刻刻都在进行着，它需要当代人的积极参与和实践。文学的经典不是由某一个"权威"命名的，而是由一个时代所有的阅读者共同命名的，可以说，每一个阅读者都是一个命名者，他都有命名的"权力"。而作为一个文学研究者或一个文学出版者，参与当代文学的进程，参与当代文学经典的筛选、淘洗和确立过程，正是一种义不容辞的责任和使命。事实上，正是出于这种对"经典"的认识，我才决定策划和出版这套书的，我希望通过我们的努力，真实同步地再现21世纪中国文学"经典化"的进程，充分展现21世纪中国文学的业绩，并真正把"经典"由"过去时"还原为"现在进行时"，切实地为21世纪中国文学的"经典化"作出自己的贡献。与时下各种版本的"小说选"或"小说排行榜"不同，我们不羞羞答答地使用"最佳小说"之类的字眼，而是直截了当、理直气壮地使用了"经典"这个范畴。我觉得，我们每一个作家都首先应该有追求"经典"、成为"经典"的勇气。我承认，我们的选择标准难免个人化、主观化的局限，也不认为我们所选择的"经典"就是十全十美的，更不幻想我们的审美判断和"经典"命名会得到所有人的认同，而由于阅读视野和版面等方面的原因，"遗珠之憾"更是不可避免，但我们至少可以无愧地说，我们对美和艺术是虔诚的，我们是忠实于我们对艺术和美的感觉与判断的，我们对"经典"的择取是把审美和艺术放在第一位的。说到底，"经典"是主观

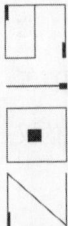

的，"经典"的确立是一个持续不断的"过程"，"经典"的价值是逐步呈现的，对于一部经典作品来说，它的当代认可、当代评价是不可或缺的。尽管这种认可和评价也许有偏颇，但是没有这种认可和评价，它就无法从浩如烟海的文本世界中突围而出，它就会永久地被埋没。从这个意义上说，在当代任何一部能够被阅读、谈论的文本都是幸运的，这是它变成"经典"的必要洗礼和必然路径，本套书所提供的同样是这种路径，我们所选的作品就是我们所认可的"经典"，它们完全可以毫无愧色地进入"经典"的殿堂，接受当代人或者后来者的批评或朝拜。

感谢百花洲文艺出版社对我的经典观的认同以及对于这套书的大力支持，感谢让这个文学工程可以在百花洲文艺出版社这个平台美丽绽放。我们的编选仍将坚持个人的纯文学标准，而为了更好地阐析我们的"经典观"，我们每本书将由青年学者对每一篇入选小说进行精短点评，希望此举能有助于读者朋友对本丛书的阅读。

目 录

生死恋

/王 蒙

一　蜂窝煤之恋

所以顿开茅只能从煤球与蜂窝煤并存的那几年说起。也许它们往昔的使用是对大气环境的破坏，雾气重重非一日之烟。此情可待成追忆，只是当时已惘然。按照同院长大的尔葆的"父亲"吕奉德最看好的德国法律，起诉煤球与蜂窝煤已经过了追诉期限。

最近不知道什么原因，顿开茅常常梦见摇煤球。煤球的烟味儿有一些哈喇，似乎还有发面丝糕与肉皮冻气息。蜂窝煤的烟味儿却有几分清香，但是香得虚假廉价。顿开茅，一九四六年二战结束后出生，他爹说他们是正黄旗，满族。或谓他们本姓纳兰，是词人纳兰性德一宗，顿是他爹参加革命时改的姓，避免由于人们对于革命的选择而贻害家在白区的亲属。其实满族无姓，弄个姓是为了对中原文化的认同。

顿开茅对人生对生命的第一个感觉是煤球烟。那时北京市民大多烧煤球，把煤末子与黄土掺和在一起，加水，用大柳条笸箩摇成玩具风格的球儿，大致路数与如今元宵文化一致。侯宝林说过相声，嘲笑外国专家用各种仪器检验元宵，不得制作元宵放入馅子的门道。善良的中华百姓，他们的科技骄傲是煤球与元宵。这种煤球由于煤末子与黄土不均匀，常常烧不透，那时垃圾堆上爬满穷孩子，他们拿着一种专门的铁爪，敲开烧过的茶色煤球，寻找剩余的仍呈黑色的"煤核"，凑几斤可以卖废品。孩子们爬垃圾堆捡煤核，是中华民国古都北平的一道风景，是堂堂民国气数已尽的剌心征兆。

到中华人民共和国以后，改善了煤球做法，实现了模具化与一点点机械化，煤球的形状是两个小铁碗互压而成，所有的球球都围腰显出肚圈，少了煤核，少了黄泥烧成的陶块。

烧煤球儿的时代与大杂院、养猫、满天麻雀与乌鸦还有猫头鹰与蜻蜓、萤火虫的记忆混杂在一起。蜻蜓那时叫鹨鹠，鹨鹠本意是一种小鸟，读"留离"。下完雨北京城到处都是鹨鹠低飞。还有槐树上的吊虫、冬天漫天大雪、电石灯下的炸豆腐泡与豆面素丸子汤的记忆浑然一体。顿开茅此生最初闻见的煤球味道，除上述综合丰满的念想以外还混杂有猫儿屎尿气息，这尤其臊腥得动人，泪眼糊糊，往事非烟，往烟如歌，几十年岁月不再，却是真实百分百。远去淡出，与你告别挥手，与院落墙上的猫的叫春号声一道渐行渐远。

在仍然寒风料峭的早春，春天的生气使猫儿躁动如狂，号叫如受刑，上房顶如功夫特技。猫的爱情与人相近，叫上几次，会见几次，结识几次，试探几遭，两情相悦，叫作缘分。在天愿为比翼鸟，在房愿为互叫猫。却也有互叫三夜，拜拜衣马斯的失恋。然后到了那一天那一晚，已经相识相悦的猫再闹上几小时，一分钟交配，又一声惊天动地的惨叫，雌猫屋顶打滚，完毕。生命的交响与小夜曲就是这样纯真动人而且尴尬可悲可怖。然后一切味道留在煤球的燃烧里。然后现代化集约化的民居没有了猫的惨叫与烧煤球的气息，现代化的兽医科学做好了所有宠物的去势，除了人自己，并留下了后患。

顿开茅退休以后有时怀念过往，惊今叹昔，相信古人孔子与苏格拉底都没有可能半辈子看到那么大的变化。极好的变化，也令人时感生疏与些微的怀旧。

从三进大院出门往左再往右三百米，是一家煤铺，那里的工人阶级个个脸上乌黑。那里的一个孩子，旧社会连续两年想上一家比较好的师范附小，没有被录取。那个孩子教给开茅唱《二进宫》，"你言道，大明朝，有事无事，不用那徐、杨二奸党，赶出朝房，龙国太，自立为王！"顿开茅全身心地向往现代化与美丽中国，但是在他的猫爹（耄耋）之年，想念摇煤球黑头发小。他一直误学误唱，把上述花脸唱段尾句唱成"自立，威武"！

　　要点在于顿开茅家烧煤球的当儿，他父亲顿永顺服务的吕先生家里烧的是蜂窝煤。后来又率先改液化石油气，改天然气。白净的、戴过好几样眼镜的、最初高高在上的吕奉德先生像是天上的大神。蜂窝煤烧起来没有不良刺激，烧出来仍然保持着原先形状，直接夹出来就行，减少了煤灰。而用烧火棍捅下去的灰白的灰，轻轻细细，碰到一点风就成烟雾，像后来舞台上常用的喷雾剂——二氧化碳干冰。它更高级，好像还有点老练，如果不是阴柔。

　　吕奉德先生住在大四合院的二进。第一进住顿开茅一家与司机。第三进住厨子、清洁工与园丁。第三进后还有果园，樱桃和枣、梨、柿子，香椿。而最重要的是藤萝，架上紫花串串，香气袭人，摘下花串，放上冰糖，与面粉一起做成藤萝蒸饼，令人雀跃。

　　蜂窝煤曾经是一种新技术，说它是用无烟煤制成的蜂窝状圆柱形煤体，由原煤、碳化锯木屑、石灰、红（黄）泥、粉等混合基料和硝酸盐、高锰酸钾等组成的易燃助燃木炭剂所组成，有十二个孔。

　　在煤气、液化石油气特别是天然气已经成为家用主要燃料的当今，在能源早就实现了管道化网络化全民化的二十一世纪，品味着关于蜂窝煤的说法中的物理、化学、能源、技术元素，顿开茅仍然保持着某种敬畏和依恋。

　　可惜的是记忆中煤的形状不大像蜂窝，倒是像均匀切开的一截一截全等的乌黑的藕，切薄一点，就更是美丽的黑藕片。

　　吕先生是个人物，无怒而威，无言而博，无姿态而气场深邃无底。吕先生的夫人苏绝尘老师也是那样非同小可，气质高雅，举止迷人。据说她是在法国马赛留过学的人，回国后没有外出做过事，静静地待在家里。说是她协助吕先生的专业学术与社会生活，无求于家外大世界。她的笑容如莲如菊，清新喜悦，你只在法国小说里的插图上见过这样的笑意。她的笑靥更是黄河以北罕见。他们家有别的家里看不到的自动拨号电话机。当时的城区电话五位数字。据说更早是把电话固定在墙上，拿起电话，有电话局的接线生与客户联络，客户报告说"请接2局（西四、平安里一带）2508"，然后说话，如果2508有人接电话的话。

　　顿开茅的父亲顿永顺，是组织上派来协助吕先生管理这个院子的，相当于吕奉德先生的管家，但是那时已经不时兴"管家"一词了，顿永顺被称为顿秘书或顿主任。开茅长大以后，怎么看怎么觉得爸爸永顺个子像篮球队员，声音像歌手或广播员，姿态却像旧社会的跟班。更重要的是顿永顺的眼睛，他长着特别迷人的婉转的眼角，雅致而又灵动，鲜活而又痴诚，加上他的浓重眉毛，招引着偶然邂逅的目光。顿秘书常常到吕先生家里请示报告，商量夏季除蚊、深秋弹棉花、冬贮白菜、采购年货、卫生免疫、接种打针种种事务。永顺同志满面含笑，双手中指按着两边的裤缝，礼节绵密，京腔悦耳，举止透着老北京的文明周到。尤其是顿永顺与苏老师说话的时候，他们的相互笑意令人愉快升华，加强了他人的全面自信自爱。

吕先生不上班，但是常常被莫斯科人牌专车送到这里那里某个地方开会说话。然后他回来读书写字。他家客厅正墙上，挂着一个镜框，内有几行德语文字和中文，是他本人译出来的歌德名言："阳光越是强烈的地方，阴影就越是深邃。"说什么那两行德语文字，是汉堡大学校长给他题写的。他家里有一台日本产留声机，从他们的房间时而传出"百代公司特请梅兰芳老板"演唱的《甘露寺》《霸王别姬》，还有周璇的《花好月圆》。开茅不久就熟悉了"和衣睡稳"与"凤衫翠盖，并蒂莲开"这样的不知其详不知其义的唱词。有时候，还可以听到苏老师对于梅老板、周璇的声与魂的应和跟随。

大约二十世纪中叶，吕先生似乎摊了点事，一天被带走了。永顺秘书同志也被找去谈了一些次话。

人们发现，苏绝尘老师的坚强冷静出人意料，她的脸上偶尔现出一点皱眉的表情，此外，若无其事。次年夏天，在意外的变故冲击中岿然不动的吕夫人生了一个儿子。这个孩子非常可爱。

然后有一些悄悄议论。

又过了一年，让苏老师和她的儿子腾出了本大院最好的位于二进的房子，迁至一进，他们变成了顿家的同等级街坊。苏绝尘仍然悄然淡然，稳若青山。

二　二宝

姑且假设苏老师的儿子二宝（后正式名尔葆）出生那年顿开茅是十岁，小学三年级，少年先锋队员，红领巾。顿永顺四十六岁。吕奉德

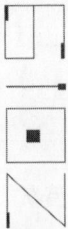

五十三岁。苏绝尘三十八岁。别的人，读者可以分析设定他们的年龄。

要点是，儿子三岁时候，不知道爹爹出了什么事的苏二宝戴着一个当时少见的法国帽子，照了一张相片，多年后见过世面的一些"海龟"，告诉土鳖们那是二十世纪法国制帽老板特莱克来特制作的马洛牌防紫外线鸭舌平顶帽。帽顶像西瓜似的切成四部分，两两相对，显现出深浅灰黑色方格图案，娃娃的照片光彩照人，娃娃的帽子迷人。本市最著名的王府井中国照相馆以奉送一张十二寸涂染彩色照片为条件，取得了二宝妈同意，将一张更大的染上彩色的二宝三岁标准像，在当年六一国际儿童节放在照相馆橱窗里，向世界示好。

永顺对开茅说，中华人民共和国初期，有张摄影作品，题为"我们热爱和平"，那个年代苏联与国际共产主义运动，都懂得强调和平与民主，和平运动在全世界开展得有声有色。中国那个与女孩一起各抱一只和平鸽的歪着头的男孩，太可爱了。此外，人们没有看到过这样的小男孩，直到二宝出现在中国照相馆的橱窗里，二宝更小更纯，当然。而那个和平鸽男孩，据报道还由于上了图片，骄傲自满，不守纪律，至少是一度跌进了思想品质不端的泥淖，成为全国少年的一个走弯路然后转变的典型。

甚至招揽了参观者，知道了这个三进院子里有那个在橱窗里微笑的男孩子以后。男孩子为自己、自家、所在的院落带来了光彩，招来了当时还不懂得的一个词儿：粉丝。粉丝本来就不值钱，但是曾经很长时间需要登记购货本儿才可以买到限量的粉丝与芝麻酱等。那时的人非常好说话，都体谅大局。

十多年后老顿退休了，吕奉德出狱回大杂院，他们家早已从二进院子内迁出，腾出了大院最好的一组房室，搬到一进。所有当年的服务人员早陆续走掉了。老熟人只剩下了顿永顺，而吕奉德变成了刑满释放人员。天下没有不散的筵席。吕先生换了一个人，除了吸烟，还是吸烟，他把烟吸到鼻腔口腔，进入五脏六腑，吐出来时烟的颜色发黄。他的头发变得非常稀疏。他显得萎缩、丑陋、低下，寒碜，还加了些挤眼、歪嘴、颤悠腿与干咳等过去没有的毛病。

苏老师据说也犯了两次脑动脉血栓堵塞，都医疗康复过来了。其实他们夫妇体质底子不错。苏老师语言偶有吐字含糊，表情偶有与话语内容脱节，早了半秒或晚了半秒，但仍然保持着原有的风度，特别是她的笑靥姣好依旧。

而顿永顺恰恰在退休后显示了他的文明得体、人脉众多，举止进退恰到好处。

即使政治运动啊、阶级斗争啊、背对背揪出一小撮啊，闹得不善，对此位自我感觉良好、翩翩浊世之佳老汉，并没有什么影响。有位延安老领导对他很好，说是许多坎儿上他都得到了保护，他好比放入了红色保险箱，够幸运。

有一次夜半时分传来吕先生的怪声如狼嗥，然后是苏老师的压抑的哭泣，他们儿子二宝的名字也被提及。他们为了二宝的事而争执？他们的儿子叫作二宝，没有大宝为什么叫二宝？后来才知道，孩子叫尔葆。尔葆还是二宝？小名二宝然后学名勉强定为尔葆？他姓苏不姓吕？文雅的名字尔葆被文化层次过低的人们误为二宝？哪个说法比哪个更正确一些呢？

没有人知道，没有人发现，吕先生与吕苏氏这一家发生了什么问题。文明与不文明相距何远！文明的特点是光鲜，不文明的特点是闹腾。文明的特点是收敛，不文明的特点是逆风臭出四十里。

但是开茅听到了那一晚的苏家——由于十多年不见，街坊们已经不习惯说他们家是吕家——的惨叫，当他说到这个情况的时候，他的爸爸老顿突然变了脸色，警告儿子："不许议论旁人家的事。"

那天晚上永顺爹爹自己就着酱烧笋豆喝七分钱一两的散白酒。酒辣而且略臭，喝一口，顿永顺张开口咝咝哈哈半天，像是患了牙周病。

那天顿开茅也心情恶劣。他突然问父亲："今天我说到苏老师家。你吃那么大的心干什么？你究竟干了什么缺德事害了人家吕奉德与苏绝尘？我问你，你是不是坏人？"

"浑蛋！"顿永顺骂道，他抄起了酒瓶。就要向开茅头上砸去。突然泄了气，坐下来抱住自己的头，摇手，他结结巴巴地说："不是的……不是……"

十多年来，大院里陆续搬入了新人六家，一家卖煎饼，大门洞里常常放着一辆装有炉火炊具的手推车，饼铛与各种令人垂涎的佐料。但只卖了一年不让卖了。有三家无固定职业。有一家丈夫是医生，夫人是托儿所保育员。还有一家大女儿说是在公共汽车上售票收票。

后来本大院又在后花园里盖起了住房。拆掉了藤萝，再砍挖别的果木。顿开茅心目中，古老的北京从此少藤萝了，院有藤萝的北京人家，从此不再。有时历史就是从自己身边开始与形成的。三加一进院子，后来是十二个家庭，一个蹲坑厕所，一间室内抽水马桶。幸亏胡同里有一个气味极正的公厕，顿开茅一家很少用本院厕所，而是依靠集体公厕为主。第一进院子里一个水龙头，第二进厨房里另一个龙头。除二进后来的主房医生家外，每家一个水缸、一只水桶，从早到晚，谁一开龙头，第一进雷声滚滚。

随着岁月消逝，夏天雨季各室漏雨的现象越来越频繁，那时的街道即现名社区的工作还是很不差的，随漏随修、随修随补、随补随渗、随渗随漏。大院里违法建筑与人口越来越多，其他物种苍蝇蚊子刺猬猫儿狗儿燕子麻雀蝙蝠越来越少。街上收垃圾的车子，放着《学习雷锋好榜样》的唢呐曲调，按时收垃圾。生活稠密，秩序井然，革命人永远是年轻，社员都是向阳花，山连着山，海连着海，各种歌词慷慨激昂，反帝反修反反（动派），气氛热烈，绝不闷得慌，我们走在大路上，意气风发，斗志昂扬。

后来第一进院子，一个重要女孩儿出场。

三　山里红

好的，小说人年事虽已渐高，他设计的每个人年龄大体靠谱。小说人长期以来说嘴，夸自己数学成绩高于爬格子同行，直到一天把稿费通知多看了一个零蛋为止。顿开茅二十一岁时发现，虽然表面上看不出来，吕先生的回家带给曾经温文尔雅、佳丽天成的苏绝尘老师的是沉重而不是温暖，文明的家善于潜藏矛盾，埋伏危机。顿开茅此时刚刚作为"文革"前入学的大学生，被承认了毕业，就任了二宝就读学校的英语教员。苏绝尘老师给他留下的美好印象不可磨灭。他早已猜到，他愈益肯定，苏二宝似乎不是吕先生的儿子，是谁的，他不想也不想想，吕先生回来后，渐渐地，这一家虽亲犹疏，度日维艰，或无声无息，或长吁短叹。

最要命的是二宝。二宝的班主任曾经与开茅谈起这个学生。问顿老师二宝家里出了什么事。班主任告诉顿开茅老师，苏尔葆原来功课极好，循规蹈矩，温文尔雅，被班主任视为最爱，但是苏尔葆近来突然变得一声不吭。班干部反映说他每天从早到晚，从上课到下课，一句话没有。老师点名提问。他站起来，嘴动、舌动、牙花动，不出一点声音，完全成了哑巴。他的这种情况把班上的一位女同学吓哭，令一个老师大怒，令几个老师害怕。班主任找了尔葆到办公室谈话，他自头到尾，没有出一声。她以此为理由要求学校处理。校长查看了尔葆的考试成绩与几个学期操行鉴定，认为尔葆无疑是全校最优秀的学生之一，班主任自费带着尔葆检查身体，孩子对医生的提问，做出了一些回应，是或者不是，有或者没有，出声有三四次，嗯，没事，是，行……最后医生也没有说出什么道道，基本上没有诊断，医嘱是适当吃一点韭菜、豆类与葱姜，还有能治百病的萝卜。

最近情况更加严重，尔葆的数学考试成绩很差。不等说完，老师告诉女班主任，苏尔葆的父母上月同时病倒了一回，两个人躺在床上呻吟，十二岁的尔葆照顾他们的吃喝拉撒睡看病吃药。单位那边、街道支部那边都来了人，从钱财上与人力上帮助了他们，他们感激涕零。但是家里真正的台柱子仍然不是街道与单位同事同志，是谁呢？是少年苏尔葆。顿开茅没有说的是，他老爹顿永顺，敲门进入苏家，欲为老邻居老主家老领导帮帮忙，被吕先生哀号着劝拒出来了。顿开茅也曾多次到二宝家里帮忙。那天二老同时呻吟的半夜，他听到了动静，帮助二宝，用借来的改装摊煎饼车，将吕先生与苏老师送到了医院急诊。

在顿开茅断定吕苏这一家三口确实是崴了的时刻，忽然来了一个女孩，是二宝初中二年级甲班同学，红小兵小队长，左袖子上别着带一道杠的官阶标志。她带了四个同学，五个人忙活了一阵，打扫卫生，担水灌满水缸，还帮助二老洗了澡。

后来是小队长自己常来。她名单立红，开茅一听，什么？山里红？人怎么起这样一个麻利快的名字！果然，人如其名，名如其人，就是利索痛快的小大人。

最大特点是小心眼里有活儿。来到苏家，人还没有坐下，已经开始捡地上的碎纸。她扫地擦桌子晾晒被褥拾掇垃圾，她烙饼炒鸡蛋擀面切面炸黄酱调芝麻酱，炖茄子炖吊子炒鱼香肉丝虾皮丝瓜。她听说了开茅半夜帮助尔葆推车送父亲看急诊的事迹以后，竟来约会大哥哥开茅与我们小弟小妹共进晚餐，使开茅对小天使小队长单立红钦佩不已，坚信吕先生苏老师苏尔葆一家吉人天相，命不该绝，天降仙童，修来的福。

随着单立红的到来，尔葆略略说一点点话了。比常人少，比先前多。

尔葆更多情况下是看着立红，不说话，也有时候心不在焉，不知他想什么，笑一笑，很快失去了表情。

过了一年，两个孩子，都告别了代替当年少年先锋队的红小兵，然后继续常来这里的单立红帮助苏尔葆加入了共产主义青年团。不是完全顺利，在立红成为初三此班的团支部书记以后，又费了一年多的时间，在双双升入高中以后，尔葆才成为中国共产主义青年团团员。

苏家大体正常。危机渐渐沉潜。苏尔葆寡言少语，顿永顺活得"恣儿"而且"赞"。苏绝尘弱质千钧，吕奉德外干中强。吕先生坐在早年购置的大藤椅上，有时一动不动，有时嫣然一笑，苏老师甚至打趣说："哎哟，您还是'巧笑倩兮，美目盼兮'呢。"吕先生只是苦笑，一天无话。

吕先生终于成了百分之四十一的偏瘫人，半坐半躺，少用饮食，突然原文背诵一句歌德名言："阳光越是强烈的地方，阴影就越是深邃"；突然唱一嗓子舒伯特谱写的福格威德古老德语诗句："菩提树下，你们可以看到我们俩，亲昵地摘草寻芳"，原来菩提树下不仅可能在印度荫庇释迦牟尼佛陀修炼与觉悟。然后吕奉德用不同的语种骂一句带有强烈不雅动词的粗话。有时候对立红说一句"谢谢你"，或德语的"菲林，但克"。后来立红有一次告诉开茅，最可怕的是不知什么钟点，吕先生清醒明白、口齿清楚、准确无误、文明礼貌地说一句："我觉得我已经完全失去了活着的意义，是不是呢？"立红同时说："我的尔葆同学太坚强了，您说呢？"小小的山里红对二宝的爱慕溢于言表。

立红向开茅老师说起尔葆家事的时候，如果尔葆在一旁，定会皱起眉头，脸色发红，额头现出汗珠，牙关紧咬。开茅甚至想制止立红说这些话，但是立红完全不在意，她从各种意义上，胸怀坦荡，自信自得，无惊无怵，碧空如洗。她以红小兵、共青团、时刻准备着以学习学习再学习的名义，把活计献给尔葆同学与他的父母，并且诚实负责地与顿老师交流沟通。顿老师也确信，尔葆一家，谁谁都离不开能干与善良的山里红小红果了。事实不需要额外的理由，大家信服。

山里红长着一双北方人中很少见到的大眼睛，闪闪透亮。一个前额小锛儿头，显示了智力与倔强。她个子不算太高，全身都是力气与机灵。不但帮助了尔葆家吃上热乎饭，还使两位老人各得其所。她同时常常与苏尔葆一起做功课，他们互相督促交流，令人赞美。而且是她后来为全院各家带来了土暖气与水龙头。她的父亲是自来水公司工会干部，依据自来水服务规划，收了最少的成本费，给各家接上了管子，开初用蜂窝煤的炉火，后来用液化石油气点燃，做成了炊事用火与冬季取暖用热的合体供水与热力系统。原来根本不用多少技术，装进水，在一端烧上了火，热力的循环就会自然妥当进行，道法自然，暖发火焰，气走天然，水流循环。立红是苏家小天使，立红不但是红小兵的原小队长，也是这个三进大院里最受欢迎的小队长与团支部书记。立红自己的家离这里有公交车三站地。人们更多地看到的是立红在这个三进大院里，拿着标准的体育用尼龙绳和孩子们一起跳绳。她带领着十来个少年唱"就是好，就是好好好"和"啊，朋友再见"。她与同院的孩子们竞赛背诵语录与革命烈士诗。她受到了三进大院男女老少的欢迎，只有二宝的神色平淡一点。在大家眼中，他与立红已经是一家人，已经公认，他们是姐弟，说是山里红比二宝大二十天。要不他们就是，或即将是——一对小夫妻。

稍稍有一点可惜的是立红的牙齿没有长好，不懂得为什么她的牙齿七扭八歪，口型不太规整，她的下巴也看着不太对付。一开头开茅怀疑立红先天性唇腭裂，当然后来做了校正弥补手术，手术是成功的。后来有机会做更切近的观察，顿开茅断然否定了自己原来的判断，立红的嘴唇无懈可击，只是牙齿排队排得不十分规整，她张嘴的时候看着还过得去，闭上嘴不知为什么让人感到一小点别扭。开茅为自己感到羞愧，他不应该胡思乱想，他没有道理挑剔天使，不能不尊重时刻准备着助人为乐的接班人。他想，生活得美满与否，与牙齿不无关系又并非一定有关，世上谁的牙齿是完美无缺的呢？应该做的是管好自己的事，在时代风雨中平安成长。福或者毁灭，这是一个需要智慧与乐观态度，同时绝对不能犹豫与软弱的问题。

四 纳兰顿永顺

终于轮到了说说顿家的奇葩事迹。顿家，不是善茬儿。一九一〇年出生的顿永顺帅哥上几辈养尊处优：影壁墙、假山石、雕梁画栋、荷花缸、金鱼池、肥狗、胖丫头。早起小茶壶对嘴儿，得空儿水烟袋吹气儿如涨潮开锅，咕噜咕隆咕咚咚；变戏法、唱京戏、斗纸牌，手指一摸就知道手里的麻将是七条还是二饼；喂蛐蛐、养蝈蝈，更喜欢的是听鸽哨与收集鼻烟儿壶。后来家道中落，罐里养王八，越养越抽抽，故家不堪回首月明中，到了永顺父亲辈儿已经沦落不堪。永顺的爹小时因患病吸过两口鸦片，从此他不务实事，少吃少喝少穿戴，却又多才多礼多嬉笑。逢人对面称您老，不在场称怹（音tān），送客（音qiě）感谢话堆一车，迎客（音qiě）客气话堆成山。迎接来客他常常拿出茶碗，请人家看自己泡的茶水中茶叶棍（梗）是竖立着的，而茶叶棍立起来，证明的是贵客光临。

尤其是，吸过几口鸦片的永顺他爹，原姓名是南荣锦。他喜读书、作诗，还有给孩子讲古。说南姓来自那拉，也写作纳喇，还可以写为纳兰，更好听也好看一些。是清朝灭亡后，按照读音反切，与汉民融合，改成南姓或那姓的。如果是纳兰呢？他们就是词人纳兰容若的一宗了。但是不一定，纳兰中还要分成四个大支，合久必分，分久必合，而不管是分是合，既然纳兰了，就是词人一支，你愿意说慈禧太后一支，也对。他个人，要将纳兰性德当作先人。

到了永顺这儿，他爹早早把他送到绸布店学徒，力图不再走无业游民的歧路。培养了他的满面春风与垂手聆听的规矩举止。一九三五年十二月九日，二十五岁的顿永顺被全民抗日怒潮席卷，他以店员身份参加学生运动，帮助几个被警察追捕的大学生逃逸，匆匆中见到了美国进步记者斯诺原夫人海伦·斯诺。后来永顺与大学生结伴到了延安。三闹两闹，他成了鲁迅艺术学院学生，娶了媳妇，入了党，写过革命歌词，进入一个文艺机构。一九四七年他因为"男女作风"问题，其严重性达到破坏军婚地步，险些被处决，他受到开除党籍等一系列清洗处分，老婆也与他离了婚。一九四九年以后，一位老首长帮助他将原来的处分改为"留党察看两年"，就这样恢复了党籍与革命干部的荣耀。

一九四六年，永顺媳妇生下开茅。永顺与妻子分手后，兵荒马乱中可怜的开茅被一位单身老革命赵大姐所喜爱领养，直到十岁，一九五六年革命大姐赵妈妈病逝。二次婚姻后又因自己不"老实"与妻子分居的顿永顺，领回开茅，父子团圆，使开茅进入他们的三进大院。儿子模模糊糊地觉得自己的父亲不是个太好的人，而与老大姐的十年家庭生活，培养了他高大上的眼光与从严要求一切的习惯。他阴沉冷峻地看着父亲，他无法不轻视父亲。而他寻找母亲的结局是，人们告诉他，在他刚满两岁时，一次遭遇敌人偷袭，星夜山路转移过程中，生身母亲不幸失足坠崖身亡。偷袭是国民党的一位司令指挥的，他从共产党身上学到了一些以奇用兵的战术，后来他起义立功，成为新中国的显要。但是顿开茅仍然无以释怀。他摸不着生父的底，他永远失去了生母，他的最亲爱的革命大姐养母去世，他过早地品尝到世事无常与处处可危的滋味。幸好，在三进大院中，他喜欢尔葆家老小，他感觉到吕苏二老保留着某种学问与知识的文明。他尤其莫名地喜欢苏尔葆，二宝。他看着尔葆的眼角与眉毛，有一种特殊的亲切感。听着他说儿童荒诞主义的童谣："一个小孩写大字，写，写，写不了，了，了，了不起……"看着他长成一个少年，一看就是那样文明自律听话。他想起了一个词儿："克己复礼"。批孔的时候他第一次听到"克己复礼"一词，一直到见到了少年苏尔葆，他总算看到了一个克己复礼的活人，一个榜样，一个符合千年理想的样板少年。他觉得克己复礼还是可爱的，比纵己非礼好。同时他看着二宝，觉得怜惜，毕竟复礼的时代早就过去啦。

顿开茅已经多少知道了，女生，是他爹犯错误的根由。对于异性他不无提防。他一次又一次被友人包括领导介绍"对象"，在各个"对象"的情意闪耀与肢体接触的温柔中他闪转腾挪，躲避着当真的情感，更不要身体与器官的丑陋。一遐想男女的那种关系，他就觉得自己会是摧残伤害污染清纯女孩儿的猛兽。同时每到最后一步他都相信应该有更美更好的女生在下一站等待着他，他越来越为尔葆与立红这对小男小女的情谊而赞叹，却忘记了自己的生活。二十大几了，他还是一个人。

一九七六年，六十六岁的顿永顺患肺部肿瘤，千辛万苦地治疗了三年半，不治。弥留之际他对眼前唯一的亲人儿子说了一些含糊不明的话。他说："我其实是个小人物，赶上了大舞台，我这一辈子过得很值。历史与个人，革命与生活，哪样都没耽误。没有办法，你爹有女人缘儿，一辈子喜欢我的女人三十七八个，至少，如果放宽尺度，那就不计其数。不要胡思乱想，我说的只是喜欢，我也喜欢她们，如果谁也不在乎谁，又何必辛辛苦苦地走一趟男男女女的阳间呢？你也该……"他说了"成、家"二字，开茅立刻表态接受，并说他正在与一家报纸的记者，上海人，用上海话说叫作轧（ｇá）朋友，他们已经谈妥，年内结婚。永顺说"纳勒金

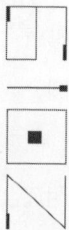

德，我腾出地方来了……"这是顿家唯一传承下来的满语， nelejindé，是"好"的意思。而纳勒，说到底也是他们的种姓。

然后永顺爹爹喘气，面孔发紫，他说："对不起，妈……"开茅听不明白，爹为什么说对不起妈，还是说对不起奶奶？他忽然明白，爹是说对不起儿子他妈。开茅泪如雨下。"我一无所长，一无所成，我是个浑蛋、坏蛋。我喜欢过，她们也喜欢过；枪毙了，我也认为理所当然，那是应该的……"最后咽气的时候，爹说了或者可能是什么"照顾你弟弟"几个字，或者不像是"你弟弟"，是"米痢疾"？"己鲫细"？开茅心里好像泼上了汽油，点燃了火，忽地一下子他两眼发黑了：到底有多少地方还有需要我照顾的人？

然后他清醒过来，他亲了一下父亲的脸，父亲的脸孔显得柔软。"爹！"他叫了一声，很可能，有记忆以来，这是唯一的一次亲近与呼唤。父亲没有回答，父亲的眼皮动了一动。

三个半小时后，父亲的心脏停止跳动，血压线成平直的零。父亲的脸上有一丝笑容，真的。医生护士都发现了这个笑容。

回想一九五一年，父亲结了第二次婚。那时开茅五岁多，与革命大姐一起生活，不知道他爹的这些事儿。等到开茅八岁，继母也离开了家，也是由于永顺爹爹的"作风"问题。父亲与他的后夫人没有离婚，据说父亲有时还会到继母的住所去，但是开茅没有见过继母。父亲的遗体告别，继母原来说来，后来说是病倒在床，没能来。

永顺的去世使开茅失魂落魄好久。二十年了，他们在一起。父亲毕竟是父亲，说起老年间旗人享福的事情令开茅神住。风一更，雪一更，聒碎乡心梦不成，故园无此声，旧梦已成齑粉，乡音已经不传，他们经历的，是一程山，一程水，一更风，一更雪。说起他犯过的错误，他也没什么隐瞒。他说："我其实很骄傲。这样的事我不能对你说，我是福大命大，招人疼，包括（样）板儿团的角儿，她们喜欢我。我不能说不（他把不字拉长了声音，而且改作阴平第一声，他拼命丑化这个'不'字）。你要知道，一个男人不能对好女人转过脸去。你可以犯杀头的错误，你也不能让她们失望，而且丢脸。一个女人真的如她所说爱上了一个人——这个人不是别人，就是你，并且，她也是你喜欢的女人——你不能对不起她。我这一辈子活得一点也不冤。"

"少废话。要不我走。"开茅从来没有像那一次那样轻视他的父亲，"你怎么能不想想……"开茅想说的话并没有说出口。永顺父亲的脸上显出了惭愧与失望的表情。开茅轻轻地叹了口气。

"其实，男人也很可怜……等闲变却故人心，却道故人心易变，这也是纳兰先人的词……"

一辈子没怎么见过他读书的顿永顺居然能够背诵先人的诗词，从中医学来说是父亲的心迷、神移、三伤、痰涌造成的。"人啊，人，可怜……"他说话的声音更加轻微了，如果开茅驳斥追究，父亲一定不承认自己说了什么、辩了什么。

后来，女作家戴厚英写了长篇小说，题为《人啊，人》。女作家与诗人闻捷的悲剧与传奇性的爱情，令开茅激动不已。

"人啊，人"，最初还是听永顺爹爹说的呀。

"人是没有出息的，人就这么几十年，没有'以前'，也没有'往后'。没有，你难受；有了，你腻歪。"也许只是开茅假设，他爹说了这些话。也可以假设什么都没说。爱嘟嘟的人当然是弱者。

怎么是肺癌呢？父亲经常吹自己健康、吃苦、顽强，"经拉又经拽，经洗又经晒，经铺又经盖，经蹬又经踹"，他用卖布头的推销歌谣比喻自己的身体，侯宝林的相声里说过这样的妙句。父亲在六十大寿的时候还用手捶响自己的胸腔说："我仍然年轻啊！"然后他告诉开茅："上月我检查了身体，各个零件，各项指标，都与医书上印出来的国际标准完全一个样。"

怎么会忽然得了癌症呢？

确信自己身患绝症住进医院以后，父亲对儿子说："这也是报应！"儿子没有回答。父亲的嘴角咧了咧。

父亲死后，儿子才明白，原来死神与报应离自己是那样近。儿子严肃地思考，他的生活还会得到什么样的应验呢？

父亲死后一年里，开茅梦到他五六次，他梦到踟蹰的爹，是不是人走了以后会有一种无家可归的涩苦？路灯风中摇曳，电石灯闪烁，传来火车机车的咣哧咣哧声音，有汽笛，更有机车轮与铁轨的碰撞。黑影化的父亲愈来愈高大伟岸，也愈来愈衰弱孤单。开茅看过曹禺名剧《雷雨》好几回，他最感动的是火车头的效果。火车头的效果比周朴园与四凤妈妈的见面还令他感动。话剧第三场，半夜鲁家，火车头响动，真切得叫人颤抖落泪。雷、雨、哭、诉、呐喊、咣哧咣哧，这交响构成了他先验的童年的忧思、沉重、悲悯与改变的决心。小时候他多次夜半听到火车机车的鼾响，他们家离西直门火车站近。

后来各种高层建筑渐渐把机车声音封锁，再说蒸汽机车也被电气机车取代，蒸汽机车雷霆喷嚏式的特有音响随即消逝于神州大地，开茅只能在曹禺的话剧里温习声音的记忆。比起四凤、周萍、周冲、繁漪和鲁妈的台词，夜半响起的遥远而悲怆的、不得休息也不得缓冲的火车头声，让开茅觉得更加失落与悲怆。

梦中的火车头响起蚀骨的老音响，梦里的父亲是真的老了，他摇摇晃晃地走着，好像打着一个纸灯笼。走着走着，倒在了地上，纸灯笼点燃起来，然后，父亲与灯笼飘散无迹。

几次做梦，有一次父亲说了句话，话没出声，但是开茅听见了，说的是"没有……什么都没有"，没有什么呢？是出息？是幸福？是意趣？是良心？是事业与功勋？开茅想起了"报应"二字，他顿时惊恐地叫了一声。他在梦醒后暗下决心，必须汲取父亲的经验教训，一辈子不做坏事，不做对不起女人的事。尤其是对你来说，恩爱如胶漆、美丽如花月的女子。他还想起了地地、弟弟、细细、觅觅、唧唧、历历。他下床站立起来，去了一趟洗手间擦脸漱口。

五　年表

让我们再捋一下岁月和人：

1898年戊戌变法——百日维新失败。

1903年德国学术专家吕奉德出生。

1910年满族美男子、老革命顿永顺出生。他的父亲是没落贵族南荣锦。

1911年辛亥革命，推翻清朝帝制。

1918年，著名苏联影片《列宁在1918》写的就是这一年。吕奉德妻子、在法国留过学的苏绝尘出生。

1935年二十五岁的顿永顺参加一二九运动，次年抵延安。

1939年二十九岁的顿永顺结婚。

1946年顿永顺的儿子顿开茅出世。

1947年顿永顺犯破坏军婚错误，开除出党，后与妻子离婚。儿子被"赵大姐"领养。

1948年顿开茅生母在山路星夜转移中坠崖身亡。

1949年顿永顺恢复党籍。

1950年顿永顺就任吕奉德庶务主任助理，亦称秘书，与吕奉德同住大院。

1951年顿永顺二次结婚。夫人姓名职业不详。

1955年吕奉德卷入胡风案与一件里通外国案，身陷缧绁，锒铛入狱。顿永顺二任妻子又因顿的"作风"问题与之分居。"赵大姐"过世，顿开茅回到父亲身边，住进三进大院。

1956年，吕奉德入狱约十个月后，苏绝尘的儿子二宝出世，后正式取名苏尔葆。对二宝的出世，有一些不雅的说法。

1964年顿开茅开始在外国语学院上学。

1965年吕奉德刑满释放回家。

1969年顿开茅就任苏尔葆就读小学的教员。

1970年单立红出现在三进大院。已经停止了四年招生的各高等院校开始招收工农兵学员。开茅调到外语学院，任助教。

1975年苏尔葆、单立红双双中学毕业，两个人因为父母都患慢性病没有下乡接受再教育，分配到城建局建筑工地做小工。

1976年六十六岁的顿永顺因病去世。

1977年新年，顿开茅三十一岁，与上海籍报社记者王明光结婚。

1978年12月，十一届三中全会，改革开放新时期开始。尔葆与立红考入大学，1978年春季入学，算是1977届大学生。尔葆学的是中医，立红学的是有机化学。什么叫有机化学？立红解释说："好比六必居酱园与王致和臭豆腐。"

1979年组织上为吕奉德平反，推翻了一切"不实之词"。秋天，吕先生住进医院高级病房。同年，苏绝尘被请为本市文史馆研究员。她的病情有一些好转。开茅任外语学院讲师。

1982年吕奉德病逝，享年七十九岁。晚报上发表了一篇悼念吕奉德的文字，指出他是德国学的一代宗师，并在三年解放战争中在许多方面支持了地下党。

1983年，过去只承认是"同学"关系的尔葆、立红，终成佳偶。他俩都是二十七岁。两个人也都大学毕业，有了不错的工作。开茅获得副教授职称。

1984年苏尔葆赴美留学。三进大院住房拆迁，在原址建起了港资豪华会馆，主要给外籍官员巨商提供服务。苏绝尘、顿开茅、单立红迁至南五环外原大兴县地域。

……时间，你什么都不在乎，你什么都自有分定，你永远不改变节奏，你永远胸有成竹，稳稳当当，自行其是。你可以百年一日，去去回回；你可以一日百年，山崩海啸。你的包涵，初见惊艳，镜悲白发，生离死别，朝青暮雪。你怎么都道理充盈，天花乱坠，怎么都左券在握，不费吹灰之力。伟大产生于注目，渺小产生于轻忽，善良产生于开阔，荒谬挤轧于怨怼，爱恋波动于流连，冷淡根源于厌倦。激情是你戏剧性的浪花，平常是你最贴心的归宿。今天常常如昨，照本宣科，明天常常不至，交通塞车。终于雷电轰鸣，天昏地暗，红日东升，艳阳高照。丑来自贪婪，美丽出于纯粹。你迅速推移，转眼消逝，欲留无缘，欲追无迹，多说无味，欲罢不能，铭心刻骨，烟消云逝，岑寂也是纪念，沉默也是咏叹。生生灭灭，恍恍惚惚，真真幻幻，沉沉浮浮，实实在在，辛辛苦苦，飘飘悠悠，磨磨蹭蹭，冷冷暖暖，炎炎凉凉，轰轰烈烈，叮叮当当，乒乒乓乓。转眼衰老，转眼成长，说到做到，匆来匆去，记录清晰，诗（史）无达诂，默念默哀，云霞万道。神力无边，神勇无限，百年易了，一刻难捱。骂糊涂易，脱糊涂难。力撼山河，难得明白。什么时候呢，顿开茅塞，清明自由，万里无云，舒畅遨游，秋江明月，海市蜃楼，长风大野，无虑无愁！

一九八三年，粘着商标的盲公镜在中国大陆已经少见，提一块砖头一样的日本录放机放《太阳岛上》的哥们儿也明显减少。尔葆突然申请自费出国，而且是立红力促他留洋换一种活法。他们俩两小无猜了十几年，先是老大了不急着结婚，然后是结完婚立刻准备离别出国。这让开茅觉得不可思议。他甚至产生了某种疑惑：他们俩之间有什么问题吗？还是没有？

与此同时，他们家找了一个帮工，照顾苏老师。

立红对不解其意的开茅说："我是个简单的人。从那么小，我看中了尔葆，我只想一辈子伺候尔葆，我确实伺候了他们家十五年，我献出了我的童年和少年，初识和永远，我的生活永远简单地成为一加二等于三。直到十一届三中全会以后，知道了世界原来有那么大。我与尔葆，我们送走了爹爹吕先生，甚至于苏妈妈也催促我们走出去看看。我们总算在大学里学了一点点外语，还有你能帮我们恶补，我们应该知道一点世界。虽然爹爹冤枉坐了十几年笆篱子，他从前见过世面啊。虽然妈妈身体摇摇欲坠，她仍然告诉我们，不能放过光阴，不能放过时间，不能放过空间，不能没有勇气去尝试，世界上除了一二三，还有四五六七八九十，而且有零和N。她还告诉我们在哪里学习与做事，其实有时候是一个程序问题，爱国不等于守一辈子家，出去好好看看，总会有更大更多更好的可能。意大利、法兰西、多瑙河、莱茵河、密西西比河，还有那么多地方，赤道与北极，告诉我们，在南半球，新月的那根弦，是完全放平了的……那么多人，那么大的世界。

开茅顿开茅塞，他不再劝阻，他知道他们的路线图与时间表，是尔葆先出去一至两年，站稳脚跟，立红跟出去。没有等立红再说，开茅说："好的，明白了。对苏老师，我尽一切力量，照顾她，像我的亲人一样。"

一九八四年八月，苏老师、开茅、立红将尔葆送到飞机场。那个年代，都认为出国是一件祖宗积德积善、坟头冒青烟的喜事。尔葆含泪说放心放心，苏老师没有多少话，只是点头，再点头，笑笑，直到笑得嘴有点变形，然后恢复原状。开茅则紧握尔葆的手说："我争取不出八个月，到美国去看你。我们学院与美国有项目。"

进入了边防与海关隔离区，送客的止步在区外。直到这时候，开茅看到了苏老师与立红的泪花，还有她们的略略歪扭的嘴唇。尔葆挺好，挥挥手。开茅向远行者摇了摇手。不知道为什么，开茅也觉得有点眼花，他已经三十八岁喽。乐莫乐兮，新相知；哀莫哀兮，生别离。浮云，游子意；落日，故人情。别意，还无已；离忧，自不穷。开茅想，中国诗歌写离别题材的未免太多太多了。开茅还想，既然孔子都说了，"有朋自远方来，不亦乐乎"，那么，是不是"有朋从此去远方，吾意岂得不彷徨"呢？

六　文之原罪

当然，王蒙设计的，顿开茅先生追求的，不是小说的雾里看花、水中捞月的无迹化。老子的重要格言是"善行无迹"，是说学习雷锋做了好事不要留姓名？是说会做事的人做完了不会留下瑕疵——不让别有用心的人抓住辫子？是说一种尚无尚虚静的仙风道骨，蔑视那些孜孜求迹的恶心俗丑？我宁愿学习侯宝林的歪批三国，认为李耳是写给两千五百年后的影视编导们的：你写啥啥、咋咋，都行，可千万不要留下取材哪哪的痕迹啊。

也许善行真的能够做到"无迹"，但是文学做不到，文学的原罪在于：白纸黑字，刻迹戳心，爱怨情仇，铁证如山。

写作人，我愈来愈不想自称作家了，嚼嚼吮吮把"作家"二字吞下去，反胃而且便秘。写作人的罪是他们寻迹造迹，求迹留迹，涂迹染迹，迹满乾坤。而同时文学的取材有时确与文学成品相距甚远。只有最最无趣的闲言碎语长舌头小市民才以考证小说原型传谣造谣挑拨是非为能。还有最低级的摇唇鼓舌之辈，舞文弄墨，装腔作势，毒汁喷溅，暗箭伤人，成事不足，败事有余。于是有人对号入座、炒热自身。有人一拼到底，时日曷丧，与汝偕亡。有人民间侦察、人肉搜索、牵强附会。有的坐山观兽，更暴露了自己的无能无趣。

文学里面确定无疑地离不开大的或小小的经验，例如我们可以假设是通过买一瓶供不应求的中药秘方黄金鼻痒散来结构一篇小说的。鼻痒散产生了震动人心的情与仇、生与死、神圣与净行。买药的情节只是串连糖葫芦用的一根竹签，用完了就扔，不吃不留不转卖。从营养医学与美食味觉上看，鼻散的意义归零，但是没有这根竹签，换成散装、铁签、绳签、胶粘……都会使糖葫芦的爱好者失意失感。作者对这个黄金鼻痒散没有一毛钱的兴趣，没有一分钱的厌恶。但是他被认定与鼻子发痒的一批病人和医士结下了梁子，从而开演了有本土特色的崆峒——空洞山思仇记。你懂的。

一个写作人写了一个与XX有关的情节，你写了一个与XX有关的风景，你写的那个人的性别、外貌、服装都有某些与X或者小X所说的另一个Y有相似之处，然而，天地良心，你丝毫无意写XX与小X说的他的Y，你停摆了几十年，开始写一篇有自己特色的小说，你进入了虚构，进入文学世界，你受到了XX与小X的某些外在情事面貌的影响，你要写的其实已经是文学的 $XX \times A + BCDE \div QRST - UVW = L$。这里加减乘除后的各种符号，全部是取材自他或她自己。

所有的取材，都是第一取材于世界，取材于生活。而每个人的世界有大有小有善有恶有薄有厚有浅有深。第二，都是取材于自己，而自己有真诚有矫情，有卑下有高尚，有尊严有无耻。

如果被取材的是确定的N先生呢？亲爱的N，在你被文学取材以后，你已经升华，你已经变异，你已经扩张与弥漫，你已经吸收了日月之精华、天地之灵秀，成为非N，你已经置换入另一个假作真时真亦假的世界，你已经离开了人类的首肯，离开了大众的心愿，鲲鹏展翅，飞向远方。或者哪怕是神魔起舞，烟浓火烈。这后面的话参考了苏绝尘喜爱的法国诗人兰波名句。

X认为，X对于你与你对于X是重要的，但是在你的文学作品中，作品中只有一个L，L当然就是L，不是X。那么，L是否以X为原型，是一点也不重要的。原型不是人身，不是文学，不是雕塑，不是版式，不是成分图，不是贵重珍稀不可再生而且在贸易战中加征关税的原材料。原型可能提供了很多，也可能只是提供了一点表皮表象表层，一点点痕迹。称小说中的人物原型如何如何，这本身就活活坑死人。原型也可能是午夜晴空一颗星对你的眨眼，是游轮甲板上与她偶遇时给你的微笑。你必须回应以眼光与微笑。而你痴迷于文学，你的回应成为小说、诗、戏剧，你进入了文学的虚构世界却纠缠于世俗关系难以自拔。你其实并不想泡妞泡成老公、炒股炒成股东。想想，L是被人当作文学作品中的人物来阅读与议论的，是你瞳孔中的微笑，你网膜上的闪耀，你的午夜星光，你对于猫儿叫春与蒸汽机车的无可奈何的记忆。并没有谁要嫁给他或娶到她，没有谁要提拔他或者重罚他。没有人给他打电话或者借钱。L至少在十余年或几十年中被几千几万几十万人阅读，星光闪烁，笑容温柔，X、Y为什么自作多情到与L死活不松拥抱、非得保持一块儿投井跳楼同归于尽的一体性呢？

作家是一种什么祸国殃民祸人殃己的玩意儿呢？哪怕是亲爹活祖宗，某一点点端倪，一点点影影绰绰，一点点兴趣与触动，引发了作家的写作心思，就像一只蟋蟀被竹管毛毛拨生了斗志。好了，这时哪怕有天大的

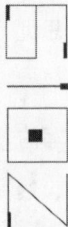

不是，哪怕注定会被愚而诈的小市民们认为是伤天害理，哪怕丢人现眼，丢己丢师丢友丢钱丢命丢德丢仁义，哪怕被猜测被传播被误解被记仇被冤沉海底，他必须写出来，他已经兴起，兴而不写，那就是生不准活，就是生不如死。认为这种情况下可以不写的绝对不是作家而是混混儿。作家作家，为作宁可丢家。

作家重视的是文学攸关，作家自作多情，认为自己的作品有可能长存远走，作品终归比自己这个破人长命、气广，有重要性。他们该总结的教训太多太多，总结好了以后也许不写更好，人应该述而不作，富而好礼，笑而不答，情而不发，允执厥中。文学的信息保存在天幕云中，如手机数据、编码与信号永存，哪怕你设法把手机砸烂烧成灰粉。文学攸关的意义，理当比人缘攸关、物议攸关、友情攸关、利益攸关那些玩意儿重要百万倍。文学有时需要由文学的法庭审判，正如杀人犯、强奸犯，只能由刑事法庭而不是生理肾上腺、教育、小说法庭来定罪。

那么你为什么要写被认为确实可能与某某友人亲人恩人熟人名声攸关，与他们的某些经历、痕迹、相貌、职业、性别、年龄相靠拢的题材呢？你为什么要取材于活人，你为什么不能玩一个虚构百分百、无迹千分千呢？你是不是挑衅、是不是诽谤、是不是欲盖弥彰、是不是暗器伤友，至少是害人精、讨厌鬼？七十年前，讨厌鬼是一个在小丫头们当中如此流行的词儿，小女生们碰到小小子对她贫嘴贱舌，就会骂一句"讨厌鬼！"，而被嗔斥为"讨厌鬼"的小男生，就会不无吃豆腐的快感，而狗屁不通地答以"讨厌鬼，喝凉水，砸倒了冰，卖汽水！"

没有办法，天机天意，天网恢恢，疏而不失。天地的创造力，胜过了文学的创造力；把所有的什么贝尔、什么古尔、什么利策、什么布克、什么之介、什么雨果与什么提斯的奖都发给老天爷也对不起上天的作品。好的作品是天造出来，天压下来，天捅入你的心肺，天掏出了你的肝胆，天捏住了你的神经末梢，天燃烧着你的躯体——天命天掌天心天火天剑天风。天的构思，胜过了你渺小的忖度，和你的渺小的微信糊糊群。天的灵感，碾压过殉文学者一个个的痴心。

然后文学人必须将自己的神、魂、心、血、髓输给天，炮制好、拾掇好、捃摭好天赐题材，天赐文运，十年磨一剑，百年竖一碑，传之名山，咏之久远，呼之天外，燃之大千。

天的感动，令你欲仙欲死。好，你可以为天的文学启示而死，却绝对不能不写，叫作宁死不避写。你可以通过神思补天、吟天、登天、扑天、啸天、泣天、绣天、飞天、殉天，还有共工怒触不周山，天柱折损，天塌地陷；但是你不能面对"天文"，背过脸去，你不能是胆小鬼，不能为了友情亲情版税情关系情的攸关，而忘记了天命的攸关、文学的攸关、历史的攸关。不履行天意的作家一律处贻误、怯懦、临阵脱逃、右倾投降至少是渎职罪，刑期六个月至二十五年，我以为。

小说被设计得比设计者小许多岁的顿开茅不得不六年前就做了保证，他不准备透露尔葆的故事。现在他开始写了，他对你与你周围所有的人，无意不惜不敬，更无不好用意，你们都是他的亲人恩人兄弟发小。其实动起笔来他几乎为你一哭，原因是写着写着其实他必然离开了你与你们。你们他们她们，提供给写作的是一点契机、一点由头、一个外壳、一层面膜，最多是一层表皮。当然也是感念与记忆，他爱你，他感谢你们的提供与付出，他不可能忘记与你的心有灵犀一点通。他写得更多的是他自己的灵魂，斑痕与痛苦，祝福与牵挂，遗憾到了吐血。而且恭请明鉴：老弟圣明，写作人如有嘲弄，首先是自嘲；如有揭露，首先是揭开自己的疮疤；如果长叹，首先是长叹自己的无能无奈无方无力文学下萎，尤其是无补；如果丢人，他早就不惜丢两辈子人。

让我们设想一下，如果曹雪芹还活着，如果他的贾府亲戚朋友都活着，曹雪芹能够得到宽容吗？他出卖了贾府，抖搂出了猛料。他对父兄姑姨姐妹下了黑手，他血债累累，他唱衰祖宗亲朋，他狼心狗肺，家庭叛徒。如果按照司法案卷的标准衡量《红楼梦》，我保证他至少有三篇六十五项不实、不避风险、不无失真。我们应该为赵姨娘、马道婆、贾环、尤氏姐妹……乃至王熙凤而诉曹诽谤中伤。林黛玉也不会宽容曹雪芹的，曹在对她的描绘中，明显流露了那么多随性与夸张，才把黛玉写得那么小性与任性。

曹雪芹与他的亲人们能为红学家们，尤其是为曹氏宗亲所宽容吗？曹某人能不涉嫌成立涉黑集团，企图灭尽红学人的九族各等亲，或者疑似神经兮兮地总觉得自己要被红学家们所消灭、所侦察、所投毒、所讹诈？

其实是曹雪芹为你们刻下了丰碑。如果有林黛玉、贾宝玉、贾府诸君而没有曹雪芹，你们早已经灰飞烟灭，谁会为你们一哭一恸一笑一颦？是

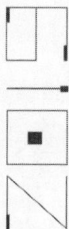

曹雪芹延长了你们的生命，扩大了你们的灵光。同时注定是曹雪芹而不是那些二三流小文人永远失去了浑厚质朴的人缘与美名。

七 洋插队

一年半后，一九八六年一月，开茅用了两倍时间，总算兑现了诺言，做到了离尔葆打工城市九十公里的圣何塞大学做访问学者，简称"大访"，大是指中国大陆。他考虑到二宝的艰窘，自己坐灰狗大巴到二宝所在地探望，请二宝吃馆子。他看到的二宝像是另一个人，清瘦，长发，嘴角下沉，目光可怜兮兮，神态卑躬屈膝。

二宝说："你告诉立红去吧，反正你明白，来到这儿，我就是一个臭苦力。来以前，这个跟我说那个告诉我，谁谁谁来到加州扎针灸买了房子，谁谁谁在纽约拔罐子娶了影星，做膏药能够发财，太极拳能够迷倒老外，看风水成了大师。全是真事，全都与我无干。轻易地成功，过去没有现在没有将来也没有。不费劲就发财，中国没有外国没有上到火星上也没有。"

"你不是说这儿有熟人有老师和同学吗？"

"有又怎么样？来到这儿我才学到了一句话：'人穷不发三誓，不沾三情'……"

"什么？"

二宝解释了"三誓"是断交、诅咒与目标，穷人既不要怨恨他人也不要晒雄心壮志。"三情"是依养、滥情与便宜。然后说："不到那个份儿上你也就明白不了我的话语。我在餐馆装卸洗涤粗活干了七个月，胳臂腿上起满了疱。我学会了开车，给人家送外卖，上机场接送人，非法打工，干了五十天。我还领到了老年护理的护士执照，毕竟我在国内是学医的。我一个人干两个人的活儿，白天送外卖，夜晚去老人院。送完外卖不走，等着人家给小费，遇到不给小费的，我们骂他先人。夜班护理，有探头盯着，许你没事坐会儿，绝对不能打盹儿，打盹儿扣钱解雇。还有一次我太饿了，我到市政广场捡过鸽子们吃剩下的面包屑。"

"天下没有易事。"

"这算什么？一位当年的美女，音乐学院女高音，声乐系高才生，被来华交流的YCC大学主管音乐专业的教务长看中了，当面动员她到美国留学，说是这免费那免费，还有一笔奖学金，并且负责给她办一切手续。她已经有男朋友，她英语不行，知道自己托福过不了关。再说她的家底很薄，父母两个人一个月的工薪收入折合二十五美元。她才二十一岁，哪敢出那么远的门儿。她犹犹豫豫，连本系党支部书记都跟她急了，几十个同学说如果她不去请她推荐自己去，男友也催着她答应，还要她想法把男友也弄到YCC。"

"根本兑现不了。她来到美国头一个问题是吃不饱，是饥饿。底下的事我也不相信，信不信由你。姐妹儿她已经是一个传说。传说她饿极了发现了一个窍门，吃冰激凌。甜死人的奶油冰激凌省钱又经饿。一年之后她吃成一个胖子。她得知在这里学了艺术就业很难，她也觉得发胖的结果会使她丢掉台缘，她改戏了，她学财经。她做不到把男朋友接到美国来，她干脆与原来的男友分手了。她见到我热烈拥抱，抱得我喘不过气来。"

"后来呢？"

二宝用白眼珠翻了开茅一下，泄气地说："她提出来我们可以同居，省钱、解闷、健康……不影响任何人包括我与她的未来与过去。我没有回答……"二宝咳嗽起来，好像是过敏。接着又说：

"一个男人，他原来是科长级干部，是一位书记同志的秘书，他的姨妈在这边，来了，太苦，回去了。不好意思，没有可能再做他的科长，他从朋友那边弄了点外币，又回来了，在法拉盛搞绿卡，花了不少钱，黄了，他破口大骂着又回了国，最后又回这边了。三进三出，为了下死决心，他把护照都撕了……"

"不可能。没有了护照他随时会被逮捕或者驱逐……待不住就回去嘛，不当科长就当科员办事员再不然到私企。当过书记秘书的人还不认识几个能人？"

"我哪里知道，糟糕的是跑了几趟美国的结果是回到祖国不踏实，来到美国待不住。就说我送外卖吧，中国人脑子灵，遇到阴天下雨，遇到我身体不好，不想跑远道，我就用个英语名字自己叫自己的外卖。到了店里取上食品就走，也完成了合同上规定的任务……他们还说，科长还跑到征兵站报名当美国大兵，当完了兵有许多优惠。可惜人家不收他这位中华人民共和国护照持有者。"

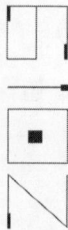

“我觉得谁也不必勉强自己，国外学学看看，也好，太困难就回去，何必出这么多洋相……”

“开茅大哥！”二宝突然一声大哥，令开茅一震。

“开茅大哥，站着说话不腰疼。这不是洋相，真正的洋相我没法告诉你。人，男人还有女人，太没有出息了。三十如狼，四十如虎，五十如金钱豹，六十如孟加拉叫驴！”

“谚语里只有前两项狼与虎，哪里有金钱豹和叫驴？”

“后两项是留学生们总结出来的。生活经验，是新语词的源泉。大哥！我们受的罪你哪里知道。专吃冰激凌的胖丫头，我真想她呀！”

二宝哭了。他后来还说了许多不适合高尚风格作品的话，王氏认为，人毕竟是人，虽然孟子也认为人之异于禽兽者几稀……稀乎仍有异也。我们毕竟要为自己留一点颜面。

后来二宝讲得更加惊心动魄。二宝说，他接受了伙伴建议，周日去教堂踩点蹚道，见到了一位被留学生们称为“mother”（嬷嬷）的老妇人。嬷嬷为初来的留学生提供住宿与伙食补助，只需缴纳市价的十分之一，便可基本上食住无虞。二宝住进去了。一位教育方面有地位的人物杜莱夫人来他们公寓视察，一眼看中了二宝，将二宝找到家里充当家庭教师，辅导她的华裔养女学习中文与中医，很快发展为对于二宝的情感靠近。二宝不了解也不敢询问杜夫人的年龄，他的感觉是她应该有六十岁。当然，她容光焕发，线条完美，高大健壮，三围引人注目。特别是她使用的巴黎香水，能让他发昏章第十四。二宝承认，她绝对有对他的吸引力魅惑力，二宝承认他每次见到她，听到她的声音，看到她的风姿，闻到她的气息，他都有强烈的身心与器官反应。他不止一次梦中与她做爱，他觉得见到此夫人算是没有白来这一趟，没有白白赶上了伟大祖国的改革开放，他也不算白白地活了一遭。当了男人，长了那么些没有出息也罢，气味不雅也罢，自惭形秽也罢，猪狗不如或者恰如猪狗才好的奇葩、货、神具、小把戏、暗器、毒鞭、图腾与命门，他最后恐怕仍然是白白来了又白白走了，美国和世界。

“那么，那么，你……”开茅感到了一阵闹心、乱心。文绉绉的、不爱说话的、有时候让他觉得未免窝囊的苏尔葆二宝，出国一年，突然发表了这样的狰狞露骨、不忠不孝、不仁不义、不齿不耻却又老老实实、真真率率、不打自招、不攻自破的胡说八道。开茅的声音颤抖起来。

"你不要那样看着我，大哥，我什么都没有做，我是人，我不是猪狗，我拒绝了一个又一个，我不做面首，不是鸡也不是鸭。我只与她们，注意，是她们，不止前面说的两个朋友，我只与她们说三个词，第一个词是'no'，第二个词是'no'，第三个词是'absolutely not'，绝对不。她们笑话我，她们说她们不伤害任何人，不论安琪儿还是魔鬼。我不会做任何对不起我们家的小祖宗小菩萨单立红小队长的事。"二宝说，他改变了声音和容色，他吭吭吭地喘着粗气，他鼻子不是鼻子、眼睛不是眼睛地啜泣起来。

后来他们一起吃了相对便宜一些的中餐馆，有牛肉炒面与酸辣汤，还有一盘宫保鸡丁，最后还要了甜品冰激凌与咖啡，开茅点了三份大号冰激凌。吃的过程中，二宝脸上一直有一种贪婪与自责、饕餮与惭愧。开茅判定二宝其实仍然没有吃痛快吃饱满，喝完咖啡后他干脆激动地再加点了一盘龙虾、一盘阿拉斯加王蟹，打了"狗食包"，让二宝带回去。他也没有什么钱，他毕竟不是来洋插队而是来交流的，他有一点补贴。二宝兴奋中又给他讲了不少穷学生找窍门活下去的各种合法的与不合法的手段。例如用一个网状的细线兜住一枚夸特儿（四分之一美元硬币），去打投币公用电话，说上几秒钟没用的话咔嗒一响，夸特儿应该落入币箱，也就是说应该立即投放下一枚夸特儿，通话才能继续，不投，立马断电断话。但是你的线网要在刚一咔嗒时迅速抽出，同时立即再松手放下，于是还能继续通话。对于电话机来说，其感应应该与投放第二枚硬币无区别。毕竟机器不是生龙活虎的艰难学生的对手。

"不要老是说这样的事……"他与二宝一样，且笑且哭，且信且疑。生活啊，生活，发展到眼下了，下一步该怎么办呢？

还说到了一些大人物的子女在国外的传闻，更是哭笑不得，真伪莫辨。

临别，二宝发表感想说："自由的代价就是孤独，自由是人类生活与精神的真正考验，真正的自由与孤独是不能接受婚姻与家庭的。美国贝贝从一生下来就单独住一个房间，咱们呢，也许是几辈人住一间小屋，几辈人住一个大炕。内蒙古新疆来的中国学生告诉我说，他们的牧民男女老少主客全都睡在一顶帐一条毡子上。我有几次真想收兵回北京了，谈何容易？是立红让我坚持下去的。

半夜，开茅回到自己的居所，他一夜辗转反侧，革命建设，跃进追赶，改革开放，发展与现代化，留洋海外，都是血肉拼搏啊……

八　阴影

圣何塞见面仅仅一年，二宝离家赴美两年半以后，一九八七年十月，来了消息，说是已经站稳脚跟了，他要立红赶紧办理护照签证，到美国与他聚齐。他还特别打了电话，希望开茅帮助安排好母亲，他催促立红早到一天是一天，早到一小时是一小时。开茅知道这对于二宝有多么重要，开动全部马力给立红加油。他充满感情地说："二宝在美国太苦了。从他上初中，因为有你，在国内就没有受过这样的苦。"他与立红仔细商讨了夫妻双双出走美国后，老娘苏绝尘的安排与照顾。一是靠开茅，一是靠保姆。保姆极好，照顾苏老师已经四年，确实靠得住。还有市文史馆方面的关照，叫送温暖，还用上一个词语叫"感情投资"，这个词让开茅讨厌。文史馆还给苏绝尘办理了就医优惠的蓝卡，还在理论上为苏老师配备了一名学术助手。只是从配备以后，苏老师与助手，始终谁也没见过谁。

开茅指导帮助立红用了一个月时间开证明、排队、照相片、办公证、复印银行存款记录、进大使馆，千方百计，快要成行了。突然一天立红变了颜色，告知开茅："我不去了。"

听到传闻，说是二宝在美国有花花事儿，女友不止一个。

开茅真急了，他拍下了桌子，他落下了热泪：

"我用人格保证，我用脑袋担保苏尔葆是世界上最纯正、最忠实、最干净、最对得起你单立红的男人！二宝是谁？他是王府井最大的照相馆窗里的明珠、明星、中国最帅男孩，他是我至今见到过的真正的中国绅士。只有你做得出来，你把自己的三十岁的丈夫赶到外国，你还想给他上上贞操锁贞操带？你知道你让一个三十岁的男人过的什么生活，你知道那有多么可怕！依他的条件靠形象靠魅力靠气质靠性别他也早就发了小财开拓了事业，说不定他能登堂入室蹿高枝！为了你，他两年多当的只是苦力。我都没跟你说，说起来我只能同情他。快三年了你就不允许他活泛那么一次吗？没有没有，小姐，他没有。他说你是他们家的活善萨，他说你是他们全家的救命天使，为了你，他拒绝了歌唱家加金融家的roommate（室友）建议，为了你，他拒绝了主流人士的召唤。他也有人权，一个饥寒交迫的男人，为了温饱，为了生活，为了发展，为了他的最低最低最原始的要求，他采取了一些变通，又怎么样？问题是他连一点一滴那一类的事都没有做！你应该给他跪下！你应该鼓励他不能活活把自己憋死干死卡死整死！告诉我是什么人在那里嚼舌头？是哪个王八蛋？只有想爬上他的身体可是爬不上去的小婊子才会造这样的谣！只有羡慕他嫉妒他而自己是侏儒丑八怪白痴流氓无赖的臭流氓才会传他的闲话！你要真把我当成你们的大哥，过来过来，让我扇你两个嘴巴子！"

山里红完全怔住了，她没有想到开茅大哥会这样说话，她没有见过这样的开茅兄长。她说："你真不愧是二宝的亲哥呀！"听了这一席话，她其实是从头到脚地舒服，她听明白了，二宝好人，二宝够意思，如果她当真挨了开茅大哥的嘴巴，那她就是全世界最幸福的女人了。现代社会这样的男人已经凤毛麟角，世界范围这样的男人与恐龙、骇鸟、龙王鲸……一样，根本不可能存在。她完全明白，中国式的贞节牌坊已经轰然倒塌，中国男人个个都有一百一千个理由来闹腾点花花事，所有的女作家都在告诉读者男人是靠不住的，一切海誓山盟都是过眼烟云，一切的坚持与自苦都一文不值，都是愚蠢年代的产物，而女作家自身要"解放"一下，也绝对能吓死一队队一批批的男人。她完全明白，所谓的白头到老，所谓的始终如一，所谓的"山无棱，江水为竭……天地合，乃敢与君绝"当然感人，但那是歌诗，而且是两千年前留下来的。那玩意儿叫classic，那并不就是现实，如果是现实，就用不着作那种诅咒诗唱那种决心曲儿了。

但她仍然相信，她与二宝与别的夫妻不一样，她十二岁，严格地说是十一岁，第一眼就爱上了尔葆，她毫不犹豫地把自己的少年与青春贡献给了苏家，给了二宝，她认定了自己是二宝的人。当她小小年纪想起自己将是二宝媳妇，而二宝将是立红丈夫时，想到这儿她鼻酸心苦，她想号啕大哭。她从开茅的愤怒中相信了夫君的老实、纯真、坚贞、完完整整、干干净净，从头到脚，从里到外，从心到魂，从疼到爱只属于她。她为二宝心痛，为什么不能让二宝舒服一点？为什么她的舒服要建立在二宝的不舒服上？她哭着哭着笑了，她笑啊笑啊笑出了新的眼泪。她给开茅大哥跪了下来。

开茅刚一说完就后悔得不行，他抱怨自己比二宝大十岁，与之相比，他完全没有二宝的沉静与自控。二宝是真正的绅士，他只是个粗人，他对不起立红、二宝、苏老师、爹爹和先人至少是名人纳兰。他情绪冲动夸张、巧言令色、怪力乱神，这些毛病他这儿都有，二宝那里，却是哪一样也没有。至于立红说的"亲哥"，他该说什么呢？

……如此这般，好事偶磨，一九八八年一月，二宝与他的娇妻山里红会面在美利坚合众国。一年后，一九八九年一月，单立红生下孪生龙凤胎，哥哥叫凯文（Kevin），妹妹叫苏瓒（Susen）。

又一年后，一九九〇年立红当机立断，盘下一个华人店主因急于回国以超低价出售的一家东方杂货店，开始经营刺绣、扇子、梳妆盒、小泥佛、香包、线装书、字画、陶瓷、茶具、酒具、编织品、屏风、草帽、草鞋、珠串等等。没有大进益，但不无小补，也省去了立红找事由安排生活内容的麻烦。他们去过一个西班牙女人开的小店，店主说，不是为了赚钱，而是为了不让自己失去生活内容。二宝发表感想说，自由不仅需要孤独，还需要寂寞与无聊。

立红是颗福星啊！开茅赞叹。

半年后，开茅得知，苏尔葆在立红引导下，考进一家名气不小的高等学院，接受他们的远程职业技术教育。远程云云，意思是不必去学院的教室上课，可以通过函授、网络、电视电话等系统听课，完成作业，跑几趟研讨答问答辩质疑切磋，接受考试，获得学分。最伟大之点，不久在苏尔葆的倡议鼓动下，学院组织学员们到因改革而大红大紫的中国北京，做了一次职业技术教育课题调查访问，他当然也趁机看望了母亲，给母来带去了碧根长寿果、混合干果、带有小颗粒的花生酱、费城牌鲜奶油、多种维他命、钙片、大提子干。其中维他命现在一般称之为维生素了，但是妈妈总改不了维他命的口，尔葆觉得维他命的叫法很生动，便也维了她好多回命。

双双赴美后他们不断地寄钱来，数量越来越多，弥补他们"母在，双双远游"的过失。美国一待，便学会了用金钱弥补一切难以弥补的路数。但虽然"四旧"也好五舅也罢，破了又破，孔夫子讲的"父母在，不远游"的教导，还是屹立在华人心里。在出国后四年，苏老师欢迎完了以参访名义回了一次家的儿子，日益衰老平静呆木，以静坐、微笑、吟诵拉丁语古典文学作品与兰波的《黎明》和《醉舟》等度日，若有若无，若思若忘，若喜若悲。见了开茅，她认识，她落泪，见了别人，她一概无反应。

二〇〇〇年，八十二岁的苏老师突然对开茅说了一句话："我该走了。"开茅大惊，当夜给立红的东方小店打电话。五天后，二宝回来了，两天后苏老师含笑长逝。开茅坚信，苏老师不愿意给下一代增加负担，见儿子为了她专门回来了，她赶紧投向另一个世界。

虽然开茅理解这一切，同情二宝山里红这一对小夫妻，虽然他对他们二人都充满友情、亲情、故人之情，虽然开茅早就体会到了人生常常是充满遗憾的过程，你总要有所舍得，有所付出，硬起心肠，不管不顾，否则一辈子只会是一事无成，他仍然对二宝立红有点意见。他们对自己的母亲，总可以再多做一点，何况他相信，那是一个美好的人、高尚的人、痛苦的人、克己的人，她本来可以有自己的风华和幸福，她本来可以有自己的璀璨和雍容，她本来可以有自己的梦断南柯魂断鹊桥，然而，她什么都没有，什么都没有说。然后，她自己也都没有了。

苏绝尘死后七天，开茅梦见永顺爹爹，爹只剩下了一个空架子，抱着苏老师，他含糊地说了两个字，又是："报应"。然后开茅醒来。妻子王明光被他叫醒了，他说了自己的梦，说是自己心里别扭，妻子摸了一下他的脸，说："我们面对的事情已经够多，就放任一下梦境管理吧。事实，会隐没在梦中，像冰雪，融化在火里。"又是百分之九十五的兰波，深夜，她笑起来。

后来他们拥抱在一起。后来明光怀孕。次年他们得女，起名忆苏。他们找回了苏老师晚年的保姆，为他们俩看孩子。生命是有一种延续的，女儿的清纯当中，似乎有什么东西让开茅想象与说给自己。

九　月儿出场

直到苏老师离去，二〇〇〇年五月，尔葆已经四十四岁了，学分终于修够，他有了洋学位。次年，他被一家登记在爱尔兰的跨国医疗器材公司

雇用，派他到中国一个工业园去办合资厂。

两年后他的工厂办起来了，他成为厂长，他的工资一下子比过去增加了十九倍，他成了真正的白领。他享受到了此生在国内外从未享受过的尊敬和礼遇。他有一辆供他专用的原装沃尔沃轿车，有一名兼职司机。有时候他更愿意自己开车。他有一名英语比他讲得还好的美女秘书。他的办公桌是半圆形，向左向前向右，都有一大片桌面供厂长使用。而他仍然是一样地小心翼翼，谨小慎微，寡言少语，克勤克俭。中国人无不说他是君子风范，外国人无不称赞他是绅士教养。尔葆也很满意这里的民风，远远不像北京人那样大爷、天津人那样刻薄、东北人那样信口开河。长江流域人认真细致精巧数业，少说多做，勤劳本分，温和礼让。他也不知道到底是怎么回事，他从来没有感觉到过自己有什么能力、才干、精明，但是他在这里的工作成绩卓显，受到中外上下的一致好评。

根据他的建议，公司高管同意他选择优秀技术人员与熟练工人骨干，到世界各地参观访问，见识先进，成长自身，精益求精，攀登高峰。对开放不久的中国人来说，这也是难得的开洋荤的精神与事业享受。

他因工作关系带领本厂有关人员去过了都柏林、哥本哈根、利物浦、海德堡、巴塞罗那，也去了肯塔基与西雅图。他每年结合述职回美国的机会有五六次，圣诞节长假他也有半个多月的时间回到美国，回到自己的四口之家，安享天伦之乐。亦中亦西，亦乡亦城，亦农亦工，亦劳亦逸，他的脸上渐渐显出了四十余年来少有的笑容。

在中国的这个开发区工业园里，他当然也认识了拿着各式护照的外籍与本土企业家，和他们你来我往，豪肚油肚，咖啡、龙井、茅台、五粮液、苏格兰威士忌、XO、香槟、朗姆、伏特加、牡蛎、龙虾、牛排、意面、燕窝、鲍鱼、鱼翅、宫保鸡丁，慢慢加上了卡拉OK、蹦迪、交际舞、高尔夫、网球。

二〇〇四年开茅应邀带上妻女到尔葆在的这个工业园做了一回客，深表称赞夸奖。他们一起到工业园一家富有地方特色的船形餐馆吃饭，要了糖醋白鱼、蜜汁火方、阳澄湖大闸蟹和糯米豆沙做的鹅形甜品，喝了女儿红老酒。说这个酒是在女儿出生后立即预备到坛坛罐罐里，到女儿出嫁时再拿出来贺喜启用的民俗酒。

一边吃东西，一边还有当地名叫丘月儿的弹词演员表演说唱。女演员银装素裹，柳眉凤眼，莺声燕语，糯体柔情。开茅听不懂一个字的吴语，但是为之入迷，目不转睛，嘴都忘了并上。夫人王明光说："你怎么成了《红楼梦》里嘲笑的那只'呆雁'啦！"说得开茅脸红。

好在说唱进入了吴语Rap段落了，大量吴语，其次是上海话、宁波话，少量英语，还有普通话，融为一体，洋快板节奏，说得大家笑成一团，掩饰了"呆雁"的尴尬。就在这个时候，突然在客人饭桌当中上演了全武行。

原来是他们的邻桌，坐着与尔葆有一面之交的一位湖南老板与几位男女友人。他带着自己喜爱的圣大保罗名牌公文包来吃饭，单肩斜挎，坐好后将包包放在身边一把椅子上。就在Rap令人们笑成一团的一瞬间，一只手伸到了圣大保罗包包上，抓起了包包，开茅的妻子叫了一声："小偷！"明光不愧是有相当历练的记者，即使眼前有再好的美食美酒美妙演出，她总是耳听六路、眼观八方，随时发现新闻、动态、舆论、突变、奇形、怪状。随即是湖南老板的果断出手，叭的一声，一个十四五岁的男孩子倒在了地上，是的，扇了小捋（小偷）一个大耳光。

接着老板将小家伙一只手提溜起来，第二个第三个耳刮子，全上去了。

想不到的是Rap立即停止，演员从表演台上跳了下来，一步抢到小将与老板面前，喝道："可以报警，不准打人！"

老板一听，目露凶光，再一看是义正词严的女演员，他一怔，尔葆也赶紧响应，向老板示意："对的，对的，是的。"

开茅夫人将这个活计揽了过去，她把小捋带到外边，教育了三十分钟，还给了他二十块钱，谆谆嘱咐，放他走了。回桌后，差点被偷窃的湖南老板问："这位姐，如果他是惯偷，他会认为您是傻子，他拿上您的钱也许立即换场作案，偷盗一个'梦特娇'，内有钻石白金戒指和大额现金。您怎么办？"

明光说："我只能做我认为对的好的高尚的事。小家伙他一定要坏，我怎么办？世界这样大，我们只能把事往好了做。您想，就算他最后因为罪行严重，刑场处决，砰，打死了……他也仍然有可能想起今天的事来有一点点后悔吧？他后悔而被枪毙，比在痛恨他人痛恨社会的情绪中被毙掉好。何况他也许有救呀，有千分之一的希望也还值得百分之百的努力。救道德救人心是积德呀。万一他本想改恶从善，反而是咱们这些吃澳大利亚龙虾的人，没有给他机会呢？他的后悔仍然是一种能量，每个人的喜怒哀乐，都有他的蝴蝶效应。不管怎么说，世界上，好人很多，中国这里，好人很多，吃饭听唱的人里头，好人很多。"

她的话博得了首肯与轻轻的鼓掌。

Rap随后停止。女演员改唱弹词风格的《洪湖赤卫队》，唱得尔葆泪下。

开茅、明光、立红、二宝，有机会两次在美国会面。二宝开车带他们走了东岸，在缅因州足吃了加拿大龙虾，在波士顿查礼士河边观看了哈佛与牛津大学生的划船比赛，在纽约曼哈顿对面岛上攀登自由女神，在西岸去了旧金山的金门大桥，去了红杉林，去了洛杉矶的好莱坞。他们在密西西比河上了游船，最后还去了华盛顿DC的琳琅满目的博物馆。也算人生一乐。比起上一代、上两代或更多的代别人物，他们就算够幸运的了。"还想怎么着呢？"他们四个人互相问着，互相满足，互相鼓励，惜福惜乐。

二〇〇五年开茅又结合外语学院的业务交流，到尔葆在美国的家过了复活节，吃了肚子里装满果子核桃夏威夷果与大提子干的火鸡。吃得苦中苦，方为幸福人。他很有感慨。同时他奇怪为什么二宝开始显得闷闷不乐。他问了两次，"你有什么事儿吗？""你有心事？"二宝连连摇头摆手傻笑，但是二宝的笑容不知为什么，给开茅以酸苦的感觉。

二〇〇六年的清明节，开茅去父亲的墓地扫墓，他小声告诉父亲，二宝现在日子过得不错，他常常吃龙虾，他希望父亲的在天之灵，保佑二宝，平平安安，幸福体面地过好自己的一生。还说，前不久二宝回来了，给他妈妈选好了墓地。他也去了一趟。

说完了，他又觉得无趣、多余，一天胸口痛，饮食无味无香。打了好几次怪嗝儿。

十 有女怀春，吉士诱之

二〇一〇年，二宝专门在一个周末来到北京。他穿着意大利华伦天奴名牌西装，身上有股应该是吃多了西洋退烧药片才会出现的浓烈汗味儿，他找开茅倾诉心曲。先是谈到，由于他担任厂长的业绩和各方面的良好记录，他与立红已经取得了美国国籍，他说，相当于办上了户口。紧接着是大谈他的房产与汽车家业。他在美国住地与中国工作地点各相中了一套房产，共值二百多万美元，两所都是独幢别墅型，他计划是一次性付清购买。此外他买了一辆新的"平字"，中国大陆叫作奔驰，德国原装，刚开了两星期，半夜在住所附近被人用碎玻璃划了个体无完肤，他找了当地公安机关，至今没有破案。他想不通为什么会发生这样的事，他准备再买一辆原装凯迪拉克……

开茅点头称颂，他不内行，提了些不必一次付清吧之类的屁话，然后就称领二宝是吃得苦中苦，终为人上人。他另外提出二宝不必激动，不必一下子花出去那么多钱，他说他认为中国人喜欢银行储蓄是一个优点。他说他参加过一个经济研讨会，专家们认为中国经济有了长足发展的原因之一是喜欢存钱。一个以色列，一个中国，都因为热衷于存贮而获益。一面说一面怀疑着自己言语的意义，怀疑着今天的有朋自远方来，到底意味着什么。二宝他为什么一面准备大笔出手消费，一方面药汗与新西装交相辉映，二宝怎么了？东一榔头西一棒子，究竟是想说什么呢？他自己也颇觉兴奋，却又困惑。人家娶媳妇，自己傻高兴？人家发了财，自己烧得尥蹶儿？人家置业，横跨太平洋，你也发晕？你们俩，到底是谁更需要吃药或者减药，到底需要吃什么药减什么药呢？

而且在谈话中发现，二宝的两只袜子不是一对，一只藏蓝，一只蓝黑，一只腰长，一只腰短。二宝是一个细心谨慎的人，他不应该出现这种情况。

然后吃饭。然后小酒。然后明光回自己的小屋做报社的事。然后二宝仍然是哼哼唧唧，"怎么了？"开茅问。"其实，也没有什么……"二宝答。

最后开茅急了，他喊叫起来："从小，你就是这个毛病，你不急，你活活让别人急死。我的兄弟大人，有话说，有屁放，我明天还要接待哈佛的校长，克林顿时期他当过财政部长，我这儿还有几十页的英语文档要看，需要恶补的事情一大堆……"忽然，开茅似乎明白了。

天啊，坏了，好个老实到了窝囊程度的苏尔葆，他敢情是陷入了感情的迷狂乱阵泥淖，他面临的是没顶的危险，他找不到自己的存在了。开茅完全傻了眼。他自言自语，他说："不，我不信，你与立红青梅竹马，两小无猜，不，不可能……"

"开茅，你应该明白，如果我与立红还保持着当初的恩爱，我不可能同意一个人回中国来当厂长，每两个月回到立红那边。你怎么会想不到这个？我和立红分居两地已经八年多了，八年多了就是三千天，你不觉得我也是个男人吗？"

完了。二宝的声音像蚊子哼哼一样，二宝的面色如土，身体发抖，二宝在发疟疾。他的话像是含着热茄子说出来的。开茅已经感觉到了问题的严重性。他不知道说什么好，他结结巴巴起来，倒像是他开茅感情生活家庭生活中出现了危机，是他遇到了折磨，是他有了难言之隐。

"我……我……每次我见到你都问这个立红，问那个凯文，还有苏瓒……我还建议过把他们接到你们厂子来啊。是你说她喜欢她的东方小店，你说一批用草编织的物件把立红的心吸引住了。你怎么说瞎话呀！"开茅差不多声泪俱下。

尔葆整理了一下自己的衣服，他解开了衬衫的最上头的扣子。他缓缓地说：

"是，就是那个吴语Rap演员，她也许不算最漂亮，她仍然好看得让我哭了一夜。而且她的纯洁清爽，她的傲骨侠心……她有头脑，爱学习，你听过她唱的弹词，你没看见过她写的字和她画的画，她上着英语班，她参加过托福模拟考试，已经达到四百五十分。是的，是她看中了我……她追了我五年多，你可能不相信，我们相谈甚欢，我们谈天说地，我天天去有她演出的餐厅吃饭。只是最近，我们才有了男女最亲密的关系。我坚持了六年，适可而止，不及于乱，发乎情，止乎礼，求之不得，辗转反侧。知止而后有定，定而后能静，静而后能安。她说，她说我应该无论如何烧灼这么一次，不论付出多少代价，咱们都只能活一次，骂就骂吧，打就打吧，死就死吧，死也要死一次林黛玉，死也要死一次罗密欧……最后成了灰，也是幸福的……上一个周六……"二宝呜咽了。

"我总算有了一个自己的机会。问题不在于她选中了我，问题在于她选中了我的结果是我哭成了狗！"

"叫什么？她叫丘月儿，当然，这是艺名，她是上了一年大学退学出来唱弹词的。她说，她只想陪陪我，她说寂寞比饥饿还可怕。她说她是爱情至上主义者。陪陪我。此愿足矣……"

两个人沉默了。二宝补充说："月儿说，她只想做自己愿意做的事，她觉得唱弹词比上大学好，她就退学卖唱。她后来觉得认识我比唱什么歌词戏词诗词都好，她准备放弃用弹词挣钱。她知道我有妻有家有子有女，但是她愿意见我，与我说话，也可以不说话，只要常常见到我。只要我常常让她见，她什么都不需要了。我已经跟月儿好了，我怎么办呢？"

"可是可是，"开茅不知说什么好了，"你再冷静冷静，咱们毕竟是中国人，咱们得多想一想，过去和将来，妻子和孩子。生活，你知道什么叫生活吗？苏联有一个作家，叫巴甫连柯，现在俄国人说他是一个打小报告的坏人，他害了许多苏维埃作家。我们不了解他。他的小说里写过，'生活比感情更强'。"

二宝说："当然，你想着立红，谢谢你，哥！我哪能忘了立红？我成了陈世美，我成了无情无义无耻无德卑鄙绝顶的丑类，我想着凯文与苏璜有权利端起枪来毙掉我！这究竟是为什么呢？我的一条小狗命，现在要要立红的命，要凯文的命，要苏璜的命。早晚还得要，你信不信，早晚我会要了丘月儿的命。妈妈的命也是我要的，妈妈早晚会来找我索命的。但是妈妈对我说她喜欢兰波的温柔的疯狂。爹爹，真爹爹假爹爹的命也都丧在我的手里……"

二宝终于大哭失声。开茅厉声制止了他。

"我底下的话可能显得没有良心，对不起，我没有选择过，我没有追求过，我没有失过眠，没有心跳过，我不知道什么叫窈窕淑女，君子好逑。有女怀春，吉士诱之。压根儿不知道求之不得、辗转反侧的滋味。我这一生只知道接受，只知道听喝。是我的家庭和命运决定了一切，是最最有主意能决断的单立红从十一岁就决定了一切。她是个敢想敢做、敢杀伐敢决断的人。她是司令员兼政治委员。杀伐决断这个词出自《红楼梦》，是用来形容王熙凤的。从升入初中，从见到了我，她就选定了我，从此我再没有机会选择。她是菩萨，当然，她是我们家我的母亲苏清恶的救命恩人。也是……"

"什么什么，你管你的母亲叫什么？她不是叫'绝尘'吗？"

"不。她喜欢的自己的名字是清恶。清是两点右边一个青字，恶是而

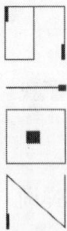

且的而，下面加一个心。两个字的意思是惭愧……用不着扯这些啦。我的理论上的父亲，其实是最憎恨与厌恶我的人，是吕奉德。立红更是他的救命恩人。"

"冷静一点……"

尔葆狂笑了，他再不是开茅的安宁的、收敛的小弟弟了，他再不是温文尔雅的君子，轻声慢语的绅士。他说："立红善良得如铁如钢，坚决得势不可当，她目光远大，有心无二，说到做到，坚持到底，一往无前。而我呢？来路不正，从十一岁，我的世界里只剩下山里红了。我算个啥，我根本没有生的权利，吕奉德不承认我是他的儿子，苏清恶不告诉我谁是我的父亲，她只让我叫你大哥，我无缘父姓，却又是罪犯吕奉德的种子，叫你一声大哥完全不能证明顿永顺叔叔是我亲爹呀！我能去做DNA检测去吗？和谁？和你一道？我难道是嫌自己给父母丢的人还太少太少？我从小知道的是小心小心，树叶掉下来，别人没有什么，我可能因此头破血流，千夫所指！我感谢立红，我喜爱已经二十多岁了的苏瓒与凯文。但是这次，在工业园，我有了我真真爱上的灵鸽仙子，我的月儿，我的心碎了裂了爆了。"

"你……要不你就两边跑吧，咱们中国人并不呆木，自古徽商就是两头大，回老家有一个家，有正夫人尊夫人，做生意地方，不可能没有另一个家，也有太太有老婆有房室……"

"开茅，您这是说什么呀。"明光这时从她的房间出来了。她说，"别听开茅的胡说八道，他以为这还是明清前朝呢。我听到了，我明白我也理解，你只能自己决定，开茅不能替你决定，你的家人不能替你决定，你的情人也不能替你决定。世界上的一切事情都是有舍有得，不用糊弄自己，更不能糊弄立红、凯文、苏瓒，你还必须对月儿负责……你做好准备吧！一个男子汉，要么不要伤害别人，要么干脆冷酷一些，不必给自己找那么多理由，不要用歉意再去侮辱被你伤害的女子！"

"你说什么？用歉意再去污辱被我伤害的女子？"

"这是阿尔蒂尔·兰波的诗。原文没有说是女子，只是说某个人。目前的状况，你舍弃哪一边都是三分之一或者更多的悲伤，三分之二或者少一点的希望；你两边都舍弃不了，那就只能是三的N次方的通通绝望！"

连开茅也为之一震，怎么明光能说出这样严厉、这样坚决又是这样精彩的话来。明光哪儿来这么大的本事，这么强的姿态，这么清晰的判断？男人，啊，你们觉得你们是什么大丈夫，所以你们要考虑影响、舆论、道德评价，可能还有什么意义、后果、理论、倾向，你们的思维与概念，你们的掂量与算计成了你们的伤口，你们的软肋，你们的压顶大山。而女性呢？一个心字，概括了一切，我心即我意，即我行，即我情，即我爱，即我天，即我命；也就是我的世界，我的人生，我的太阳！女人啊，你们太伟大了！

第二天凌晨，去飞机场以前，二宝敲响开茅家的门，一见他们，他哭了一场，说是总算明白了，他不能抛弃家室，不能抛弃恩重如山的山里红，不能抛弃神情卓越的凯文，不能背版小精灵苏瓒。他确定了，要与月儿开诚布公地谈清楚，恨不相逢未娶时，他做不出狼心狗肺的事情来。他笑了起来，说是一旦下定决心，只觉心明眼亮，条分缕析，幸福安康，长治久安，全赖兄嫂。他带着笑声与他们告别，邀请他们秋天去工业园骑马吃内蒙古风格的烤肉与"老绥远"名牌烧卖。

十一　摊牌

先添上年表的新增部分：

1988年立红到美国与尔葆团聚。

1989年立红孪生龙凤，凯文与苏瓒。

2000年苏绝尘（改称清恶）病逝。

2001年顿开茅与王明光的女儿忆苏出生。

进入二十一世纪又过了十一年以后，腾讯公司于二〇一一年一月二十一日推出了一个为智能终端提供即时通讯服务的程序，做出了一个改变国人生活方式的叫作微信的玩意儿。网上的咖咖们说，最厉害的不是核弹巡航导弹，不是航母也不是超音速战斗机，是微信。微信打败了电视，打败了电脑、打败了信用卡，打败了各国货币，打败了电话，打败了邮政，打败了盛宴与会见，打败了零售店与专门店，打败了隐私权与名誉权，干脆说是打败了人权与学位制度，打败了文化，每天孜孜于读微信的人远远超过了读经典名著的人。

有了微信，二宝与立红、开茅与二宝相距不再遥远，地球村的说法似乎也不勉强。二宝发了几张他与月儿的照片给开茅。他们一起在公园。他们一起在水乡散步。他们去看望住在那里的一个名作家。还有一张他俩的逆光照，注明是夏季的夕阳下。

明光问："怎么回事？"

开茅答："那还不明白，就这么回事。"

"那他临走时说的……"

"他自言自语的时候也许说得更多……"

"二宝在网上传这个，他不怕立红与孩子们看到吗？"

"不用咱们操心。按二宝的性格，他一定要告诉立红和孩子的，否则，二宝不成了前几年电视剧《潜伏》里的余则成了吗？"

开茅与明光看完孙红雷与姚晨主演的电视剧《潜伏》，感动了半天，感动的不是特工故事、特工忠勇、特工奇葩，而是主人公需要潜伏、潜伏然后还是潜伏。抗日，潜伏；日本投降了，继续潜伏。为了新中国，潜伏；新中国胜利了，继续潜伏（到台湾去）。而且在台湾要另行组织家庭，就是说在家里也必须潜伏，不然，不是等于自首叛变了吗？永远潜伏？潜伏一生？而且有人行家里手地说，死后还要继续潜伏，免得影响了未死的特工同志！

转眼就是二〇一二年，开茅六十六岁，二宝五十六岁。春季，开茅夫妇应到工业园看望二宝，月儿已经以个人雇用的管家兼秘书名义与苏尔葆同居了两年。二宝的说法，月儿早已不在餐馆"卖唱"，她为他料理一切，包括帮助处理商务。月儿参加了英语中级班，进步神速。

二宝邀请开茅夫妇到这里骑一次马。他们在五月份来了。他们在一个周六开着豪车走了一个多小时，来到月亮岛跑马场。一路上汽车音响里播放腾格尔与德德玛的歌唱：《父亲的草原母亲的河》《美丽的草原我的家》《天堂》。明光对开茅说："兰波的诗说，生活在别处；高晓松说，不是只有眼前的苟且，还有诗与远方。"

开茅说："佛讲的是'活在当下'。有趣的是这又是美国最大的会计师事务所董事长的名言。还有人说'诗与远方'是毒瘤……"开茅夫妇笑了，二宝、月儿没有笑。

听腾格尔的《天堂》的时候月儿泪如雨下。二宝问："这是怎么了？"

月儿说："你听不见？我的天堂，我的家！"

二宝没有出声。

他们过了一个非常美好的下午。开茅与明光，各自上了伊犁马，缓缓地走了几圈，闻到了青草与马汗的气味，身子一颠一颠，有点紧张，更是十分欢愉。骑马毕竟是一个值得自豪乃至吹嘘的事，是他们此生的新经验，在本土，涉嫌豪华，做梦也想不到，他们此生也豪华了一回。"时人不识余之乐，将谓偷闲学少年"。再过几年，也许他们会上游艇，上太空飞船，他们会像穆天子一样地去瑶池会王母娘娘，还要逛赤道逛两极？

"关键是身体的重心与马背起伏保持一致，你上我也上，你前我也前，你落我也落，你扭我也扭。"二宝大声地宣讲骑马的要领。他与过去是多么不一样了啊！

他们二人下马以后，二宝与月儿骑马跑起来。显然他们已经是老手，马场这里有他们存放的骑马专用背心、头盔、紧腿系扣子的马裤与黑马靴，他们一跃一跃，跑到了马儿前腿双跃接着后腿双跃的腾跃级别，马半跑半飞，半地上半空中，如驾云而飞。飞腾的感觉使二宝也是腾云驾雾，开茅与明光为他们鼓掌。尤其是开茅，他看到二宝这样的从未见过的舒展快乐，他忘记了一切。

就在这个时候二宝对月儿大喊了一声："红红，加油！"

什么意思？二宝想起了立红？面对月儿，二宝口误将月儿说成了红红？

月儿在马上一晃，众人惊呼了一声，还好，月儿总算又直起了腰，她停住了马。

骑完马，他们一起吃了马场酒店的烤肉。就是北京烤肉宛、烤肉季做的那种葱花与肉片混合翻滚的烤肉，原来这来自蒙古民族，应称作蒙古烤肉。开茅说起可爱的多民族的北京，普通话的形成中，汉族、满族、蒙古族、回族、女真、鲜卑、契丹咸有荣焉。

老绥远的烧卖，更是令四人赞不绝口。关键是肉要用手工切成小块，绝对不能绞成肉馅。粤式早茶里每只包一块大虾仁的烧卖也与蒙古族之正宗烧卖相距甚远。人们在江南的工业园体验内蒙古，人们享受着生活的开拓之乐。何况在吃烧卖的时候，四个人都觉得自己岂止小康，是不是快要大康了呢?

在回程快要结束的时候,忽然,坐在副驾驶位子上的月儿一字一字地说:"二宝,我觉得终于是时候了,我们两人要到民政局去登记结婚。"她的说话口音与方式,令人想起吴语弹词。

二宝带着哭音说:"你这是想起哪一出来了呀!"二宝似是叫苦。

与吴语的蚀骨相比,二宝的北京话显得有一点点油滑。

"站住!"月儿声嘶力竭,她哭出来了。全车人都下了一跳。

二宝踩了急刹车。月儿推开车门,下车走了。车上三人愕然,一时谁也没看谁。寂静中二宝似乎诉说:"我已经许多次,叫她红红了。"而已经下车走远了的月儿的声音是:"八年了。别提它!"她说得痛心疾首,使你想起样板戏《智取威虎山》。明光的样子似有不满,她如果说话,会说二宝"是时候了!"而开茅能说什么呢?也许他要说:"天呐!"

十二 生生死死

上次骑马后回京,明光突感身体不适,检查后怀疑是白血症前兆。开茅一心帮助明光治病,别的事都顾不上。二宝几次邀约与开茅见面,在工业园,在北京,在其他地方,开茅实在不便,他只是一次一次地讲着"对不起""请原谅""过几天"……开茅与明光去了台湾,说是那里的几个留美医师正在推行一种相对有效的方法治疗血癌,叫作CAR-T疗法,大体是使用病人体内的健康细胞,经过培植繁育,成为更强大的健康力量,再用回到病人身上,去战胜恶细胞毒细胞。大陆上也有这样的医疗探索,还都在临床实践与积累数据的协和医院里。

一年过去了,明光有起色,接受治疗,明光能忍受一切考验也完全合作。至于二宝,微信中告诉开茅,他与立红已经在美国办理了离婚手续:他把三份房产(后来买的与原来与家人共有的)全部转给了立红,他把银行里的存款,也全部汇兑了立红,他现在已经是"无产者"了。他用这种自我扫地出门的方法,表达他对立红的负疚感。他说作为一个年已半百的老伙计,他是疯了,他是丧失理智了,他什么都不顾了。他没有自己的家世、国家、家庭、使命、记忆、感恩和渴望了,他没有父母、童年、少年、记忆、志向、愿望了。他现在只剩下了一个已经整整一年未见过面、未通过信、连春节期间微信表情都没有互发过一次的月儿了。月儿其实也不是神仙，不是天使，不是绝代佳人，不是维纳斯，月儿也是一个普通的人，但是他毕竟只剩下为月儿疯狂这一件心事。他终于可以把月儿明媒正娶，合法夫妻，从头生活，从头奋斗，人生从五十岁开始。他终于不必再躲躲闪闪，含含糊糊，无言以对，蛮不讲理加耍赖皮了。他已经发疯，已经害人害己害家害妻，害子女，害了立红一生，害了月儿九年，害了友人大哥大嫂。他第二天就要回中国工业园了，他将向月儿报告，他毕竟为月儿做了一件事，他不是玩弄女人的拆白党，他不是不负责任的坏蛋。

他问候明光，为明光祈祷。他甚至说明光的病他也是有责任的。"我与月儿找你们一起来骑马，我这边名不正言不顺。恰恰在你们在场的情况下，月儿提出了婚姻的要求，而我的反应自私自利，毫无心肝。明光无法忍受我这样的朋友，你无法忍受我这样的朋友，回京后明光就病了……

"这是胡说些什么呀？"明光回复道。

开茅摇摇头，他对二宝的心理状况担忧。对二宝所说的与月儿已经告别经年，也觉得匪夷所思。

他们立刻给二宝打电话，二宝关机，他们认为是二宝登上了越洋飞机。他们次日又打了多次电话。他们在网上搜查了所有二宝可能乘坐的航班包括经港澳台、夏威夷、新加坡、韩国、日本转机的航班。他们在网上又搜查近两天全球发生的空难。无。第三天，电话通了，这证明，二宝已经下机登陆，除非是手机被盗，现在拿在他人手中，他们马上就能与二宝联系上了。但是二宝不接电话。再打一次，再一次，再两次、三次，手机里发出了软件的声音："您拨叫的电话暂时无人接听，请稍后再拨。"到第五天，开茅忽然紧张起来，他觉得太不对劲，立即订购飞工业园的机票，并且给二宝发出语音与文字信息，说他将在次日十一时抵达二宝厂区。

二十分钟后，二宝传来了有气无力、半死不活的音频信息："月儿上个月嫁人了。"

开茅顿足，更要赶快见到二宝，按原日程，次日午前他一人到达了二宝的厂区，他背着一个大口袋，活像从前自北京使馆区秀水街趸货的洋倒爷。他看到了一个被吸干了血、被抽走了灵魂、被打了药针一样的二宝。

他只盼着二宝抱住他嗷嗷嗷地痛哭号叫一场。他希望二宝抓头发、跺脚板、摔玻璃杯，至少自己打自己一顿嘴巴，窝囊、文明、礼貌，七讲八美，急眼了打打自己总是可以的吧？然而二宝不响不吭。

他把自己陪明光去台北治病时买的台湾土特产金门高粱酒、新东阳凤梨酥与盐渍金橘、冰糖柚子皮，还有大溪豆干、珍珠奶茶、号称比散黄金还昂贵的冻顶乌龙，都带到二宝这里来了。

他带来了一幅镜框书法，是启功的《心经》全文抄录。"五蕴皆空，渡一切苦厄"。看了一会儿，又觉得字不一定是启功的真迹，倒更像潘家园出售的赝品。不过，请看，既然色与受、想、行、识皆不异空，真启功假启功又有什么计较？真情假情，真家室、假家室、无家室，又有什么分别？他顺便教授给二宝，般若进智慧，而"般"在这里必须读"钵"。他教导二宝，许多"运生不测"者，是读通了《般若波罗蜜心经》后得到健康、欢乐、金刚不坏之身的。

开茅披心沥胆地给二宝讲了几个小时，二宝无表情。

当天晚上，开茅陪着二宝，同睡一张大床，他也觉得可悲可笑，他就是把整个台北华西街的食品与佛教用品全部搬过来，他即使与二宝同床共枕三个月，他也不可能取代月儿的角色。月儿前个月已经嫁给了一个经营乡村俱乐部——高尔夫球场的二老板，她已经怀孕了。离完婚前来报告的二宝，根本没有见到月儿，月儿只是给他发了微信："既有今日，何必当初？冷言冷语，冰凉彻骨。月没那福，宝没那路。缘断情绝，读罢删除。"二宝乖乖地删掉了月儿的回音，同时将月儿的话背得滚瓜烂熟。

开茅受了月儿启发，也是为了哄二宝笑，说是他从网上看到了用东北方言翻译的普希金的诗《假如生活欺骗了你》。此版本说："要是姐们儿糊弄了你，败急眼，败上火，败吭声，败蛄蛹，你就是一个大绿虫子，一边儿忍去，你把自个儿缩到茧子里，几天以后，咕隆，你咬破茧子飞出来了，你成了个花里胡哨的大蝴蝶。"

"不是姐们儿，"二宝说，"是生活欺骗了你。"敢情二宝也知道这个自普希金发展到中国东北网民的段子。二宝的嘴角儿上显出了一点笑容。呜呼，还是东北大馇子管点用。

第二天早晨，对方的时间是晚上，二宝给闺女苏璨打了电话，大部分是北京话，少部分是西岸味道的土美语，他们谈了半天，开茅看到与闺女说话的父亲泪流满面。

三天后，开茅离开工业园回北京，二宝送他到机场，告诉开茅："我的那张造孽的童年照片，从美国家里的墙上取下来，快递到厂子这边来了。"

一个月后，二宝建立了微信公众号，天天发表狗屁不通的诗。他篡改古今中外著名诗句。李白的《静夜思》改成："红红一个大月亮，掉到地上变成霜，抬头不见昨天（的）你，低头想你断肥肠。"改了王维的诗："己个儿坐在竹林中，张着大嘴喝北风，四面不见人鬼影，只有月儿不吱声。"后面注上原文："独坐幽篁里，弹琴复长啸。深林人不知，明月来相照。"还有李清照的《声声慢》，"寻寻觅觅，冷冷清清，凄凄惨惨戚戚……守着窗儿，独自怎生得黑？"二宝写成："找了半天上哪儿找，冷得（你）冻手又冻脚，长得黢黑谁人喜，卖单窗口没人要！"二宝在后记上说，这里说的"卖单"与埋单买单结账开票无关，是老北京话，是说一个女性呆坐，等于卖色相给众人看。另外他认为李清照长得不白净，她的词写得再好，也会有感情上的苦闷。后面跟帖一大堆讽刺，尤其是将"怎么能熬到黑天"的"独自怎生得黑"，说成长得面皮黑，更是荣膺"狗屎乱厕奖"。居然还有人对这种歪曲经典文化的公众号主人进行人肉搜索，公布说，这些不通的诗是一个买办奸商瘪三无赖大坏蛋阴谋制造的，别有用心，是挑战中华诗词大会，读古典诗词，人神共愤，国人共诛之，好人共讨之可也。

二宝还写了一首新诗：

上班

每天都要吃饭，

每天都要上班。

上完班需要吃饭，

吃晚饭需要上班。

不上班也要吃饭，

不吃饭不能上班。

我每天都吃饭，

我每周上五天班。

天天吃饭，

天天上班，

直到有一天忘记吃饭，

直到有一天忘记上班。

开茅倒是略感幽默，山穷水尽，四面楚歌，写出点不通之作，勇于勤于晒给大众，穷极无聊也总要无聊出个样儿来。倒也不算大恶大疆大疴大讹。开茅甚至认为，二宝的新诗比旧诗更有希望。再说，他又到了与明光赴台治病的节点上了，"生得黑"问题已经有人指教了，连英语的译文"Oh! How could I endure—at dusk!"也给二宝标上了。二宝只要自己想上进，中文英文，语言文学诗学，通的与其实不通的非诗，总会有所长进。开茅又有个把月疏于与二宝联系了。

人生长恨水长东。与革命前辈相比较，二宝那点事算什么？教过开茅一个解放前蒋管区城市学生运动中爱唱的歌：

"跌倒算什么，我们骨头硬。爬起来再前进……"

顿永顺还喜欢唱："我们的青春像火焰般鲜红，燃烧在充满荆棘的原野，我们的青春像海燕般英勇，飞翔在暴风雨四布的天空。"

青春，你怎么可能低眉顺眼？即使青春已经远去，即使青春已经鼻青脸肿，头破血流，除了顶住，你还能怎么样呢？

十三　爱与死

二〇一六年四月十日周日零点，也就是周六午夜，开茅收到二宝发的微信照片，是苏老师早年写下的兰波的诗句：

"我罚下地狱，被天上彩虹，

幸福已经是我的灾难，也是

我的忏悔和我的蛆虫……"

下面是二宝的一行字：

"灭亡为爱做证，挚爱也会成为虚空。"

不好，开茅暗暗叫苦，他打电话、发微信，得不到任何回应。

三十四小时后，二○一六年四月十一日星期一上午十时，顿开茅接到工业园二宝工厂急电，告诉他，苏尔葆厂长去世，估计是四月九日周六晚八时左右辞世的。他的尸体是刚刚，也就是死后三十八小时后发现的。尸体的样子更像是自杀，公安部门正在查验。死者与妻子已经离异，前妻与子女都在境外，四十八小时内他们没有谁能来到工业园，死者一方再无亲属，他们从会客资料上知道苏厂长与顿开茅是好朋友。他们希望开茅来一下，协同处理一下苏尔葆的丧事。

"但是十日凌晨，我收到了苏尔葆厂长的微信啊！"开茅与厂方人员叫起来。对方没有回应。

当天晚上十一点半，开茅与病中的明光到达工业园。厂子的人告诉他们，周一上午本来有厂长主持的例行办公会议，过时间半个小时，厂长未到。厂里人也发现厂长一段时间以来状态不好，不放心。厂办派了人去厂长家迎接。敲门无人回应，与物业联系后，破门而入。发现厂长跪在床头，床头立柱上套着已经扣死的皮腰带圈环，是厂长常用的万宝龙牌腰带做成的，他的脖子放在腰带环上，靠头脸与身体的重量，勒住脖颈身亡。公安部门检查鉴定，无其他人入室痕迹，无生前搏斗痕迹，除脖颈勒伤外身体无其他伤害痕迹。为了防止尸体腐化，公安部门摄下大量照片，并获得厂方同意后已将遗体送往医院太平间。也与外方驻华领事部门取得了联系。

开茅夫妇进入并不陌生的二宝卧室，又仔细听取了实地讲解说明，并留下他们对于二宝生活状况与感情波动的证词笔录。

至于苏厂长在估计的自杀时间之后发来微信照片的事，警方认为未有异兆，可能验尸人员对死者辞世时间估计有某些误差，他不是九日晚八时而是十日零点以后才自杀的，也可能是死者使用了推迟发出时间的手机功能，到了他指定的时间点才发出的。这几句诗句的照片，警方在死者的手机中已经发现与读到，除了心情的抑郁外，未显示有其他方面含义。

第三天，立红与两个孩子来到。开茅与明光一惊，他们认不出精精神

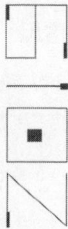

神而又凝重痛惜的单立红来了。立红等又补充了有关情况：四月九日晚八时，美国当地时间晨五时，尔葆给立红打电话，立红未接。立红说二宝在与月儿婚事泡汤之后，多次与立红通电话通微信视频音频，把月儿已经结婚、不久将生子的情形全无隐瞒地告诉了立红，并要求与立红复婚。"我无言以对。"立红对开茅说，"后来他的电话我有时接一下，有时告诉他我没有空闲，真的没有空闲，两边时间又配合协调不好。星期六早晨五点来电话，这是谁也不能接受的……"立红没有再说下去。

"我也是在这边给我电话说明了他已经离世以后，才收到了他的音频。他说的是：'红红，我不配活在这个世界上。'"立红的眼睛眯成了一条线，她的嘴咬得更紧了。

"死后？"开茅喝道。

"死后我才打开了他发的微信。"

总而言之，那个北京时间周五的夜晚，尔葆给立红电话，得到的是晨五时立红的内心抗议与实际拒接。给凯文电话，凯文按下了两小时内拒接的功能键。给苏瓒打电话，苏瓒说："爸爸您先让我睡觉好不好？待会儿我还要去上滑翔机培训班……"她想着的是鸟儿般地飞翔，在高山与大海间。没等她爸爸再说话就把电话按死了。苏瓒回忆起来很悲伤，她说她没有想到这个结果。这年来她爸爸给她打了不少电话，心神不定，也不知道他到底要说什么。

开茅夫妇与立红、凯文、苏瓒共同看了现场照片。开茅注视着穿白衬衫和内裤的尔葆，身上披着一部分被褥，衬衫上端解开了三粒扣子，半闭眼睛，张着嘴，嘴角与鼻孔下边都有血迹。立红躲避着对于照片的正视，看照片前她问工厂专聘律师，她以什么身份来处理这件不幸的案件？她已经与苏尔葆先生离异，尔葆死后，他们已经没有可能复婚了，她什么都不是，她不能代表尔葆的家属。律师说，作为死者的原妻子、生前友好，尤其是死者子女的亲生母亲，她完全可以也应该参与丧事料理。她仍然铁青着脸，面对开茅也毫无表情。子女惊慌失措，不敢看照片也不敢不看。

他们看了一批遗物，其中有立红自美国快递来的他的幼童标准玉照，他根本没有打开包装。开茅与明光想起上次前来，二宝说那是他"造孽"的照片。看来，他觉得美好的记忆，已经无处容身。

开茅提出了一些问题，首先指出，尔葆的身体并没有完全吊起来，他怎么会死的？法医说，第一，可能他在把自己的脖颈放到皮腰带上以后，一度下了必死的狠心把体重放到了脖子上，一度在脖子上压上了百斤以上的力量，随即气管食管动脉勒紧窒息，几近断裂，然后又显示了跪垫的式样，跪下以后，颈冲压力有所减小，但后来这样的姿势，并不意味着脖颈处吃力的微小。他的心情波动与活动会极大增加脖颈压力。第二，在身体没有离开床褥的情况下，也能吊死自己，这样的先例，过去政法机构也见到过，不是没有。

然后开茅指出，按照尔葆按部就班、注意细节的性格，是不是可能他并没有下定决心自杀，而是只想试试？如果他当真要实行自杀，按常理他会穿得整整齐齐、干干净净，不会像现在这样轻易。对此大家认为开茅的看法有一定道理，但生活经验证明，也有另外的不按常理做某些事情的可能。再说决心已定也罢，未定也罢，现在还能说些什么呢？

开茅并没有什么认真的看法，只是不希望自己的老相识、自己的准弟弟之死处理得太简单、太草率、太方便。除了苏璜与明光以外，没有谁眼睛里有泪水涌出，这也使开茅心有不甘。现在随便一个电视的装腔作势的节目都要搞出嘉宾、群众、观众的泪水，还有个专门名称，叫作泪点。摘出泪点，才有收视率，有收视率才有广告与利润。怎么连亲人的死亡都搞不出泪点来了？而且是一个如此善良文明的人！

而后他把不快发泄到从都柏林赶来的公司高管身上。他指出公司管理层竟然让尔葆离家十年到万里之外服务，这是不人道的，是侵害了尔葆个人幸福与健康的，应该依法追究公司方面的责任。说到这里，前妻与子女哭出了些微声音，算是有了点动静。洋高管马上抓住机会解释说明。他找出记录文件，说是十年来，他们三次询问尔葆的意见，还有一次是在美国问过立红的意见，他们都不要求返美夫妻团聚，苏尔葆希望继续在华的工作，单立红希望苏先生到中国挣更多的钱。他们甚至告诉高管，中国人与欧美人不一样，不是离开了经常性的性生活就受不了。

"这样的事情合适不合适，你们应该有判断的责任与能力，不能完全由当事人负责。例如，你们是否给他安排了与家人在一起的更合适的职位与待遇……"开茅有力地驳斥说。

他们还看到了一批文档，是二宝胡涂乱抹的纸头，一张纸上写了无数"我爱你，我害你，你害我，你爱我，你我爱，你我害，害我你，爱我你，爱死你，害死你，你爱死，你害死……"另一张纸头上写着八个大字："天理恢恢，自取灭亡。"开茅钻心撕肺，站立不稳。

都柏林来的高管提出了公司给凯文与苏瓒的抚恤方案。

当天下午，签署了一批文件，从法律上结束了此事。子女没有异议，前妻没有异议，开茅不快，包括并不满意他们的抚恤，但也没有再提异议。该说的话他都说了，夫复如何？当地的公安民政外事部门要求，所有的参与者包括立红、开茅、明光签名留取证言，只消证明子女与生前好友认可有关处理安排。他们都签了。

四月十五日，经各方同意，在殡仪馆举行了苏尔葆遗体告别。厂里的人来了不少都说也只限于说："人家苏厂长，可真是个好人呀！"开茅看到了告别仪式开始的时候，快递公司送来一个别致的小花圈，全部紫黑色荷兰郁金香，中间有一个用白色钟乳花做的署名：乐鸸。事后，开茅想起乐鸸也许是月儿的另一种写法。他与明光谈了，明光不在意，只是不满意地说，她至少应该过来告个别。

如果说这样一个草草的告别仪式上总算有差强人意的点滴，那就是正中悬挂着的苏尔葆先生遗像。这是厂子里的一位青年职工用手机给厂长照的，他正在上楼梯，他的心情是那样明朗，他的一只手在轻击额头，这个姿势甚至不无高雅，他的左眼略略比右眼暗小了一点点，他似乎在调整焦距，他要看准与看清一个对象。他还充满着活力。

开茅与立红有所沟通，他知道立红的意思是告别后即刻在当地火化，他们已经购下了骨灰罐，然后他们回北京，把尔葆的骨灰送到西山附近一个墓地。立红还宣布，要在苏尔葆的墓碑上，印上他童年戴着法国男童帽的照片。

"如果没有人反对，我死后希望能与尔葆埋在一起。"立红对开茅说。开茅似乎已经成为二宝的法定代理人了。

"当然，再没有别的人了。"他与明光做出了一副宣誓的姿态。立红终于减少了一点尴尬。然后拿出二宝给她的要求复婚的二十一条微信给他们看。他们看到了二宝的血书照片："我没有想害你，可我害了你。"立红还告诉开茅，二宝临离开他们在美国的家的时候交代过："我的事，找开茅哥。"她说："他说他害了我，最后是我害了他。我不管两国的法律，我会向中美两地亲友宣布，我要以最正规的方式宣布我与二宝复婚！"

山里红，毕竟是山里红啊！如二宝所说，她是杀伐决断的司令兼政委。开茅想向她伸出大拇指。

而且，延迟到现在小说人才顾得上提：此次在二宝的丧事中见到的山里红焕然一新，她做了口颌整形手术，她一下子变得多么漂亮了啊。

又过了些日子，开茅得知，立红的美容手术是在她与二宝离婚后，专程到韩国做的。

了解了这一点以后，明光说："天知，地知，你知，我知，他知，她知。我们都不愿意说。这个话题太渺小，谁都不愿意暴露自己的渺小。即使将二宝与立红的故事写成一篇小说，也没有人会说破这最渺小之点。"

明光叹道："我们女人呐！"

十四　重码

此后一两个月，这件生离死别的事件成为开茅与明光的一个主要话题。明光恨得跺脚，认为二宝太不坦荡磊落。明光甚至引用鲁迅，从国民性的角度叹息：为什么不敢爱也不敢恨，不敢说也不敢做，不敢乐也不敢哭！在月儿提出了要求以后，二宝一开始没有思想准备，他的回答冷血而且颟顸自负。后来呢？一年时间，他下了那么大决心，做了那么大动作，他不与月儿沟通，他是在特工潜伏吗？潜伏恋爱？潜伏婚姻？他已经搞得立红与她的儿女天翻地覆，他已经颠覆了自己的家庭与人生，为什么却要向最要求最盼望最关切最痛心的月儿保密？这不是发疯吗？这不是浑蛋吗？这不是死人吗？这不是废人吗？坏人害人死，好人害死人！害死人首先是害了自己！他为什么不在一年前就说清楚他要去离婚？他甚至于应该光明正大地去问月儿，她能不能再等他几个月。他背着月儿做一切为月儿做的事，他背着月儿去为了月儿，他牺牲原有的一切！这是什么逻辑？他吃了什么蒙汗药丸儿？他凭什么认为月儿在愤而中途下车走掉之后，会为他守节守志，会也像特工一样潜伏起来，一直当尼姑当修女立贞节牌坊，等着他猴年马月再来偷偷找她调情？

"也许这是天意。归里包堆，二宝的媳妇还是山里红！"开茅说。

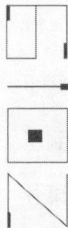

"可能。那他有权更有义务摸清摸准这个天意。如果天意是另类呢，比如，二宝应该与月儿再过十年，然后月儿患上我现在的病！"

开茅捂住了明光的嘴："瞎说！你的病好了，人类已经战胜了癌细胞。海峡那边的三位医生很棒，北京也已经开展了这种治疗实验。据说日本医生也在研究治疗癌症的新套路。何况再过十几年！"

开茅说，二宝为什么不惜一切代价破釜沉舟办离婚手续，却整整一年与月儿隔绝信息，并无任何难解。他告诉明光，二宝的难处太多了，说实话，不仅二宝太难了，连姓顿的他自己也一直是吞吞吐吐、黏黏糊糊，一句痛快人话没有说过的呀！

开茅说："你想想，在与立红办完离婚手续以前，二宝能认定自己当真会与立红离婚吗？他能下定下死真正的不要良心不要亲情不要妻小的狠心吗？他只能走着瞧，试试再说。他能像兰波的诗那样不感歉意不感亏心地大步往前践踏自己的前半生、自己最最亲近的亲属吗？他当真舍得立红，舍得儿女，舍得凯文，舍得苏瓒吗？现在我不好多问，但是我敢断定，这次离婚也是最后由立红下的决心！你信不？二宝不是一个杀伐决断之人的！他能断定自己会这样办事？如果他与月儿一同计议商量他的离婚计谋，他还算是个人吗？"

明光一百个摇头。她认为，当真出现了不可开交的情势，就必须男子汉大丈夫，好汉做事好汉当："人有好也有坏，人有施恩也有欠情，但是人应该坚决些。施恩与欠情，都不要回避躲藏，都要敢亮出来。否则，害了所有的人。不下决心就是虚伪，就是不敢负责，就是哈姆雷特，就会害一个再一个。他不想弄脏自己的手，他自己放不出一个响屁，你顿开茅当然也就吞吞吐吐、迟迟疑疑了！开茅，我们都不喜欢凶恶的小人，但是，前怕狼后怕虎的君子绅士有多恨人！走了一个好人，留下永远的悲伤和遗憾……"明光声泪俱下。

"他从小……"开茅说。

"从小怎么啦？"明光说，"从小就不能鬼鬼祟祟、哆哆嗦嗦！"

"你应该了解，出事的时候是四月，天还凉，但是白天已经变得很长，下班的时候夕阳照在墙上。四月的黄昏太漫长，四月的黄昏不好过，孤家寡人，独自怎生得黑！尤其是周末，双周末，形影相吊，天怒人怨。境外的心理学家与精神病学家，乃至公共安全学者，都有注意灰黑四月的论述。"

倒真像是欧美学者的话。他们喜欢鸡毛蒜皮的微观实证，我们喜欢大而无当的高屋建瓴。但是，人生岂止四月天？完了还有五月，还有闷热的八月，还有那冬天的漫漫长夜，夜夜刮着西北风。每天还有许多空闲，每周还有那么多时间……说不定几年后要实行每周四天工作制了。你会越来越受不了孤独，你至少得对自己负责，对自己最爱的人负责。"

"再说，"明光突然激动了，"你想想，如果月儿有心机有算计，二宝的三套房产根本不可能全归了立红……月儿是好人啊。"

"我头一次见到山里红的时候，她只有十几岁，她像一支火炬、一盏灯，一下子把二宝的家照亮了。"开茅听出了明光对于月儿的同情来了，他必须讲讲立红的好处，二宝的一切难处他们两口子也都感觉到了，他们需要保持某种平衡。

……总算把对于二宝的不满全都说出口，明光最后哭出了声。她呜咽着说："二宝真是好人啊。好人恨死人啊！"她又说，"在男男女女的事情上，我们是怎么搞的！从五四运动我们就够启蒙、够先进的了，直到现在，也没整明白。多了几个二郎八蛋，多了几个花言巧语与假招子，多了几个精神病，现时又多了许多下流网络小说。看看电视政法社会节目吧，不是因为认定对方变心下毒手杀了情人，就是伪造身份骗到人民币，不是掐人毁尸，就是将情人的尸体装到后备厢里星夜转移。说到男女关系，开口闭口都是'背叛''阴谋''出轨''绿帽子''冤枉''包二奶''小三''情商低下''人财两空''鱼死网破''冤冤相报'之类的字眼，你想了解我们的爱情、婚姻、家庭、伦理吗？你去找刑侦部门的年度资料汇编去吧……"

"没有这么严重吧？不要胡说啊！"开茅努力止住明光的激动。

"你想想，在刑侦案件中，情杀情骗男女之间的事故占了百分之多少？再想想，在爱情与婚姻中刑事犯罪又占有了百分之几十几的比例呢？"

"真是想不到啊，二宝就这样没了。"两个人又是一阵叹息。他们知道，他们会这样叹息一生。

"我最近常想，当然有可能，一个人死后仍然会给你发微信，发兰波的诗、纳兰的词，还有自己痛苦的心声，只要用对了程序与功能。我们后死者，就应该好好等着听着，会不会先我们而去的他，十年乃至二三十年后，发来那时候才想告诉我们的一些悄悄话……人是不会死去的，他们的心里话，还在天幕云里蕴藏着与氧化着，成为糖，成为酒，成为余响与新韵。"

"你讲得真好啊。"但愿上苍保佑明光平安。开茅心里默默祝祷，想着他们这个普通渺小的家庭的幸福。他说，"生命应该珍惜啊！"

"生命应该善待。"明光总结说。他们俩同时流出了泪。

然后开茅背诵了纳兰性德："……年来苦乐，与谁相倚……待结个、他生知己。"

人去以后，又能与谁共享喜怒哀乐？来生呢？谁与谁结为知己？他解释说，不是他生另寻知己，纳兰的诗句应该解释为，不仅此生是知己，他生仍然必须是知己。不是有情人终成眷属，结成眷属甚至也不是最最必需的，人类需要爱情。想想吕奉德、苏清恧、顿永顺、顿永顺的妻子与情人，包括二宝与他的前任妻子与后任未成的女友……再想想开茅明光他们俩有多幸福吧。

十五岁的女儿忆苏自网上搜出了北京纳兰性德园，他们带上女儿，根据网上提供的资料去了海淀区上庄湿地。不错的房子，当年的纳兰墓，墓没了，新建了园。词人园子门口挂着一块黑板，粉笔写着："蘑菇炖小鸡，烧排骨，手擀面，家常饼，炒土鸡蛋，香椿鱼，野菜玉米团子，煎河虾……"标注了各菜品的价格。根据一些政协名流的提议修起的纳兰性德园，修好后无物可展，无人来看，园主将它干脆改造成了农家乐旅游点。女儿明知故问："纳兰性德，是厨子吧？你看，别的地方都说东北人要吃小鸡炖蘑菇，纳兰老师说的是蘑菇炖小鸡！"

爱情成为刑侦学的课题，纳兰性德的美词接上了蘑菇与香椿的地气。我们有那么好的词人和词，却少了什么呢？

春节到了，开茅收到立红贺年微信，有几个花花绿绿的表情图片，别致喜人。她发来了客室里挂着二宝的幼童照的照片。没有谈别的，只是说了子女的学习与体育成绩，还有两人参加文艺演出的情况。她还给开茅家寄来两件外穿的加厚纯棉线衣。她说，她那里人们对于纯棉织品的喜爱超过了毛织品。

开茅与明光给他们寄去了中英对照的《唐诗三百首》，还寄去了一批中成药，他们知道，立红喜欢六味地黄、桂附理中，加上香砂养胃。

又过了半年，开茅收到乐䲡的微信，告诉他们她一直感谢大哥大嫂。她还提到，她的孩子成长得很好，她本人次年将到新西兰惠灵顿大学读英语文学。她现在正在家乡参加说唱曲艺研讨会。

开茅用他与明光二人的名义给月儿回微信："月儿，收到，谢谢，想念，祝福，我们活着的人要过得好，这是怀念，也是感激。明光、开茅。"

开茅将应该是在尔葆自杀后，他们才收到的有兰波诗与二宝的狠话的微信照片转发给了月儿，并说明了有关情况。与立红与月儿的微信来往，安慰了、填补了二宝溘然离去留下的空白。长远地说着他，想着他，哪怕是怨着他，这正是他们极其愿意的，为二宝的真实存在而做证。存在的证明是爱情，爱情的证明是难忘的悲痛。

两天以后，开茅看自己的手机，突然发现，给月儿的两封回信的上款写的不是月儿，而是"豺狼"。他发出的微信是："豺狼，收到……我们活着的人要过得好……明光、开茅。"还有"豺狼，请看尔葆死后发来的微信……"

他大惊，不能相信眼睛，不能相信精彩绝伦的五笔字型输入法。他试了二十次，证明"月儿"一词与"豺狼"重码。他连忙再发信，再再发信，再再再发信，没有回音。他发现，一个词"相信"，在五笔型里已经与相依、想念、相仿、相邻重码。

月儿不回答，是不是月儿拉黑了他的微信？他想着的是等明光再好好，他们一起去一趟新西兰惠灵顿。他们一定要找到月儿——乐鹛，他们祝福她和她的家人。听说惠灵顿海风极大。听说诗人顾城，就是在那边发了疯，杀妻以后自杀的。

……直到写完小说，这里谈谈汉字奇迹。我的主人公顿开茅与王蒙有着奇异的先验关系。请你在这个大约十五年前的五笔字型外挂版框架里敲键GGAP，四字母连打出来词组：第一个词组是"顿开茅塞"，第二个是"王蒙"。

后来，已经很少见到这样的外挂五笔版本了。五笔字型的重码是完全偶然的巧合吗？我不知道。LLBY，"男孩"，同时是"慷慨陈词"。

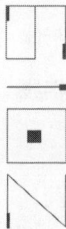

ADLT，是英语"日常生活活动试验"的缩写，是五笔的"巧克力"，还是"苦力"，还是"恐龙图"，还是"苍龙转生"。

还有延迟，与"延迟"重码的是"处以"与"自尽"。"足球"同时是"蹭球"。"海龟"同时是"活象"。"小三"同时是"小厂"。"逻辑"同时是"鸭架"。而"怪力乱神"同时还是"发回重审"！英明噢！

"月儿"就是"豺狼"？当然荒谬，简直混账。顿开茅与王明光在这里向月儿乐鸲喊话，豺狼是软件的误伤误撞，与咱们的友谊互信毫不相干。

月儿你好！请回信！

立红你好！改革开放很好！

不忘好人！生活，前进！

最近的"新闻联播"里，播送了工业园与苏厂长供职过的厂子的正能量消息。

十五　尾声

二〇一八年四月五日，星期四，清明节，开茅与明光到八宝山烈士陵园为赵妈妈，到房山静安墓园与昌平万佛园为吕、苏二位老师与顿永顺爹爹扫了墓，献了盆花与祭果。又到海淀区香山南路，正黄旗十八号金山陵园祭奠了二宝。这一天，通向墓园的道路车水马龙，人山人海，他们早上八点出门，连午饭都没有吃，晚上七点多才到达了金山。

墓园的发展太迅速了，当年苏尔葆入葬的时候，是新开辟的长思园的第三个安息者，周边敞敞亮亮，见山见水见田。现在，长思园内的逝者墓碑已经好几百，密密麻麻，几乎是拥挤与火热。生命如烈火燃烧，死亡如海潮涨涌，墓园的入住飞速覆盖。暮色中开茅以手机做电筒帮助照明，费了十几分钟，才找到苏尔葆的姓名。青山、松柏、白云，逐渐深到暮然后是夜色里，肃穆的扫墓者们大部分已经退离，一鞠躬，二鞠躬，三鞠躬，使人悲凄也使人平静。果然，一切生的苦恼纷扰渴求与手忙脚乱都结束了，安宁了，同时仍然被惦念着与回想着，叹息着与抚摸着。

开茅与明光都体会到了那宁馨的交谈，那无言的眷恋，那永远激荡着悲苦着与爱恋着的虚空，他们俩的手拉得更紧了，手拉手的时日由于有限而更加珍爱。

开茅用手机闪光拍下了放上了盆花的苏尔葆之墓，他不理睬不宜在墓地拍照的说法，将照片发给了立红。最令人感动的是碑石上方，通过瓷艺技术，在白色瓷砖上打印了一个法国男童马洛帽的彩色——其实也只是蓝灰与灰黑色的照片。建墓时单立红定下的碑石与瓷艺照片标准，立红离京后两个多月，碑石与瓷艺做好，经开茅首肯，竖好了墓碑，摄影，发去了照片。

回家路上吃了烧卖，清明返程一直延续到晚十点以后。开茅发现丢掉了手机。他给金山墓园接待室打电话，没有人接。

当天夜晚，开茅睡着睡着听到了手机的信号声，是他特别设立的专属二宝的彩铃，是腾格尔的《天堂》歌声。他一惊，他略有感觉与思付，莫非是自己没有将手机丢掉，手机他一进门就自然而然地放到抽屉里了？他曾经多次将手机放到抽屉里，为的是妥为保护，结果是自己看不到着急。他想起来察看一下，又实在瞌睡，迷迷糊糊地与明光拉着手飘进一个屋室，并且听到了声音

　"哥哥，哥哥……"

他突然明白，是二宝在呼叫。

他从床上立起身，他拉开不知是哪一个抽屉，拿出手机，出卧室。他在自己的书房，打开了手机，手机顶部显出了二宝头像标志与音频的符号。

……他听到了二宝的声音。微弱、起伏、衰减、增强，然而清晰，他说："都好，都好。只是要勇敢些。幸福并不是我的苦痛。"

开茅有点晕，像喝多了酒。他摇摇摆摆回到自己床上，日益瘦弱的明光身边。明光咕哝了一声，他没有搭茬。

第二天醒后，他到处寻找手机，仍然是哪里都没有，打电话，从金山墓园的接待室几经周折找到了手机的下落，说是今天凌晨，清洁工人从苏尔葆碑底座处，捡到了手机，他们已经向在接待册上登记的旅美联系人单立红女士发出了信息。

后来，费了老大劲，取回来了。清明假日，去墓园的人太多了，车根本开不动。

"还在？"明光问。

开茅点点头，他拿着手机说："我上月才刚网购的华为NOVA3，在二宝那里宿了一宵。它已经向可怜的弟弟传达了我们的问候。无论如何，是二宝再次给我发出了音频微信，他的声音，云里云外，飘来飘去，我都

听得出来，他仍然是温文尔雅的呢。"

原载《人民文学》2019年第1期

点评

近几年来的文学创作中，一批老作家的新作迭出成为一道亮丽的风景，这其中，王蒙尤具代表性。

《生死恋》可视为王蒙近些年小说创作中求新求异的一个典型代表，其"新"表现在两个方面。一是在叙述形式上，继续他多年以来的探索风格。王蒙是新时期以来在叙事艺术上始终进行不懈探索的代表作家之一，《生死恋》继承了这种探索性，小说除了对顿开茅一家几代人的家族史、命运史（二宝也应视为这个家族的一部分）的叙述铺陈之外，在讲述方式上也别出心裁，小说有意打破了现实主义线性叙事的传统结构，让小说家王蒙进入小说，打破了小说原有的闭合性，具有元小说的特征。"文学的原罪"一节，对于文学与经验关系的探讨表达了作者对于小说写作本源性问题的思考。从内容上来讲，小说似乎主要讲述顿开茅的家族史，从顿开茅到父亲顿永顺再到其祖父，写了一个家族的延续与起伏，但作者更多的笔墨和思考集中于二宝这个并未正式归于顿家的"外人"。相比于顿家早前的几代人，在传统的意义上二宝近乎是一个完美的人，他从小因为外貌好看照片被挂在照相馆中，长大之后也饱读诗书，克己复礼，有君子之风。从后来担任厂长的经历也可看出这是一个有相当能力才华的人，这样的人在传统标准规范中是一个优秀的模板和标本。包括他与山里红青梅竹马的情感与婚姻，也完美得近乎童话。但爱情，让一切山崩地裂、灰飞烟灭。与月儿的爱情，让二宝从神话的阁楼中走出来，走到凡间。他的因爱而死，再次证明了爱情的非凡力量。家族史之外，爱情才是王蒙要再次与读者探讨的重点所在，是小说中深埋的那颗最重要的彩蛋。当然，王蒙并非简单地写一个感人至深的爱情，他亦在通过爱情探讨人性，将二宝与月儿的爱情置于顿家一百多年的家族史之中，置于中西观念的碰撞之中，置于二宝被传统精雕细刻的完美形象之中，就表明了这种探讨的严肃性和复杂性，二宝死于爱情，也因爱情而更加完整，这是命运的严酷，也是生命的精彩所在。

（崔庆蕾）

开屏术/

田 耳

易老板放出那消息，我预感隆介很快会露头，照样先找我。当然，脑海中总是千头万绪，好多预感即来即去，偶尔应验也不奇怪。

我首先想到他黑洞洞的嘴及讲话时煞有介事的样子。"准备好了吗？给你讲个好笑的事，让你今天下午哭不出来。"他的神情，总憋着几分坏笑。说这种话时，通常天已经黑下，我俩坐街边喝酒。隆介是我喝酒的师傅，那时我买一瓶三块七的"沱牌"或是四块五的"邵大"去找他，大白玻璃瓶装着。他家门口不缺盒饭店，我俩就着盒饭那点菜喝起来。起初是他八两我二两，接着到七三开、六四开，再到各自一半。有一天，他说他心里难过，指定我多喝。我喝了有七两，他便朝我一指："哎，你喝酒今天出师了。"那天他说是他离婚纪念日，心里难过是必需的，我也不意外，这种纪念日并不鲜见。因为，我不知道他结了几婚离了几婚，他自己也从没说清楚。他总是喜欢结婚，和他结婚的女人又总是喜欢离婚。

隆介电话打来，一个新号码，说易老板这桩生意他能接，但预付款要尽量多，成本会很高。我第一时间向易老板汇报。"不撂根骨头，他就不露头。"易老板眼白一翻，似乎在头脑中翻找隆介的模样，"这种事情，搞不好真要靠他出手，狗日的隆介，确乎有些异能。他现在人在哪里？"

我刚才竟没问他。照着他的号码回拨过去，已不在服务区。于是发了短信。

第二天下午，才见他回信息，说在成都。我想起这是他起床的点。

易老板说："在成都了不起？几十万的生意也懒得回我信息？你打电话过去，叫他这几天不要挪地方，我亲自去看他，要他请我采耳朵哟。"

几十万是有些浮夸，易老板报价是十万，求购一只孔雀。这只孔雀当然和一般的孔雀有区别：要能接受人的指令，随时开屏。孔雀通常几千块万把块，能够按指令开屏的孔雀，市场上无现货。易老板报价心里没准儿，还说可以适当多加一点。那么，我想这笔生意在十五万左右。

彼时我们还守着独夜寨那个铅锌矿，合伙人是民政局的王局长，若无一个在台面上、能够挡事的合伙人，这生意做不下去。在当时，这几乎就是潜行规。王局长表面上什么也不干，坐着分钱，但若没他挂个名头，我们会每天疲于奔命，和当地人无穷地周旋。

王局长不免养了一个女人，我见过，年纪不小，也不漂亮。"但她真的是我初恋……不，暗恋的女人。没想到，现在我能养她。"所以同样是养女人，王局长能够以此展现道义和情怀，某种程度上在帮他加分。那女人先在好吃街开了一家野味馆，店面很大，装修豪华，菜只是家常弄法，还有放猛火时死炒不掂锅造成的焦煳味。厨子是个连鬓胡，不会掂锅。众人背后讲，王局长养这女人，女人养这连鬓胡，得出个结论是王局长未必不知，但在这种关系里，没有谁吃了王八亏，没必要争风吃醋。一句话总结：他们都是有情有义的人。

易老板带我们常去那家店子，吃得心不在焉。付费离谱，但易老板总是喷起酒嗝说："王局长这人够意思，他对这女人真是好。"夸完，他也曾喃喃自语："我当年暗恋了哪一个？"

野味店子开不多久就关张，王局长对那女人的好还在持续，到女人老家荃湾镇买一块旧宅地建起新宅。新宅竣工，易老板带一帮小弟前去祝贺。是在老街尽头，一条街房子皆老旧，采光暗淡，还有说不出的整体的歪斜。但在街尾，踩过一条溪沟，环境陡然不同。门是老门，推开里面都是新弄成的，宅院里挖坑放水，其上曲廊回环，其下锦鲤跟肥猪似的缓缓游动，不大的一块地方，一时搞得我们犯起眼晕。当然，现在民宿兴起，这些都成基本配置，在当时，我确乎没想到人住的地方可以弄成这样子。我在单位宿舍长大，"家"对我们来说，就是用来装人的水泥盒子。

还有几尾孔雀，木讷站着，当我们靠近，它们便一溜小跑，并不惊惶。我记得以前的野味店也吃孔雀，可能有些孔雀长相出挑，不忍下刀，就被女人留着。那女人走出来，一袭无袖白纱衣，披发，两条手臂套着许多环，像是光膀子戴起了袖套，浑身上下民族风。孔雀被她养熟，侍从一样跟随其后。那一刻，我们看那女人似乎也不像从前看她那么姿色平常，怎么说呢，她也并未变得更漂亮，而是突然有了异域风情。我很快意识到，这感受更多是来自那些孔雀，它们更应该出现在阿拉伯世界某位苏丹的弥漫着安息香味的后宫。

这本就是王局长的"后宫"。

见到王局长本尊时，易老板自然不吝赞誉之辞。王局长听好话有醉态，忽然说，老易你要真的喜欢，这地方就送你了，包括她。易老板赶紧推辞，表忠心。王局长这时候说："狗见人就摇尾巴。孔雀要是随时晓得开屏，又能当狗养又比狗漂亮，掏再多钱我也要搞起。"

这事情就派到我头上。起初我以为不算难事，春晚上的金鱼都晓得听人话了，那么孔雀至少比金鱼好打交道吧。再说易老板放话，钱不是问题。没想到，训练孔雀开屏有过成功的个例，却无成熟的套路，没人能拍胸脯保证一定把孔雀驯好，给个指令就把屁股像折扇一样一褶一褶打开。

"孔雀开屏，是要弄得它发情。"有人在百度问答上回我悬赏的提问，又说，"还要它随时随地反复发情，更不可能。你能驯得我反复发情都算你狠。"

我多少有了些了解，知道孔雀开屏不光是发情求偶，防御敌害时也会开屏。它每一根长尾羽都有眼状纹，一开屏，就像有许多眼睛逼视对方，直到把对方吓走。据说拿块红布在它眼前晃，也能激起开屏。"……这个我试过，偶尔有用，但你不能老是这么弄。它吓不走你，它就自己走，不会一次次开屏。孔雀没你想的那么愚蠢。"又有人回话，自称是孔雀养殖户。我问他能否驯一只可以随时开屏的孔雀。他说花这么多钱，你干吗不多买几只，买一大堆呢？这样一来，这只不开那只开，此起彼伏也是很好看的嘛。

那一年高速公路刚在铺，支线飞机已有，飞成都只个把小时，但飞机是巴西产CRJ，同型号的飞机刚在世界范围内发生过数起事故，虽然仍属小概率，但我和易老板进到空荡的机舱，发现简直是坐专机。专机可不是易老板这个级别敢打主意的，一时心情不错，又说隆介知道我们要去看他，接待规格搞得如此之高。易老板说："……隆介的异能，他自己也不知道，我们也不要跟他说。这家伙，给他点颜色他就敢开染坊。"

易老板认为隆介是个人物，始于当年斗鸡。易老板靠做生意吃饭，但偏要把养斗鸡当成自己专业。斗鸡是专门拿来打架的鸡，这不是废话，本地小公鸡也爱打架，但不专门。泰国鸡（暹罗鸡）、缅甸鸡和西贡鸡都很专门，同样大小，体重是本地鸡的一倍，从量级上就淘汰掉了本地品种。易老板养斗鸡很早，自称"文革"期间就已开始，无从考证。八十年代他跑车，去广西凭祥口岸买西贡鸡，带回佴城和人赌钱。他说他逢赌必赢，也无从考证，但他入门早，摸通了门路，知道斗鸡这事情是要靠投入。一是买原种，每隔两年一定要去东南亚买原种鸡，因斗鸡带回佴城繁育，体重逐代锐减，鸡二代还可勉强上场，繁育至三代，骨头轻肌肉坠，跟原种鸡没法配对打。二是靠药功，斗鸡喂养不计成本，长期用药汤按摩使皮肤增厚扛打，每天进补，上阵前半个月还要每天注射激素、性药和人血白蛋白……这些投入，在斗鸡身上总是见效，它们能把药效尽可能地转化为战斗力，不辜负主人夜以继日的摧残。这么说吧，斗鸡好比是武侠小说里练魔法毒功之人，药坏了身体，但短期内身体爆强，出手阴狠，拳拳到命。打过架的鸡，肉都不能吃，不但药味重，而且每一根肌肉纤维都塞牙缝。

易老板依靠本钱，养斗鸡在佴城博得斗鸡王之名，延续数年。而隆介，他是认识易老板以后才发现斗鸡不但好玩，还能赢钱。

我认识隆介时，他在易老板新开的一家门店里搞装修，指斥着两个钉龙骨架的乡下木匠。他讲话尖刻，好打比喻，喜欢听的当是笑话，一个木匠受不了了，刨子一递说你来。"我来就我来。"隆介看上去弯腰驼背，萎靡不振，一干起活身材暴长一截，刨木钉架子干得飞快，不须用尺，每一根木枋都安放得横平竖直。割铝塑板更是一绝，电割刀在他手里好似一支笔，直接在铝塑板上画线，一掰开，贴到龙骨架上，射钉枪一打，严丝合缝。两个木匠接下安静地听他训斥，脸上赔笑。我走上去递烟。"其实我是书画家，我是用画画的手给你们拆铝塑板，规格高吧？给你们装修门店，也就赚几包烟钱。"他递来名片，上面是写书画家，书法是国协，画画是省协，还有写作最不济也入了市作协。认识以后才知道这人无所不能，干过的活不计其数，中间还有余暇不停地结婚离婚。女儿只一个，才七八岁。我俩刚认识那天，他就说女儿可是天生美人胚，还拿照片给我看。我啧啧地赞叹跟你可一点都不挂相，他乐呵呵地骂起了娘。

他干过那么多活固然是生计所迫，同时我觉着也是天性使然，他当什么都是好玩，跟易老板去过两次斗鸡场，要讨几只斗鸡苗。易老板乐意添个徒弟，要他去鸡场挑鸡苗。是我带隆介去易老板位于半山腰的养鸡场，到地方后看着大同小异的鸡苗，他还问我怎么挑。我只能教他如何分辨公母。他当天不慌下手，三天后又去养鸡场，当天刚好孵出一筐，他全要，表示可以付钱。易老板说："你想玩，全都拿去。"省了钱，他便回赠易老板一幅字，早已备好，上面写着：胜者为王。还说："我平时不写这样的话，破了例的。"易老板一笑，也不裱，叫养鸡场陈师傅用双面胶直接贴墙上。

双面胶未干，字纸未脱落时，隆介就拎着一只火红毛色的鸡，找易老板斗。一看鸡龄，应是原种在饵城繁育出的孙辈儿，一量体重，果然轻了许多。易老板说赌个千把块，随便玩一玩。隆介央求说："头一架，赌一万块开开荤吧。"易老板说："那就二吃一，你赢了拿一万，输了给五千。你去里面挑一只。"进到鸡舍，他问哪只最狠。陈师傅说："对你来说，都狠。"我告诉他，眼下最厉害是那只长着僧帽鸡冠的西贡鸡"济公"。

"就叫鸡公？"

"济公，癫和尚济公。"

"就打它。"他还一撮响榧子。

养鸡场里有篾席围成的临时斗鸡场，随时试鸡。易老板的脸色，是想要给隆介上好入门第一课。哪一行都自有门槛，都要知道天高地厚。

当时过了正午饭点，易老板叫我下去买几份盒饭，且跟我说："这有什么看头？快点去！"我下到山脚叫盒饭，打好包拎上去，只半个钟头，回到养鸡场，见他俩照顾着自己的鸡，以为还没开打。

"打完了的。"隆介露齿一笑，仿佛是他赢了。

易老板则有点恍惚，说他妈的隆介，你教它打迷踪拳？陈师傅给我讲起刚才打的那一架，忽然像个领导，不断地停顿，不断地找恰当的词语。显然，以往用来描述鸡打架的词汇和句子，难以描述刚才猝然发生的情形。总之，隆介带来的火红毛，没几下就把"济公"打得溜圈。易老板不得不认输，把"济公"救上来，若等济公被打得出声叫唤，就成了败筒子鸡，以后再上场先就脚软。易老板不愿意一场遭遇战就把身价不菲的"济公"废掉，认输是唯一的选择。养鸡场有POS机，现场刷一万块钱。

那一年我的底薪不到三千，奖金全靠准确地押鸡。这一架，幸好没来得及押一把。

"隆介，没想到养鸡你也行。"易老板一边狠命地摁密码，一边问，"你是怎么驯的？"

"我和它建立感情，它爱我，因此愿意为我拼命。"

易老板哪里肯信。"少扯白，哪里学来的奇技淫巧，用了什么祖传秘方？讲出来亏不了你。"

"现在我才发现我非常爱她，胜过爱我老婆。"

"哟嗬哪个老婆？"

"所有的，打了捆都不能跟它比。"这一刹隆介确乎满目深情，凝望着火红毛，又说，"也该有个名字了，就叫你红红吧。红红！"火红毛咕咕有声。隆介嘴对嘴吹了一口跌打药酒给它，好似一吻。

那天斗了鸡以后，易老板脸色比济公更为垂丧，眼睛睨着墙皮一会儿，冲过去劈手便把墙上飘零着的"胜者为王"一把扯下，揉成团踢开老远，并说："狗日的，你还以为他在夸你，其实他在叫板。"

隆介显然比当年多懂一些人事，晓得找一辆车来接机。"……我也没想到他今天开柳微，昨天还是什么的，反正比奇瑞好。"隆介坐在驾驶副座，易老板和我坐后排。司机说："昨天是一辆进口起亚。"

"听到了吗，你们昨天来就好了。"

"我还以为是大奔哩，反正也差球不多，你晓得接我已经很感动。"

隆介说来成都要吃火锅，是特色。易老板说："我怎么只听说火锅是重庆的特色？"隆介知趣地一笑，改请我们去了红杏酒店。饭后去锦里采耳朵，隆介竟然还有相熟的技师，就站在路边，隆介指着她说是这里最好的。"没得错，我就是这里最好的。"技师过来，大大方方地拽着易老板往竹椅上躺。易老板说，只在成都采耳朵时还摇细铃铛，这个蛮有特色，摇得他一股寒气由胸腔贯通脚板，却又那么地欲罢不能。

饭也吃过，耳朵也掏过，隆介要去开宾馆房。易老板说就想去住他的狗窝。隆介怒道："易老板，这点卵钱我有。"

"这个我不怀疑，但我真是想住你狗窝。我老远跑过来，稀罕住一家高档宾馆？"

我估计易老板是说心里话，平时说到隆介，他就会提起隆介住宅里那特有的万年不变的脏乱差，仿佛也是他一份天赋，装修精致摆设整饬的房间，被他折腾几天全都变成狗窝。易老板说那能找到当年上山下乡的感觉，在那种脏乱差的环境里，稍微搞点酒、撸几串，人就有想讲话的冲动。而现在，一个人想有讲话的冲动，简直比狗搂着猫发情还难。

隆介在大黄租一套房，离农大不远。那算是他工作室，与他"金屋藏娇"的家永远分开，他的老婆从来不给人看。他这样解释："反正换来换去，也不晓得给你们看哪个。"

防盗门锁舌跳了几下才打开，扑面而来仍是那股酸馊气。易老板就笑，问："你屋子里的气味怎么能发酵得这么稳定？"盒饭不扔，衣服不洗，啤酒瓶和白酒瓶在地上乱滚，书架上乱七八糟，插在电视上的仍是一台ＤＶＤ机，毛片……这个就不说了，各有各的爱好，难得的是一成不变。他永远要淘碟，去网上下种子下片子却嫌麻烦。

隆介说："要不要看一盘老碟？"

"不敢。你都还在用ＶＣＤ，放碟总是吱吱嘎嘎响，像是用泡沫擦玻璃，我的老心脏有点受不了。"易老板又说，"隆介，时代真的变了，你有必要下片子，换一台投影。要不然，你有的碟子还是上下两张，看到一半要换片，你就不难受？"

"不瞒你说，现在我只在换片的间隙，才翘得起哟。"

"翘起来找酒喝！"

我买了酒菜烧烤回来，他俩扔开椅子直接坐地上，在茶几上翻三皮。

隆介手气不错，仿佛是易老板的克星。酒一喝就聊到当年的事，我知道易老板一直耿耿于怀。"……当年那只火红毛，到底怎么回事？过去这么多年，你也跟我交个底。"

"都卖给你咯，一手交钱一手交货，那以后我在侕城再不玩斗鸡。我是爱喝烂酒，干事还靠谱，说话基本算数，所以还能活到今天见你。"

"我知道其实不是那只，你换了一只，对吧？"

"当面交的货，你是认账了的。"

"这个我认，当时一眼看去是没差别，但是这鸡后面不能打了。"

"我说过，它爱我，愿意为我拼命。在你手里不能打了，我有什么办法？易老板你再有钱，但你不是我嘛。"

易老板嗫着啤酒沫，看着天花板说："幸好只是一只鸡，不是和你抢女人。"

次日易老板提出要看隆介的饲养场子，如果场子都没有，孔雀的生意就没法放给他做。"……要是你都不喂活物了，叫我怎么相信你？"易老板几番盘问，隆介说场子哪能没有？"我答应过你，在侕城绝不再养斗鸡，但这里是成都。难道不是吗？"易老板点点头："我猜就是这样。"

隆介又叫那司机开着柳微，去到都江堰的一个名为"民安"的小镇，开进西头一处僻静院落，说这就是他的"基地"。院子大门上挂了牌匾：隆祖古典园林工程指挥部。是他的手笔，里面有他的办公室，桌上有他和女儿的照片，可确证这院落是他地盘。他的主业，毕竟还是干包工头，别的项目争不了，但营造古典园林，弄几个雕塑，仿几幅古人的字画，都是他能独自包圆的，同样的活总比别人多出彩几分，所以就算他经常喝烂酒，时而误正事，也没人能将他踢出这一行。

院子眼下安静，平时只一个中年人守着。中年人姓徐，在给他喂狗喂鸡，池子里还喂几只王八。隆介是喜欢把王八血滴到酒里面一起喝的。鸡当然以斗鸡为主，有七八只能打架的。本地土鸡养得更多，隆介喜欢用鸡肉配王八血酒。

"……你果然还在养。"

"没事也去找人斗一斗，这爱好，沾上了哪容易戒掉。"

易老板不再说话，把斗鸡一只一只捉出来，拿在手上掂量，再仔细地打量。易老板摆出很专业的模样，依次看头冠、眼水、颈盘、身法、脚架和悬爪，七八只鸡前后看了半小时。

"你当然养得很好。"他总结，"但你似乎没养过孔雀。"

"认识你之前，我都没养过鸡，但这不是问题，我像是天生通它们的脾性。"隆介说，"再说孔雀也是一种鸡，门、纲、目都跟鸡一样。我这个徐师傅养过孔雀，他说跟养鸡差不多，比斗鸡更好伺候。"

"孔雀也是一种鸡？"

"我说你也不信，你可以查。"

于是我用手机百度一下，门、纲、亚纲、目、亚目、科都与鸡完全一致，分属时有了孔雀才将自己划出去。易老板恍然大悟，说怪不得哩，去到老王野味店上吃孔雀肉，我老怀疑他们在用野鸡肉蒙人。

考察结束，易老板不再住隆介的狗窝，也不要隆介接待，说还有别的事办。然后把我这个跟班也甩掉了。这一年里头易老板来成都好多次，都是独自前来，作为一个小弟，不该问的事不问。易老板离开时，跟我说："我看了他手里的鸡，没有那只火红毛留下的种。没道理的，他养这么好一只鸡，怎么能让它断子绝孙呢？败家嘛。"

易老板的疑惑这么多年也没消除，他坚持认为当年隆介交到自己手中的火红毛，是个替身。我反复说，就是那只火红毛嘛。看上去一模一样，但火红毛到易老板手里不能打，也是事实。于是我又另找解释："隆介会不会全靠药功把鸡搞雄？卖鸡不卖药，玩鸡的人不都这么干吗。"易老板当时虽点了点头，脸上的疑云一直没消。

易老板两天后再现身，情绪明显不错。他嘱咐我说："这事情就让隆介干，但首付款压低一点，最好能一年交货。以后你就盯着他，多来这里，盯紧了，看孔雀养得有点苗头，再给他追加款子不迟。隆介是有异能，但也是只飞天蜈蚣，说不见就不见了。"

所以我晚一天离开，取出三万现金码到隆介眼前。隆介跟我来个拥抱，尔后从中分出两成给我。我说："以前说好的是四成。"他哈哈一笑："老弟，这次也不同于以前的无本买卖，我可是要下血本的哟。"

当年和他天天搞酒，趁着微醺，他鼓励我也搞搞艺术。当时我已经奔三十而去，搞艺术显然有点来不及，比如写字和画画，都是要童子功。

"你认字啊，可以写散文，写诗。"他这么劝我。我跟他赶过几场诗会，都在晚上，聚在某个有钱人的家里，男男女女，念自己的诗。我觉得那些诗仿佛不难写，于是就说试试，写了半月，凑了二十首拿给隆介"斧正"。

"你是佴城写口语诗最好的一个，没有之一。"他看的第二天，电话打来跟我说，"这不是时间长短的问题，是有和没有。你天生该写诗。"

我有点眩晕，不得不说，心底里又暗自称爽。年轻时候，谁又不把自己看成未被发掘的天才？再说，诗这东西，至少在我们佴城，没有谁能说清楚好坏。

一周以后他打来电话，问我愿不愿意发表，说肯定会有响动，就看响声有多大。又说县文联的《沱水》杂志主编也看了，也说好，二十首可以以专辑形式推出。"还可以在封二发你一张照片，你要专门找人照一张人模狗样的。"我吓一跳，我觉得发表是遥不可及的事情，只属于那些一把年纪笔耕不辍的老人家，没想我也可以，而且还刊登照片。我问："有什么要求？"

二十首诗一块发表，占版面太多，整整五张纸，而且还在封二刊登照片，彩色的，这些都要成本。他说版面费要四千，我觉得合情合理，并不贵，但我当时一个月赚不够两千。这种事，又不好借钱去搞，还须量力而为。他说："我认你这小兄弟，就出手帮你改改，质量进一步提高，版面费会酌情降下来。"

当他替我将版面费讲至两千块，我就没有任何理由再推托了。这个价格还算公道，何况隆介还给我配了一篇评论文章，印出来又占去两个页码。所以，当我知道版面费里隆介有四成的回扣，也不气愤，只是有点好笑。本来我不应该说破，但他那一晚心情不错，两人喝了一瓶还要加。于是我就把这事抖出来。

"老弟，我什么人，吃你的回扣？我帮你写评论，是有稿费好不好？"

"你写四千字，稿费是八十块。《沱水》稿酬千字二十。"

话说到这份上，他便一笑："那帮编辑也没意思，把我卖了。……这样吧，什么都不说了，我帮你充手机费。"稍后又说，"你倒真是个狠人，我吃你的回扣，你呢还要从这回扣里吃回扣。"

手机费一直没见充进来，再见面时，他这样说，"以后有钱一块儿赚，我给你和你给我，回扣都是四成，怎么样？"

这一次，他给我提成以后，才把外面的徐师傅叫来。"……老徐，不是开玩笑，真的要养孔雀了，你去弄点种苗。"徐师傅问蓝的绿的。隆介凭着记忆说：

"就蓝的吧，蓝的好看。"徐师傅说一般买种苗是一公搭四母，成套的供应。

"哪有精力搞长久，就买几只会开屏的，公的。"

"光有公的也不行，它们要冲着母孔雀发情才好开屏。"

"哪有这么麻烦。"隆介一想也是，只有公的没有母的，一帮性压抑养在一块，搞不好到时都变成斗鸡了。"那就买二十只公的，配五只母的。"

"一公搭四母，变成四抢一，是不是有点……性别比例失调？"

徐师傅的用词让隆介呛了一口。他又说："就要性别比例失调，就要让它们有危机感，才会抢着开屏嘛。呃对，一只公孔雀从种苗养到能开屏，要多长时间？"

"一年的样子。"

"时间真是紧巴巴。"

"隆老板，一年到底要养成什么样子？"徐师傅此时是一头雾水，看来隆介什么也没跟他说。这是隆介的脾气，没摸着定金，他就当没有这回事。就在昨天，他哪想到易老板真就把这生意给他做。其实我也没想到。针对徐师傅，隆介自有他一套说法，不方便我听，所以暂且挥手示意他出去。

我说："看来你没得把握哦？"

隆介一脸坏笑又挤出来："有把握的事情易老板能叫我做？叫我干这事，肯定是死活找不着人了，只好请鬼看病。"

我提醒他："火红毛的事，易老板一直还惦记着。"

"老弟！"他佘了佘嘴唇说，"天知、地知、你知、我知。"

易老板让我去监督隆介的工作进度，我把这当成好差事。

我想起当初认他做酒师傅，还有写诗的师傅，只是喜欢跟他待在一起。他在小月亮影院里面租住一套房，走进去黑黝黝，灯一开四壁钉满字画，还有搜集而来的各种拓片。书都不上书架，打了捆横七竖八往上码，不可思议地延伸到天花板。人家书房画室都有名称，有斋号，圈中大佬题写裱起，或刻成匾。隆介自题"水帘洞"三字，用双面胶贴墙皮上。他租的是筒子楼的一间，前面客厅又是书房，中间是卧室，后面一厨一卫，整套房笔直狭长，采光从来不足，好似一眼山洞。

"的确是洞，但为毛要叫水帘洞？仙人洞不行？"

"日他妈哟，楼上经常渗水下来。"

"找楼上的把缝都糊上。"

"那女的长得一脸漂亮，"隆介说，"我喜欢碰面时她一次一次跟我道歉。"

搭帮隆介的引介，往下再在副刊发表几组诗（都是免版面费），我混上市作协的会员，得以参加几次笔会，得以认识地方上的书画家，之后便去其中一些人家里搞酒。隆介直言，是有混饭吃的意思，"吃自己的流泪，吃别人的流汗"。其实现在谁也不少一餐饭，真的去了，也没见隆介吃到流汗。他头脑中难以磨灭"吃别人的流汗"的美妙记忆。作为跟班，我很少喝到十块钱以上的酒。我敢说，他的不挑剔，让主人有一种说不出的轻松，感觉我俩就是他们酒橱的清洁工。

隆介另有个同学当了作家，姓黄。黄作家也爱吃百家饭，天一擦黑到处蹭，隆介便经常叫上他。两人保留有一套节目，就是黄作家讲隆介的故事，一路逗哏，而隆介在一旁保持傻笑，算是捧哏。这套节目很管用，请饭的人下次还请他俩，同时又叫来自己别的朋友，头杯酒一碰，主人便要黄作家摆一摆隆介的故事。黄作家的噱头，无非是隆介自小家穷。拿穷人开涮，在酒席上有古怪的吸引力，因大家都穷过，最穷的那一个，活该成为话靶子。我不想复述那些穷故事，反倒是钦佩，在黄作家一次一次的讲述中，隆介脸上怡然自得的神情。他跟别人一样地笑，仿佛还为此小有得意。

隆介父亲死得早，很小由半瞎的母亲拉扯，家在全侻城最穷的高寨，所有的致贫因素一股脑堆在他家，穷成啥样可想而知。若他是个理性之人，从小发奋图强，小心装人，搞不好能演绎出自己的励志传奇。偏巧他为人既爱耍小聪明，又严重缺心眼，旁观者都洞若观火地看他真人秀，所以他一言一行一举一动很容易编排成笑话。

黄作家说，隆介第一次翻身做人，是读初二的时候，换了一个班主任，是他亲戚，提他当常务副班长（隆介总是在此插言说，就一个副班长哟）。隆介厌了十几年，忽然一夜当了官，全班同学里面一人之下五十二人之上，那可怎么得了？给他封官的次日早晨，全班同学没一个迟到，齐斩斩地坐在座位上，看隆介新官上任，要放几把火。果然，隆介当天进来，衣帽都穿戴整齐，胸口上也罕见地没有汗渍、油渍以及口水渍。同学们叫他班长，他一口碎牙死咬，一声不吭。等到中午，他用霉豆腐蘸了三个大馒头，比平日多出整一个，悉数吃完，脸上就有饱醉之态，再找同学下军棋，一开口忽然喷出普通话来。

在此之前，从没有人听他讲普通话，在那所破学校，老师都是讲乡话，不会讲普通话。隆介本来是讲乡话还夹苗腔，从不在人前喷过一句普通话，此时，满口普通话忽然这么飙开，大家听着，颇有几分电视台播新闻的韵味。大家看他，像变了一个人，或者变得不像人。慢慢地，有人鼓掌，有人模仿，有同学问同学这人是谁。隆介也是一不做二不休，军棋全让别人下，他来当裁判作点评，整个午休时间，宿舍里充斥他一个人的叽叽呱呱。

"和他同班快两年，以前听到他讲话，加起来也没有那个中午多。"黄作家说，"那是我初中三年最难忘的一起灵异事件。"

隆介补充："我前面十几年都没说过那么多话。"

黄作家记性不是一般好，还能复述隆介当天的讲话片段，显然精心练过，一张团脸尽量挤成猴脸，喷出的普通话有几多标准，便有几多怪异。这模仿一次次掀起酒桌上的高潮，大家轮番敬隆介大杯。隆介来者不拒，面带英勇就义般的微笑。有一次灌得太猛，隆介把酒呛进鼻腔，忽然痛哭流涕。黄作家见状过去安抚，隆介就势箍紧他腰，把脸鼻口眼往黄作家衣服上蹭。黄作家反应可不慢，见状万分痛惜地搂紧隆介脑袋，拼命捂他。隆介几乎窒息，赶紧松开。

那天我送隆介回家，问他，讲普通话的故事是不是真的。这故事我听了好几年，忽然想求证一下真伪。隆介嗯一声，并告诉我："班主任不是我亲戚，我们是都姓隆，本家，读初中以前根本没见过。"

"也难怪，你们姓隆的人少，别人看来都是亲戚。"

"我没见过我爸爸，我把他当爸爸。"他说，"叫隆宗和，是书法家，你百度一下找得到哦。"

我没去搜，一搜我都能搜到我自己，还有头衔，市作协理事。这让我对网络搜索浑无信赖。他讲起隆宗和对他的器重，是因为教他写字。他之前写字并不好，家里一穷，哪有心思练字？隆宗和爱练字，写半辈子进不了县书协，换到他们班当班主任以后，批改一两次作业，直觉发现隆介写的字有苗头，便借他几本帖子，给他买来笔墨，反复叮嘱：隆介啊隆介，你一定要多写。稍加点拨，只一个学期，隆介写字便可以送到市里参展。当然，隆介也是投桃报李，后面隆宗和加入书协，最终成为市书协理事，都得益于隆介的推荐。"……不管他字写得怎样，我的老师竟然不是书协理事，那就是书协工作的重大失误。"

聊起隆宗和，隆介的话便多起来，换一副沉重的表情，平时看不到。毕竟，那是一个被他长期以来默认为父亲的人。有的人很容易把另一个非血缘的人当成父亲，隆介只认这一个。在他讲来，他确乎有着写字的天赋，但隐藏着，需要另一个人来开启。遇见隆宗和，他成为书法家，继而成为画家成为作家，要是没有这样的"遇见"，他无法想象现在自己是什么样子。他说到这里，我心里嘀咕，一个重度酒精依赖者，换一种活法，未必还能更坏？

他与隆宗和亦师亦友、如父如子的交情，显然是他嘴里罕有的温情表述，包括隆宗和弥留之际，他衣衫不解全天候照顾，比亲儿子做得更到位，临终最后一刻，是要他将耳朵凑近，留几句最后遗言。听他讲起这些，看他一张猴脸掀起的动容之色，我不免是感触颇多。因随年份的递变，短短几年，人与人之间的情谊都在变淡，许多亲情友情故事，现在一讲，恍如隔世。

后面和黄作家单独碰面的时候，又讲到隆宗和跟隆介的事，黄作家毕竟了解更多。"扯卵谈！"他说，"他俩关系是好，隆宗和去世之前隆介确实照顾一阵，但隆宗和后面跟儿子去了海南，也死在那边，没有隆介什么事。"

我再去民安镇，隆介不在，孔雀围栏已弄好，不大，让我想起以前的鸡笼。买来全是蓝孔雀，又叫印度孔雀……怪不得，我头脑中，印度人头上都插一支孔雀翎。此时，孔雀苗一只一只通体发灰，看不出蓝的颜色。一共二十五只，都在围栏里面，低头啄颗粒饲料。这很难得，来之前我以为隆介为压低成本，每天背着背篓上山割草。现在孔雀苗还填不满围栏，他们还往里面放养一些本地鸡，一眼看去，除了体型有异，彼此和睦相处，倒还真像一伙的。

孔雀还不会叫，鸡则咕咕有声，我余光看见，此时鸡的势力更大，占据着食槽，孔雀苗只能在边缘徘徊，抽冷子冲过去啄几嘴。孔雀是百鸟之王，鸡暂时还不晓事，再说它们是本地品种，也算地头蛇。我想象着，数月之后围栏内形势的逆转，但也可能到时候隆介已将鸡悉数吃光。

"好吃莫过饺子，我就想不通，面粉包肉水里煮，有什么好吃。"隆介以前跟我说，"天下最好吃，鸡肉蘸酱油。"

他也确乎这么干，吃得并不讲究，鸡拔光毛整个扔沸水里煮透，把鸡皮煮成见哪粘哪的肉糊，把鸡肉煮成一束束线条，再捞起来撕着蘸酱油。那一副吃相，让我怀疑他对酱油有更深的感情。有一次我去小月亮电影院找他，他不在书房，不在卧室，我一直钻进厨房，见他正举着酱油瓶子吹，就像吹啤酒。见我进来，他呛一口，酱油便从嘴角挂出，黏在下巴上，显然还是老抽。

"怎么了？"

"嘴里淡味，喝几口就还魂了。"

我在那里睡了两日或者三日，徐师傅等人每天用"土茅台"招待我，从七点喝至半夜。这天大概到了凌晨，听见外面有窸窸窣窣的声音。窗棂被车灯的白光刷亮，旋即又黯淡。徐师傅身形一长，出到外面。我依稀听见女人的声音，突然断掉。之后隆介一个人走进房间，开灯。

"你真的等了我两天。"他说，"我有点感动。喝两杯不？"

"你真的是把孔雀当成鸡在养。"

"现在你看不出形势，我不能首先就让孔雀有优越感。你知道的，任何活物，有优越感都会摆起架子，对以后驯养不利。"

"我仿佛听见有美女的声音。"

"这地方女鬼多，你不要乱想，越想越来，不好收场。"

他凑近了告诉我，徐师傅在这有女人，跟他没关系。我只是一笑。他掏出烤串和好几打啤酒，啤酒都是听装，瓶壁挂着白霜。徐师傅稍后进来，我们三人搞起夜宵，终于进来一个女人，挨徐师傅坐，但怎么看都是隆介的口味菜。吃到下半夜菜不够，徐师傅爆一盘焦香脆爽的鸡丁。

"是孔雀，刚瘟了一只，等不得它死，杀了冻冰箱里哩。"

我想起往日时光，通常是我拎着烤串和冰啤，去到小月亮电影院，门一敲，里面一阵响动，便"添酒回灯重开宴"。通常是我和隆介还有一个女人，女人年纪可大可小，长相也并不挑剔，酒一喝都像嫂子一般亲切。现在毕竟有一段时日不见，彼此又有生意往来，隆介生分了。

"……他妈的，老徐就是厉害，太招女人喜欢，搞得我这里也不清静。"

我不难看出来，饲养孔雀的活计都是徐师傅一人包圆。徐师傅各种活计全都能上手，菜也炒得不错，关键时候还能给老板顶包……为了顶包顶得煞有介事，徐师傅也就不把自己的女人缘掩藏起来。男人嘛，都这样，何况身在这荒郊野外的地方长期生活，不可能只有鸡和孔雀做伴。

但话说回来，通过这几天的观察，徐师傅实是平常之人，种地和饲养牲畜，和我见过的大多数老农并无区别。他勤勤恳恳，我并不怀疑，但他绝不是用来完成特殊任务的。我再次提醒隆介，易老板掏这笔钱，是要弄一只会按指令开屏的孔雀，而不是要晚上剁成丁过了油下酒的肉孔雀。

"……时候还没到，我这样的人，只须用在关键的地方。你尽管放心。"

"师傅哎……"看着隆介吊儿郎当的模样，我不免多劝一句，"我放不放心不抵事，你起码要用用心，不要成天想着那些婆娘。恕我直言，我看你这鸦片鬼的身坯子，成天喝酒，哪还来的性欲你说！"

"他妈的，性欲我真的有……难道还要扒下裤子证明给你看？"

"性欲和有没有那根王八东西是两个概念好不好？"

"难道你要逼着我演毛片？"

"你吃半碗伟哥也许还能演一场，我发誓我真不想看。"我一掌拊在他肩头，又说，"别装了，我还不知道你吗？从来没有女人喜欢你，你才到这一把年纪，还总想着在人前装得很有女人缘的样子。"

隆介本想拉起脸，摆出愤怒的模样，忽然呵呵哈哈地笑起来，一时停不下，最后又打起嗝。他体内贮存着各种连带的声音，随时弄出来，比如说话连带鼻音，发笑连带打嗝，咳嗽连带呛水，放屁连带吹哨。笑完以后他显得老实一点。显然我的话起了作用，遂再敲他一锤："不要忘了，女人身上你找不到开心，反而会惹麻烦。文联那一堆事，不要忘记。"

"……我是故意的。"

"事情弄砸锅了，偏要说自己与众不同，你们这号人怎么全这样？"

"就晓得教训我……我才是你的师傅。"他回过神，冲我吼，"你要搞搞清楚！"

我跟他学喝酒学写诗那几年，他所在的纱厂避不开社会的大形势，随时准备倒闭。他虽是个艺术家，也没抛弃趋利避害的本能，要混进一个稳妥的单位，想来想去，文联真是最好，这个单位专管养闲人。隆介知道，有个顶有名的作家叫余华，年轻时候就是为了调进文联当闲人，才写了《活着》，后面不光活着，还真是活得顶好。

文联虽是个不声不响的单位，待他想往里调，才发现也是虎视眈眈。而且，一个地方当自己是艺术家的总是很多，当自己是艺术家且想当闲人的则更多。起初几年，他的书法没进过省级展览，想往文联靠，提着猪头也找不着庙门。后来真就下岗，写字发了狠，参加几次展览，算是和文联挂上钩。那时他带我去见人，我也得以认识文联的人，他们都当我是他小跟班，给我进了作协。偶尔街头碰面，文联的人叫不出我名字，只说"你师傅躲到哪里去了"。那一阵，喝酒的时候，隆介老是讲自己又跟文联哪个领导一起吃饭，那领导仿佛对自己印象不错。我们几个酒友最烦他把文联领导讲成好大一个领导，一旦他扯领导，我们把话带别的地方，晾他一阵。又过不久，我俩单独喝的时候，他又骂领导水平不行，写字比不上他左脚，不知怎么混进文联。我提醒他，现在是你要跟人家混，看不起人的眼神要收紧。水平不行的人，往往神经过敏，体察入微，你眉毛一纵人家都明察秋毫。

经过他夹起尾巴勤恳经营，文联领导对他有了器重，那年节前，还组团到小月亮电影院对他进行家访。他把老母亲提前带到那里，也把自己最好的作品裱满墙壁甚至天花板。房间之拥挤，条件之恶劣，还有为艺术献身的勇气，一时都展露无遗。一个文联领导触景生情地说："我们年轻的时候，都是这么熬过来的，好歹都跨进了艺术的门槛。但有些人，就是熬不过来，一身的本事，都被生活活生生地拖垮了呀。帮助一个艺术家全身心地投入艺术创作，这个这个，也是我们文联的基本工作嘛！"

当晚，隆介将这段话模仿了不下十遍，固然也是出于感动，主要仍是喝蒙，记忆不断清零。但领导的话，他每一次都背得一字不漏。

正如预期的那样，隆介朝着自己的目标逐渐靠近，调入文联并没那么容易，但文联宿舍楼里有一套空房，可以当出租屋。文联领导让隆介住进去，租金还打折。

那一阵搬进文联，我经常赶去帮他打扫屋子，提醒他要留给领导一个好印象。领导往往都是体面人，讲究仪容，隆介邋里邋遢的性格，住进来不要适得其反。我还劝他最好是把老婆女儿接来住。

隆介住进文联宽敞明亮的房间，但老婆一直没搬过来。有必要说他老婆，虽然据他自述换了几任，但从来都是外地人，不跟他住一起。有时候，我甚至怀疑他没有老婆，从来没有，一个也没有。虽然他钱夹子里有女儿的照片，那又能说明什么呢？见我质疑，他信誓旦旦地说有，还讲起自己的爱情故事。他说第一个老婆是重庆秀山人，非常漂亮，她爹是包工头，九几年就有两台桑塔纳，身边还养了一帮青皮看家护院。无数男人馋在眼里痒在心里没胆子追，望洋兴叹，望月伤怀，见花谢（隆介原句）。隆介呢泯灭了希望提起了胆子，一个泥腿子怀揣"光脚不怕穿鞋"的激情，说干就干，既是泡妹，又按捺不住打土豪劣绅改天换地的快感。贴近那女人比他想象中容易，因为没几个男的敢去贴她，她其实有那么点寂寞。之后他给女人画像，画成古装的、飞天的、反弹琵琶的，画成民国时期月份牌女郎的模样，越画越粉越画越靓。那女的多少有些见识，知道这比相片来得有档次，自然欢喜，脑袋一热竟不经土豪老爹恩准，跟他私订终身。婚期定下来，到那一天，隆介拉来所有认识的兄弟，造出人多势众的模样，敲敲打打，满街甩鞭炮，想以迅雷不及掩耳之势把人弄到手。没承想，婚礼当天变天了，女人藏起来根本见不着，后面领离婚证都是律师出面。

"从那以后，只要哪个女的看得上我，都结。她想离我也马上签字，绝不留她多吃一餐饭。"

故事到他嘴里，怎么讲都带有传奇，我也不是很信。

"……这个很有必要哦。"此时，我提醒他，"背后人家怎么说你，你也应该知道。有的说你是疯子，但你真是生就一双好手；有的说你是天才，又说你的书画眼下还达不到天才档次。这情况并不很好，让人觉得你就算是想为艺术献身，把自己搞得人不人鬼不鬼，艺术也未必对你青眼相加，往后似乎看不出多大的发展空间……"

"哪个狗日的这么讲，我打他。"

"你自己风吹就摇，不要放狠话嘛。"我突然像是变成他的师傅，继续指教，"所以你很有必要把老婆女儿接来，让自己显得正常一些，领导一看，印象分又会加起来。"

其实我是怕他哪天喝糊涂，一个电话又把外面的女人叫来，让文联的人撞见，前面所有的努力都打水漂。我跟他接触多，知道他有这个习惯，且不知道轻重缓急。有时候，喝到快丧失知觉，他还用最后一丝力气拨打电话，女人来了他已不省人事。有一次我正好去找他，走到门口看见一个女人砰砰地敲门，骂骂咧咧，邻居都在走廊上等着看戏。我掏了十块钱打车费，四十块钱误工费，才让女人扭头走开。第二天我找他报账，他不认。我让他拧开电话，他才说"手又痒了"。他发誓已将所有女人的电话删除，但在酒后，手指还残留有身体记忆，自动拨出曾经拨过的号。

"要拨多少次才能形成身体记忆，你能记起我的号吗？"我不禁问，"都喝成那样，你把她们叫来又能怎样？"

"我只是想找人讲话。"

"那你打兄弟的电话嘛。"

"夜深人静的时候，找你们过来讲话，老子嘴皮子发干。"

那以后，只要我去文联，都会帮他收拾一下房子，但赶不上他变回邋遢的速度。这倒像是一种天赋，他要把自己家抄一遍，住着才安稳。

"你为什么要抄自己的家呢？"

"你弄整齐了，我老觉得不是自己的家。"

他在文联大院住了有一年，但显然离调入文联越来越遥不可及。他能看明白领导脸上四季的更迭。他本来就没什么形象，此时更不注意形象。有一次文联开文艺工作者联谊会，哪个领导脑门一抽，竟安排他也发个言。前面几个领导纷纷表示要培养人才，选拔人才，轮到他讲，他是一脸酒气摸到发言台的，找准话筒都用了瞄准靶心的力气。"以我经验，艺术这个东西，在我们地方上，没有人能培养你，也没有人能选拔你。相反，别人想骂骂不垮你，想毁毁不了你，你才是人才，你肯定能拱出一头之地。"他觉得此处应有掌声，学着领导搞暂停，却听见一片死寂，忍不住又骂，"这时候都不敢给我鼓掌，你们年轻人还有卵希望哦！"掌声稀稀拉拉响起，还是领导带头搞出来的。

酒一醒，他再去文联混，晓得怕跟人撞面。有天晚上，他把一个身份不明的女人往文联宿舍里带。楼梯上撞着了人，他露齿一笑，说这是我老婆。女人也配合，点点头。次日，文联领导不管他怎么解释，强令他搬出去。虽然文联领导没见过他老婆，但他们乐意将这行为默认为一次招嫖，直接终审判决，不容上诉。"不能让一颗老鼠屎搞坏一锅粥。"搬家时，隆介将情况讲给我听，我并不奇怪，任何一个单位的领导，都打过这样的比喻。

当时他很肯定，真是他老婆，还要掏照片。我懒得看，皮夹子里夹一把照片的人皆不可信，那里面只应夹钱。过不多久，酒一喝，他面相坦诚，承认那个并不是老婆。但他偏说，这是故意的。"里面的人，个个假模假式，我待了一年就是看不惯，就要打他们的脸，就要带女人进去。我现在看明白，武大郎开店，哪里都是这样。"

"不管怎么讲，你确实干了一件丑事。难道不是吗？"

他又呵呵哈哈笑起来，一笑遮百丑。

调动无望，那以后隆介安心地当起个体户，承包园林工程。正好那些年楼盘刚开始升级换代，商品房不能挤挤挨挨，要有园林环境才能卖上价。隆介不缺活，慢慢弄起一点规模。他也算是落地生根的物种，做起生意，身上的文人气名士气锐减，还置一套定制西服，把领带像颈圈一样锁脖子上，只穿一水，便扔给手下"能穿出人样的家伙"。隆介还和文联有来往，因文联谋下一块地皮，要建新楼，他向曾经熟悉现又重新熟悉的领导们谏言，文联大院里若没有整个佴城最好的园林，简直是皇帝当得开心，忘了打龙椅。领导不相信隆介为人，但相信他手艺，答应以后把园林包给他做。

那一阵和文联的人吃饭喝酒又多起来，多是单位签单，偶尔轮到隆介，他就拽上一个新认识的兄弟买单。他这样搞，兄弟做不长久，但是兄弟有如老婆，旧的不去新的不来，他并不担心。

聚起来是文联各种人等，写字绘画唱歌跳舞都有。在我面前，他们对隆介的褒贬都畅言无忌，而我回以人畜无害的微笑。说到隆介的字，他们承认确有天分，因他临帖底子并不厚，但一手章草功法着实谨严，又不失天真烂漫。虽然行话说写字不临帖就算耍流氓，但倚着天分有的人就能不按规矩办事，别开生面，自成一家。

那天吃饭，隆介没来，话题便一直锁定隆介。一个一个先说几句好听的，往下再畅言无忌。我听出来，他们并不介意我转述，甚至正有此意。一个年纪较大的作家也评书法，据说地方上的书画家都是请他写书评画论，他一开口，别人立时安静下来，仿佛是由他盖棺定论。

"隆介嘛，是有天赋，但这一点点天赋，不足以使他以天才自居，不足以使他以名士的面目示人。他自我的定位，开始就不当，这导致他整天醉昏昏，讲话天上一句地上一句，简直是表演。"老作家说，"艺品如人品，真实是最起码的品质。隆介嘛，说白了就是个演员。"

席上众人啧啧赞同，还纷纷给老作家敬酒。我赔着笑听他们评论，时间有点久，笑容把脸都堆得发肿。说到书法我不敢多言，但隆介喝酒不是装出来，是真有瘾，这我比他们更有发言权。想至此，我忽然憋不住，张口问一句："那么，谁又不是演员呢？"

老作家像是呛了一口，很快平复，悠悠地答："是啊，谁又不是？"

易老板忙，若我不提醒，他都忘了隆介在帮驯养孔雀。我一提，他说："呃，是要去看一下，别让他吃完了鸡去吃孔雀。"稍后又问，"能联系上隆介吗？"这是所有熟人都遭遇的难题，隆介这货，最爱干的事就是更换手机号码，简直打一个电话换一个号，每一次打来都是陌生号码。他买手机卡肯定是打批发。我打不出电话，易老板忽然一眼迷惘，又问："你说，我为什么要相信隆介呢？"

我稍微想了一想，虽然我早有答案。

"易老板认识的人里头，只有隆介显得不太一样，他身上有让人意想不到的东西。……易老板烦闷的时候，会想起他怎么随时笑得那么开心。你有点看不起他，但你不比他更开心。"

"你说我是感情用事？"

"易老板也就对他感情用事。铁布衫金钟罩都有气门，再理性的人，总要有感情用事的时候。"

易老板脸上擎起"好像是那么回事"的表情。

去成都只有慢车，坐整一天，下车后徐师傅会开一辆破柳微来接站。我其实享受坐慢车，纵使见站即停见车即让有如便秘，但怀有一种逃离的心情，便能将冗长的旅途通通予以忍受。我猜测易老板的心思，实为我自己的心思，他的默认，说明我们总归是有相通之处。

……得有那么一个朋友，看似神不楞登，人堆里不声不响，甚至还有那么点猥琐，偏就身怀某种异能；他若夹起尾巴做人也能稳赚钞票，偏就喜欢将日渐美好的生活折腾得七零八落，仿佛与周遭人事，与生活本身有着千丝万缕的隔膜。但不管日子折腾成何等模样，仍禁不住他脸上的欢悦，内心的狂喜，仿佛打入十八层地狱都是一种全新体验，值得期盼。他强健有力的心脏泵出的却是王八血，品味他这个人，鸡汤和毒药混合的气味扑面而来。你困苦时从那找安慰，你得意时从那找平静。

但这样的人若就在身旁，劲太大，闹得你不得安宁；应与他隔一段安全距离，需要时把他翻找出来，当是最好。

到地方，隆介竟然在等我，拉我去围栏参观，叫我点数。"一只都不少哦。"他指指戳戳。孔雀已和本地鸡分开，现在要抢食，本地鸡只能一边靠，孔雀可是百鸟之王，并非浪得虚名。他又说："你看，孔雀已经变蓝。"我分明看出是有些早春的绿意，在这盛夏时节被光一照，绿得发虚。尾羽开始长出，这样是公是母也一目了然。他还不忘感叹："除了人，大都是公的比母的好看。"我则不失时机回应说："那是因为你也是公的，而且丑。"又问，"你开始训练了吗？"

"什么……呃，要等它尾巴再长长一点。"

"要从娃娃抓起。"

"磨刀不误砍柴工，切不可揠苗助长，不能急功近利让方仲永同学躺枪。"

隆介依然好客，只要能喝酒，举座皆挚友。王八池里已经空了，不能用王八血点进酒里，但每天都给我煲鸡。我爱喝汤，他只撕鸡肉蘸酱油，现在买得着固体酱油，他蘸得更带劲。吃了两三只鸡，我才发现，上次看到的本地鸡已被他吃光，现在养着的这批，毛色乍看像是本地种，拔了毛都是乌鸡。他依然吃了睡睡了吃，有限的时光在案子上铺开纸帮我写字画画，要画什么画什么，我说要画奥特曼，他也百度一下图片给我画出来。这些年我也藏了他不少字画，少说有两三个皮箱，所以我并不在乎再多拿几张，当然，我也决不盼着他早点死。我感觉虽然他也闹腾了这么些年，到地方上混得天才或酒鬼的名声，但只要一死，马上无声无息。

在隆介身边，日子很好打发，不觉过了一周时间，我要赶回去干活。易老板待我不错，我磨洋工要自己掌握分寸。临走，作为一个监工，我不得不提醒隆介："养孔雀的事，你自己也要上手弄。徐师傅是挺好，但他驯不了孔雀开屏。他自己一辈子都没开过一次屏，不是吗？"

"你要知道，龙船要由别人来打，我只负责画龙点睛。"

"你要知道，道理在你嘴里，钱在易老板手里。"

由夏到秋，我还去找了隆介几趟，去之前打隆介电话，他竟然一直没换号，有一次直接接通。在我眼底，那个叫民安的小镇已变得熟悉，我赶去那里像是踏上回故乡之路。小镇还藏着隆介，更多一份亲切。他不见得随时都在，叫了徐师傅接待，或者晚我一天赶来。但只要赶来，他就成为小镇的主人。他已有不少熟人，吃饭时拎一瓶酒，带我钻入一处僻静院落，把屋主当成徐师傅一样吩咐：弄几个菜，一块儿喝酒。屋主都听他吩咐，马上动手，厨房（他们叫灶房）马上有了锅瓢撞击的声响。菜都端上桌，摆起龙门阵，他就成为席上的主人，而屋主在他身畔一惊一乍。他一口四川话已然地道，至少在我听来是原装货。一瓶酒扛不住，很快见底，他指使屋主人家再去买两瓶。"要玻璃瓶的哦，剑南春可以封顶，下不保底。别给老子打壶子酒，这可是我兄弟我跟你说！"半天时间，又这么打发。

孔雀一直在长，不慢也不快，徐师傅开始给公孔雀捆扎尾羽，防止它们打起架来羽毛纷飞。掉毛的事仍不可避免，隆介吩咐所有的长羽毛都要捡拾起来，收好，以后用得着。这显然又是斗鸡的经验，斗鸡打架经常会折断羽毛，但一截断茬还在，下次再上场，可将羽毛用大力胶粘在断茬上。我当时在场，有必要提醒：十来万一只的货，你总不能修修补补吧？隆介怪眼一翻，说只是有备无患。我眼皮有点抽，越来越感觉驯孔雀开屏

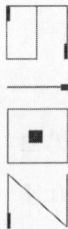

之事，隆介其实和我一样，往好了说也是摸石头过河。

给易老板汇报，我说还行，一切都像那么回事。

"什么叫像那么回事？"

"现在他在和孔雀培养感情，晚上把孔雀关进自己房间一起睡。"

易老板点点头，他相信隆介能与各种动物产生感情。

十月黄金周，我又去民安小镇，碰见黄作家。黄作家年过四十，灰白头发染成金黄，但仿佛把脸也染黄几分，身边还带有一个年纪莫辨的女人，说是刚跟他扯结婚证的妻子。按说两人应去度蜜月，黄作家一番说道，说出黄金周去景区的种种险恶，终于把女人逛到这僻远的乡镇，享受岁月静好。在这不管待多久，都算他俩蜜月的一部分，黄作家这一招又省下两月的工资。见是我来，黄作家也显得格外亲热，他乡遇故知，喝酒说话多了一个听众。当天，隆介稍后赶到，一手拎起一个大王八，拎得满头是汗。他说是在施工地刚弄到，纯种野王八。工人们在一处老屋基下面挖到一凼泥水，抽干水，这两个脸盆大的王八就优哉游哉浮现眼前。工人竟向隆介汇报，问他怎么处理。隆介哪敢耽搁，赶了过去，用网兜把王八拎起就走，让工人们来不及就王八的属权展开一番深入的讨论。

我一看，今天王八血酒一定要把人喝翻为止。

两只野王八断了头以后，血又稠又多，被他倍加小心地灌入十斤装的酒壶，酒色慢慢殷红，根本就是一壶鲜血。黄作家的新婚妻子见着这酒，不肯上桌。"隆介你真是越来越嗜血。"黄作家说，"今天这酒我是喝不了。你们看见的，要是我跟你们喝血，轻者今晚上不了床，重者把她搞成抑郁症，我下半辈子幸福没保障。"我抿一口，血腥味直冲脑门，甚至还有股泥腥。隆介说有泥腥才是野王八的味。开席以后，他按平时的量，杯子照样举得频繁，一仰脖子一口血。而我换了最小的盅，每次斟一半。这架势拉开，简直是以逸待劳，不消个把小时，隆介坐着坐着，喝着喝着，脑袋突然就偏了，嘴角沁出血色。黄作家伸手探探他的鼻息，冲我们说："我很担心这么发展下去，隆介会半夜爬起来吃人。"

隆介喝时，徐师傅也喝，隆介喝趴，徐师傅把他像褡裢一样扛去里屋，便不出来。"……兄弟，漱漱口，换点别的喝。"黄作家也有几分酒瘾，这是能与隆介长期保持联系的必要条件。他使个眼色，新婚妻子就往外走，稍后拎来两瓶产自茅台镇却从未听说过的酱香，一喝满口赖茅味，但比王八血酒好很多。小镇金黄的午后时光，不来点酒还真难看到日落。

"你们怎么想到让他养孔雀，还要管开屏？这样的好事，把给我都更靠谱。"黄作家有了好奇，因他认得易老板，说"易老板的钱可不好赚"。我没法给他解释易老板对隆介怀有的隐秘的心理依赖，只讲当年斗鸡的事。隆介毕竟有他的狠，且是在易老板最擅长的领域让他阴沟翻船，翻出了心理阴影，不服都不行。

黄作家听得稀奇，又说："这么好的鸡，不可能是他自己养，是请人弄出来的。背后一定有高人。"

火红毛的出处，易老板早已与我探讨好几回，认为从别人手里头弄来的可能性不大。养斗鸡是很专业的事，附近州县的好手，易老板心里面都有准谱，斗鸡一动弹，基本能看出是谁的饲养风格。好鸡价格不菲，"济公"当年有人出一万五，易老板还不出手，能斗赢"济公"的鸡，若不是隆介养出来，让他掏钱请人，绝无可能。诸多迹象，都说明隆介身怀异能，或者家里有祖传秘方。

"……是哪年的事？"

"隆介一九九九年问易老板要的鸡苗，心大，刚孵出的一筐全被他拿走，等他养起来，能打架就到二〇〇一年了。"我记得清楚，那两年鸡场缺人手，我随时抽调过去，斗鸡的门路也弄通不少。

"隆介不会安心养鸡，这家伙，我毕竟比你认识得久。"黄作家此时想起什么，又说，"一九九九年，是的，那年秋天隆介还找到我家老头子，扔他几只鸡苗，毛都不长，丑得很。他说养大了要是能打架，他有赏，一千两千，上不封顶。老头子合计一下，顶多亏点饲料，就答应帮他养。"

"老爷子会养鸡？"

"城郊老菜农，本地鸡养了一辈子，斗鸡还是搭帮隆介头一回见到。"

"那只火红毛会不会……"

"肯定不是，哪有可能？"黄作家开始邀我喝大杯，又说，"老头子把斗鸡养成了肉鸡，隆介不收，炖了。老头子还叨叨，说斗鸡太费粮，肉柴得很，吃起来硌牙。"

"那还有什么人帮他养鸡？懂行的，这种鸡少说收他上万块工钱；不懂行的，瞎蒙就能养出一只好鸡？"我想起当年学习养斗鸡，光给它皮肤增粗，就要懂熬药汤，会按摩，再别说日常料理、喂药……我总以为，一切扯到钱的事，都有个投入产出比。凭我的经验，放养能养出火红毛这样的斗鸡，其概率约等于猪肚子里长牛黄。

"隆介又不是易老板，哪认识专业好手，他要找，自然是那帮喝酒的朋友。"黄作家以他爸爸为例，以证此言。父子俩并不对路，黄作家若想请老头子出手干些什么，老头子极有可能唱反调。但隆介只消拎一瓶酒，二十块钱以内，老头子就赔上一桌菜，不说厨艺，放眼望去全是肉。把酒一喝，隆介但凡开口，老头子便拉马坠镫跟着跑，虽九死其犹未悔。"有一次隆介鼓噪老头子搞搞投资，只消一年，柏木棺材指定换成檀木棺材。我家老头子真就取了房产证去抵押，幸好我半路拦截，才头一次看到我家房产证长什么样。"黄作家说起这事，仍是心有余悸。又说，这些年来，明面上大家看着他损隆介损得几多开心，暗里头隆介闹得他家暗流汹涌，鸡犬不宁。

这个我倒知道，隆介最是擅长与酒鬼打交道，他一开口，大多数酒鬼都会拉马坠镫跟他走。"你是说，是一个酒鬼，从来不养鸡，一出手就帮他养出那只火红毛？"

"有可能……不要小看酒鬼，成天迷瞪瞪，其实也是一种独特的状态，在这状态里能搞出不一样的事情。隆介真是相信酒鬼有一般人没有的能耐，什么事都要找酒鬼朋友来搞，所以酒鬼也爱听他的安排。隆介包给酒鬼的活，反正是一般人干不出来的，他就赌酒鬼身上有奇迹发生。"

"听起来我俩都包含在里面。"

"谁说不是呢？"

黄作家的分析说服不了我，火红毛赢下"济公"，绝非偶然，后面还赢了易老板好几只斗鸡，最后栽在易老板重金购来的"神勇大将军"手上。但这些事，不便道与人听，因为易老板都不知底细。

"你要知道，所有的能人其实都是一种人：包工头。"黄作家还预言，"等着看吧，隆介养的这些孔雀，迟早都会发包给一帮酒鬼。"

"那么肯定有几只，会被酒鬼当成下酒菜。"

"都是概率，弄出一只随时开屏的孔雀，只能去撞概率。"

年前，易老板叫我去取一座K金摆件，送到王局长的"后宫"。取到手，造型是"麒麟送子"，我便疑惑，难道"后宫"那女人保住了王局长一脉香火？还敢置办酒席？以他这样的身份，岂不是授人以柄？易老板便夸我，说手底下也要有多少看得出问题的崽子，又说可不要担心王局长断香火，人家的血脉枝枝权权，争遗产的时候才会统统冒出来。

"……老王当然不想任何人知道，但是，我们知道也就知道。我这号铁兄弟，知道必然是要送人情。既然有人情，他不开几桌也说不过去。"

荃湾镇那宅院已开张营业，却又关着门。因是会所，专做关门生意，还要预约。私房菜每天N桌，只报人头不点单。据说生意极好，轻易订不到桌，因为订到就是赚到，两百多块一位，上了桌八百八一磅的蓝鳍金枪鱼管饱，全然是"不为赚钱为洗钱"的派头。

虽然只有一帮铁兄弟知道，当天去的人极多，门口贴了告示：乡聚专场，外订顺后。酒席正准备，穿了唐装汉服的服务员往来奔忙，唯宅院女主要务在身，不便出来展示不俗的衣品。

最大一间包间被圆拱门与纱帘隔开，几个老板在里间说笑，王局长坐当中一把红木圈椅，一直在打盹。我和一帮西服笔挺分头锃亮的家伙坐在外间，他们只差不把"马仔"两字敲在脑门，我穿得随意，竟有些不适。易老板为人随和，一开口憋不住话，可说可不说的，脑袋一抽就一吐为快了。我见他捏着茶杯盖凌空虚划着，嘴里讲起隆介的段子。这是他的保留节目，许多小段都历经修改，我熟悉演变的过程，其实我也为这些段子贡献不少金句。这话题，似乎能切入王局长的肠胃，脸色醒来几分。王局长难得现面，别个老板要插言，王局长晃晃指节制止。隆介的糗事一桩桩一件件重现耳底。经易老板一编排，隆介简直就是那只笨笨熊，每天都重复着搬起石头砸自己脚的行为。王局长似乎想笑，却只有面色不经意的变化。

我隔帘听着陈段子笑不出来，只有些紧张，预感到这把大漏勺（他的自我评价）一定会讲到驯养孔雀。待他把隆介塑造得血肉丰满，忽然有个停顿，眼似乎往我这边一睐。终于还是，讲了出来。

"哦，是嘛。"王局长说。

易老板表示，若想养出听人指令随时可以开屏的孔雀，一般人不必指望，隆介却可期待。

"哦，是嘛。"王局长脸上有了确定的笑意。

晚上返程，易老板哕完以后脸由红转青。"又他妈漏嘴了，把话说早，如何收场？跟你交代过，你怎么不进来制止我？"他冲我说，"我把不住嘴，又不是一回两回，把你放在身边有什么卵用？"

"易老板，说时迟那时快，来不及呀。再说，我招呼不打一脚跨进去，人家以为你预谋了一场火拼，说不定几把刀就朝我俩砍来。你想想当时场面！"

"说得跟黑帮一样。"

"我身边那几个穿西装的，牙龈上都有刺青，我不敢乱动呀。"

"嗯，下不为例。再说，老王现在变得这么高调，离翻船也就不远了，到时候，哪还有心情看孔雀开屏？"

"隆介那边还要不要去理？"

"过完年你就过去，这事弄不好，把孔雀翎全都插他屁股上。"

我却想，若隆介知道易老板刚才这番表态，肯定跑来嚷着没钱，要求追加科研费用。孔雀很快就将满周岁，到时候，春暖花开，大地蛰动，孔雀开屏。

以前隆介从不主动，现在晓得打来电话，催我去检查工作。我问是不是训练好了，他说哪这么快，刚学会开屏，有的还只能开到半扇，屁股上的力气攒不够。

"要一步一步来，有事我们兄弟先商量。"他说，"最近弄到几瓶老酒，你不来我留不住。"

这里刚开通了支线飞机，去成都只一小时。我这时已变得有些忙碌，挨过清明才得以动身。易老板的手下，以前一起喝酒打牌翻脸骂娘的兄弟，现在都恭敬地叫我一声"二哥"。我有些惶恐，直到一天易老板也半是戏谑地这么叫我一声，方始安心。

"……二哥！"隆介亲自开了一辆皮卡跑到双流机场接机，冲我这么叫一声，脸上满是喜色。我问你都哪听到的？他说你写博客啊，下面有跟帖。我想起来自己开了博客，毕竟我还是作协会员，没想还附带把"二哥"的名头传扬出去。

到他的院子，围栏里面全是乌鸡，间杂几只另类，是母孔雀，公孔雀都见不到。我明白，黄作家预言是正解，嘴上说："不会都被你炖了蘸酱油吧？"他说怎么可能？孔雀肉炖了不好吃，应该剁丁爆炒。

再去检查工作，有点像走访扶贫点，徐师傅开着皮卡，我们沿着乡村公路一家一家上门。替他驯养孔雀的人，散落在附近几个市县的乡镇。去的时候，皮卡的车厢里还装着那几只母孔雀。母孔雀数量不足，只能共用，一下子全堆在某一只公孔雀身边，看它是不是把持不住，高潮迭起，一下子就掌握开屏的全部技术要点。当然，效果并不显著。隆介说："当初真该多要几只母的，都配好对子，省得像现在这样送货上门，搞得我都像皮条客。"

他承认，早就想好要这么做，把孔雀分养在诸多朋友家里。"但他们都是我们精心挑选，前面好长时间，我一直在考察人选，你以为我光只喝酒？一般人入不了我的法眼。"我只知道，他选出的能人五花八门，不光是养殖户，还有下岗工人、林场职工、民办教师和退休职工。要说养殖户，包括放蜂人和专事到溪坑里掏野王八的闲汉，和孔雀养殖似乎也扯不上关系。我笑他哪里拽出来一支杂牌军。

"专业的养殖户反正驯不出来，我只好怪拳怪招出手。蜀中多奇人，不要小看他们非专业，其实更容易找出古怪的路径，没准就能把事情搞出来。再说，先前喝酒时候，我把他们都煽乎得头脑发热，劲头十足，把这件事当成毕生的事业来搞。这些人，因为我才找到能为之奋斗终生的理想，能不给我卖命吗？"

说至此，他还摸出手机，展示一位退休老教师发给他的短信，上面写着：天不生隆介，万古恒如夜。

"都是喝酒认得的吧？一斤的量是录取线？"

"酒是要喝，这些人倒是精挑细选……"

"我还不知道你吗，酒一喝，撩到碗里全是菜了。"

隆介还待辩解，却不打自招地笑起来。隆介确乎有项异能，就是聚酒鬼。酒鬼仿佛是一根藤上的瓜，扯出隆介一个，就能扯出后面的无穷之数。

我记得，刚认识他的时候，他在帮易老板装修新门店，请了一个装地弹门的吕师傅，半月过去仍不见装好。知道有些师傅爱窝工，一是等钱，二是接了几桩活计，转台似的干活，但两扇地弹门能装半月，怎么也说不过去。隆介只说吕师傅就喜欢慢工细活，把你们店当成百年老店，要好生伺候，一百年里门都没坏，他自己也竖起一块招牌。我得来好奇心，倒要看这吕师傅到底怎么拖的时间，时间在他身上，又发生了怎样的滞留。

某天，吕师傅在门上抚弄了几把，说我去交个手机费，又要闪人。我跟在他后头，发现他在街道尽头一拐，很快在一家杂货店门口站定。三块钱一斤的苞谷烧酒，吕师傅打了半斤，就着酒舀子喝起来，下酒菜是五角钱一包的麻辣小河鱼。吕师傅很快喝完，又要店主加二两酒，再买一包榨菜丝，拎着酒舀子坐到不远处的象棋摊旁边。有人在下棋，他仿佛观战，其实靠着墙角睡着。我回到店子，忙完事情，已近晚饭点，再去街角，吕师傅已醒来，在跟人下棋。他下得很臭，满口脏话，还说今天我没喝酒没有状态。一旁的棋友应声给他舀来一块钱的苞谷烧。榨菜丝还剩半包，他从裤兜里找出来，皱皱巴巴，往嘴里一挤，又嗝一大口。

同样是在那个门店，要将吊顶和天花板中间的老线路换一遍。隆介电话一打，很快来个骑自行车的电工师傅，刹车全用鞋底板，到我门口，逼停了一辆奇瑞QQ。我一看，这师傅脸色酡红，嘴巴皮发乌，眼仁像破手电筒，早已不聚光。我跟隆介说："行吗这个？刚喝了来的。"他说是老师傅，姓孙，猴一样灵活。孙师傅不多言，敏捷地爬到顶上，吊顶开始往下落灰。过了半个多小时，石膏吊顶突然坍塌，孙师傅像孙悟空一样从天而降，幸好，快落地时被电线兜住。仔细一查，当天他把火线零线全部接反，犹如织了一张网，兜住他一条老命。孙师傅挣扎着还要往上爬，我们赶紧将他拽住，隆介算是求他说，顶棚架子也踩塌了，没地方落脚啊，搭好脚手架再往上爬吧。

只要和隆介在一起，这样的事情便层出不穷。我忽然又记起火红毛，便问他："当年那只火红毛，你是请哪个酒鬼养出来的？"

"别打听了，那家伙死掉了。"他一口把话堵死。

检查完工作，回到特种养殖场，隆介请我喝酒，不出所料，他要求追加资金投入。"……你亲眼看见的，我这一年时间，没少花心思在上面，前面给的三万，早就用完了。"他说，"剩下的七万，你一把帮我要来，我还按老规矩，给你这个。"他摊开右掌，屈起拇指。

"前面三万，你又例外了。"

"启动资金例外，我们交税也有一部分免税的，你也要宽宏大量，孝敬师傅……再说我也不是不给，火红毛最后一次斗架，即使不赚钱，我也不是给了你这个数？"他晃起四个手指，一个代表一千。

那件事，我自然忘不了。

当年，火红毛之厉害，对于易老板简直是块心病。他在当地被称作鸡王，但隆介突然冒出来，火红毛突然冒出来，接连打掉他几只不错的斗鸡，西贡鸡、暹罗鸡、缅甸鸡、印尼鸡，火红毛简直在横扫东南亚。幸好，两人都是私下里斗，不让别的人知道。纵是输了几手，易老板依然把隆介看成一个金娃娃，最好是加以控制，但隆介始终闭紧口舌，不讲自己驯鸡的诀窍。易老板本以为隆介和自己一样，是一把漏勺，藏不住话，没想……他总结说："他装成漏勺，其实就为了隐藏真正不想说的话。这样的人，才是真正口紧。"易老板也曾怀疑隆介找了别人帮他养鸡，拽着我左分析右讨论，始终觉得不可能。他越发相信隆介身上确有异能。后面易老板专门找缅甸的朋友，搞来那只"神勇大将军"，凭他的经验，对付火红毛十拿九稳。易老板邀斗时，口风很紧，说要是火红毛，仍要一比一，赌两万。隆介换其他任何一只鸡，易老板都将盘口定为一比三，隆介赢了拿走三万，输的话只消交付一万。

隆介表示要考虑一下，私下把我叫去喝酒，问有几成把握。我说易老板的胜算有六成。他哦的一声。此前斗的几架，我都跟他说，你有六成。我这么说，易老板的胜算也打了折扣，对隆介也不算谎报，感觉两边都说得过去。隆介第一次碰见火红毛的胜算小于对方，但又按捺不住想斗这一架。想来想去，一个晚上找我去帮忙，又找了一个发艺师，把火红毛的毛色焗为全黑。"赢了，少不了你的好处。"他找我去，就怕焗了毛的鸡过不了易老板的眼睛，要我一旁敲边鼓，里应外合把那三万搞到手。

"给我多少？"

"老规矩，四成，一万二，一分不少。"他也知道，以前放了空炮，为表诚意先要给我两千。我说好的，到时一块给。

其实，那天晚上我去到他家，凌乱的屋子里，他和发艺师一个捉鸡一个动手，帮鸡染毛色，我就感到一种莫名的欢快。我见过鸡场上出老千，比如给自己的鸡悬爪上抹药，给对方鸡的食槽里放麻药，但焗毛应战，是我见过最有想象力的出干，也只有隆介干得出来。发艺师说，焗一只鸡要算焗两个人头。即使这样，收费无非两百多，但若这一架打赢，隆介多赚两万。

给鸡焗毛，发艺师也是平生头一回，不停叫苦。隆介此时又恢复了漏勺的本性，要对方耐下心性，把活尽量干得漂亮一些，说自己这一把要是赢了，请他连吃三天麻辣烫，龙肝凤髓随他涮。发艺师也深受感染，焗好以后，发誓说其他发艺师都看不出来，这鸡的毛是焗出来的。隆介大喜，掏出一瓶多年舍不得喝的老酒，先行庆功，发艺师果然也是能喝。

我愿意他赢。若干年后，我跟别人讲故事，这会是很独特的一个，龌龊中散发着理想的光辉。人一辈子能活出几个独特的故事哩？

"……新养出来的？怎么看着这么眼熟？"

地点仍在易老板鸡场，围观的人还有几个，都是易老板的至亲，不邀任何斗鸡圈的朋友。易老板一直不让隆介进入他那个圈，但一场几万块的赌局，没有观众也是不行。易老板眯着眼，把黑鸡看了又看。

"和火红毛是显然一抱的，同父异母的兄弟。"隆介肯定地说。

"我们那一抱鸡，有黑毛？"

"有两只母鸡是黑毛，纯黑，看颜色应该是一样。"陈师傅说。

"我们那只火红毛和黑母鸡也踩雄（交配）过？陈师傅？"

易老板开始查黑毛鸡的出身，对于隆介拿去的鸡苗，都是有账可查。鸡场的陈师傅哪记得清楚，只好支吾。我赶紧说，那一阵我来帮忙，就想着给鸡场那只火红毛多留一些种蛋，好几只母鸡抱过去给它踩，有时火红毛挂双飞，有时火红毛一天踩三回。

"你这家伙，把自己当成火红毛，就想着多捡便宜。"隆介冲我来了一句，眼里递着感激，周围的人好几个喷笑。

虽然易老板眼里有疑惑，但不再追问。斗鸡开始。

一个半小时后，黑毛鸡惨败。易老板看得明白，斗架时就不停感慨："这只黑毛，怎么打法也跟火红毛一个路数？真是师傅左撇，徒弟右手不会掌勺。"黑毛鸡没有不败的道理，因为"神勇大将军"专门买来克火红毛，易老板针对火红毛的打法做了针对性的训练。易老板能成为本地鸡王，就因为他有这种科研攻关的精神。但是那一架仍打得好看，黑毛鸡后半小时成了活靶子，多少重脚弹在脑袋上，始终不肯低头。易老板的几个女亲戚都不敢看，摆出善心人的痛苦状。

收鸡以后，易老板说："隆介，一心不能二用，你还要搞艺术，斗鸡这事你再有能耐，心机不够。把两只鸡都给我，火红毛，黑毛，我免你一万块钱，再倒给你一万。别的鸡我也一块收。"

"叫我以后别玩了？"

"我这是为你好，你写字画画，再弄几年，市里面没人跟你比。到时候你一尺的画能抵一只火红毛。"

"给我时间考虑。写字画画要干掉好多人，斗鸡我只想干掉你一个。"

"你让我想起自己年轻的时候，但你玩鸡，就相当于我去写字画画。"易老板在隆介肩头郑重地一拍。

隆介"考虑"了十天，主要是将黑毛再焗回火红毛，一次成不了，再者还要把鸡伤养好，结痂去痂，有伤痕的地方搞一搞伪装。看上去，火红毛一直还是火红毛。那么黑鸡呢？隆介编了一个故事，说他把黑鸡喂养在阳台，结果不知怎么的就上了栏杆，摔下去死了。有照片为证。隆介把火红毛和黑鸡身亡的照片带去给易老板，这样，一万块钱拿不到，但输掉的一万块抵了账。别的斗鸡统统收购，隆介又从易老板手里赚了小两万。四千块钱，他倒真的给了我，但要我请他去城里最好的馆子"寻味斋"搞一顿。"回扣里面拿回扣"，这倒成了我与他一直持续的交际方式。

买来后，易老板发现火红毛不能用，"像是败筒子"。斗鸡跟人不一样，一旦斗败，便变成"败筒子"，从此胆寒，心理医生又无法介入治疗，再拿去打架提不起半点士气，即使占有上风，也会忽然胆寒，开叫认输。

我便建议，拿去做种也是好的。易老板眼皮翻几下，瓮声说，也只好这样。

我说不是我不帮他，而是，眼前孔雀开屏还看不到任何一点苗头，易老板凭什么继续追加投入？"我要有话交代。易老板对你是足够好，但他心里不敢太相信你。这怪不了人家吧？"

"你现在都是二哥了，几万块钱搞不下来？"

"二哥是二哥，易老板想骂我照样指着鼻子骂。钱不在我口袋里，要在，我现在就掏给你。"

"你现在当二哥更会讲话了嘛。"

"你手下的那帮杂牌军，东方不亮西方亮，黑了北方有南方。这几个月，能找出点苗头，有证据证明确实能养好一只符合要求的孔雀，我马上去跟易老板要钱。"

隆介竟有准备，掏出一万块码在我眼前。"先拿去花，你要把余下的七万块弄出来，再提两万，剩下五万打到我账上。"

"不是四成吗？"

"还有一万，交货的时候一定付给你。"

我不要。还是那句现话，尽快把开屏的孔雀养出苗头，拿证据。

他见我只会哭穷要钱，而我做不了这个主，赶紧抽身回家。我把情况汇报给易老板。

"……我早就想到，他会转包给别人。但有些人，只有他能找出来，也只有在他手底下才能搞出意想不到的事。"

"整个一支杂牌军，我去见过几个，都酒鬼哩。"

"那么，以前那只火红毛，也是有人给他养出来。你再和他碰面，拐弯抹角，问一问这事。"

"问过了，他说帮他养火红毛的人死了。"

"真是死无对证。"易老板抽抽嘴角还想说什么，没说。

往后几个月里，隆介变了主动，给我发好几条"证据"。比方说那个林场工人，把孔雀架在肩上或者头顶，变换着身体的姿势，只要调到一个合适的位置，孔雀果然徐徐地把尾羽打开。

"这不行，这不算开屏，是孔雀在保持平衡。"我说，"再说，我们只回收孔雀，难道到时候还要把这家伙一齐带给人家王局长？让他顶着孔雀成天在宅子里走？要开他多少钱一个月？"

一计不成，又生一计，那个民办教师似乎热衷于创造发明，他给孔雀安装了一个铁头套，一摁扭，铁套里定然是有什么东西慢慢锁紧，孔雀开始挣扎，越挣扎越锁紧，越锁紧越挣扎，很快地，孔雀浑身羽毛都抖了起来，尾羽自然就呈开屏状，但分明和正常的开屏有所不同。

"这不行，这不是孔雀开屏，是给孔雀上刑，你把渣滓洞从重庆搬去了成都。有点人性好不好？"

隆介只有拎着酒不停地家访，不停地给杂牌军部队打气，保证士气高涨。一帮酒鬼在他的怂恿下，在孔雀身上发挥着想象。公孔雀都已会开屏，只是无论如何也拒绝接受指令频繁而又稳定地开屏。隆介和徐师傅把母孔雀带去，想搞美人计，哪只孔雀开屏卖力气，可以享受配种。那些公孔雀见到有异性，开屏确实变得主动，挣得了配种的机会，配完以后会有几天的萎靡。"……它们前列腺还没有我好。"隆介感到难过，他都恨不得自己变成一只公孔雀，不就是开屏吗，有这么难？

一拖就拖到了夏末秋初，隆介又发来一条视频，保证是"迄今为止最重要的突破"。姜还是老的辣，杂牌军里年纪最大的那个退休的扳道工老路，在这段时长不超过一百秒的视频里，用一只自制的树皮口哨，吹出泡沫擦玻璃的声音，让人汗毛倒竖，让一只孔雀一共开了三次屏。我反复看了几遍，便发现问题所在：这种哨音不光让孔雀开屏，还能让它马上收起，接着又打开。次数增多，是因为每一次开屏都未充分，活生生地掐断。老路成功地把一次开屏切分成N次。据说他能力很强，工作起来经常超额完成任务，满屋墙壁都裱满了奖状。看了这段视频，我只是不再怀疑他超额完成任务的能力。

我不好老是唱反调，弄得隆介当是我不肯给钱。我把这段视频给易老板看，并说："看样子蛮有效果。再给点时间，这老同志能够把这只孔雀驯得跟孙子一样听话。"易老板也反复看视频，不置可否。我说都年把时间，只给了隆介三万，但这家伙这一次算是用心在做。易老板说："再给一笔，不能多，留了尾款，交孔雀时再说。"这也是隆介的运气，易老板刚刚回了一笔款，有七百多万，几万块钱这时候掏出来，自是比平时容易。

钱打过去，很快他往我账上打了一万二。易老板掐了掐时间，要我通知隆介，孔雀要在过年前驯出来，到时候王局长那个进不了户口的小少爷满周岁，正好拿去搞搞气氛。"这寓意也好，孔雀开屏，凤凰于飞。"易老板现在变得有些情调，送东西要拿捏寓意。

我提醒隆介随时关注老路的进度，要有发展，随时发最新视频给我。老路起初只关注频率，把一次开屏切得越碎越好，我提醒要孔雀自动收屏以后，再发指示，让它重新开屏。听着差别不大，操作起来大费周折。孔雀完整开一次屏以后，就像干完活下工，老路再去吹哨，它理都不理。不过时间尚有数月，我相信老路一辈子大风大浪，多少困难都解决掉了，不至于晚年给自己留下遗憾。

有一段时间隆介不再发视频过来，但这时矿洞出了问题，易老板被查账追缴税款，王局长也如坐针毡，到处找人，这摊子事谁也顾不上。好在危机公关做得不错，易老板以最小的数目补缴了税款，免于刑事追责，王局长也没被任何单位约谈。这事情过去，年节也就近了，易老板忽然一天想起来："隆介那只孔雀，到底驯到什么程度？"

给隆介打电话，竟然是空号，好在徐师傅的手机号跟他人一样靠得住，一打就通。我问他，老路驯的那只孔雀，目前到了什么水平？徐师傅顿了一会儿，才说不知道，说最近他忙别的事，老路那一头都是隆老板自己去跑。我预感到情况不妙，也不为难徐师傅，只说要隆介尽快回话。

三天后隆介用一个新号码回我消息：放心，到时候，直接让孔雀去现场开屏，误不了事。

我催他把最新的视频发给我，为保证新鲜度，要让孔雀站在电视机旁，而电视调至新闻频道。

他回：你把我当贼防是吧？

他说话通常没有这种咄咄的口吻，显然在以进为退。我劝他，有什么情况一定给我交底，毕竟我把自己和他拴在一根绳上。他没有回话，次日新的号码又打不通，接着徐师傅关机。

好在通信的渠道越来越多，远非换号关机就能阻止，面对眼下的信息社会，隆介频繁换号的举动无异于螳臂挡车。他有博客，虽然他换了几个博客名，账号倒还是同一个。眼下的博客名，叫"是孔雀总要开屏"。我发了几条私信，要他尽快把驯好的孔雀带来，不管有什么问题什么毛病，还可以一同探讨，将其改进。他没有回，也没有更新博文，但我预感他看到了。

翻过年头，我给了他最后时限：王局长公子周岁庆生的前一天。易老板必须事先验证这只孔雀，看它如何开屏。即使不像事先约定那样，一听指令就能开屏，只要易老板掐着表，两分钟内这只孔雀能够将尾巴像折扇一样打开，重复三次，都稳定地打开——OK，还有四万尾款，当场取走。

之后我就不理这事，但这天中午易老板先打了我电话。"隆介没有找你吧？他直接打我电话了，约明天，把孔雀带来。"我嗯了一声，有些奇怪。易老板又说："我估计……看明天吧……也许呢……"

我脑子便往易老板留白的地方填空，知道情况不是很好。他撇开我，也可能是为我好，不是吗？有些时候，他确乎会良心发现似的想到，他是我师傅。

次日午后，我们去易老板的鸡场碰面。鸡场换了地方，更大，有半个篮球场大，有废弃的球筐，是一座废弃的小学的一角。易老板准备在这里搞一个高档的斗鸡场子，进来收门票，押鸡要买筹码，反正要将一切都做规范化处理，让人隐约闻到一股澳门或者拉斯维加斯的气息。

隆介进来的时候先是冲我笑，说我打你电话打不通，怎么搞的？我说手机有点问题，有些人就是打不进来。

"……呶，这事了账，我给你买一个新的。"他在我肩头一拍。但只见他一人，手里没有拎任何提篮。孔雀和斗鸡一样，带走的时候会用一种提篮拎着，他们管那叫"越南篮子"，把活物放进去，两边露出头尾，中间可用藤条捆住。

易老板撇撇嘴说："隆介，今天不是要见你，是要见到孔雀。"

"是的，孔雀孔雀。"他挤起一种不常有的笑，又说，"老路养的那只，就是前面给你们发视频那只，本来已经差不多了，越驯越听话，忽然有一天就死掉了。脑袋卡在围栏孔眼里，应该是叫了，老路又刚学会用耳

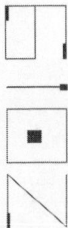

机听辰河高腔，这样孔雀就死掉了。它应该是在发情，今年暖春，天热得早一点，但我这边没给每只公孔雀都配上对子……"

"隆介，你就直接说结果。还有没有别的孔雀能够开屏？你有二十只孔雀，又有这么多能人朋友，八仙过海各显神通嘛。你那么忙，这么老远跑来，不应该是帮一只孔雀报丧来的。"

"易老板讲得对，东方不亮西方亮，老路那只不行，那个民办教师小杨，他不是一心要搞发明创造吗，也弄出这么一只。"

"这跟发明创造有关系？孔雀开屏是要驯出来，难道还是造出来？"

"双管齐下，驯养结合发明创造。易老板，年代不同了，以后我们人也是这样，身上会安装很多电子元件，器官会被机器代替，半人半机器，充电就能活命，这样人就可以一直活下去，不是吗？"

"美国片看坏脑袋了。"易老板说，"那你把民办教师弄出那玩意儿拿出来看看。"

我以为是杨老师跟他来的，这样万一有什么故障，可以现场修理，但还是徐师傅，忠心耿耿地拎一只越南篮子进门。他解开藤条，把孔雀捞出来，这只孔雀竟然没有屁股——定睛一看，其实只是没有尾巴，屁股光秃秃的。易老板便嘀咕一句："屁股哪去了？"

"嗯，这是关键所在。"隆介俯下身去，从提篮里面掏出一个东西。一圈饱满的孔雀尾羽，插在一个环状物上面，上面还有两条带子，看着像是印第安人的头饰。他又说："哎，这是最先进的孔雀开屏，杨老师的最新发明，还没去申请专利。你们看得上，这个专利也是你们的。"

易老板瞥我一眼，仿佛在笑，我知道隆介今天所做的一切都将是瞎忙。

隆介和徐师傅配合着，把那东西拴在孔雀肉嘟嘟的屁股上。环状物应该是金属制成，有点沉，七手八脚拴上去，孔雀就像一个胖男人用不了皮带，只能用背带吊起裤腰。两人放手，孔雀好歹站稳，屁股明显向下耷。隆介又掏出一块东西，是遥控器，一摁中间的圆钮，金属环上插着的尾羽便抖动起来，在我们目光汇聚过去的那一会儿，便已撑开。定睛一看，不只是扇形，简直像羽毛球一样滚圆的一圈。孔雀和身体上的附着物配合还不甚默契，撑开时它脚又是一软，向前滑几步才站稳。

"充一次电，可以用三小时，可以开屏两百次以上。……你看这背带，也是用心挑来的，和孔雀的毛色几乎一模一样，隔远几步，根本看不出来。你看……"他用手指把孔雀身上的背带拽起来，又弹回去，融入暗绿的毛色中。

"不用看了。隆介，你觉得我可能把尾款付给你吗？"

"会的，不是可以开屏吗？……付一半也行。"

"这样吧，你现在满口四川话，来我这里，当你是客。我一时找不到好菜，就把这只鸟过一过秤，多少钱一斤？今天晚上就炖它了，肉溜溜的屁股，还被你们磨出一圈老茧，最有嚼劲。"

晚上当然没炖孔雀，这是民办教师小杨的科研成果。科研成果一般来说不是用来吃的。孔雀开屏没搞好，易老板也没对隆介太多责怪，易老板操心的事层出不穷，不会揪着这破事不放。坐下来，酒一喝，彼此又勾肩搭背。在我看来，小地方能发财的人，大都跟易老板那样，脾性很好，是赚是亏不翻脸，回头有钱仍一起赚。隆介显然有心理准备，尾款的事并不多提。易老板请他喝五粮液集团一种副牌子，我扛了一箱六瓶，隆介摆开自杀的架势，左右开弓往嘴里灌。俚城刚有人酒桌上喝死，同桌敬过酒的凑钱发埋。易老板怪我酒拿多了，说有事先走。我知道隆介这种看上去半死不活的，反倒不会突然就死，陪他喝到后半夜。

次日，易老板说："我原本不信他，不信的时候他往往能把事办好；你真的信了他，他事就办不好，搪塞你绝对是一套一套。"

"那孔雀开屏的事？"

"你觉得还能怎样？"

"王局长那头，你把话都说了。"

"只要继续赚到钱，彼此都过得下去，不靠一只孔雀拉关系。"

易老板想得通，我以为这事已敷衍过去，到底松一口气。而隆介，这次和光屁股的孔雀一样出乖露丑，估计以后他都不好意思打电话。事实上，有大半年时间，我们断了往来，直到秋后的一天，隆介直接拍响门板找我。

他一脸堆笑，但在他身后，分明有更醒目的事物。我目光直接忽略并越过他，看着后面那女人。女人乍看只是静静站在那里，但显然和马路上来往的女人千差万别。她编了两股辫子，编好且盘成发髻，一个在后脑勺正中，一个在脑左侧。她头发浓密，发髻也大得离谱，这使得整个脑袋像是往一边歪。她睨了我一眼，我得以看清她正面的模样，脑袋并不歪。

隆介说："这是你嫂子！"

"确定？"

"真是我老婆。"

隆介这厮，脸上是有新婚的兴奋。他那张猴脸表情丰富不说，必要的时候双颊飞出一抹绯红。此时，他掏出的烟都是红双喜，以前他不抽这个。

我还是头一次见他带着可称为"老婆"的女人。这么多年，只听他嘴里说着老婆，骂着老婆，每一任老婆都从未出现过，哪怕一次……这让我感觉怪异，我曾怀疑他一个老婆都没有，从来没有。

"……那怎么可能呢？有的有的。隆介长得固然吓人，讲话也四六不搭，但吾国泱泱，百货齐全，再不靠谱的人，用心去找，阴差阳错，歪打正着，总会捡到死鱼。"一次，路边撞见黄作家，正好都没事，路边店里喝了整一下午。昏昏欲睡中，他倒说得明白，隆介结过两次婚，很肯定，但只进过一次洞房，同样很肯定。

结婚没进洞房那次，隆介倒主动跟我提起，是在秀山，一个大户人家的女儿。黄作家说那倒是他二婚了。隆介头一个老婆姓周，是社区医院的医生。当年，隆介中专毕业，分配到发廊找不见毛片看不着的荒僻乡镇，一心想回城，最好是调进纺织厂当设计师，但家里找不出能帮忙的亲戚。他不知从哪得到的消息，说周医生和一个副市长是亲戚，且她为人低调，这关系迄今未被好事者发掘。隆介撇开谈了半年的初恋女友，对周医生展开爱情攻势。他年轻时，把自己好好修饰一番，尚有人样。而且，那时候流行写情书，他一笔好字，平添攻击力；语言也不知哪里摘抄而来，生动有趣，激情勃发。周医生也是文艺女青年，光从收到的情书来讲，隆介寄递的当属出类拔萃。再说，周医生相貌平平，不声不响，收到手的情书不多。两人恋爱的过程中，隆介也得到调动，进了纺织厂，果然当上了设计师，便以为周医生的亲戚已经认这门亲事，暗中出手相助。婚后才知，周医生和姓周的副市长没有任何关系，甚至不是来自一个村，而是相邻乡镇的两个村。村名偏巧一样，字辈偏巧衔接，前面得来的假消息，大概是混淆了。女儿已出生，日子照常过下去，只是两人感情迅速转冷。离婚是周医生主动提出，原因有各种说法，隆介也懒得澄清。别人喝酒时发挥想象，甚至说隆介让周医生守活寡，他都认账。他就喜欢被各种说法包裹，他就喜欢自己有话题。

那天黄作家讲得详细，我也不失时机，问他隆介二婚时扯了证却没进洞房，又怎么回事。"……纸包不住火，秀山那女孩还以为彼此在初恋。结婚之前，有人找到那女孩讲实情。""他前妻？""是啊，算是救了那女孩一命。"黄作家笑着找碰杯，一番话说毕我真看不出他是隆介多年好友。但是，好友确乎就是知道一切实情，还能凑在一起喝酒的人。隆介此后当然还找得到女人，或长或短地跟他在一起，但肯定没结过婚。不是每个人都能屡败屡战，像骨头一次一次打断，又一次一次接起来长成原来那根。隆介喝酒的时候说过，他不相信会有女人长久地跟自己在一起。他认为是自己身上的艺术天赋使然。黄作家不同意，他说一个男人让女人不离开自己是基本的能力，除非他自己没想清楚，要不要找个人一起把余生打发掉。

隆介来找我那天，看着扎着歪辫子的女人，我一刹那又想到黄作家那天所有的说法，低声问他："扯证结婚了？事不过三啊。"

"确实，没这么快。就算我愿意，要人家冲着我下定决心，不是一天两天。"他露齿一笑，又说，"不扯闲篇，这次来，是有事和你商量。"

"我有心理准备。"

女人这时走过来，摆明说："我是来帮你养孔雀的。"

我一时愕然，隆介马上解释："我跟她讲了孔雀开屏的事，她极有兴趣，不容许我丢脸的失败，要把这事情继续做下去。她很有把握的。"

本想问他，这把握何来，但这时我瞥一眼，在女人脸上看到一种期盼，以及隐藏在期盼之后的一团杀气。我确信杀气的存在，因我很少在女人脸上看到这么繁盛且明白无误的杀气。刚才一瞥见她就觉与众不同，其实是这团杀气闹的。我便住了嘴，请两人进屋。等下要请他们吃饭，话可以慢慢说。

我们出去吃饭喝酒，那女人撧了几筷子就走。她说刚来俚城，要到处看看。隆介说你等一会儿我陪你。女人说我一个人想去哪去哪。她真是抬

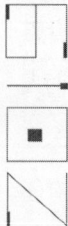

起屁股就走人，并不和我打招呼。隆介脸上闪过一瞬的小尴尬，又说："她就是这样一个人。"

徐师傅稍后赶到，坐上桌，拎一只提篮。我觑了一眼，提篮被藤条绑紧，看不见里面，但这提篮几乎是最小号，不像装有孔雀或者斗鸡。

"……她叫凌大花。"

"笔名？艺名？反正不是本名。看得出来，她是城里人，反倒要把自己搞得土气。"

"有眼光。她本来叫凌雨欣，但她不喜欢。她说没有辨识度。"

"你也不喜欢凌雨欣，你就喜欢凌大花。说不定，她改这个名字就是来讨你喜欢。"

"不至于吧，她改名时我还根本没见过她。"

"冥冥中自有注定，她改名字，就像是换个饵钓鱼。红虫钓鲫壳，屎蛆钓鳊花，什么饵钓什么鱼。土名改洋名，算是流行；洋名改土名，反其道行之，也算一种行为艺术。"

"行为艺术你也懂？"隆介眼球本来就往外突，这下子快挂出来。

那女人真是搞行为艺术的，他俩碰面是在成都高脚碾一家私营艺术中心。隆介说，完全就是"劈面相逢"。那地方离艺专近，江湖书画家扎堆，个展几乎隔三岔五见得着。隆介在四川这么多年，书画圈的朋友认识一堆，有那么几个凑起来办书画展，也拉他入伙。"是要拿我当门面我跟你说啊！"隆介不失时机自我表扬，他一直在反思这些年太低调，也不对。干这一行自己都不捧自己，又如何让别人帮你使劲？

我说我知道的，你天生就是块门面，快往下说。

书画展当天，几个人正在剪彩，马上进入正题，下面也有一两百号人，都是各自亲友捧扬。艺术中心地方大，经营有方，同一天不同的艺术展挤挤挨挨搞起。剪彩之后，请来的美协领导正讲话，台下不少人一呼啦往那头奔走。不怕不热闹，就怕更热闹，他们的观众像山体滑坡一样止不住，越走越空，眼看着台下还没台上人多。隆介也抽脚离去，往那边钻，要看个究竟。

"摆明是砸场子，我也看看是谁在砸。"说到此，他杵来这么一句，但我已知事情会戏剧性地发展，就像影视剧，相爱的男女出场时都是对头。隆介和凌大花看上去都不是用来一见钟情的。

虽然人群里外三层，但他人扁钻劲就足，钻到里面，这样他得以看到行为艺术家凌大花，左手擎起半块青砖头，右手畔有一篓子鸡苗。她将小鸡苗逐只拽出，摆到面前，一砖头砸去。鸡苗只来得及叫半声，还有半声被砖块吸去。地上斑斑是血，鸡苗在筐内不规则地彼此冲撞，但仍不免于被逐只捞出，一砖毙命。

女人机械的敲击动作仿佛是生产线上的工人，一筐鸡苗就这么悉数毙命。她有助手，负责及时搬来另一筐鸡苗，再把空筐移开。女人的敲击一直延续，半声惨叫次第相接。别的人看几眼就不看，这边书画展的几个书画家正呼朋引伴，当天的人大都是他们邀来。这边一点点地空了，就剩那么几个，女人敲击的节奏特别稳，并不受人流影响。隆介一直盯着看，书画家朋友来拉扯他，他也说不急不急，我灵感突然来了。

这理由再好不过，作为艺术家，打断另一个艺术家的灵感，无异于谋财害命。

说到这，隆介又告诉我："其实，当时我像是被魇住了。"

说时迟那时快，一只鸡苗蹦出筐，跑到隆介脚边。当时围观还有几人，但那只鸡苗认准了他，简直就是来给他俩牵红线的。隆介弯腰捞起鸡苗，捧在手里。女人随后便到，要他交出鸡苗。她一脸杀无赦的气象，但他觉得应该为这只鸡苗做点什么。

"你放了它。"

"少管闲事。"

"多少钱我补给你。"他还做一个掏裤兜的动作。

"一百万。"她说。

"要拍你就拍我一下吧。"隆介把半张脸扬起来，摆到正好挨砖拍的位置。女人一怔，很快那半块砖就到了他脸上。她力度和刚才一样，但他脑袋不是鸡脑袋，只是有点眼冒金星。两人默然对视一阵，然后相互扭头走开。女人直接离场，剩下的事情有那个助手。他则把那只鸡苗揣进兜里，参加自己的书画展。茶歇时他把芝麻蛋糕上的芝麻抹下来，一粒一粒喂给那只鸡苗，脑子在想，女人拍死这么多鸡，这就是行为艺术？这么轻松就能把书画展的观众抢过去？要知道再蹩脚的书画家也练了若干年，她只要有这么个想法。"简直就像一家馆子同时办起红白宴，红宴笙箫不比白宴锣鼓敲得响。"还有，他瞥了一眼电子显示屏，心说，拍死小鸡为什么叫《时间银行》？他想着有机会问问她。

说到这，我问："后来她是怎么解释的？"

"她就说小鸡也不知道什么是活着，既然不知道什么是活着，活着也是白活，浪费时间。她把它们拍死，就是把它们的时间存起来。"

"就这样简单？"

"嗯，就这样。"

我突然觉得有些不好玩。这女人的解释简直是不讲道理，这比一脸杀气更无趣。"行为艺术就是这样吗？有一天她觉得你活着也是白活，然后她拍死你，说是把你时间存起来，你也同意？"

"不想这么多，她拍死我没那么容易，我倒是把她拍到手。"隆介此时笑起来自然还小有得意。话说到这，他又补充说明，"其实我这么多年没有老婆的，独守空房。"我说我知道。他说你真知道？我说我刚知道。

他往下要讲他俩的过程，但我不感兴趣。不是每个人的爱情故事都有传播价值，不是吗？他便知趣，转移开话题。

他们以搞艺术的名义，混在成都同一片区域，过着半流浪的生活。他们的熟人必然有大量的交集。他算是其中的有钱人，除了搞艺术，别忘了他还是小包工头，搞园林建筑是他吃饭的本事。这样他看中一名搞行为艺术的年轻女孩，主动靠近、接触、相识、交流，上床也是很快的事，相当于从前的握手礼。他骨子里还是老派的人，经过滚床单的洗礼，乐意把这当成一次恋爱。那个叫凌大花的行为艺术家，应该另有一番解释，一般人万难想出来，否则她都饶不过自己。我想，事情无非如此。

且不讨论爱情，他们真就一起生活。两人认识不久，凌大花主动跟着他，去到偏僻的民安小镇，住进他以前用来养孔雀的院子。孔雀现已一只不剩，本地鸡却从来没断养。凌大花在屋里找见孔雀的羽毛，问这是怎么回事，隆介把之前的孔雀开屏讲给她听。她一时来劲，说你们不行，我也许能搞出来。隆介劝她省一把力气，没那么容易。再说前面已然失败，尾款都拿不到手，再去买孔雀苗，可不比那一筐筐鸡苗，便宜得几乎不要成本——那批被她拍死的鸡苗，也是因为鸡瘟而贱价买来，一两毛一只，她若不拍死，也会被蛇场买去喂蛇。这么一讲，与其被蛇一只只带毛活吞，鸡苗落在她手里还算落得个好死。

隆介本以为凌大花在小镇上待不久，她是个行为艺术家，能一口气拍死上千只鸡苗，杀气太重，就有那么点不食人间烟火。而小镇，仍是满坑满谷人间烟火的地方。他以为她必然有着躁动的灵魂，这样与众不同的想法才时刻喷涌，干出令人完全摸不着头脑的行为艺术。但她忽然很安静，很享受小镇的生活，养鸡也很拿手，配料投食洒扫捡蛋，还有晚上操一根手电逐窠点数，样样能来，把徐师傅直接废掉。隆介不希望她就此变成一个农妇，他要她一如既往都是行为艺术家。虽然她还不擅于解释自己的行为，但这种事情，做出来就好，阐释意义是另外一些人的吃饭本事，像一条产业链，各据一端，相互关联却又彼此无犯。那些嘴上讲得头头是道的家伙，不会当着众人拍死一筐筐鸡苗。

他劝她去干些什么，去成都，去别的人多的地方，摆个地摊锣鼓一敲就能引来里三圈外三圈观众的地方。

"去干什么？"她朝他好奇地翻起白眼。

"你的行为艺术。时间银行，不可能是只存不取吧？"

"时间银行，只存不取……这个解释我觉得非常到位。"她又说，"行为艺术，只能有一次，重复就不是。"

"那再想些别的，拍死别的什么东西。"

"我还想拍孔雀，长得再漂亮，一砖头拍下去照样死。这样真是震撼人心，把美好的东西毁灭给人看。"

"那还不如直接烧钱，烧真钱，谁看谁心疼。"

她宁愿养鸡，懒得去搞行为艺术。他也拿她没办法，眼睁睁看着她越来越像农家妇女。他跟我讲这么一堆，我已理解他满心的无奈，其实他是想从她身上找启发，行为艺术一搞，轻而易举地吸引别人眼球。她似乎具有这样的天分，灵机一动想出一个点子，胡乱地给予一些解释，说干捋起袖子便干起来，便是行为艺术，就能闹出动静。说不定，他想过和她搭成夫妻档，一起搞行为艺术。我毫不怀疑隆介有这样的潜质，就像老作家所言，隆介本是个演员。他字写得很好，算是书法家，但也许还有更适合他的艺术门类，他一直在择机进入。凌大花要把自己变成家庭妇女，隆介无奈，但也能理解，因这女人就是用来不按常理出牌的。她不会让他轻易就琢磨得一览无余。

或者我想的都不对，他们之间确乎有了感情。他们本就是一对人。

这样，接下来日子过得令隆介都感到不可思议，凌大花说家里的事都让她来弄，她弄得好。白天，隆介就带着徐师傅，或者说徐师傅开车载着隆介去工地管事，跟人洽谈新的工程承包；晚上回家，有一桌热饭热菜。日子是好过，隆介心里毕竟有说不出的古怪，一个搞行为艺术的，突然变成田螺姑娘，跨度未免太大，让人心底不牢靠。

有凌大花料理后院的本地鸡，隆介回家只管吃饭、喝酒、睡觉。斗鸡暂时不养，他也用不着去看本地鸡养成什么样，反正煮熟了撕开了蘸着酱油吃，味道几乎都一个样。两人凑一起过了三个多月，一天下午，他取到一笔工程款比预想的顺手许多，心情便不错，路过花店时买了一把花。进了院子，他拎着花束去后院养鸡的地方找他心爱的凌大花，刚踩进鸡圈，忽然一只红毛色的小公鸡从鸡群里跳出，蹿至隆介脚边，紧紧地往他裤腿上蹭。

凌大花随后跟过来，红毛小公鸡又赶紧跑到一边；凌大花跟过去，红毛小公鸡绕了半圈又回到隆介脚边。

"……是那只鸡！"

"嗯，只能是那只。"

没被她拍死的那只鸡苗，被他装进衣兜带回这里，正好有一群差不多大小的鸡苗，扔进去，很快就混淆不清。但现在，它自己暴露出来。红毛小公鸡由此变成他的宠物，去哪里都随身带着，放地上会跟在他身边走，寸步不离。红毛小公鸡看他的眼神都发亮，他也舍不得留它在凌大花身畔，说不定哪时她杀心忽然炽烈，手起砖落，再炖熟给他吃。一只小鸡难得通了人性，他便舍不得。将宠物随身带，并不奇怪，但这宠物是本地小公鸡，吃饭时他扒一些米粒到地上先喂它，别的人就有说不出的好笑。凌大花也笑他："你把它当宠物，我怎么敢拍死它？"她越是这样说，隆介越是将小公鸡随身携带。

此刻，红毛小公鸡放在桌子上。我们已经吃过饭，桌上都是残羹冷炙，他将四个盘摆成四个方位，中间空着好展示他的这只宠物。他不发令（用指头叩桌面），小公鸡老实地待着不动，发令后，它会随他手指指向，啄左边的菜，吃右边的肉。他指头一勾，嘴里吹一声细哨，小公鸡就会扑到他怀里。他抚摸着它，它像一只猫把弓起的背逐渐塌下去。

"……所以，要驯这些牲畜，最重要的是先要让它们害怕。这也是我当初驯孔雀没有搞明白的地方，老是对它们好，反而宠坏，要恩威并施。最通人性的，就是最懂得害怕的。你想，当初我家大花拍了一千只以上的鸡苗，只有这一只蹦出筐子，逃出生天。它不是一般的鸡，是千挑万选，是命中注定。"隆介说到得意处又喷了标志性的响鼻，小公鸡知冷知暖，引颈寻找声源。

距上次他找到我，给我展示红毛小公鸡又过去了半月。我跟易老板赴海拉尔考察一个金矿回来，给隆介打电话，他很快赶来，但他最新的扮相让我一愣：一身意大利西装，把他空若无物的躯体挺直了几分。他解释："去参加凌大花他们的一个活动，她要我搞成这样。"说的时候，显得无奈，但又藏不住一丝得意。显然，他正亦步亦趋变成另外一个人。我说："幸好你只是隆介，易老板不会担心有人花这么大的代价来高仿你。"

他前次给我展示红毛小公鸡，我也并不意外，东门口算命的瞎子个个都会驯一只鸟叼牌，有喜鹊有画眉有蓝翡翠有花斑钓鱼郎，当然也有驯鸡的，这仿佛不是难事，唯一的看点是隆介无师自通。也许，那些瞎子不外传的门路，隆介已然摸着门槛——他看上去也像个瞎子，据黄作家说，"瞎子"也是当年他诸多的绰号之一。这又能说明什么呢？他的意图，是以此说明他找到驯好一只孔雀开屏的法门，但我觉得这未免牵强，不是说，你有泥瓦匠的技术你就能再砌一幢央视大裤衩。他坚持说内在道理都一样，万事万物皆有关联的点，皆有相通的路径。他要见易老板，我不能拦，说易老板回来我就给你电话。脑袋里，不免生成这样的画面：一筐筐鸡苗，全都换成孔雀苗，凌大花照样重复机械的动作，但力度要加大，有些一砖头拍不死，还要补一下……但这要多大成本？万一拍了几千只，还是没有一只跃出筐扑进一旁守候的隆介的怀里呢？真有这么一只，又能说

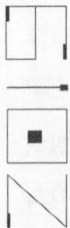

当然，隆介也表态："有些事要多快好省，但有些事，必须铺张浪费。以前什么都想省着弄，就一再地错过了奇迹发生。现在不一样，我俩决定不惜一切代价驯出这样一只孔雀！"

我总感觉他现在说话和以前不一样，总有一种喷薄的激情，喜欢赌咒发誓，赤裸裸地表态。这些显然和他新的且正在延续的恋情关系甚微。

现在见着易老板，半月前给我展示的内容又重复一遍，看得出来小公鸡驯出的质量很稳定，不是它那天心血来潮突然通的人性。易老板只是笑。"隆介啊隆介，我怎么说你呢？你搭个模型，要跟我卖楼，是不是这个意思？"

"现在楼盘不都是这样卖吗？"

"但第一幢楼不是搭模型卖的，是建好卖出去，有了口碑名声，有了品牌价值，才有资格搭模型卖楼。你这个就像小产权，也建了销售部，也有模型和销售经理，表面看上去和正规楼盘差不多，但经常烂尾。"

"易老板，也认识这么多年，你信不过我吗？"

"上次我相信你，后来又怎么样？几万块钱，就看了一眼一个民办教师的专利产品。"

"这次不一样，这次我家大花是一定把这事情搞成。"

"我并不了解她。"易老板说，"一个小姑娘，跟你这样的猥琐大叔搞恋爱，我不管你自己怎么看，但我说句实话，很不靠谱。"

隆介尴尬赔笑，慢悠悠聊起他和凌大花恋爱的事情。我听过了，就走一边去抽烟，掐着时间躲尿点；易老板倒是对隆介的爱情故事感兴趣，侧起耳朵听进去。总的来说，易老板对隆介的那份心理依赖，一直还在。

确是这只小公鸡，也未经多少训练，忽然和隆介接通心灵感应。凌大花看在眼里，有一天吃饭时跟隆介提起：以前你没搞成的那件事，现在可以搞一搞。她相信一定能搞成。隆介的第一反应也和我一样，难道要找成千上万只孔雀苗来拍，以极小的概率寻找有灵性的那一只？这简直比金瓶掣签更不靠谱。凌大花回以冷笑："现在就能想得一清二楚，还有必要动手去做？"她说话不多，简洁有力，但能给他一种下旨令的效果。她说不一定拍死那么多孔雀，甚至不一定拍死孔雀，杀鸡儆孔雀也不是不可以，这些具体的策略，后面可以商讨，也会在实践中不断调整。隆介点头认可，这时的第二反应，是易老板再给钱的可能性很小。凌大花又是冷笑，说你事没搞成先讲钱，你一辈子也就这样。隆介听得一阵冷惊，回想自己半生，也确是这样瞎掉的。当初能够成为书法家，哪曾想到赚钱，纯属爱好，加之天赋也不缺；但到一定时候，把钱一想，做什么事情都放不开手脚。

他把自己与凌大花的对话也原样复述给易老板，摆明态度：给不给钱，都会驯孔雀，当然给钱更好。而且，他也坦白，凌大花的考虑比他周全，驯孔雀不光是给别人干活，还可同时套拍一部纪录片，名字就叫《孔雀开屏》。"纪录一件毫无把握干成的事，本身就有价值。"凌大花讲的话，隆介听来总有一种名人名言的风范。

"好嘛，换一种方式。"易老板自然听得明白，"以前是我掏钱你给我干活，现在换成你们拍电影我来投资，是这样吗？"

"易老板说了算。"

"是啊，听上去仿佛我们都升级换代，都变得更高级，那么钱也不是几万就能打发的，对吗？"

"怎么能说打发？"

"口误，口误。但我仍然没听出这只小公鸡和孔雀开屏有什么关系。你们要拍电影，对着镜头，孔雀就会更有荣誉感，更配合工作？"

"事在人为，易老板。我们既然要这么大的工夫，就会有不一样的效果。"

"我只在乎眼见为实。比如说，你能不能让你的小公鸡也开个屏试试？"

"这个真可以试一试。"隆介狡黠地一笑，像是早就料到易老板会出这样的难题。他掏出手机的录音功能，播放其中一条音频，竟然是拍砖的声音，啪啪的闷响，伴以小鸡含在嘴里未及吐出的一声声惨叫。红毛小公鸡站在桌子中央，不久便有显见的瑟缩抖动，再过一会儿，奋力将尾羽贲张起来，仿佛真是开屏。稍后，"噗"的一声，小公鸡尻子里喷出一腔热粪。

"这么搞要不得哟！"一旁的服务员早就盯住我们这桌，不便说话，

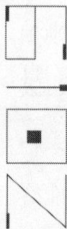

现在急不可待要制止。易老板摆摆手，叫服务员不用管，自己凑近了仔细打量那堆鸡粪，又说："这只鸡像是有点白痢，不能拖。我包里有土霉素，现在就灌它两颗，可好？"隆介当然不推辞。给鸡灌药，在场的每个人都轻车熟路。

那一阵隆介自然来得勤快，说请我们吃饭，大多数时候，易老板递个眼色，我把账结了。隆介会冲我说，你什么意思啊？我说你别跟我们争了，就当我们为你拍电影也尽一份力。坐下来，推杯换盏一如从前。隆介和凌大花搞在一起后，新的话题不缺，比如说行为艺术，比如说艺术，比如说拍电影，比如说怎样才算成功，他都有了和以往截然不同的理解。

"……艺术是开放的，是生活中无处不在的可能，比如说你养斗鸡成为我们的鸡王，你某种程度上也是艺术家，你养出的最好的斗鸡，就是艺术品，最好的一场斗鸡比赛，到时找我们拍下来，就是有价值的资料。而我练字，三岁看老，要是关在书房故步自封，写一辈子又能怎样？顶多就是省里面有些名气。再说书法家，还要有身份，皇亲贵戚，宗教领袖，这些都是必要。我再怎么努力，也只是个写字匠。"凌大花要拍纪录电影，他心甘情愿地掏钱，前期准备所有费用，都由他包圆……以至于易老板说："能从你兜里掏钱，都是怎样的奇葩？"凌大花请来了摄影师录音师，摄影师就是她砖拍鸡苗表演时的助手，这些人全都多才多艺。她当然是导演，隆介挂美工。其实一部地下的纪录片不一定要有美工，但隆介不愿挂制片人，他知道那意味着此后拍片掏钱都变成他的责任，所以屈就美工一职。眼下，凌大花领着一帮年轻人以及隆介，操着一套专业气质十足的拍摄器具，在小镇上另找了一个乡镇旅游的题材，拍纪录片。小镇的人还是很关注，经常涌进他们拍摄的场地，看看到底搞的什么鬼。有些年轻人还问能不能给我一个角色，演什么都行。隆介就说："赶快投胎变一只孔雀，让你当主演。"

易老板听隆介闲扯，仍是一副受用的模样，这仿佛让他脱离了自己的生活，进入一段异质的人生。他也时而跟我抱怨，说活得没意思，钱赚了不少，没意思，真想把生意放一段时间，开车跑到哪里算哪里，过一过别人的生活。也许每个老板都讲过类似的话，但也只说说，他每天有打不完的电话，忙不完的业务，哪天没电话打，舌头难得有了休息，肯定胖三圈。他喜欢隆介过来串门，好酒好菜招待，晚上还唱歌洗脚。有一次去成都办事，我们晚上打车去的民安镇，见到隆介，便说我们来"探班"。小镇的卡拉OK还保留了多年前的风貌，不上档次，但易老板喜欢，这让他怀旧的情绪任意铺展。他只是感叹："隆介，你真是唱得越来越专业了，就有点越来越不像你了，怎么搞的嘛。"隆介来俚城找我们，晚上吃饭唱歌洗脚消夜四部曲过一遍，易老板还问隆介要不要加床垫。我们都知道他一直有这爱好。但现在，隆介认真地说："不用不用。你们不知道，我家大花属狗的，鼻子厉害，能闻见任何一丝别人的骚味。""你这样的货也玩守身如玉！"易老板只好感叹，这一次隆介可能是在恋爱，口臭都被他捂轻了。

在一起时，彼此亲密一如从前，只是隆介开口要钱，易老板便闭口不谈，顾左右而言他。有一次，易老板索性说："你来我这里勤快，聊得也开心，但到最后一开口要钱，是给我碗底埋蛆。隆介啊隆介，我一直认为你跟我接触的那些生意伙伴不一样，你身上没有虚情假意的东西。"

隆介知道易老板在堵他嘴，但若不用臭袜子堵，隆介仍会拐弯抹角地提到钱。隆介要钱，易老板不给，酒水管够。

我知道，钱的问题，隆介现在开口时机不对。易老板和王局长的关系，最近有点僵，易老板并不打算像以往那样供着这祖宗。生意场上的事，关系起落都跟钱有关，铅锌矿这半年都不断跌价，算是起因。选矿场的税，以前搭帮王局长的能耐一直由地税管着，几个点而已，但从去年底变成征收增值税，一下提了近十个点。分红的时候，王局长自己不表态，他拿的那部分就不能扣税。易老板嘴上不说，心底存下。前不久王局长过生日，有朋友转来消息，易老板牙一咬，叫转消息的朋友捎一件K金摆件，说自己正在外地考察。他确实也在东北、内蒙和云南缅甸交界之地跑一圈，考察金矿。做了这么多年生意，易老板以为只有贵金属价格才不会起落这么快，当然，事实并不是这样。

隆介要不到一分钱，便不愿瞎跑，我们又有老长时间见不着他。时已深秋，气象台发布消息说，冬天会很冷，极有可能是十年一遇或N个十年一遇，所以买孔雀苗的事情先搁浅。反正，纪录片一上手，凌大花发现身边可拍的题材还是很多。他们也不困守一个题材，每天辗转，尽可能多地搜集材料，将来做成片的时候，剪裁将大有余地。果然，那年冬春时分，天降罕见大雪，气温降至罕见的低度。凌大花决定把别的题材都放下，抢拍雪灾，这么大的天灾，必有许多事情爆发。但因团队仓促上马，对于降雪准备不足，大雪天上山车轮打滑下坎，导致隆介一条腿骨折。更惨的是，年轻的摄像师杨某摔成颅内出血，还好及时救回来。隆介住院那一阵发了话瘾，成天都在给我发短信，还一堆一堆地传与雪灾相关的照片。当时传照片是用彩信，我接收都很费钱，许多照片没打开直接让它过期。他讲到雪灾的见闻，因为凌大花敏锐的头脑，确实能够捕捉到许多独到的东西。雪灾中她盯上了上山敲冰凌的电工，在那环境，上到山顶再爬上特高压塔，非常不易，上下经常就是一天时间，小便变成大麻烦，于是就系成人纸尿裤，便意来临直接往尿裤里撒。没想地势太高，尿在纸尿裤里，贴着肚皮，照样结成冰疙瘩，电工师傅在高塔上进退两难，纸尿裤扯不扯掉，下体都要经受冻伤的考验，颇有几个甚至就此阳痿……凌大花当然乘胜追击，拍了不少电工师傅的镜头，还能说服他们拍到更震撼的镜头，类似以前电线杆子上的性病广告。她有信心，这片子极可能从众多雪灾纪录片中脱颖而出，在影展上拿奖拿到手软。

"东方不亮西方亮，我家大花有这样的嗅觉，迟早会拍出震撼世……震撼人心的东西。"隆介躺在床上给我打电话，经过生死的一劫，不再心疼话费，经常长篇大论，经常感悟人生，时不时就戳我一句布道般的话语。

我跟易老板转述，他也感叹，这隆介一副鸦片鬼的模样，竟然还有为艺术献身的心思。电影一拍，他的视野动辄世界范畴，还有心思去伺候几只孔雀吗？"要他还有心思养，回头再把那四万块转给他，孔雀真的驯出来，高价收购。但你先不说，就看他自己选择了。"就在雪灾之后、地震之前，易老板把那矿洞的股份全转给王局长的一个熟人，得一笔钱，打算另起炉灶。孔雀的事情他又感兴趣，是因为有消息说王局长已经被有关部门盯上，进不进去，几个月内要见分晓。"今年必然是多事之秋。"他感慨的同时，还想着王局长在荃湾镇那个宅子，一旦事发，宅子必然低价易手。易老板手头有几千万的现金，忽然不想再像以前那样拼命，在考虑找个地方，住进去，休养生息。机会都是留给有准备的人，而且，时至今日，房宅的流转显然越来越快，传子传孙N代同堂那些老皇历，翻不了了。"到时候，孔雀就是为老子开屏，而不是为了讨好什么王局长。"易老板敞开跟我讲，颇有些项羽的气概，又拍拍我肩，说世事难料，变化无常啊。

开春天气转暖，隆介真就买了一百多只孔雀苗，发照片过来给我，乌麻麻的一片。我亮给易老板看。"先打两万过去，产前小投，产后大投，大幅提高收购的价格。"易老板又警觉地说，"是不是你把我的话透露给他了？"我说要是他冲这几万块而来，只想敷衍，不必买这么多孔雀苗。易老板一想也是，又说，"不能小里小气，四万一起打过去。前回他腿伤我还没去看他哩。"

隆介一听，当是白捡的钱，叫我打二万四过去，我打了三万。他说："也好，只要大花点头，我随时会结婚，你的贺礼算是头一个给，生了小孩认你做寄爷（义父）。"我说："不急，要想清楚，你的余生顶多也就结一次了。"

当然，那年之后发生的事，我们都已了然。五月份川西一震，他们便离开居住多年的民安镇，载着上百只孔雀，一路伺候着，去凌大花的老家重庆沿江郊区找个院子，重新安定下来。那地方离这边近，坐火车也就半天时间，我打算有空多过去看看，易老板也有此想法，要听隆介摆一摆拍电影以后的见识。他还感慨："时代真是不同了，三教九流、牛鬼蛇神都蹦出来拍电影。当然，我看好隆介，他本来就是乱世英雄，乱中取胜。一旦他有苗头，以后我也投资拍拍电影，搞搞文化。"

想象中，隆介确乎离理想的生活越来越近，聚起一帮穿着各异的艺术青年，扛着拍电影的全套器械，走到哪就有一股艺术风刮到哪。万一哪一天，一部片子一炮打响，这帮盲流都可鸡犬升天，成名成家了。他表示养孔雀也不耽搁，甚至有了心理依赖：孔雀开屏，他们横空出世。但我没来得及去那里，就跟易老板赶赴云南边境，着手上马新的项目。

我两年后回饵城，不再跟易老板，易老板有些伤感，说你跟我这么多年，现在正是我最困难的时候，也给不了你什么。我说我妈躺床上，忠孝不能两全啊。易老板伤感地说："你走吧，带几只斗鸡苗过去，顺便帮我养养。你家前有厅后有院的，不养鸡也是浪费。"

我去好吃街盘下一个门面，不搞餐饮，那太累，只做酒。我专做老酒，声称是走乡串镇，找到那些气息奄奄的杂货店，淘来多年积压的陈酒。本不是好酒，摆了多年水渍锈迹一应俱全，看着有古董的气质。其实走乡串镇成本太大，都是从贵州批过来的，那里做这种低端老酒也有产业链。生意不错，试想，别的店十块钱一瓶二两五，到我的店二十块钱能买一整瓶十几年的老酒，当着朋友辨认了日期再拧开盖，颇有几分面子。要有人质问我，逼得紧了，我索性说白酒只有优劣，没有真假，这个价格明白人都明白，不明白我也不劝。

然后忽然就要结婚，人是我妈给我介绍的，人挺好，年纪又比我稍大，一看就会照顾人。我妈把我俩拽到她面前吩咐些话语，腔调倒有点临终托孤的意思，我哪敢半点违拗？请帖发出去，这天电话一响，见是贵州的号，以为又有人主动推销某款新出的老酒，接了以后，虽然四川话里夹起贵州腔，但那种喷鼻的响声，马上让我脑袋里浮现出隆介久违的模样。我这才想起来，起码有一年多时间，彼此没联系了。原因还跟从前一样，他换了号码，而且，连徐师傅的电话号码也跟着换，显然经历长途迁徙，换当地的号码省钱。

"你竟然要结婚了？"

"你跟你家凌大花还没结吗？"

"别说了……狗日的，说你怎么这么快就结了？也不让我帮你盯一眼？"

"你三婚，领跑了两圈，别怪我不让你先。"

"哎，我要来。头一次结婚才有点结婚的味道，你要把这味道好好榨出来。要想出一些别出心裁的点子。"

"像易老板一样，他妈死的晚上，搞跨省的斗鸡大赛？"

"赢了吗？"

"能不赢吗？人家老远过来吊唁，当然是给他送钱。"

"这太low，我讲的是英文，你懂吗？就是不上档次呗，易老板钱再多也是土鳖，不上档次，我们要玩一些上档次的，比如婚纱照，也太low，现在我们可以给你拍一部婚庆电影，你自己编剧，你俩是主演，拍这么一个，婚礼上放出来，是最时髦的。"

我不免又想起来，这隆介永远都在搂草打兔，不会单纯地去干一件事。我说："不是拍纪录片吗？现在又搞婚庆电影？"

"不能单打一，既要搞艺术，也要赚钱。千里之行始于足下嘛。"

"是个好主意，"我说，"但没几天我就要结婚，显然来不及，不是吗？"

"是啊，他妈的，你下次结婚早点通知我。"

三天后我见到他人，在约定的地方等他，我重点盯来往的皮卡车，他那辆皮卡车跟他这么多年，我从他讲话里没听出换车的可能。一个骑变速车浑身运动装再加专业头盔的家伙忽然一个急停，一腿勉强撑地，冲我一笑。竟是隆介。我吓一跳，问他怎么搞的，他说现在他就这个样子。我怀疑他故意的，一骑百十里地，就为吓我一跳。嗯，不得不说，他做到了。

到路边馆子坐下来，他还去厕所换了便装才上桌，人立时瘪下去几分。我问他怎么搞的。他说："哎，跟我家凌大花混，我变成什么样子你都不要奇怪。"我说："我知道了，凌大花是想拍四川版的《变形金刚》。"

凌大花新找到的题材，是拍一帮探洞的老外。西南一带喀斯特地形遍布，溶洞天坑地漏随处找见，便有许多老外老远赶来，在西南的深山丛林里晃荡，有坑跳坑，见洞探洞。凌大花跟这些老外接上联系，好不容易让他们答应跟拍纪录片。这个题材一定下来，对团队成员的体能就有新的要求，拍人探洞，他们也要有探险家的本事，身上拴着绳，往地底下一钻就是百多米深，"跟下地狱似的"。凌大花表态了，这个事隆介可以不跟，老同志出了事，她负不了责。但这激起了隆介的斗志，竟然年届半百搞起体能训练，去健身房里跟着年轻人一块撸铁，有氧无氧，都要憋出硬邦邦的肌肉。

"你看，还是有点成效了。"他把衬衣解开几个纽扣，掀开了给我看。我先环顾周围，大家都自顾着吃，这才瞥进去一眼，也没见胸脯鼓得像乳房。我说："你为你家凌大花，真是豁得出一条老命。"

"有什么办法？缘分这东西……"

"我看不像是缘分。哪有这么多缘分？有的人走到一起是缘分，但我还算懂你的吧？你是碰到了克星。"

"克星？你这么一讲，倒真像。别人找爱人，我就要找克星。"

酒菜摆上来，不上档次，但都是我们熟悉的味道。他接着跟我讲探洞的事，那些外国佬带着仪器设备，进到洞里探一遍，拿着仪器往洞壁一照，就有一道蓝色光弧像扫条形码一样，产生幽暗的声响。出了洞，再把仪器里的数据输入电脑，很快，整个洞的形貌就会被测绘出来，生成三维一一测出，全都生成数据。

"虽然我们看不懂，但里面元素符号还认识几个，后面跟着千分比。"

"那么……这些老外，是不是在搞间谍活动？探险家，一般都是要收集情报赚外快，就像你们用婚庆电影纪录片。"

"你是个明白人。"隆介撅起大拇指，说，"我家凌大花看不出来？这帮老外，是趁我们政府心地善良一时不觉察，才能随便钻洞。凌大花早就说过，哪天政府一旦反应过来，这些人就没法玩了。所以，她去和他们套近乎，尽量装得土鳖，她扮土鳖真是有天分，这样才能让老外放松警惕，同意我们跟拍。所以……"

"你们表面在拍纪录片，其实是想拍一部反特大片？"

他把大拇指又撅一回，撅得指面直往后翻，又说："你是明眼人，真应该加入我们团队，卖什么假酒啊，屈才了。"

"我哪卖假酒？！"

"有人去你店上买酒，拍了照片挂博客上。我好歹也在贵州混了这么久，哪看不出来？刚才本来想装成贵州佬跟你搞推销，但我这声音，化成灰你也听出来。"

这两年他们一直在拍片，就是说，隆介一直在投资，但一个片子还没剪出来。在他看来，主要问题在于凌大花才华太多，横竖都往外溢，多得"像是猴子掰苞谷"，一个片子没拍完，她又发现另一个题材，更有一鸣惊人的潜质，于是心思就乱了。"但素材都备在那里，现在只欠一个响炮，后面不愁没有东西接上。"

我感觉凌大花不但是他克星，还颇有洗他脑的意思，现在他开口闭口"我家凌大花"，表情还立时变得恭谨。他自己习焉不察，我在一旁看得分明。于是我问，孔雀的事还搞不搞。

"哪能不搞？孔雀一直都在养，徐师傅专门负责，现在都成专家，产蛋孵蛋，往外卖孔雀苗，已经帮我们赚钱。"

"我是说，孔雀开屏。"

"哪有这么容易？"他挠挠头，说也许孔雀开屏真驯不出来，人定胜天，但总要有几样事物，人怎么折腾都不能取代天然的神力。"但我们一直在弄，反复试验，成本投入大，你们扔的几万，早就赔进去了。"

"你们真的拍孔雀苗，然后寻找有灵性的那一只？"当年那血淋淋的画面再一次浮出脑海，我记得牢靠。

"当然，变通也是要的。一切都有成本的，你以为我家大花不会算术？"

"那你怎么弄？"

"还是要让它们先受惊吓，为了省成本，我家大花先是买了两筐玩具，那种到处都有的惨叫鸭，你见过的。"

我点点头，那玩具乳黄色，做成拔光毛的鸭子，发出的叫声极为瘆人，不知撞着人的哪处 G 点，满街满巷到处都挂得有，按了身量大小，价钱不等。我脑补着这样的画面，他家凌大花将一筐惨叫鸭一只只拍"死"，由他或者徐师傅换一筐进来接着拍，循环不止。

"效果怎么样？"

"不行，孔雀还是比一般的鸟聪明，拍惨叫鸭，不见血，它们根本不怵。后面还是拍了几筐鸡苗，效果好点，有孔雀跳出来找我救命。"

"现在驯到什么程度？"

"不好说，这种事只能看运气……要是驯出来，你们还收吗？价钱能给多少？这几年物价飙起来吓死人，不能是以前那个价码了。"

我只好苦笑，告诉他王局长早就进去了。易老板本来自己想买，但到云南以后遭遇人生最大的滑铁卢，毒砂里面炼金，品位达不到，两个守炉子的还被毒气熏瞎了眼，正找易老板闹事索赔。看这架势，易老板暂时也不会有心思挂记一只开屏的孔雀。

"见易老板不行了，你这家伙赶紧抽脚上岸是吧？"

我告诉他我妈可真病卧在床。他便又是一句苍老的感叹：可怜天下父母心，病得真是时候哇。我说，我其实很享受你用鄙夷的眼光看我，我越来越觉得，我就是你徒弟。他做了一个暂停的手势。

他说他很忙，就不等我结婚，先送了礼金。次日他发来一堆照片，竟是荃湾镇王局长那个旧宅子。说是旧宅，一点不为过，前几年我们还去贺他新宅落成，但现在全然是旧宅的模样。这宅子据说要被法院拍卖，价格按说不高，但即使三不值俩，也要以几百万计。隆介发完旧宅子破落的模样，又说，"我要是有钱，买下来，作为自己的艺术中心，挂上最好的一些作品。好歹写字画画三十年，精品也攒了不少，要有好地方，装裱高档挂出来，别人才看得出好。"

我只是想，男人当官也好，从商也好，搞艺术也好，骨子里哪有多大区别？无非赚尽可能多的票子，买一幢豪华房舍，当然里面少不了漂亮女人。

婚后一年多，我主要是想搞大老婆的肚皮，她年纪比我大，身体不是很好，所以我有点急。但肚皮一直没见大起来，我怀疑是不是有那方面的问题，又考虑这问题在于她还是在于我，需要搞精确。但只年把时间，很可能是我想多了，于是我便处在一种并不激烈的焦虑中。我和以前的生活截然了断，变得清静，店子请了一个亲戚看着。贵州批来的老酒渐渐卖不动，一些二三线的牌子酒逐渐替换了柜台里的老酒，我本想弄一家有特色的老酒行，但它自己变得和街面别的酒行一无二致，还配上烟和槟榔。

我以前都跟易老板东奔西跑，现在忽然每天坐店，竟然还坐得住，感觉哪里出了问题。刚这么想，易老板竟然打电话来，声音浊重。聊了半天近况，我也如实禀报。

"……我这边正待大干一场，你跟我许多年，搭帮也顺手。愿不愿过来帮我？"

我大概知道易老板的情况：毒砂矿弄不下去以后，又在那边找了一处锰矿，据说贮量大品位高，他把手头所有的钱都扔进去，还拆借三千万，建成五百吨的选矿厂。如若正常开工，每天原矿正常供应，回本是朝夕之功，但他怎么会缺人呢？我这样屁股后跟着走的马弁，要多少有多少，只要易老板手头项目真如他所说，天下英雄云集影从才对。我跟易老板说到生孩子的事，当务之急，于是，他哦哦了几声，分明表示理解。

我熟悉易老板甚于熟悉老婆，果不出所料，选矿厂建好，矿洞的属权扯起纠纷，一直开不了工。易老板借的钱多是高利贷，每月结息，这样再拖半年，债主天天陪他吃饭，就把他吃出心肌梗死。这时，易老板已离婚，亲戚们的钱又都砸在他手上，动手术的钱都是朋友们帮他凑。

就那一阵，隆介又打来电话，口音又有新变化，他的口音总是能与他所处的环境迅速融合起来，而我听不出他新近流窜了哪些地方。

"易老板的事我知道了哦，竟然救命的钱也拿不出来，真是没想到。"隆介语气倒真是沉重起来，又说，"老乔在帮他筹钱，把事情讲给我，但老乔我是信不过的，他赖过我账。我通过你也捐一点。"

"我这边也有朋友帮易老板捐，你把钱打我卡上，我明天一起汇给他。"

"好的，我尽快。"他说，"你现在怎么样？"

"不就那样？当然，也像是换了个人，成天守着店子。我都想不到自己能变得这么安静。你呢？"

"不就那样？"

"电影拍出来了？"

"拍了N多个，拿去国外获了N多奖哦。"

"红地毯也走了N多回了吧？"

"他妈的，名额有限，国外的电影奖也是抠着来的，那个臭婆娘去了几次，都没带上我。再说，奖金都不好意思跟人讲，跟以前单位发奖状发茶杯差不多，但以前奖状还不贴本哩。"

他兜里另一个电话又响，通话只能匆匆结束。我赶忙冲着这新号码发一条短信，说你别再打一个电话换一个号，你要给我一个备用的联系方式。稍后，他给了我一个号码，座机，说是徐师傅家的号。他发消息说，这个号从一九九〇年用到现在，只要他家不发生灭门惨案，这个号就一直用。很快又追了一条消息：这么多年，我真正信得过的也只有徐师傅，就像易老板真正信得过的也只有你。他打这个比喻让我浑身不舒服，又想他这么忙，未必还有心思玩讽刺。

当天晚上，他打的钱就到账，竟然有两万。我心里面的预期值是两百。那夜，我一时激发了斗志与热情，手指不停，舌头不停，打给易老板曾经的客户，还有当年斗鸡的朋友，死缠烂打要给易老板多募一些款项。我反复跟他们说，易老板算是个好人，不是吗？好人要死了，别的好人不应袖手旁观，不是吗？他们纷纷说是，钱打过来一两百。

我汇给易老板的有三万五。易老板手术结束，能说话了，他给我打电话，气喘吁吁表示感谢，因为我汇去的是最大的一笔。我说千万别这么

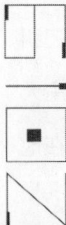

说，要感谢就感谢隆介，他汇的有两万。

"没想到。"易老板说，"怎么会是他呢？他是只吃不吐。"

"但就是他。"

"人真是讲不清楚，我在落难，他在发财。但他还认我这个朋友。"

我觉得这跟发不发财没关系，但这时候，哪有心思跟易老板讨论诸如此类的问题？我劝他好好休息，休养生息，以备日后卷土重来。

"我不喜欢卷土重来，我要东山再起。"

"好的好的，我就这个意思。"

那一年因在播种，我滴酒不沾，以此为借口，酒友也不好强劝。虽然，据我所知好些伟大的人物，都是父亲酒后弄出来的，他们基因里散发着酒的芬芳，一辈子有无穷的折腾劲。但我不敢造次，滴酒不沾，深耕广种，但求薄收。年前老婆怀上了，我松一口气，想找人喝酒，这时候隆介咧着嘴露出一口烟牙微笑的样子，忽然在脑海中如此纤毫毕现。他毕竟是我喝酒的师傅，我们来往这么多年，但只有喝酒的时候，我会想起他。

电话当然又打不通，问了一些朋友，都没他的消息。有的还说，操，你不提，我都把他忘了。老乔也这样，说哪还联系得上？我问上次募捐你怎么联系上他的？老乔说："我是查到了他那个女人的微博，叫凌大花，还是名导演噢。但微博已经断更几个月了，联系不上。"

隆介给我的徐师傅家的座机号，我当时随手一抄，好不容易在一个小抄本上找出来。再用手机拨打，显示对方电话所属的地区，是重庆秀山，离我这不远。半月之内，打了几次，终于有人接。是一个小孩。我说出徐师傅的名字，他说没有这个人。

我说："怎么可能没有呢，你找找你家大人，一定有。你叫什么？"

"徐桂坤，桂树的桂，土字旁的坤。"

"这不对了吗？我找的就是你爸爸。你家有大人没有？"

徐桂坤老实地说你等等，结果电话一挂半小时，才有一个女人来接。"他大半年没消息，过年都不回家，也没汇钱，一定在外面搞了女人。"女人气愤地说。我说不会的，一定是别的什么问题。女人说："你见到他告诉他一声，他老婆孩子都快饿死了。"我说不至于不至于，并请她记下我的电话号码，如果徐师傅回家，要他给我打过来。"……我这边还有一个项目没给他结账，你一提养孔雀的事，他就知道。"我多加了这么一句。女人沉默了一分钟，叫我报电话号码。

数月后徐师傅将电话打来，在我老婆肚皮已然藏不住的时候。电话一接，对方沉默，我便先问是不是徐师傅。他瓮声瓮气嗯了一声，便咳起来。我问他你那边什么情况。

"什么什么情况？"

"隆介跑哪去了，这几个月，怎么也联系不上。"

"我也见不着他……说不清楚。"徐师傅又说，"有只孔雀，基本上能开屏，你们还收不收？在我这里。"

"孔雀好说，隆介怎么就说不清楚？能不能把隆介的事先说一说？"

"就是找不见了，你联系不上，我也有几个月没见着他人，怎么说得清楚？"

"你是什么时候没见他人的，当时发生了什么情况？这总可以说吧？"

"电话里说不清楚……我这边信号不好，我们是乡里的土信号，不比你们城里。"徐师傅话里带火，倒是以往不曾有的情况，但往下声音又放轻放缓，"孔雀真是只好孔雀，千挑万选才出这么一只，可以便宜一点……"

"那好，孔雀我要看看，再去帮你找买家。"我要他把地址给我。电话里徐师傅心情不好，见了面我能问出全部情况。

我赶去那里是一个下午，徐师傅在村口路边等着我，面色又和以往一样。"孔雀不在我家里养，我老婆有病，发病的时候把屋里的活物都弄死，除了儿子。所以孔雀不能养这里，在我堂哥那边。"

"远不远？"

不算太远，只是山路不好走，眼下又在搞村村通，一路都是走走停停，犹如便秘。

"……女的太年轻了，不懂事。"徐师傅一句话总结。

　　凌大花拉起来的电影拍摄队伍大都是年轻人，虽然隆介改换了装束并投入巨大的精力去搞运动，仍然改变不了一个事实：他是年纪最大的一个。于是接下的事情就顺理成章地发生了，凌大花和摄影师小项眉来眼去。隆介认为凌大花不能这么搞，私下里就教训凌大花，叫她要注意一点。凌大花一句话噎了回来：我嫁给你了吗？隆介就很无语，他又说这些年你拍电影，主要都是我在筹钱。凌大花很天真地问："然后呢？"隆介就跟她说了一些然后的事，凌大花十分惊讶，说想不到你们60后都是这么看问题。

　　隆介发现现在恋爱跟以前太不一样，不管他为凌大花付出多少，只要她装成跟他不在一个频道，他此前一切努力都将归零。徐师傅好几次听见隆介在隔壁房间叫嚷着："好嘛，搞了这么久，难道我是你爸爸？"

　　"……道理我是讲不来，但在我看，问题还是年纪，他俩差了有二十来岁，看上去就是一对父女，隆总想管住凌大花，根本使不上劲。在一起也有这么久，但算不算恋爱，凌大花讲了算，隆总给钱时，她当他是对象；和别的小年轻在一起，她又可以拿他当爸爸，全看她心情了。"徐师傅把带有鸡粪味的烟雾喷满了车厢，又说，"现在和以前不一样，隆总为她花这么多钱，还讲不出口，恋爱时候扯一扯皮，别人只能偏向小姑娘。反正，现在年轻人嘴巴里的新词很多，年纪大的脑袋转都转不过来。"

　　我能想象隆介面对凌大花时，狗咬刺猬无处下口的悲哀。我又想起凌大花那一脸杀气，天生就是用来跟人对着干的。

　　车在山道中迂回前行，我不得不叫徐师傅停下抽烟，要不然眼睛辣疼。徐师傅说拍电影真是怪事，赚不到钱，拿奖很容易，凌大花把奖杯堆满了两个带灯的酒柜，酒柜还是隆介专门去挑来的，进口樟木，四千块一个，晚上一开柜里的灯，所有的奖杯奖牌都半阴半阳，很上档次。

　　"那些破纪录片怎么看得下去？我一看就直接睡，要我说，都是隆总花钱买来的。"徐师傅这么嘀咕一句。

　　但凌大花分明是成了名人，开始频繁接到邀约，出席全国各地的活动，有的是对方买机票，剩下的仍是隆介给她报销差旅。在那些会上，凌大花吊一块牌，头衔是"著名导演"或"著名行为艺术导演"，走红毯。"换一身衣服，竟然还是个漂亮女人。隆总说幸好不要我去，走红地毯会要我命啊。"

凌大花名头越大，隆介跟得越紧，像是怕她突然跑了，虽然她真的要跑他也无可奈何。她跟小项越贴越紧，当是隆介不存在，或者抗议他这个人阴魂不散。

数月前他们进到川西找题材，徐师傅也帮着开车一路随行，这些外来的艺术家不熟悉高原地形，一些盘山路段不敢开车。一天向晚，在理塘的磨坊沟一带停下来，找一个荒寂的乡镇停下来，就着烧烤喝酒。那天酒喝得并不多，隆介忽然显得特别醉，忽然就像一个小孩，把小项叫到面前。他说你走吧，你不适合在我们这个队伍里。

"为什么？"小项微笑，甩一甩一尺半长的金发。

"不为什么，因为我决定不给你开工资，你没必要再在我们这里瞎耗。"

"你把拍电影看成是给你打工了，不是的。你不给钱我也会干下去，我觉得我干得很好，别人不能替代。至少还有两个没拍完的片子，是我当主摄影，是我的作品，你不能剥夺我的创作权。"

隆介想不到还有个创作权，反正年轻人嘴里的新词汇就是投枪，是匕首，用来扎老人家又准又狠。

"你以为，没有谁是不可替代的。"

"我认为，每个人都是不可替代！"

他比他更铿锵，当时大家围了过去，看着事态发展，有几个年轻人还给小项鼓掌。隆介一时发蒙，稍后忽然飙出一句：我们打一架吧？

所有人一愣，尤其小项，他比隆介年轻近二十岁，身高高出半头，而且业余爱好是撸铁，出来找不到健身房，就学西西弗斯，找一处山地，从下往上滚石头，发泄掉身体里多余的力气。所有人又开始笑，说隆总开玩笑嘛。

隆介说："这一架反正要打。"

"那就打呗。"小项轻描淡写。

奇怪地，那天竟没人相劝，因为都觉得这架打不起来。徐师傅想开口，但那种奇怪的沉默捂住了他的嘴。隆介叫小项开车往远处去，还冲后面所有的人庄严肃穆地说一句，谁都不要跟过来，要不然……他没想到要不然又怎样，扭头就走。

小项开着一辆皮卡，往西边开，那边天色很好看，地势开阔，车很久才开到看不见的地方。而留下的十来个人，不好撸串，不好喝酒，都站着发呆。有人也在渐暗的天色中嘀咕，要不要跟过去看看。凌大花则把两手交叉在胸前说："能有什么事？我们的老板命令我们在这待着，我们就待着。"有小伙说那我们听老板娘的。凌大花还骂一句娘。

过一会儿，是徐师傅吭声了，说去看看吧，隆老板要是出事，往后弄钱不方便。众人这才回过神，隆介其实是很重要的。于是都说，去看看吧去看看吧。凌大花保持着抄手姿势仍然不动，但别的人绕过她，跳上车。两个车寻着西边一直开。天色虽发暗，却一直没有彻底黑下去，遥远的星光每一点都映亮一大片视野，眼前如此开阔，哪里有人根本漏不掉。

他们先是看见了那辆老皮卡，便将方向盘一打，驶进草甸奔皮卡而去。在车旁边，两人相拥着倒在地上，小项的身体几乎完全覆盖了隆介，但隆介的胳膊像绳子一样绑在小项脖子上，腿也缠绕在小项的腰间，这才让走近的人发现他的存在。两人几乎都耗尽了力气，小项下意识地挣扎，但没法挣脱。众人过去一齐用力，将隆介紧扣的指头一枚一枚掰开，再把他手撇向两侧，手一撇开，两条腿也自动地松开。小项挣扎着爬起来，步态踉跄，像是喝了太多白酒，突然一哕，哕出来以后才能说话。

"他妈的，他根本不会打架，只晓得拼命。"小项拖着哭腔冲别人说，"我要不是让着他，他早被我打死十遍八遍了。"

而被压在下面的隆介，已经昏死过去。

第二天在一个破镇子的卫生院里，隆介醒来，艰难地睁开肿圆了的双眼，第一句话就是狗日的小项在哪。有人告诉他：小项跑了，他被你打得心寒。隆介竟然很高兴，说我这辈子终于也打赢了一回。

伤势稍减，又转到县医院，再后来是徐师傅开着皮卡把他载回自己的住处，凌大花也一直跟着。那一阵隆介心情反而很好，以为自己那个傍晚的英勇表现，终于赢得女人的垂青。当他可以下地走路，凌大花就消失了。再后来……

"……凌大花走了有个把星期样子，那天隆介气色还好，开车出去说要买几包精饲料和蚱蜢，那是喂孔雀的。我没感觉他跟平时有任何不一样，结果，车一开就再不见他人。"

"报警了吗？"

徐师傅摇摇头，说当天拿不准，就没有报，万一他哪天又回来呢？过了几天仍没见人，打了一个110，对方叫他去乡派出所登记，也就到此为止。然后徐师傅诉起自己的苦，隆介消失以后没人发他工资，他还坚守那里，过年都不敢回家，电话索性也关停。

到现在，隆介消失有几个月，我不免有不好的联想。但万一哪一天他又打来电话或者突然出现在我面前呢？这样的事，在小城多有发生，有人突然失踪，几年毫无消息，大家都以为是被人害死，但十年以后他突然又出现，还带着女人孩子，和睦的一家子。消失和死亡最为相像，但怎么也不能算一回事啊。

路又堵上，徐师傅说他想不通，隆介对凌大花怎么这么当真，"像是被草鬼婆（女巫）种了情蛊"。我没吭声，但满脑袋都在想这原因。徐师傅又说："像他这样单身在外，女人的事情，哪会这样当真？来了又走的，不就跟吃饭穿衣一样吗？他也知道凌大花跟他长不了，怎么这一回，脑袋硬是打铁了？"

"是啊，你过年不回家，还关了手机，怕也不光是没钱吧？"我诡谲地一笑，不用扭头，感受着徐师傅超时的沉默。

"怎么又扯上我了？"作为老实人，他只好尴尬一笑。当然这时候我也不在乎他的反应，但隆介的事，我突然觉得自己弄得挺明白。当然，我也不会和徐师傅探讨这些问题，我要考虑的是会开屏的孔雀卖给谁。

终于来到徐师傅的堂哥家，很快见着那只绿孔雀，养得用心，绿孔雀昂首挺胸，平视着我，像打架时的隆介一样雄壮。我说怎么让他开屏？徐师傅说："马上马上。"他掐开手机，找到一段音频播放，很快传来一阵拍砖的声音，伴以小鸡苗的惨叫。虽然是第一次听见，我竟觉得熟悉。绿孔雀很快有了反应，脖子垂低一些，浑身瑟瑟地抖起来，稍后果然便将尾羽撑开，在我眼前狠狠地开屏。我没想竟是这样，孔雀在发抖，同时也在开屏，抖得越重，开得越旺。忽然，孔雀尻尾轻微一响，一泡粪就落在地上。

"怎么一开屏就拉粪呢？这可卖不起价格。"

"不总是这样。"徐师傅递来微笑，但我明显感觉他眼神发虚。

"那让它再开屏一次，要隔多久？"

"要七八分钟样子。"

"怎么要这么久？"

"已经不容易了，时间间隔会缩短，但要花时间去弄。"

过了约莫十分钟，徐师傅又摁响那段音频，孔雀果然又在抖动中开屏，不幸的是，伴之而来仍是一泡粪。既然来了，就要看个真切，虽然孔雀的瑟缩让我难过，但我让徐师傅接着来，一次一次用拍砖声弄开孔雀的尾羽。果然，往下几次开屏，这孔雀都要拉粪，越来越稀。等稀粪都拉不出来，它也没力气开屏了。我看看徐师傅，这个老实人，不得不承认，隆介一直试图解决这个问题，好将孔雀卖上价。刚开始，孔雀还"谎报军情"，爱拉虚粪，就是只拉粪不开屏。经过隆介半年调养，孔雀明显大有进步，会开屏，但总止不住拉粪。隆介正在攻克这道最后的难题。隆介有的是办法，攻克最后的难题只是时间问题。只是，他突然消失，他所有的办法也都消失了。

点评

《开屏术》是一篇充满想象力、充分展现虚构艺术魅力的作品，作者在一个充满荒诞色彩的故事和一群非典型性人物中，写出了生活的荒诞性以及荒诞掩映下的人性温暖。

小说有一条主线，即如何使孔雀能按照人的指令自如开屏，这显然是有悖自然伦理的，是一个不可能完成之任务。但正是这样一个带有荒诞色彩的前置性任务，让小说铺展开一番别有意味的故事和景象。

小说中所有的人物都连缀在这样一个任务线索之上。易老板、隆介、"我"、王局长、徐师傅、凌大花，都被这个任务驱动或影响，也因这个任务本身的荒诞性而被染上一层荒诞色彩。尤其是主要人物隆介，他是一个有别于我们常见的正面人物或反面人物的角色，他具有"中间性"和多面性，他的生活和情感具有随意性和投机性，但又具备基本的道德素养，他多数时间颠沛流离，却又能在朋友需要的关键时刻神奇地现身，他的生活常常混乱不堪，却又能骑行上百里来参加"我"的婚礼，也在易老板落难时慷慨解囊，在他灰色的人生中不乏温暖的底色。他看上去似乎是个矛盾体，而又自洽自得，这或许正是生命的复杂之所在。作者借隆介写出了一种独具个性的人生，也写出了一种掩映在荒诞表象之下的温情。

小说的故事虽然根植于现实的热土之上，但作者显然更注重借助虚构的力量来实现写作的意图。小说中的人物虽然大都现实可感，但他们的行动又常常有着脱离现实逻辑的不可解性，由此而编织起强烈的对于现实的背离和反叛，形成绝妙的讽刺效果。作者从现实出发而经虚构所要抵达的，既是艺术的幻境，也是变形了的现实镜像。

（崔庆蕾）

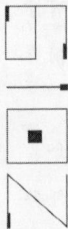

中国当代
文学经典
必读

鲛在水中央/

/孙 频

1

昨夜山间淅淅沥沥一场微雨，我在半睡半醒之间听到雨滴正拍打着这漫山遍野的落叶松、栎树和云杉。

树下开着野玫瑰、老虎花、荚蒿。层层叠叠时远时近的雨声在无边的森林里游荡，雨滴从树叶间滑落的回声又冷又远。

大概昨晚喝得又多了些，蜡烛都没吹灭就睡着了。醒来才发现那支蜡烛在半夜已经自行燃尽，只在桌子上结下一堆皱巴巴的蜡泪，里面还裹着一只小飞蛾的尸体，琥珀一般。

我朝地上一看，那只肥大的塑料酒壶静静卧在我的鞋边，里边还有半壶酒。我每晚都要从这酒壶里倒出一碗酒来，点着蜡烛一边喝酒一边看书，跳动的烛光把我的影子扣在了墙上，比我自己大出好几倍来，像座狰狞的建筑耸立在那堵墙上。

大多数的夜晚，我都是这样打发过去的，点支蜡烛看本书，看上几页了抿上一口酒，再看几页再抿一口。下酒的多是些山里的花鸟鱼虫，或是把山里采来的木耳用开水焯一下，用蒜泥和野葱拌了；或是把土豆埋进炉灰里埋一个下午，到了晚上把烧焦的土豆壳敲开，再往冒热气的沙瓤里撒点盐。

柳木桌上胡乱堆着一摞书和杂志，有《老残游记》《红楼梦》《唐诗百话》《三言二拍》《诗经译注》，杂志多是些《读者》和《书屋》，还有几本破破烂烂的《今古传奇》。除了这张柳木桌，屋子里还有橡木柜、核桃木椅子，都是在我小的时候，我父亲用这山里的木材亲手做的。

当年铅矿倒闭后这些家具都留在了职工宿舍里，多年以后我回来打开这间宿舍一看，那些家具居然还是我当初离开时的样子。如同寒潮一夜忽至，不及躲避，冰雪下到处锁着栩栩如生的鱼虾尸体。因为地处深山，铅矿倒闭之后连电也被停掉了，现在这整座废弃的铅矿里就住着我一个人。

我朝挂在墙上的那本巨大的日历看了一眼，2008年4月17日，这是我住进这废弃铅矿里的第四年了。每年过年买年货的时候我都要下山买这样一本巨大的日历回来挂在墙上，上面庞大鲜红的数字隔着老远就能跳到人的眼睛里。因为一个人在深山里待久了，会感觉像掉进了时间的黑洞，无论宇宙间又孵出多少个新鲜的日日夜夜，都会立刻被这无底的黑洞吸收进去，被消化殆尽。

人被裹挟在这黑洞当中时会有一种类似于要永生下去的恐惧感，无边无涯，有时候过着过着居然连自己的年龄都会突然忘记，一时疑心自己是不是已经活了几百岁。想想一个失去年龄的人就这么无限地奔走在时间里，没有个歇脚处，甚至不知道自己什么时候才能死去，便觉得又是可怜，又是好笑。

我穿好衣裤出门打水。铅矿大门外的树丛里藏着条清澈见底的小溪，山里的溪流都这样，只能满山听见环佩叮咚，似在脚边又似在身后，却终是无迹可寻，在这山中久居才能掌握其秉性。我提了一桶水回屋洗脸刷牙，又在门口的泥炉上熬了点小米粥做早饭。

吃过早饭之后我对着墙上残留下来的半面镜子细细把下巴刮干净，把头发三七分梳整齐，再喷了点摩丝定型。然后穿上一件卡其色衬衣，打好那条蓝底白点的领带，外面再穿上一件深蓝色西服。我一共有三件衬衣三套西服两条领带，三套西服的颜色款式都一模一样，是多年前请同一个裁缝做出来的。所以以前老有人以为我一年到头就一身衣服，从来不换，其实是我来来回回已经换了多少次了别人并不知道。

把自己穿戴整齐是我每天早晨起床之后的一个重要仪式。就是这一整天都不过对着山林和鸽子，我也不敢在仪表上有丝毫一点懈怠。真的是不敢。这是一种站在断崖边上的感觉，稍不留神就会掉下去。一个人住在深山里，整天除了植物和动物，没有任何观众，自然是身上随便披挂个麻袋都能出入，可是我不允许自己这样随心所欲地塌下去，或者，掉下去。

穿戴整齐后我照例在荒凉的铅矿院子里巡视了一圈。铅矿四面环山，如在井底，破败的采矿车间门窗洞开，里面住着年深日久的黑暗。当年卖剩下的几台锈迹斑斑的破碎机和球磨机，如年老的象群挤在黑暗里等待死亡。干涸的浮选槽里长满荒草，槽边是当年开采的矿石，有铁矿石、金矿石、铅矿石。我太熟悉这些矿石了，铅矿石里有紫色的晶体，黄铁矿石里有一种金黄色的光泽，金矿石看起来反倒没有黄铁矿石那么耀眼。废弃的高炉默立着，水塔顶上住着一大群野鸽子，只要往水塔上随便扔块石头，那群鸽子就会呼啦啦从水塔顶上炸起来，仓皇地四散而去，到黄昏时分，又会在一轮血红的残阳里飞回来栖于塔顶。

我站在水塔下仰着头看了会鸽子，继续往前逡巡。山里的寂静所产生的压强挤压着我，有时候竟会把我一路挤压向童年，我养了一黑一灰两只兔子做伴。我记得我小时候就养过这么两只兔子，每天放学后头一件事就是兴冲冲地跑过去喂它们。这中间的四十多年忽然被挤成了薄薄的一扇门，我推开一看，那一黑一灰两只兔子居然还在门后，好像从来没有长大过，也从未离开过。

我独自走过矿区的幼儿园、医疗室、图书馆，这些阒寂无人的废墟散发着类似于坟墓的气息。但我走在这废墟里还是不由得觉得亲切，像走在曾经的自己里面，从前的那个少年包裹着如今已到中年的我，像小时候玩的俄罗斯套娃。

我八岁那年随着父母从山东的一个海岛来到这深山里的铅矿，父亲从海岛上的一名军人转业成铅矿上的小干部，母亲则在矿上的图书馆做了管理员。我二十九岁那年离开了倒闭的铅矿，四十岁那年又一个人回来了，回来时铅矿已经是一座无人的废墟。

我重返铅矿的那个晚上，整个矿区没有电，我也没有准备蜡烛，到处是最原始的黑暗。荒草早已过人头，矿区的骨骼和周围毛茸茸的密林如血肉长在了一起。荒山密林之上是一轮巨大的明月，我感觉自己像忽然退回到了最远古的洪荒时代，满目只剩了山林和月光。月光像大雪一样隆重地覆盖着这片废墟，我乘着月光重新游荡在阔别已久的故地。

我记得我推开少年时代最熟悉的图书馆的门进去，所谓图书馆其实就是两间简陋的平房，门口那把管理员的椅子是空的，布满灰尘和蛛网，母亲曾经就坐在那里。几排书架空旷荒芜，我曾借过的那些书都已经不见了，只地上还零散地扔着一些书，月光从门里涌进来，那些书被淹没了，闪着银色的磷光。

被月光淹没的一瞬间，我又有了那种置身于水底的感觉，好像是在童年那个海岛的海水里，我一直向海底游去，直到水压即将把我挤爆。周围海水的颜色在慢慢变深，有大鱼和灯笼般的彩色水母从我身边游过，那时，我看到那些大鱼时往往会觉得敬畏和尊重，我会给它们让路，因为它们看上去古老而庄严，像人类的祖先。

我又好像正潜在那个藏在这深山里的无名湖底，那个湖的周围全是密不透风的参天古木，树林阴森森地看不到头，林间飘荡着鸟儿们各种古怪的叫声。有风吹过时，成片的树林在嘶吼，而湖面却静极了，像面大镜子，在阳光下有一种璀璨的感觉。而那湖底却是幽深恐怖的，水极清澈，能看到大片大片墨绿色的水草，像女人的长发一样在水中鬼魅地招摇着。鱼儿们在其中嬉戏，柔软的蛇鱼和水草交缠在一起，湖底到处是长满水藻的毛茸茸的石头、贝壳。

在这湖底还有一具人的尸体。那具尸体这么多年里一直就沉在这水底，却是因为，它身上压着一块巨大的石头，是石头把它锁在了这湖底。

我第一次见到它的时候，它还是完整的、新鲜的，还是一个人的形状，呈现出石灰一样僵硬的滞白。等我第二次再潜入湖底找到它的时候，它已经开始变得残缺不全，鱼儿们把它身上脸上咬得坑坑洼洼的，它的一只眼睛被鱼吃掉了，变成了一个模糊的大洞。右手上的肉已经被鱼啃噬干净了，露出了雪白的骨头，那只露出白骨的手就那么在水中安静地张开着，还有几只一寸长的小鱼正在那手骨的缝隙里觅食。

我仔细辨认，不是水，只有满地的月光。我从地上捡起一本满是灰尘的书，就着月光看到是一本破旧的《矿产资源勘查学》。我又捡起几本书走出了图书馆，我像小时候来借书一样抱紧它们，仿佛它们可以给我御寒。那个夜晚，我坐在外面的石阶上一根接一根地抽烟，我的背后是黑暗如古堡的图书馆。

半夜了，我听到周围丛林里有沙沙的声音，那可能是一只野兽。巨大的月亮就悬在我的头顶，在这无人的深山里，月亮看上去极大极亮，如同一个上帝坐在那里。因为有月亮在，我心里静了些，到了后半夜，居然就靠在墙上睡着了。

第二天我把我少年时代和父母一起住过的那间宿舍收拾了一下住了进去，屋里的家具都还是我当年离开时的样子，只是落满了厚厚的灰尘。

安顿下来之后，又经过一番踌躇，我决定去看看它。

于是我朝着那片藏在这深山里的无名湖走去。我一直相信除了我，世上没有谁还会知晓这个湖的存在。我还是个少年时就找到了这个秘密存在的湖，那时候因为刚从海岛迁徙到这山林里，我浑身干燥难忍，于是漫山遍野地找水想游泳。山里只有腿肚那么深的小河流，没法游泳。铅矿的工人们告诉我，这山上是不可能有湖水的。但我相信我在山间已经嗅到了湖的气息。

就这样，我跟着弯曲的山间河流一路寻找，河流忽隐忽现，多数时候河流都是藏在柳树林里的，因为柳树逐水而生，有水的地方就有柳树。遇到石头多的地方，河流就会变急促变大声，喧哗着从柳树林里钻出来。在阳光下明亮地流一会，忽然又不见了，再见到它时，却是清泉石上，有一尾野生的金鳟鱼在水中倏忽掠过。

我就这样跟着河流走进了一片阴森的原始密林，在那不见阳光的密林里穿行了很久。周围的树木越来越高大古老，越来越茂密蓊郁，但那条河流从不曾断开，一直向前流动着，行走着。我相信，只要河流没有断开，我就不会迷路，所以，我一边恐惧着，一边却还是紧紧跟着这河流前行。忽然，树木一下消失了，前方静静地、耀眼地跳出了一片湖。

湖就在这密林的中央。

后来的很多年里我都不舍得告诉任何人关于这个湖的存在，仿佛这是一个只属于我和这个湖之间的秘密。我一直记得我第一次跳进那湖水里游来游去的感觉，像从干燥陌生的生活里挤进了一道潮湿的裂缝。

后来我一直相信这面湖就是世间留给我的一道缝隙。

我走出铅矿的大门，再次跟着河流往深山里走去，走进那片阴森的密林，走着走着，忽然有一片湖水像梦幻一般出现在了我眼前。无名湖看起来和五年前一模一样，碧绿的湖面静得可怕，一丝皱纹都没有，似乎在这几年时间里它不曾被任何东西打扰过。我先是在湖边静坐了一会，然后站起身来佯装着散步，仔细观察了一番周围，不见人影，只有无边的密林和倏忽掠过的鸟影。我脱了衣服慢慢潜入水中，以免惊起太大的波纹。

平静的湖面下存在着另外一个丛林，有植物，有动物，也许在这样的湖底还有一位维护秩序的统治者，类似于龙王或者水妖。我在鬼魅般的水草间游来游去，寻找着记忆中的那块大石头。终于，我在幽暗的湖底看到了那块大石头，它依然在那里，轮廓没变，只是身上已长满青苔，这使它看起来变臃肿变柔软了。

然后，我看到了压在石头下面的那具尸体。墨绿色的湖底上一点刺目的白。它还在原地，只是已经变成了一副干净的白骨，上面居然连一点皮肉都没有了，那白骨像瓷器一样洁净，安宁肃穆，竟让人不再觉得恐惧。有一条小蛇鱼从它头骨的左眼眶钻进去，又从右眼眶里钻了出来，摆摆尾巴游走了，看上去在这湖底玩耍得天真无邪。

在我身边游来游去的鱼儿们看起来似乎都格外肥大，这使得它们身上有一种妖气。我开始使劲划动双手双脚，向泛着微光的湖面升去。

转眼间我已经独自在这深山里住了四年了。四年里我开垦了十几亩山地，种上土豆和莜麦，因为这山上早晚温差很大，特别适合土豆和莜麦的生长。秋天收成了以后拿到山下去卖，平时在山上采的木耳蘑菇晒干了也拿到山下去卖。我太了解这片山林了，每个季节有每个季节的蘑菇，我还知道在这山林里只有橡树可以长出木耳，而且只有冬天砍倒的橡树长出的木耳最多，有时候一根倒在地上的橡树密密麻麻地长满了木耳，像长出了无数只耳朵。所以在每年冬天的时候我会砍倒十来棵橡树，好等到来年采木耳。

我还在下面半山腰的三条路岔口处开了个小饭店，挂了个木牌，白底上四个红字"岔口饭店"。那是公路还能通到的地方，路边有间废弃的护林人住过的小屋子，灶台是现成的，还有炕，屋里只够摆一张饭桌。

我的饭店里平时只做四个菜，过油肉、酱梅肉、野鸡炖山蘑、烩土豆。只在春天和夏天的时候偶尔用香椿、苜蓿和蒲公英拌点凉菜。我从不用鸟铳打野鸡，响声太大，我的办法是把粮食拌上酒，撒在山林的空地上，野鸡吃了粮食之后就会醉倒，躺在那里就睡着了，如果是冬天，睡着之后就被冻死了。第二天捡到的野鸡已经硬邦邦的，一碰还叮当作响，像用玻璃做的。而且醉倒的野鸡都是一对一对的，因为它们喜欢夫妻结伴而来。偶尔，如果捉到一条蛇，我也会把蛇炖了吃。当我一剪刀下去把还在扭动的蛇剪成两截时，我心里还是会暗暗一惊，为自己身上那些已经暗中发生的变化而吃惊。我曾经可是连只虫子都不忍心踩的人。

去我饭店吃饭的人不算多，多是些进山拉木料的大车司机和进山采木耳的人，偶尔还有些专门赶过来找我的故人。因为我没有电话，这里便成了我和昔日故人们唯一一个隐秘的联络处。

在矿区里巡视完一圈之后，我从大门出去，沿着山路往林子里走了几步路，准备给兔子割些苜蓿。进铅矿的这条僻静的山路没有通公路，早已被世人遗忘在深山里，又经过山洪的冲刷和野草的侵略，已变得越来越窄，有些地方几近于要消失了。在这条山路上我从来没有碰到过任何人，如果真的碰到一个人，他看到一个穿着西装打着领带戴着眼镜的男人正在那里割兔草，估计也会吓一跳。

我回去把兔子喂了，又在水塔的周围撒了些玉米粒喂鸽子，然后便准备下山一趟。我半个月左右会下一次山，所谓下山就是到山下附近一些村庄的小卖部里买些日用品，那些村庄，即使最近的也要三十里路。我有时候用钱买，没钱时就用我在山上采的木耳来换。木耳的价格很高，山下的村民都认木耳，所以木耳在这一带就像货币一样好使。

我背上包，骑着一辆旧摩托车往山下驶去。刚开始的时候我下山都是靠走路，一走就是半天时间，往回赶的时候还得走夜路。据说在山上走夜路的时候，会碰到有人在背后拍肩膀，这时候千万不要回头，因为那多半是狼在用它的爪子敲你的肩膀。狼在当地被叫作麻虎。我倒不怕遇到狼，因为我知道所有的动物其实都是怕人的，它们不会主动攻击人。而且动物能看出人身上的火焰，遇到火焰高的人，它们就会远远避开。所以我走夜路的时候从没碰到过任何野兽。

走完那段崎岖的山路就上公路了，在这山路与公路连接的地方，常年有一处浅浅的水洼，这水洼附近便成了蝴蝶的家园。夏天每次走到这里都有成千上万只蝴蝶在我身边飞来飞去，有的还会落在我头上、身上。回来的时候又是一身蝴蝶。

这次下山我要去的村庄离铅矿有三十多里路。这个村庄有一个雅致到奇怪的名字，落雪堂。不知道是不是和村口的那棵大杏树有关。这村口有一棵巨大的千年杏树，因为年老，树根盘结突出，竟可以供十几个人同时坐在树根上乘凉。树冠则庞大得有些遮天蔽日，好像整个村庄都不过是这老树孕育出来的子嗣。每年到了清明前后，一树杏花如雪，有风吹过的时候，落花几乎要把整个村庄都埋起来了，一直要到五月，这个村庄才能渐渐从花醉中苏醒过来。

我先是骑着摩托车去了一趟村里的小卖部，买了一支牙膏一块肥皂两包蜡烛。然后再骑到村西的范听寒家门口。

2

村西有处十间瓦房的大院子就是范听寒家的。这座院子在整个村子里都显得鹤立鸡群。范听寒在院子的周围种了很多垂柳。

正是四月，门口的一排垂柳绿得如烟似雾，在层层鹅黄烟障的最后面，是一扇带着小飞檐的街门，门口左右各一个鼓形石墩，门的后面是一个几米深的狭长门洞，一个瘦小的老人正独自坐在门洞里饮酒。这个老人就是范听寒。我放下摩托车，站在门口恭敬地打了个招呼，范老师，这是吃了午饭呢？

范听寒闻声连忙站了起来，走到门口迎接我。他七十五六岁，但看起来比实际年龄更老些，奇瘦，而且在我看来他似乎一年比一年更瘦，好像正试图慢慢地从这个世界上隐遁而去。驼背，背上扣着一只巨大的驼峰，走路的时候整个人简直就是一把折尺，从腰那里向前弯成了九十度，所以总是身体还没走过来的时候，头已经自己先到了。

又因为驼背，他走路的时候总是把两只手高高搭在背后，不然一垂下来，两只手都快碰到地面了，估计他是怕给人一种感觉好像他是在用四肢走路。他背着双手，驮着一座大驼峰，像只年迈的骆驼一般慢慢踱到我跟前，努力朝上翻起两只眼睛看着我，用大同口音说，你过来啦？来，进来喝两杯吧。

我也不推辞，跟着他走进门洞，在小木桌旁的竹椅上坐下。木桌上有一碗手擀面，有半玻璃杯白酒。认识也有四年了，我大概知道他的一些生活习惯。他一日三餐只吃手擀面，绝不吃一口稀的，一大把年纪了还是顿顿自己擀面。

他每天早晨天不亮就早早起来，光是穿衣服对他来说就是一项难度不小的工程，得穿很久。因为驼背，他穿上衣的时候必须拼命把衣服向空中甩起来，就像中世纪的骑士甩斗篷一样，甩得越高越好，这样衣服才能比较准确地降落在驼背上。他穿好衣服后背着手出门散步，趁着天还没亮，在田间地头溜达一圈，采两把野菜或几朵蘑菇。走出汗了就回家开始洗漱，他很爱干净，每日洗漱的程序非常隆重，要把好不容易才穿上的衣服全部都脱掉，脱光之后把自己浑身上下擦洗一遍，然后再把衣服甩一次，披挂上去。每天如此。

洗漱完之后他开始动手给自己做早饭，他孙女范云冈在镇上的小学教书，周末才回来一次。五年前他的老伴去世了，据他说，他老伴活着的时候，两个人经常吵架，但从不会因为吃饭吵架，因为他们吃饭的口味出奇的一致，那就是，手擀面。他说他儿子和孙女也是只认得手擀面，好像在他们一家人眼里，世上只有手擀面才能算得上是饭，别的都是假的，都是吓唬人的。

早饭就是一碗手擀面，一定要和那种硬得像铁一样的面团，然后用九牛二虎之力把面团擀开。因为面团实在太硬了，擀的时候一定要整个人不时跳起来，把全身的重量都压到擀面杖上才能擀得动。擀好后再切成钢丝一样硬的面条，下锅煮熟，拌点茄子白菜豆腐之类。然后就着一二两酒把面条吃下去。他是一日三顿都要喝点酒的，顿顿不落。且每天都要准时到村里的豆腐摊上割一块豆腐吃，风雨无阻。每天上午割了豆腐往回走的时候，村里人照例要问一句，范老师又出来割豆腐？他一边点头一边微笑，豆腐好，既能当粮也能当菜。

他和我说过，他那老伴过世前终日病病歪歪却酒瘾极大，烟瘾也不小。她每天早晨起来的第一件事就是，二话不说先抱住酒瓶灌自己两大口，再歪到炕上抽根烟，一根烟抽完才算正式起床了。一天当中只要趁老头不注意就抱起酒瓶子咕咚咕咚偷喝两口，而且不管把酒瓶藏到哪里，她都能闻着酒味找出来。吃饭的时候还要和老头对饮几杯，两个人有时候就着面条下酒，有时候就着一根黄瓜，一根葱，一只梨，一把花生，统统可以下酒。

有时候她呻吟自己腰疼、腿疼、肚子疼，老头把酒瓶递过去，她只要喝上两口就停止呻吟了，老头得到了暂时的安宁，却又得防备她一会儿之后重新开始呻吟，哎哟，哎哟，就不如早点死了好。

有时候喝多了，她会哭着上街，见个人就拽住问，你看见我家范柳亭去哪里了？他怎么走了就不回来了？有时候喝得更多，她干脆就歪在自家门口的石墩上睡着了，夕阳打在她脸上，透亮的涎水从嘴角流下去，一直挂到胸脯上，蛛丝一般。

后来她重病，临死之前已经昏迷了好几天，昏迷中她一直在说胡话，一会说，我在几千人的大会上都讲过话，我不怕你们斗我。一会儿又是，同学们，马上就是期末考试了，要抓紧时间学习，把时间都用在刀刃上。一会儿又是，范秋纹，范柳亭，站住，你们要往哪里去。

昏迷了几天，忽然醒过来了，眼睛一睁开倒像是开过刃的钢刀，亮得吓人。她向唯一守在她身边的老头招招手，老头子你过来。范听寒便驮着背，两只手背在身后，赶紧走到床前。老伴说，给我口酒喝。老头犹豫了一下，把酒瓶子抱过来递给她，她两只手抓过酒瓶子咕咚一声就咽下去两大口，这才说，老头子，我要先走了，以后就不能陪你喝酒了，你自己喝吧。老头子，我年轻时候能和父母绝交都要嫁给你，又跟着你发配到这穷乡僻壤，多少年里连碗小米稀饭都喝不上，儿女都没了，你说我恨不恨你……我又丢东西了，肯定是来串门的老太太们偷走的，农村老太太都不识字，人没文化就是不行呐……你这么多年都哪儿去了？你怎么瘦成这样？快坐下，我给你擀面去。擀完面我还要去开会，又快期末考试了……要恢复高考了。说完抱着酒瓶子又闭上眼睛睡了过去，此后再没有醒来。

范听寒不是本地人，是大同人，那是晋蒙交界之处，北魏遗留下来的痕迹浓重，他孙女的名字大约就是出自大同的云冈石窟。

大约是第三次来他家借书的时候，我就问过他，范老师你是怎么来的这落雪堂？他说，他祖上世代都是读书人，他原来是大同师专中文系的老师。1958年的时候学校也在轰轰烈烈地打右派抓典型，有一个做临时工的老师向教育局检举揭发范听寒用的是一支进口的派克水笔，还成天向别人夸赞外国造的水笔就是好用。那临时工看来也不是观察他一天两天了，筹备已久的样子，把他说过的话都记在笔记本上，还注明年月日。大约是想顶替了他的工作岗位。教育局很重视，专门成立了调查小组去学校查这件事情，结果一调查证实不少老师们确实都听到他说过这样的话。

于是，他的右派身份很快就被确定了，站在全校师生面前被批斗了几次，之后又被发配到地处晋西的偏远的落雪堂进行改造。他老伴当时是个中学的校长，辞职跟着他一起流落到落雪堂。后来虽然平反了，但年龄已经大了，城里的房子早被没收充公了，除了落雪堂竟也没有别的地方可去，便留下来在此终老。

我又问他，范老师，你这么大年龄了，怎么顿顿都吃手擀面，还擀这么硬，不怕消化不了？他不好意思地说，早些年饿着了，几年吃不上一口干的，顿顿喝汤。后来我们全家都是一看见稀饭就害怕，每顿饭都要看见面心里才觉得这是吃过饭了，如果是吃了菜啊、粥啊之类的，总疑心自己刚才其实并没有吃过饭。末了他又补充道，我儿子范柳亭小时候老是吃不饱，只能喝米汤，所以个头才长了这么点。

他用手比画到我胸前，范柳亭才长这么高。手比画完放下去了，脸上却抱歉地笑着。

这是第一次听他说起他的儿子，我脑子里轰隆一声巨响，久久没有说出话来。呆了片刻，我又有些疑心自己是不是听错了，便用一种惊讶的有些过头的语气说，你还有个儿子？怎么从来没有见过他？他叫范什么？

他又说了一遍，范柳亭。

我的心脏几乎要蹦出胸腔了，我怀疑我此刻看起来是不是脸色煞白，因为他忽然就问了一句，你怎么了？

我勉强按捺住自己擂鼓般的心跳声，想抽支烟，摸了半天却连烟盒都没有摸到。我一只手揣在口袋里，虚弱地笑着说，哪两个字？是柳树的柳，亭子的亭？

是的。

哦，柳树的柳，亭子的亭，范柳亭，好听，读书人家起的名字就是好听。

也是因为我一向喜欢柳树。

好听，这名字真是好听。范老师，你儿子他……是做什么的？能盖起这么大的院子。

他呀，成天就折腾着办厂子了，什么铁厂、油厂、铸造厂都办过，就是瞎折腾。

我终于费力地把烟盒掏出来了，准备点烟的时候看到自己的那只手正在发抖，便又把烟放下了，只是在嘴里很惊讶地反复说，是吗？你儿子原来还是企业家啊？还办过厂子呐？

我忽然发现他好像正看着我那只拿烟的手，那只手还在轻微地发抖，我一紧张就这样。我把那只手重新塞进口袋里，一边假装掏东西，一边找话说，那范老师你就这么一个儿子吗？怎么不见他在家里啊？

说到这里，他说话的语气反而平静下去，像在说别人家的事情，他说他本来还有一个女儿的，叫范秋纹，比儿子大好几岁，当初因为要求进步，没跟着他们来落雪堂，后来才二十多岁就自杀了。范柳亭是他唯一的儿子，几年前外出做生意就再没回来。又过了几年，他母亲都去世了，他还是没有回来，至今生死不明。

我听了又做出非常惊讶和惋惜的表情，嘴里连连说，啧啧，这样啊，唉，真是的。

后来我断定范听寒顿顿都要吃手擀面的另外一个原因就是，吃得下手擀面证明他身体还硬朗，还可以坚持到他儿子范柳亭回来的那天。

那天我敬了他好几杯酒，自己也喝了一杯又一杯，他说，你这么远跑过来借书，不赖，爱看书，真不赖。我说不出别的话来，只是一遍一遍地重复道，有缘分，范老师，我和你有缘分，这就是缘分。

喝完酒之后，他背着驼峰走到院子里一辆改装过的三轮小推车旁边，推车里是一只垃圾桶。他抱歉地对我说，你先坐着，等我先把垃圾倒出去，放久了招苍蝇。说着便弓着腰低着头使劲推那辆三轮，我先是呆呆看着他，然后像忽然清醒过来一样，猛地起身，几步走到三轮前，拎起那只垃圾桶就往出走。

我把垃圾倒到垃圾池里，又在垃圾池旁边蹲下来，抖着手抽了一支烟才走回去。他弓腰站在门口，像是一直在等我，见了我却只说了一句，谢谢你了。我拎着空桶茫然地立在院子里，不知道接下来该做什么，手里明明还拎着那只空垃圾桶，却忽然扭头对他说，范老师，我这就帮你把垃圾桶倒掉。

他没有接话，只是驮着背站在门洞的阴影里静静地看着我。

此刻，又是在他家的院子里，我坐在小木桌的一旁，看着驼背的老人又拿出一只杯子，杯子里有半杯白酒。他把酒递给我，说，锅里还有擀面，你自己吃多少就盛多少吧。我说，我是吃过饭才来的。他说，你老是这样。

然后他坐下来继续喝酒吃面，背着大驼峰，上身折叠在膝盖上，下巴几乎就要搁在桌子上了，从某一个角度看过去，我忽然惊悚地发现，他已经老得不大像人类了。尽管没有下酒的东西，我还是默默陪着他喝完半杯酒，是当地打的五十三度的散酒，叫梨花春。这酒入口烈，但余味爽净，喉间有清香。

杯里的酒都喝完了，他才问我，书又看完了？我恭敬地说，都看完了。说完就从身上背的包里取出几本书和杂志双手还给他。他接过书，连连摇头，像你这么爱看书的人却开个小饭店也真是可惜了，你就没想过再做些别的？我忙说，人各有命，看书也不能当饭吃。他又摇头，可惜，真是可惜了。

他背着手踱回屋又取出两本书和杂志给我，他有每年订阅新杂志的习惯。两本书是《古诗十九首集释》和《雪堂集》。我每次来他家的时候都要先把上次借的书还掉，然后再借几本新的带回铅矿去看。我把新借到的书装进包里，顺便掏出一包晒干的木耳放在了桌上说，范老师，你要多吃点木耳，对身体好，吃完了我再给你带过来。

他点头，又递给我一张叠好的冷金宣纸，说，我又给你抄了首诗，读唐诗就是要多体会那种水中之月的意境。唐诗看起来写的都是些山水，其实那是自然之道，就是天地间本来的样子，所以唐诗里写的其实是一些最恒久最牢固的东西。相比之下，你看我们人的一生反而短暂多变，倒是最不牢靠的。所以读诗能让人心安。

我打开那张纸，是一首用毛笔小楷抄写的《春江花月夜》。我重新叠好，很小心地装进包里。然后开始满院子地找活干。这几年里我已习惯了，每次来了都要帮他把院子收拾一遍，把垃圾桶倒掉，把厨房的水瓮蓄满水，把菜园子里的杂草除净，给蔬菜和花卉浇浇水。干完活我又低头巡视一遍院子，发现甬道上的一块红砖翘起来了，容易绊倒人，便把这块砖挖出来又仔细铺平了。

好像已经差不多该走了，但我还是想和他多待一会，见桌子有点不稳，我就地做了个楔子插进了榫卯里就稳当了。有穿堂风从门洞里经过，风里带着杏花的香味。我看到他在院子里种的两棵海棠树也开花了，海棠花香很淡，不到跟前是闻不到的，走近了却能感觉到一缕阴柔的冷香。

树下有一口大水缸，缸里养着两条鲤鱼。我朝那水缸里微微瞟了一眼，两条鲤鱼正在缸里游来游去。我只看了一眼便像是感到很嫌恶一样，目光飞快地移向别处。窗台上卧着几只去年收的大南瓜，还有一只洁白如玉的西葫芦。估计都是村民们送给他的，村民们都恭敬地叫他范老师。

这时候我像想起了什么，猛一回头，发现他还坐在门洞里，似在静静地观察我，他脸上半明半暗，看不出是什么表情。我不由得愣了一下，暗暗悔恨自己在这里又待久了。

每次都这样，总是怕自己在这里待得太久。

3

我记得四年前我第一次出现在他的院门口也是在这样一个春天的午后。

柳枝新染，杏花满天，我也是穿着这身西装，打着领带，他当时也是这样坐在门洞里驮着背正喝着小酒。恍惚间我真的有了一种错觉，觉得中间这厚厚的几年时间原来不过只是薄薄几页，风一吹就轻轻翻过去了。

当时我站在门口，有些紧张。为了能在与世隔绝的铅矿里待下去，我能想出的最好的办法就是看书。我想问他借书，又怕被拒绝。在门口踌躇半天，终于还是主动上前对他招呼道，你就是范老师吧？我听说你家的书特别多，就找了过来，不知道我能不能借几本看看，我保证一看完就给你还回来了。

他用略有些浑浊的眼睛打量了我一会，慢慢说，以前从没有见过你，听你的口音不是这村里人吧。

我避开他的眼睛说，我小时候是在山东长大的，后来父母调动工作我跟着来到这里，我就是在这附近长大的，也算当地人，只不过不会说当地话。

我说的是实话，这些经历没必要说假话，况且，我确实是异乡口音。

他一直没有放下手里的空酒杯，把目光从我身上移开，似在对着酒杯说话，你父母是从外地调过来的？那是不是县里的晋华纺织厂？那里的外地人多。

我第一次听说县城里还有个晋华纺织厂，我甚至不知道这个厂是不是真实存在的，但我还是回答了一句，是。我不想让人打听关于我太多的事情。

这时又听他说，你是山东长大的，山东什么地方？

我稍微犹豫了一下，说，日照。

他说，哦，海边长大的。

我心里乱跳，不知道他为什么要强调海边。我只好不语，表示默认。

他又问，那你现在做什么工作？我记得晋华厂在一九九八年就倒闭了吧。

我说，没工作了，我就自己开了个小饭店。

他问，在哪？

我又犹豫了一下，说，在凤城镇。

他说，镇上啊，我孙女就在镇上的小学教书。那学校你知道吧？离你的饭店远吗？

我有些口干舌燥，但还是听见自己尽量平静地说，不算远，不过我没进去过那学校。

他又说，在镇上开饭店，那你也住在镇上吧，十几里地，你怎么会找到我这里？

我说，听有个去我饭店里吃饭的人说起过，说你书特别多，大概是你们村的人去镇上赶集吧。

我确实是在镇上听别人说起范听寒家里有很多书的，但不是在我的饭店里，是在我摆摊卖木耳的时候。

他还是没有放下那只杯子，哦，这么说，你喜欢看书？

我忙说，从小就喜欢，我十几岁的时候只要能逮住一本书连夜就看完了。

他说，你上过几年级？

我说，我当年高考落榜了，没上过大学。

他说，你来我这里专门就是为了借书？

我说，是的。

他翻起眼睛看了我一眼，我忍不住又一阵紧张，只听他说，你今天是为了借书专门打的领带吗？

我忙说，不是，我平时就这样，习惯了。

他说，讲究点是好习惯。你想看什么书？

我说，什么书都可以。

他说，什么书都可以？喜欢看书的人可不是这样的。

我说，我是来借书的，哪还能挑三拣四。

他说，诗词能看懂吗？

我说，懂得不多，但心里喜欢。

他说，那你等一下，我进屋给你找几本。

他终于放下那只杯子，起身回屋。我坐在那里悄悄看着他那只杯子，却仍然发现它真的只是一只再普通不过的杯子。他拿着几本书出来，驮着背慢慢走到我面前，又把我上下打量一番这才把书递给我，说，你看看能不能看进去。我连忙把书接住，有些惶恐地说，范老师，我保证一看完就还回来。他缓缓调转了伸在最前面的脑袋，跟在后面的是大驼背，只给我留下了半截背影。他边往里走边说，你这么喜欢看书，要是不想还回来就当送给你了。

我出了门，走过那排柳树，向自己的摩托车走去。他的最后一句话让我眼睛一阵湿润。

4

这时候又是一阵微风吹过，海棠花如胭脂粉团一般簌簌落了一地，有几片花瓣飘进水缸里，那两尾鲤鱼便游上来争相啜食花瓣。

我曾在他借给我的一本书的扉页上看到他用钢笔写下的几行字："遵四时以叹逝，瞻万物而思纷。悲落叶于劲秋，喜柔条于芳春。心懔懔以怀霜，志眇眇而临云。"

那一刻我忽然有些明白我为什么在后来还要一次次地去找范听寒了。这几年里，其实我已经不止一次地下过决心不再去那院子里了，可事实上，只要过一段时间，我还是会再一次出现在他家门口。

告别范听寒之后，我骑着摩托车出了村，一直向西一路爬山路来到那个三条路的岔口，这个地方在半山腰，经常有一些拉木料的运输车会经过这里，我的小饭店就开在这岔口处。因为顾客来得不固定，我开张的时间便也不固定，另外就是，这样别人也不容易找到我。

停好摩托车开饭店门锁的时候，我一低头忽然发现一只西服袖口已经磨破了。这才想起这件西服已经穿了好多年了，我已经有多年没有为自己添置过一件新衣了，这让我有一种突如其来的悲凉和恐慌，但我还是脱下西服小心翼翼地挂在门后，正了正领带，挽起袖子开始准备做晚饭的材料。

两天前我在饭店的门缝里收到杨晓武塞进来的一封短信，说他来过一次我不在，两天后的晚上他还会来岔口饭店找我。我一边做饭一边等着他来。

我把昨天捉到的一只野鸡砍掉头，无头鸡又蹒跚着走了几步才倒下，没有了头的脖子像龙头一样喷着血。我等着它彻底不动了才开始拔毛，收拾干净，剁成块，和发好的山蘑一起炖在锅里，放的野茴香和月桂叶都是我在山里采的，快熟的时候再撒上一种叫栀莫花的香草，香味奇异，虽然它容易招徕回头客，但我又暗自担心这奇异的香味会吸引来更多人。炖上鸡肉之后我在灶洞的炉灰里埋了几个土豆。土豆是去年秋天收成的，我专门挖了个土豆窖存放土豆，这样就可以一直吃到来年秋收。

暮色在一层层加重，渐渐地，外面的山林又一次堕入了巨大的黑暗之中，从这小屋的窗户望出去，幽暗的山林正张着血盆大口欲吞噬一切。远处的山路上亮起两束灯光，灯光蹒跚着渐渐逼近，是进山拉木料的大卡车。大卡车没停，从饭店门口呼啸着过去了，刚才从窗户里打进来的灯光支离破碎地涂在墙上，飞快地繁殖出各种形状，在一个瞬间里长满了这间小屋，又转瞬之间便凋落下去。

野鸡的香味近于蛮横，溢满整个房间，我没有点蜡烛，只身坐在黑暗中抽烟。

杨晓武是我当年在监狱里认识的。那是1983年，那年我十九岁。前一年刚刚高考落榜，又没有合适的单位可去，便整天窝在家里写小说，为了熬夜写小说还学会了抽烟，烟瘾竟越来越大。写好的小说再工整地抄一遍，然后去邮局投给杂志社，那时候我成天梦想着能成为一个作家。

我记得那是一个黄昏，矿上已经下班了，人声寂静，我写了一天小说也累了，便走到矿区的院子里散步。这时候迎面走来一个姑娘，我不认识，估计是矿上的新职工。那姑娘可能刚去澡堂洗完澡，头发湿漉漉的，穿着一条碎花长裙，抱着脸盆正往过走。平时在矿上看到的基本都是清一色的工作服，在那个黄昏忽然看到一条这样的碎花裙，我忍不住盯着那裙子多看了几眼，等姑娘走过去了，我又回过头看着她穿长裙的背影。第二天我正趴在窗前写小说的时候，矿上保卫科的人忽然来我家找我。原来是昨天穿碎花裙子的姑娘告到保卫科了，说我耍流氓。

我并不知道当时正在"严打"，矿上的保卫科正愁名额不满的问题，就这样我被关进了监狱。鉴于我确实没有具体的肢体触摸，但毕竟已经用目光对女性进行了一番猥亵，流氓罪已经坐实，只是刑期不算太长，判了我三年有期徒刑。能和杨晓武在狱中成为朋友，是因为他和我一样，也是高考落榜生，比我还早了一年。1983年那年他正在第二年复读，准备再考一年。那天他正在家里复习功课，他表哥忽然在窗外大声喊他出来帮忙，表哥在和人打架又打不过，叫他出来帮忙，他拎着擀面杖出来打算帮表哥，结果只是站在边上观望了一会，还没来得及上手就被赶来的公安局逮捕了。

我坐在黑暗中又点上一支烟，炉灰里的土豆已经烤熟了，散发出一种植物肉身的芳香。我想起那几年狱中的生活，干活、打架、刷尿桶都不算什么，我最怕的就是看不到字。监狱里只允许看《人民日报》和《山西日报》，就这两份报纸，被我反反复复看了一遍又一遍，我看的时候不是一句一句地看，是一个字一个字地看，很小心地把每一个字含在嘴里，不舍得咽下去，生怕看完就没有了。像在冰天雪地里赶路，必须储备好足够的粮食。

几支烟抽完，估计时间差不多了，我点上一支蜡烛，把炖好的野鸡扣在一只粗瓷大碗里，把烤熟的土豆从灶洞里掏出来，拍了拍上面的灰，堆在盘子里。它们看上去像一堆丑陋的卵石，但是恬静简朴，让人觉得心安。这种心安我在问范听寒借的一本书中也曾读到过，"村舍外，古城旁，杖藜徐步转斜阳。殷勤昨夜三更雨，又得浮生一日凉"。

我拿出一壶散装高粱白倒进一把白瓷酒壶里，摆在桌上，又洗了两只酒盅。这套酒具是我父亲当年在矿上评上先进工作者时发的奖品，他到死都没舍得用过一次。多年以后被我从床底下翻了出来，居然还完好无损。

就在这时，门外传来了一阵很轻的敲门声，敲得小心翼翼的，不仔细听还以为是风声吹过。我问，谁？门外的声音说，海涛，是我。他不知道我现在的名字已经改成了郭世杰。

我拉开门，裹着一团黑暗钻进来的果然是杨晓武。他来回搓着手，埋怨自己道，都怪我，其实我已经到了好一会儿了，远远看着你这饭店里一直黑着灯，以为你不在，就在附近的林子里等着你来。这林子在晚上还真是瘆人，看到屋里忽然有亮光了这才敢过来敲门。我有些不客气地说，你一个大活人长着两只圆圆手就不知道先过来敲敲门？你说好要来我能不等你吗？

我们在桌子两边坐下，我给他倒了一盅酒，又扔给他一个烤土豆，说，饿了吧，先垫垫。他把土豆掰成两半，轻轻吹着热气，也不蘸盐，很小心很斯文地咬了一小口，慢慢咽了，然后才说，还行。我不想再多看他，我看着他他就不敢放开吃。我说，来，先喝上一盅，又有一年没见了吧。他连忙举起酒盅，我们连着干了三盅酒，他还是不敢放开吃，一个土豆吃了有一个世纪那么长。他开始是慢慢把土豆瓤掏出来吃，吃到最后就剩下了两只薄薄的土豆壳，贝壳似的。他犹豫了一下，把土豆壳也撕开放进了嘴里。大碗里的菜他只敢挑着吃蘑菇，鸡肉却半天没动一筷子。我说，吃肉啊，别光吃蘑菇。他嘴里嗯嗯着，筷子还是绕过鸡肉挑着蘑菇。

一支蜡烛快要燃尽的时候，他才勉强说了一句，海涛，你这饭店现在生意怎么样？我使劲抽了一口烟，就着猛然跳动起来的烛光打量着他，他穿着一件灰扑扑的旧夹克，里面是一件看不出颜色的圆领秋衣，眼睛下面挂着两个大黑眼圈，嘴角还沾着些土豆泥。

在跳动的烛光里，他看上去浑身好像只剩下这一张脸，这张巨大的脸发着光，而其他的部位都已经被黑暗消化掉了。我不忍心告诉他去擦一下嘴角，只说，吃饱了吗？土豆还有。他低着声音，不太确定地说，饱了。我说，再吃一个。他犹豫了一下才说，算了，饱了。我又抽了口烟，说，这么小的饭店你说能怎么样？有口饭吃就算不错了，我们这样的人还想怎么样。

他坐在那里半天没言语，我也不说话，等着他开口。其实我知道他此行来的目的，无非就是借钱。他比我在监狱里多待了一年，自打出来之后，每次找我基本上就一件事，借钱。说是借钱，其实根本也不会有还的那天，所以和乞讨也没多少区别。正是因为和乞讨差不多，我才没法拒绝他。出狱之后不知道他靠什么为生，他也不说，大约多半是些非法的事情，却又常常连饭都吃不起，四处借钱，然后被要债的人追得东躲西藏。但我知道，他变成如今这个样子并不是什么奇怪的事情，因为，从监狱里出来的人绝大部分都会变坏而不是变好，或者只会变得比从前更坏。我当年在监狱里的时候，正是已经嗅到了这样的危险，才拼命想找到一切有文字的东西来保护自己，拼命写稿子给狱里办的报纸投稿。

猛烈的跳动之后蜡烛彻底燃尽了，蜡尸里冒出的呛人青烟弥漫在重新黑暗下来的屋子里。我没有再起身点蜡，还坐在原处不动，桌子另一边的人也坐着没动。突然而至的黑暗紧紧包裹着我们，让我们都感到了某种奇妙的轻松和熟悉，好像我们昨天还一起在狱中的大通铺上挨着睡过。

那时他一次次对着我的耳朵讲，他第一次高考就差了1.5分，后来又变成了只差了1分，就1分啊，他反复说，就1分啊。似乎只要说得足够多，那1分就会像壁虎的断尾一样自行再长出来，长成一件完整的肢体。现在，他和我之间就隔着一张木桌，隔着这木桌，我都能感觉到他紧张的心跳声，好像他的神经已经像榕树的气根一样长满了这张桌子。

外面又过去一辆大卡车，车灯的余光扫进屋子里，飞快地掠过他的脸，他的那张脸便在黑暗中短暂地浮现了一下，很快又沉下去了。紧接着照到了我的脸上，我被晃地闭上了眼睛。就在这时候他忽然开口了，他语速很快地说，海涛，有点急用，能不能再借给我一千块钱。

我终于还是等到了他这句话，果然没有任何意外。我反倒放心了些，明明已经放心了却扭过脸，对着他那团黑乎乎的影子说，你不能一直就靠着借钱活吧，你也得自个儿想办法挣钱啊。

他坐在黑暗中忽然低低地短暂地笑了一声，这笑声让我打了个寒战，只听见他说，说是容易说，你说像我这样的人去哪里挣钱呢?

我的声音忽然高了几度，那你也得自己想办法啊。

说完这句话之后，两个人都咔嚓静了下去，半天没一点声音。我有些后悔刚才自己虚张声势的高嗓门，其实，在他来之前我已经把要借给他的钱准备好了。我曾听说当年我们的另一个狱友在出狱后四处流浪，不知怎么跟着人吸上了毒，后来为了问人讨要五十块钱，便随时可以跪下来喊人家一声爸爸。

杨晓武坐在桌子那头像块生铁似的，冰凉，一动不动，我忽然很害怕他会跪在我面前，我连忙从口袋里取出准备好的一千块钱递给他。我说，这是一千块，拿去用吧。他不作声，默默地把钱接住，装进了自己口袋里。然后我又说，你赶紧下山吧，你看我这里根本住不下两个人，我就不留你住。哪天再来提前告诉我。

我不想让任何人知道我住在哪里。

他仍是沉默着，站了起来。我不打算再点蜡，免得看到彼此的表情。

他在黑暗中朝我坐着的方向看了几秒钟，又对着窗外黢黑的山林愣怔了几秒钟，却没有再说话。然后嘎吱一声打开屋门，很快便消失在了阴森森的山路上。

我独自骑着摩托车回到深山里的铅矿，整个铅矿没有一点亮光，万顷碧空中斜挂着半轮焦黄的月亮。我回到宿舍点起一截蜡烛，倒了一碗酒喝了两口，身上有了暖意，才慢慢在桌子前坐下，抖着手打开今天白天范听寒送我的那首诗，"春江潮水连海平，海上明月共潮生。滟滟随波千万里，何处春江无月明"。

那一晚，我一直不敢脱掉身上的西服和领带，就这身衣服似乎还能给我一点点做人的体面。我就那么穿得端端正正地坐在烛光里，高声把这首诗读了一遍又一遍。"不知江月待何人，但见长江送流水。白云一片去悠悠，青枫浦上不胜愁。"我不敢停下，似乎只要一停下，就会发生化学变化，我就会在瞬间变成杨晓武，或者变成那个给人跪下四处讨钱的狱友。一直读到半夜，终是累了，夜空澄澈，烛光阑珊，最后竟趴在桌子上睡着了。

5

几年前，那是我第四次出现在范听寒家门口。

我停好摩托车，从那排柳树下走过。微风过处，无骨的柳梢从我脸上拂过，柔软得不像是这人世间的东西。我闭上眼睛仰着脸任由它抚摸。从我上次知道他是范柳亭的父亲之后，我就知道我不该再来这里了。可是，一个月后，我还是又一次来到了他的家门口。

他正戴着一副老花镜坐在门洞里看书，看书的时候，他的上半身往前趴着，整张脸几乎都要埋进书里去了。我站在门口无声地看着他，我想，就这么站一会也是好的。可他像是已经嗅到了我的到来，他把脸抬起来向门口看过来。

我走进来把上次借的书还给他，又给他带了一包干木耳和一包羊肚菌。我说，范老师，看书呢？我还书来了。

他摘下老花镜，说，是你啊，可有段时间没来了。

我忙说，最近事情多，老抽不开身，这是上次问你借的书都看完了，还想问你再借几本不知道行不行。

他说，你都什么时间看书呢？

我说，晚上。

他说，晚上就不看电视？

我说，我不爱看电视。

他说，也不用给孩子做饭什么的？

我略略迟疑了一下，说，有我父母和老婆给孩子做，用不上我。

他说，怪不得有时间看书，家里都不用你管。这些天你也读了一些诗了，和我说说有什么感受。

我听到自己的声音里忽然跳动着一种喜悦，我知道这样也许并不好，却也不想太掩饰，我说，在晚上读诗，读完后心里觉得既安静又亮堂，连心里的害怕都少了。

对面的老人手里拿着花镜，忽然抬起头盯着我又仔细端详了几分钟。我背上一下绷了起来，意识到刚才还是有些忘形了，我一阵后悔，不知道该坐该站。这时只听他慢慢说，也不知怎么，我总觉得你不大像是开饭店的，但我也说不好你到底像干什么的。

我好像被什么笨重而巨大的东西狠狠地往前推了一把，我猛地站了起来，像是急于要离开，却终究没有迈出步子，只是口干舌燥地辩解道，我真是开饭店的，别的我都干不了，又没文凭，正经单位进不去，我也想去坐办公室，人家哪会要我。我就做饭还可以，所以只能干这个。我看书真的是为了打发时间，真的，没事干的时候看看书就是个消遣，和别人打牌看电视是一样的，就是个消遣。

他盯着我看了半天，忽然就笑了那么一下，只是极短促，他说，看来你那饭店也忙不到哪里去啊。

我有些疲惫地坐下说，小饭店。

他扛着自己的大驼背慢慢站起来，顺势把两只手背在身后，说，你倒真是个喜欢看书的人，不少喜欢看书的人都想过要自己也写出一本书出来，你想过没？

我飞快地摇摇头，没，我不是那块料。

我感觉他的眼睛还一直盯在我身上，只听他说，确实，大部分人都写不好的，我那儿子年轻时候也想过写书当作家呢，后来也发现自己不是那块料。其实看书不光是为打发时间，养心最重要。你等一下，我进屋给你找书去。

听到他再次提起他儿子，我打了个激灵，像是忽然感到了一股寒意，整个人却又变得异常兴奋，没话找话道，那他后来怎么就不写了呢？要是一直写着说不定也成作家了。

他没搭话，慢慢走过去掀开竹帘进了屋。我独自站在寂寂的阳光里，阳光煦暖，我却感觉自己仿佛又沉入一片湖水中，而范柳亭坐在一只小船上正飘过湖面，他恰好就位于我的头顶，我能窥视到他的身影，他却看不到湖中的我。我没想到，他年轻时居然也想过写书当作家。我独自冷笑了一声，抬起脸来看太阳，阳光蠕动在我脸上，我忽然就一阵难以抑制的心酸，不知究竟是为他还是为我，又差点掉下泪来。

这时范听寒抱着两本书出来了，把书递给我，书里夹了一张冷金宣纸，他说，看你还挺喜欢诗词，读多了你就知道了，好诗都是有蕴光的，有一种山水之外的东西，读完以后会觉得心性宁静疏朗。

两本书是《纳兰全词》和《二十四诗品》。我放好，道谢。他忽然指着放在桌上的木耳和蘑菇说，每次都带木耳来，你都哪里的？

我镇静地说，山上采的。

他费力地抬起头看了我一眼，说，这么说你经常上西山？

我没有看他，其实我很讨厌自己不看着对方的眼睛说话，但我更讨厌自己盯着对方。我听见自己说，只是偶尔去一趟，采点木耳蘑菇什么的回来，我饭店里做菜也要用嘛。

他的声音忽然之间有些异样，或者我怀疑只是我听错了，只听他紧接着问道，那山上都有什么？

我感觉自己插在口袋里的手又在发抖，我悄悄吞吐了一口气才故作轻松地说，山上嘛都一样，到处都是树，有的树下有蘑菇有的树上长着木耳，对了，山上还有野鸡。

他说，到处是树，那你进山里采木耳不会迷路吗？

我说，我会看树叶，树叶长得稠的是东面，稀的是西面。这也是我听别人说的。

他说，听人说那山上还有狼？你也不怕？

他说的是狼，不是麻虎，这让我再次感觉到我们两个其实都不过是异乡人，是某种同类，这让我感到一种虚弱的安全。我攥紧的拳头在口袋里略略放松了些，说，好像确实有吧，不过我没见到过，狼也得晚上才出来吧。

我没有说野兽其实都是怕人的。在他面前，我生怕哪一句话就忽然说错了。

他说，唉，这么多年里我一直想着要上那山上看看究竟有什么，因为腰不好，一直没去成，现在老了，就更去不了了。

我从自己的声音里听出一种虚假的客套，我说，不怕，哪天你想上去了我带你去。

他笑笑，只说，这两本书你先拿去看吧，看完再来。

我装好书并不急着走，先帮他把垃圾桶倒掉，又在院子里转了一圈。我发现菜园子里的两架豆角已经枯死了，便和他商量，拔掉豆角种些别的菜吧。他拿出一把芹菜籽。我拔掉豆角，在菜园子里种了两排芹菜，又进厨房把水瓮接满水。这时看见他驮着背要往出走，说要出去打点散酒回来。我忙说我帮你去买，我去小卖部买了一桶五斤装的梨花春，买了一斤五香豆腐皮和一包卤花生米拎了回来。我说，范老师，你晚上自己慢慢喝点，这是些下酒的，今晚就不要擀面了，省点事。要不要我留下来陪你喝点？

嘴里这么说着我却不肯再坐下。他转身去看海棠树，驼背上落了两片叶子，因为驼背几乎是水平的，如果不帮他摘掉，估计这叶子他会就这么驮一整天。再加上他走路的姿势，倒像是刚刚加入人类的一只天真的老龟。

他没有回头看我，只说，天黑了路上就不好走了，你先回吧。

我对着他的背影说，范老师，那我走了。

他像是没有听见，还是不回头，只是翘首默默看着海棠树。

他的背影看起来分外瘦小，驼峰却奇大。

我注意到他坐的那把椅子已经很老了，一坐上去就嘎吱作响。

6

晚上我给自己倒了碗酒，先喝了一口，然后在烛光里展开范听寒夹在书里的那首词，"十年生死两茫茫，不思量，自难忘"。一句读罢，脑子里轰的一声，他难道是故意让我读这首词？难道他已经觉察到了什么？我没有心思再读下去了，披上衣服，走到外面去抽烟。

山里的温度要比山下低出好几度，入夜之后凉意更重，我一边抽烟一边在草丛里徘徊，荒草上的露珠打湿了我的鞋袜也不觉得。大约已到半夜，山中虫鸣愈发幽咽，风入废墟，草木萧瑟，我甚至能在夜风中闻到藏在深山里的无名湖上传来的潮湿气息，这缕潮湿的气息像只从黑暗中伸出来的柔软的手，只把细细的指尖从我脸上轻轻划过。我出了一身冷汗。抬头一看，一轮金色的大月亮正压在头顶，月光澄净，好像要逼着这山间所有的鬼魅都现出原形。

我回到宿舍，又喝了两大口酒，然后就着烛光，壮着胆子把那首《江城子》读了一遍，"十年生死两茫茫，不思量，自难忘。千里孤坟，无处话凄凉。纵使相逢应不识，尘满面，鬓如霜。夜来幽梦忽还乡，小轩窗，正梳妆。相顾无言，惟有泪千行。料得年年肠断处，明月夜，短松冈。"

一遍读罢，算是读懂了，我的眼泪忽地就下来了。少年时代母亲总对我说，一个男孩子家不能老是爱哭，没出息。没想到二十多年过去了依旧秉性难改。我披衣出门，在青铜器一般古老的月光下又高声吟诵了一遍，这次仿佛是专门为了那早已葬身湖底的人读的。如果可能，我倒真的希望他能听到这首词。

在这个深夜里我觉得自己像个神秘的信使，正往返于阳冥两界传递着什么。

7

又到了凤城镇赶集的日子，我一大早起来把兔子喂了，把鸽子也喂了，自己吃了一口昨晚的剩饭，然后把这几个月攒下的干山蘑干木耳装了半口袋，准备拿到集上去卖。

临出门的时候我站在半面镜子前犹豫了一下，我知道这样穿着西装打着领带蹲在集市上卖木耳会让我显得过于扎眼，而且看起来多少会有些怪异。但也就犹豫了那么一下，我终究还是不能允许自己脱下这身西服。我打了那条暗红碎格的领带，头发上喷上摩斯，梳成一丝不乱的三七分，戴上眼镜，这样的装束虽散发着危险的气息，却也给了我某种与世绝缘的安全感，好像在这样的外表下我就可以自行繁殖，在最内里处生生不息下去。穿戴好之后我把蘑菇木耳和折叠马扎绑在摩托车上便出发了。

凤城镇离铅矿大概要四十里路，逢每月的农历十五都是赶集日。我赶到集市上的时候，大大小小的摊位都已经摆出来了，把街道的两边塞得密不透风。摊主大多是附近的村民，也有远道而来的游贩，他们以赶场子为生，像猎狗一样只要嗅到哪个村子里正赶集就会赶过来，他们开着改装过的三轮车或四不像（一种又像摩托又像拖拉机又像汽车的乡间交通工具），晚上就猫在车厢里睡觉。

集市上有卖袜子的、卖内裤的、卖秋衣秋裤的、卖纱巾的、卖小孩的衣服，还有卖老人们死前要穿戴的装裹的。这些衣物都用竹竿子高高挑起来好引人注意，因为要竞争，竟是一家挑得比一家高，使整个集市看起来像座摇摇欲坠的巴别塔。一有风吹过的时候，挂着的衣物们便你追我赶，迎风招展成一大片，有种富丽堂皇的感觉，硬是把下面赶集的人都淹没了。

也有卖蔬菜的卖水果的卖干货卖零食的，就不像卖衣服的那么招摇凶悍，很自觉地聚集在另一片，画地为牢一般在各自面前摆块小摊，人就在后面招揽生意。我放好摩托车便也问人们挤了一小块地盘加入进去。

果然，我在一群小贩中间很是扎眼，来来往往赶集的女人们都会朝我多看两眼。有的走过去了还要回头看一眼，有的边看我边窃窃私语，有的在捂嘴偷笑。还有的本来正聚精会神地挑干货，一不小心眼睛在我身上瞟了一下，就像看见空气一样，继续低头挑木耳，低下头去却像忽然感觉到了哪里不对，连忙又抬起头补看了我一眼。这一眼，才真正看到了我，对方直直地盯住我看了有一分钟，然后先感到不好意思了，又慌忙低下头去。买了木耳后匆匆离去，又忙把走在前面一个女人叫住，回头把我指给她看。

我一点都不觉得奇怪。前些年里，我即使在公园里看湖水的时候，也会有年轻的女孩子故意把我拍进照片里做背景的。早年在广州还遇到过两

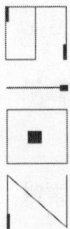

个有钱的中年女人提出要包养我。因为我不仅对着装有要求，对自己的体重和身材也一直控制得比较严格。我知道这么多年里我一直保持这个样子其实对我并不利，最好的办法是我能让自己在十年八年之内变得面目全非，完全变成另外一副模样，直到没有人能认出我。可是我终究不忍心那样去放逐自己，那是一种被赶入时间黑洞的感觉，我将彻底失去最后一点尊严。

我一低头又瞥见了那已经磨破的西装袖口，它像一道盔甲上的破绽，又像一种从我身体内部蔓延出的疾病。我居然迟迟不肯再为自己添置一件新西服。这不是什么好兆头。我心里一颤。

正午时分，赶集的人们纷纷回家做饭，集市上冷清了不少。小贩们也开始吃午饭，大都是随身带的干粮，馒头、火烧之类，就着凉水吞咽下去。我也不例外，随身带了两个馒头，一瓶蘑菇酱。只是，蒸馒头的时候我在面里掺了些山上摘来的槐花，所以馒头里有一种槐花的清香。蘑菇酱也是我用山上采来的蘑菇自己做的。

在山上隐居的几年时光里，我悟到一点，人只要随四季而动，便能获得一点心安。我会在春天的时候去采摘那些山中的榆钱、槐花、野韭。夏天的时候采摘山蘑、木耳、各种野菜。秋天的时候漫山遍野的野果，我会把沙棘熬成果汁，把山桃做成罐头，把松子剥下来在炉子上炒熟了。冬天的时候我会在雪地里捉野鸡，捕獾炼油，会把藏了一年的好酒拿出来在冬夜围着炉子喝掉。

在我慢慢嚼馒头的时候，周围的几个小贩都好奇地瞅着我。可能一个穿西装打领带戴眼镜的人蹲在这里嚼着凉馒头确实滑稽了点。这时我旁边一个摆摊卖粉条的老头凑过来搭讪，伙计，你不是这里人吧？看着你是个高级人，怎么也来赶集挣这两个小钱？

我眯起眼睛看了看正午的阳光，金色的会繁衍和滋生一切的阳光，和二十二年前的阳光并没有任何不同。

1986年，我从狱中被无罪释放，陆陆续续还有些当初被错抓进去的人也被放了出来。出狱后的第一件事自然是找工作，没有工作就意味着没有收入，但工作还是很难找，又是从监狱里出来的，虽说是无罪释放，但各种单位还是避之不及。当时社会上正流行下海从商，很多有公职的人都辞职下海做生意。经过再三考虑，我决定也下海经商，便和一个也是刚刚放出来的狱友赵胜利结伴南下广州贩卖小商品。

第一次去广州的时候，我俩坐了三十二个小时的绿皮火车一路蜿蜒到岭南，下了火车，手脚都是肿的。广州的植物叶子阔大，藤萝交缠，看起来都杀气腾腾，到处是榕树、木棉、棕榈这些宽嘴大眼、长相奇怪的植物。我们靠路边小摊上的肠粉和鱼蛋充饥，用麻袋把当时北方还没有的那些小商品贩回去。两块钱一个的电子表，回去后卖四十块，零售则八十块。十五块钱一副的麻将回去后卖一百五，零售价三百。《金瓶梅》一套三十块，回去后卖一百五，零售价三百。一块五一身的童装，回去后卖十五。三十块钱一盘的录像带回去后可以卖到一百五。回去之后，一下火车就已经有小贩们在车站秘密等着接货，我们偷偷把带回来的货物批发给他们，他们贩到手后再到解放大楼前、五一大楼前、海子边这几个据点高价零售掉。

此后一年多的时间里，我和赵胜利就这样，坐着水泄不通的绿皮火车一趟一趟往返于山西和广州之间做着二道贩子，在当时也被称为倒爷。

有一次，我和赵胜利正走在广州的街头，有一个乞丐过来向我们讨钱，让我们吃惊的是，他讨钱时说的竟是山西方言。一问才知道，他也是早几年南下广州做生意，结果钱被骗光，自己身无分文，又没有亲戚朋友在广州，无处投靠，想回家连张车票都买不起，最后只好流落街头靠乞讨为生。乞丐在听到赵胜利说出乡音的那一瞬间，泪哗哗地流了一脸，把一张脏脸冲得沟壑纵横。

那次我们回山西的时候就把那乞丐也一起带了回去。后来偶尔也会联系一下，前几年他告诉我他当上会里乡的乡长了，让我尽管过去玩，他包吃包住包玩，还说要让我甩开腮帮子好好吃几顿会里乡的柏籽羊肉。

这样来回跑了一年多之后，我们手里渐渐有了些钱。那次在广州过夜的时候，赵胜利说要带我去找小姐。那时正赶上岭南的回南天，广州的雨下得没日没夜，到处都是雨滴的滴答声，滴答滴答，滴答滴答，水珠像泪痕一样顺着潮湿的墙壁缓缓往下爬。

那是一栋破败的广式小楼，小姐住在楼上，斑驳的墙壁长出了滑腻的青苔，腐朽的木楼梯上生出了蕈子，阳台上养的一棵三角梅像蛇一样爬满了整个阳台，有一枝水红色的花枝还爬进了房间，像蛇芯子一样。窗外是一株巨大的木瓜树，挂满了大大小小乳房一般的木瓜，熟透的木瓜在雨中跌落到红土里，发出沉闷笨拙的回响。

那个小姐是个广东土著，矮个子，高颧骨，大嘴巴，褐色皮肤。假睫毛，血红嘴唇。我不敢问她的年龄，因为她不会说自己的真实年龄。也许在半夜，我会看到她忽然现出原形，银灰的头发，嘴角的皱纹，竟然像我慈祥的母亲盘腿坐在这雨中的阁楼里。

我说，就和我聊聊天吧，这样下雨的夜晚最适合聊天。她说，大佬，倾计都要畀钱嘅。我说，我会付你钱的，你要多少？她说，二百蚊。我说，我给你，你陪我聊天就行，你要不愿说话就听我说。她说，好嘅，多谢喇。

窗外的雨一晚上都在滴答，滴答，滴在塑料棚盖上，滴在木瓜上，滴在三角梅上，榕树的气根在雨中吐出舌头，欲缠住一切。我整个晚上都坐在那阁楼的木床上不停地说话，我的声音像雨滴一样滴在腐朽的木地板上。

"我讨厌这样的雨，都快发霉了。"

"哦。"

"我喜欢小时候待过的海岛，不过后来我更喜欢大山里，你不知道，在山林里有多好，就是挣不到钱也不会饿死。我可以一个人在山林里一躺一天，什么都不想。"

"哦。"

"我讨厌广州，讨厌粤语，像到了外国。"

"哦。"

"我要说我坐过监狱，你会不会怕我？"

"系咩。"

"干这个真的不适合我。"

"哦。"

"我觉得世上最好的工作是当个图书管理员，像我妈那样，清静自在，还有书看，你觉得做什么最好？"

"哦。"

"我也讨厌我自己。"

她忽然就说了一句："边个唔憎自己？"

"……"

这是我最后一次跟着赵胜利到广州，此后就再没去过。在家赋闲半年之后，我顶替父亲成了铅矿上的一名正式工。2004年我独自隐居到废墟般的铅矿上时，赵胜利已经摇身变成了资产数亿的开发商。

二十二年后的阳光不多不少地落在这个小镇的这条街道上，落在我和一群小贩的身上、脸上。身边卖粉条的老头见我不想说话，便转头与别人聊去，一边聊一边喝着装在大罐头瓶里的凉开水。

我挺直腰板坐在一堆蘑菇和木耳的后面。努力遮掩着那只磨破的西装袖口。怕被人看到。

我忽然想起很久以前在哪本书上看到的一句话："一旦我想要向另一个人诉说它，它就立刻变成乌有。"

8

我再次来到范听寒家门口。那晚读完那首《江城子》的时候，我又一次以为我再不会来了。

天气已经热起来了，我还是穿着那件卡其色的衬衣，打了那条蓝底白点的领带。我把前几天刚做好的一张核桃木椅子从摩托上卸下来，走过柳树下，柳叶已经长如小鱼。我正了正领带，门大开着，门洞里没有人，我提着椅子穿过阴凉的门洞走进了院子里。

菜园子里，黄瓜已经蹿了很高，其中一棵已经挂了一只顶着黄花的小黄瓜。他穿着一件改制过的斗篷一样的白汗衫罩住驼背，一条铁灰色大短裤，露着两条爬满青筋的秸秆腿，脚上却规规矩矩地穿着袜子和皮凉鞋，正站在院子里的水缸边低头看鱼。

我恭敬地立在那里，说，范老师，我来还书了。

他艰难地把白花花的头颅连带着整个上身都向我转了过来，像在调转一辆重型卡车的车头。他说，过来啦？又有阵子没来啦，快坐。

我把新做的椅子摆在地上，说，我看你的椅子太老了，就抽空给你做了一把新椅子，核桃木的，能用得住。

他弯腰盯着新椅子看了好几分钟，说，原来你还会木工？手真是巧。这木料是从哪来的？

我被夸了一句，略有些忘形，张口说，木头是从山里找的。说完这句话我一阵后悔，慌忙打岔，范老师你坐下试试，本来早该过来还书了，就是最近又比较忙，老是抽不出空来。

他摘下那只顶花的小黄瓜递给我，说，忙着打理你的饭店？说明生意还不赖。

我惶恐地连连摆手道，黄瓜还这么小，你留着下酒吧。生意就那样，我也就是混口饭吃，现在干什么都不好干了，不比八十年代，钱越来越难挣了。

他那只干枯的手还在空中伸着，我只得把那黄瓜接住了，咬了一小口，忽然感觉到他坐在对面的椅子上正看着我的一举一动，我额头上出了一层细细的汗珠，便索性几口下去把那黄瓜吃掉了。只听他坐在椅子上说，八十年代你也就二十多岁吧，那时候你在做什么呢？

我把那根黄瓜嚼完，缓了口气才说，当年我不是没考上大学吗，就在家里闲了两年，每天在家里跟着我妈学做饭，后来就顶替了我父亲的班去厂里当工人了。1998年的时候工厂不是都倒闭了吗，我下岗之后就出来自谋职业开了个小饭店。

他点点头，那时候能顶班算是好出路了。

额头上的汗珠悄悄凉了下去，我唯恐他话里再有埋伏，便主动问道，范老师你最近身体还好吧？

他的目光不再看我，只看着院子的某个角落说，身体还行，就是怕躺着，晚上睡下之后要想翻个身，那实在太困难了。这驼背太大，像个龟壳一样都翻不过去，必须得坐起来，再换个方向躺下去。我看见你们这些能躺着翻来翻去的人就羡慕。现在年纪越来越大，腰越来越弯，连坐起来都开始费事了，得用两只手慢慢拄着自己，半天才能起来。

我说，范老师你这背怎么驼成这样？

他说，当右派被批斗的时候脊梁骨被打伤了，后来又得了骨质增生，也没治，脊柱都变形了，就彻底直不起来了。

我说，可不是，那时候还有人都被打死了的。

他说，其实我也差点要被打死了，不过当时我钻了个空子。我刚被下放到落雪堂的时候，村里人知道我原来是个读书人，到了晚上没事做就凑过来让我给他们讲《红楼梦》，讲《三国演义》。那时候又没电视，村里人识字的也少，晚上没什么娱乐，我就讲书给他们听，从《红楼梦》讲到《水浒传》，他们把我当成了说书人，把我家原来住的那间破房子围了一圈又一圈。后来我挨的批斗越来越厉害，晚上关在牛棚，每天挨打呀，就快要撑不住了。一天晚上，忽然有个村民进来悄悄把我带了出去，但他不让我回家，而是把我带到他家藏了起来。他家是老房子，有个以前挖的地道，他就把我藏在里面。每天白天的时候给我送两顿饭，到了晚上他就去地道里找我。你猜他要干什么？他让我讲书给他听，他不识字。我就凭着记忆，把看过的书一本一本地讲给他听。在他家地道里藏了几个月出来后才知道，当时和我一起挨批斗的那几个右派，已经有好几个都死了。我能活到今天，你说这不是钻了个空子是什么？

我手指间已经只剩下一个烟屁股了，就快烧到指头了，我还是就着烟屁股狠狠又抽了两口才踩灭。然后我说，真不容易啊。

他忽然紧盯着我那两根熏黄的手指说，你抽烟一直这么省？

我略微点了一下头，淡淡说，就是个习惯，要不一年下来烟钱也要花不少。

这个习惯是我在监狱里养成的，在监狱里没有烟抽，等母亲从外面送进烟来又迟迟等不到，烟瘾犯了就在地上捡别人扔掉的烟头抽，有的烟头已经小得可怜，可我还是有办法让自己从最小的烟屁股上再抽上一口。

他还是盯着我的指头说，我以前也抽烟，后来我老伴抽得比我还厉害，我就戒了，省下给她抽。她抽烟喝酒都比我厉害，我都由着她，人家年轻时候跟着我私奔出来，没享过什么福，还落了一身病，成天七病八痛的，要不抽点烟喝点酒，活着还有什么乐趣。

我说，你们老两口每天在一起抽烟喝酒，也挺有意思的，像哥们儿一样。

这时候毫无预兆地忽然就听见他问了我一句，你觉得我儿子还会不会回来了？

我并没有看他，只是很专心地又点上了一支烟，想了想才说出一句，这个不好说吧，主要是谁都不知道他到底去哪了。

他好像正盯着我的脸说话，有时候我觉得他肯定还会回来的。你看我不就活下来了吗？你知道为什么我能活下来？有时候，只要能找到一道缝隙，人就活下来了。

我只是专心抽烟，并不言语。

他又说，可有时候我又觉得他可能再回不来了，他再回不来也有他的道理。其实他并不是块做生意的料，却总以为自己什么都比别人强。大概是活在一个小村庄里，没见过世面却偏偏比别人多看了几本书，也是被我害的，还不如踏实地做个农民。

我抬起头眯着眼睛装作在看天上的云。我漫不经心地说，都是为挣钱养家嘛，做生意也没有错的，只要不坑蒙拐骗就好。

他一动不动地看着我，你说谁？

我从天空里收回目光，笑着说，这年头骗子还少吗？有些人为了赚钱什么事都能做出来。我看现在有些骗子还专门跑到村里来骗老人，范老师你可要当心啊。

他还是坐着一动不动，嘴里说，我都这把年纪了，没钱没家产，还怕被骗？倒是我那儿子，我就怕他是在外面被人骗了。

我忽然就无法克制地冷笑了一声，说，怎么会呢？他那么聪明的人怎么会被人骗，估计只有他骗别人的份。

他的头猛地从驼背上昂了起来，他急切地问了一句，怎么，你认识我儿子？

我意识到自己刚才太愚蠢了，便抽了两大口烟来平复表情，我听见自己终于平静地说，不认识。但像你读过这么多书的人，以前又是大学老师，你的儿子怎么能不聪明。

他复又叹气道，他呀，初中上完就没再上过学，成分不好，老被人欺负。闲在家里倒是看了不少的书，后来我平反后托关系给他安排了个中学英语老师的工作，可他根本教不了。在学校混了两年，实在混不下去了，后来就辞掉工作跟着别人下海去了。

我嘴角还挂着一丝冷冷的笑容，我说，还有人离家十几年了又回来的，说不来哪天他忽然就站在家门口了。

想到范柳亭可能已经在我之前把范听寒的这些书都看过了，不禁生出了几分奇怪的恍惚和悲伤，还有一种愤怒，好像我身上的某些部分和他已经交缠到了一起，我连甩都甩不掉。正胡乱想着，忽见正屋的竹帘一挑，从里面走出一个人来。

我吓了一跳，因为每次来都是范听寒一个人守着个空荡荡的大院子，没有想到屋里竟还藏着个人。这人站在屋檐下，肩膀倚着墙，手搭凉棚朝我们坐的方向张望了一会才走过来。走近了才看清楚，是个二十多岁的女孩。薄嘴唇抿着，眼睛看人直愣愣的，长着和范听寒还有范柳亭如出一辙的瘦长脸，上身一件半袖T恤衫，下身一条低腰牛仔裤，中间露着一截白晃晃的腰。光脚穿着拖鞋，露出的脚趾头用指甲花染成了红色。

只见她一走过来就冲范听寒说，爷爷，我和你说过多少次了，不要见人就说我爸的事，你又不知道他到底在哪，谁也不知道他是不是还活着。我又不是没出过门，出门在外的人怎么可能几年不想和家里联系？

她讲的既不是落雪堂的方言，也不是范听寒的大同口音，她讲的居然是一口异常标准的普通话，字正腔圆，显得略有些滑稽。在这样一个小村庄里，忽然听到有人用这么字正腔圆的普通话说话，倒好像这普通话是偷来的，听的人只觉得比说的人更不好意思。

听她说完这几句话，我心里明白了，大约这就是范听寒说起过的他那个叫范云冈的孙女，她平时在镇上小学教书，只有周末才回来。原来今天是个周末，在山中待久了，早没有了周末的概念。以前虽没见过，但老听范听寒说起，我倒也大致了解一些她的情况。范云冈八九岁的时候，范柳亭做生意赔了，还欠了不少债，范云冈的母亲便和他离了婚，远嫁他乡。范柳亭又经常在外做生意，所以范云冈基本就是由爷爷奶奶带大的。1995年的时候，范云冈16岁，因为范柳亭的生意再次亏本，家里用钱紧张，范云冈为给家里减轻负担，便考取了一所师范学校。

事实上她是这个国家的最后一批中师生中的一个。因为在她刚刚读完三年中师的时候，师范学校就或被取缔或经过合并被改成了大专。她毕业那年，政策刚刚由国家包分配改成双向选择，她说，凭什么只能你选我不能我选你。便一个人跑到省城去找工作。在省城跑了两个月之后，又灰头土脸地回到了落雪堂，只要有人问她工作找得怎么样，她便暴躁地吼道，当初是谁让我去上中师的？是我自己愿意去的吗？后来村里人明知道她会怎么回答，还是故意要一遍一遍地问她，免费看马戏一样。

吼多了以后她渐渐疲软下来，不再像个母金刚，索性连门也不怎么出，成天赋闲在家，不是陪着爷爷奶奶喝酒就是翻范听寒的书解闷，倒也练出了一身酒量。有一年过年前和奶奶一起出门买年货，却在村里碰到了几个放寒假回家的大学生正聚在雪地里一起聊天。她连奶奶都不要了，不顾她在雪地里走不动，只顾自己像个石头雕成的英雄一样，大义凛然面无表情地从他们身边经过，又面无表情地走到了自己家的院子里，直着腿进了屋，关好门窗，方才扑到床上号啕大哭起来。她上中学时有个要好的女同学，后来因为这女同学考上了大学，她便自此和那女生绝交了，连面都再不见，只要远远看见疑似对方的影子就赶紧撒腿往回跑，一进院子就关门关窗。

除夕夜，爸爸仍是没有回来，她和爷爷奶奶三个人包好饺子，煮熟了，端上炕桌。然后三个人便盘腿坐在炕桌边上吃着饺子喝着酒。窗外有鞭炮声稀稀拉拉地响着，海棠的枯枝上挂了一盏红灯笼，映着漫天的大雪。三个人喝了一番，渐渐都有些醉了，她奶奶不吃饺子，喝几杯酒，抽一根烟，然后再喝几杯酒，再抽烟，烟就是下酒的。她抢了奶奶的一根烟，点着，叼在嘴角，吐了个烟圈，对爷爷奶奶说，看我像不像个女流氓。爷爷奶奶都看着她笑，奶奶说，你还真是横了心地要做个女流氓。她又道，爷爷，你好歹也是读书人家出来的，以前还是个大学老师，半辈子就窝在这落雪堂，甘心不甘心？

她爷爷抿了一口酒，咂咂嘴唇道，前半辈子是不甘心，后半辈子倒觉得在落雪堂也挺好，每天种花读书喝酒，哪有比这更好的日子。她又问奶奶，奶奶，你从前也是有脸面人家的小姐，你甘心吗？她奶奶扑哧扑哧吸了两口烟，眯着眼睛看着她，笑而不语。她抽完一支烟，拿起酒杯，里面有半指深的白酒，她一口都喝下去了，大概喝多了，倒在炕上又是流泪又是撒娇，你们俩也有一天会像我爹妈一样丢下我不管的，肯定会的，等你们都不在了，我就一个人天南海北地去流浪，死在哪里算哪里，好不好？

她奶奶叼着烟拍着她的脑袋说，我陪你一起去，我们去那遥远的地方，半个月亮爬上来。一根烟还没抽完就醉倒在范听寒的驼背上。范云冈在炕上打着滚叫道，爷爷快给我读《红楼梦》，就读黛玉和湘云在凹晶馆赏月那段，我最喜欢那段。二人遂在两个竹墩上坐下，只见天上一轮皓月，池中一个月影，上下争辉，如置身于晶宫鲛室之内。

范听寒弓腰坐着，只是慈祥地看着炕上老少两个醉鬼笑。过了午夜十二点，窗外鞭炮骤响，大雪初歇，灯笼如血，形状各异的烟花争相蹿到夜空中把午夜照得亮如白昼。炕上一老一少已经睡得东倒西歪，范听寒披上衣服，驼着背，踏雪走到院子里放了一串鞭炮。然后又走到门口，借着飞起来的烟花看着院门口的那条路，路上盖着一层厚厚的原封不动的大雪。上面没有一个曾走到家门口的脚印。

范云冈在家赋闲了近一年之后，还是范听寒舍下脸皮去求了些熟人，最终把她安排到凤城镇小学当了个语文老师。

上班以后有人劝她参加个成人高考，好歹混个文凭，毕竟中师文凭是个正在被淘汰的文凭，估计很快就要沦为古董。她嗤之以鼻，好像对自己即将沦为古董这件事毫不惊怯。她上课并不认真，总是有些失魂落魄，有一次一只脚上穿着一只黑色皮鞋，另一只脚上穿一只白色坡跟鞋就去了教室上课。上课中间觉得有些纳闷，怎么有几个小孩不看黑板只顾偷偷地往她脚上看，她自己低头一看，看到一黑一白两只鞋正像兔子一样蛰伏在她脚上咧嘴笑着。然而，她假装什么都没看到，硬是淡定地把一堂课讲完了又等学生走光了，她才踢着黑白两只兔子走出教室溜回了宿舍。

还有一次是上课中间，老觉得最后排的几个高个子男生盯着她的胸在看，她心里嘀咕，莫不是这些高个子的男生发育得快，已经萌生春情了？她反倒不好意思起来，想把两只胸尽量藏起来，不料偷偷往自己胸前一看，才发现是早晨出门时没照镜子，胸前的纽扣都扣错了。

范云冈在镇上小学教了一年多的时候，范听寒在落雪堂都听到了关于孙女的谣言，说她和镇上的一个黑社会老大好上并同居了。范听寒一大早给自己擦了澡，穿戴整齐，拎着一只二十多年前的人造革黑皮包，坐着一路上哇哇唱儿歌的公交车去了镇上找孙女。他像只老龟一样，背着大龟壳，慢慢地从公交车站挪到了镇上小学，又和门卫解释了半天他是来看孙女的。门卫一听找的是范云冈，嘴角轻轻一抿，似笑非笑，让他进去了。

他找到单身宿舍的时候，范云冈正拿着手机在屋里和人骂架，大约电话里的也是个女人，因为他听到范云冈骂了几句忽然就把怒气刹住了，另外换了一副娇媚的湿哒哒的腔调，软软地像蛇一样瘆人地对着电话里说，不用急，你还没见过我和他在床上的样子呢。

范听寒扭头就走。又像只老龟一样慢慢挪回到公交车站，一口饭没吃，一滴水没喝，又坐着唱儿歌的公交车颠颠儿回到了落雪堂。连着好几个星期范云冈都没有回家，而他直到死前也再没有去过一趟镇上。大约又过了半年时间，范云冈忽然回家来了，脸色灰黄，头发都不梳，只随便在脑后挽了一只大丸子。她变得愈发不喜欢说话，只喜欢在那些人少的角落里随便把自己发酵成一团，没有形状，可是旁人还是远远就能嗅到她身上散发出来的牙齿般的气息，酸凉坚硬，让人不得安宁。

又过了几天，范昕寒才听村里有人告诉他，那镇上的黑社会老大前几天忽然暴尸街头，是驱赶几个外地来的毒贩时被对方拿刀砍死了。对方拿着劈柴的砍刀，一刀砍在他胸前，划了个大口子，血喷出几尺远。又一刀砍在他脸上，脑袋顿时飞出去半个，连着头发落在路边一个老头的南瓜摊上。

我正想着她说话的口气听起来既骄傲又天真，一副见过世面又未老先衰的样子。却接着又听见她说，我看我爸只有两种可能，要么他自己犯了什么罪，怕被抓起来，不敢回家，只能隐姓埋名躲起来不让人知道他在哪。要么就是他已经死了，被别人害死的可能性更大。

听见她最后那句话，我的手一抖，一截烟灰齐齐掉到了裤子上。这时只听范昕寒说，小孩子家不要乱说话。我掸掉烟灰忙接话道，这就是范云冈吧，听范老师说起过。只听范昕寒叹气道，不是她是谁。

这时范云冈抬起眼睛直直看了我一眼。一双眼睛黑白分明，目光倨傲冰凉，里面还飘荡着一缕水草般模糊的东西。我忽然觉得一阵熟悉，再一想，是当年在范柳亭脸上也见过这种眼神。我不知道她为什么会喜欢上那个比她大十几岁的黑社会老大，只是隐约觉得应该与她无父无母有关。我心里一阵感慨，一时竟说不出一句话来。这时只听见她对我说道，你就是那个老来我家借书的人吧，老听我爷爷说起你。我爷爷说你每次来借书都打着领带，还真是。

我心里对她有些怜悯，却也只是对她点点头，说，习惯了，对别人也是一种尊重。

她像凶猛的鸟类一样一眼又一眼地上下打量着我，忽然问，你真喜欢看书？

我说，打发时间而已，我不喜欢看电视，电视剧我都看不进去，看半天也不知道什么意思。

她慢慢晃到了我面前，目光有些挑衅，我不再看她，低下头去点烟，只听她又问，喜欢看书你为什么不去书店里买书，倒总喜欢跑到我家来借书看呢？

我吐了个烟圈笑道，为省钱呗，借书看一年也能省下不少钱。书店里的书卖得死贵，我哪有那么多闲钱买书。

她并没有撤退的意思，还在我眼角的余光里顽固地晃动着，听我爷爷说你开了个饭店，生意好吗？

我淡淡说，小本生意，勉强糊口，挣不了几个钱。当老师多好，旱涝保丰收，还有寒暑两个假期，我羡慕你都来不及。

她的目光还像刺一样钉在我脸上，她又问了一句，你是不是还经常上西山？我吃过你带来的木耳，都是山里的吧。

我说，偶尔上山采点蘑菇木耳，饭店里做菜要用嘛，顺便捎给范老师一点，总不能白看人的书。

说完我看了看天色，做出想走的样子。她却像只小狗一样，紧咬着裤腿追着跑，西山上好玩吗？我从来没去过，哪天你能不能带我上去看看？

我笑着说，好啊，随时都可以。

说罢我再次看看天色，然后站起来说，范老师，我还有点事情要办，得先走了。我能再问你借几本书吗，下次来了还你。

那次从范家出来之后，我没有直接回铅矿，而是顺着河水穿过山林又到了那片无名湖边。我在湖边呆坐了好一会儿之后，起身脱掉了衣服。西边开始下沉的夕阳在湖面上铺下了一层碎金，扔进去一块小石子都能看到金色的湖面被犁开了一圈又一圈。仔细看看周围确实不见别的人影，我便缓缓潜入湖中。

我像上次一样游到湖底，找到那块大石头，因为黄昏的缘故，湖底看起来更加昏暗阴森，长长的水草几乎要缠住我的手脚把我永远留在湖底，那些游在湖底的鱼看起来似乎更加肥大狰狞了。我还是就着夕阳最后的光线看到了压在石头下面的那具白骨。它还在那里。还是那个姿势，好像已经在这里一千年了，看起来一点没被动过。看起来这世界上根本没有第二个人会找到它，

我游上岸时，铁青的暮色已经笼罩四野，周围的密林黑压压地朝着这湖围拢过来，我感觉自己正在一口井底，抬头看到遥远的夜空里亮着那么

几点稀薄的星光。没有月亮。

我回到铅矿的宿舍，点起一支蜡烛，喝了两口酒，一边随手翻着一本刚问范听寒借到的《南北朝诗文》，一边在脑子里反复想着今天范云冈说的那些话。难道她已经觉察到了什么？她为什么提出要跟着我上山？也或许，她真的只是觉得山上好玩？

为保险起见，以后真的不能再去范家了。

我合上书本，盯着跳动的烛光发呆。烛光昏暗，把我和几件家具的影子都拉长拉虚，看上去满屋子都是影影绰绰的人，都在暗处悄无声息地看着我。夜已深，窗外山风呼啸，万木齐暗，我走过去把窗户关上，把灯花挑了挑，让烛光更明亮了些。我又想起了今天范听寒说过的那句话，有时候只要有道缝隙，人就活下来了。不错，总有些人是在这样的缝隙里求生下来的，范听寒能活下来，或许我也能。他希望范柳亭也如此吧。

我呆坐一会，又喝了几口酒，身上热起来，心里却仍不宁静。忽然那本《南北朝诗文》里掉出一张纸来，我捡起来一看，上面用钢笔抄了一首诗，诗的开头写着父亲二字，"明月何皎皎，照我罗床帏。忧愁不能寐，揽衣起徘徊。客行虽云乐，不如早旋归。出户独彷徨，愁思当告谁。引领还入房，泪下沾裳衣"。然后在诗的结尾处，我看到，"以诗一慰思念之情，先此驰禀，敬叩福安。儿范柳亭叩禀，二〇〇二年八月十五夜。"

我悚然一惊，差点把手中的书扔掉。因为，早在一九九九年，范柳亭就已经离开人世间了。

烛光再次昏暗下去，屋子里明明灭灭地多出了很多影子，都在墙上、在角落里无声地站着，看着我。

9

我拎着一瓶酒、一碗饺子和一篮果子独自在寂静的山林里穿行，我要去看我的父亲。

大约在山路上走了半个小时我停下了，前方林间稍微稀疏的地方出现了两座坟墓，一座是我父亲的，旁边那座是我母亲的。今天是我父亲的忌日。当年他在得病之后为了能让我尽快顶班，连病都不肯治，也不肯去医院，只求速死。只是，他已经无法知道，现在的铅矿已经是一片废墟，这废墟里如今只住着我一个人。我把饺子和四色果子摆在他坟前，又在坟前倒了三盅酒，点了一支烟给他插在坟头。

我在坟前的草丛中躺了下来，阳光从树枝的缝隙里筛落下来，雨点一般洒在草丛上和我身上、脸上。在这山里，我知道在每一棵香椿树的旁边都陪伴着一棵臭椿树，知道有一种叫沙和尚的鸟会吐人言，知道各种草药的名字，知道榛蘑和猴头菇长在哪里。我想起父亲去世前的那个白天，忽然有了些精神，把我叫到床前对我说，人在这山里就算没有一分钱也饿不死的，你哪天要是走投无路了，就回到这山里来。

当天夜里他就在昏睡中走了，再没有和我说过一句话。

现在想想，难道他当时就有某种预感？或者，他只是明白了这山林的牢靠与人世的无常？我静静地躺在他身边，还有一旁的母亲。我们一家三口相对无言，像极了多年前那个夏日的午后，在铅矿的宿舍里，父亲躺在凉席上闭着眼睛摇着蒲扇，母亲在缝纫机前赶制一件我的衬衫，我坐在桌前正翻着一本从图书馆借来的《包法利夫人》。宿舍前紫藤的花香从青色的竹帘里钻进来，氤得满屋子都是，如苔侵石井。那个寂寥的午后我们彼此之间没有说一句话，现在我却忽然明白，那其实便是世上最坚固恒久的时光了。

此刻的父亲再不会和我说一句话，而我果真如他多年前的预言，终是有一天回到了这寂静的山林。

那是1987年，父亲去世后，我顶替他成了铅矿上的一名正式工。我第一次穿上铅矿的工作服站在镜子前看自己的时候，觉得镜子里的人完全是从父亲身上复制下来的，甚至，因为父亲尸骨未寒，我从这镜子里的人身上似乎还能闻到血腥味。而除了复制，我别无他路。在铅矿我一开始做的是采矿工，每天下井采矿石，要在井下齐膝深的水里推矿车，每天十六七趟。

干了半年之后因为受寒腿疼，改做了风钻工，做了风钻工之后才知道为什么没有人愿意做风钻工。因为每天拿着大功率电钻钻矿石的时候，整个人都会跟着电钻一起震动，然后在工作的时候不知不觉就会射精出来，一天好几次，自己根本无法控制。反复如此，没过一段时间人的身体就垮了，浑身无力，形如肺痨。我只好又改做了炉前工，终日在高炉前守着高温炼硅。

当时铅矿的领导可能已经开始意识到矿产资源会枯竭的问题，所以也试图做了一些防备工作，但到了1992年的时候，终于还是因为矿产资源彻底枯竭，铅矿宣布倒闭。这铅矿上的一切，车间、学校、医疗室、图书馆全部跟着结束了自己的使命。我的母亲就是在这一年去世的。

我把她葬在了父亲身边。

母亲下葬那一日，山林极其静美肃穆，滤掉了人世间所有的悲喜，恍如另一个遥远星球的表面，在那里，一个脚印可以保留上百万年，而每粒微尘皆可尽享永年。那一日我坐在父母坟前久久看着他们，就像看着两个婴儿，我想着他们在地下如植物种子般幽暗生长，或许他们会长出这地面长成两棵树，也或许会永远如种子尘封在地下的世界里。我忽然觉得这一切都不重要，因为我们的团聚是必然的。到时候我的新坟就陪伴在他们身边，看上去就像是一个大人领着两个满脸皱纹的老小孩在山林里玩耍。

铅矿倒闭后领导要卖机器设备，便把我留下做一些善后工作。那个白天，因为机器价格和那群来买机器的人争执了一番，晚上，我正一个人在宿舍里睡觉，门忽然被踢开，涌进一群黑影，拿着铁棒就使劲敲我的腿，把我右腿敲骨折方才离去。在医院接右腿的时候，医生说这右腿肯定是要残疾的，就是恢复得好，也会比左腿稍短一截，变成个跛子。

石膏拆掉后，右腿果然比左腿短了两厘米。在练习走路的那段时间，每天起床后我都要有一个漫长的梳洗穿衣的仪式，穿上衬衣打上领带，再套上西服，头发三七分开，打上摩斯，穿上黑色的三接头皮鞋。越是困顿，我便越是隆重。我扶着墙练习走路，昂首挺胸地迈出一步，再迈出一步，白天晚上我都在一遍一遍地告诉自己，我不会就这样垮掉的，我绝不可能成为一个跛子。

半年之后，我走路时已经没有人能看出我一条腿长一条腿短，连我自己也不再相信我的右腿比左腿短了两厘米。这使我在以后的很长一段时间里都相信，也许就连人的相貌也是跟着人的心在生长的。

10

范听寒家门口的柳树已是浓荫匝地，被包裹在一片柳荫里的院子看起来也不再那么真实，像是用水墨幻化出来的一幅卷轴。

我忽然有些明白他为什么要种这片柳树了。

门是半掩着的，推门进去，门洞里空荡荡的，我亲手做的那把椅子也是伶仃的，好像久没有人坐过的样子。穿过门洞，一院寂寂的花树，却并不见人影。我正站在那里疑惑，忽听见屋里有人在咳嗽，便走到竹帘下，隔着竹帘问了一句，范老师在家吗？里面有人回应道，在，进来吧。我挑起竹帘进了屋，这是我第一次走进他的屋里。

屋里有一种墨汁的寒香和老年人身上的荤腥混合在一起后的奇怪味道，滞重、遥远，像黄昏里开始生锈的金属，又像月光下缓缓朽坏的竹帘。屋里有几件简单的木质家具，书架上密密麻麻的全是书，墙上挂着几幅他写的书法，白纸黑字，有一种镌刻在古老石碑上的肃穆。然后我在炕上看到了范听寒，他披着件夹衣歪在那里，看起来出奇地枯瘦，便显得那个驼背愈发巨大而坚不可摧，好像他整个人都不过是寄生在这驼背上的一株植物。我走过去，弯下腰说，范老师，你这是怎么了，怎么大夏天就穿上夹衣了？

他指指地上的椅子让我坐，嘴里说，病了有段时间了，还没全好，身上老是觉得冷。你可有阵子没来啦，我以为你不会再来了。

我坐下，从包里掏出那几本上次借的书放在桌上，又掏出一包党参。我说，最近的事情多，有点忙。怎么会呢，我还借着你的书怎么能不还回来？这包党参你留着泡酒喝吧，人参喝了会上火，但党参不会。

他盯着那包党参微微动了一下，看得出他整个人都被背上那只龟壳扣押着，动弹不得。他说，这党参也是你从山里挖的吧。

我只点点头，不想多说什么。看来这座山在我身上留的痕迹太重了，躲避都来不及。

他说，你给我倒杯水吧，范云冈今天早晨回去上课了，明天才能回来。

我连忙起身找到暖壶，里面是空的，于是我又捅开炉子烧了一壶水，倒了一杯水递到他手中。我看到他的手指甲已经很长了，开始向里卷曲，也像是某一种兽类的指甲。我忽然明白，他其实离人的世界正渐行渐远。我心里一阵难受，呆坐了一会，终于开口道，范老师，我给你剪一下手指甲吧，指甲长了不方便。他沉默了一会，终于还是点点头，说，剪刀在中间那个抽屉里，我用不惯指甲刀，就用剪刀吧。

我用了很大的力气才捞起那只苍老的手，上面布满褐色的老年斑，青色的血管散发着植物根茎腐败的气息，年老的指甲则变成了一种坚固的贝类，我剪下去，手却一滑，差点剪到他的指头。一定是因为我们中间的一个人太紧张了，我以为那个人是我，后来才发现那个人其实是他。因为在后来剪指甲的过程里，他的那只手一直在微微发抖，而我的手也愈发笨拙，只勉强剪了两个指甲便停了下来。

我装作不在意地放回剪刀，心里却沉沉的，我一时不明白他为什么会忽然如此紧张，而这种紧张显然压迫着我。上次来过之后我已经决定再不来看他，可后来我发现不行，我还是必须再来看看他。

这时候我才发现身上已出了一层汗，和衬衣黏在了一起。我松了松领口，并没有试图要解开领带。他在炕上看着我说，你一年四季都穿衬衣打领带啊？

我说，习惯了。

他说，在这乡下，别人看你这么穿都觉得有点别扭吧？

我又说了一句，习惯了就好。

从竹帘里透进来的阳光已经开始西斜，桌上的一只老式三五座钟的秒针咔嚓咔嚓地贴着我们身边走过去，脚步幽深古老，自有一种庄严感。我坐在那里听着这时间的脚步，忽然就有了一种很深的没有指向的无力感，在这些年里，这种无力感时不时就会发作出来。我下意识地摸出一支烟来，想了想又放回去了。

这时只听歪在炕上的范听寒咳嗽了几声，又说，其实我早想对你说的，要是就为了来借书，你不用穿得这么隆重的。

我也有些急了，忙说，不是为借书，平时我一个人的时候也是这么穿的，就连在山上给兔子割草我都这样穿。

炕上的人忽然就不说话了，屋里的空气骤然黏稠紧张起来，连呼吸都有些不畅。我说，范老师，我先出去抽根烟，没办法，烟瘾犯了。

说罢我走到院子里点了一支烟，狠狠抽了两口。落日熔金，西边的群山上猎猎燃烧着一大片金红色的晚霞，浸泡在晚霞里的村庄祥和而诡异。院子里的门大开着，我盯着那扇门出神地看了几分钟，却坐下来继续抽烟。

我悄悄打量自己身上的衬衣和领带，其实我早有预感，我身上的这些衣服迟早会出卖我的。可是就算如此，就算到了现在，我仍然不愿脱下它们，脱下它们我怕自己只会加速质变、消失，到最后连自己都不再能辨认出自己。

院子里添了些野气的波斯菊，菜园子里的黄瓜像青蛇一样吊了很多，茄子闪着紫色的光，南瓜藤上盘了一只金黄的大南瓜。俯仰四季而动，也许还能获得一点心安。我的眼睛湿润了一下，我明白，他想要的，其实也不过就是这一点心安。

我走到那口水缸边，往里看了一眼，里面的两尾鲤鱼又大了一圈，正笨拙地在缸底嬉戏玩耍。我看着那两尾鱼，身体里面一阵不舒服，想要呕吐，连忙往后退了几步。这时候屋子里又传出几声咳嗽声。

我回到屋里对床上的范听寒说，范老师，范云冈不在，今天我给你做晚饭吧，你想吃什么？

他缩在自己的龟壳里说，不用，不用，你忙你的去吧。

我说，今天我不忙，你想吃稀的吗？要不我给你煮点小米粥，烧个茄子？

半晌他才说，你要是真不忙就给我做点手擀面吧。

我来到厨房烧水擀面，我故意把面擀得很硬，因为听他说过，必须得吃到这钢丝一样的面条才算是吃过饭了。擀面的时候，我想到他顿顿必吃手擀面，连生病时都不例外，恐怕是不敢例外，不由得一阵心酸。我盯着那烧红的炉子出了会神，水烧开了，把面下锅，出锅，浇上茄子西红柿卤头，拌上黄瓜丝，给他端进屋里。

果然，他只吃了两口就实在难以下咽了，却还是挣扎着又添了一口下去。我给他舀了一碗面汤，说，不想吃就不要吃了，吃了反倒难受。他捧着汤碗对我说，谢谢你。我坐在对面看着他像个婴孩一样小口小口地喝汤，心里忽然有什么东西汹涌而过，我脱口就说出一句，范老师，范柳亭要是一直不回来，我会一直照顾你。

他突然就沉默下去，连汤也不喝了。我自知又失言，暗暗悔恨。相对沉默半天，他终于说了一句，老是麻烦你，你也快去吃一碗面吧。我说，我中午吃多了，还不饿。他的声音似有些不满，你从来不在我家吃饭，是怕什么？

我看不清他的脸，只能感觉到他的目光正游动在我的脸上。我坐在一团透明的黑暗中，想起了当年范柳亭的目光落在我脸上的感觉，却反而心平气和地说，我不太喜欢给别人添麻烦。

过了好一会儿，他才慢慢说，如果你只是来借书，是不需要为我做这么多的，我喜欢爱看书的人。

我努力驱赶那些翻涌上来的陈年的委屈，笑道，不能白看人家的书。

他若有所思，你和当地人确实不太一样。

我说，我记得以前就和你说过的，我小时候是在海边长大的，大概十岁以前吧，后来我父母调动工作，我就跟着过来了。

他的声音忽隐忽现，我没见过海……给我讲讲海边吧。

我看着窗外的夜色说，小时候我常在海边捡贝壳捡螃蟹什么的，海边每天有渔船出海打鱼，你在海边的小饭店里能吃到很新鲜的牡蛎、蛏子、海瓜子。吃鱼的话就架一口大铁锅，把刚捞上来的鱼虾剁成块，鱼嘴还在动呢就扔进锅里焯一下，鲜得很。如果炖鱼的话把玉米面饼子贴在铁锅上，焖一会，鱼好了，饼也熟了。

他的声音更加隐幽，海边长大的，那你游泳一定好吧。

我盯着窗外的夜色微微一愣，我说，马马虎虎吧。

他的声音好像一只手一样在黑暗中神秘地寻找着什么，他说，不知怎么，我最近老在想那西山，那山上到底有什么？我们这一带雨水稀缺，但那山上能有那么密的原始森林真是有点奇怪，会不会是因为山上根本不缺水呢？你说，那深山里会不会藏着一条大河或大湖什么的，只是没上去过的人根本不知道那山上到底有什么。

我在黑暗中听到自己的心脏通通一阵剧烈地狂跳，我疑心是不是连范听寒也听到了这可怕的心跳声，然而我的嘴角只是微微笑了一下，我用过于轻松的声音说，那谁知道呢，反正我上去采木耳是从来没见过，要是有人看见了大河大湖那还不都上山捞鱼去了？只听过有人上山打猎没听过有人上山捞鱼的，是不是？

我干笑了一声，笑完觉得不妥，于是又补充道，山里怎么可能有大河大湖呢？山里是长树的地方，只有森林，对了，还有野兽。

他的声音还倔强顽固地立在我面前，你上山采木耳的时候，除了野鸡，就真的没有见过别的？比如会吃人的野兽？

我说，还见过钻山鼠，山里的老鼠个头真大，比猫还大，我觉得它们能把猫都吃下去。可能野兽们都是晚上才出来吧，晚上谁还敢上山？那不是把自己往麻虎嘴里送吗？

最末一句话，我故意把狼叫成了麻虎，似乎这样多少能证明我并不是一个完全的外地人。

他的声音终于肯委顿下去一点了，他说，是从没听人说起过。

这时候我故意开了一个玩笑，我说，范老师你到处找湖做什么？是不是想吃鱼了？改天我给你带一条大鱼过来。说完眼前却又出现了那些无名湖底的大鱼，不禁胃里一阵翻滚。

他像是立刻嗅到了什么，问了一句，你怎么了？

我说，胃疼，可能是饿的。

他嗔怪道，让你吃饭你死活就不吃，现成的饭吃一碗怕什么呢？

我想了想，说，锅里还剩点面条，那我就吃了，要不放到明天也不好吃了。天黑了，屋里的灯要给你打开吗？

他说，不用开灯，招蚊子，你快去吃吧。

我起身立在黑暗中忽然说了一句，范老师，我觉得你住在落雪堂也挺好，没有什么甘心不甘心的。

他没有吭声。

我便挑起竹帘出了屋子，来到厨房端了一碗面，就蹲在厨房前面的台阶上哧溜哧溜几口倒进了肚子里。我蹲的这个位置正好就在正屋对面，中间隔了几道影影绰绰的花影，我知道躺在炕上的范听寒隔着竹帘便可能看清我的一举一动。我大口吃完面，喝了面汤，又进厨房刷碗，动作幅度都略有些夸张，似乎我正站在旷野中灯火昏暗的古戏台上演一出不为人知的戏文，而下面坐在阴影中的范听寒是我唯一的观众。

我刷了锅擦干了灶台，走出厨房，在院子里点了一支烟，边抽烟边在花影中徘徊，做出一副赏花状。我发现，只要离开铅矿的夜晚，我就会变得紧张烦躁，甚至连灯光都无法适应。

我开始想念深山里的那盏烛光，烛光之外是废墟，废墟之外是群山，群山之外是人世间，那盏烛光似乎就是这个世界的心脏。

院门仍然洞开着，我随时可以离开。可是一支烟抽完之后，我做出了决定，我在范听寒的目光注视下挑起竹帘进了屋，说，范老师，你一个人连口水都喝不上，范云冈不是明天回来吗？今晚我留下来陪你吧。

炕上的那团影子一动不动，我都疑心他是不是已经睡着了，忽又听他在黑暗中低声说，你还是回家吧，省得你老婆不放心。

我走到他平时看书的一把竹躺椅旁躺了上去，说，没事，我出来前就和他们说过，要是天太晚了我就不回去了。

他却说，里屋就有电话，还是给你家里打一个吧。

我后悔刚才要留下的决定，有时候我像个透明的魂魄一样明明看到了自己正在做什么，正要做什么，却无力阻止那个自己。有时候我又觉得我身上所有的苦行都不过是为了让那个魂魄安宁。

如果此时站起来要走又实在唐突，我只好说，没事的，你放心吧，我又不是头一次晚上不回家。

他不再坚持。

我们两个在夜色中平行躺着，如风平浪静的海面上远远漂来两只小船，月亮从云层后面爬出来，海面上铺满碎金碎银，海天一色。我在半睡半醒之间又想起范听寒抄给我的那首诗，"不知江月待何人，但见长江送流水"。这诗竟像是从波光粼粼的海面上一路漂过来才漂到了我面前。我闭上了眼睛。

我以为这个夜晚就要这样过去了，却忽听见炕上的人又开口道，我总感觉你不像是有家人的人。

我一惊，睡意全无。半晌，我听见自己干巴巴笑了一声，范老师你这话就奇怪了，我有老婆有孩子还有爹妈，一家人都生活在一起，我老婆和我妈还成天闹矛盾，这婆媳关系啊，怕是哪家都是个难题，可是你说还能怎样？难不成一辈子不娶老婆就打了光棍？无儿无女的，成天独来独往的又有什么意思？

他没有言语，咳嗽了几声，我连忙起来给他倒水。他喝了两口，隐入了黑暗中。沉默了片刻，他又道，我早就想问你一句话了，你是不是和范柳亭认识？起码见过他？

我愈发知道了这个晚上留下来的错误，与此同时，却又感觉到一种被惩罚之后的奇异快感。这惩罚迟早都是要来的。窗外一阵晚风拂过，树影和花影匍匐在窗户上，窥视着屋里的两个人。我没有再犹豫，很干脆地回答了一句，不认识。两个人又沉默了一会，我主动打破沉默，范老师，给我讲讲你儿子吧，老听你说起，但从来没有见过他这个人。

他叹息道，唉，他这个人啊，没什么好说的。我原来就和你说过的，他因为教不了书就去做生意了，我也拦不住，就随他折腾去。开始的时候还赚了些钱，这院子就是他当年刚有钱的时候盖的，一定要盖个村里最大的院子，说这是对我和他妈早年在村里窜房檐的补偿。后来的生意大约就越来越不好做了，时好时坏，他也从不和我说真话，我都不知道他每天在外面到底忙些什么，赔了钱也不会告诉我，从哪里弄钱我也不知道。后来那次，他只说要出去谈生意，可出去了就再没有回来，活不见人，死不见尸。要是能找到他的尸体我倒也死心了。我已经老了，可是你看他那闺女，谁也管不了。别看她咋咋呼呼，从小就没了妈的孩子，根本没有安全感。

我也叹了一口气，他要是真在外面被人害了，估计那凶手也逃不了的。可是你说好端端的，人家为什么要害他呢？

他没有言语，半天才说，谁知道他在外面干了什么事。

我听到自己的声音里忽然略带嘲讽，我说，范柳亭不是很爱看书的吗？我记得你说过他是很爱看书的。

他道，年轻时候是爱看书，可是看那么多书有什么用呢？

我忽然就失态起来，噌地从躺椅上坐起，声音徒然变高变粗，怎么没用呢？爱看书的人起码变不成坏人，起码不会为了钱去坑蒙拐骗。

我们之间哗一下就安静了下去。

大概已是半夜时分了，沁凉的夜色像水一样淹没了整间屋子，我恍惚又来到了幽暗的湖底，到处是女人头发一般的水草和毛茸茸的青苔，我和范听寒在这幽暗的湖底对视着。终于，我小心翼翼却又万分疲惫问了一

句，范老师，如果范柳亭真的不会回来了，你会怎么样？

他沉默了很久很久，我才听到他用一个真正的老人的声音对我，或者是对黑暗中的另一个影子说了一句，那也是他的命。

我几乎泪下。我在黑暗中闭上眼睛，假装睡着了。

11

几天来我每天都在山里转悠，终于捕到了两只野鸡，还用夹子夹到了一只獾，顺便采到些榛蘑。我把去年收成的莜麦磨成莜面，做成莜面鱼，准备和土豆片放在一起蒸一大锅。又把那只獾剥了毛皮，把肉切成块，先用獾油炸一遍，再放上茴香大料肉桂草果芫荽籽，最后倒进去一瓶红腐乳，在泥炉上用小火炖整整半天做成酱梅肉。次日又把两只野鸡杀了和榛蘑炖了一大锅。

准备就绪之后已经是农历七月十四这天。林中短暂的黄昏之后，天色渐渐暗了下来，岔口饭店很快被黑黢黢的密林吞没。我坐在小饭店里，一边抽烟一边等着客人们到来。

今晚要来三个客人，孙口心，文刚，刘国栋。平日里我们彼此之间没有任何联系，互相杳无音讯，但几年前我们就曾约好的，每年的农历七月十四见一面。近三年来我们四个人的见面地点就定在了入夜之后的岔口饭店。

这三个人是我当年在太钢工作时关系最好的几个工友，1998年我们四人是同一拨下岗的。

1992年年底，我的腿伤痊愈之后不久，铅矿就把我们这些失业的矿工统一调到了太钢，因为当时还没有出现下岗这个说法。从我八岁来到铅矿，到二十九岁离开，在这深山里已经待了二十一年，我的父亲母亲都葬在了这大山里。太钢则地处平原，周边是一片荒芜的旷野，只在厂区院子里种了几排大白杨。厂里到处是巨大的机器，轰鸣的钢炉，摇摆的天车，喷着白气出出进进的小火车。

冬天，一场大雪之后，那些黑色的车间在白雪中愈加刺目苍凉，大白杨的顶端基本都筑着一个或两个鸟窝。树叶早已落尽，在冬日阴郁的天幕下，铁画银钩的枯枝小心翼翼地托着一只白雪覆盖的鸟窝，好像是大树把自己的心脏掏出来了。偶见一只大喜鹊离开树枝，张着黑色的翅膀露出白色的肚腹，一个俯冲飞到了雪地里觅食。

在太钢时，我一直想念着那座大山，想念那些无边无际的森林，想念铅矿里的工友们因为在深山里外出不便，倒比外面世界的人安静很多，闲暇时间不是在看书就是在下棋。心烦了就去山林里游走一遭，采蘑菇采野花，听一会虫鸣鸟叫。

1993年，能在太钢做工人还是一份被很多人羡慕的工作。刚进厂的时候，我做的工作是铸板工，半年之后我做了班长，然后是副锻长，锻长。我为太钢拟出了一套新的交接班制度，一直到1998年破产之前全厂用的都是我这套制度。

进太钢的第二年，就是我三十岁那年，我和本厂的一个女工认识三个月便匆匆结了婚，两年之后我们离了婚，没有生育子女。后来又短暂地谈过两个，都吹了，此后就一直独身一人过。

1998年5月2日，太钢宣布了第一批下岗名单。那时候我还叫梁海涛，我、孙口心、文刚、刘国栋都在名单里。太钢让我们买断工龄，一人两万块钱便卷铺盖回家，从此和太钢再无关系。

下岗之后我折腾过很多事情，在太钢门口开过录像厅，不料后来下岗的工人越来越多，来看录像的人越来越少。后来我又开了个刀削面馆，却因为利润太薄，也没挣到几个钱。冬天的时候我雇大卡车贩卖白菜，一斤白菜五分钱，晚上还得睡在冰窖一样的车厢里，第二天继续卖。后来身边的下岗工人越来越多，随便什么小生意，都有人一拥而上抢着去做，彼此之间还恶性竞争，为了抢生意，昔日的工友们彼此在背后谩骂使绊子，看对方的摊子上多了一个顾客，便恨得咬牙切齿，一定要卖得比对方更便宜来拉客。对方见他卖便宜了，只好又卖得比他更便宜，以至于卖一样东西只有几分钱的利润。

和我一起下岗的孙口心、文刚、刘国栋三人隔阵子便过来找我喝顿酒，互诉衷肠。我们四人经常坐在麻叶寺巷口狭窄的五元火锅店里，一位五元，酒钱另算。正值三九天，大雪已经下了几天几夜，把门都封了，早晨开门的时候还得用力往外推。窗外飘着漫天大雪，火锅店里我们四人围坐着一张油腻的桌子，桌上的火锅沸腾着，雪白的蒸汽吞掉了我们四人的面孔，撞到玻璃上之后，顷刻便化作水珠一道一道流下去。

我们吃着火锅里的白菜和豆腐，几乎看不到肉，喝着廉价的散装白酒，红着眼睛一遍一遍商量着该去哪里挣钱。那段时间，我们唯一的话题就是怎么挣钱。几乎每次吃完都会有人喝醉，醉了便滑到椅子底下，抱着椅子腿哭。有一次我也喝醉了，吐得衣服上到处都是，我倒不记得自己哭过，但是他们后来告诉我我那天哭得站都站不起来。我打破头都想不起来，看来是根本不想让自己想起来。

就这样折腾了一年，到1999年夏天的时候，忽然有一个一起下岗的太钢工友要拉我们几个入伙做生意，说他认识一个企业家，从八十年代就开始做生意，先后开过油厂、铁厂、铸造厂，赚了不少钱。人家父母都是知识分子，人肯定可靠，现在这人要扩大铸造厂的规模，需要融资，他要找人入股，入股后一年分一次红。又说他这铸造厂已经开了好几年了，销售渠道多得是，稳赚不赔的生意，急等着扩大规模呢。我们几个又跟着那工友去他说的那个铸造厂考察了一番，果然是个规模中等的厂子，有几十个工人正在车间里忙乎着。我们又和这个企业家见了一面，瘦长脸，个头不高，但很会说话，确实像个文化人，印象很好。这次见面之后我们四个人就约好一起入股，同进同出。随后便各自把从太钢出来时买断工龄的两万块钱都投了进去。

两个月之后这个企业家忽然就联系不上了，他的铸造厂也忽然像聊斋里现出原形的鬼宅，厂房还在，里面却空无一人。

这个企业家叫范柳亭。

窗外夜色已至。

正当七月，玉衡指孟冬，正是促织和鸣蝉的时节。我静坐在小饭店里聆听着入夜之后大山里的各种虫鸣。虫鸣里还掺杂着几声鸟叫，我能从中分辨出猫头鹰、乌鸦、布谷和喜鹊的叫声。我还曾在最幽深的山路上赶过夜路，夜空中没有月亮也没有星星，路两边的森林已经变成了没有任何缝隙与光亮的黑森林。

可是我却连害怕都感觉不到了。自从在湖底见过那具尸体之后，就是在世上最幽暗的地方走路我都感觉不到害怕了。

我记得，就是在那最幽深最黑暗的山路上赶路，我还是看到了几点微弱的光亮，很细很小，在我周围飞来飞去。那是几只萤火虫。

有人在敲门，我点起一支蜡烛，开了门，是文刚先到了。他进来坐下，我们先抽了一会烟，一支烟快抽完了，我才开口问他，这次是从哪儿过来的？他说，二连浩特。

我想了想，那边地广人稀，倒也是一个好去处。我说，那你老婆孩子怎么办？他说，都接过去了，小孩就在那边上学。

正说话的当儿，孙口心和刘国栋也陆续赶到了。我趴在窗前仔细看着饭店外面还有没有别的跟过来的身影，观察了一会儿不见别的人影，便放下窗帘，把门从里面闩住了。

我把煨在泥炉上的酱梅肉盛在大盆里上了桌，把炖好的野鸡榛蘑也上了桌，然后摆上一大笼屉热气腾腾的莜面鱼蒸土豆，配上一碗炖好的西红柿酱，好蘸着酱吃莜面。最后把焖在炉灰里的几个烤土豆掏出来，像敲蛋壳一样敲出裂纹，也上了桌。我拿出两坛三十年的青花瓷汾酒，也是早早为今天的聚会准备下的。

桌子的中间立了一支蜡烛，烛光忽明忽暗，四个人的脸都若隐若现。我们围桌坐定，一时都不知道该说什么。饭店之外的世界像一场大寐，我们几人遗世独立在这里。不知为何，坐在这世外的烛光里，我忽然想到的并不是别的，却是晏几道那首《临江仙》里的最末两句"当时明月在，曾照彩云归"。

如今我们四个人都分散在不同的地方，也都不再是原来在太钢上班时的名字。1999年电脑还没有普及，不像现在什么都上了网，那时候改个名字还是比较容易的，在派出所找个人，偷偷塞给两百块钱就把名字改了。每年到了农历七月十四这天，不管各自正在哪里谋生，四个人都会赶到这深山老林里来喝上一顿酒。

文刚去了二连浩特，孙口心后来去了榆林，在小煤矿里做矿工，刘国栋则躲到方山和临县的交界处种红枣去了。

我挑了一下灯花，烛光照亮了我们四个人的脸，每张脸上都看不出太多表情，灰白的墙壁上坐着我们几个人巨大的影子，像神庙里画像上的祖先一样正从另一个世界里神秘地看着我们。烛光常年到不了的那些小角落则住满黑暗，不知道那些角落里究竟住着多少秘密。

我们闲扯了一番红枣和土豆的收成，又聊到现在的小煤矿马上都要不行了，估计很快就会被吞并到那些大煤矿里，煤老板们一铲煤出来就收

入百十块钱的日子估计也不多了。几圈酒喝完，红枣土豆煤矿这些话题也被说了一圈，四个人围着一盏烛光再次安静下来。这时候在这安静中忽然听见文刚怪异地笑了一声，说，现在我很快活。

刘国栋接了一句，你快活个屁。

文刚笑嘻嘻地举起酒杯看着周围说，我们几个还能在一起吃肉喝酒，这不是快活是什么？

刘国栋说，你老娘的三七过了吧。

文刚拿手里那杯酒敬了一下屋里某个黑暗的角落，好像那里还静静坐着一个人，他仍是笑嘻嘻地举着杯子说，我老娘死在我前面是好事呢，我高兴，我最怕的就是我死在她前头了。说完仍是笑，只是越笑眼睛便越脆越亮。我把一个烤土豆扔给他，说，趁热吃。

这时忽听见孙口心压低声音说，海涛你这做派怎么多少年都改不了呢？非得穿西装打领带抹头油不可，你说你这身打扮，走在人堆里还怕没人注意你？

我低头不语。

刘国栋接话说，海涛你这年龄了还没个一儿半女，这事也过去七八年了，我看不是很要紧，要是有合适的人你还是找个女人生个一儿半女吧，女人不可靠，但儿女总是自己的，不然你以后老了连个依靠都没有。

我冷笑一声，我们这样的人还要什么依靠。

四个人一时又没了言语，像是集体沉到水底下去了。蜡烛已经燃成了一个矮矮的烛头，垂死的火苗却忽然肥大起来，扑啦啦地上下跳动着，感觉空气里有很多隐形的飞蛾正在横冲直撞。这时候我忽然听到一个声音，小心翼翼地，陌生地，像蛇一样正探头探脑。

海涛，你可……把它藏好了……你也不告诉我们到底藏到了哪里。

我独自饮下一杯酒，说了一句，你们放心就是。

但那个声音还继续在我们四个人中间缓缓爬行着，可千万不能被人找到了，一旦找到了，我们就都完了，你也知道的。

我手里仍捏着那只酒杯，朝那三个人的脸上轮流扫了一圈，才慢慢说，它藏在哪里，还是我一个人知道的好，这样，我死了就能直接带进棺材里。

这时候忽然有另一个声音不知从哪里斜着刺了进来，听人说你去过他家。

我去他家借过书。

借书比命还重要？

这时候最后一点烛光倏地熄灭下去了，整个屋子咣当一声掉入了黑暗中。我的眼睛在适应了最初那种轰隆隆的黑暗之后，开始能分辨出在我面前立着的三尊黑影了。他们一动不动。我忽然打了个寒战，我想起自己宰野鸡宰蛇的手也是不曾哆嗦过的。毕竟我也是坐过三年牢的人。那点血无论对他们还是对我都真的不算什么了。

一种奇异而巨大的悲伤忽然袭击着我，我却在黑暗中连着笑了几声，然后说，我有点喝多了，我想给你们读首诗，你们不要笑我。

我当真在黑暗中昂首读道："梦后楼台高锁，酒醒帘幕低垂。去年春恨却来时。落花人独立，微雨燕双飞。记得小苹初见，两重心字罗衣。琵琶弦上说相思。当时明月在，曾照彩云归。"

窗外一辆大卡车的车灯像闪电一样劈过去了。

吱嘎一声推开饭店的门走出去，我们都被头顶的大月亮唬了一跳。马上就十五了，大雪一样的月光落满了无边无际的山林，脚下银色的山路看起来纤尘不染，没有一片树叶，也没有一只飞鸟。整个世界洁净得像是回到了远古，在那里，大地正静静等待着必将到来的一切。

12

这天我刚刚骑着摩托车来到岔口饭店前，就见门上贴着一张白纸，纸上还有字。我心里一怔，从未有人以这种方式联系过我。我连忙放好摩托车，一把扯下这张纸，四顾无人，便迅速开门进去又关上门，这才站到窗前看了起来。纸上只有十几个字，每个字有两厘米大：我爷爷病危，想见你最后一面。范云冈。

看到上面的话我简直大吃一惊，她居然能找到这里？她怎么会知道我在这里？她居然敢一个人进这样的深山老林？

我立在窗前一根接一根地抽烟，把那张纸上的每个字都翻过来倒过去地看了几十遍，竟好像一个字都不认识。抽完的烟头就往砖墙的缝隙里一插，过了一会儿一抬头竟吓了一跳，前面的墙上长出一大片烟头，毒蘑菇似的。我又使劲盯着那片烟头发了一会呆，纸上说的话可能是真的，但也可能是她在骗我。他们也许已经报了警，很多人正埋伏在那院子的各个角落里等着我。我可以假装没看到这张纸，甚至，我可以以为自己连日来都没有来过岔口饭店。我本来就不是固定营业的。

我透过窗户看着外面苍莽的山林。

没有人比我更熟悉这片山林。不可能有人找到我。

我把饭店重又关了，骑着摩托车在山路上盘旋着往上爬。车速开到了最高挡，山路两边的树贴着我的耳朵嗖嗖往后疾飞，它们一边后撤一边死命把我往前推，我觉得我的加速度越来越快、越来越快，好像马上就要弹起来飞到另一个阒寂无人的星球上去了。飞出公路飞进蝴蝶谷，然后是那条崎岖的土路。就这样一路狂奔到铅矿门口方才停住。

我扔下滚烫的摩托车，回到宿舍坐在了床上喘气。外面的世界终于又被我甩在了身后。这时候一低头忽然又看到了西装的袖口，那只已经磨破的袖口。前日立秋了，山中早晚凉意顿生，我又穿上了这件西装。遥遥想起似乎早在春天的时候就盘算过，应该换掉这件衣服了。没想到，等到秋后还是把这件衣服穿上了。这个秋天和那个春天没有任何缝隙地对接上了，也就是说，对我而言，时间正在失效。我低头愣愣地看着那只袖口，像看着一道可怕的伤口，我能从里面闻出一种腐败的气味。我打了个寒战。

然后我一抬头，正好看到几本书摆在桌上，是我上次去范听寒家时问他借的。我随手打开一本，假装专心致志地看了半天，却是一页没翻。我眼前出现的一直是他那弯到九十度的驼背，看上去非人非兽。到了下午，我不再挣扎，终于把书合上了，又坐在那里抽了支烟，最后把几本书都装进了包里。

我骑着摩托车往落雪堂赶去。他家门口那排柳树依旧，我却有一种久别经年之感，恍惚觉得已物是人非。穿过阴凉的门洞，又是那片熟悉的院子，只见有几个陌生人在院子里忙乎着什么。一见有陌生人，我本能地想退避出去，忽见海棠树下横着一个庞然大物，色彩艳丽又鬼气森森，再仔细一看，居然是一副棺材正横在树下。黑漆上描画着亭台楼阁，桃红柳绿，仕女稚童。我一惊，心想，莫不是人已经入棺？

正在这时又看见范云冈站在屋檐下使劲向我招手，便急急走过去。虽然已立秋了，竹帘还没有来得及卸下，我挑起竹帘进去，范云冈并没有跟进来。屋里光线幽暗，弥漫着一种秋后才有的萧索和灰败。炕上静静躺着一个人，一动不动。我心里一阵害怕，朝外面张望一番，见并没有人注意我进来，便慢慢走过去，走到炕头。我看到他侧身躺在那里闭着眼睛。

他愈发奇瘦，四肢缩小如婴孩，只有背上的那只驼峰却如龟壳一般更大更坚固了，看起来他整个人很快就要缩进那只龟壳里去了。

我轻轻唤了一声，范老师。

他慢慢睁开了眼睛，全身上下就只有这双眼睛还能动，在他身上这唯一的活物看上去多少有些瘆人。我不由得后退一步，说，范老师，我来还书了。

他目光模糊呆滞，像是眼睛里有一层障子挡住了他。他忽然声音发抖，是范柳亭回来了吗？

我呆呆站着，半天才说了一句，范老师，是我，我来还书了。

他的眼睛慢慢眨了几下，好像终于看清我是谁了，这才说了一句，你来了？不用还了，留个纪念吧。

这句话忽然让我很伤感，我把几本书整整齐齐摆在他面前，说，借了就得还，要不你下次就不借给我了，等你身体好了，我再来借书。

他躺在那里，用浑浊的眼睛又看了我好一会儿才慢慢说，你来了就好，我是想告诉你，其实人这一辈子都说过假话，都骗过人的。我本不叫范听寒，我本名叫范福星，我上面有四个姐姐，我父母老来得子，所以叫我福星。范听寒是我上师专之后自己改的名字。我也没有家学，我的父母都是不识字的农民。就是当年在师专当老师的时候我也只是一个最普通的老师。

我只觉得被他两束微弱的目光箍着，动弹不得，又是烦躁又是紧张，我口干舌燥地说，范老师，不要乱想。

他忽然笑了一下，眼睛还想紧紧盯着我，目光却已经聚不到一个点上了，这使他看起来就像正拼命看着我身后一个遥远的地方。只听他又说，我说过假话，范柳亭说过假话，你也说过假话。万物刍狗，所以，谁也不要怪谁。

我脑子里轰的一声，张开嘴又闭上，又张开又闭上，只觉得有千言万语要说，却是一个字都没有说出口。

这时只见他又闭上了眼睛，嘴里开始发出一些奇怪的破碎的谵语，我轻轻抓着他的手，不停叫他范老师，范老师。我忽然想把很多话都告诉他，这些话已经藏了太久。然而连他的谵语也渐渐熄灭下去了，我更用力地握着他的手，那只手正在我手心里迅速变凉变硬。

我连忙挑起竹帘叫人，院子里帮忙的村民们一拥而入，却见床上的老人已经过去了，便七手八脚地开始给他换老衣，又有人和范云冈商量，说范老师这驼背太大，老衣穿不上去，过会进了棺材也躺不平，要不要把弯曲的脊椎骨压断了？

我躲出去了。艳丽的棺材躺在海棠树下，一阵秋风吹过，几只血滴一样的海棠果儿叮叮当当落在了棺材上。西山上的天空被夕阳染得鲜红。

旁边的花圃里不知什么时候已经换了一片翠菊。

13

1999年9月，梁海涛从这个世界上消失了，取而代之的是郭世杰。

变成郭世杰之后，我先是坐火车躲到福建，在一个叫永定的县城开了家刀削面馆。一年之后面馆生意渐渐冷清，我又从福建辗转来到广州做小生意，那时候的小生意已经远没有八十年代好做，做了两次小生意把身上仅有的一点钱全部赔光了，只好应聘到一家歌厅做服务生。当时是歌厅生意最红火的时候，在我做服务生期间，有两个中年富婆每次去歌厅都提出要包养我。为了躲开这两个女人，在广州只待了半年我便又辞职去了珠海，在那里找了个偏僻的小渔村做了一年渔民。之后又向西辗转到了贵州、云南。我在每一个地方都不会待太久，所以我的行李总是少得可怜，不管走到哪里，行李箱里只有固定的三套西装三件衬衣两条领带，还有几本书。一直到2004年，我终于做出决定，一个人回到铅矿。

14

我一个人在大山里走着。

秋天的山林斑斓而安静，似乎全世界的寂静都聚集在这山林里了。我走到一棵榆树下的时候，一阵风过，满树金黄的榆叶像场雨一样落了我一身。我抬头看着这棵树的时候，便也看到高天上的云正变幻着无数种面孔。

我向那山顶爬去，黑龙峰，是方圆几百里之内的最高峰，我从未上去过，也不知道在那上面究竟能看到什么。从早晨一直爬到黄昏时分才终于上到山顶。一上山顶我就先被那轮巨大的夕阳击晕了，它看起来那么大，那么近，血淋淋的，似乎只要我一伸手就能够着它。从这山顶上看下去，整片山林都被染得血红，有风吹过时便状如波涛。就在这一片汹涌的波涛中，我却看到了一块凹进去的癞疤，我很快明白了，那是铅矿的位置，也就是我的藏身之处。然后，换了一个角度，我看到血红的波涛里居然亮着一面闪光的镜子。我盯着那镜子看了很久，终于明白，那镜子其实就是密林中的无名湖。原来，只要有人能登上这山顶，无名湖便不再是这世上的一个秘密。

我本能地抬头看了看天空，玫瑰色的晚霞正在迅速消散，取而代之的是一大团雄壮的云堡正在我头顶聚集。云堡中间开了一处小洞，夕阳最后的光线从里面射下来，照着我和这片森林。宛如一只巨大的无所不知的眼睛。

又在顷刻之间，狂风骤起，云堡坍塌，一场大雨将至，森林里有怒涛滚滚而来，那林间的癞疤和镜子似乎转瞬之间便会被吹得支离破碎，无迹可寻。

这一日，我骑着摩托车下山，又来到落雪堂，来到范家门口。穿过那排柳树，见门正开着。幽深的门洞里空无一人，那张小木桌和我做的那把椅子却还在原处，好像上面还坐着一个隐形的老人。我对着那桌子和椅子默默站了一会儿，然后走进院子里。

我吓了一大跳，院子里一片狼藉。一只箱子在阳光下敞着盖子，里面是一堆五颜六色的衣服，房檐下的台阶上横七竖八地铺了一地书，都晒着太阳。有几张写着毛笔字的条幅也被扔到院子里，好像正在院子里闲庭信步。各类生活用具零散扔了一地。仿佛这院子刚刚被洗劫过。我站在院子间，有人吗？

竹帘晃了一下，闪出一个人影来。我一看，不是别人，正是范云冈。如今这整个院子里就剩她一个人了，她远远站在那里，看起来分外瘦小，竟把这院子衬得空旷了好几倍。我心里一阵难过，口气倒更蛮横了，你家这是怎么了？被强盗打劫了？

她向我走过来，脑后还是梳着一只蓬乱的大丸子，眯着眼打量了我好几眼，好像这才勉强想起我是谁，说，是你啊，打领带那个。你又是来借书的吗？你还真敢来。

这最末一句话让我对她又有了几分警惕，但我还是不动声色地问了一遍，你家到底怎么了？

这些书都是我爷爷的，你喜欢哪些随便拿去，反正我都是要送人的。

我惊诧道，你爷爷的书你怎么能送了人？他自己保存了那么多年，还给好多书包上了书皮。

她耸了耸肩，两手一摊，说，我算看透了，他再爱书，死了还不是一本都带不走。留这么多东西做什么，都是累赘，不如早些送了人，还算做了好事。

我的口气忽然就有点气急败坏起来，我像个长辈一样大声训斥她，你爷爷允许你把他的书都送人了吗？

她挑起一只嘴角嘲笑我，你是我家什么人？

我自觉失言，便坐下点了支烟猛抽起来。她立在我旁边说，喂，给我一根。我瞪着她，小姑娘家抽什么烟，抽烟抽多了连肺都能被熏黑。她叫道，那你怎么还抽啊。我又抽了两口才说，我烟瘾大，年龄也大了，戒了就没什么乐趣了。说着递过去一支烟，她点着了，装腔作势地抽了一大口。我估计她的很多动作都是从电视上学的。

她一边抽烟一边说，我要出门了，说不定一走就是几年，我把工作都辞掉了。一个人守着个十间房的大院子，晚上都觉得瘆人。

我猛抽了几口烟，把自己呛得直咳嗽，我痛心疾首地说，你爷爷费多大的劲才给你找的这份工作。

只见她叼着烟在满地狼藉里游弋着，说，我八岁就没有妈了，跑了，以后再没看过我。我二十岁的时候我爸失踪了，生死不明。我二十四岁的时候我奶奶病死了，然后，就剩了我和我爷爷，我知道他也会走的。我在心里早就做好准备了，我知道他们一个一个都会离开我的，最后会只剩下我一个人。所以我早就想好了，如果只剩下我一个人的时候，我该怎么办。我总不能一辈子就在一个馒头大的小镇上待着吧。大城市我也不去，累得慌，我可能去西藏、新疆，还可能去内蒙古。你看人家那些少数民族，成天骑着马在草原上跑来跑去地放羊，喝着酒唱着歌儿，不用找工作，不用巴结人。死了就拉倒，活人也不用为死人哭，因为人人都要死。每当我想为我爷爷大哭一场的时候，我就想，我也会死的，反正大家都一样。

她说得并不伤感，我的眼泪却差点下来了，默默抽完一支烟，把眼泪硬憋回去之后才说，人家是游牧民族，和我们不一样，那种生活在电视上看看就行了。人最后都是需要安稳的，我年龄比你大好多，你听我一句，其实在一个小镇上当个小学老师真的就挺好的。

她叼着烟看天，不吭声。

我以为刚才的话起了作用，忙又继续，不要以为自己比别人多看了几本书就和别人不一样了。你爷爷还是希望你有份稳定工作，找个好人结婚，再过几年你就知道了，其实安心比什么都好。

她忽然冷笑一声，既然结婚这么好，你怎么不去结？

我心里一惊，嘴上却硬撑，谁说我没有结婚，我儿子都十几岁了，个头比你还高。

她并不说话，只是嘎嘎大笑。我这才想到，虽然我还是愿意把她当成一个孩子，但事实上，她已经二十九岁了。我忽然想到，范听寒在去世前会不会把他所知晓的秘密已经告诉了他的孙女。

我心里一动，却不再有以前那种动辄一身冷汗的激灵感。我想到了那天站在黑龙峰上看到的无名湖，它像面小小的镜子一样裸露在大地上，反射着血红色的夕阳。也许，这世界上根本不止我一个人知道它的存在。想到这里，我反而有了一种莫名的轻松。

秋天的阳光烤着我，我微微闭了会眼睛，阳光里飘着翠菊最后的花香。再睁开眼睛时，忽见她抱着两只酒瓶子站在我面前，她把酒瓶朝我晃晃，你看我爷爷存下的老白汾也带不走，我不说吗，人活一世就是个过客。怎么样，中午一起喝点吧？

她把菜园子里最后一个茄子和最后两根黄瓜摘了，把茄子蒸了，拌上蒜泥，又把黄瓜拍了，淋上香油。又说她爷爷在缸里还养着两条鲤鱼，要不要也炖了下酒。我连忙说,我从不吃鱼。她便只把茄子和黄瓜端上来,两只酒杯里都倒满酒,然后我们就在门洞里的小木桌前坐下来对饮。

秋风带着剑气从门洞里钻过,已经明显有了凉意,她举起杯子,我也举起,我们碰了一下。她说,以后要是去了新疆西藏,怕是就喝不到这么好的酒了。我说,去了哪里都有好酒喝的,就是过了阳关玉门关,照样有好酒。不管去哪里,我还是希望你能找个好人,一个人真的太孤单了。

她挑起一只嘴角看着我,一个人太孤单了?

我不再接话。

我们默默地喝了三个来回,我放下杯子,忽然正色问道,你爷爷去世前,你是怎么找到岔口饭店的?

她用一根修长的手指轻轻敲打着桌面,意味深长地看着我说,因为镇上去山里采木耳的人曾经在你那饭店里吃过饭,你那饭店根本不在镇上。而且你那饭店里只做四样菜、过油肉、酱梅肉、野鸡炖山蘑、烩土豆。我没说错吧?

我不语,咬了一大口黄瓜,满嘴咔嚓咔嚓脆响。她补充了一句,我早和你说过,一个馒头大的小镇能瞒住什么,镇东吃肉,镇西就能闻到。

我仍不说话,又咬了一口黄瓜,正使劲地嚼着,忽听她淡淡说了一句,我男人也去你饭店里吃过饭。

我的咀嚼猝然止住,我抬头看她,我们正好四目相对。我脑子里努力拼凑着那个男人的样子,却是怎么也聚拢不成一个人形。她说的应该就是那个凤城镇上暴尸街头的黑社会老大,他居然去过岔口饭店?而我却根本不知道坐在那里吃饭的人可能是谁。

我不寒而栗,忽然却咧嘴笑了一下,牙缝里露出绿色的黄瓜。

她给我倒上酒,我又和她喝了一杯,才假装漫不经心地问道,他去我那里吃饭也是进山采木耳吗?

她那根指头似乎闲得发慌,还在不停地敲打桌面,她说,他倒不采什么木耳,他只是对你好奇,觉得你是有些来路的人。一个人为什么要把饭店开到山里去呢?

我听到自己的心脏在胸腔里很响地跳了几下,但我的声音反倒愈发轻快,我说,进山里拉木料的大车司机也要吃饭吧,总不能所有的人都把饭店开到城里去。

那根指头还在敲,发出单调可怖的声音,她并不接我的话,只说,你不是经常去镇上卖木耳吗？他早就注意到你了，因为你的穿着就和别人不一样。

我想到直到那个男人被砍死在街头，我都没有见过他一次，甚至至今都不知道他长什么样。而当我在镇上卖木耳的时候，他可能就坐在我对面正仔细打量着我。

看来今天我根本不该来，范听寒已经不在了，我却又放心不下他这个孙女，毕竟，她没有了父亲，又没有了爷爷。听她的口气，她像是已经知道什么了。

我下意识地朝着门的方向看了一眼。离我并不远，我断定我可以随时从这扇门里离开，她毕竟只是一个年轻姑娘。做好打算后，我不动声色地给她倒了一杯酒，又给自己倒了一杯，然后笑着问她，注意到我？就因为我喜欢穿西装打领带？

她也笑了一下，他说他还没有想明白你到底是什么来路，如果是一个犯过事的人，大概也不敢穿成这样。他觉得你很奇怪。

看来她并不确定。我又想到那个男人既然能找到岔口饭店，会不会也已经知道了我住在哪里。我便试探道，他在我饭店里吃完饭都不和我打个招呼？既然都认识，怎么能不去我家里坐会呢。

她微微一笑，把杯里的酒一饮而尽，说，你家？你家在哪？

我不说话，看着她的眼睛。

她回看着我的眼睛，说，我男人那次下山后曾对我说，他猜你很可能就住在山里。

我纹丝不动，他还说了什么？

他还说他觉得你没老婆没孩子，应该是一个人过。

我竭力用平静掩饰着内心的狂风巨浪，我看到自己端起酒杯的手又在发抖，但我还是勉强和她手里的酒杯碰了一下，一口喝干，这才说，其实他要是早说的话，我一定请他去我家里坐坐，让我老婆给他炒两个菜，我和他好好喝顿酒。

说完这话，我又点了一支烟，一边递给她一支。

她把烟点着了，叼在嘴角，锋利的眼神忽然就钝下去了。她极安静地说，没机会了，后来他死了。

我没有说话，只是埋头抽烟。

她抽了几口，不再看我，只看着门外说，他这个人吧，你可能没见过，长得特别像个坏人，打架斗殴，还蹲过监狱……他只是长得像个坏人。你不知道他其实还像个小孩，喜欢捡树根做根雕，会用麦秸编篮子，会把南瓜刻成灯笼。

她没有声音地流着泪，嘴角还叼着那支烟。

我感觉自己身体里滚烫，手脚却冰凉。我便走到水龙头前把头伸下去灌了几口凉水，一抬头，正看到那只大水缸里盘着的那两条大鲤鱼，它们不知吃了些什么，越发肥硕。我胃里一阵抽搐，又伸头灌了两口凉水。

我重又回到桌前坐下，她脸上的泪迹已经收起，那根手指重新在桌上可恶地敲了起来，她边敲边忽然想起了什么，对了，你还有个奇怪的地方，你和我爷爷说过，你小时候是在海边长大的，对吧？但是你却不吃鱼。

我盯着她那根手指看了一会才说，不是这世上所有的事都能解释清楚的，有人讨厌吃鸡肉，就会有人讨厌吃鱼肉。

她诡异地笑了一下，说，是吗？那你觉得我爸爸还可能回来吗？他已经消失了八年了。

我说，我记得以前你自己不是说过吗，觉得他只有两种可能，要么是他犯了什么罪躲起来了，要么就是已经被人害了。

她目不转睛地盯着我，那是我说的，不是你说的，你觉得哪个可能性大？

我摊开自己的手心比画着，说，我不会算命，这个我不知道，真不知道。

她又独自饮下一杯酒，然后，那根可恶的指头继续在桌上有节奏地敲着，笃笃，笃笃，笃笃笃。她慢慢说，你想知道我男人是怎么看待这个事的吗？他给我讲过，一个人几年不回家的可能性有很多，比如他以前的一个狱友，判刑之后被发配到新疆戈壁滩改造，刑满之后也不能回内地，就只能在那戈壁滩里待着，和家里人也多年没有了联系，家里人都当他已经死在新疆了。又说他知道有一个年轻女的离开家里去呼和浩特的一个饭店打工，她在工作的第二天就被奸杀了，公安通知了她父亲，她父亲不敢把真相告诉她母亲，就骗老伴说女儿跟着一个有钱男人跑了，过上了好日子，吃穿不愁，就是不记得往家里打个电话。一骗就骗了三十年，一直到他老伴去世前还在等着他们的女儿回家，而杀人犯是在那女的死了十多年后才被抓住。他还给我讲过有个生意人被人抢钱害命，却几年里就是找不到尸首，家里人和公安局方圆十里地找，怎么都找不到，就成了无头案。结果你猜后来是怎么找到的？邻村有个人喜欢钓鱼，有段时间老去一个很远的废水塘钓鱼，他发现钓起来的鱼都比别的地方的鱼肥大，他就感觉有点不对劲，那人胆子大，决定到水下看看究竟有什么，结果看到水底有一具被大石头绑着的尸体，尸体上的肉已经被鱼吃光了。

我刚端到嘴边的酒杯忽然停住了，她也忽然住了口，整个世界像被一把利刃齐齐剁了开来，没有一点多余的声息。我端着那杯酒，再次迅速朝那扇门的方向看了一眼。

片刻的死寂之后，我说，你那男人，死了真是可惜了。

在幽暗的门洞里，她目光灼灼地看着我，忽然间她骄傲地微笑起来，说，我一直都这么觉得。

我还是举着那杯酒，说，我想敬他一杯。然后，我一饮而尽。

夕阳西下，我们两个人都喝得有些醉了，我心中想着还是快些离开，便摇摇晃晃地站起来，说，天快黑了，我该走了，把你爷爷的书送我一本吧，用他的话说，留个纪念。

她重复了一遍，我爷爷说过，是要让你留个纪念。

我拿起一本《花间集》，打开，里面居然也夹着一张写字的纸，看起来又是一首范柳亭致父亲的家书，"谁道闲情抛弃久，每到春来，惆怅还依旧。日日花前常病酒，不辞镜里朱颜瘦。河畔青芜堤上柳，为问新愁，何事年年有？独立小桥风满袖，平林新月人归后"。落款时间是二○○六年三月十八日。我想我真的是喝多了，我竟对范云冈晃着这张纸说，看，你爸爸的信，你看他一直在给你爷爷写信呢。

她神秘地笑了，我爷爷经常给自己写信。

我把那本书小心翼翼地揣在怀里，然后终于向那扇门走去。她跟在后面，一直把我送到门口，门口不见人影，只有我的摩托车停在那排柳树下。我又是怕她，又是感激她，我知道这一定是我最后一次来这里了，我觉得我应该说点什么，把那些本想和范听寒说的话都说给她听，我甚至想和她聊聊她的父亲，我毕竟认识他。最后我却只客套地说了一句，你走的时候，我来送行。

她又习惯性地挑起一只嘴角，看着我的眼睛说，不用卖我人情，你走了就走了，反正我也是要走了。

我一只脚已经跨在了摩托车上，另一只脚踮着地。这时候我发现她是真的在让我走，是真的。我反倒犹豫了片刻，最后还是使劲一踩油门，摩托车突突突地发动了起来，就在那一瞬间，我心里仿佛有山洪涌过，我忽然扭头对她喊道，你上不上车，我现在带你去一个地方，就在这山里，我带你去看一个你从来没有见过的湖。

她愣了一下，眼睛里忽然波光闪闪，却依然站在柔媚的柳枝下，没有动。然后，她假装什么都没有听到，只用更大的声音喊回来，你说什么，我听不见，我一点都听不见。在摩托车飞出去的同时，我看到她转过身去，消失在了幽深的门洞里。

15

我潜入水中，再次向着无名湖幽暗的湖底游去。

原载《收获》2019年第1期

点评

《鲛在水中央》是一篇充满诗意、具有宽广空间和多重意蕴的优秀小说。作品中有一条罪案线索贯穿始终，但故事（罪案）并不是作者叙述的重点，而只是构成了小说的背景和源发动力，作者所力图表达的是置身暗处的人们如何抗住黑暗的闸门，寻到生命的光亮来。因为时代命运的几度变化，"我"从海边小城来到山西内地，又从一个铅矿工人变成钢铁工人，从钢铁工人又沦为下岗工人，之后，杀人犯、服刑者、隐居者多重身份角色陆续叠加在"我"身上，身份的不断变换的背后，是时代高速发展背后个体命运的震荡和颠簸，在此过程中，"我"的人生是一条不断下坠的曲线，人世的艰难在"我"的个人命运图景中被展现得淋漓尽致，一览无遗。继续下坠还是自我救赎？作者的答案是后者。"我"回到了生活开始的地方，一座废弃已久的铅矿。"我"成了一个隐居者，一个原始人般、苦行僧式的修行者，"我"回到深山密林是对生活止跌和人生止损的最好也是最后的方式。但隐居并非逃避和自弃，"我"仍试图活出人的体面和尊严来，尽管深山空无一人，但"我"仍然每天坚持穿西装、打领带，一身正装地去生活，哪怕是去集市上卖山货，哪怕是一人独居陋室，这是一种向上的态度和试图把握自我的渴求。而"我"与范听寒的生活交往和精神交流则显示出一种自我救赎的追求和愿望，一个杀人犯冒着暴露的危险不断去接触死者的家属，借书的需求并不足以驱动"我"做出这样的行动，促使"我"一次次前去的深层原因在于自我救赎的冲动和渴望，"我"试图在一次次的交流和关照中寻求灵魂的安宁。作者通过郭世杰这个主要人物力图表达的是人在困境中自我反观与救赎。

除了"我"这个人物之外，小说还极具想象力地设置了许多意味深长的关系和细节，比如范听寒，这个同样一再被命运抛弃和裹挟的人物，同样有着倔强不屈的性格和力量，命运将他肉体弯成了一个直角，但他并未屈服，他坚持一日三餐吃硬邦邦面条的举动是一种生命的态度，它借此自证生命力的存在，并获取继续等待下去的力量。虽然并未知晓"我"全部的来龙去脉，但显然我与范柳亭关系特殊已被他猜中，他的选择是宽容和放生，显然，在倔强的性格之外，对于人的善意和宽容也构成了他生命的底色，这个充满诗书气的老者，让小说获得了更多的哲思和智性。包括范云冈，也是一个被伤害却仍然对生活和人类充满爱意的人物，与"我"以及范听寒背负同一种命运属性。

概括而言，孙频在这篇小说中写了一群在命运的暗处和低处努力向上、积极自救的人，他们身处不同的命运困境，但都不抛弃、不放弃，努力活出人的尊严与体面来。而作者灵动诗意的笔触、多处留置的空白将这种题旨托出了故事的水面，伸向高空，令人沉思。

（崔庆蕾）

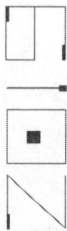

来访者

/蔡 东

一

我记得江恺第一次坐在我对面时脸上的表情。我熟悉这样的表情，练过瑜伽了，修过佛打过坐了，老庄和张德芬都看过一遍了，还是不行。

江恺坐在对面，阳光透过玻璃和一层薄薄的纱帘，落在他脸上。发型挺时髦的，头两侧只有短短的发茬，头顶的头发留长却没有塌下来，也没有一撮撮粘在一起，看样子是手指蘸点发泥往上抓的，抓得很蓬松，略微凌乱地立起来，说不出地恰到好处。再看衣着，条纹针织镶边的棒球服，天蓝牛仔裤，浅褐色哑光皮质的德比鞋。一打眼就能估摸出来，他受过教育，有份体面的工作，审美也合格，看上去是个活得不错的人。

他让我觉得很不安。初次来访的防御、不信任、试试看、半信半疑，他统统没有，越是这样我心里越沉重。他看起来正常，实际上已经不知道怎样往下活了，只是还没到完全绝望的程度。完全绝望的人不会尝试改变，他坐在我对面表示他对人生仍怀着渴望，或许把我当成了最后的希望。我呢，只是选择这份职业的一个普通人，既不睿智，也不神奇。

这几年每接洽一个新来访者，想到反反复复、缠绵难愈的过程，心就累了，我提不起兴致来了解和琢磨一个全新的对象。每个人都是一座博物馆，也是一座垃圾山。而来访者不是来展览生命中的功业并邀请我鉴赏的，他们会在职业化的导引下，在一个个失去戒备的松弛时刻，任由心底的一条条浊流暗河泄洪般地冲出来，而我在一片狼藉中仔细辨查，捡拾起有用的材料，耐心地抽丝剥茧。这是跟人相关的工作，跟人相关的工作只能耐住性子，一层一层，一步一步，还未必总是向前，时不时绕一圈就回到了原地。

前几次咨询我说得很少，鼓励江恺多说，放开说。江恺需要说话，需要尽可能地倾倒，他就是对着树洞说上几个小时也是有效果的。跟我一起听他说话的，是一盆菖蒲、两株琴叶榕和几只毛绒玩偶，龙猫、哆啦A梦、小兔本杰明。

房间里光线柔和座椅舒适，江恺说话的时候频繁做手势频繁喝水，基本不和我对视。工作出了问题，婚姻濒于破裂，母子关系也不睦。江恺的故事并不特别，但他说话时脸上闪过的那种年轻人才会有的迷茫神色，让我心里很不是滋味。我想帮帮他。他说起自己的出生年份，是再熟悉不过的四个数字，我儿子也是那一年出生的。

接下来的几次，回溯童年，梳理记忆，细细翻看密密麻麻的褶层。久远的场景和事件苏醒过来，初时，江恺像个局外人一样在描述，说着说着开始可怜自己了，开始动怒了，攥紧拳头，脸涨得通红，音调升高，身体却瑟缩起来。我没有介入，放任他在痛苦中待一会儿，再待一会儿，差不多了才让他自由联想，继而邀请他一起分析。我也会在恰当的时刻揭示出表象背后隐藏的心理机制，让他有豁然开朗的惊喜感。相对于其他咨询来说，我基本算不上使用技巧，也尽量避免让对话进入到既定的程式中，更没有为了获取信任而卖弄经验和学识。回想跟江恺面对面的十几个小时，是新异的体验，不像在工作，也没有什么目标的预期，平实，随性，自然而然。

直到一个锋利的声音抓破了这个下午。我的手机号不留给来访者，江恺打固话找到咨询助理，他的请求是被转述过来的，隔了一个人，迂回了一下，我还是能想象出电话里的声音，惊恐无助，尖尖的高音，刀刮玻璃，麦克风骤然啸叫。这声音灌进耳道，牙根一下子就酸了。

他想见你。来不及提前预约，问能不能临时安排一次。

在咨询室坐定，我还在后悔，后悔不该开这个口子的。房间里的一切都经过精心设置，生命力强的绿植，灰蓝的地毯，暖光落地灯，原木圆桌，米色布艺沙发椅，红茶，糖果，蜜饯，这些不经意间抚慰着来访者的小设计，此刻也在安抚着我。刚坐进转椅，耳边咚咚地响起江恺快步走来的脚步声，过了一会儿，声音消失了。

真安静。透过窗户打开的一道窄缝儿往下望，地面上人和车的移动似乎变得慢吞吞的，草坪树木的颜色亦是黯淡的，像个远古的场景，不仅是距离的迢遥，还有时间上的渺远感，远到迷迷蒙蒙，影影绰绰，睁大眼睛也看不真切。耳朵里也听不见什么声响，像身处真空，也像来到一个空荡荡的梦境。嘈杂的市声往高处走着走着就走不动了，扑腾着往下掉。

敲门声响了两下。他的手举着还是放下了？我定定神，说"请进"。

江恺还算镇定，也许赶来的路上已经尽可能调节了。

我笑了笑，表示他丝毫没有打扰我，我把转椅朝他挪一挪，身体往前探，鼓励他开口讲。

他说，我打了主任。

虽然有所准备，听了他的话我还是一愣怔。最近这两个月，每个周末都跟他会面，他的成长、求学、婚姻及工作情况已了解个大概。我知道他表面上的温顺是很不稳定的，他的人际交往存在很大问题，他不是一个容易相处的人，但这种不好相处更多的是指向世俗层面上的不圆滑和情绪化，也不至于打上司呀。

我首先担心是咨询中有什么误导吗，曾建议他体会心底的真实情感，不管这情感是正面的还是负面的都不要抗拒，也许这就释放出了他的攻击性。我紧张起来，让他详细说一说。

不公平，他说，已经不是第一次了。

大抵是单位里推诿扯皮的那类事，不新鲜。听他讲完，我长舒一口气，问他，是什么程度的，嗯，肢体接触？

推主任一下，用了很大力气，他往后退几步，坐地上了，我又蹲下去用手臂锁住他的脖子。他比画着。

我既不摇头也不叹气，不动声色地看着他的擒拿动作。

同事赶过来把我拉开，主任跟喘不过气来一样瘫坐着，他胖。没等他被人扶起来，我转身跑了。

我点点头，然后就是联系咨询助理，来到我这里。来的过程并不顺畅，他说路上手一直抖，握不紧方向盘，勉强开了一段，把车停在路边，打的士过来的。

突发事件劈面砸来，我也需要消化，在我这儿事件最后定格为一个画面，这个看起来很强硬的男孩匆匆逃走，留给人们一个张皇失措的背影。

这会儿，劝解、指导、提出后续处理办法都是不合适的，也别用术语去分析，他需要先松懈下来，不再发抖，不再害怕。

剥开一颗椰蓉软糖，递给他，他捏住糖，还在愣神，细雪一样的椰蓉缓缓飘下来，悄无声息地铺落在地毯上。

我指着茶叶罐问他想喝什么茶，紫罐里是大吉岭，栗色铁罐里是伯爵银针，锡兰红茶放在木盒子里。他说喝什么都行，这才想起把软糖放进嘴里，含住了。

我坚持让他选，说，江恺，你来做主。他指了指栗色的罐子。

水开了，冒着热气的水流注入玻璃壶，混合着蓝色矢车菊、橙色金盏花的银针茶渐渐展开蜷紧的叶片，柠檬油的香味往外挥发，香气在空气里悠悠荡荡，沉下去又浮起来。

江恺双手环住茶杯，啜一小口。我也不说话，看向窗外。天色暗下来了，这屋里的沉默再纯粹不过了，是没有方向的沉默，也不含着责备，更没有蕴蓄涌动着下一波的焦躁。我们安静地坐着，时间平滑地淌过去，好像从来就没有遭逢过火烧眉毛，也没有一蓬蓬荆棘阻断了去路。

他始终不问"怎么办"，他累了，大概就想挨着一个可以亲近和信赖的人，陪他坐一会儿吧。

茶冲了几泡，香味一淡，房间里显得更清净了。时候已不早，下面还有预约的咨询，至少要留出半小时空当让我独自待着，攒攒精神，准备进入到下一位来访者的世界里。

谢谢您，我先走吧。他把剩余的茶水喝完，站起来往门口走，临出门了转过身来冲我笑笑，小心地掩上门。他脸上时常露出小学生的神气来，不是孩子的而是小学生的，我能辨别出两者间的微妙区别。嚼软糖的时候他也是小口小口地，手捂着嘴，低垂着眼睑，像个怕光的小动物。

完成当天的咨询已是夜里十点多。对面的高楼，一大截子消失在黑沉沉的夜雾里，只剩下点点灯光若隐若现，江恺的脸庞也渐渐模糊起来。下午他来访，没说多少话，主要为平定情绪，刻意不细说，我却隐隐觉出来，之前的那些回，他看似迫切的倾吐也是经过精心选择的。咨询有一段时间了，也许我们还是在表皮儿浮着，渗不下去。想想也正常，人心底某些犄角旮旯自己都不愿去，自己都不愿看得太清楚，更别说让旁人进去看了。这从来都不是一件轻巧的事情。

二

南方的冬天走走停停的，冷了几次也冷不下来，约略有个意思罢了。树叶陆续地掉，不似北方迅疾严厉，一下子全掉光裸出枝枝杈杈，枝丫上总还笼着一层绿意，只是绿得薄了，不像夏天那样累累的。

临近年末，期末考试的缘故，青少年来访者多了，婚姻咨询也多起来，好像婚姻也要经历年终大考一样。最近这个月江恺没有出现，看看下星期的预约表，依然没有他的名字。

周六下午的咨询排得满，我过了饭点儿才下楼。拐进茶餐厅，靠窗坐下，捧着餐单看半天，还是点了云吞面，饮料呢，鸳鸯、热鲜奶、阿华田、好立克、柑橘蜜、红豆冰、可乐煲姜，一行行看下来，最后我在杏仁霜后面打了个勾。

茶匙一下下搅动杏仁霜，白色的小漩涡旋转着，甩出来清冽微苦的杏仁味。附近写字楼加班的人三三两两地进出，大都挂着胸牌，坐定话不多，埋头填饱肚子。餐厅里很静，用餐区跟切配间只用玻璃隔着，玻璃后面一根银色横杆，悬着一排挂钩，钩着油鸡、烧肉、卤鹅、青蒜，射灯打下来，青蒜碧绿如洗，烧肉的皮色是枣红枣红的。

抬头看见一个颀长的背影，等他转头，转过头来却不是。这些天，看到高个子男孩就忍不住想起江恺来。

出电梯，沿着走廊往办公室走，我远远看见一个人在门口来回踱着步。走近了，发现是个面生的年轻女人，冲着我点头。目光越过她，望向前台，值班的姑娘不在。拉开包的拉链，摸到里面的强光手电筒和高分贝报警器，心里踏实了些。

我不往前走，女人也不动，互相对视几秒。她说，您是庄玉茹老师吧，我见过您的照片。

我紧攥住手电筒，心想随时备着的东西竟然真要用上了。

庄老师，我是江恺的妻子，我叫于小雪。

手还是没从包里拿出来。走廊的灯光偏暗，于小雪走近几步，我才看清她的脸。看清了，攥着手电筒的手指不由松开了。当时形容不出来，后来回忆起跟于小雪唯一的这次见面，回忆起她的脸，一个词才浮现出来，弧度。生硬、苦愁、凌厉的脸上是见不到优美弧度的。于小雪呢，眉毛从中间开始弯，眉尾恰当地收住，不至于耷拉下去，双眼皮儿不深不浅，两道秀气纤巧的虹，嘴角向上翘，横躺着的月牙儿，从耳垂到下巴颏儿也是一条流畅的弧线。很喜相的一张脸，无论笑不笑，笑意是满的，要溢出来的样子。成年人的面相泄露的信息太多了，无关乎天生的五官美丑，面相里往往隐匿着一个人的心理和生活状态。

走廊另外一头的保安朝这边走来，我取出钥匙打开门，犹豫地看着于小雪，她迎着说，能占用您一点时间吗？我拿不定主意，身体却侧过来让一下，她赶快走几步跟在我后面进了屋。

她坐进江恺常坐的沙发椅，环视房间，视线最后落在书架上。我以为都是专业书籍呢，原来不是，她喃喃念出声，《通俗天文学：和大师一起与宇宙对话》《中国首饰史话》《李白传》《夜航船》，这是，呀，还有这么多绘本和漫画。

不清楚她的来意，我礼貌地笑笑作为回应。

家里现在有很多心理学书籍，《释梦》《荣格文集》《行为主义》《自卑与超越》《论人的成长》，都是江恺买的，我有时也翻一翻。

心里忐忑，等着她切入正题。我这个职业在来访者家属那里名声并不好，有的目之以传销、灵修、邪恶催眠一路，有的不以为然觉得不过是伪科学、读心魔术，有的时刻提防着，怕咨询久了依赖上，跟亲人反而疏远了，最习见的是把我们看成江湖骗子糊弄人，新时代骗术，闲聊天儿居然按分钟收费，还那么贵，简直是敲诈。

庄老师，你会保密吧？她问。我以为她要跟我聊聊江恺，没想到说的是她自己。

声音圆润好听，珠子一般滴溜溜地滚动着过来。

就是一刹那，我看他一眼，偏巧他也看我，那一霎可真长啊，什么都没发生，什么都发生过。之后又见过几次，都是一帮人一起的，听见他跟人打听我，我装作不知道的，其实心里挺高兴。今天，他跟我，两个人，在咖啡馆待了一下午，把不多的几种饮料试了个遍，好意思又不好意思地坐着，都不说告别的话。直到咖啡馆灯亮了，我心里乱，告辞出来，在公园里晃了晃，实在没头绪，才来这里碰运气，看看您在不在。

她又详细说起两人怎么在草木染工作坊共事，我边听边细细地捋。于小雪是纺织面料设计师，这个我早听江恺提起过，也由此想通了他为何穿着打扮颇为讲究，从他表现出来的对自己的认同度这方面来说，本不该这么讲究的，想来都是于小雪对他的积极影响。

因职业之便，我对男女间的事了解甚多，深知那全不由人的疯魔劲儿，就像一把火，除非烧完燃尽，不然过不去。我担心江恺，一时默然，对着眼前的于小雪，却更多的是理解。我知道婚姻有多难，知道跟江恺在一起生活有多累，也猜到于小雪对"草木染男士"的好感，恐怕是因为在痛苦中浸泡太久，想露出头来透口气，未必是动真情。

何况，她为什么来找我呢，肯定不是为了说这些。

她接着说，庄老师，你是专业人士你帮帮江恺吧，我想不到别的办法了，信心也快磨没了，早租了房子说搬出去，又舍不下小家，你不知道我有多看重这个小家，一想到跟他过不下去了，光是想想就忍不住掉眼泪。

这代人是爱过才结婚的。我暗自庆幸。

她说，最近这几年不知道怎么熬过来的，遇见烦心事他情绪低落，一低落就好些日子，毫无理由的他也会突然不满意，好像他本身需要痛苦，好像心绪恶劣倒变成享受一样。外面阳光那么好，扭头看见他，他头顶上压着一大团乌云，我一哆嗦，全身冷透了。他有时待在房间里会忽然大叫一声，接着传来猛砸键盘的声音，好像自己跟自己说起话来，跟念咒一样。渐渐地，各据一室我也安不下心来，飘飘摇摇地等着，干等着他大叫一声，叫完了反而安心了，好像跌进看不见底的洞，掉着掉着总算着地的感觉。

她的声音绷紧了，眼眶里滚着泪珠，眼尾的睫毛湿湿的。

一次次重复，就跟进了闭路循环一样，看不到头。前一阵子他跟单位又闹起来了，这个，他跟您说了吧？

那天下午临时加了咨询。我仔细咂摸这个"又"字，心里明白了几分。

她趁我不注意擦擦眼睛，说庄老师千万别对他有成见，他是一点儿坏心眼儿也没有的人，他多单纯啊，上大学那会儿他脸上就写着三个字：好男孩。

她谈及大二那年去找高中老同学玩，认识了江恺。她随口提到的大学名字让我心里一震，江恺只跟我聊过他的专业，从没跟我提起过他毕业于全国数一数二的学校，我有些吃惊。

提到大学时代她高兴起来，跟我讲他们相处的一些画面，讲得很细致，不愿意漏掉往事一丝一毫的好，脸上始终是小女孩的欢喜劲儿，眉眼更弯了。

我忽然觉得大有希望，很明显她比江恺健全，她是可以从经历中获取养料并被平淡生活秘密滋养着的一类人，这对江恺来说太重要了。

好男孩，怎么就变成这样了呢？末了，她说，说完垂下头盯着地面。

她相信别人，她主动来找我，刚才还说起，江恺提出来看心理咨询，她没有质疑没有冷嘲热讽，帮着在网站上选咨询师，浏览简介和照片，说选这位吧，慈眉善目，看着很亲切。

我的年纪，大概跟他们的母亲差不多。

怎么会对他有成见呢，他是我的来访者，我会帮助他发现一些问题，帮助他的过程也是在帮助自己。每个来访者的心都像冻了几十米的冰层，不能急，慢慢来吧，小雪。我轻声喊出她的名字，她抬起头看着我。

我接着说，心理咨询可以从幼年入手从过往经历入手，家庭，父母，成长历程，沿着这个方向去找线索，这是流行的手法，这种手法因为很少触及现实、相对安全而被广泛采用。但不要忘了一句话，我是一切存在过、一切业已完成的事物的总和。人是什么，人是所有经历的总和而不仅仅是童年的经历，你呢，你曾经是，现在也仍然是江恺的经历。

她的声音抖得很厉害。我看到他在受苦却帮不了他，也没能让他感到快乐。夜里他经常做噩梦，喉咙里发出特别惊恐的叫声，双手在黑暗中乱抓，我想让他醒过来，又怕中断一个梦不好。白天的时候偷偷看着他，既想耐下心来安慰他，又想扭过身去躲得远远的。

我明白她的处境，她正渐渐丧失跟丈夫共同生活的兴趣。江恺的烦躁、怨恨、不高兴像病菌一样四处滋长，高频率的爆发让她身处家中而难获安宁，在爆发和等待爆发中熬时辰，家庭的场，家庭的氛围，吃人不吐骨头。

我把叹息压下去，对她说，我知道你厌倦了，再坚持一下，别放弃。你是江恺的生活伴侣，也是一个良好的客体，跟你相处的美好体验会改变他内在的心理机构，这样他就有希望重新建立起跟环境、跟他人的健康的客体关系。

最后我告诉她，我最喜欢的心理学家是阿尔费雷德·阿德勒。他认为儿童在5岁左右形成了生活风格，也就是构建起了人生原型，但阿德勒不看重过去，他还说过一句话，生命总会设法延续下去。

她眼睛亮晶晶的，用力点点头，生命总会设法延续下去，相信你庄老师，我也不会轻易放弃的。

送走于小雪，我先推开窗户让风吹进来，又关掉吸顶灯只留一盏低瓦数的台灯，最后把自己放妥在躺椅里。眯了一会儿，坐起来准备回家，抓起手机放进挎包，手指又触到了包里的防身用具。几年前一次咨询的时候，坐在我对面的人总盯着花瓶看，透明玻璃花瓶，注水到瓶身的一半，一束鹅黄色的小苍兰亭亭地站在清水里。咨询完了，我手捂胸口调息了半天，心跳才渐渐慢下来。从此，房间里没有了玻璃花瓶也没有了瓷瓶和陶瓶，植物栽种在塑料花盆里，干花们，鼠尾草、地中海蓟、满天星、珊瑚红豆、莲蓬，住进了各种形状的藤编、竹编或柳编的花器里。

来访者是个十几岁的初中生，也许他只是喜欢那束花。

三

每年三月份，我会离开深圳去别的地方住一阵子。各地的景区风光迥异，扰攘是一样的，我受完罪就离开了，景区还在没黑没白地受罪。有一年夜宿河畔的古镇，深夜躺在床上，窗外的人声像涨潮一样漫上来，渐渐盖过了水声。月洞门雕花木床挨着窗户，窗户下面是窄窄的河，打开窗户，红灯笼映着粼粼的流水，对面临水的街上站着人，拱桥上也挤满了人。古镇像个揉着眼睛缺觉的孩子，哪天能睡个囫囵觉就好了。也去过传说中适宜隐居的偏僻地方，发现隐士真多，已经热闹起来，难见荒烟蔓草，跟外头的气息差不多。后来就悄悄回老家住，市郊的宾馆，水库边上的度假屋，临行前或跟亲友见个面，更多的时候直接拉起行李走。坐上出租车，在座位上转头往后看，熟悉又陌生的小城越退越远，渐渐模糊了，是山水画虚虚蒙蒙的远景轮廓，像一场似有还无的残梦，遥遥挂在卷轴的一角。

很少跟亲友谈起我的职业，有人问起来，能含糊过去就含糊过去。这份工作神秘而高危，枯燥又刺激，似乎藏纳了数不清的秘密，但更多的时候我了解的不是个体独特的痛苦，而是公共性质的痛苦，洞悉的也非个体隐秘，不过是对世俗价值的反复体认，对永恒的贪嗔痴慢疑的来回温习，我的房间里噼啪闪烁着心灵幽深处迸裂的暗蓝色火花，同时也堆积了世事人心最表面的一层泡沫，浑浊而固执，强风吹过来都一动不动。

钻研过几本心理学方面的书，还是揣摩不透上级的心意，有时候用过劲儿，有时候又不够主动，经历几任领导，这方面没少下功夫，好像一直没找对感觉，领导对我也不太重视。

做销售三年了，业绩一直不理想，好几次差点被淘汰，量上不去，不被淘汰自己干着也没意思，没有愿景啊。每年固定培训也学了些招式，说穿了卖东西就是讲故事，讲故事的技巧我已经掌握了，但心理不够强大不够坚定，对人家脸上的表情会特别在意，抹不开脸面去磨客户，也不知道用什么办法能轻松混成哥们儿，很苦恼，想请你在这方面帮我提升一下。

我有个高中同学，是我在深圳唯一的朋友。本来我们经济条件差不多，都是一套房一辆家庭型轿车，后来他跳槽去了一家金融公司，每年年底奖金下来了都发笔横财，换了豪华车，现在又准备换房改善生活品质。我呢，后悔大学时没学个好专业，现在还领着死工资。每次跟他见面，回来我都特别，怎么说，就是那个词，焦虑，但他毕竟是我在深圳唯一的朋友，人都需要友谊，其他社会上认识的不敢交心呀。我短期和长期都看不到赚大钱的希望，心里急，睡不着觉，可能快抑郁了。

这些本该跪在菩萨跟前默默叨的话，说给我听了，菩萨不用回应，我得回应，厌恶和倦怠会一起袭来。来访者们境遇各异，有一点是相同的：每个人都气鼓鼓地觉得自己的人生很失败。我经常会有捂紧耳朵的冲动。他们的脸孔年轻而老气，更是令我不忍细看。好在这类人士所受的是滚滚红尘的浅表伤害，没有真正的问题要解决，会很快脱落。再加上自助心理学这么流行，分支细，锁定精准，营销心理学、交际心理学、恋爱心理学，通俗易懂，实用性强，实在不需要专门花钱面询。

四月初回到咨询中心，桌上放着这一星期的安排表，江恺的名字又出现了，预约的是一个工作日的晚上，我仔细看了几遍，确定是江恺。

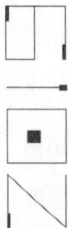

晚上，我提前到咨询室，开窗换气，再把窗子关上。掸干净茶几，调好灯光，倚在沙发上等。江恺提前了几分钟到，说上个月就想预约，助理说你休假去了。

我请他坐下，聊了几句闲话。江恺主动提起单位的事，我问他最后怎么处理的，他说，写检查，会上公开道歉，之后饭堂里见面也互相打个招呼。才不过几个月，他说起来像是很杳远的事情了，也许那天他的慌乱和绝望，不仅仅出于对上司的畏惧、对前途的担忧，我感觉他可能不在乎这些，让他害怕的，可能是另外的东西。

反正我又搞砸了。他扶着额头，准备从头说说。

四

毕业那年参加了研究所的应聘考试，几百人竞争的职位，我笔试面试都是第一。入职头一年工作很认真，跟同事关系也融洽，大家对我评价不错。接下来也不知怎么回事，就跟兜不住一样，跟同事吵跟领导也对着干，人缘越来越差，一去单位就觉得空气紧张，待在那里也是讪讪的，只好去找别的出路，看看选调什么的，选调也是通过考试，我擅长这个，试了几次就考上调走了。

在新单位工作上手很快，一切都很顺利。谁知道过了一段时间，就跟鬼上身一样，又把挺好的局面破坏掉了，我很容易跟人结仇，事事都想反抗，不是诚心的也没什么坏心思，不知道为什么，形容不出来的感觉。

中间还有，不详细说了。现在这个单位是去年夏天刚换的，刚到单位的时候特别高兴，我渴望加入到陌生的群体中，我就是个新人了，是另外一个人了，没人知道我的底细，可以重新再来一遍！谁知道那天跟中了邪一样还是搞砸了，就好像有另外一个人在暗中指挥我，在秘密规定着我生活的走向，不管我怎么做，都是往那一步里迈。

听着江恺的叙说，我眼前不断出现一幅画面，画面里藏着深深的悲哀，叫人看一眼就不由地心情黯然。一个年轻人清晨醒来时是怀着希望的，洗脸刷牙，穿上干净的衣服，默默给自己鼓劲儿开始新的一天，尝试着友善对待周围的一切，然而在某种神秘力量的驱使下，希望和美好总是迅速溃散，无论他多么努力都走不出这个轮回。

这些年一直不太顺。江恺总结道。

我问，你主动挑起冲突的人有什么共性吗？

他想了一会儿说，仔细想想，都是品性很不错的人，但会在某一个瞬间让我感觉受到了约束。

约束？还有没有更多的词语可以描述。

压迫，剥夺。服从别人让我感觉很难受，像一座山压过来，把我压成薄薄的纸片，也像一大把管子插在我身上，生命一滴滴被吸走了。他很肯定地说。

越来越清晰了，我准备开始梳理。看起来，他是个自由的成年人了，不管家庭和父母以前如何，他早已挣脱而出，然而，过去并未走远，像个诱惑，向他招手，一扇扇门次第洞开，长长的通道显露出来，熟悉的口令嗒嗒响起，他毫不迟疑，扭头往回走，召唤他的到底是什么？

觉察和认知是最重要的，只要能认知到是什么在操纵他，就可以用相应的方法来治疗。

回想起来，不过是些微不足道的事情，但让我有受束缚的感觉，为了摆脱这种感觉我总是尽快原形毕露，尽快让人知道我不好惹不能沾，是个怪人是块滚刀肉，别跟我分派任务，别跟我交代事情，别打扰我，离我越远越好。扭曲的是，我又多么希望跟每个人的关系都是正常的。没救了，你理解那种感觉吗，好不容易焕然一新，然后稀里糊涂又是老路，意识到自己又回来的一刹那，一下子就灰心了，一点儿心劲儿也没有了。日子太长，我想把阳寿分给小雪，分给你，分给医院里得了绝症的那些人。他郁郁地说。

我忽然改主意了。

我儿子跟你同一年出生。我说。

也在深圳吗？他肯定比我好得多，我的意思是比我快乐得多。

不在深圳。

那就在国外了。

他死于脐带绕颈，抱出来的时候已经凉了硬了，除了在我肚子里活动、呼吸、生长，一秒钟也没在世上活过。

我们面对面坐着，一切都静止了下来，恍若漫漫长夏，热气凝滞不动，世界也被粘在了原地。

又过了几年我跟丈夫也分开了。

接着呢？再婚了吧。

我不再往下继续，岔开话题说，我之前在老家是做财会工作的。

都过去了，都过去了。江恺安慰着我，好像我是他的来访者。我看着江恺的脸，一时恍惚起来。最近这几年，长成青年人的儿子频频造访我的梦境，他有浓黑的眼眸和上扬的眉毛，个子高高的，喜欢穿天蓝色牛仔裤。白天走在街上，碰见男孩子从我身边经过，我会停下脚步转身看着他们，直到他们的背影消失在拐角的地方或汇进人流看不真切了，我才继续往前走。

江恺的眼睛忽然一亮，说，庄老师，你看圣斗士吗？我最喜欢的圣斗士是凤凰座一辉，工作后挣了钱，收藏了很多一辉的模型，有一座是他穿着金色的神圣衣，身后垂下长长的凤凰翎羽。一辉总是死去死去再复活，而且凤凰座的神圣衣也是有生命的，毁坏了可以自愈。

他讲述起凤凰座的几场著名战事，战斗的激扬，涅槃的灿烂，太阳仿佛伴随着精彩的故事冉冉升起，带着隆隆的巨响声升起，迸射出道道金光，辉映着他年轻的脸。他说自己不该被生下来，抱怨活着真没意思，但是他又多想好好享受生命，好好享受来人间的这一趟啊。阳光，星空，连绵的青山，雨后的草地，诗一般的公式，友情，体育运动，书，电影，花朵，热乎乎的家常菜，各种各样的好东西。

我告诉他，别灰心，千万别灰心，这不是什么绝症，也没有严重到要从心理领域转到精神卫生领域，已有的理论足够帮你认知了。

到底是为什么？他问。

我尽量不给他定性，假我，俄狄浦斯情结，人格障碍，部分社会功能的缺失，这些标签于他无益。人是多么复杂和差异化的存在，不是几个概念几种分类就能说清的，我尝试着用他能听懂的语言，跟他一起分析和逐步发现。

你感觉有个神秘人在指挥你，你是被迫进入到情境中的？

非我本心所愿，我想在平和友善的环境中工作啊。

仔细回想一下，事情失控之前你一般处在何种状态中。

不知道，就是感觉难以忍受，局面、氛围都不对。

轻松的气氛，良好的人际关系，为什么难以忍受？

他皱起眉头，是呀，为什么？

也许，这些会令你感到不适，因为不适你才想改变。

改变舒适的环境？他瞪大眼睛。

你不断创造条件，让自己置身于对抗性的境地中。

我创造的？但处在这类境地中并不愉快，很压抑。

并不愉快，可是你熟悉，你熟悉这种恐惧：敌人在身边，让你不得安宁。你盼望回去，让自己沉入到业已熟悉的恐惧中。

业已熟悉的恐惧？

是的，与其等待不可知的恐惧，不如先期沉入到熟悉的恐惧中，这样就有一种虚幻的掌控感。如果说有个神秘人的话，这个神秘人，就是你的恐惧。

他说，那业已熟悉的恐惧是什么？敌人又是谁？

一种症状的背后必然勾连着一大段过往，熟睡的个人生活史，需要慢慢叫醒它。我说。

他那么聪慧，我觉得他已经意识到了什么，他回避着我的眼睛，说，这一层要慢慢体会。

我点点头，不用急，今天也差不多了，回去好好休息吧。

五

江恺离开后，我在诊疗室躺了一会儿才回家。回到家，走进卧室，打开衣柜门，感应灯随即亮了，敛藏的光在小小的空间里伸展开来，大衣，毛衣，衬衫，挤挤挨挨拥过来。我从抽屉里拿出一块洋布，蓝底白花，颜色旧旧的。不是用旧的，是不曾流走的时间一层层蒙在上面，让它变得晦暗也变得沉重。

那是我唯一的一次昏厥。原来苏醒不是一瞬间的事，而是一节节、一格格的。先是有耳朵了，听见喊我的名字，声音像从很远的地方传过来，传到耳边已经衰弱，回声荡悠悠地响起，在空旷处经久不散，丝丝缕缕地飘着，声音的细丝被一根根抽长，渐渐断了，风一吹，没了。接着，我感觉到身体的存在，不是实心的，是玻璃球，能看见里面树枝一样的脉管，悬浮流动着的血液。再往后，有触觉了，指甲盖划过的地方凉凉的，是铁架子床，最后，有什么东西重重扑在身体上，我猛地坐起来。

孩子的脸是青紫色的，双目紧闭，他还没来得及看我一眼，看人间一眼，眼睛就合上了。人们在床前箍成一个半圆，纷纷劝说着，要把他抱走，我扯过被子盖上他，只露出拳头那么大的头，说让我抱着他吧，就一个晚上也行。熄灯后我靠着一个枕头，在黑暗中注视他。相邻床位的人背过身去，叹息声比披散下来的头发还长。我摸索着下床，绕过弯曲的楼梯，走到有路灯的地方端详他的脸，我想记住他的模样。那做母亲的一夜很短很短，一丛丛黑黝黝的冬青树很快从晨曦中显现出来，顶着初生般的湿漉漉的绿。夜里多个疯狂的想法，比如说把他做成木乃伊，把他浸泡在某种溶液里，把他冷冻起来等待医学的飞跃，像晨雾一样升起又消散了。最后我手里攥住的是一块裹他的棉布，我凑过去闻，大口吸气，好像这样他的气息就能在我的身体里往复循环了。后来过了很久很久，我已经可以叙述和谈论这件事情时，别人听了觉得可怖，对我来说却是一辈子最温柔的夜晚，我跟我的孩子在一块儿，胸膛贴着胸膛，静静地等着天明。

江恺提到过他的母亲，洛阳人，恢复高考后考入邻省的院校，毕业后回老家分配进科协工作，然后结婚生子，日出日落，清晨暮晚，在办公室和自己的小家之间来回往返，像生活在小城市的无数女人一样，大半辈子的经历都很简单。

六

今天的咨询，我试着问询江恺一些问题。谈及过往的经历，谈及母亲，一鳞半爪的，他仍未提供太多细节，费力想一会儿，摇摇头，好像实在没有什么重大的事情可说。他解释着，就那样，每个人都是那么过来的，没什么特别的。

他对母亲的感情尤其复杂，也许有足够的材料可供解析，却不愿别人触碰。虽然他支支吾吾的，我也大体上能估测出他的成长环境，画出一个大致的轮廓，并可以预见到那些并不"特别"的日常背后隐藏了些什么。

他说，上次咨询完回到家，关于"熟悉的恐惧"，思来想去有点明白了。

最重要的是自己的觉察，觉察到就够了。我不想勉强他全部说出来。

那晚把想到的都写出来了，写完一看，线条很清晰。

我并未表示赞同，说，人精神上的迷惑和混乱，成因往往很复杂，我们可能只是找到一部分原因，甚至找到一个因也没有那么重要，主要是在找的过程中确认了自己想要改变和新生的信念。

他附和着，当然，拎出来线条只是第一步，难的是怎样不走回老路。

我建议道，有些情况下一旦发觉自己正往熟悉的情境里滑行，意识马上接管过来，强行中止，多试几次，一次奏效有了正面的体验，以后就容易应对了。

我记下了，等着试试这个方法。对了庄老师，我再请教一个问题，像我这种情况，焦虑变成常态了，每天总感觉很累，工作不忙的时候也又困又乏，有什么办法改善一下吗？

我了解他的情况，对他来说焦虑不是那个谁都能随意说出的流行词，而是实实在在的折磨。手头没有事，身体坐下来了，周围也没有别人，却还是感觉闹哄哄的，为什么，因为思维太可怕了，它不停止你就没法得到真正的休息，为了片刻的宁静，人们想过多少办法呀。

该怎么描述呢，这样说吧，我每一秒都活在下一秒，脑子里一个念头挤开另一个念头，成千上万不停翻涌，太累了。还有一些时候会突然全身发抖，心脏猛烈地跳，好像要跳出喉咙离开身体，跟快要死了一样。他补充道。

焦虑是表象，是次生情绪，关键要认识到引发焦虑的源头。另外，焦虑漫上来的时候，你会看到什么画面或听见什么声音吗？我问。

有声音，是秒针咔嗒咔嗒的声音，这声音一响好像就永远不会停。我完全静不下来，坐也不是，站也不是。

我点点头，说，感觉自己精力好脑子清楚的时候，分析一下为什么会听到这个声音。至于方法上，瑜伽的冥想，道家佛家的打坐，都会有帮助，心理学上的正念练习也成为很受重视的治疗方法，有个常用的小办法，数呼吸，有的心理学家认为数呼吸和焦虑不可能同时发生。你找找这方面的书，按步骤来练习练习。

可以练习是吧？

试一试，正念练习不是包治百病的特效药，每个生命都是独特的，人和人太不一样了，调节的办法因人而异，慢慢摸索吧。我犹豫着，要不，我分享一下个人体验？

他坐直了身子。

我说，旅行的时候，有些美景来得出其不意，它撞进生命的那个瞬间，我活着却忘了自己活着，既融合又出离，既迟钝又不可思议地敏锐，出神和忘我之后是大自在，是真休息，感觉特别满足，感觉还有太多未知的好处等着我去发现和喜爱，继续生活的兴致就很高昂。

他说，太神秘了。

我有些沮丧，嘴里却鼓励着，江恺，有一天你也会体验到的。

心理学上对人的这种状态有很多研究，我刻意不援引理论，更不想启用多巴胺、皮质醇等名词，从神经机制的角度来说明背后可能的原理，那些美妙的瞬间，不能求取也无须解释。风，阳光，景物，乐曲，一段文字，生活中的一个偶然，都有可能把我们带到那个安静的地方，从那里走出来的人，身上会焕发着异样的光彩。

既不玄妙也不灵异，只是需要一些机缘。

七

接下来的一次咨询还是一小时。

这次刚上来他就有点不在状态，眼神游移，说话总重复。我不逼问他什么，只是暗中放缓了节奏。后面他寻着个空当说，过两天要回趟老家，请假手续已经办好了。

家里有事吗？我问。

有事。外婆心衰住院，住院的时候没通知我，现在好转些，出院搬到我姨家了，我妈才告诉我。

那就回去看看吧。

怪怪的。最近这些年回家都是因为有人生病，前年我爸喝酒摔伤了胯骨，还有一次是奶奶感冒转成肺炎，在医院里住了些日子，我陪床陪了几天。我跟我妈很久没打电话了，她一打电话，我接通之前就在想，是不是又有人住院了。

很少打电话？

不知道该聊什么，更怵回家，很怕见到他们，很怕当面跟他们说话。

我说，洛阳是个让人神往的地方，我还没去过呢。说完了，我察觉到自己竟然期待地看着他，心里的想法就此清晰起来。

他说，并不是想象中的样子，大概地下还属于古代吧，地上满街连锁，就连仿古也跟别处无异，工艺是差不多的。

龙门石窟该去看看。我说。他看看我，似乎想接句话，张张嘴又合上了。

为了避免在停车场再碰见来访者，我一般会迟些下去。发动好车子，要开出停车位的时候，远远的，两道车灯打过来，接着一辆宝石红色的车子驶近，车窗降下一半，江恺露出头来，要不，我给你当个导游，庄老师？

我打开车门，走下来说，谢谢你，江恺。

开出停车场，很快驶上一条沿着海湾修建的快速路，道路两边的灯被一盏盏抛在后面，仪表盘上的数字跳动着，我发现自己越开越快。脚离开一点儿油门，车速慢下来，心里依然很乱。洛阳之行我将以何种身份出现呢？心理咨询师不是神仙不是救星也不是导师或朋友，我无法预见多重关系会为治疗带来什么，这让我觉得危机四伏。也不是头一回了，接访江恺的过程中一次又一次破例，也许在职业生涯的末期，我不想再自欺再使用最省劲儿的办法，一个熟极而流的套路化和市场化的诊疗程序，这样只是可以较快地显现效果，并确保咨询师在惯性中舒适滑行。变换一种方式，来访者可能会有更大改善，很多心理学家的治疗不是完全靠一个模子，而是尊重随机和偶然，也并不避讳跟亲友的接触交流。那种治疗方法古典从容，跟谋生无关，跟今天通行的职业规范也是抵牾的，却是倾尽了努力让一个生命最大限度地自如地活下去。心理学学派众多，任何一个天才的心理学家都有能力开创几种分析诊疗的方法，杰出的心理医生则会为每位病人制定独特的治疗方案。为了让来到世间的生命少一点成长的伤痛，让父母们养育孩子时少一点蒙昧，温尼科特耗费毕生精力研究上万名婴儿，细致观察母婴之间的相互作用。科胡特，克莱因，贝克，马斯洛，霍妮，他们终日面对着遗忘、防卫、不诚实的对象，在不可知论的压力下试着了解人类解脱人类，想着想着，我心里有了支撑，力量慢慢回来了。

八

几天后，我跟江恺在高铁站会面。上了车，我们第一次并排而坐。江恺低头看看车票，说想起来了，刚结婚时我跟小雪也是坐这趟车回老家的。

我记得于小雪说租了房子准备搬出去，不知道现在怎么样了。忽然想到另一个女人，一个中年将尽的来访者，在即将步入暮年的时候她坐在我对面，总结自己的婚姻：二十多岁时离开原来的家庭组建了另外一个家庭，以为新生活要开始了，那时不知道这是人世间最难的事情之一，一晃几十年，经历了成千上万次争吵，到头来，说到底，是被一个非亲非故的人平白折磨了这么多年。

于小雪会不会也这样走入暮年，想到这里，我看了江恺一眼，他正望着车窗外面。

起先高速列车在多山的地方行进，穿过一个个高大的山洞，接着地势平缓了，只剩几座线条圆润的小山娇憨地站立着，溪流缓慢婉转地流向远处。时值仲春，水田和菜畦笼着轻烟般的绿，水墨的风韵，不像盛夏时绿得那样实，那样有筋骨。

中午吃完盒饭，江恺闭上眼睛休息，我也歪在座位上打盹儿，半睡半醒间，我听见耳边的呼吸声急促起来，转过头去，正好迎上他睁大的眼睛。

怎么了，哪里不舒服？我问他。

他把手掌覆在额头上，半天才调匀呼吸。他凑近我，低声说，越往北走越害怕，之前看过的恐怖片都浮现出来了。一闭眼就看到《断头谷》里的场景，到处是浓雾，树林里跑出来一匹马，闪电划过，一下子看清骑马的人没有头，无头人全身铠甲，手里拿着长柄利斧，他在追杀我，我跑到一棵树下，看见一颗颗头颅从树根下滚出来，脖颈处的断茬还滴着血，血珠慢慢渗进泥土，地也变红了。电闪雷鸣的，暴雨落下来，雨水混合着血，汪起一个个血红色的水洼。

太真切了，跑得喘不上气来。他摇着头又摸摸袖子，那么大的雨，衣服居然没有湿。

我本想问个究竟，看到他虚脱的样子，加上此时又在疾驰的密闭列车里，只得按捺下来，起身帮他接了一杯热水。他疲惫地望着窗外，河流，田野，远处的民居，不停地往后掠。我知道他不在这里，不在这节车厢里，他又奋不顾身地沉浸到某个特定的情境里，置身于他竭力想忘记的一段过往中。我想起他在一次咨询中问过的问题：怎样才能获得他人的爱？我没有正面回答，只是告诉他，从你生下来到现在这一刻，肯定有很多人爱过你或正在爱着你。其实我想说的是，真正的爱无法获得或赢取，我还有一个猜测，他话里的"他人"也许可以换成另外的词：母亲。

快进洛阳站了，他站起来取行李，行李箱很重，我帮他接了一下。取下行李，他呼出一口气，好像终于下定决心，说，我没告诉他们，我爸妈，没告诉他们今天回来。之前拿不定主意，没想好这次回来见不见面，刚才经历了一次追杀，我决定了，看完外婆就走。

一时不知道该怎么接话，他提议在龙门石窟附近找家酒店住下，我说都听你安排，问他什么时候去探望，回答说明天上午。

到了酒店，天色尚早，他说，庄老师累不累，安顿好可以去石窟转转，走几步路就到了。我点点头，说去转转吧。其实他刚经历了梦境中的一次猎杀，肯定比我疲惫多了，他只是撑着一口气想早些带我游览。

九

站在石窟门口望过去，成千上万的石刻佛像沿着伊河东岸逶迤而来。

光滑的崖面往里掏，掏出来凹型的佛龛，凿锤对着大块的岩石，凿下不是佛像的部分，佛，就出现了。巨大的佛像跟山体似断还连只能仰望，低处的岩石上，数不清的小造像依着山势密密排列着，小佛像只有几厘米那么高，却依然让人觉得壮丽。

江恺一路介绍着，哪一尊是精品，什么年代，有何特色。他说记不清来过多少回了，又走了几十步路，他指指前面，快到了，龙门最大的一尊佛。

我们来到卢舍那大佛面前。此处游人最多，导游被扩音装备放大的声音此起彼伏，几个历史人物的名字不断被提及。我没有细听传说，仰头看去，看到大佛融进了山石中，她是菩萨，她也仍然是半座山。我被她的神情迷住了，忘记了她是石头，奇异的感觉涌上来，好像我无论移动到哪个位置，她的目光都像暖煦的风一样吹拂过来。还记得有一年去西安散心，见到秦陵深埋在地下的永生军团，一个个高大的陶俑，斜斜地扎着发髻，没有眼珠和瞳仁，永远无法与之对视，看着看着一股凉意顺着脊背爬上了后脑勺，大夏天的，我打了个大大的冷战。

不是为了旅行而来，此时游兴却真上来了，问江恺能不能再去白马寺，他看看表，说赶过去试一试吧。

来到白马寺，寺门关着，已经闭门谢客。我们沿着赭红色的围墙走了走，暮色渐渐围上来。灯光疏疏落落地亮起，不远处是一家小酒馆。

郊野之地，路上车辆很少，行人也零零星星，天黑下来，是荒村一般的寥落清寂。进到小酒馆里，我们商量着点菜，芹菜炝花生米，小酥肉，焦炸丸子，蒸槐花，主食要了半打锅贴。菜单翻过来看到有糯米酒，我问他，喝点酒吗？他笑笑，度数不高可以。

很快，店家温了一壶酒上来，酒壶旁是一个小瓷碟，放着干桂花。我先把酒倒在杯子里，再洒上厚厚一层桂花。乳白色叠着金黄色，米酒的酒香托着桂花的甜香，在不大的屋子里漫溢着。

热酒入口顺滑，跟酥肉、丸子和闲聊也相宜，我们又要了一壶。北方初春的夜晚还有些清寒，喝了几杯酒身体才暖和起来。我拈着酒杯，想起大佛的面容，嘴角浮现出笑意。

笑什么呢？江恺问。

我说，江恺，你去过很多次石窟了，给我说说，你在大佛脸上看到了什么？

很庄重，庄重里还有点亲切。他说。

嗯，庄重，亲切，还有吗，想想她的衣服。

衣服，衣服是袈裟，石头的袈裟。江恺有些出神。

对，石头袈裟，是石头吗？

不是。他仰头喝下一杯酒，手拿着酒杯在桌子上画圈，说，是石头也不是石头。

我回忆着雕像的每一个细节，心里不住地赞叹，大佛的通肩袈裟像随手抔起水的波纹，披在身上，衣纹悬垂着，一道道绵软自然的弧线，看不到任何峻急紧张的转折。

石头凝固下来的是什么？说说你的感觉。我继续跟他探讨。

他说，垂感。

会不会还有一个词可以替代。我说。

他捏住眉心，让我想想。

石头凝固下来的，是松弛。他说。

对，那是石佛最好的状态，也是人最好的状态。玻璃门上起了一层雾气，隔开了小酒馆和外面茫茫的夜。我看见，他耸着的双肩渐渐沉下去，脖子出来了，变长了。

他低下头，盯着自己的脚，惊讶地张大嘴，说你看，脚在使劲儿，我的脚居然在使劲儿，明明喝着酒说着话呀，使劲儿干吗呢。我循着他的视线见到桌下的一只脚，只有前脚掌着地，隔着鞋子仿佛也能看到：他的足弓绷紧，脚趾在用力抠地。

脚慢慢放平了。

原来我是这样存在着的，像剑拔出来，弓拉得满满的。江恺不敢相信。

过了一会儿，他说，下雨了。我用手抹抹玻璃上的雾气，向外看去，只看到一小框黑夜。

他吸吸鼻子，下了，我闻见雨味了。

杯中米酒，安安静静地待着，慢慢地，上面澄出一层透明的青汁。半晌，雨点才稀稀疏疏地落下来，闷声打在地上，似乎数得清，渐渐地，雨点小了也密了，像簌簌落下无数粟米般的小花蕾。

刚才好像去了一个地方，从没去过的地方，那里太寂静了。他的神情恍恍惚惚的。我不去打搅他，等待他彻底回过神来。又过一会儿，他说，不知道该怎么描述那种心安的感觉，很陌生，也很美妙。

我点点头。好长一段时间了，故去的儿子没有再出现在梦境里，他好像走了，真的走远了。

咱们接着聊吧，庄老师。

又加上一份牛肉汤，就着热腾腾的汤，我继续跟他闲聊。文章、书法、琴曲都能看到背后的人，至少看到人某个时期的状态，他是焦灼的还是安详的，生硬的还是柔软的，甚至于能感觉到他的气，他呼吸的长短和轻重。比如说有的文字整篇读下来，能感觉到作者气短气促，因为文章也在呼哧呼哧大喘气，还有的文字一惊一乍，吸引，当然吸引，就像字里行间伸出一只手，强拉着你走。再说说女人的美，有的女孩子认为优雅是凹出来的、拧出来的，是对抗出来的，其实自然放松的时候才可能谈得上好看，骨架舒展，脊柱曲度正常，挺胸抬头不但不累，反而是最舒适的。

人的体态以及面庞的纹路走向里，几乎储存刻印着过往所有的情绪和心理习惯，那些恐惧和焦灼并没有倏忽而逝，而是以另一种方式日久天长地凝结了下来。

走出小酒馆时，我才意识到刚刚是一次艺术治疗，没有感觉到它的开始也没有感觉到它的进行，概念和知识隐去，点、节奏、设计、目标皆不明晰，即兴而偶然。

我也很久没这么松弛了。

躺在酒店的白色大床上，江恺的话还在耳边回荡。细雨萧萧，一灯如豆，木桌木椅，酒菜温热，门外传来鸟儿振翅飞过的声响，过后天地俱寂，更是悠然神远。他环顾四周，说，我这些年，就是这样的时刻太少了，太少了。

十

酒店的餐厅供应自助早餐，我端着盘子一圈走下来，盘子里有了白煮蛋、香肠、青菜和切成小块的油条。放好盘子，想起粥还没盛，去盛了一碗小米粥，顺手接一杯豆浆，往回走的时候，江恺进来了，他看见我，示意我先找位置坐下。

上午他计划看望外婆，我是跟着去还是自己游览洛阳，昨天没有商议，也是怕他拒绝，我故意没有提及。他取餐坐下，我想着既然吃早饭遇见，正好也就一起去了。

为了表弟上学近，我姨没往楼上搬，住的还是平房小院。老人家心里恋着住平房，出院才同意过去的。我家住在高楼层，外婆才不肯来呢。江恺一路说着，很快出租车在一个胡同前停下来。

胡同很深，往里走了几十米，江恺仔细看看大门，辨认一下，说是这里。

开门的是一个有点年纪的女人，短发，体胖，毛衣在身上匝出来一个圈一个圈的。她袖子挽着，手上沾满白沫，好像正在洗东西。江恺愣一下，叫声阿姨，女人看看他，摇头表示不认识，江恺说，王莉是我小姨。女人"哦"了一声，把门完全打开来，说都上班去了，就我跟老太太在家，我姓徐。

徐阿姨，我从外地赶回来看看我外婆，江恺边说便往里走，我跟在他身后。

院子方方正正，中间垦出一块松软的菜地，蔓着菜苗，搭着黄瓜架和扁豆架，一大一小两只狸猫在院子一角的香椿树下躺着。女人把我们引到东头的房间，转身离开了。江恺快步走进去，我跟着迈步，随即又缩回腿来，就站在门口往里看。

老人坐在床沿儿上。毕竟是八十岁的老人了，认出外孙，话跟不上，吃力地咳出几个音节。江恺跟她说话，她也听不清。我试着根据她的脸想象江恺妈妈的模样，然而这张脸已没有清晰的轮廓，眉毛掉光只剩下浅浅的白印子，眼皮垂下来几乎覆盖住眼珠。透过眼皮没遮住的不规则的两条缝儿，她定定地看着江恺。

江恺坐在她身边，说歇着吧，外婆，咱不说话了。阳光铺在床上，老人眯上了眼睛。江恺轻轻站起来，从背包里往外拿东西，一一放在桌子上，奶粉、蛋白粉、钙片、蜂胶、花旗参、一套保暖内衣。还有一只智能手表，这种手表可以测血压、呼救，我在商场见过。他拿着手表回到床沿儿，戴在外婆手腕上，她还是没有醒，他就握着她的手，不言不语地看着她。老人猛地醒过来，两人又开始说话，翻来覆去那几句，她听不清，他也听不清。

老人指指屋角，一个简易马桶放在那里。她站起来，江恺赶紧扶着，她挪一步，江恺挪一步。她并不胖，坐下去时身子却显得很沉，重重地砸在马桶圈上。她解完小手，继续坐着，好像解小手就用光了力气，只能在马桶上坐着攒劲儿。好大一会儿她表示可以站起来了，江恺两手放在她的腋下，几乎是把她叉起来的，她喘息片刻，抓着江恺的胳膊往回走，更慢了，一顿一挫地挪着。我看看手机，在这房间里一来一回居然耗去二十多分钟。

日光一点点移动着，月季花的影子映在窗玻璃上，老人的头缓缓垂到胸前。

他蹑手蹑脚地走出来，我们一起来到院子中央。江恺不住地摇头，说前年还不是这样的，能打牌能上街买菜，老人老起来太快了。

徐阿姨在偏房里忙活，见到我们就推开偏房的小窗户，探着身子说，中午陪你婆吃饭吧？我多收拾几个菜。

不了。他高声说，又转头低声向我耳语，一会儿我姨我姨夫该下班了，咱先走吧。

女人说着怎么不吃饭呀，追出来送。看她掩上门，我们才往外走。

在胡同里走了一小段，江恺忽然停下来，往后退了几步。胡同口迎面走来两个人，一前一后，都推着电动车。江恺转身看看大门，已经关上，又往胡同另一头看，堵死的，他双手抓着背包的肩带，一下子紧张起来。我把手轻轻搭在他的背上，怎么了，江恺？

我看着他，很明显他想飞走却少生了一对翅膀，他出了一身大汗。

那两个人走近了，走在前面的是个女人，嘴里叫着江恺的名字。

你们怎么来了？江恺沉着脸。

你姨叫我们过来一起吃饭。女人看到江恺的脸色，有些畏惧的样子，说，她不知道，不，顿了顿，你不是还没买上票吗？你姨不知道，我们不知道你回来。

我倒是听明白了，也猜到他们是谁了。料想是保姆通知主家有客来，主家再往下张罗，就把他俩张罗上了。江恺好像受到很大挫伤，说，谁要吃饭，走了。

女人嘴里说这孩子，不停地拿眼觑看江恺，畏畏缩缩的。他厌烦地别过头去，闭上眼睛又睁开，忽然迈开步子从两辆电动车之间走过去。

江恺。

女人的声音怯怯的，尾音儿细弱可能只有她自己听得见。

江恺停住步子，肩膀一耸一耸地大口呼吸，忽地回过头来，我们都吓了一跳。他脸涨得通红，嘴唇哆嗦着，我不知道他要说什么，我只能等着。

他咬着牙说，爸，你这辈子真亏了。

音量不大，一字一顿，硬，刺耳，没头没脑，却又直奔靶心。我没想到是这句话，接着才注意到推另外一辆电动车的男人，男人穿着三粒扣羊毛背心和深色西裤，普通的长相，头发黑白掺杂，北方中年男人差不多就是这个样子的。

这话是不能单独出现的，前头必然有很多很多句，这句话开裂的地方，不尽之意汩汩往外冒。

江恺嘴里说着你别逼我了，跌跌撞撞地走出胡同，我看着他的背影，又看看他泥塑般呆立的父母，辛酸一波波淹上来，怎么也压不下去。胡同夹道里，不知谁家的一棵玉兰树，长长的枝条伸出院墙在半空中一颤一颤的，顶上的花开了，花瓣像莹润的白玉片子，底下花苞鼓鼓的也快绽开了。

你是？不知过了多久，她问起来。

江恺的同事，办公室挨着，我姓庄，碰巧来洛阳出差。我撒了个谎。刚才我注意到，江恺看见她时倒退几步，她也一样在认清楚江恺时，往后退了两步，踌躇一下才继续往前走。

她点点头，尴尬地笑笑，说，真是怕了他了。话头随即一转，来家里坐坐吗？

这次来洛阳是想借机见见江恺的父母，甚至以为我能一力促成双方的和解，昨天江恺说不回家时我还有点失望，没想到今天在这种情况下见面，一时劲头儿也不大了。

挣扎片刻，我说方便的话就去家里，随便聊聊。

十一

两人一路引着我来到小区，小区的建筑物很疏朗，花园开阔，种着些合欢、夹竹桃、石榴、垂丝海棠，地上除了草坪还有大片的毛杜鹃和矮牵牛，水系景观也愉人眼目，防腐木的平台，曲水游廊连起几座小巧的六角凉亭，岸边随意散落着几块景观石，流水潺潺，红红白白的锦鲤在硬币大小的绿萍间游弋。江恺妈妈还未从打击中恢复过来，放好了电动车，上楼的时候走错楼道，丈夫喊她也没听见，自己觉出来才慌忙往后退。

她邀请我倒不是随口客套，是巴不得跟熟悉儿子的人聊聊，掌握些情况，求个安心。

我坐在沙发上，左右看看，好像哪里有点不对劲儿。我装作很感兴趣的样子，说参观一下装修吧，江妈站起来，说哪里装修了，能住人就行。先来到江恺的房间，她说搬过家，这里的布置还跟江恺小时候差不多。一个老式的写字台挨着窗户，写字台桌面和两侧粘满贴画，我凑近了看，贴画不是年深日久磨出来的那种斑驳，看上去像被人大力撕过，彩色图案和白色粘胶一条一条交错着，隐约还能看出一点变形金刚和足球小将的图案。单人床上的被褥卷着，露出下面的床板，床旁边是书橱，透过书橱玻璃能看到一排排题典。我拉开玻璃仔细看，除了题典还码放着一厚本一厚本的模拟试题，都是土黄色的书脊。衣柜贴墙放着，也许柜门后面就存放着江恺的各种小物件？珍藏着童年记忆、散发出私人气息的小物件。趁江妈背对着我往外走，我打开一扇柜门往里看，见柜子一角放着塑料绳捆扎在一起的书，匆匆一瞥，最上面一本《圣斗士星矢》的封面是一片一片的，被透明胶布黏起来，还是可以看出碎裂的样子。

跟着江妈往外走，忍不住回头再看一眼，窗帘半掩着，屋里有些暗。

接下来我说参观房子的格局就行，只在房间门口张望张望。陈设都差不多，东西很少，一点儿杂物也看不见，每个房间都有钟表，卧室里最多似乎有三个。

再回到客厅，江爸不见了，想是趁机逃脱躲进了房间。江妈坐下来，叹口气说，别人家的儿女越长越成熟，江恺快三十的人，越来越孩子气。这孩子变了，不敢认了。

孩子气也不是什么坏事。我说。

他在单位怎么样？

挺优秀的。我有意使用这个词。

江妈脸上有喜色，说，从小就是小大人，坚强，懂事，学习好，从不弄鬼掉猴的。我年轻时气性大爱着急，有一回趴在床上生闷气，他呜呜哭着给我端来搪瓷杯，妈你吃点方便面吧，我接过杯子，一摸杯子壁是凉的，原来他用凉水泡的面，我一下就笑了。

我笑不出来，仿佛看到了那时的江恺，一个安慰母亲的小男孩，一个照顾大人情绪的小男孩。

知道邻居们怎么夸他吗，到现在我还记着，说这是个英雄孩子。

小英雄江恺。我环顾客厅，想找到一幅江恺儿时的照片，白墙上什么都没有挂，电视柜上只有一个关着的机顶盒，指示灯没有亮。

江恺小时候可不像现在这么木讷，聪明机灵着呢，那时候说起神童来，江恺也算一个。

我露出一丝苦笑。多年的咨询经历让我有机会看清背后的底细，很多所谓的聪明小孩，不过是因为成长环境恶劣、时刻准备着应变而不得不警醒聪明，一个孩子哪里需要这么多聪明，孩子要是像个孩子，该有多好。

她继续说，一直到他考上学，没操过心也没感觉到什么叛逆期，平平顺顺过来了，那些年过得真快。她喜欢回忆，说起来就停不住，她想使劲儿拉着我，在那段日子里多转悠一会儿，那段日子里，江恺身兼金童、尖子生、小天使数职。

阳台上的衣架被风吹得砰砰乱晃，我心里隐隐的感觉变得更加清晰。我说，这么大个阳台，前面又没遮挡光照充足，怎么不养点花呀。

她愣一下，嘴里含混地说小区有花，很快扭回正轨，说，江恺呀，那些年真是争气。

后来呢？

后来，后来不知怎么回事就大变样了，我对他的希望不像以前那样容易实现了。

你对他能有什么希望，就是母亲对儿子的希望吧。我说。

我希望也没用，他这些年不太顺。小学、初中、高中都挺顺的，接下来在大学、在社会上反而磕磕绊绊的，他说自己没什么朋友，也看不到什么希望，一个年轻人怎么能说这样的丧气话呢。他的眼神也变了，小时候眼睛里晃着两个小太阳，一看就是个热诚孩子，现在冷冰冰的，让人见了就想躲开。

她忽然想到什么，说，跟真事一样，前一阵子给我写信，打印出来寄给我，说一打电话就吵架，说不透。有什么好说的，他就是不孝顺，他就是烦我，我喘气儿都有错。

信上怎么说？

神神道道的，看心理咨询什么的，我打听了，什么咨询，是哄着他说小时候的事，全赖在父母身上。他这么大个儿人，对自己就没有责任吗，简直走火入魔了，就会埋怨我，说我没有灵魂，活得不真实，好像我是那种很坏的女人，冤呀，没处说呀，到现在我都不知道哪些地方做错了，想破脑袋都不知道。我这辈子什么也没做就培养了一个孩子，孩子竟然说我猎杀他，你看这用词，我不过稍微严厉些，管得贴一些，当妈的不都这样，也没见人家的孩子活不成。

她看着我，寻求支持，你说是不是，孩子来了，说来就来，谁天生会做母亲的？

我小心地看她一眼，她周身似乎没有多少热乎气儿，看上去又扁扁的，没有长宽高，像个小黑点在茫茫的水面上晃荡漂浮。我听懂了江恺的那句话，并非指向男男女女那方面的，他另有所指，她根本没听懂地臊红了脸。刚才一进门我就感觉冷感觉不舒服，对这样一个家庭来说，屋里少了点什么，这个少，并不牵连着钱的困窘。屋里干干净净却没有一盆花草，哪怕一盆仙人掌或一盆枯死的花，也无装饰品，或好看一些的生活用具，色彩也单调，望上去一片灰扑扑的。跟朴素无关，是荒芜的气息，草草的，不知道在往前赶着什么。因为莫名的惶急，一切刚好够用就行，准确得吓人，闲置在这里是不被忍受的，热情，快乐，也嫌多余。

在这个叫作家的地方，发生过很多无人在意的小事，它们伏脉千里地决定着成年江恺的一举一动。注意到我在打量四周，她说，我从年轻就喜欢素净。

她是能说会道的女人，颇善敷衍，也会做戏，眼角眉梢藏不住的却是冷淡，对此刻活着的冷淡。她坐在我旁边，但感觉上她并不在这里。她的积极和机警不过是浮泛的一层壳，里头空空的。她的动作表情里藏着作为一个生命体的深深的懒怠和疲倦，岑寂的绝望如穹顶般低低地笼罩着。我仿佛能看见她独坐在漫长的光阴里，像在默默忍受某种酷刑。

我向她推荐通俗一点的心理学书籍，她笑笑说，咱这把年纪别上这个当了。我说，也可以翻翻金刚经。她说，小区里现在入教的不少。

我再次问起信的内容，她不愿多提，说好几次想回封信，又觉得不过是换一种方式吵嘴，没有新鲜的话要说，还是算了。

她失神地望着窗外，说，那些年，不用问不用多说话，我只要看他一眼，就一眼，他就知道哪些该做，哪些不该做。我也不怎么动手打他，不用动手，我只要不高兴，不理他，他自己就慌得跟没魂儿一样。

一只小飞虫从窗户里飞进来，很快不见了踪影，过了一会儿，屋子里面光线暗的地方，出现一个绿莹莹的光点，晃动着，忽地，绿色光点一闪而过，消失在了明亮的地方。

我坐在她身边，虽然她并不认为自己需要陪伴，我还是想陪她坐一会儿，就像陪着那些深渊里挣扎渴望得救的来访者一样，他们总是坐在我对面，有的不会哭也不会笑，有的天黑下来就如大难临头，好不容易熬过去一晚第二天还必须一切如常地上班，有的一闲下来就觉得心慌，不停地干事，不停地制造高潮，目标达成之后却一片虚空，更加难受。

她背着光坐在椅子上，双手从两腿间垂下去。半天，她抬起一张凄苦黯淡的脸，叹口气说，变了，世道变了，让我赶上了。

会好起来的，日子总会好起来的。我宽慰着她。这会儿我不想跟她争辩，更不想指点或责备她，想着这辈子大概只能见这一面，我就想把身上的暖意尽可能分给她，把信心也传递给她。我是真有信心，她儿子多善良呀，咨询的时候也有意无意地替她打了那么多掩护。

她霍地站起来，吓了我一跳。她死死盯着墙上的表，惊叫着怎么一晃就十二点多了。她很慢很慢地重新坐下去，低声说，又该做饭吃饭了，这日子过着，真是麻烦呀。

锦鲤游得很快，摆动的尾巴像一抹抹大红颜料在水里化开了。跟江妈道完别，我在水池边坐下来。水清且浅，阳光透下去，池子里晃晃荡荡的满是光。池中央有一棵睡莲，从茎中伸出来的长长的根，在水中一条条清楚分明，两朵莲花挺出水面，一朵年轻，一朵不太年轻了，一朵是蓝色的，一朵是紫色的，几只小乌龟趴在睡莲叶子上，一动不动地晒太阳。鱼在水里游弋，乌龟在叶子上晒太阳，天空和云彩也映在池中。我仰起脸来透过树枝的缝隙望着天空，北方的天空总显得更高远一些，我这才长呼出一口气。

出现在街头巷尾的江妈是一个看不出任何异常的妈妈，就是这个正常让我憋闷地透不过气来。一个多么常见的家庭，粗粗一看还是个好家庭，夫妻俩都有安稳体面的工作，几十年没病没灾过下来了，孩子学习好有出息，在大城市安顿住了，这看似完满的一切却让我感到深深的惋惜。江妈上面，我看到一条粗大的脉络从遥远的地方延续下来，江妈只是其中的一环，江妈背后，深厚久远的传统巍然而立，押着她，押着许许多多的生命。

她送我时说了最后一句话，江恺迟早要后悔的，后悔对我大吼大叫，等我死了他会扑在棺材上大哭，后悔我活着的时候对我不够好。

十二

洛阳春天的牡丹不可辜负，看到真牡丹便觉得这些年受了国画的骗。阳光下的欧碧如薄薄的绿玻璃一轮轮叠着，一串由轻到重的铃声，清新鲜灵得让人忘了它其实也是富丽的，自然年年都开，见到的一刹那却恍惚觉得这是它的第一次开放。

在牡丹园里接到江恺的电话，他说又没控制住，真抱歉。我告诉他，不用控制，不用道歉。他当日就离开了，这会儿通话已是两天后。我说起信件，他才知道那天我去了他家，他问你们聊什么了，我不知该从哪里谈起，直到挂了电话，他也没再提起信件的事情。

回到酒店，看到前台站着一个人在跟接待员说着什么，是江恺的父亲。我以为他来找我的，正想上前，见接待员从存放柜里拿出几样东西放在台面上，一样一样都很熟悉，探望外婆时带的礼物，江恺给父母也备了一份，不同的是，父母这边还多送了几本书。接待员把东西一股脑儿放在酒店的袋子里，递给江恺父亲，我退几步躲到旁边的旅游纪念品商店里，看着他拎着袋子匆匆离开了。

回程的高铁上接到江恺的短信，问我什么时候回去，想预约下一次咨询，我又谈起信件并给了他邮箱，他回复，庄老师，我需要时间想想。

到家已是深夜，一进门发现窗边的虎尾兰跟走的时候不一样了，整体好像长高了些，新的叶片从土里钻出来，叶子微微卷成一个小筒，还没有完全舒张开。接着我朝沙发看过去，毛绒动物们坐在宽大松软的沙发背上，白色鬃毛的马驹，大眼睛的小狮子，火红的狐狸，套着毛背心的绵羊，两只手牵着手的柴犬，猴子呢，它向一边歪倒了，我走过去，把歪倒的猴子扶坐起来，把它的黑色呢帽也正了正。我在客厅里陪着所有物件坐了一会儿才转到卧室里，临睡前看看邮箱，一堆未读邮件，却没有我等的那一封。

休息过来也没去单位，隔壁的刘先生知道我回来了，拉着我爬山、打壁球、逛茶叶展会。他开着一家中药店，有些年份了，进货的时候自己忙一阵子，平时有人看店，他只是偶尔去转转。我们先是当邻居不知不觉又成了玩伴，经常一起爬山也一起认识植物。刚知道我的职业时，他露出惊愕和担忧的表情，下一次见面他对我说，以后我们要多游泳。我说你今天怎么没头没脑的，他说，你天天泡在别人的苦水里，全是些避之不及的人和事，多大的折磨。我这才领会到他的意思，收下了这份关心并告诉他，我有督导师和自我体验师，他们是我的守护神。我想起咨询中心网站上对我的几行介绍，姓名，资历，受训背景以及咨询范围：压力和情绪调节，神经症，自我探索和个人成长，急性心理创伤。我差点儿忍不住告诉刘先生，挂在网站上面的名字并不是我的真名。

江恺预约的是周日晚上。我早早来到咨询室，把洛阳买的牡丹绢花插在藤筐里。花朵绣球般大，颜色是渐变的粉，只有一瓣显得个色，近于深红，像湿了的胭脂，红色冷不丁一大步跳到粉白，倒是一点儿也不呆。摁下音箱开关，一阵雁鸣声响起，远远地从云霄里传过来的鸣叫声，在长空中一梯一梯地往下走。CD里是七首古琴曲，看来上回听到《平沙落雁》了。音乐声中顺手打开电脑，一看邮箱，江恺的邮件躺在里头，两天前就发过来了。

愣怔一会儿，才点进去看。

妈，有一次给你打电话，没说几句气氛就变得冷而怪，你好像收藏了很多冷话和怪话，跃跃欲试地就等着找个机会说给我听。挂了电话我顺手拿起手边能拿到的东西，猛砸书桌一通，也是那天晚上我发现，桌子靠墙的一边儿光滑平整，靠我的一边儿全是大大小小的疤痕，一个小坑一个大坑的。

我坐在桌边回想这些年。大学的前几年浑浑噩噩，本以为考上大学就可以"做自己"，可问题是我根本不知道自己是个啥，最后一年躲不过了，拼命学习补亏空，我知道我会考试，也通过考试找到了工作。工作后每天做着差不多的事情，往前一看，前头没有选拔性考试等着我，也没有传奇功业等着我去建立，一切都很平淡，我就提不起劲儿来了。零零碎碎的工作压迫着我，我情绪变得很差，就摆出一副很不好说话的样子，别人都怕跟我打交道。我盼着生病，这样就不用来上班了，过了不久，早晨醒来一下床，趴在了地板上，我真生病了，发高烧连续烧了几天，病好后我就换了工作。

新工作的最初我拼命表现，希望身边的人喜欢我欣赏我，表现了一阵又烦了。

空气里遍布铁钳，箍得我喘不上气来，很轻松的工作也会让我暴怒，稍有波折我就会很担心，我顶撞所有跟我商量事情的人，说别逼我了，别逼我了，他们都尽量少跟我打交道。我发脾气的样子很像你，就像你在替我生活。

接着，又到一个新单位。几个月后熟悉无比的感觉回来了，我既渴望被肯定，又讨厌别人指挥我命令我，很怕跟别人接触，好像任何小小的接触对我的生活都是一种打扰。我像一根绳子，被两个想法拔来拔去。我不知道该怎么办，感觉又要跟别人争吵，感觉又将大祸临头，我在本子上写道："江恺，记住，当心头升起一股烦躁时，不要再用习惯的方式去发泄和对抗。"合上本子再翻开，妈你知道我看见什么了吗？我看见几段长得差不多的话，分布在本子的不同页码上，原来这些话，早就一遍遍写过了。我没法逃避了，各种困境一股脑儿围过来，我游魂一样在屋里走，小雪看着我，她的眼神让我的心沉下去了，单位的人也是这么看我的。

你是谁？你怎么会变成这样呢？他们的眼神透露出这样的疑问。

我怎么会变成这样呢？那晚之后我开始看心理咨询，咨询师让我认知到，原来黑夜如此漫长，走了二十多年仍在原地转圈，原来成年后自以为自主生成的众多行为，都不过是对过去的沿袭和模仿。我总是回到我们家的老房子，爸在家里待不住，屋里就我们两个人。我坐在书桌前，紧张地用指甲划过桌面。你的目光落在我后背，像一块大石头。你好像浑身有用不完的劲儿，牙咬得紧紧的，双目灼灼地盯着我，表情无比坚毅。目标就在前头，我压抑着所有的愿望往前奔（我多想跟着几个小流氓在溜冰场边学跳太空步啊），让自己时刻处在极不自然的亢奋中，激荡的日子几年一个跃进，一个突破接着一个突破，我只有完成了才能得到你的爱，我只有成为一个完美的好孩子才能得到你的爱，我也随时准备迎接你的尖叫和哭泣，因为即使这样，你还是觉得慢，觉得不够好，你督促我尽快忘记怎么一步步地走路，跳着过就行了。大部分时候你不说话只是沉默着，我也沉默着，沉默过后我躺在床上却感觉像刚刚经历了一场恶战。有时候我情愿你狠揍我一顿，也不要冷冷地不理我。否定，否定，否定，成块成块地投掷过来。忽冷忽热，冷和热都是过度的、激烈的、戏剧化的，极致的冷和极致的热。空气紧张得绷直了，我也绷直了，并就此逐渐失去了健全地活着所必须具备的弹性。

我终于离开你了。

我从未离开你。

有些东西，深藏在我的体内，用我觉察不到的方式决定我的命运。幽灵跟我寸步不离，牵引着我一次次回到熟悉的情境，我以为妈妈还在背后，鞭策着我干大事，一件接一件。再看看自己，长大了强壮了，能不依靠妈妈就活下去了，于是我把往日的怒火喷向现在。此时此刻压迫者并不存在，我这半生都在跟想象中的压迫者做斗争，这个百变的压迫者易容乔装，化身为工作制度和生活秩序，化身为某领导，化身为一个弱关系的朋友，也时常化身为某位萍水相逢的服务业人士。我跟他们斗争过后，那种熟悉的压抑感也回来了，我又不舒服了，我需要让自己不舒服。

还要多久才能穿过黑夜？我不知道但我一直没停住脚步。在电话里跟你谈过多次，你只有一种反应：不屑一顾。我说婴儿时期的母婴关系有可能决定一个人的终生命运，你说瞎编乱造，婴儿能懂什么记得什么，我说家庭生活中细如针尖的伤害代代相传且无人称之为伤害，也没有人愿意深究情绪剧烈波动的母亲对敏感的孩子来说意味着什么，你说家家难免的勺子碰锅沿怎么就成了伤害，我说想跳出旧有的模式换一种方式生活，你理解为"娶了媳妇，有了自己的家"，你至今认为我们关系恶化是因为于小雪的挑唆。事实上，于小雪让我知道活着不是一件不幸的事情，她鼓励我，鼓励我打扮打扮自己，用心挑件衣服，找好一点的理发师设计发型，以前总觉得我不配、我不行，现在我已经可以享受这个部分了。从认识小雪她就整天笑嘻嘻的，我喜欢她的笑，她的笑跟太阳光一样宝贵，有一阵子她不笑了，我知道为什么，当我感觉一切都没有希望时，我用沉默惩罚自己，也惩罚她。

妈，你也可以多笑笑，印象中你总是不高兴的，听到好消息也只是勉强笑一下，笑容很快消失，好像从来没见过你咧开嘴大笑。梦见你的时候，你孤身站在沙漠中，五官是往下走的，像受到格外强大的地心引力，简直是要往下流了。

你可能不理解我写下的这些话，没关系，不是为了让你承认些什么，更不是为了埋怨、懊悔和仇恨。这么多年来，你跟我一样疲惫，你跟我一样经受着说不出的隐秘折磨，我们被困在一个共同的炼狱里。我经常在你脸上看到嫌弃的表情，我以为你是嫌弃我，后来才发现，你更多的是在嫌弃活着的自己。也许，我们可以一起尝试着认识层层包裹下真实的自己，一起尝试着分析为何我们浪费宝贵的生命一遍遍重演着相同的剧情，我盼望，不管在什么境况下咱俩都始终怀有努力生活和寻找快乐的意愿。

在大人们认为我什么都不懂的年纪里，我也清楚地知道，跟妈妈在一起很难受。但我多么想亲近你，你是我在这世上唯一能亲近的人。现在，我仍然想亲近你，闻闻你身上的气味，即使我五六十岁头发都白了，我还是想让你搂着我，白头发的你搂着白头发的我，我老了，但我还是有妈的人。多少次了，恨意突然涌上来，我再也不想服从和满足你，再也不想为了你迷茫中慌乱抓住的精神支柱而奋斗，这一切多么虚假，我像清除病毒一样大力删掉你，过不了多久又偷偷加上，也屏蔽过你，又忍不住想看看你的动态，再把你放出来，算不清楚，不知道重复过多少回了。一想到你流泪我心里就难受，爸说你大白天一个人躺在床上，脸对着房顶，不出声地流眼泪，我当时就像孩子一样哇哇大哭起来，我想马上回到老家，为你擦眼泪，帮你做一碗甜酒煮鸡蛋。想到有一天你会死，会被烧成灰埋在地下，我的心就像被剜出一个大洞，我妈呢，世界上再也没有我妈了，大洞越变越大，直到整个人都空了。我也不见了。人只要还有妈，就有底气有胆子，就有恃无恐随时变成小孩子，没有妈，大概就会感受到彻彻底底的孤独吧。

母子关系会影响孩子的所有关系，会影响我看待世界的心态和目光，会影响我的生活信念。但最重要的永远都是现在，我知道任何关系都无法强行修复，我能做的是先对自己负责，学会敬畏日常，让生活成为能量的不竭源泉，再把从心底生出的活力和爱分享给别人，并在不久的将来分享给我的孩子。

看来是时候了，我为我的来访者感到高兴。

十三

江恺走进来，右手捧着一束鲜花，左手拎着袋子，里头是两杯果汁。他问，庄老师，你喝火龙果汁还是苹果汁？

见到他手里的花我心里就明白了，看来想到一块儿去了。屋里没有花瓶，我说谢谢你的花，先放着，一会儿我带回家。选什么果汁呢，他问。我选了一杯火龙果汁。

最近在忙什么？

他说，平时上班，周末打游戏散步晒太阳，学着做几道新菜，还报了一个舞蹈班学跳太空舞。

能跳跳吗？

他打着响指轻轻摇晃身体好像在找感觉，然后嘴里说着月球漫步，开始滑步，手顺势抬起来搭住虚拟的帽檐儿并往下压了压，一副怡然自得的样子。

我为他鼓掌。

他微笑着坐下来，说，现在你知道了吧庄老师，不是什么极端的成长环境，没有发生过特别可怕的事情，家里没有杀人犯也不是虐待和赤贫，只不过是家庭中一些习以为常的甚至被当作美谈的做法，还有一些无形却细密的罗网，再加上我个人的脆弱。

我说不是你的问题，往上追溯源头时我们会为事件本身的细小和随意感到惊讶，但孩子就是这样被细细碎碎地塑造成今天的模样。

接下来，他慢悠悠地谈起自己，后来过了很久我依然记得他平和的语气和坦然的眼神。

我是个特别守时的人。有一次在外面玩忘记回家吃饭，不记得我妈是怎么管教的了，只记得我从六岁起就养成守时的习惯，只要妈让五点前回家，我肯定会在四点五十七到五点之间出现在她面前。我至今保持着这个习惯，跟人约好时间，哪怕穿越大半个城市，无论坐地铁还是开车，我都能提前三分钟到达，这是我妈给我的"天赋"。回想小时候在外面玩，玩的什么都不记得了，只记得我隔几分钟就会问附近戴表的人现在是几点。

我是个缩手缩脚的人，好像周围的一切都很危险，我什么都不敢动。有一年暑假在奶奶家住了几天，发现茶几、柜子可以随便碰触，所有的抽屉都可以拉开，我不敢相信，隔了几天才确信这是真的。我尽情把抽屉拉到最开，仔细摆弄里面的每件物品再关上，像探索完奇幻新世界一样满足。我想喊就喊、想跑就跑、想躺就躺，还有一群表弟表妹跟我一起疯。而在我家，抽屉是不许拉开的，茶几上的杯子是不许乱动的，沙发和床也不能随便躺。有一回放学的路上，下水道里跑出来一只老鼠，我看见老鼠忽然觉得很亲切，我跟它的神情是一模一样的。

我很小的时候就学会了察言观色和讲笑话。妈妈总是一脸不高兴，大部分时候我不知道原因，我想让她多笑一笑，我要成为家里那个活跃气氛

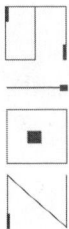

的人，我要经常有好消息报告给她。她一沉着脸，我就羞愧我就恨自己。后来我累了，也习惯了家里的气氛，照镜子的时候，我的阴沉跟周围的阴沉是融在一起的。

有一段日子我特别矛盾，小学语文课上第一次学"敌人"这个词，老师解释完含义，我第一个想到的人是妈妈。接着就开始谴责自己，谴责自己是个道德品质败坏的孩子，妈妈给我生命，把我养活大，督促我上进，怎么能有这种想法呢？这念头一冒出来，我就扇自己耳光。

我从来不觉得自己能活长，好像随时会被抛到野外，一个人死去。后来我发现，乖、学习好、当模范、被叔叔阿姨夸似乎能够保住我的命，再后来保命又如何呢，睁开眼睛的一刻，不知道自己存在的理由是什么，不知道属于自己的生趣在哪里，不知道接下来漫长的一天该怎么熬。我每天都比前一天多死一点。

现在呢？我问他。

我敢进厨房了敢摸炉灶了，我会提前腌上牛肉，腌一天一夜，第二天大火煮开再文火慢慢地煨，我愿意等着，为几口就能吃完的一道菜等着，等候的过程让我很心安。对了庄老师，见过我妈了吧，她还有希望吗，我是说，她还有快乐起来的希望吗？

想起江妈来，我有些恍惚，这世上真有一个她吗？我看不清她的面目。她存在吗，真正喜欢些什么吗？她未经选择地笃信了一些价值，并错认为那就是苦心找寻到的意义，跟从那些价值已耗尽她的精力，还能为自己喜欢点什么呢？无论喜欢上什么都意味着源源不绝的付出，那需要蓬勃旺盛的真正的生命力。

我说见到了，现在心里还记挂着她，她始终在苦海里漂荡，日子太难过了，她受不了一天一天地过，想抢在时间前头做点什么，却把现在也弄没了。

他点点头，如果有个快进键，我妈会一键按下去让这一辈子赶紧过完，我也一样，中考的时候特别希望睡一觉半年过去了，已经在高中了，高二时我又盼着睡一觉，一睁眼知道自己上了哪个大学，知道一个结果就行了。

江恺，你不是任何人的翻版，你一定要有信心。人活一世都爱询问意义，我觉得活着的意义是接受自己的缺陷但从不放弃自我完善，对咨询师来说终身成长更是职业需要。你妈妈的精神发育可能停顿在了某个时刻，再也没有觉察、更新和蜕变，奴役她的东西却不断强化，越来越膨胀，强大到吞噬了一个活泼的生命。

我有信心，痛苦了这么多年才明白，我要去生活，一天一天地过日子，越平淡的日子越值得认真过。人这辈子也没有一个万能的确定性的保证：我做到了什么一切就都好了，反而我什么也做不到，什么也不是，我依然存在，依然会有人爱我珍视我。

那么，我看着他，希望他来说。

咨询可以暂时告一段落了。他说。

读完江恺的信我就长舒一口气，我为我的来访者感到高兴：他不再需要我了。卡伦·霍妮说解决心理问题好比翻大山，理想的情况是分析师只充当向导，指出最佳路线，现在江恺已经可以独自翻山了，不管这之后他还要经受多少次大同小异的反复的折磨，不管那个声音还会不会响起，调遣他，愚弄他，毕竟他敏锐地觉知到了生之困扰并决意袒露和改变，他怀有强烈的认识自己的愿望，他的生命会越来越清明通透。再说，还有一个爱他的生活伴侣呢，想起这对年轻人来我心里就暖暖的，眼神也变得温柔起来，眼前经常会出现一个画面，他们像童话中的两个孩子，一起穿过有巫婆和猛兽但也有很多美丽风景的大森林。

庄老师，能说说你最成功的一次治疗吗？

不能用成功来形容，说说最难忘的来访者吧。

五六年前她跟母亲一起来的，不，母亲扶着她来的。南方的暖冬穿毛衣足够了，她缩在大棉袄里勉强露出头来，脸上一点活人的生气和神采都没有。她母亲告诉我，女婿心梗说没就没了，结婚才三年，蜜一样的，没过够。她不吃不喝，有点力气就拿头撞墙，别人建议把她送进康宁医院，她母亲不同意，说先来看咨询，不行再送院。

你是怎么做的？

我什么也不能做，常规方法在突发和剧烈的精神刺激面前显得很拙劣，也很虚伪，她哭，我陪着她哭，能疏导一点算一点。私下跟她母亲说，打安定让她睡着觉。

接着，她一个人来，我还是由着她一遍遍倾诉，在纸上一遍遍写出来。亲人，好朋友，该说的都说了，别人毕竟有自己的生活，生死也挡不住太阳每天出来，我能做什么呢，就是听她重复地说，陪她哭一场再哭一场，鼓励她向前看、往下过，一秒一秒地往下过。

有一个时期她很认真地跟我谈起丈夫的去向，有时候说他封闭培训了，有时候说他去上海出差了，下周回家，还给她买了裙子、化妆品和几盒蟹壳黄。我认真听着，说真好真好，顺势跟她讨论美丽的衣服、好吃的东西、这个季节的树和花，她说她想起来了，出门时看见小区里的扶桑开了满树的花。我太高兴了，你知道这对她来说有多难吗？

后来，我在不引导宗教信仰的前提下跟她一起念大悲咒，你不用觉得奇怪，佛教和心理学殊途同归，都是安慰人、解脱人的，遇到过不去的大坎儿的时候宗教的作用更容易体现出来。

前后咨询了半年时间，她不再出现了。

为什么难忘？

没想到还会再遇见她。前不久我跟几个朋友打羽毛球，打完拐进体育馆旁边的超市里买水，一进超市我就看见她推着一辆购物车，车子里放得满满的，豆腐，饼干，巧克力，酱菜，卷纸，儿童拼图。她的耳环很显眼，明亮的金色大圈，真洋气，我远远看着她，江恺你知道那一刻我的心情吗。

我被她感动了。

是你救了她。

我摇摇头，救了她的是流逝的时间，是男欢女爱一日三餐，是贪生和恋世的好品质。日复一日的生活是最有魔力的。

沉默一会儿，江恺说，我妈可怜就可怜在这里，我们这些人，该怎么形容呢，被架空了，靠激素和补药勉强撑着，红着眼睛很用力却什么也看不到什么也感受不到。下一次见到我妈，我不想再逃跑，我想坐下来跟她说说心里话，如果可以选，我希望小时候调皮不听话，上一般的学校，考普通的大学，一辈子没有巅峰，茶茶饭饭过实心的生活，知道什么是真实的，健全到能爱身边的很多东西，我会跟她讲，这是我的理想，等到闭眼的一刻我会把这当成一辈子最大的成就。

我继续跟他分享那些闪耀着光彩的案例，讲述人的荣光与胜利，赞叹人的灵性和潜能，而另外的部分我自己知道就行了，我不会让江恺知晓这个部分。比如说，两年时间里我跟一个来访者聊了上百个小时，共同经历了一些决定性的时刻，不断地坚定信心，最后一次咨询时他问我，其实一切都没有改变，对吗。比如说，一个十七岁、一百九十斤的少女，坐飞机到处追星，回到家就躲进房间拉紧窗帘，吃饭只吃炸鸡外卖，被父母送过来后，门刚关上她就拿出写好的遗书，一页一页念给我听。比如说，在目前的环境里，咨询中心要生存，我要执业，就必须采用某种类似美容场所的令我感到羞耻的营销办法，预充值、买十个小时送一个小时等等。

我们没有按照规定的时间结束，古琴曲从《渔樵问答》到《忆故人》转了几个来回，雁鸣声又响起时，江恺讲起从洛阳回来后的奇遇，讲得很细致，脸上始终带着笑容，我被他感染了，一幅幅场景如在眼前。几个月以后，我依然记得这些场景，仿佛我也身处其间就站在旁边静静地看着。很多很多的亮光涌向我，有的是天上来的，有的是相爱的人身上散发的，还有一种光，是属于苇草般柔弱又强韧的生灵的。

十四

于小雪带江恺来到她租的房子里。

一个单间，面积很小，因为阳台朝南才下决心租的。她说。

江恺站在阳台上，满眼都是植物，番红花、蓼蓝，栀子，槐米，菊花，蒲公英，接着香气环绕过来，红花跑在最前面，紧跟着栀子香，菊花香细长细长的，在外圈轻轻一拢。最后他才看到大片的颜色，日光下朗朗的，绯红，靛蓝，青黛，杏黄……草木在布料里继续生长，形态、味道、颜色甚至魂魄都还在，风刮过来，摇摇曳曳的一片田野。

于小雪说，我有个提议，咱们俩谁想单独待一待就来这里。墙角放了一把椅子一张小圆桌，可以坐下来泡杯茶，等到茶晾温可以入口时，人也就安宁了。

江恺点点头，抬起手来摩挲布料，什么时候染的？

多亏你。她勾过一片布披在他肩上。太浓烈的情绪会在空气里凝成一个个小水珠，把屋子里的人都打湿了。我湿淋淋地躲到这里来，立志远离你，发誓不再猜测你黑着脸的原因，谁知道染染布料再做做饭就没那么生气了，想着还是回家好。小时候一刮风下雨，我妈就借机张罗着做好吃的，包饺子烙盒子炖排骨，兴头那么足也不怕费工夫，我看着外面大风大雨的，再瞅瞅屋里忙活的她，不知为何反而心里特别踏实。

他想起那些细蛛网般粘牢他的恶劣心绪，想起他一手为自己创造的绝境，深深叹了口气，转头看看肩上的布，白而轻，感觉像是披了一小片皎然的月光。

我准备结束咨询。

为什么？

咨询师始终没给我明确诊断，她知道标签一个人很容易，诊断是容易的咨询是一时的，那个层面能解决的已经解决，剩下的要交给生活。

交给咱们俩。

很难很难，改善一丁点儿都很难，还时不时会回到老地方，或者这样说吧，有些病不会痊愈，可能要一直跟着我。

别怕，有什么好怕的，要说起病来谁又没有病？不管怎样我们先吃顿好的，刚才看见路口的菜摊上摆着嫩绿嫩绿的茴香苗，我们下去买一把？

两人一起动手，和面，洗茴香苗，切肉，调馅儿，擀皮儿。饺子包好，于小雪下锅煮，江恺从橱柜里拿出小白碟子，倒上醋，又见到架子上有一瓶小磨香油，便取过来在醋上点了几滴。

吃完饺子，两人把海绵垫子放在地上，在这间可爱的小屋里并肩而坐，偶尔相视一笑时，在对方脸上看到了快乐，这快乐是孩童式的、似乎怀着些小秘密的，唯有他俩可以意会和共享，这快乐还暗含着些小风波过去后的庆幸和知足。

玻璃窗下日光闪烁，花影缓缓地在地砖上走，仿佛时间缓缓地流动。

最后一缕斜射进来的光线也消逝了，准备回家时，于小雪神神秘秘地说，等会儿等会儿，你先闭上眼睛，我说可以啦你再睁开。

于小雪拉着他的手走几步，说可以啦。江恺睁开眼睛，眼前异样的光亮。哪里来的光？过一会儿他仰起头，这才看到玄关顶上装满各种各样的灯。

进门时，他并没有注意到狭窄幽暗的玄关上方有什么。星星灯挨着月亮灯，猴子灯旁边是橙黄色的南瓜灯，银色圆盘坠下几列高低错落的玻璃球灯，是一场流星雨，布艺灯的灯罩上印着几杆竹子，灯光投下竹影，最大的一盏灯上头聚拢着烛焰状的灯头，下面垂着蓝色八角珠串起的长流苏。

小时候最喜欢去灯饰店，一通电，首饰匣子打开了，光照在身上是有声音的，无数珠子一齐往下落。这几个月每接到一张订单就奖励自己买一盏灯。这里是我的好去处，也是你的，慢慢的，你心里那间老房子就塌了，不见了。

那是小时候生活的地方，是个家，还是别让它塌掉，我变了它也会跟着变，我变好了它也会跟着变好。

我一边想象着这些画面，一边在公园里闲逛。

几个票友在湖边唱曲儿，正唱到《牡丹亭》的《皂罗袍》，慢悠悠的清唱，青烟袅袅而上，风后面拖曳着细细的柳丝，溪水潺潺流过光洁的石头。我凝神听一会儿眼睛就湿润了，五十多岁了，活了这么久，还能喜欢《牡丹亭》，这让我觉得幸福极了。

晴朗的好天气，天空蓝得澄净透明，荔枝林鸟声不绝，水边的蕨类植物丛中传出虫叫的声音。老人们在树荫里活动身体，年轻的情侣、穿校服的学生在草坪上或坐或躺，父母们铺开橡胶垫，扶着孩子学步。我看着他们，但愿这平静安乐在生活里源源不绝地出现，但愿父母永远不要让孩子置身于孤注一掷的境地里，哪里需要什么孤注一掷，但愿孩子永远不会听到这样一句话，你再不努力就晚了。他们保持住了柔韧，明白身处生存的丛林必然损耗一部分生命，而另一部分依然可以自在地舒展，在最高的层面上接受万物本空，具体的生活中却眷恋人间烟火并深知这就是最珍贵的养分，他们携带着先天和后天、身与心的缺陷，经历和体会这一世，日出日落，悲喜掺杂。

草地的尽头有一棵老樟树，树下长椅上坐着一位头发花白的老太太，我走近时看清楚了她的脸。一张普通的衰老的脸，此刻毫无表情，却依然让我感到惊心和震撼。不知多少磨难灾祸的锻打，以及无常的作弄，柔软的血肉仿佛具有了铁一般的质地，连纹路也像刻上去的，看着这张脸，就看到拼着命才活到这个年纪的漫漫的来路，也看到了生的壮阔。她歪着头闭起眼睛，像是睡着了，阳光从树叶的缝隙间漏下来，受难的面庞定格的最后一个表情，是安详。

风把笛子的声音送过来，小狗沿着台阶蹦蹦跳跳。卖菠萝的一对夫妻在一棵洋红风铃木下出摊儿，丈夫削皮切块，妻子收钱，把串好的菠萝递出去，不时有风铃花辞别枝条落在她肩头，还有的花调皮，在她身上蹭一下才蹁跹飘落。路边的亭子售卖小饰品，网格货架上挂满五颜六色的头绳，一道道发箍，顶上停着薄纱蝴蝶、蜻蜓、瓢虫，儿童戒指的指托上面

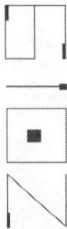

图案丰富，冰雪公主、表情各异的猫和小熊，不过是塑料质地，却让人感到沉实丰裕的欢乐。一个小女孩拿起镶珠小皇冠插进头发里，又把银色发卡别在两边，照照镜子，满意极了。水钻，树脂，玻璃珠子，射灯照着，琳琳琅琅，漫天的星斗光彩流溢，梦幻王国在等着她，她脸上不断露出惊喜之色。游乐区里，几个男孩吃完橘子开始撕手里的橘皮，嗞嗞，嗞嗞，扬起细细的轻尘般的雾，浓烈的橘子香弥漫在周围的空气里，人们经过时染上了一身的橘子味儿。

公园旁边，靠近居民区的地方，停着平价蔬菜售卖车。灯笼椒砌成一座小塔，白花芥蓝上面有蜜蜂嗡嗡地飞，玉米们头戴着缨穗横七竖八躺着，小黄姜，鲜百合，生栗子，蒜头，绿豆，花生，一小堆一小堆，这样摆着就感觉喜气洋洋的，一种年代久远的可靠的殷实气息，叫人觉得善，叫人觉得安心。蹲下去，拣青菜，挑土豆，站起来，钩子上取下一溜儿猪前腿肉，我知道，这些才是我跟世界真切、深刻而强韧的联结。

今天早饭吃的黑芝麻杏仁糊和炸馒头片，我把馒头片在打散的鸡蛋液里过一遍，用大火和热油把表皮炸酥，出锅沥完油，咬开焦黄的边儿，内瓤儿雪白松软，发面细小的孔洞里冒出热气来，这样回想着，喉头突然涌上来一股熟悉的味道，是咸味儿，盐的味道，是搅打蛋液前放下去的一小撮盐，这古老的味道让我鼻子一酸，眼睛里潮乎乎的。

明天吃什么，小米南瓜粥配鸡蛋葱花饼吧，想着明天的早餐我幸福极了。风吹着后背，好像我往后一倒，它就会拦手抱住我。

这世界真好，生而为人真好。

原载《长江文艺》2019年第7期

点评

蔡东的小说素来有勘探困苦的自觉向度，她有着对于人在不同境遇下艰难跋涉的独特感知、捕捉和表达能力。现代性语境为人类提供了更加自由广阔的空间，也给了人类更多的压迫和考验，一些新的问题不断在细微处闪烁浮现，这是蔡东小说一直在努力勘探和表现的一个重要方面。如果说此前的一系列小说都可以笼统规约为这个谱系，我认为《来访者》把这种探索延伸到了精神层面。虽然主人公江凯面临着一系列的现实问题，工作、生活、家庭似乎都危机重重，但根本的原因却在于精神的重建和自我的重塑，这预示着蔡东的探寻从平面的生活延伸到了更复杂更深层的心理精神层面。

《来访者》并没有太过复杂的情节，三五个人物均镶嵌在一个线索上，这就是"我"如何通过与江凯的对话聊天探寻到江凯的病因以及挽救的可能路径。江凯可视为一个现代性语境下具有代表性和象征性的"病人"标本，他有传统意义上出色且成功的人生，他出身良好、学习优异、工作体面、家庭幸福，但他却病了，心理层面的疾病从内部瓦解了他，进而危及他的事业和家庭，一切都濒临毁灭。心理咨询师"我"耐心地在一步步抽丝剥茧的启发下让他发现了问题的根源并重拾自我，打开了一条通往希望的光明之门。值得注意的是，小说中的挽救是双向的，病人与治愈者在特定关系中可以互换，互为来访者与咨询师。作为心理咨询师的"我"同样有郁结多年的心结，这便是死于生产的孩子，作为与死去的孩子同龄人的江凯的出现，也是"我"打开心结的一次契机，"我"在江凯的治疗上多次破例显然并非出自医者道德，而是情感本能和自我需求。在陪同江凯治疗的过程中，"我"也获得了超脱，那个多次造访梦境的孩子远去了，那是"我"内心不安难以释怀而产生的一种特殊镜像的显形。多年后，一切终于得以释怀和平静。因此，小说中的来访、安抚和救治都是双向的。

这是一篇典型的蔡东式的小说，发现被痛苦和绝望围困的个体，表现他们的精神困境，且给予了一条现实可感的渡船和逃生之路。《来访者》之于蔡东乃至当代小说的重要意义在于，小说对于现实的追问和人的关切，除了铺展在现实层面上，向细微处伸展，也应该向精神和心理层面下潜。每个人犹如一株植物，矗立于生活的水面之上，而根脉却都埋伏在水面之下，那些看不见的病痛也许是更为惊心动魄，更需抚慰和救助的。

（崔庆蕾）

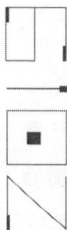

一意孤行/

/张学东

> 黑夜就是欲焰的上扬，就是黑暗，就是不见月光的罪。

> ——帕斯捷尔纳克

一

横七竖八的一摊小黄车，乍看，仿佛散落在滩涂上的某类色泽艳亮的大块头猛禽，它们几乎阻塞了通往向葵学堂逼仄的水泥小道。

所谓学堂，其实就是最常见的可以短时托付学生的小饭桌，眼下在国内只要有中小学存在的区域，你总能见到形形色色专供学生就餐和午休的简易场所，通常开设在学校附近，或是校区临街的那些显眼位置，每当散学后，三五成伙的学生就从校门涌向此处，而低年级的小学生，往往是由小饭桌派专人负责统一接送的。这些孩子的家长，午间是绝无闲暇照料子女的，而学生所在的学校，也未能提供午休或就餐的条件，即便有也因为设施太差、学生太多，而不得不放弃，毕竟留给孩子吃饭和午睡的时间少得可怜，不能把有限的时间，都白白葬送在排长龙这种事情上。基于此，家长只能咬咬牙，掏更多的票子去另辟蹊径，在学校周边就近挑选学生托管机构，每月费用一般在五六百元不等。

向葵学堂名称独特，它并没取名某某饭桌，饭桌听起来总有些粗鄙简陋，格局太小，且没有一丝书卷气，这也多少能看出业主的眼光和品位；此外，它还有一个优势，楼前有片巴掌大的小广场，那还是新千年初为这片生活区配套修建的，平时学堂里的孩子可以在这里自由活动。小区的老年人早晚来此遛狗舞剑，或慢悠悠地练习太极拳；妇女们一到傍晚，就迫不及待拖着那种带轮子的简易音箱，来跳佳木斯健身操，音乐的调子又总是曲里拐弯的，好像那些唱歌的明星刚刚挨过揍，正扁着个嘴巴痛苦地呻吟。

吸烟的男人四十岁开外，脸上裹着厚厚一层沧桑和忧郁，脑门子锃亮，头发稀疏，倒是很符合一名中年厨师的基本模样，他正散漫地跷起二郎腿，脚尖不停点晃着，坐在学堂门前最高一级水泥台阶上。这阵子，学堂里的学生早已吃过晚饭了，正在柳苗苗老师的辅导下，焦头烂额地赶今晚的家庭作业。这群孩子午间都固定在此吃饭休息，晚上通常还有一半的学生，放学后再赶过来待上个把钟头，直到把当天的作业统统完成才能离开。如今，家长们最头疼的不是管吃管喝管穿管玩，而是给孩子批改家庭作业和辅导功课，一想到自己白天累死累活亡命职场，晚上回到家还得管小崽子写作业到深夜，这样的生活简直就像人间地狱……而向葵学堂之类的小饭桌，雨后春笋般出现在街角巷尾，某种程度上，倒也缓解了家长们的焦虑，解除了他们的后顾之忧。

男人身后是一幢半新不旧的单元楼，早年间粉刷过的一层竹绿色乳胶漆，现已斑驳脱落了，有些地方便露出狰狞的灰白色楼体，像是被刀子划破的装得很鼓的绿皮口袋。向葵学堂租用的就是这幢旧楼西把头底层的一套住房，精明的业主在前阳台上另装了扇防盗门，这样做的好处是，不必再绕道进入人家的生活区内，孩子们直接穿过前面的小广场便可直达。在那扇崭新的防盗门的正上方，居中堂皇地挂着这家学堂的招牌，金灿灿的镀了铜的板壁上，红色凹陷的四个电脑大字，看上去倒更像是某个权威部门颁发的荣誉匾额。

白丝丝的一股股烟雾，正从男人黢黑的齿缝间悠然溢出，又径直钻进大而空洞的鼻孔里去了，好像那些年被残酷剥夺的宝贵光阴，一丝一缕都值得他珍惜和反复咂摸——逝去的总是最好的，这就是人生。男人眯觑着双眼，目光也像是缭绕的烟气，被拉得老长，最终又无聊地散落在那堆黄兮兮的自行车上。男人的左眼明显有些残疾，眼眶像被一股不可抗拒的内力挤扁了似的，促使那眼球严重外凸，但又恰到好处被变了形的眼眶卡住，不至于惊厥时突然溜走。左眼角紧挨太阳穴的位置，曾被同号子的一个莽汉用拳头打烂且缝过数针——对方也因此被关了半个月禁闭，出来以后再也不找寻他的啰唆了——而那疤痕就如丑陋的蜈蚣，邪恶而永久地爬在眼角处，这算是过去的牢狱之灾送给他不可磨灭的印记，好比古代被官府刺配的囚徒。想想看，一个人在那里头待了那么久，身上总得留下点儿什么纪念吧。

又有那么几辆小黄车，前仰后合倒伏在地上，黑胶轮子则像流浪汉的臭鞋底翘起老高，又似被人摔得不轻，一副痛不欲生再也爬不起来的样子。准是来学堂做作业的学生干的，其实他们的学校离这里并不算远，可那些孩子总喜欢赶时髦，反正拿手机轻轻一刷，一块钱的事，车子就能痛快地骑走了，到了目的地，他们可不管三七二十一，随手往路边或空地上一丢了事。这帮坏蛋……男人吸完最后一口烟，嘴里鼓含着烟气，闷闷地嘟哝着。他先将烟头在水泥台阶上用力碾熄了，然后直起并不强壮的腰身，左右拍拍屁股上或许并不存在的灰尘，就去扶那些躺倒的自行车了。

按理说，这些乱七八糟的小黄车，并不关他甚事，眼下在城市的犄角旮旯，小黄车们有时简直像一大片一大片的蝗虫，撂得哪哪都是。而他这样一个负责给学堂采购蔬菜，兼做两顿饭食的伙计，并不需要搭理那些学生和他们骑来的车子，可他就是瞧不顺眼。或许，在他骨子深处，存在着某种类似强迫症的东西，可以说由来已久根深蒂固。他必须得让他眼前的东西都摆放得像那么回事，就好比过去的许多年里头，在那个令人痛心疾首的鬼地方，他总是把自己的被子啦、床褥啦叠得四方四正，让它们都跟砖头块一样标准有形，甚至到现在还是，一个人的习惯是很难被改变的，况且还有个性气质等因素。

今晚他一共从地上扶起来六辆小黄车。这种车子倒也轻巧，完全不是过去那种笨头笨脑二六式老飞鸽，眼下的共享单车，更像是专门为大孩子设计的彩色玩具，有一种款式甚至连最起码的车链条也没有，他只消一只手就轻轻地把车子拎起来。就在他要去扶最后一辆的时候，身后的防盗门吱嘎响了，有人快步朝他这边跑来。同时，他听见柳苗苗老师抬高声调唤道，喂，还是等你家长来了再走吧？都这么晚了……柳老师话音未落，一个穿着蓝白相间的普通学生运动装的女生，已经神秘地出现在他眼前了。

最先看见的是对方齐眉的刘海儿，一双乌黑的杏眼在瀑布一样的额发后面闪闪烁烁，那双眉头蹙得正紧——借着水泥道旁路灯斜射而来的迷蒙光线，他发现女生的脸颊上似乎有点点泪影。不知怎的，这个印象非常深刻，到后来几乎深深嵌入他脑海中难以消弭。女生有些心慌地从裤兜里掏出手机，手指快速滑动屏幕，那种刺目的荧光突然照得那双泪眼更加忧伤凄迷，也许她正在跟同学怄气，再不就是刚才因为作业让老师剋了一顿？看来，她是想刷开一辆小黄车立刻骑走，而屠师傅正好把刚从地上扶起的那辆车子拎向了她，那感觉很像一个忠实的男仆，将一匹驯服的马驹牵到小主人面前。女生稍愣了一愣，像是刻意躲避什么，眼光旋即无声低垂，半天不再瞧他，倒也领情地抓住了车把，然后用右侧的身体靠稳车子，再弯下腰去刷车锁处的条形码。于是，他听见嘀嘀几声清脆的鸣响，小黄车就在女生的手机照射下复活了，竟有些跃跃欲试的样子。于是，女生把后背上的大口袋似的黑帆布书包，用力往肩头提了提，顺势跨骑到车座上，接着，她嘴里像是咕哝了一声什么。他想，应该是冲他道谢吧，可声音忒小，蚊子哼似的，他确实没听清。

这时候，防盗门又刺耳地吱嘎了一声。喂，屠师傅！柳苗苗老师再次从里面走出来叫住他说，我看得麻烦你一趟，去送送那个学生吧，反正这阵子也没啥事了。柳老师的声音虽然柔和清爽，但他能听出那种不容置疑的口气，兼具了托付和叮嘱的意思。主观上他可一点儿也不想去，诸如接送学生、辅导功课，那可都是柳老师的差事，他今天的活计在刚才坐下吸烟之前已经完成了。他下意识地朝女学生渐行渐远的路径眺了一下，眼前倏地又闪出那潮湿的泪光和莫名的忧伤来，心里多少生出些说不分明的牵挂，便迟疑着嗯了声，就摸索着从兜里拿出手机，横折横画了个Z字（这是他以前女朋友姓氏的打头字母，恐怕下辈子也忘不掉），屏幕解锁了，然后他用指尖去触ofo单车软件图标。这个应用软件还是柳苗苗老师帮他下载安装的，来学堂打工前，他从没接触过这些新鲜玩意。当时柳老师半开玩笑地对他说，你也太OUT了，进城随俗嘛，以后也要学会共享生活。

屠师傅骑上共享单车出发时，能感觉到柳苗苗老师就站在他刚才坐过的水泥台阶上，正透过那副斯文的细金丝边近视镜，朝他张望呢，这目光让他觉得非常柔和妥帖，尤其是在夜晚。

二

穿过学堂所在的那片稠密的生活区，小黄车便顺道驶入民主北街。这条街自南向北延伸而去，纵贯这座城市老城区的中部，就像一条永不停歇的大动脉时刻躁动和流淌着。屠师傅下力蹬了一会儿车子，共享单车并没有想象中好使，它更像是为健身运动设计的特殊器械。当他快赶上前面那个女学生时，明显感觉腿部的肌肉绷得紧紧的，仿佛刻意跟谁打赌比赛，必须全力以赴，这种情况好多年没有过了。他明显觉得自己老了，甚至有点儿力不从心，或许，骑车本身已经不能给他带来任何乐趣了。

夜色中的喧嚣度丝毫未减。公交车在路边排起长龙，罢工似的吭吭哧哧走走停停；狡猾的出租车最善于见缝插针，突然就像鹞鹰似的挤进公交站点，肆意停车载人或下客；私家车则铆足了劲互不相让，鼓噪的喇叭声代表了车主负面的情绪，和对城市交通拥堵的种种不满。此刻，黑色的马路上爬满了大大小小甲壳虫样的玩意，也爬满了市民一天的疲惫昏沉与无可奈何。一旦自己也汇入少数骑车人的行列，屠师傅才意识到这些小黄车们的尴尬处境，在这个交通极其混乱的三四线城市里，留给行人和自行车的道路，几乎窄得像条无关紧要的阑尾，如他这样的骑手不得不前冲后突左躲右闪。更多时候，人被夹杂在汽车的缝隙里，搁浅的鱼儿似的动弹不得，只能鼓着腮帮子喘息，发动机的轰鸣和恶毒的尾气将肉身完全裹挟，耳朵里什么也听不见，鼻孔里臭气不断呛涩难忍，眼睛几乎不敢睁开，机动车轮旋起的霾尘蚊蛾般到处扑撞，他觉得自己几乎就要窒息了，骑车简直是在活受罪。这让他一时间心生感慨，二十多年前的那次决绝的骑车经历，如电影蒙太奇般，猛地闯入他迷茫的视线中……

那是他一生最最黑暗的一个冬夜。那年更早些时候他高考败北，沦为"家里蹲大学"的一名新生，父亲一直耿耿于怀，他固执地认为罪魁祸首是因为儿子搞了早恋，母亲总是哭哭啼啼说这都是命啊，而他的认识注定没那么深刻，年轻人总是自负而倔强的，他天真地以为自己输得起一场考试，不上大学也没什么了不起的，社会上没念过大学的人多了去，他们不还照样活着。那阵子，街面当然还没有出现什么小黄车小蓝车的，你想骑自行车就得自己花钱弄一辆，而那时候可不是谁都能拥有一辆车子的，至少他还没有。所以，如果想上街溜达溜达，就得偷偷摸摸骑上父亲的那辆老古董，前提是出门时没有被大人察觉。

那晚记得比较清楚的，还有家里的炉盖，那个生铁玩意被烧得猴屁股一样通红，坐在火炉一角坑坑洼洼发黑的铝制茶壶，正嗞溜溜往外喷播热气，那气息跟一群险恶的白蛇似的四处慌窜。屋子里有了这些缭绕的白色水汽，人就变得朦朦胧胧像在梦中。电视机的声音很吵，春晚几乎把一家人的目光都瓷瓷地吸住了。唯独母亲进进出出忙碌，一会儿和面团、拌馅子，一会儿又预备盖帘，着手揉面剂子，好像包饺子是天大的事，一丝也马虎不得。

"你就像那冬天里的一把火，熊熊火光温暖了我的心窝，每次当你悄悄走近我身边，火光照亮了我……"电视里唱歌的那个高鼻梁小伙，有双蓝洼洼的大眼睛，大爆炸头倒是炭黑蓬松着，说他是个外国佬吧，细细端详又不像，二转子，假洋鬼子吧，可满嘴都是中国话，那舞扭得叫人吃惊咋舌，好像从壶嘴里蹿出的小白蛇，都钻进演员的身子骨肉里去了，所以才扭得金蛇般欢腾——后来新闻里报道，说东北大兴安岭发了一场森林大火，人们猜疑准是这小子的"一把火"给烧的。

一直斜身依靠被垛看电视的人，正是他那古板的父亲。呸，扭屁虫子，瞎闹哄，丑得不能看……父亲终于不满地一挪一挪下了床，趿拉着黑棉布鞋出门去了。平常儿子若穿上那条水墨蓝的牛仔裤，父亲总鼻子不是鼻子眼不是眼的，这种流里流气的电视节目，父亲自然要坚决抵制的。母亲低头干活时，顺嘴挖苦了一句，你爸真老封建，啥都看不顺眼呢，人家那是给小年轻人演的吗。

母亲豁达地说到这里，忽然扭过脸一眨不眨地盯着他，好像儿子是那台外表灰突突的17寸电视机。表面上看，儿子也跟家人们坐在一起，津津有味看晚会节目，可知子莫若母，母亲那么一瞅，肯定不是随随便便的，她知道儿子心里有事，但今晚是大年夜，母亲素来守规守矩，就算天塌下来，那也要等过完年再提。他被母亲那么盯着看，心里的别扭劲又端上来。母亲说，都去洗洗手，好帮妈包饺子。其他姊妹很听话，纷纷行动起来。他始终戳在那里无动于衷。母亲又说，每个人都要包够三十个饺子，要不初一早上就饿肚子吧。他知道，母亲是说给他听的，可他就是不想动窝，动一下觉得自己会立刻死掉，或者就要发疯。

很快，父亲解过手回屋，边走路双手还在提弄着老棉裤，好像出去撒泡尿的工夫，裤腰变窄了或腰身变粗了，怎么也提不上来，那条皱巴巴的老棉裤裤腿上竟挂了几坨湿痕，实在叫人厌恶。母亲见父亲直接站在案板跟前撸袖口，就埋怨道，越老越没出息，进门也不知道净个手。父亲一声

不吭，又板着脸转身就去脸盆架前撩水打香皂。香皂洗秃了，湿了水更是泥鳅样打滑，父亲总拿捏不住，连着吧嗒吧嗒落入盆中。他便听父亲又开始嘟囔，怨母亲抠门不及时换块新的。接下来，大伙都团围在饭桌边，母亲霍霍地擀面皮，父亲带着妹妹们包起了饺子，一个个手上沾满了细面粉，看去都跟戴了白线手套似的。

母亲真是麻利，她一个人擀面皮足够供大伙包的了，父亲似乎觉得这很没面子，很多时候，他总是不想当着孩子面输给母亲，他一生好强，把面子看得比什么都重要，就连包饺子也不例外。便又虎着脸斥责他，怎么，等着喂你吃啊！看来，今天他若不搭一把手，父亲手下就缺了个生力军，战绩将大打折扣。可他哪有心思包饺子？他已情迷意乱，不，心里头简直就跟眼前的炉盖子一样，被烤得通红通红的。

父亲接二连三地叫他过来，可他死拗着，半天愣是连饺子皮也没摸一下。饺子饺子，你们只知道饺子！好像世上再也没有比饺子更要紧的事，谁又知道他的心里头在着火？当父亲最后一次乜斜着眼扫视他并呵斥道，把电视关掉，坐在那里像个木头！他知道以父亲的性格，今晚非得让他包这顿饺子不可，否则绝不善罢甘休。他犹豫了几秒钟，就慢吞吞地从椅子上起身，可他既没有去碰电视，更没有去拿饺子皮，而是抬腿踹了一脚趴在他眼前的大狗，整个晚上那条老狗都懒洋洋地趴在屋里，什么活都不用干，傻乎乎地翕着鼻孔睡大觉。

那畜生竟矫情地吱呜吱呜着，委屈得像窦娥似的。父亲终于火冒三丈了，给老子滚出去，养你有啥用，连狗都不如！这大概是那年除夕，父亲对他的最高评价，后来的一切证明，他非但没用，简直就是家里的一颗灾星。再过几个月他将满十八周岁了，可以选择自己的生活了。但在父亲眼里，他远不及一条狗重要，他没考上大学，给家人丢了脸，还恬不知耻地，领个女朋友跑回家，母亲对人家倒也装得和颜悦色，可父亲见了面甚至连眼皮也没撩一下。那回女朋友走后，母亲代表父亲表明了立场，说让他趁早死了那个心。

母亲也许觉得父亲骂儿子骂得太重，很不利于欢乐祥和的节日气氛，忙来打圆场说，你还是把它弄出去吧，这屋里一股狗味。母亲不是很喜欢狗，可父亲总惯着那畜生，只要一家人吃饭的时候，大狗就垂涎欲滴蹲在桌子底下，随时能捡到一块骨头或什么吃食。他之所以踢狗，很大程度上是冲父亲去的。可打狗得看主人，这狗很小一点儿时，还是父亲从路边捡回家来养的。因此，父亲难免要夹枪带剑地借机奚落他。

哼，就知道在家里跟你妈横，怎样养了你这没出息的宰货!

在他们老家，“宰货”的意思是，一切该挨刀子的货色，比如猪啦、羊啦、鸡啦。换句话说，他在父亲眼里，也不过是个小畜生。他倒希望自己就是畜生，六亲不认，自己的事完全由自己做主，想跟谁好就跟谁好，谁也别来干涉他。心里有火，五脏六腑似要爆裂，仿佛刚才电视里唱的“一把火”也烧着了他。他的喉咙跟柴火似的嘎巴响了一下，太阳穴被看不见的针刺痛了。随即，他听见心里有个声音很执拗地冒出来：还傻愣在这干啥，去找你心爱的姑娘吧！于是，他大步流星冲出屋子，在屋檐下顺手推起父亲那辆半新不旧的自行车，那是当时家里唯一的代步工具。

外面寒风砭骨，每年腊月总得飘几场雪，匍匐在路边的厚雪在夜色中蓝洼洼发亮，雪这玩意儿有时很阴险，最爱在深更半夜假扮清高，远远望去白得离谱，好像这个世界已经很完美了，没有一丝污点。自行车顶风前行，他用力蹬着脚蹬，路面嘎吱嘎吱响动，双轮歪歪扭扭往前滚去，突然极不情愿地咯唧一声，该死的车链条竟也跟人作起对来！他气火火跳下车子，发了疯般连踹了好几脚车轮，车子一声不吭，死尸般躺翻在雪路上，他却抱着一只痛脚原地嗷嗷跳蹿，模样十分滑稽。

父亲跟他过不去，车子也跟他作对，那晚几乎所有东西，包括饺子和大狗都让他痛恨。不知谁在附近放起了双响炮，天上一声，地上一下，乒乓炸响，空气中就有了浓浓的火药味，这气味倒是很符合他当时的心态。后来他总算是捣鼓好了该死的链条，等他重新踩下脚蹬，后轮又恢复自由旋转了，十根手指早冻得梆硬，不过内心倒是愈发火热难耐，任凭什么也不能阻拦，一想到马上就能见着自己朝思暮想的人儿，所有委屈似乎都是值得的……

——屠师傅胡乱走神的工夫，那个女学生已没了踪影。

他忙用双腿叉住车子左顾右盼，没道理啊，刚才分明还在他前面骑行，怎么一眨眼就没影了？那些小黄车电动车和摩托车，都如杂技高手从屠师傅身边鱼贯而过，然后又蝙蝠似的消失在夜色中，或者让黑夜的海洋悄然淹没。他不得不扯开嗓子，叫那学生的名字，柳老师刚才说过她的名字。夜晚真是个神奇的存在，就算男人的嗓门再高，可话一喊出口，就变成一片轻飘飘的羽毛，落在水面上似的，他甚至怀疑自己，可能弄错了对方的姓名，是郑奇梅，还是程希微？反正他把自己能想到的几个相似发音统统叫了几遍，可这样在马路上大呼小叫简直像个傻瓜，不时有路人侧目以视，表情充满厌嫌。

忽然便有些愤愤然，许是那个女学生故意要甩掉他的吧？想想看他跟人家既不沾亲也不带故，只是柳苗苗老师临时吩咐的一个活儿，她爱上哪就上哪，他干吗那么上心呢？他可是从早到晚忙了一整天，买菜洗菜淘米做饭，还要收拾锅碗盆碟，这一天够他受的了，先前柳苗苗使唤他的时候，他本该一口回绝。再说，那女学生一看就不是盏省油的灯，小小年纪尽学林黛玉的泪人相，大人花钱供养她念书容易吗？不好好学习闹什么狗情绪！他确实留意过对方的表情，冷冷的，倦怠的，眼皮都懒得抬起，不无孤傲的，一副全世界都得罪过她的样子，甚至，在他好心好意把自行车递过去，她连个起码的表示都没有，真不像话！

这样瞎合计着，屠师傅已调转小黄车往回返了。不过，他倒是注意到街边有个岔路口，那是可以由民主北街拐入白塔湿地公园的一段捷径便道。这个湿地公园他刚来的时候逛过一两次，少说有十多个足球场那么大。北面有一座砖木结构的古塔，据说明清年间就有了，围着古塔的是一处红墙青瓦的佛教小禅院，规模虽不甚大，可逢农历年节香火好像还挺旺的；西面是一片湿地湖泊，水面十分宽阔，天热的时候游人可以下水游泳或划船玩。逢春夏时节，园内杨树柳树槐树泡桐枝繁叶茂地生长着，各种鸟雀在枝叶间叽叽喳喳叫嚣喧嚷，树荫下的草坪也修剪得妥帖平整，花坛里还栽种了月季花地雷花太阳花小黄菊等，花期可以从初夏一直维持到深秋。园子中心广场中，还有一段水泥结构的曲曲折折的紫藤花架，天气炎热的时候，它总是披头散发地静默着，活脱脱一个落寞而风韵犹存的绿妇人，仅用一双冷眼观瞧着熙熙攘攘的游客，对这个世界漠不关心。这么偌大一个园子，如果一个人诚心钻进去，你再想找出来，那恐怕得费些工夫了。

此时，屠师傅若有所思地扭头望去，园里黑灯瞎火，树影幢幢，单单打它旁边经过，就能感受到一股潮湿袭人而来。或许，正是这股凉丝丝的草木的苦涩气息，拖住了他和那辆小黄车。

三

傍晚六点一刻，陈琪薇才走进了向葵学堂，这比她平时晚了近二十分钟。那时，该来的学生早各就各位了，他们像往常一样疯闹戏耍个不停，调皮的男生因为用手机偷拍了女生的视频，便被那个恼了的女生穷追着，在桌椅间跑来跑去骂骂咧咧；趴在桌上赶作业的同学，则时不时皱起厌恶的小眉头，只有陈琪薇一言不发，她进来后悄无声息，就坐在靠窗的那个固定位置上。穿过透亮的玻璃窗，前面的小广场一目了然，妇女们已经占据了有利地形，开始欢实地扭动肢体了。她显然没心看这些，只把书包从肩上摘下来，像卸下包袱似的搁在桌面上，然后整个人颓然地趴下去。

临近饭点，柳苗苗老师才走到她跟前。这位同学，你不舒服吗？老师关切地问道，陈琪薇却懒得动一下，或根本没听见老师的声音。柳苗苗老师又连着问了两次，最后，多少有些愠怒地伸出右手，扯了一下女生的胳膊，才迫使陈琪薇扭过脸，她的声音同样软塌塌的，或者心事重重。柳苗苗老师当时的印象是，这个女生像是刚刚从梦中被唤醒的，脸上有种与现实隔得很开的迷雾和错觉。你是不是哪里不舒服？不然来了，怎么光知道趴着，今晚你不用写家庭作业吗？柳老师很直接地质询道。陈琪薇模棱两可地摇了摇头，方才有些不很情愿地，慢吞吞地打开自己的书包，应付差事似的取出书本，和有初音未来图案的彩色文具袋。柳苗苗老师其实还注意到一个更小的细节，就是在女生的上衣左胳膊肘那里，有很明显的污痕，像是在什么脏物上用力蹭过，而且还有些磨破的迹象，依稀可见里面的白色内衬。继而，她又发现那女学生的后背上，同样有更大更脏的一片污渍，边沿微微发黄，像是沾染了便液。其实，疑问都滑到了嘴边，柳老师又思忖，也许只是体育课上弄脏的，不必大惊小怪。于是，她便没再去细究什么。事情总是这样，人们对司空见惯的事物不想多置一词。

晚饭依旧是两菜一汤：西芹百合烧肉片，干煸绿豆角，外加紫菜蛋花汤。每次都是屠师傅把饭菜用不锈钢餐盒盛好了端过来，孩子们一人领取一份，汤是用一个大瓷盆盛来的，里面有把长柄汤勺，同时还带来一摞子干净的不锈钢小碗，孩子们可以按需盛取。不过，这件事基本上都是柳苗苗老师亲手代劳，她这人天生爱整洁，学生干活总是顾头不顾尾的，不是把勺把丢进汤盆里，就是漏斗似的到处滴答汤汁，弄得教室里总有异味。所以，她会趁大伙吃饭时，给每位同学盛好一碗，款款摆在小条桌上。柳老师也跟这些学生一起吃，屠师傅从不，他会躲在后面的厨房里一个人解决。等学生们吃得差不离了，他才过来收走那些狼藉的餐具，然后扔进厨房的大洗菜池里，加上白猫洗剂稀哗啦一通冲洗。应该说，他干活算麻溜的，平日话又不多，这是多年的囚禁生活炼成的，此外他最大的嗜好，就是死爱抽烟，只要空闲下来，嘴里马上得叼那么一根，不然他心里便没着没落得厉害。

柳苗苗老师有一次去后面送碗碟，一进厨房满世界的烟气，呛得她肺叶都要咳出来，感觉跟着了场大火似的，她忍不住尖利地叫起来，还很不客气地批评了屠师傅两句：喂，这里是做饭的地方，你怎么能在这抽烟，还抽那么多！屠师傅就像做了大错事，慌忙把手里烟头丢在地上，又不死心地拿脚一下下去碾。柳苗苗老师又瞪着眼珠叫唤起来，我的天哪！这里是厨房，你怎能随地乱丢烟头，要是让学生家长看到，人家还敢把孩子送来不？屠师傅彻底被这女人的大惊小怪给弄蒙了，他忽然变得像个无所适从的小学徒，简直有点怕了她了。这个整天教孩子做题的知性女人，对一切事物都那么警惕和较真，真是像极了牢里的一个不苟言笑的女狱警，眼里揉不得沙子，没有她不管的事。

不过，打那以后，他对柳老师倒是服服帖帖唯命是从了。他觉得她批评的都在理，他是人家雇来做饭的伙计，不能太那个了，确实得注意个人卫生和安全问题，他可不想因小失大或惹是生非，能有个像样的地方安生待着，他已经很知足了，他觉得自己早过了那种打拼的年纪，在哪干活不过是混口饭吃罢了。所以，他通常会在忙乎完厨房的活计之后，去外面找个清净地方美美吸上一阵子烟，把瘾过足，免得自讨没趣。柳苗苗老师后来显然瞧在眼里，有一天她点着头地对他说了句，我看你这人还行。话说得没头没尾，不过他还是听懂了，继而脸面也红了起来，能得到这样一个比自己年轻的女老师的称赞，那感觉还是挺美的，虽然柳苗苗在旁人眼里，也许根本算不上是正规的人民教师。

晚饭摆上桌，学生们跟饿疯了的鸡群似的，叽叽咕咕扒拉起来，嘴吧却始终不闲。有不喜欢吃豆角的，皱着小眉头直嚷，哦，My god！又是干煸豆角——我恨你；也有不爱吃西芹的，说什么西芹是转基因蔬菜，吃多了肠子会打结，屙不出屎。柳苗苗老师就拿睿智的白眼狠狠瞪他们：热饭烫不住嘴，尽瞎说，西芹富含大量的粗纤维，最利于我们人体消化，我看谁再敢胡说八道！学生们并不能彻底静声，那种嘻嘻窃窃的诡秘笑声不绝于耳，毕竟这里只是临时性托管机构，老师也不像在学校那么有权威。对此柳老师心知肚明，只要他们凑合着把饭吃了，把当天的作业应付掉，她也懒得去跟孩子们纠缠什么。

柳老师自己也有孩子，不过她的孩子尚在幼儿园里做游戏呢，她忙的时候都由老人帮着接送一下。她早先在城边一个郊区学校当过一阵子老师，后来准备要孩子的时候总不太顺畅，流了两次产，家里人都非常担心，劝她还是请个长假安心保胎吧，中国人的观念总是把不孝和无后扯在一起，她也不例外。后来胎总算是保住了，等产假休完再想去上班，人家学校却婉拒说，她不在的时候临时聘了人，而且，那个男老师干得很不错，所以她还是继续回家照顾小孩子吧。为了生孩子，她丢了工作，反正小家伙总是离不开妈妈的，丈夫又常年在外地跑推销业务，个把月能回来探一次亲就不赖了，好在丈夫的销售公司待遇方面还算优厚，她即便几年不出去上班，经济方面倒也不那么拮据。再后来，孩子总算进了幼儿园，她才经一个要好的朋友介绍，来向葵学堂作了临时辅导老师。每天中午晚上各三个钟头，对她来说倒也宽松自在，况且人家给她的酬劳跟在学校差不多，时代再如何发展、社会再怎么进步，毕竟女人还是以家庭和孩子为重，她没什么好抱怨的。

陈琪薇几乎没有动几筷子，她的嘴里老像含着一块难吃的糖果，目光要躲避谁似的，执拗地偏向窗户那边。在某一瞬间，柳苗苗老师依稀瞥见，那女学生的眼泡微微泛红，眼瞳里始终有股湿漉漉的东西在扑闪。柳老师巧妙地敲敲桌子提醒学生：必须好好吃饭啊，最好不要剩下，那样浪费不说，你们正长身体呢，营养跟不上，学习成绩自然就下来了。陈琪薇应该意识到老师可能在说她，才忙低下头，眼角果然垂下两颗泪珠来，不过，她马上用袖口掩饰了一下眼睛，筷子很机械地在餐盒的米粒里划拉，可半天什么也没往嘴里送。

柳苗苗老师给大家分好了汤，一碗一碗送到每人桌上，轮到陈琪薇的

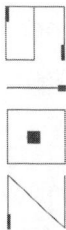

时候，她小声问：你咋吃那么少，怎么，不合胃口？陈琪薇依旧木讷地摇了摇头。柳老师总觉得这孩子哪不对劲，便又说，身体不舒服的话，可以举手告诉老师，日常用的小药，我们这里也备了一些。陈琪薇再次木然地晃晃脑袋，也许她是不想给老师添麻烦，并让对方相信她身体没有大碍，便双手端起汤碗，很努力地喝了几口，喝得太猛竟又咳起来。柳老师这时正好看得非常清楚，女学生靠近窗边的那半拉脸蛋，特别是颧骨处明显有点儿瘀肿泛青的迹象。呀，怎么把脸摔着了？老师再次凑近对方，且压低了声音询问。噢……没……没事的……体育课我不小心，跌了……陈琪薇怯怯缩缩地支吾道。其实，柳老师一开始看到她外套的时候，已经猜出八九分，这时也就不再追问什么了，但她脑子里还是画了个问号。

事实证明，没好好吃晚饭的陈琪薇，后来同样也没怎么好好做作业，她就那么满腹心事地一味懈怠着，有时还会坐立不宁。这中间她的手机突然唱起了《甩葱歌》，几个吭哧吭哧做题困难户竟突然来了精神，有个最爱闹的胖男生竟搞笑地跳到椅凳上，随着手机音乐胡乱扭起了肥肥圆圆的大屁股，看上去十分滑稽，逗得其他学生都咯咯直笑。陈琪薇脸颊羞得通红，她几乎慌慌张张逃离了座位，径直钻进卫生间里。柳老师很严厉地批评了那个胖男生，你瞎兴奋什么，不就是手机来电吗，我就不明白你有什么好闹的？快抓紧时间做你的作业吧！

过了一会儿，陈琪薇从卫生间出来，她望着老师的脸，轻声说出四个字（感觉一晚上她都在酝酿这个重大决定）：我得走了。柳苗苗狐疑地盯着那双忧伤的眼睛，显然刚在卫生间用自来水洗过，不过眼圈更红了。陈琪薇，你真的没啥事吧，不用等你家长来接吗？对方使劲摇头，又解释说她可以骑车自己回去，家里人是知道的。然后，她就迅速去收拾桌上的课本和文具了。当肥大沉重的黑帆布书包负在女学生后背上时，柳苗苗真切地感到，那两根背带简直像法西斯残酷的绳索，勒得那女孩快要向后仰面倒去了。

——那件事情发生以后，柳苗苗总是被不断地问起当晚的情形，她记得最清楚的其实只有两点：一是陈琪薇跟她说得走了，而不是说她要回家去，或许她真的没打算回家，只是有人打电话把她叫出去的；其二就是，书包的背带那么野蛮无情地，紧紧勒住了陈琪薇正在抽条的少女身体，让人多少感觉有些不安。

当然，柳苗苗后来也不止一次想过那天午间的事。中午学堂里将近有三十个学生需要吃饭和睡觉，这也是一天里她最忙碌的时刻，三十张嘴巴吵吵嚷嚷简直能把屋顶掀起来，每次她只给学生半个小时就餐时间，然后再用一刻钟让他们漱口和上卫生间，午间一点钟，所有孩子都得准时上床，这样才能保证他们有四十分钟的休息时间，不然下午返校后他们准会打蔫，或在课堂上打瞌睡。但凡当过教师的人都很清楚，下午头一节课最难上，原因就在这里。

那天中午陈琪薇似乎并没有什么异常，饭应该是吃了的，不过她好像没喝汤，因为她桌上有大半瓶矿泉水，柳苗苗盛汤给她的时候，她礼貌地冲她摆了摆手，又指了一下桌上的水瓶。奇怪的是，那时候柳老师并没有留意过这个女学生的脸是否肿了，或者上衣有无污渍，注意力是个奇怪的东西，有时它会轻易地忽略掉很多很多细节，就像筛子漏下最细的砂砾或金子。也许只是午间秩序过于混乱，柳老师确实没有留意到更多的细枝末节。因为整个午间，柳老师只强调一条：大家抓紧时间吃饭，然后认真漱口，都给我乖乖上床睡觉。这似乎是小饭桌老师最重要的使命，家长们花钱图的就是这个。其实，每次学生睡下之后，她还要挨个查床，因为这些孩子基本上都有手机，尤其那些男生最爱钻进被窝里偷偷玩手游，街头争霸和魔兽之类，有个别家长特意交代过，让柳老师平时多督促检查他们的孩子。所以，后来对于陈琪薇午间休息的情况，柳老师脑子里也是一片空白，她甚至记不太清，这个女生到底有没有上床睡觉，以及她后来是怎么离开学堂的。

有一点可以肯定，那就是当晚八点四十分左右，陈琪薇确实骑小黄车离开了柳苗苗老师的视线。如果这个女学生一路沿着民主北街骑行，应该会在一刻钟内平安到家的，那样的话，屠师傅那个小小的谎言便不会被揭穿，柳苗苗也不会受到任何指责，向葵学堂更不会被媒体和社会舆论推向风口浪尖。

四

白塔湿地公园确是晨练的好去处，在它的西面沿着曲折的湖畔路，还铺设了三里长的塑胶跑道，每天清晨和黄昏，都有众多健身者大汗淋漓地在此一路奔跑或疾走，而且绝大多数人都会揣着智能手机，因为那个可感知人体行动的聪明软件，能准确记录你具体行走了多少步，以便于在稍后的微信群里晾晒获赞赢得尊重，这在眼下的城里几乎是一种风尚，人们心甘情愿地被这样或那样的手机软件捆绑并乐此不疲。

据那条咖色泰迪犬的主人讲，狗狗每天早晨沿着湖边走走停停，会执着地在那些矗立于浅水处的黑色石头的边边角角留下自己特殊的记号。可今儿一早，泰迪走着走着，突然死活不走了，怎么拖它的绳子也拖不动，后来狗干脆直接跳进水里，绕过一块大青石去探寻什么。于是，主人骂狗，拽绳子，甚至威胁，都无济于事。后来，狗主人只好颤颤巍巍地爬到那块石头上朝下瞧，这才发现自家的狗正在石头后面的水里闻闻嗅嗅，模样异常警觉，而紧挨石头的浅水处，有个人正头朝下平趴在水里，蓝白两色的运动衣鼓胀起来，黑湿凌乱的头发浮在水上，如一团杂乱的水草。

遛狗者顿时心惊肉跳地喊叫起来，尽管声音有些颤抖和沙哑，但还是唤来众多晨练者驻足围观、唏嘘和拍照，人们第一时间在各自的朋友圈里，推送了这一起噩耗的微信。那种千篇一律的蓝白两色学生运动装，随同它的主人长时间浸泡在湖水里，也许已经持续了一宿或更久，直到随后110接警赶赴现场，很专业地蹲在大石块上，噼噼啪啪拍过照后，浮在水里的人才被七手八脚捞上了岸。

经过民警现场初步勘察和分析，死者因不慎失足落水的可能性很大，当然，也不能完全排除自杀的情况，通常像这种十三四岁的中学生，正处在青春发育期，日常课业负担大，心理又比较脆弱，难免会有些情绪波动，往往受不得委屈，又爱钻个牛角尖。接下来，民警便围绕着死者的身份、家庭和学校等情况展开调查，因为校服上衣印有某某中学字样，这倒是帮了警察一个大忙，因此在早晨上班后，他们不费吹灰之力便驱车来到溺亡者所在的那所中学。

五

柳苗苗老师简直做梦也想不到，一个那么鲜活的生命，一个昨晚分明还在他们小饭桌待过一两个钟头的学生，竟说没就没了！这无比巨大的现实黑洞，让人无论如何都接受不了。民警上门调查，按部就班地向她出示了死者在水中，以及后来被捞上岸的几张彩色打印图片，然后跟她详细盘问了昨晚辅导班上的情况，比如发现陈琪薇有没有什么异样？死者有没有跟学堂里的学生发生过激烈的口角？或者，在此之前有没有类似的情形出现，让她务必协助调查好好回忆一番。

作为陈琪薇校外的辅导老师，柳苗苗确实不应该有所隐瞒，但这件事毕竟直接关系到向葵学堂的声誉，及以后的生源问题，况且就在民警找上门之前，学堂的老板娘已经跟她通过电话，让她头脑要保持清醒，还要一口咬定，陈琪薇同学是不顾老师劝阻，也不等她家长来接，非要自己骑车回家去的（当然这也是事实）。柳苗苗明白老板娘的意思，如果非要感情用事，扯上她临时派屠师傅去护送，无疑又会节外生枝，事情也会弄得更加复杂，而且对学堂也更为不利，人们肯定会质问，既然都派人去送了，那为什么还会出现这种可怕的结局？

基于此，柳苗苗老师当然不能头脑发热，更不可意气用事，直说自己昨天的的确确注意到那孩子不对劲，她不光偷偷掉过眼泪不说，脸上好像带着伤，衣服也脏兮兮的，像是跟谁打过一架的样子。而她只能顾左右而言他，敷衍了一通警方的提问：我们这里人手少，孩子又多，学堂里闹得很，自己得不时地维持纪律，实在没太留意那个女学生的情况。不过，她觉得这样说也太过于违心了，明明自己当时确实有所觉察，她从小受到的教育是要实事求是，老实做人，即便不能去帮别人，至少也不能害人。所以在调查末了，柳苗苗老师又补充道，陈琪薇昨晚胃口好像不太好，饭菜基本上都剩下了，整个人显得没精打采的。她甚至在谈话结束时，巧妙地加上一句自己很主观的揣测：兴许，这可怜的小姑娘，白天在学校里遇到了什么？在她看来，这样的怀疑至少不是空穴来风，警察完全可以顺藤摸瓜，去那所中学好好调查调查，而不是把时间都浪费在向葵学堂这边。

警车离开后，柳苗苗想都没想就直奔后厨。

那阵子，屠师傅简直忙得像只被不停抽打的陀螺，已经蒸熟的大米饭在湿热的空气中米香四溢，爆炒中的蘑菇油菜在大黑锅里发出刺刺啦啦的响音，尽管油烟机始终在轰鸣，但抽吸的效果似乎并不理想，浓稠的油烟味儿还是呛得人睁不开眼。她一进去就闻到了，屠师傅又在里面吸烟了，而且肯定吸了不少呢。不过，她现在的注意力可不在这上面，人命关天，她至少得弄弄清楚，屠师傅昨晚是怎么去送那个女学生的。

喂，到底怎么搞的？你有没有去送那个孩子？她开门见山，嗓音比平时高出八度。我就奇了怪了，你说你是眼见着她骑进了一个小区，可她……她怎么会掉进湖里呢？！

屠师傅低着头没有吭声，只是将一把大号菜铲在锅里飞快地翻动着，火焰贴着锅沿喷蹿而上，某一瞬间竟疯狂地点燃了整锅菜，火舌狂飙着去吞噬那些新鲜的食材，发出类似要爆炸的吱吱啵啵声。屠师傅脸上几乎没有什么表情，只是一味地油腻，一味地被火光照得忽明忽暗，那只过去缝过几针的眼角不时抽搐一下，仿佛被滚烫的油点溅到了灼伤了，但他也只是一味地忍受——应该说忍受是这个男人身上最重要的品质，要知道他忍受的年头的确够久了——唯独他嘴里不时地发出蛇样的咝咝声。

厨房里太吵了。柳苗苗不得不站到厨师身旁，再次发问，语气愈加强硬，愈加急迫，也愈加火怒。

说话呀，难道你哑巴啦！我看你根本是在搪塞我，你压根就没去送她！

片刻的静默后，屠师傅终于爆发了，当啷一声，他奋力丢开手里的炒菜铲，那感觉就像，一只原本咝咝鸣叫的高压锅突然炸开了，连滚烫的锅盖都崩到了天花板上。

——我他妈怎么知道？我明明跟在她后面，可她一转眼就没影了，这小丫头片子八成是想甩掉我，我能有啥法子？！

——那你昨晚为啥不实话实说呢？你这个骗子，这回你害死大家了……唉，这也都怪我，怪我一时疏忽大意，我要是早知道这样子，应该想办法把她留住……

柳苗苗的语气突然衰弱下去，就像是一团刚才还炽烈燃烧的柴火，被一阵突如其来的暴雨浇透了，霎时熄灭，她只是无力地摘下金丝边眼镜，用一只手捂着眼睛，任由泪水慢慢地从指缝间溢出。泪光中，又倏忽闪出民警拿给她看的事发现场的图片，尤其是那个浸泡在水中的女学生背影，那感觉像是舒舒服服展开双臂沉睡不醒的样子……

她讨厌自己竟有如此荒唐的感觉。死亡，怎么可能舒舒服服的？她这样想一定是有罪的，是对亡人最大的不敬。死亡注定是冰冷的、无情的、决绝的，况且，又是死在那种脏兮兮的泛着绿沫子的湖水中。

屠师傅也跟着柳苗苗老师静默了一会儿，直到鼻孔里钻进一股难闻的焦煳味，他才终于醒过神，手忙脚乱地关掉了灶火，再捡起滴油的菜铲子，锁着眉头去对付那锅里已然发黑的菜叶。他忽然觉得，眼前这团黑不黑绿不绿的玩意，像极了昨晚他在公园中看到的东西。

六

夜色中，那些黑黢黢的草木散发出比白天更强烈的味道，乍一闻很像是放久了的猫狗尸体散发出的，潮湿凉爽的空气中，流淌着公园特有的那种苦涩凝重腐朽的气息。大大小小的昆虫，早已躲进绿篱和花草深处吱吱喝喝，偶尔，从浓密黑深的树木高端，传来一阵悠长而突兀的鸟鸣。

那个时候，屠师傅一边骑车，一边朝四周观望，鼻孔时不时翕动两下，在休闲长椅上，总能看到成双成对卿卿我我的幽暗身影，这些忘情的男女让夜色变得更加暧昧和混沌。对于年轻人的勾当，屠师傅一直保持着某种近乎敏感的警觉，倒不是说过惯了那种形单影吊的单身生活的他对此讳莫如深，而是命运与岁月的无情作弄让他不得不避而远之。

当屠师傅寻寻觅觅地骑着小黄车，在黑沉沉的迷宫般的密林与荫道中绕来绕去时，猛然间从身后涌过一阵乱糟糟的喧闹叫嚷……我操……小子是不是找死啊……你们他妈再敢挤我……都欠扁是吧……等我追上你们非弄死……有种你他妈过来呀……随着一阵突兀的骂骂咧咧声越来越近，一伙将车子蹬得飞快、屁股撅得老高、脏话连篇、嘻嘻哈哈的少年单车手，已飞快地驶向屠师傅这边，那几辆单车多是性能优良价值不菲的山地越野车，车轮子粗壮，把手上有灵活自如的无极变速器，加之少年人旺盛的精力和运动热情，当它们以那种锐利、蛮横甚至是势不可挡的劲头，横冲直撞而来时，还在路上东张西望的屠师傅毫无防备，或者，他头脑里大路朝天各走一边的思想根深蒂固，所以，丝毫没有躲闪的意思，他只是稳住小黄车的车把缓缓滑行。意外就这样发生了，由于那群少年几乎是并排冲刺的，他们你追我赶互不相让，猛不丁地，就跟前方路上的障碍物发生了点儿摩擦和碰撞，咣当一声，其中一辆山地车严重倾斜并失控般朝道旁冲去。

一声娘娘腔十足的不无夸张的叫喊之后，肮脏的辱骂声便此起彼伏，谁干的，哪个该死的王八蛋？诚心撞死老子，操你妈的，是哪个瞎狗挡我的道啊……看到自己的同伴被撞翻在地，另一个人赶忙扔下车子，转身去路那边搀扶，还有两个人早气势汹汹地拦住了屠师傅，好像生怕他会趁机逃走。揍他揍他！往死里揍！这家伙一看就是故意找茬，撞坏了别人，瞧他还无动于衷的，纯粹是来找死吧！妈的你眼睛塞进裤裆里了……一伙人不干不净地谩骂着，眼睛盯死了屠师傅，同时摩拳擦掌跃跃欲试。

那个被撞倒的家伙终于在别人的帮扶下，哼哼唧唧一瘸一扭挪到屠师傅跟前。他鼻梁陡高，鼻尖却鹰钩得很厉害，年纪不大看着却有些凶巴巴的，瘦高瘦高的面条个儿，很有些水蛇腰，他正朝地上连着吐了几口唾沫，也许他嘴里流了血，只是想把血水吐出来，因为此刻很黑，谁也看不太清楚。与此同时，鹰钩鼻像是要给同伴们证实，自己没那么脆弱，至少还没有被撞断骨头，他龇牙咧嘴地左右扭动了几下脖颈，突然撇撇嘴，下颌往上一翘，几乎毫无预兆地抬起腿来，照准屠师傅胸窝就是一脚。能看出来，这家伙肯定经常打架，可以说是又狠又准弹无虚发。

屠师傅显然低估了对方的杀伤力，他本来是双腿叉着车子站着的，这一脚来得太猛，他几乎连人带车被踢得弹了起来，然后整个人趔趄着重重倒地，未等他直起腰，其余的几个少年又是一声怪吼，顷刻间，拳脚便冰雹般砸落下来。屠师傅被揍得噢噢连声，他只能弯腰弓背，在包围圈里胡乱翻滚，他尽可能用双手紧紧护住头脸，即便这样，后脑勺还是立刻鼓起个包，鼻孔流出一道乌血。他们几乎把他打得奄奄一息，不再胡乱滚动时，才算丧失了斗志和兴趣。后来在撤离之前，这伙少年也许觉得还不够解恨，于是，他们又肆意蹂躏了一通屠师傅骑来的那辆小黄车，几只大脚又踢又跺又踹。顶数那个鹰钩鼻下手狠，他竟然将可怜的小黄车用双手举过头顶，然后重重地砸向路边的一只不锈钢垃圾桶上，黑暗中再度爆发出稀里哗啦的杂响……

头顶密密麻麻的枝叶，遮蔽了仅有的一丝惨淡月光，某一刻，那些栖息在树上的鸟雀叽叽喳喳一阵聒噪，那是被人为地惊扰后的惊慌失措。很快，一切又归复平静，如同一场古老的梦境，黢黑的草木依旧深不可测，滴落在砖铺路上的血迹悄无声息。遭遇痛打后的屠师傅，好半天才从路上艰难地爬起来，在站立的一瞬间，他几乎严重地栽晃了两三秒。他不是不会打架，而是过去的经验告诉他，多一事不如少一事，能忍则忍，小不忍定乱大谋，他吃过类似的苦头。比如，跟同狱的某个犯人厮打，结果总是各挨五十大板，所以，关键时刻，他会条件反射，会本能地控制情绪，不再做无谓的挣扎或牺牲。当他慢慢站起身，哼哧着拍掉衣裤上的尘土时，他才觉得自己的确很窝囊，窝囊得连几个乳臭未干的小子都对付不了。不！他想，不是他打不过他们，也不是他不善打架，而是他已经被彻彻底底改造过了，就像一枚被反复打磨得再精准不过的标准件，大小轻重薄厚刚刚合乎设计需要，符合这个社会的安全需求，从今往后他只能做螺丝不能做扳手，他的人生注定是被动的。最重要的是，他今晚骑着一辆小黄车出来，不是为了到处闲逛的，更不是为了跟谁去打一架。

他可是受人委托，去送一个女学生回家的。而那个小丫头片子不知躲到哪里去了，像是故意在跟他捉迷藏呢，害得他在这该死的黑漆漆的公园里，没头苍蝇似的瞎撞了老半天，还莫名其妙撞倒了别人挨了顿揍。想到这里，他简直气愤得不行，真想找个什么东西好好发泄一下。可他哼哧了半天什么也没干，最后仅仅是，本能地去把那个被撞翻的不锈钢垃圾桶弄起来，立好，再去扶躺在地上的小黄车。这是这天晚上，他从地上扶起的第七辆车子。他记得非常清楚，他的记忆力一直不错，因为过去有近二十年光景，他都在反复练习记忆，比如今天是几月几号，星期几，还有多少天过年，他是哪一年进来的，至少还要再熬多少年才能出去……一个人被关在那种高墙上围满了环形钢丝网的某个小笼子里，首先就得学会这个，不然，你连一天也待不住。

小黄车原比想象中要结实可靠，只是车把被那帮坏小子摔得严重歪斜了。屠师傅用两腿夹住前轮，双手再用力反向一拧车把，校正问题便迎刃而解了，当他重新踩下脚蹬，准备继续骑行时，那种似曾相识的感觉又突如其来……同样是黑乎乎的夜，同样是一个人独自骑车，同样是为了一个女的，只不过当年的那个姑娘可是他的初恋对象。——那天晚上，他从家里赌气跑出来，偷骑着父亲的自行车在冷风中前行，半途中车链子掉了，他不得不停下来，气急败坏地摸黑捣鼓车子……如果那晚他没有跟家人，特别是跟父亲置气，如果该死的车链子没有半路脱轨，如果没有那场约会……也许，他的人生就不会跌入万劫不复的深渊中。

二十多年前那个漆黑的寒夜，截住他的也是一伙无业青年，他们的年龄比刚才那些家伙大不了多少，正在除夕夜的惨淡街头鬼魂样游荡，他们游手好闲地将点燃的一根根双响炮抛至半空，然后一伙人跟着那乒乓炸开的炮声，夜猫子似的一阵怪吼怪笑。那是一个粗鄙的时代，一切都很贫乏，即便大年除夕也不例外。当他蹲在地上心急火燎捣鼓车子的时候，那几个小混混就瞄上了他。等他准备重新骑车上路，一团阴森的乌云遮住了他，那些流里流气的家伙问他兜里有没有钱，想跟他借俩钱花花，说是借，其实就是明抢。他确实没啥钱，那年头谁的兜里也不富裕，他们自然不信，非要搜身，他紧张得要命，因为在贴身的衬衣口袋里，确实还塞有三五块零钱，那是母亲趁父亲不在时悄悄塞给他的，母亲总是更疼儿子的，尤其知道他正在处女朋友，不能显得太寒酸了。今晚他和女朋友约好了要见一面，两个人想找个地方待一会儿，他想到时候可以给她买一串糖葫芦吃，如果运气好的话，他俩还能在县工人文化馆里看一场电影，尽管那里放的片子都是老掉牙的，就连每一句台词早就让他记得滚瓜烂熟了。

那几只脏爪子跟无耻的老鼠一样，吱吱叫着，开始在他外衣和裤兜里爬来爬去，他不得不姑息隐忍。一来他们确实人多，好汉难敌四手，万一动起手来自己肯定要吃亏；再者，他可不想打架，大过年的不说，他可是马上就能见到心上人了，尽管父亲压根不能接受那个姑娘，可这又有什么关系呢？只要他俩心心相印就行。好在，脏爪子们屁也没搜到，他也故作轻松地说，孙子骗你们，我穷得叮当响……随即他就推起车子径直往前走去。就在一刹间，那个领头的家伙突然反应过来，大嚷道，妈的，忘了搜毛衣里面的衬衣了，小子给我站住！这一嚷不要紧，他的心一下子蹦到了嗓子眼里，就像做贼心虚，他忘了自己是怎么使出吃奶的劲，推起车子狂奔起来，然后又歪斜着纵身跳上车座，拼了老命蹬车而逃……那时他只听到风声在耳边鬼哭狼嚎，那群恼羞成怒的家伙发了疯般在后面穷追不舍……后来他觉得脏爪子们终于被甩掉了。

等赶到县文化馆时，心上人果然跺着脚站在昏黄的路灯下，整个人都快冻僵了，他跳下车子慌忙跑过去解释，父亲盯得忒紧，好不容易从家溜出来，自行车又掉了链子，不过他始终没有提那群脏爪子，他觉得那会影响两人约会的好心情。因为是除夕夜，县文化馆已停止放映，根本没有电影可看，甚至连平时有的交谊舞会也取消了，街道上冷冷清清，他俩几乎没有什么地方可去。唯一运气不错的是，他为她买到了一只烫手的红薯，他让她捧着红薯取暖，他嘶嘶叫着为她剥开红薯皮。女朋友说她不能在外面待太久，家里人会着急的。他争分夺秒地搂着她，说他如何地想念她，说他几乎夜夜都会梦到她，他还赌咒发誓说，不管家里如何反对，他这辈子都铁了心跟她好……天气真是太冷了，连誓言都被冻得硬邦邦的。他一手推着自行车，一手揽着她的腰，小县城变得空空荡荡，似乎这偌大世界只剩下两个人了，恋爱的滋味像手心里的烤红薯，既热又甜，两颗悸动的心在甜蜜中慢慢融化。她非要喂红薯给他吃，他说除非你用嘴叼着才行，她忸怩了一会儿，经不住他再四央告，终是照办了，他也趁机吻了她，吻得像外国电影里那样深情，两人都快要窒息了，哈气模糊了他们的视线。

可相聚总是短暂的，到了该分手的时候，他便不依不舍骑车送她。离开街道后，车子驶入一条弯弯曲曲的煤渣小路，这里可以通向县城后面的厂区家属院，由于是大年夜，路上鲜有人影儿，仅有的那几盏路灯，早让坏孩子的弹弓和石块解决掉了。女朋友安静地坐在后车架上，右手从后面绕过来搂住他的腰，他从车把上腾出一只手，用力摁在她的手背上，那种贴合感让他头一回感受到什么是幸福，还有刚才那个很长很深的吻，都让他真真切切地感到爱情的火热和甜蜜，他嘴里不由得学刚才电视里那样唱着：你就像那冬天里的一把火，熊熊火焰温暖了我的心窝，每次当你悄悄走近我身边……

女朋友悄然从后座上跳下来，他至少又骑出十几步远才刹住车，显然这里离她家还有一小段距离，路旁边是一个灰头土脸的公厕。她已靠路边站稳，黑暗中眨着明亮的眸子说，你不能再送了，万一让我家人看到不好。他自然是舍不得丢下她掉头就走，又禁不住将她紧紧地搂抱缠磨着。她说，你疯了，会让我们厂的熟人看见的。他说，我才不怕，谁愿看就看去。可最终，他还是很听话地跨上车座。临了，他问了句，咱俩啥时间能再见面？这是分手前他问的最后一句话，后来命中注定成了最后一句。她当时神秘地摇摇头，说，偏不告诉你。于是，他看见她不无俏皮地原地蹦跳了两下，就那么轻快地往前去了……他还想继续跟过去相送，她却心领神会地意识到了，忽然扭头故作严厉地说，你再不走，人家该生气了。至此，他才恋恋不舍地调转车头原路返回——这辈子到死他都不会相信，这一去竟成为诀别。

　　青春年少时的懵懂恋情，往往伴随着某种危险甚至是残酷，当两个年轻人完全盲目地沉溺其中，竟忽略了来自黑暗中的某个鬼鬼祟祟的尾随者，早在他跟女朋友街头碰面缠绵时，那人可能就死死盯上了他，这应该是个不达目的绝不罢休的惯犯，况且，对方一下子就瞄上了他身边漂亮温柔的姑娘。悲剧是在他骑车离开不久发生的。在通往那片厂区家属院的路边，建有那类在上世纪80年代再普通不过的简易公厕，不过是用砖头块垒起一人来高的墙壁，顶上搭几根柳木棍，再苫一层沥青毡，男女厕之间仅仅隔着一道薄墙，也根本没有门栅之类的保护装置，可以说比乡下的牛羊圈的安全系数还低。当时，女朋友大概往前走了几步，或许忽然意识到，该上一趟厕所才对，因为回家后再出门会很麻烦，夜晚通常都用那种痰盂桶解决问题的，而父母近来对她的出行总是疑神疑鬼颇有微词，她理应谨慎些。幸福这种东西，总是会令人忘乎所以的，至少当时那可怜的姑娘对四周和这个世界毫无觉察，她像往常一样摸黑走进女厕，也许就在她刚解开裤带蹲下身去，那个一直隐藏在黑暗中的恶魔便扑向了她……

　　对于女朋友当晚的悲惨遭遇，他起初一概不知。公安局的侧三轮摩托车，是在大年初一的中午十二点前，丧门神般呜呜哇哇号叫着，突然风驰电掣般驶到他家门口的，把整条街巷都给震动了。当时，母亲刚把热气腾腾的饺子端到饭桌上，一家人团团围坐，还未将第一个饺子塞进嘴里，民警们便径直闯进屋来，将他捉鸡仔似的从凳子上提溜起来，全家老少诚惶诚恐完全蒙了，原本欢乐的团圆饭突然陷入死一般的寂静，而他记忆中的最后一个春节也就此戛然而止，或许，还有自头天晚上蔓延而来的那种甜蜜。

　　审讯注定是粗暴而无情的，尤其是对于这种大年三十晚上发生的恶性强奸杀人案，民警们打骨子里都深恶痛绝，为民除害是他们再正当不过的理由。街上有多个目击者，就连长期守在文化馆门口卖烤红薯的河南夫妇也录了口供；一个打女朋友家属区小路上经过的路人，说是亲眼看见他在公厕附近，跟一个女的搂搂抱抱拉拉扯扯，很不成体统，对方还详细描述了他父亲的那辆自行车就停在路边；甚至连他自己的父母也老老实实承认，他们是坚决反对儿子跟那姑娘来往的，为此父子之间已发生过多次不愉快，他们都劝儿子尽快跟女方断绝来往，因为他们认为那姑娘已经断送了儿子的大好前程……种种迹象表明，他似乎确实有足够的作案动机。再者，他的右手背和一根手指上有非常明显的伤痕，警方认定这些都是在作案现场被害人激烈反抗时给他留下的，尽管他一再辩解那是自己安装自行车链条时不小心蹭破的，可是，没有任何一个人相信他的话；他们甚至还取走了他的内裤进行鉴定，那上面果然有些许精斑，其实那是当晚睡下后有些想入非非，他梦遗了……

总而言之，在一次美好而纯洁的约会结束后，他仅仅在家里睡了一个囫囵觉，天明之后，这个世界就变得异常狰狞可怖，用"翻天覆地"都难以形容，他成了十恶不赦的恶棍流氓强奸犯杀人凶手，司法有时就是这么残酷，它一点儿也不在乎你是否正处在最最甜蜜幸福的爱恋中，就像基度山伯爵年轻时，正是在婚礼当天被人诬告而受到拘捕，从此开始了漫长而黑暗的牢狱之灾。

七

柳苗苗老师是在自己的微信群里，看到那则被转疯了的《本市一女中学生夜间贪玩，不慎坠湖溺亡》的图文链接的，它的点击量迅速突破了十万人次，跟帖评论者踊跃而激愤。消息称，年仅十三岁的陈某某，当晚八点四十分擅自离开校外托辅班，在没有任何家长和老师的陪伴下一人骑车回家，途中因贪玩独自进入白塔湿地公园，最终因不慎坠湖溺亡。警方提醒广大市民，夏秋两季正是溺水事件的高发期，大家一定要加强对未成年人的教育和管理，切不可放任他们在湖边嬉戏玩耍或游泳，尤其要注意那些在校的中小学生。此外，有关部门也提醒学校和各类课外托辅班，要切实履行自己的职责，加大日常监管力度，避免此类悲剧再度发生。

冥冥中，柳苗苗老师总觉得哪里不对劲，对于官方给出的这一结论，她打内心里是不太认可的。她反复思量，事实也许复杂得多，至少那天自己也负有一定的责任，她一次又一次愧想着自己的那些过失，就像鲁迅笔下的那个祥林嫂，"我单知道雪天野兽在深山里没有食吃，才会到村里来的，我不知道春天也会有……"这个悲苦而啰唆的句式，反反复复在她脑海里浮现，在她唇边一遍一遍痛苦地游走，让她再也无法安心做任何事情。只要闭上眼，死者湿漉漉的模样就在眼前晃动，或者，永远脸颊朝下漂浮在无边无际的水面上，她实在难以安心入眠了。尽管她知道人已经殁了，而调查只是调查，家长需要一个交代，学校需要一个交代，社会更加需要，这样整个事件才能得以平息，生活还得继续，就连她所在的向葵学堂也急需盖棺定论，否则，一切都会乱套的。

睡不着觉的时候，柳苗苗老师坐在黑暗中，又像瘾君子那样执着地翻弄手机，她发现在照片夹里，存有之前给学堂里的学生拍下的许多照片，都是孩子们吃饭、学习和午休时的种种画面，其中竟然有好几张上都有陈琪薇。一张是她在女生宿舍拍下的，她还清楚地记得那天午间自己去查房，陈琪薇戴着耳机跪坐在床铺上忘我地听歌，脑袋随着节奏在轻盈晃动，阳光穿过窗玻璃打在她的身上，感觉那孩子像是在尽情地享受一场难得的日光浴。她便随手拍了这张照片。之后，她才走到陈琪薇床边，摸了下她的肩头，示意对方该取下耳机赶紧躺下睡觉。当时的陈琪薇，完全被手机里的歌曲所吸引，柳苗苗老师只好亲自动手摘掉了对方的耳机，于是那段歌声进入她的耳中，细听是几个男孩子唱的，腔调带着青春和稚嫩，有些哼哼唧唧，什么爱呀喜欢呀迷茫呀……陈琪薇很不满地扭过头，眼光淡淡地望着对方，像是在说，真是狗拿耗子——多管闲事。柳苗苗老师同样回敬了一个不容置疑的眼神，然后又用手指了指床上的枕头。陈琪薇撇了撇嘴，然后直挺挺倒在床上，眼睛盯着天花板，嘴唇俏皮地往外呼呼吹气，她那额头的刘海儿就被吹得一起一伏。只要学生能听话安静地躺下来，柳苗苗是不会那么较真的。

另外一张照片上，学堂里的孩子都在埋头做作业，唯有陈琪薇双手托着腮，一副若有所思的样子。柳苗苗当时就想，这小姑娘说不定在学校谈恋爱了，最近总是那么魂不守舍的，学习一点儿都不专心，但作为辅导班的老师，那不是她的职责范围，说多了人家会厌烦……还有几张，陈琪薇或以侧脸或以背影无关紧要地出现，有时那个巨大的书包会被拍得特别夸张，一副将要压倒骆驼的样子。柳苗苗记起来，那一阵子陈琪薇一来这里就趴在桌子上，好像晚上没有睡好困得要命，从学校赶来就是为了好好补一觉的，这同事发当晚非常相似，正好也被她拍过照。对于学生的这些表现，柳苗苗老师除了轻描淡写地数落两句，其实心里更多的还是给予同情的，她知道这些孩子很不容易，每天总有做不完的作业，有形形色色的小状元啦、典中点啦、会考攻略啦、高分作文题集啦，等着他们去消化，而孩子们的精力和体力却是有限的。

在黎明到来之前，柳苗苗终于很庄严地在微信群里编发了九宫格，这是她在陈琪薇死后首次推送个人微信。九幅画面最中间是个大特写，就是陈琪薇跪坐在床上听音乐的那张，只是被她临时编辑成黑白照了。这张具有怀旧意味的黑白相片，给人一种很强烈的视觉冲击，而那一道道从窗户斜射进来的银白色光线，似乎又变成了一簇簇可怕的暗箭，它们同一时间像是要刺穿那个微闭双睛的女中学生。照片之外，她还编写下这样一句话：对于一个花季女孩的不幸陨落，也许我们每个人都负有不可推卸的责任（紧跟着的是九个双手合十的表情符号）。发完微信，她觉得心里稍稍好受了一些，她侧身给睡在身旁的儿子掖了掖小被子，以前她总是盼着自己的孩子能快快长大，可现在她一点儿也不那么想，非但不想，她突然希望儿子永远不要长大才好。

八

在柳苗苗老师孤枕难眠的深夜，屠师傅同样也陷入了可怕的无底深渊。

那是由一连串稀奇古怪的梦境组成的，在梦里他一会儿被坏人满世界追赶，一会儿他自己成了最最阴险的嫌犯，刚刚撬开一辆脏兮兮的自行车，正气喘吁吁地在夜色中瞎窜，猛不丁撞上路中间的一块黑石，他便连人带车冲进了旁边的一片汪洋中。一瞬间，他觉得自己的呼吸和心跳全都停止了，世界发出像无线电搜索频道时一连串吱吱啦啦的盲音，他的眼睛张得奇大，在冰冷的深水中，一切都变得那么清晰可辨，他看到一个黑影正缓缓地向自己飘来，那双白得刺眼的手臂在水中一开一合，犹如圣洁的莲花瓣。他眼看就要窒息了，那双白手臂却远远伸了过来，恰到好处揽住了他正在下沉的身体，他不能动，说不出话，也睁不开眼，世界突然一片漆黑，唯独能感觉到的，是那种被搭救后艰难上升的过程……在梦结束的前一秒，他终于死灰复燃般有了意识，他依稀看到，那将他艰难地拖出水面的竟是一个年轻姑娘，她的背影简直像极了早年遇害的女朋友。

屠师傅再也不能安静地躺着了，他失魂落魄地下了床，在黑暗中摸索着穿好衣裤，便匆匆离开了阴暗的小房间。外面没有星星也没有月光，世界呈现出一派灰蒙蒙和死沉沉的景象，好像天地最初的混沌模样，好像盘古还没有开天辟地之时，这种时候连鸟雀都不鸣一声。他需要好好透透气，他必须离开狭小的出租房，这里永远弥漫着一股腐朽的酸臭，一如他曾经待过多年的那间阴暗的牢房。

这时的湿地公园静得有点儿瘆人，所有的乔灌木都在屏息酣睡，小虫子也不再呢喃一下。屠师傅觉得自己很像那种夜晚不休的灰蝙蝠，在空荡荡的白塔公园里漫无目的地四处打旋儿。这里距离他的出租房很近，步行十多分钟就到了，但这个时间到此还是头一回，也不知在小路上瞎晃悠了多久，一包烟都让他抽完了，身心终于变得像秋夜一样冰凉，唯独夹过烟的手指缝间，还有种隐隐约约的灼热感。这时，他终于可以在道旁的条凳上安静地坐下来，然后他开始拨弄手机，很快就看到了柳苗苗老师发出的九宫格。

那个居中的黑白照片，让他既想看又怕看，相片上微闭双目的女学生有种摄人心魄的幽深力量，或许她已是亡人的缘故，又或许只是黑白照本身的原因，他说不好，反正它所带来的视觉冲击力，让他猝不及防，让他一下子想起这世上最深重的灾难和痛苦。微信这玩意也是柳苗苗老师给他下载的，甚至是手把手教会他使用的，其实他的朋友圈只有为数不多的几个人，包括城北批发市场卖菜和卖调味品的两个小商贩，还有几个所谓的老乡。也许像他这样的人，根本不该奢望什么朋友圈，他经历过人世间最可怕的众叛亲离，多年以前那些亲戚啦朋友啦同学啦，几乎一夜之间就跟他断交了。他倒是更喜欢现在这种虚拟的社交圈子，因为大家彼此并不必照面，省得见了面又得祖宗八代刨根问底。无疑，柳苗苗老师是他朋友圈里最有文化品位的一个人，也是唯一的女性，他一直很奇怪，她的微信名为何叫"林间喵"？这个时代有太多他不懂的东西，与他所生活过的短暂的20世纪80年代相比，简直可以说是光怪陆离不可思议，什么共享、微信、支付宝……他几乎落伍得跟生活格格不入，成了一个十足的傻瓜。他知道只有猫才能发出喵喵的叫声，所以从字面上看，林子里面的一只喵喵叫的猫，还是只母猫，或者，仅仅是她个人的喜好吧。此刻，"林间喵"的图文，真像是猫科动物在这万籁俱寂中发出的一记清脆悠长的叫声，把他在无尽的黑暗和迷惑中惊醒了，也让他对那场灾难有了更深切的认识。"我们每个人都负有不可推卸的责任"——他反复叨念着这句意味深长的微语，几乎每念一次，心就仿佛被僵硬的皮绳抽紧过一次。

二十多年前，他自己就是那么莫名其妙地锒铛入狱的，在一次又一次的突击审讯和威逼利诱下，他最终违心地承认了，或者说屈服了，他不得不认命，就像母亲平常总挂在嘴边的那句"人的命啊"。他实在不想再听那些戴大檐帽的人一遍又一遍讯问他事发当晚的经过，因为每提及一次，就意味着又把他内心的伤口再扒开一次，撒上盐粒，最后血流干了，连疼痛的感觉都没了，剩下的只有麻木和恶心。况且，那里还有类似长时间不让人睡觉、让你的膀胱痛苦地憋尿，不停往喉咙里灌自来水的阴损的招数，他注定是熬不过去的，也实实在在不想熬煎了，他的膀胱像气球快要撑爆了……那时候，他突然明白了一个道理，就是对于女朋友遇害这件事，无论如何，自己都有着不可推卸的责任，如果那天他没有跟她约会，或者那晚他坚持一直护送她回到家就好了，那样灾难就不会发生。所以，很多时候他更恨他自己，比恨那个隐藏在黑暗中的恶魔更甚。所以他才想通了，他必须要为女朋友的惨死负责，正是自己间接地害了她，如果他那么喜欢她爱她，可最终的结局老天早已决定，那么他的生命也应该由所谓的老天收回，他理应受到世上最严厉的惩罚。当然最重要的是，那群酒囊饭袋根本找不到真凶，他们眼珠子都通红了，个个像可怕的野兽，咆哮着想要吃人，他们非得找一个可怜虫来当替罪羊不可。事已至此，索性认命了吧，免得再受各种折磨，尤其是想到心爱的人儿已经永远离开了这个残酷的世界，他一个人苟活着还有什么乐趣？所谓哀莫大于心死，他只想心甘情愿地随她一同去了……

不知不觉天色已微明，东面的树梢上浮动着一层薄薄的金光，林间渐次响起了叽喳之声，起初是几记应付性的短啼，继而有了助兴的和声，最后竟此起彼伏吵成了交响乐。初被群鸟唤醒，屠师傅人还有些恍惚，他几乎忘了自己是躺在公园长椅上迷糊着的，一串不争气的老泪，正斜挂在靠着椅面那侧的脸上，他翻身坐起时，随手抹了一把，凉凉的，他有点讨厌自己的样子，总爱不停地回忆过去，还动不动就流眼泪。当你的全部生活都注定毫无意义的时候，眼泪这玩意还有什么用呢？他站起身来展开双臂打着哈欠，这时他的目光就自然而然越过那半人高的水蜡绿篱和一排又一排的丁香树丛，丁香花儿早已开尽，眼下枝头葱郁，他不经意发现，就在这片丁香园的深处，在密密麻麻的枝丫间，露出一摊焦黄的颜色，他揉揉眼睛，以为是丁香丛中开出了什么别样的花束，细看却不是，那颜色非常醒目，可以说黄得耀眼呢。

他疑惑着，抬腿跨过眼前的水蜡绿篱，弯着腰钻进那片幽暗的丁香树丛里。丁香的枝枝蔓蔓来回刮拉着他的手臂，一群蚊子见缝插针地扑来围攻他的脸颊，他晃动手臂亦步亦趋朝目标物靠近……是一辆趴伏在地的小黄车，它孤孤单单地深陷在杂草丛里，像是死去多日的一只黄色大鸟。显然，这辆车准是被游手好闲的家伙故意丢弃在里面的。现在的人真他妈无聊，好端端的车子干吗扔在这里？八成是心理变态吧！他愤愤地想着，便又像往常那样伸手去扶小黄车了。

某一瞬间，一个悬挂在车把上的物件引起了他的注意。那是一条蓝色的细尼龙绳圈，就是通常开会挂在脖颈上的那种，绳圈下方的金属搭扣上坠着一只塑封过的胸卡。他狐疑地从车把上取下了蓝色的尼龙绳圈，又将胸卡凑到眼前细瞧：印刷体的姓名和一张一寸免冠照片赫然闯入了他的视线——他几乎无法扼制地尖叫了起来。他简直不敢相信自己的眼睛！他恐惧地来回环视，除了一棵棵无动于衷的丁香树，和脚下的这辆无辜的小黄车，四周再无任何可疑的事物。他的十根手指无助地颤抖起来。他本能地将那卡片丢在地上。

那感觉很像一不小心，冒冒失失闯入了某个可怕的犯罪现场，同时，又稀里糊涂触碰到了属于死者的遗物，一时间他手足无措进退两难——要知道这是他一生中的第二次！他记得书上有句名言好像是这么说的，一个人一生不可能两次进入完全相同的一条河流，而他似乎违反了这一定论。

九

死者家属像是抓住了最后一张王牌，死死缠住了柳苗苗老师。

经过前几日派出所的摸查，学校方面似乎已经排除了各种可能，比如老师体罚学生，比如同学之间的欺辱等，既然这些事情都没有发生过，那么，好端端的一个女孩子，怎么就会想不开投了湖呢？那个中年妇女，怀里还抱着个刚满周岁的婴儿，神情悲愤地堵住了向葵学堂的门口，她就是陈琪薇的妈妈，当初就是这个女人把女儿送到向葵学堂来的，柳苗苗老师还加过她的微信，说便于日后跟家长沟通，有事彼此好联系。这个刚生过二胎不久的妇女，体型尚未得到恢复，臀部以上至少有三四圈赘肉，活像箍着几道臃肿的救生圈在到处扑腾。她抱着孩子，很容易就造成门口堵塞，几个学生闹腾着围在后面想进去，她却丝毫也不肯让道，嘴里始终在重复一句话：我可是把女儿托付到这里的，如今出了事，你们学堂必须负责到底！柳苗苗老师脸涨得通红，该说的道理她都说过不下一百遍了，可对方根本不听那一套，只管摆出一副冤有头债有主的强横攻势。

柳苗苗老师开始后悔自己昨夜的心血来潮，她真不该惹火上身，发了那条该死的朋友圈。难怪一大早，老板娘就急火火地打电话数落她，说你赶紧把那条破朋友圈删掉，你发哪门子神经，你这纯碎是没事找事！她当时还不以为意，没想到才临近中午，就被这个红肿着双眼的女家长堵在学堂门口了。柳苗苗老师见外面已经陆续堵住了七八个学生了，午间时间本来就很短，学生们需要抓紧时间吃饭和午休，不能不让他们进教室啊。

琪薇妈妈，你的心情我完全理解，孩子的事我同样也很难过，有话咱们坐下来好好说嘛，请你先把教室门让开，好不好？柳苗苗老师的口气近乎哀求。

可那女家长依旧是一副誓与阵地共存亡的架势，嘴里不住地哭哭咧咧，今天我哪都不去，除非你能给我一个说法！我女儿不能就这样白白没了，你们得赔我……这样一来，已经待在教室里的学生，和被堵在门外的孩子，就都搞清了这女人的来历，他们喊喊喳喳吵闹起来，像是要声援一下自己的辅导老师。

有人嚷嚷，她就是那个谁的家长；有人唏嘘，她女儿死得好惨啊；也有人说，又不是柳老师的错，怪她自己黑灯瞎火往湖边乱跑的，干吗来这里闹……

那个平素调皮惯了的胖男生，突然黑眼珠子一转，就用他的肉脑壳顶着那女人的后腰嘟囔起来，让开让开，好狗不挡道噢……我快憋不住，要尿裤子了！由于胖男生是从背后故意使坏往里硬顶的，那妇女完全没有防备，吭当一下，就被整个撞进室内来，又正好跟柳苗苗老师碰个满怀，好在被老师的身体挡了一下，不然大人和怀里的小孩准会跌倒。其他学生也便趁机滋溜滋溜钻进教室里。陈琪薇妈妈气得嗷嗷怪叫，脸色越发青铁铁地难看，她龇着虎牙瞪起一双哭得肿泡泡的母狗眼睛，对柳苗苗老师施威发狠道，这就是你管的学生，看看，跟群土匪一样，我女儿在你这里不出事才怪……说着说着，她忽地又鸣笛般扯开嗓门哀号不止了。那些在教室里喧闹的学生一时全被怔住，个个脸面相觑着，不知道接下来还会发生什么。

柳苗苗老师实在没了别的招数，看来苦苦央求毫无用处，她只好扭过头去，靠着一只墙角给老板娘拨电话，连续拨了三四遍，苦等了老半天，总算接通了，她刚报告了家长堵在学堂门口的事，电话那头早把她一通狠刺：活该！现在知道了吧，刁民难缠，你到底发哪门子朋友圈，吃饱了撑的！……哼，你说得轻松，你能负起这个责任吗？她要是再闹得凶的话就报警，这可是严重影响教学秩序！然后，电话就愤怒地挂断了，老板娘又把困难原封不动地推给了她。柳苗苗老师彻底傻眼了，恐惧和委屈一股脑袭来，最要命的是，陈琪薇妈妈那撒泼式的哭闹纠缠，她觉得眼下的局面太险恶了，她真想找个地缝子钻进去。

这时，屠师傅两只手左右开弓，跟耍杂技似的端着一摞盛好的份饭，脚步飞快地走进教室，他见那个抱孩子的女家长靠在门边哭得响亮，便不由得止住脚步。这是他第一次看见陈琪薇的妈妈，怎么说呢，那种令人心痛至极的哭音，一下子就把他给镇住了，时光仿佛一霎间倒转回去，这女人的哀恸同样让他回忆起了自己的母亲。

那时，他母亲还算年轻，头发还油黑黑的，腰身也直挺着，脸上常挂着淡淡的微笑。可自从厄运突降，母亲几乎一夜间白了鬓发，驼了腰背，从此脸上再没有一丝笑，有的仅仅是无尽的愁苦和未干的泪痕。案子判了，鉴于案发时他还未满十八周岁，法院算是网开一面没判死刑，而是送给他长达二十年的铁窗生涯。头次探视时，母亲哭得死去活来，他听见父亲红着眼安慰，毕竟咱儿子保住了一条命啊。那以后亲人见面的机会少了，母亲的身体越来越垮，父亲越来越消沉，一生好强的他羞得抬不起头来。直到他被放出来的头一年，母亲也悄然离开了这个糟心的世界，临了，只留下一句话，说她怕是等不到儿子回来了。这句话还是妹妹们转告他的。自打他进去后，这个家完全败落了，亲戚朋友们都老死不再往来，两个妹妹也背负了恶名，老早就辍学回家，即便后来嫁人，也是让人家烂杏子一样挑三拣四颇费周折，谁让她俩摊上那么一个哥哥呢？因为年龄的关系，最初他先在少管所待了一阵子，后来才被正式投入监狱服刑，也许是因为他面相有些文弱，手脚还算勤快，后来有幸被安排到监狱伙房打杂，跟着老师傅学了点儿饭菜手艺。像他这种情况，出来想找份工作并非易事，即便找上了也干不长久，所以有好几年，他都窝在家里无所事事，直到后来经由这边的一个老乡介绍，才离开家乡出来打工，算是正式融入社会这个大家庭中。

屠师傅愣了一忽儿神，才想起来把那些份饭挨个放在学生的桌上，几个男生像饿死鬼转世，抓起筷子就稀里哗啦扒拉起来。他又急忙回厨房取另一拨，等他给所有学生都发放齐了，见柳苗苗老师红着眼圈，还在低声苦劝着抱孩子的妇女。他忙又转身跑进厨房，锅里还有一些饭菜，也就刚够他跟柳苗苗老师的，他没多想，就用餐盘盛好了一份，端出来递给柳苗苗，同时用下颌指指那可怜的女人。

柳苗苗会意，赶紧接过餐盘，客气地对陈琪薇妈妈说，都这个点儿了，你也凑合着吃一口吧。她的声音轻轻的，但屠师傅能听出其中夹杂着的泣音，他又想起昨天深夜她发的那条朋友圈，这个世界上也许只有他能感觉到，柳苗苗心里有多么煎熬。

哪知，那女人再次借机发起飙来，她猛地用胳膊肘撞了一下柳苗苗老师，餐盘里的饭菜就稀里哗啦泼洒下来，柳苗苗的前襟和裤腿上，顿时被油污了两大片。吃什么吃! 我女儿都没了，还有心思吃啊，你们到底还有没有人味? 我们花钱把孩子送到这里，你们凭什么不把她看住啊，你们必须赔我女儿的命……女家长的腔调渐次萎靡下去，最后诉说的成分代替了先前的蛮横无理。……你们谁知道我的难处，这个小的已经够叫人烦心了，最近他老生病，夜夜不好好睡觉，那晚也是怪了，这小东西天刚一擦黑就睡了，我真的太累了，也就跟着他迷糊着了，谁知道这一觉睡过了头，连薇薇回没回家都忘了……

屠师傅再也听不下去，天底下的母亲都是一样的。他使劲咬了咬下嘴唇，闷头闷脑走过来想劝劝对方，可最终只是无可奈何地蹲下身子，用双手去捡地上的餐盘和饭菜，愤怒让食物的气息凝固在教室里，学生们的咀嚼声中，始终带着某种提心吊胆和窃窃私语。柳苗苗老师转身逃进卫生间里，女家长怀里的孩子突然哭得撕心裂肺，好像这小小生命终于明白了事情的前因后果，知道世上从此没了最亲爱的姐姐。

有那么一刻，话头已奔到了嘴唇边，屠师傅直想冲那女人嚷，有啥就冲我来吧，都怪我那晚没把你女儿盯紧看好，这事跟人家柳老师半点关系也没有。他甚至真想把揣在兜里的那个胸卡拿出来，他要亲口告诉这个失去理智的女人：我怀疑你女儿是被什么人害了，不然她骑过的车子，怎么会无缘无故丢进树林里头，你应该去找公安局的人……

可是，直到默默地拾掇干净地板上的东西，屠师傅终究一个字也没说出口，不是胆怯，不是懦弱，更不是缺乏同情心，而是他太了解这个世界有多残酷了。有时好人就要倒大霉，而坏人却可以逍遥法外。而他，早就以不堪回首的经历充分证实了这一点。

十

柳苗苗老师不得不辞职走人。

当然，这既是学堂老板娘的意思，也实在是形势所迫，她待在这里一点好处也没有，只能给人家当无谓的靶子使。作为整个事件的当事人之一，柳苗苗老师深知自己这样做很不仗义，可经历过家属几次三番的纠缠围堵之后，她的心才慢慢硬了起来。

有一天，当陈琪薇妈妈又领着七大姑八大姨，悍然闯入学堂闹事，在对方吵得不可开交唾沫飞溅之际，柳苗苗老师终于愤慨地提出了自己的疑问：你女儿整晚没回去，你当母亲的为什么不及时打电话询问或报案，要是你能早点发现情况，又怎么可能酿成后来的悲剧？可见，你们做家长的本身就负有不可推卸的责任！你们总是以为把孩子交给老师就万事大吉了，可老师也是人不是神啊！还有，陈琪薇同学像这样单独回家，这学期也不是一次两次了，她自己手机里有共享单车软件，随时都能刷开一辆小黄车走人，难道我们能绑住她的手脚？何况我们的小饭桌，只是一个供孩子就餐和休息的地方，他们一旦离开了这里，安全问题谁又能管得了呢？

柳苗苗老师之所以抛出这番话，也是经过深思熟虑的，这些天她的压力越来越大，晚上死活合不拢眼，每次梳头的时候都大把大把掉头发。围绕着课外班和辅导老师的不作为和渎职，网络上的口诛笔伐从未间断，似乎谁都可以对她指指点点评头论足，好像她真的十恶不赦似的。可她压根也没想到，这些闹事者竟像群野兽完全丧失了理智，丝毫也听不进她的辩解，他们甚至变本加厉，竟当着众多学生的面，猛地甩给她两记响亮的耳光，死命地揪掉了她一缕头发，还把她的近视眼镜胡乱拨拉到地板上，一只镜片也被踩得稀碎……

挨了打的柳苗苗老师一声不吭，鲜血从鼻孔和嘴角往下滴淌，她用手背使劲抹了一下，那道血流就被抹开了，弄得下颌和腮帮子上一片猩红，看上去很有点触目惊心的味道。她摸摸索索蹲在地上找寻自己的眼镜，半天也没摸到，她像一个十足的盲人，因为道路崎岖不平，不慎跌了一跤，就再也找不到自己的拐杖了，盲目让这个世界突然变得异常可怖。后来还是屠师傅帮她捡起了眼镜，又默默递到她手上，他还想把她搀起来，她却近乎冷漠而决绝地甩开了他的手，她从地上站起身时，身体剧烈摇晃着，整个人有种恍恍惚惚的感觉，仿佛对这个世界产生了巨大的怀疑，她也许不会再相信任何人了。她把破碎了的眼镜牢牢攥在手里，一步一晃近乎凄凉地走出那间闹哄哄的、充满了谩骂和仇恨的教室。

这个过程屠师傅全都看在眼里，他无比内疚地转过脸去，阴郁地盯着那群歇斯底里的闹事者，从那几张愤恨扭曲面红耳赤的脸孔上，他似乎又看到了当年某个同样残酷的画面——那是他遇害的女朋友的亲属，他们在庭审现场好几次情绪突然失控，大嚷大叫，恨不能扑上来将他撕得粉碎，或者生吞活剥了才能解恨。现在他完全能够理解了，换了谁都一样，一个水灵灵的姑娘辛辛苦苦养了那么大容易吗，突然间就没了，这世上还有没有王法？眼下，屠师傅的内心再次受到震动，就像大地震之后发生的一系列余震，让已经很可怜的幸存者更加胆战心寒。

灵感就来自这一瞬间。

屠师傅一想起柳苗苗鲜血淋淋凄凄惨惨的样子，就觉得自己太对不住人家了，太辜负她的嘱托了，就因为自己一时疏忽，造成了这么大的恶果，他必须要为此做些什么，否则他迟早也要崩溃了。当然，他也不是没想过去报案，可一旦认识到自己毕竟是有过"前科"的人，那些头上挂警徽的会信他的话吗？还有，一切都只是怀疑，没有任何真凭实据，就凭一辆丢弃在树林里的小黄车，和一张薄薄的胸卡，又能说明什么问题呢？不用猜，那些铁面无私的大檐帽肯定会吹毛求疵的，他们会白着眼球不以为然地推断说，自行车有可能是死者随意丢在那里的，至于胸卡也许是她无意中挂在车把上的，这根本不能成为什么谋杀证据。所以，根据以往的经验，他觉得自己很有必要先调查一下再做决定。正当屠师傅有此想法时，学堂老板娘也通知他最近不用来上班了。说是为了应付市教育系统开展的专项清理和检查工作，学堂暂时需要停业整顿，具体什么时间能恢复营业，老板娘没有说。屠师傅暗忖，这兴许只是老板娘采取的缓兵之计，最近家属实在闹得太凶了，学堂简直没法开下去，干脆关门等风头过去。

接下来的几天，屠师傅确实闲着没事，每天一到陈琪薇就读的中学放学时间，他便准时蹬辆小黄车赶过来，然后看似悠闲地坐在车座上，单脚点地，身体前倾趴在车把上，像只训练有素的猎狗，静静地守望在学校门口。早在这学期刚刚开学，柳苗苗老师曾带他来这里，发放过两次宣传单，就是向葵学堂开业时印好的那种招生小广告，他还记得上面有句话这样写着：请放心地把您的孩子送来，吃喝作业休息，我们全包了，你们只做甩手掌柜！这种小传单自然是见人就塞，多多益善，就为扩大影响。他有时会想，陈琪薇的妈妈当初就是看了这种忽悠人的小广告，才决定把闺女送过来的吧……而这种想法一旦入脑，无形中又加剧了他内心的那种罪责感，他觉得自己好像就是帮凶之一，这也坚定了他进行秘密调查的决心。学校这种地方，只有上下学时最为热闹，老人孩子拥挤不堪，即便是中学生，家长接送的情况还是比较普遍的，私家车几乎将校前的整条马路都堵塞了，喇叭声此起彼伏，可是谁也不愿意让着谁，因为每位家长都觉得自己的孩子是最重要的。特别是，在陈琪薇溺亡事件发酵之后，前来接送的家长更是比往常多了数倍，一朝被蛇咬十年怕井绳，人们就这副德行。

屠师傅嘴里叼根烟，目光自始至终扫视着那些从大门蜂拥而出的学生。这些穿着统一校服的孩子，有的喜欢勾肩搭背两两同行，有的则像独行侠习惯独来独往，还有三五成群结伴而走的，特别是那些人高马大的男孩子，他们每人骑一辆很酷的山地车，一伙人你追我赶地顺着马路飞驰。这样蹲守了两三天时间，屠师傅便盯上了其中一伙，有四五个男生和一两个女生，这群学生离开学校不久，往往会在路边某个店铺附近集结一下，几个人很老练地拿出香烟点上，优哉游哉地躲在树荫下吸起来，感觉课堂就是他们的监狱，在里面憋得太久了，一旦出来准得好好放放风。

之所以最终选择盯住这伙人，有一个非常重要的原因，就是在这些男女生当中，屠师傅认出了那晚在白塔公园动手打他，还狠命摔过小黄车的少年，这家伙留给他的印象颇深，天生一只鹰钩鼻子，模样看上去很有些桀骜不驯，用行话说准是个刺头，而且，此人显然是这伙学生的小头头。他们聚在路边抽烟闲聊，多半时候，都会有人主动给鹰钩鼻少年递烟点火，众星捧月般将对方围在中间。其实，这种情况在狱里最为普遍，牢头或狱霸都这样，下面总得有些不三不四的人，成天乖戾地跟在屁股后面唯命是从。待目标锁定后，屠师傅就开始悄悄跟踪他们了。

如此没过两天，他又发现了一个重要规律：鹰钩鼻这伙少年每日下午放学，几乎都要绕道钻进学校附近的白塔湿地公园里玩闹一阵子，他们在园子里无所事事四处游荡，有时沿着湖畔路的塑胶跑道比赛骑车，有时找一处楼阁下面的多级水泥台阶，骑着山地车跟玩杂技似的爬上爬下不停折腾……也有时候天都黑尽了，他们还是流连在园中不肯离去，这时其中的一个女生，就跟鹰钩鼻少年搂抱啊接吻啊，这种腻味的画面让屠师傅心里多少有些发慌，要知道他也曾年轻过，青春年少喜欢冲动，身体和大脑很容易被过度分泌的荷尔蒙点燃。

这天晚上，那两个年轻人又哼哼唧唧腻在一处。鹰钩鼻少年明显有点儿懒洋洋的，总提不起兴趣的样子，他跷着二郎腿，歪斜地坐在一条长椅上，一条腿不受控制似的抖颤不停，显得非常轻浮；那个尖下颌女生，则把头枕在他的一条腿上，同时伸出细长的手臂，紧紧勾住对方的脖子，形同绑架似的，她就那样没完没了忘我地去亲吻对方。屠师傅一路跟踪过来，现在就躲在他们身后的灌木丛中屏气静听。秋天的草丛中蚊虫成灾，它们像最蹩脚的二胡初学者，在人耳边吱吱呜呜锯着可恶的琴弓。屠师傅只能蹲在里面一动也不敢动，任由这些阴鸷的小虫在脸、耳朵和脖颈上作威作福，它们无休止地喧闹骚扰他，并伺机给他来上致命的一口，然后留下它们的毒液，肿包在黑暗中迅速鼓起来，那种难以忍受的奇痒简直要让人发疯。屠师傅当然不能像平常那样，噼啪作响地肆意拍打蚊子，而是专等它们恰好把毒针插进皮肤准备过瘾的时候，才轻轻地将手掌摁上去，并沉稳地用力一碾，这样敌人就完蛋了，复仇后的快感油然而生。所谓斩草除根，对于恶毒的家伙来说，这或许是最有效的法子。

一定是男生的心不在焉和敷衍了事，激起了女生内心的不满。她哼着鼻子道，你是不是不喜欢人家了？男生并没有在意这句话，相反有些愠怒地说，把你的手拿开好不好，我的脖子都快被你弄断了！女生立刻恼了，赌气说，偏不！而男生肯定在暗中用力，发狠地想掰开对方的手。于是，女生吱地一下叫唤起来，混蛋，你弄疼人家了！于是，两个年轻人都气呼呼地从椅子上跳起来，半天谁也不再理谁。男生自顾从兜里摸出烟，点火，吸烟，火光瞬间照亮了那张玩世不恭的脸，鹰钩鼻子越发鲜明凸出；女生则用双手一捋一抚地整理着刚才压乱了的头发。香烟的味道在黑暗中弥漫开来，屠师傅始终蜷缩在草丛中，烟味让他的鼻孔像大狗那样翕动着，他真想也来一根，可他知道那样会因小失大。

透过黑黢黢的枝叶罅隙，屠师傅模模糊糊观察到，那两个年轻人还在彼此怄着气呢，他们太嫩了，自以为对男女之事了如指掌，其实他们还一无所知。男生抽着烟装腔作势地踱了会儿步，又重新在长椅上坐定，继续神经质地抖动腿子。女生则百无聊赖地围着椅子转圈儿，大概又有一根烟的工夫，女生才又开始嘟囔，真没劲，我要回家了。男生依旧坐着，忽然将烟蒂砰地弹至空中，火红的烟头划出一道光线，转瞬即逝。你敢走一个试试！这次男生好像真的有些动怒了。女生却不以为意，一甩长发转身就走。男生沉默了片刻，突然从后面快步追上来，一把扯住女生的胳膊，死命地往怀里一揽，那感觉像抱着一只活蹦乱跳的兔子。

这时候，女生挣扎着发出似痛非痛的叫声。接着，屠师傅听见她又喃喃地说，事情都已经过去了，你别成天疑神疑鬼的好不好，弄得人家也没心情玩了。男生本来是想跟她再温存一下的，听她这样说，一时又无力地松开了双手，妈的，还不都是为了你！我老爸天天冲我吹胡子瞪眼的……说着，他愤愤地举起拳头，冲着空气使劲挥舞了两下，好像黑暗中有一个难缠的对手跟着他。这么说，你后悔了？女生的口气不像刚才那样刁蛮了，倒是添了几分温柔。要么你就是怕了……不等女生把话说完，男生的浮躁情绪再度爆发，放你的狗屁！老子什么时候怕过？女生突然发出一串意义模糊的笑声，像是在鼓励对方，同时又不无怀疑的味道。你再敢笑一个？信不信我弄死你丫的！男生简直要火冒三丈了，他根本受不了被一个女生这样冷嘲热讽和奚落。哼，人家可不敢惹你，你多强势呀，谁不知道你心狠手……这次，她真的意识到自己捅到了马蜂窝，所以赶忙拿手把嘴捂住了。对方显然敏感过度，妈的臭婊子，让你再胡说八道，事情迟早坏在你这张臭嘴上！男生一面咒骂，一面猛地上前一步，一伸手便卡住了对方的脖子，女生顿时尖叫了一声，接着就痛苦地干咳起来……

十一

喂喂……你们是白塔派出所吗……前些天，这里不是有个女学生，淹死在湖里了吗……对对，我想向你们反映个重要情况……就是那个女学生，她不是自杀的，也不是自己跑到湖边不小心掉下去的……我怀疑，她是让几个坏学生给谋害的……里面有个鹰钩鼻男学生，这家伙心狠手辣，什么坏事都敢干，他跟死者都是同一个学校的，听说他是为自己的女朋友下的黑手……你们最好派人去那个学校了解一下情况……我是谁并不重要，人命关天啊，你们可一定要好好调查调查，那姑娘死得不明不白！

屠师傅是躲在街边一个很僻静的磁卡电话亭里，匿名报的案。这个重大决定确实是他再三考虑后才做出的，他完全相信自己的直觉，陈琪薇的死一定跟鹰钩鼻少年有瓜葛，至于他们是如何实施犯罪的，这都有待于警方去进一步调查取证，他已经做了自己应该做的事了。要知道有很长很长时间，这世上他最不相信的其实就是戴大檐帽的人，可这一次他竟破天荒地说服自己，并且强迫自己再信他们一次，除此之外，他想不到更好的法子。

隔了几天，他又神不知鬼不觉地去那所中学门口蹲守，他只是想证实一下，看那个鹰钩鼻是不是已经给逮起来了。可是，几乎在同样的时间和同样的地点，那伙男女生又嘻嘻哈哈纠集在一起，好像什么事也没有发生过，他们照样在街边肆无忌惮地吸烟打情骂俏，继续绕道去白塔公园里游魂样厮混，直到夜色降临也迟迟不肯离去。

屠师傅简直气得七窍冒烟。看来，自己提供的所谓重要线索，没有起到任何效用，那帮家伙显然是把他的话当成了耳旁风，或者是精神病人的一通疯言诳语。转念他又思忖，兴许是派出所人手不够，需要调查的案子又太多，一时半会儿积压着，还没来得及深入侦查。他应该给人家足够的时间，心急可吃不了热豆腐。他应该相信警察的判断力和执行力。就这样一转眼，又挨过了一个多礼拜，有一天天将擦黑，他实在是憋不住了，再次摸到街边亭拨通了派出所的值班电话。

喂，警察同志，我想打问个事，还是为上次湖里淹死的女学生，她真的是被人害死的……哪知他的话才刚开了个小头，对方就以泰山压顶之势给了他一顿火力强攻：告诉你，那只是一起普通的溺亡事故，我看你是外国侦探剧看多了吧，以为自己是福尔摩斯吗，满脑子都想什么呢，以后不准乱打报警电话，听清楚了没有？不然，我们可要追究你的刑事责任！！屠师傅惊得手指乱抖丢开了话筒，几乎是恓恓惶惶逃离了那间昏暗的公用话亭，好像生怕人家会顺着电话线一路搜索到他本人，然后再将他扭铐进局子里受审。

一想到这些，他简直腿肚子都转筋了，得立刻吸根烟来缓解焦虑，可他把手插进兜里摸索，只摸到那张揣了好久的学生胸卡。昏黄的路灯底下，陈琪薇的面容还在闪闪发光，齐整黝黑的刘海儿，明亮清澈的眸子，微微翘着的嘴角上，分明挂着两弯自信的笑，这一切在他眼中突然产生了一股非常强大的力量，简直有点儿摄人心魄，他几乎不敢再盯着她多看一眼。因为，透过这小小的照片，他的情思不由自主地又折返到二十多年前，他忘不了那晚约会时，他告诉女朋友自己每天都很想见到她，女朋友当时就抓着他的手，温柔地说，春节期间她一家人会去照相馆照全家福，到时候她可以照一张单人照送给他，这样他再想她的时候，可以拿出来看上一眼……没想到她到死也没能给过他一张相片，哪怕是像这学生胸卡上的一寸小照呢，那以后的十多二十年光阴里，他的心从没停止过痛，那种痛彻心扉的感觉让他生不如死。这些凄迷而痛苦的追忆，来得有些猝不及防，若不是因为陈琪薇，若不是她遗落的胸卡，也许他这辈子都不愿再想起那些陈年往事了。往事怎么会如烟？如烟的话早已轻飘飘地随风散了，不留一丝痕迹；往事如刀，铁硬而决绝，此刻它又一刀一刀地，割裂着他那颗早已失血的孤心。

他实在是压抑得要死，痛苦得发疯，他真想找个人把心里的苦水全都倒出来。这种时候，他不由得想到了柳苗苗老师。这个女人在他眼里是善良淳朴的，她身上有种传统知识女性的隐忍和开诚布公，而造成她现在的困顿局面的罪魁祸却是他。如果没有那个女学生之死，他和她一定能和睦相处下去，甚至产生那种所谓的工作友谊，他内心太需要这份情感了，被人信任，可以托付，平等对待，不带任何偏见，甚至可以以同事或朋友相称，彼此都能感受到那种愉快宽松的气氛，可现在这一切都被毁掉了，而那个毁灭者好像就是他自己。他赶紧掏出手机，急需给她拨个电话聊聊，或者仅仅想听一听她的声音，电话那头却告诉他，所拨叫的号码是空号，再拨，依然。他忙去微信朋友圈里搜寻，可"林间喵"的头像已经不见了，就像此时没有一丝光亮的龌龊的街角，黑得不见天光，暗得不可思议，陌生得让人想哭，这个无辜的女人彻底从他生活中消失了，他休想再寻到她。

这是他始料不及的，他确实给她带来了天大的麻烦。她一定非常厌恶他，甚至恨他，这辈子一定再也不想见到他了。他注定是一个毫无用处的劳改释放犯。他连去护送一个女学生回家都做不好。他对这个社会已毫无益处。他早就被判了死刑。他不过是个行尸走肉罢了。他再也不相信那些管教说过的鬼话，他们总是老生常谈头头是道，说什么好好改造，争取宽大，重新做人。他越琢磨这些就越失魂落魄。做人真难啊，也许做个鬼倒更容易些。路过一家小杂货店的时候，他下意识地进去买烟，没有烟的陪伴他简直无法排遣孤寂。不过，除了烟，他还破例买了两瓶小二揣在裤兜里。他已经很久很久没有独自一个人喝过酒了，这种价格便宜的烈性白酒，很快就把他灌得有些晕晕乎乎，人有时候需要麻醉一下自己，他一口一口辣兮兮地喝着酒，不知不觉就走到了那个岔路口，白塔公园已沉浸在茫茫夜色中，他像只孤独的蝙蝠摇摇晃晃钻了进去。

他刚踅进那条幽静的踏步小道，就跟迎面跑来的一群少年狭路相逢了。他们大概是在公园里疯够了觉得无聊，正想打这条捷径出园上路各自回家。由于刚喝完了一瓶小二，屠师傅多少有些犯迷糊，又被这群家伙撞了个人仰马翻，他死狗样倒在草丛里，含糊不清地哼哟着。那些年轻人嘴里不干不净吵吵闹闹，完全不在乎被撞倒的人是死是活，这是他们一贯的风格。当然，他们也许认为对方只是个又肮脏又丑陋的酒鬼而已，根本就不屑一顾。而就是这一刻，屠师傅倒是清楚地听见，其中有个女孩在嘟囔，今晚可真没劲，他说好了能赶过来玩的，可害得咱们等到现在，也没见他人影。很快，一个男生接过话头，你没听说吗？他那个局长老爸最近火冒三丈，狠狠剋过他两次，让他每天六点半前必须回家，否则有他好果子吃。女孩子似带讥讽地冷笑道，这么说呀，从今往后，他要当好孩子学乖喽！一伙人都跟着她嬉笑起来。

屠师傅猛地从地上爬起，这个声音他相当熟悉了，就在前些天，就在这园子里，他亲耳听她跟鹰钩鼻谈话呢。一旦意识到是这个尖下颌女孩，屠师傅便像猎狗般机警地悄悄跟上去。那伙少年上了马路后便作鸟兽散了，男生们几乎都骑车而行，唯独刚才说话的女生没有，或许正如她自己所言，因为鹰钩鼻不在身边，此刻她心情很不爽，只想一个人走走。屠师傅跟在她后面留心观察，女生大概是想走到前面的公交站点去乘车，她走得不紧不慢，书包在后背上哗哗拍打着。远处的公交站台晃动着几只瘦长的人影，这会儿早已过了晚高峰时间，老半天也没见开过来一辆车。

屠师傅始终紧随其后，不停地四处张望，先前灌进肚子里的烈酒恰到好处，让他既不至于醉得一塌糊涂，又有些莫名的兴奋。酒是魔幻之水，它有时能最大限度地激荡人的中枢神经，让大脑产生某种不切实际的虚幻和憧憬，甚至还有那种超越现实的狂妄不羁，比如此时对于谨小慎微的屠师傅来说，他的表情略略有些张狂，内心河流般动荡不安，忽然就有一股无法按捺的小火苗样的物质，开始在周身上下蔓延蹿跳，以至于他不由得加快脚步，三步并成一步半，整个人孤注一掷而又忘乎所以。因为他终于意识到，这真是一个千载难逢的机会，他只需从后面猛地扑将上去，卡住对方的身体，再捂住她的嘴巴，然后神不知鬼不觉地，顺势将她拖入人行道旁幽暗的灌木丛里，一旦到那个时候，相信她会乖乖地跟他说实话的。恶念也好，善念也罢，其实都是一瞬间的事，一瞬间太短了，短得叫人来不及思考，何况是一个刚刚被警察在电话里劈头盖脸训过，一个一心只想让真相大白的有过"前科"的男人。

十二

距离目标越来越近，越来越近。

冷不防地，那女生的手机在衣兜里连震带响闹腾起来，紧锣密鼓的西洋金属乐音，加上高亮度的屏光，一刹那便复活了女生的尖下颌，以及刚才还闷闷不乐的瓜子小脸，此刻这张蓝莹莹的女孩脸，笑得有些怂恿和诡异，又仿佛中了百万头彩，她突然蹦起脚，来了个180度向后转。屠师傅差点被她惊得瘫倒在地，好在三三两两的行人擦肩而过，他赶忙夹杂其中低头佯作路人。那个幽暗得像火苗一样的计划刚一搁浅，或者，屠师傅还在犹豫之际，只见那女生一面煲着电话粥，一面扭身脚步轻快地朝黑寂寂的白塔公园去了。或许，她今晚的约会才刚刚开始。

屠师傅总是无法摆脱胡思乱想，有句话怎么说的？步履不停，思考不止。人就是这样，你越是想在暗中克制什么，那些思绪就越是活跃纷繁，它们带着往事特有的苦涩气息，像极了那些腐败了的槐树和柳树的叶子，在这密不透风的黑色林带或灌木丛中肆意穿行。

眼下，被他紧紧跟踪着的这对小情侣，激情似火又傻里傻气，有时真让他觉得好笑，尤其是女生终于在园中见到心上人时，她几乎娇嗔着飞扑进对方怀里，极尽小鸟依人状，真是一时不见就如隔三秋。透过枝枝蔓蔓的罅隙，屠师傅还是能看得见的，那俩人正处在青春期的癫狂迷乱中，形式大于内容的拥抱和抚摸，故作老练地缠绵和热吻……不过，他还是发现了某些端倪，就是鹰钩鼻并不如女生那般投入，尽管他也不停动作着，可那满腹心事的样子还是流露出来，有时他会做贼心虚地环顾四周，有时又若有所思地发起呆来。唯独那女生太过痴迷和忘情，对此毫无察觉。他们彼此将身体揉压在胶木条椅上，随心所欲地瞎胡折腾了一气儿，鹰钩鼻喘息着率先停了下来，一副力不从心的样子。女生不无抱怨地从椅子上抬起上半身，校服已经被剥落至腰间，露出白雪团似的胸脯，但并不显得丰满，不过是处在朦胧的发育阶段，唯独头发凌乱如野草疯长，勾勒出女孩的几分妖娆。

喂，我说你到底怎么啦？女生极不满地往上拽了拽校服衣领，又使劲甩了甩长头发，感觉像大明星范冰冰在做洗发水的广告，她们有着同样尖削的下巴。约个会也没精打采的！她不满地嘟哝了一句。喂，你别瞎猜了，我没……没什么，要不，咱俩去划会儿船吧。鹰钩鼻话头一转，很郑重地提议，好像这个主意他想了很久似的，早有些迫不及待了。我想带你去划船！现在？你没病吧？也不看都啥时候了，哪有大晚上去玩那个的？女生嘟囔着再次站起身，将双手伸到背后，动作熟练地系着胸罩的挂钩。鹰钩鼻趁机上前一步揽住她，几乎将嘴巴贴在对方的耳根上，快跟我走吧，晚上划船那才够刺激，整个湖上就咱俩，多浪漫啊！女生也许真被说动心了，也许只是不想再拗着他，于是，仅顺口说了句真有你的，就顺从地伸过手臂，半侧身搂住男生的腰，两人跟连了体似的往湖的方向走去。女孩的书包孤零零地趴在条椅上，看上去像只狗窝。

晚间的湖水静得仿佛不存在了，只是黑油油地晃动着一点儿不起眼的粼光。简陋的游船码头已不见什么人影，唯有远处那只被精心亮化过的年代久远的古塔，正斜映在水面上，塔身的轮廓蓝绿相间，给人一种冷飕飕阴森森的感觉。

屠师傅远远望着那对小年轻，他们已经勾肩搭背地走到湖边，湖水偶尔拍打着石砌岸堤，发出千篇一律的啪啦啪啦声，听起来单调而又突兀。很快，那两个黑影就登上了码头，那些塑料脚踏船都用绳子牢牢系在铁栏杆上，他们居然没有去管理室找工作人员商量，便擅自解开了绳索，两只黑影一前一后，鬼鬼祟祟爬到了船上，船身上方有块彩色条纹遮阳布，正好掩盖了他俩的身影。他们左右并排而坐，这时女生终于压抑不住地发出一串咯咯声，男生立刻伸手去捂住她嘴，别闹，被人发现就不好玩了！随即，他们的脚踏船喝醉了似的晃晃悠悠出发了，水波一圈一圈向远方排开，仿佛那小船钻进了早就精心布置好的巨大的迷宫里。

屠师傅一直躲在岸边老垂柳下面观望，说心里话，他完全不能理解他们的行为，就像多年以前父母不能理解他一度痴狂的初恋一样。也许是湖水太冷清，毕竟已是秋天了，他浑身瑟缩着，尽量把双手环抱在胸前，忽然起风了，湖水拍打岸堤的声音愈发响亮，仿佛有许多怪兽在湖底翻腾不休。那只载着一对小年轻的船，已变成了湖心的一团黑影，竟跟那里生长着的几丛芦苇连在一起了。屠师傅多少有些神思恍惚，眼圈倏忽一湿，他竟活生生地把船里的小年轻看成是他和他的女朋友了。他们也曾在某个酷热难耐的暑假，双双背着家长去县城的小公园里划过一次船，那时的船必须用木桨划，两人得分工配合，用力不均小船往往只会在水中打旋，光转圈儿不挪窝，急得人满头大汗。当时，女朋友紧张得只冲他嚷，哎呀，怎么办啊，咱俩怕是回不去了……女朋友蹙起眉头着急的样子真美，他永世也忘不掉，而"回不去了"却一语成谶，是他们今生的宿命。

突然，屠师傅听到扑通一声，似是重物落水时的声响，还有那种呜呜咻咻的喊叫，却又被水呛住喉管发不全音了。他急忙抬眼去水面上搜寻那只小船，它还在湖中，只是距离他这边更远了，船身起起伏伏晃动着，晃动着，有时小船还严重地朝一侧倾斜，像是随时将要倾覆，连带着整个湖面都跟着倾斜了。

屠师傅还依稀听到了救命救命的呼唤声，尖细却又苍白无力，应该是那个女生。不好，怎么搞的，不会是那丫头掉进湖里了吧？屠师傅高度紧张满腹疑惑，随后他又听到了男生的声音，救命啊，快来救救她啊，有人掉水里了……显然，男生叫得有些压抑，听不出十万火急的味道，倒是很有些爱莫能助和息事宁人，即便是这样的叫喊也很快消失了，一切都好像没有发生过，湖面又恢复了原有的平静。

不久，小船就哗啦哗啦往岸边驶来，屠师傅在黑暗中一眨不眨死盯着它，那一圈一圈的水波正由湖心不断地推至码头。

十三

蚊子在黑暗中吸足了血，被屠师傅的手掌猛地一碾，脸上立马就晕开一片黏稠和湿凉。蚊子死了，毒汁也就跟着消失了。不知怎的，屠师傅脑海里浮出这句话来，那还是老早以前，一个脾气暴躁监管过他的狱警的口头禅，那个五短身材目光阴郁的家伙，天生一条毒舌头，对所有犯人从来都不给什么好脸色，在他眼中，做过坏事的人统统该拉出去枪毙，而政府把他们圈在监狱里，是一种极大的浪费，那家伙后来因为无端地折磨和虐待犯人被开除了。

现在，船上依旧是两个人，双脚用力蹬船的却只有屠师傅自己，他尽量让小船平稳地再次驶向湖心，离游船码头越远越好。他不时地眺望水面，不过他很快就明白了一个道理，一个人栽进这偌大的湖里，又是在大晚上的，根本没有任何痕迹。所以，他便不再期望能在湖面发现什么了，他只顾用力去蹬那双转动并不灵活的吱吱作响的脚蹬子，同时用一只手把握好那个玩具似的小方向盘，这样，他们的船很快就又抵达那几丛芦苇荡中间了，这里的确非常隐秘，四周又黑灯瞎火的，即便岸上有人也很难发现这里的动静。

船舱里那个让他用船上的绳子捆住手脚的家伙，很是疯狂玩命地挣扎过一阵子，因为嘴里也给塞了团东西，便一味地哑巴样咕哝个不停，却又徒劳无益。当小船停稳在芦苇丛中间后，屠师傅才弯下腰去，伸手从对方嘴里拔出那团脏抹布，估计这硬邦邦的玩意，是船主用来给游客擦抹座椅用的。鹰钩鼻的嘴一旦获释，立刻想大声呼救，屠师傅随手又把那团东西塞进去，这样反复了好几次，对方终于学乖一点了。当然，主要是屠师傅讲了这样一句狠话：再嚷嚷一声试试，我把你狗日的丢进湖里喂王八去！少年浑身筛糠般栗抖，腿脚在舱底一蹭一蹭，裤裆和屁股上明显地湿了一大坨，目光已由最初的桀骜、愤怒，转而为惊惶和恐惧了，他终于面条样软了下来，或者，他只是不想死得那么快。

小子，我先给你讲个故事吧，想不想听？屠师傅见对方折腾得没那么欢了，才慢悠悠点了根烟，他满满地吸饱一大口，又一股脑地喷在对方的小脸上，那张叛逆不羁的脸现在皱巴巴的，活像个丧气的小老头儿。……从前有个小伙子，比你现在大不了几岁，也是个早恋的家伙，他发疯地喜欢上自己的女同学，小伙子家里极力反对他俩来往，可小伙子是铁了心跟她好。有天晚上，他从家里溜出来去跟她约会，他以为这是人生最幸福的时候，可万万没想到，那天晚上是他俩噩梦的开始，两人分手后，女同学半路上被坏人弄死了，他到家糊里糊涂睡了一觉，天一亮就变成个杀人犯了，因为那帮警察找不到真正的杀人凶手，也可能是，他们根本不打算好好去找，事情总是这样，比如你干了坏事，就能一直逍遥法外……讲到这里，屠师傅的喉咙戛然堵塞了，他实在讲不下去，那段伤心史比刀子还要锋利十倍，刺得他遍体鳞伤。

现在，轮到你给我讲讲了，这样才够公平嘛。屠师傅最后一次从鹰钩鼻嘴里拔出抹布团。说说吧，刚才你到底对那个女学生干了什么？

你让我说……说什么啊……我……啥……也没干……她是自己不小心掉进去的，不关我的事……真的。

屠师傅沉默了几秒，突然强力地揪起鹰钩鼻的后脖子，然后像拖一条死狗，狠命地顺着船沿摁下去，直至对方的鼻尖被湖水淹没，灌满了水的嘴里发出狗样的嗷鸣声，整个船身也跟着对方的死命挣扎左摇右晃起来。

小子，我最后再问你一遍，是你把她推进了湖里，对不对？说！

求求你……别别淹死我……我……我说我说……是我干的，我老担心她会把那件事说出去。

湖面静悄悄的。唯独周遭那五六只谷仓似的高耸的芦苇丛，在夜风中突然抖颤起来，好像被少年的罪恶给惊了魂魄难以自已。

我再给你看样东西，你小子该不会觉得陌生吧。说话间，屠师傅从自己裤兜里掏出那张学生胸卡，将上面绕着的几圈尼龙绳缓缓解开，然后用两根手指高高地提溜起来，正好让那胸卡跟少年的目光相对；他同时又摸出自己的手机，再用屏幕的荧光去照亮那张小小的相片，女生的脸庞显得格外恬静安详。

她，就是几个礼拜前，这湖里淹死的女学生，你小子总不会都忘了吧？

啊……这这事……我咋知道呢……真的……小狗骗你！

我清楚得很，这事就是你干的，只能是你干的！你骗学校骗家长骗小姑娘还行，可你骗不了我，我蹲过近二十年牢，我受过的罪比你这辈子享的福还多，你小子最好别跟我玩那套虚的！

救命啊——

没等少年喊出第二声，他整个脑袋和脖子已经被结结实实投进湖水中了，留在舱里的下半身和手脚栗抖得像触到了高压电门。这样僵持了大约二十秒，屠师傅才猛地把他拎出来。少年几乎晕死过去了，冰凉的湖水堵塞了他的耳朵眼睛鼻孔和口腔，看上去他已奄奄一息，像条水淋淋的刚被捞上岸的死鱼，平展展地趴在舱底的一汪污水里。

小子，我盯你也不是一天两天了，你最好给老子识相点，你知道他们警察有句话怎么说的？坦白从宽，抗拒从严，老实伏法，回头是岸。不然我马上送你下去，你好去湖里会你的小恋人啊，人家那么喜欢你，肯定也舍不得你，她一定还没走多远呢……等到天一亮，你们的尸体被人发现了，那些愚蠢的警察准会认为，你俩这是标准的为情所困殉情自杀，到时候你们的爹妈哭都来不及了。

这种时候，少年完全瘫软如泥，船舱里弥漫着一股很冲的臭气，屠师傅抽了抽鼻孔，不用猜这小子准是屙了。于是，屠师傅从裤兜里摸出刚才没来得及打开的另外一瓶小二，用烟熏黄的门牙起开铁盖子，自己咕咚咕咚猛灌了几口，感觉身上暖和多了，然后才伏身下去，像搀扶重症患者那样，把那小子的脖颈和上半身支棱起来，再将剩下的小半瓶二锅头对准他的嘴直灌了进去。

少年发出一阵剧烈的咳嗽声，酒的烈辣之气一定让他清醒了不少，也镇定了好多，他流泪的样子像个十足的傻瓜。现在，他终于学会俯首帖耳了，尽管这似乎不太符合他心狠手辣的个性。

十四

连续好几宿，屠师傅都接连梦到了年轻时的那个初恋姑娘。

梦中，他俩又情意绵绵地约会了，时间，场景，天气……包括那辆老古董自行车，和油腻腻的总爱脱落的链条，一切都好像没有发生过任何改变，还是二十多年前的老样子。只是，每次约会结束即将分手前，女朋友幽幽地一转身，那张脸就倏忽变了模样，一会儿变成那张胸卡上的陈琪薇，一会儿又变成尖下颌女生，她们的表情几乎都是惊愕和恐惧至极的。屠师傅从来没有像现在这样害怕做梦，他终于意识到，自己一生的噩梦，也许到死也不能终结。

那晚他到底还是心慈手软替对方解开了绳索，那小子已经服服帖帖全都招了。尖下颌女生跟陈琪薇本是同班同学，她俩原先关系一直不错，上下学经常一起结伴而行，可打秋天这学期开始，尖下颌女生疯狂地迷上了邻班的鹰钩鼻少年，两个人很快就谈情说爱了，陈琪薇大概是不想夹在中间当灯泡，便有意无意地疏远尖下颌女生。有一次，几个人绕道去白塔公园玩，尖下颌女生非要拉上陈琪薇做伴，也就在那天晚上，陈琪薇不小心撞上了那俩在树林里没完没了地亲热，陈琪薇当时掉头一路跑开了。不知怎的，这事没过两天，班里便传得沸沸扬扬，尖下颌女生便认定，是陈琪薇暗中搞的鬼，因为老早以前，她俩偶然闲聊起各自心仪的男生，当时陈琪薇好像提到过邻班的鹰钩鼻长得挺帅的，还说他长得好像明星金城武。直到那天上午，第四节是体育课，课上了一半，老师临时有事就让大家自由活动了，大多数同学赶回教室做作业，尖下颌女生却约好了鹰钩鼻少年，他俩把陈琪薇堵在厕所里，尖下颌非要让她当面解释，陈琪薇坚持说自己什么也没说过，两人后来发生口角，尖下颌狠狠扇了陈琪薇两个耳光，陈琪薇当然也还了手。鹰钩鼻大概想在女友面前表现一下自己的豪狠，冷不防来了个扫堂腿，就把陈琪薇整个人撂翻在厕所脏兮兮的地板上了，陈琪薇当时咬着牙说了一句话，好，你俩有种，给我等着瞧。也许，正是这一时的气话，激化了他们之间的矛盾……再后来，也就是屠师傅骑车送陈琪薇回家那晚，鹰钩鼻在公园岔路口截住了陈琪薇，他们使劲朝她吐唾沫，扇耳光，揪头发，还摁她跪地道歉。后来尖下颌女生又强行扒掉了陈琪薇的校服和胸罩，当着男生的面羞辱她，而且还用手机拍了一段视频，扬言说要是她敢胡说八道就公之于众，鹰钩鼻临走前，又把陈琪薇骑来的那辆小黄车扔进了密林中。至于陈琪薇后来为什么会死在湖里，鹰钩鼻猜测说，也许她觉得太丢人，以后没脸再见同学了……

听完这些龌龊的事，屠师傅的确感到痛苦之极，这感觉一点儿也不亚于自己曾饱受过的种种苦难。他唯一弄不明白的是，如今的孩子为什么都这么不自爱，又这么狠毒无情，浑身上下充满了戾气，有时简直连禽兽都不如，一个个乳臭未干，却都该下地狱。在他们眼中，一个人的生命就跟一辆小黄车一样，可以肆意践踏损毁。当少年在船上供认了这一切后，屠师傅还是觉得这不可思议，他怀疑这一定不是真的，不过是在他的严厉逼问下，这小子由着嘴胡说八道，只是为了求生才胡编滥造出来的故事。可是，接下来，那家伙的嘴里竟开始跑火车了，突然冒出这么一句：你还不知道吧，我老爸是公安分局的头头，就算我做了再坏的事，也没人敢查我！屠师傅一时完全蒙了，他不知道对方为啥会这么说，为什么说得如此轻松随便，简直像是在信口开河，他原本只想给他点儿教训，吓唬吓唬也就够了，却压根没料到，这小混蛋竟如此张狂，如此不可理喻。宰货！他的齿缝间冷冷地钻出这两个久违了的字。

短短一瞬间，屠师傅内心的底线彻底崩溃了，理智和良善完全逃离了他的大脑，唯独留下原始的血液开始在他体内沸腾并横冲直撞，直到血灌瞳孔，直到世界一片漆黑。又像是，二十多年前那个黑夜所有的阴寒，又源源不断地渗进了现实和他的骨髓中，让他终于领悟到，掌握在手中的这条年轻的生命根本不值得珍惜，他不能再放纵他，把他留在世界上继续胡作非为，那将是对一切无辜生命极大的犯罪；他甚至还不无懊恼地想到，如果自己再早一点儿下手的话，至少那个尖下颌女生或许能躲过一劫，尽管他觉得她也同样不可饶恕。当然最最重要的是，此刻他的耳边再度传来了那句话：只有蚊子死了，它的毒液才会彻底消除。仿佛冲锋的将士听到了最后的号角，他的手指竟跟那些帕金森患者一样颤抖起来，心像是被铁爪揪住了，又被掏空了，与此同时，他猛然攒尽周身的气力，将那罪恶的灵魂抓举起来，然后毫不犹豫地扔下船去。

令他感到不可思议的是，他甚至没有听到应该响起的咕咚声，好像什么声音都没有，好像扔进水里的，仅仅是一团轻飘飘的破棉烂絮无足轻

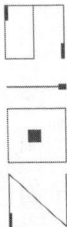

重。水面出奇地平静，平静得像一面巨大的镜子，唯独那只被彩灯亮化过的古塔的倒影，很像是一道诡谲的闪电，突然照亮了他一生的不幸，对于死者来说时间彻底终止了，于他而言似乎也有着相同的意义。眼前这黑夜，这湖面，还有这场宿命般的悲剧，全让他一个人亲眼看到了。他的脸平静得出奇，他的心似乎变成了深不见底的湖水，那些逝去的东西早已深深沉入湖底，注定像淤泥一样悄无声息。他一直出神地盯着湖面，湖水神秘幽寂的样子，活像一个温柔女子在天地间沉睡不醒，他又依稀见到女朋友在大年夜里那张楚楚动人的脸了，他甚至听到了那晚她在耳边的只言片语，这让他那只有疤痕的眼角急剧抽搐起来，一串儿湿乎乎的东西倏然迸出眼眶，此刻洗劫他的伤痛比以往任何时候，都要来得更加复杂也更加纯粹。

四周无端地旋起一阵风吼，呜呜咽咽，惨惨切切，似谁躲在暗角落里捶胸顿足掩面而泣。猛然间水面激荡起来，有如一头怪兽从最深处一跃而起，霎时就掀起一股巨大的水浪，冷冰冰地直扑向船身和他的脸上。垂死者露出黑乎乎的一颗小脑袋，惨白无助的手臂上上下下胡乱扑腾，求生的本能死死攥住了鹰钩鼻少年。与此同时，船上的人强烈地打了个激灵，如噩梦初醒，他忽然觉得一个人作恶远比受人冤枉更叫人糟心，想到这里他不由得自怜自语道，你这辈子恐怕做不成一个凶犯喽……

湖面上的呼救声已几近鬼哭，凌乱扑溅的水花变得有气无力。他终于神情凝重地将船上绳索的一头抛下水去，另一头则牢牢攥在自己的手心里。这也许是他这辈子干过最蠢的一件事，可他就是拿自己没有一点儿法子。

约莫又过了两根烟的工夫，脚踏船才开始稳妥地推动黑油油的波纹，波纹一圈一圈漾向岸边，古塔的影子恰似一条叵测的水蛇，在明镜般的湖面上快速游弋。吸烟的男人一味地紧盯着船舱，那个家伙彻底蜷窝成黑湿的一坨，嘴里不时弄出哇哇的吐水声。不远处的林荫道上，一辆警车正呜啊呜啊嚣鸣而至，车顶频闪着红蓝色灯光，乍看起来颇有几分魅惑。

原载《当代》2019年第5期

点评

《一意孤行》是一篇结构精致、布局巧妙的小说，作者整合了犯罪案件、新闻热点等诸多社会元素，通过创造性想象和巧妙设置使作品成为一部既具有现实关怀和批判反思精神，又具有深度人性勘探和精神引领的优秀作品。

这篇小说具有突出的现实关怀和批评反思的精神向度。作品内置了两个犯罪案件，一个是多年以前发生的板结在屠师傅心灵深处的杀人案，这是一起典型的冤假错案，一个无辜者被屈打成招，坐牢近二十年，人生的命运轨迹被完全改变，这其实是一个时期犯罪案件的缩影，在技术欠发达，对生命权利漠视的时代，这样的冤案并不少见。令人欣慰的是，屠师傅活了下来，这给他完成自我救赎留下了可能的缝隙。另外一个案件，是陈琪薇的死亡案件，这不是一个传统的谋杀案，而是一个具有现代性特征的新型的"谋杀案"，校园欺凌并不直接杀人取命，但心灵的摧毁亦足以杀人。不同时期的两个死亡案件，以不同的方式揭示了共同的现实问题，即法治的缺失以及隐而不显的校园安全问题。屠师傅的个人英雄主义式的"复仇"与救赎，也是对法治力量缺失和失度的批判。包括柳苗苗在此事件中所受到的伤害，也远超她应该承担的责任。柳苗苗富有人文精神式的自我反思，以及由此而带来的无理性的暴力攻击，成为对于现实问题的深刻揭示和绝妙反讽。

小说更深一层的题旨在于对于人性的深度勘探以及精神的重塑。小说将两个案件巧妙地联结在同一个人身上，即主人公屠师傅，这让过去的案件"复活"过来，也让屠师傅获得了自我救赎的机会。在两个案件中，屠师傅其实都是局外人，但二十年前的他成了冤案的主角，二十年后的案子柳苗苗成了被冤枉的主角。往事如蒙太奇般重演，激发出他蒙尘已久的正义感和行动力，他重新找回了主体性和勇气，他像基度山伯爵般投入到救赎中去，他既为柳苗苗开脱，也为自己"洗白"。他在白塔湿地公园湖中对于罪恶的追击和惩罚，更像是对多年前冤案的复仇和告慰，那个长期以来他无法面对的过去在此时此地获得了超脱。类似的案件，不同的角色，焕发一个全新的自我。小说通过这样一种巧妙的设置，完成了对于被伤害者和被侮辱者的救赎和告慰，也再次显现了人性之复杂。

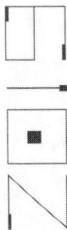

　　值得注意的是，小说结尾的设置，屠师傅干了"也许是他这辈子干过最蠢的一件事"，"可他就是拿自己没有一点儿法子"。在这个看似偶然的抉择中，起决定作用的是屠师傅生命的善意，尽管一再被伤害和抛弃，人性之善依然在他心底留存，他的放生，给了鹰钩鼻一次重来的机会，也赋予作品更多光亮和温度。

（崔庆蕾）

人人都爱尹雪梅/

/刘 汀

1

人人都爱尹雪梅。

谁能不爱她呢,那么热情、活泼、善良,对所有事物都充满照顾的欲望;又那么勤快、能干、心灵手巧,随便做个菜和小吃,都能让人把舌头吞掉。不爱她的人,也只能说根本就不爱生活了。

尹雪梅是东北人,老家在辽宁省的葫芦岛,十岁时母亲改嫁,迁到吉林长春郊区的一个小镇,说是镇子,其实也还是农村,只因毗邻城郊的几家工厂,比一般的村子繁华些,多了几条街、几家商店。她就在那儿长大,再后来就在附近嫁了人。尹雪梅生了两个儿子一个女儿,当年算超生,为这个没少受折腾。大儿子是长春铁路局的司机,现在大部分列车都改动车、高铁了,他这种过时的内燃机司机摆弄不了新玩意儿,内部调整了工作,整天站在检票口检票:旅客朋友们好,通往北京的D26次车可以检票了……二儿子也在长春,东北师范大学研究生毕业,现在是长春师范学院的老师,教马列主义邓小平理论一类公共课。大儿子生了女儿,还想再生,可不管怎么努力就是怀不上了;二儿子也生了女儿,有条件生,但坚决不生二胎。两个孙女,尹雪梅都帮忙带到了上小学的年纪,有那么几年,她觉得自己比吉林省长还忙。一大早,在大儿子家把大孙女喊起来,吃口东西送到幼儿园,就赶紧骑电动车到二儿子家,让二儿媳妇上班,她看二孙女。晚上二儿子回来替她,她又赶紧去接大孙女放学。

尹雪梅的头发就是这几年白的,先是一两根,后来不知不觉也就满脑袋了；先是白发根薄薄的一层，后来不知不觉也就整根白了。头发白了的时候，尹雪梅想起几十年前，父亲临死前说的话：雪梅雪梅，踏雪寻梅。这是她父亲会的唯一一句成语，是跟村里的老中医学的。老中医和父亲是酒友，尹雪梅八岁时，发过一次癫痫，是老中医把她救下来的，她把老中医的手腕子咬了上下两条疤。老中医不光会看病，还会算命，跟她父亲说：雪梅这孩子吧……一辈子操心的命，好在她心大，啥事最后都能想开。想起这些话，她开始觉得满头白头发就是满头的雪，可好看的梅花在哪儿呢？她稀罕花，但从来没见过梅花，对她来说，那就是一个摸不着的念想。

二孙女在堆她的乐高城堡，尹雪梅得空把屋子乱七八糟的衣服归拢归拢，坐在沙发上，想把满头的白雪扎成辫子。她梳得仔细，心里头想，白归白，好在没掉，染一下就成黑的了。头发才梳到一半，北京的小女儿晶晶的电话就打过来了。

"妈，我怀孕了。"晶晶在电话里兴奋地尖叫。

这会儿得知小女儿怀孕，尹雪梅刚刚放松点的身体，一下子又绷紧。郝晶晶说，妈，你帮我哥带孩子，可不能不帮我呀，我工作可比他们忙多了，北京的生活节奏，比长春快好几倍。小孙更是，他爸妈都有病，自己照顾自己都难。小孙一年有半年都在外面，这个家对他跟旅馆一样。

哦，尹雪梅说。手一松，没扎紧的头发立刻散下来，像瀑布，遮住了大半张脸。

小孙是女婿，在一家银行上班。这家银行在非洲有项目，员工都要轮流到非洲去出长差，工资比国内高三倍。女儿去年买了个小房子，一大半首付是借的，还欠了两百万银行贷款，为了多赚点补贴，女婿恨不得留在非洲不回来。

尹雪梅算了算日子，小孙就春节时回来一趟，郝晶晶就怀上了，心里喊一声，咋就那么准呢？再一算，二孙女上小学还不到十天，就是晶晶的预产期，俩孩子商量好了一样，无缝对接，一点休息时间也没给她留。带吧带吧，自己生的儿女自己造的业，一碗水得端平，三碗水就更得端平了。她活动活动胳膊腿，觉得身子骨还成，把头发染一下，换一身新衣裳，看起来也没那么老。她心里也不想老，总觉得自己还没年轻过呢。

站好最后一班岗，她还是有信心的，最不放心的就是老伴儿郝胜利。郝胜利比她小两岁，前年退休后，二儿子把他接到了市里，找关系在一家厂子里看大门。老头有高血压，犯过一次脑溢血，幸好抢救及时，但留下了点腿脚不利索的后遗症。犯病后，人家厂子怕担责任，不敢再用。他又不愿意住在城里，拧着劲跑回郊区的老家去了。眼下自己还能做口热的吃，可再过一两年呢，再犯病呢？老头见天跟邻居念叨：养了三个儿女，活得像孤寡老人一样。

去北京前，尹雪梅回了一趟家，看着屋里屋外那个脏、那个乱，心里真不是滋味。她尹雪梅当年是多爱干净的一个人呀，甭管屋子院子，她都收拾得比楼房还干净，苍蝇站在桌上都能摔一跤。这会儿呢，锅里是几天没洗的碗，冰箱里各种咸菜馒头，还有几头蒜，已经长出了一指头长的蒜苗。老郝整日拖着一条没知觉的腿进进出出，院子中间已经犁出了一条沟，磨坏的破鞋就扔在边上，都是右脚。幸好老郝的血压维持得还算平稳，也可能是一个人过了一年多，什么都得自己操持，活动得多了，人反而有精神。

尹雪梅想在家多待几天，帮老郝收拾收拾，洗洗涮涮，给他包点饺子冻上，但郝晶晶肚子里的孩子可不管这些。这小家伙就跟故意的一样，提前把他妈催到了医院里，说是随时可能生。尹雪梅只在家住了一个晚上，第二天一大早就急忙忙赶去火车站。真是无缝对接，这边还没检票呢，那边已经传来了消息，生了。让尹雪梅重新打起精神来的，是郝晶晶生了个男孩，小名嘟嘟。她虽然没什么重男轻女的观念，但老大生女儿，老二生女儿，如果郝晶晶还是女儿，总觉得美中不足。这回好了，终于来了一个带把儿的，外孙子也是孙子嘛。

2

尹雪梅成了成千上万在北京带娃的外地人中的一员。刚来的时候，女儿的新房子还没装修完，他们租住在西五环外的一个小区，环境挺好，宽敞，门前就是一大片空地，能抱着孩子溜达，晒太阳。不远处还有一个小花园，各类花花草草不少。尹雪梅喜欢花，在乡下时就摆弄，没好的花种，她就把山上的野花挖回来栽上。干一天农活回到家里，她不喂猪不喂鸡，先看看自己的花渴不渴、开没开。小区花园里一大片红红粉粉，看着就让人高兴，她得空就跑到小花园里去松松土、浇浇水，惹得好些人以为她是物业雇来的花匠呢。尹雪梅找嘟嘟用过的奶粉罐，移了五六棵花苗，摆在家里养，没多久，一棵棵都开花了，屋子里四季都有花香。嘟嘟睡午觉，她难得休息一会儿，就看着这些花，心里头想，踏雪寻梅，梅花寻不着，别的花也成。

嘟嘟一岁生日那天，也是他们搬进新房子的日子，双喜临门。尹雪梅千叮咛万嘱咐，搬家公司的小伙子还是摔了她两盆花，一盆是月季，一盆是牡丹。尹雪梅心里头难受坏了，可看着他们背着冰箱、柜子、床板楼上楼下跑，一脸汗，眼睛憋得跟嘟嘟小拳头似的，也不忍心叫他们赔。等东西全搬上楼，还把嘟嘟的生日蛋糕拿出来几块给他们吃。她想着，到这边找地方再移几棵，几个月又能开起来。

新房子其实是老房子，还是八十年代建的，属于国家某部委的自建房。之前不允许上市销售，这两年才放开。老归老，位置好，就在三环边上，离地铁很近。只是这种自建房小区没什么规划，正式的大门都没有，地上到处是车，路边的板房开满各类理发店、小菜摊、小商店，还有卖猪头肉的，卖豆腐丝的，卖爆米花的，修裤脚的，像一个混杂的大市场。尹雪梅转了一圈，整个小区里别说花园，连树都没几棵。她攒下来的奶粉罐，就一直空在杂物间。

嘟嘟开始学走路，走得歪歪扭扭，可老想自己走。这时候的孩子最难看，不能背不能抱，得老母鸡一样奓着手在身后紧跟，一不留神孩子就摔个跟头。很快，尹雪梅才染了一个月的头发，又落了一层雪，洗头的时候，洗脸池里还漂着一大把。她心里一咯噔。不过让她高兴的是，新小区虽然闹腾、挤，也没有赏心悦目的花花草草，却比原来的小区热闹。她很快找到了一群朋友。说是朋友，其实就是另一些看孩子的老太太，有七八个。

一开始，尹雪梅带着嘟嘟下楼，到小广场上玩，发现有几个老太太总在一块儿，她上去搭话，她们嗯嗯呀呀地回答，臊眉耷眼的，不怎么热情。尹雪梅也不在意，碰见了还是热情地打招呼。有一天，她们商量着带孩子去附近的公园玩，尹雪梅就说，我能跟你们一起去吗？这儿我还不太熟，也不敢一个人带孩子出去。人家也不好拒绝，就随口说去就去呗，公园谁都能去，也没人拦着你。尹雪梅就乐呵呵地推着婴儿车跟着，一队老老小小，走出了浩浩荡荡的气势。玩了一会儿，孩子们有点儿饿，要吃零食，各家分别把自己带的吃食拿出来。尹雪梅从包里掏出一个乐扣饭盒，里面是她做的小面龙，小巧可爱，栩栩如生，连龙的眼睛都不含糊，是两颗亮晶晶的红小豆。小面龙一亮相，一群孩子眼睛都放光，自家的面包水果鱼肉肠都不吃了，张着小手，嘴里不清不楚地嚷：要，要。尹雪梅笑眯眯地给每个孩子发一个，孩子们捧在小手里，一开始舍不得吃，左看右看，过了一会儿又比着赛吃，各位姥姥奶奶赶紧把水壶递过去，怕噎着了。

吃完了，这群里领头的多多姥姥，在自己孙子嘴边捻了一点渣渣放嘴里尝了一下，问：你这哪儿买的呀，真好看，味也挺好。我自己做的，尹雪梅说。一群人一惊，自己做的？尹雪梅拢拢头发，轻描淡写地说，是呀，这不算啥，我能用面捏十二生肖，哪天我给孩子们做，你属啥，我就给你捏个啥。老太太们都围过来，说：哎哟，你不会以前是饭店的白案厨子吧？尹雪梅说，啥饭店，我一辈子就是个家庭妇女，伺候老头儿女，伺候孙子孙女。

尹雪梅很快就融入这个小团体了，在她的建议下，这个宝宝团还接受了两个新的成员，人数达到十个。尹雪梅说，咱们都是抛家舍业来看孩子的，都是一样的人，得互相帮助不是？再说咱们一群人互相照应着，有个大事小情也方便，又热闹又安全。大家都说，雪梅说得是。这个小团体以前不这样，虽然松散，但是保守封闭，除了一起带孩子，其他方面几乎没交流。但尹雪梅一来，就不一样了，她有这个能耐，几句话就把气氛带得活泼热闹。尹雪梅做这些的时候，能让人感觉到她的真诚和热情，她说话是笑，不说话也是笑，而且提任何想法你听着都觉得她是真心的，都觉得要不这么办简直是罪过。尹雪梅也不是光有一腔热情，分寸掌握得也恰到好处，跟谁说什么样的话，她清楚得很。她早就看出来了，这一群里的领头是多多姥姥，老太太退休前是街道的干部，喜欢冒充个领导，其实没什么主见。尹雪梅不管说什么，最后都跟着一句，你说是吧多多姥姥？多多姥姥就点点头，说，可不是，我就这么想的。

时间再长一点，老太太们发现自己离不开尹雪梅了，一旦哪天尹雪梅不参与集体活动，她们就有点魂不守舍，互相问，雪梅呢？

"雪梅她们带孩子打预防针去了。"

"哎呀，我还想问问她上次那个面皮咋做的呢，我做了半袋子面，都成糨糊了。”

"是呢，我蒸的面龙，放锅里时还像模像样的，可一出锅就成面疙瘩了。"

孩子们更是离不开嘟嘟姥姥的各种小吃，就算是一样的东西，尹雪梅做的就比别人的精致，哪怕是切苹果，她也能多切出一个花来。尹雪梅还会唱二人转，调起得高，边唱边跳，如果刚好手头有块手绢，她一抖就转起来了，像模像样。大年初一头一天呀，家家团圆会呀，少的给老的拜年呀……孩子们玩得安静的时候，她经常来上一段，听着让人心里透亮、舒服。很快，老太太们的接触就从白天往黄昏延伸，看了一天孩子，儿子女儿回来，终于交班，她们就凑到小广场去跳广场舞。尹雪梅跳舞有天赋，不管什么动作，不管是上海传过来的广场舞还是西安传过来的广场舞，四五遍准学会了，她也就顺理成章地成了领舞。预备，开始，走，对，摆臂，然后转个弯，对对，你是我的小呀小苹果，怎么爱你都不嫌多……

尹雪梅又那么热心肠，那么敞亮，有时候，哪个老太太抱怨超市卖的馒头太难吃了，尹雪梅就说，别买呀，我给你蒸一锅。蒸起来就不是一锅，至少两锅三锅，大伙一人一塑料袋拎着回去当晚饭了。谁弄的十字绣出了点问题，尹雪梅说，拿来我看看。用不了多久，十字绣就挂在墙上了。时间一久，大家对尹雪梅的一切都已习以为常。不管尹雪梅做什么，也不会引来更多的惊叹和赞扬了，应该的嘛，反正尹雪梅什么都会做，什么都能做好。人人都离不开尹雪梅，人人都爱尹雪梅。

坏了，尹雪梅要回趟家，老太太们听了这个消息，简直有点手足无措。前一段，郝胜利打电话来，说让尹雪梅回去一趟。尹雪梅问啥事，郝胜利说你回来就知道了。尹雪梅跟女儿说得回趟家，晶晶很不乐意，小孙在非洲回不来，尹雪梅一走，她就得请假带孩子。尹雪梅说，你爸肯定有事，要不然不会让我回去的，他半个废人了，你得体谅。郝晶晶只好给她买票，说，家里没啥事就赶紧回来，我把你返程票也买了吧。尹雪梅张了张嘴，又把一句话咽到了肚子里。

尹雪梅一回家，宝宝团都快散了。大伙下楼，推着娃娃们去公园，路上就说：雪梅呢，咋还不回来？一个说，昨天才走的。又一个说，不会不回来了吧？大伙都沉默着，然后互相宽慰说，不能吧，嘟嘟还那么小。她要真不回来，怎么也得跟咱们正式告个别呀。

三天后尹雪梅就回来了，带着一大堆东北特产，每个老太太都有份。老郝叫她回去，是他们家那一片要拆迁，让尹雪梅回来签一个意向书。老郝暂时不想让儿女知道这事，否则哥几个可能就有想法，弄得鸡犬不宁。尹雪梅一边给他测血压，一边埋怨他，这事打个电话不就行了？老郝说，你个老娘们，真是在外面跑野了，让你回趟家咋这么磨叽？老郝的血压高压一百三，低压九十，还成。收血压计的时候，尹雪梅把自己胳膊也伸进去测了一下，高压一百四十五，低压一百。她吓了一跳，赶紧关上，没敢让老郝瞧见。她转头，发现老郝正盯着自己看，尹雪梅转念一想，非让自己回来，是老郝想自己了，又不好意思说。她心里一暖，说，回去咋跟晶晶说？咋说？老郝喊了一嗓子，就说她爹又犯病了，你卖给她了是咋的？尹雪梅说行行行，你有理，我给你包饺子去。尹雪梅出了里屋，听见老郝在身后喊：我要酸菜馅的，你给我多包点冻冰箱里。

不一会儿，尹雪梅当当当地剁开了酸菜馅。

尹雪梅回到北京，就跟女儿说，自己手机摔坏了，想换一个。郝晶晶说妈你想换啥样的。尹雪梅说，我就要那个智能机，就是能用微信、能上网啥的那个。尹雪梅原来用的是二儿子多年前退休的诺基亚，只能打电话发短信，还经常信号不好。女儿说妈你行呀，回去几天，都知道智能机了。尹雪梅坐火车的时候，看见邻座一个老太太用的智能机，小团体里也有几个人用，简直是个百宝箱啊，能上网，能听歌，还能视频，她早就心痒痒了。

网上购买，手机第二天就送到了，女儿给她连上家里的无线，尹雪梅抱着手机一晚上没出卧室门。第二天吃早饭的时候，女儿看见她眼睛红红的，问是不是没睡好。尹雪梅兴奋地说，我就没睡，我研究了这个手机一宿，发现这东西太厉害了，啥都有。女儿说，你疯了啊妈，你还得跟嘟嘟折腾一白天呢，可不敢不睡觉。尹雪梅说没事，我们有组织呢。

这天组织开小会的时候，尹雪梅跟大伙提议，说咱们建一个微信群吧。多多姥姥一听，惊讶地说：嘟嘟姥姥，你够潮的呀。尹雪梅说，啥，你咋骂人呢。多多姥姥说，我这是夸你。尹雪梅笑了，在我们东北，潮是骂人的。我琢磨了，建一个群，咱们能随时打招呼，分享点啥好玩东西，再约着出来也方便，是不是？然后就建了群，群的名字叫宝宝天团。有

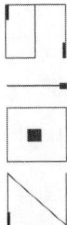

几个没开上网功能和没用智能机的，都说回去就让儿子女儿弄，绝不能拖组织的后腿。尹雪梅说了句昨天晚上从手机上看到的话：咱们人老了，可是得使出最后一点劲儿，抓住这个时代的尾巴。尾巴这俩字，尹雪梅老是念成"已巴"，老太太们听了都笑。

3

自从用上了智能手机，尹雪梅的睡眠时间严重缩减了。她第一次发现，这个世界有那么多她不知道的事儿，朝鲜在鼓捣核武器，离东北老近了；有幼儿园老师竟然拿针扎孩子，这是得多缺德；原来韭菜也算是荤腥，跟吃肉一样；晚上是身体排毒的时间……尹雪梅从微信上读到了各种各样的东西，看到了稀奇古怪的视频，她转发也评论，对那些看不惯的破口大骂，为那些感人的泪流满面，给那些讲人生道理的"鸡汤"点赞。尹雪梅像是刚刚发现新大陆的拿破仑，一个全新的世界敞开在她面前，她一寸一寸地往前摸索着。

还有就是，她这次回老家，收拾东西翻箱倒柜时，把自己年轻时不多的十几张照片都找出来了。看着那时候的自己，有些旧事像田里的土一样，又被犁杖给翻到了阳光下。她把照片带到北京，用新手机翻拍，又用软件弄了一下，把自己的照片和两个孙女一个孙子的照片拼到一张图上，做成了手机屏保。每次摁亮手机，看着三个小宝贝，她都会告诉自己，这一辈子受的累，也值。

尹雪梅最喜欢自己三十岁那年照的一张相：她蹲在秋天一望无际金色的稻田里，戴着草帽，手里拿着一把稻穗，笑着。她觉得自己真好看呀，那是她最饱满最成熟的时候。好看是次要的，她喜欢这张照片，主要是就在那一年，因为生活的压力，她曾经有过一个不大不小的梦想——这个词也是在微信上学来的，她不喜欢，她更愿意说自己当年一心要"干点啥"。她想开一家小吃店，几乎一切都准备好的时候，却发现意外怀上了晶晶。本来是超生，老郝要把孩子打掉，尹雪梅哭着喊着没让，交了罚款才保住。晶晶很不省心，三天两头把她折腾到医院去，小吃店还没开张就关了门。后来的几十年岁月里，这个念头不时从心底浮上来，但杂七杂八的事很快把它又压了下去。

到现在，尹雪梅还能想起自己每天张罗着开店时候的情形。那时候她真有心气儿，觉得只要自己干，就一定能干成。老郝其实不支持她，家里的其他人也不支持，但尹雪梅就是想干，她喜欢小饭馆里那种热闹，那种热气腾腾人来人往，她觉得那些叫嚷喧闹是水，而自己是一条鱼，鱼在水里的时候才是最自在的。可惜，最后功亏一篑了。那一年，她请小镇上的照相师傅给自己照相，照了十几张，后来洗照片的时候底片出了问题，只有这一张洗出来了。如果能重新回到三十岁的话，尹雪梅一定会把小店开起来的，哪怕挺着大肚子切菜做饭，她也得把火点着了。

周末的时候，宝宝天团的团员们，约着一起去附近的大集买东西，据说那儿老年人的衣服特别多，还便宜。尹雪梅去了，挑了半天什么也没买，倒不是觉得贵，是觉得贵得不合算。小区附近也有高档商场，尹雪梅偶尔路过，看着橱窗里的衣服想，那件大衣如果我穿上，是不是能年轻十来岁？还有那条裙子，裙子上的白花据说就是梅花，挺像老家的杏花的……她只能想想，应该永远都不会走进去，就算她有这笔钱了，大半辈子养成的勤俭的生活习惯，还是不允许她对自己这么奢侈。

尹雪梅的想法是怎么一点点变的，她自己也没注意到。如果非要找一个起点的话，可能就是那次所谓的同学聚会闹的。中秋节之后，天一天比一天冷了，尹雪梅突然被人拉进了高中同学群，那些快四十年没有任何音信和联系的人，重新聚在了一起，每天怀念当年的青春岁月。尹雪梅被谈论得最多，好几个已经过了六十的老头说，尹雪梅呀，你是班花校花，当年我们都暗恋你。尹雪梅发了一连串惊讶的表情，说你们别瞎说，老不正经。接着就有人说，是真的，我能证明。虽然关着灯，尹雪梅感到自己脸竟然红了，原来当年那么多人喜欢我呀，她想。班长在群里说，今年过年都回当年读书的中学，咱们搞一个毕业四十周年大聚会，谁也不能请假。同意，同意，几乎所有人举手同意，说：人生能有几个四十年？

班长说，尹雪梅你一定要来。

尹雪梅说，我一定来。

这成了尹雪梅心里最大的一件事。

尹雪梅跟女儿说，丫头，过年小孙会回国吧？郝晶晶说，应该回的，他去了四个月，回来能休一个月呢，带薪的。尹雪梅说，好，那我就回老家过年了。郝晶晶说，行，你先回去，等我放假，我们带孩子一起回去陪你和爸。尹雪梅想跟女儿说一下同学聚会的事，但想了半天没张嘴。

等到腊月，小孙突然在视频连线中说，自己过年回不去了，得年后。年后回去的话，不但可以多休息十天，还能多拿三万块钱。郝晶晶说，那也行，年在哪儿都能过，钱可不是哪儿都能多拿的。但尹雪梅心里不痛快，小孙不回来，她就回不去老家。回不去老家，她就参加不了同学聚会。她可是答应了同学们，一定回去的，怎么跟女儿女婿说呢？她找不到合适的理由。

尹雪梅在同学群里说，我可能回不去了，群里立刻就炸了。班长说，尹雪梅我知道你现在首都北京呢，北京人了，瞧不起我们。那几个号称暗恋过她的老头说，尹雪梅你是故意的吧？你伤害了四十年的同学感情你知道不？这次你不回来，咱们就只能下辈子见了。尹雪梅说，我真没办法，我在北京给女儿带孩子，走不开。班长说我号召大家每人一个大红包，捐钱找一个保姆替你，实在不行就让我老伴儿去北京帮你带孩子。没有尹雪梅，我们还聚个什么劲呢？我们还等着看你跳舞，听你给我们唱二人转呢。

尹雪梅心里十分难过，她甚至悄悄退了一次群，但又被班长拉了回去，同学们对这种行为一通批斗，直到她道歉，说自己一定想办法再争取争取，他们才饶了她。

宝宝天团这几天发现尹雪梅眼窝深陷，情绪低落，都关心地问是不是生病了。尹雪梅摇摇头，说我没事，就是有点累，有点烦。哎呀，你尹雪梅还有烦的时候，不能够。是人都有，我又不是神仙。烦什么说说呗，看大伙能不能帮你。尹雪梅摇头，不说话，可又想跟谁聊聊，终于忍不住了，扯开了话头。同学聚会的事第一次让宝宝天团分裂了，一派以多多姥姥为首，说这种同学聚会最没意思，就是一群退休的老头太太，闲着没事，聚到一起，看似是交流多年的同学感情，其实是在交流多年的同学病情。你血压多少？一百八，我最高的时候都两百。啥，你心脏都支了两个架了？那算什么呀，我这起搏器都装上了，别惹我啊，惹我心脏骤停。四十几个病秧子，饭还没吃呢，先得让服务员倒白开水。干吗不喝茶？吃药啊，得白开水。

另一派是果果奶奶，说去，干吗不去。你不是为别人去的，你这是为自己去的。我告诉你嘟嘟姥姥，我们这一辈子人啊，最亏了，小时候穷，吃上顿没下顿，长大了呢都是为老公孩子活着，老了刚要清闲几天，又得看孩子，等孩子大一点，咱们一辈子也就交代了。啥时候为自己活过？没有，一天都没有，一个小时都没有。去见见老同学，不能整天都是家里孩子家里孩子，然后两眼一闭就完了？你能甘心？说着说着，果果奶奶眼圈都红了。

尹雪梅觉得脑仁疼，这两派似乎把她脑袋给切开了，听着都那么有道理，谁也说服不了谁。尹雪梅的头疼在这天晚上严重了，她拿脑袋直撞墙，结果把嘟嘟惊醒了，嘟嘟的哭声又吵醒了郝晶晶。女儿发现尹雪梅情况不太对劲，赶紧给她测血压，上两百了，直接打电话叫救护车。嘟嘟没人看，只能用被子裹了抱着一起去。

躺在救护车的小床上，尹雪梅想，我不会要死了吧？可千万别瘫了，死就死，瘫了怎么办呀？嘟嘟还那么小，老郝也照顾不了自己。救护车的笛声刺耳，但并不能缓解去医院路上的焦虑，郝晶晶在旁边啜泣着，紧紧抱着孩子。郝晶晶说，妈，你没事吧妈？血压啥时候这么高的啊，我就知道我爸高血压，你咋也高血压呢？妈你别吓唬我，你从来不生病的，这回是咋了？不一会儿，汽笛声和车的摇晃把嘟嘟也吵醒了，他开始大哭起来。尹雪梅心里充满了悲伤，这似乎是她从未有过的一种情绪，她想我绝对不能死，更不能成了一个半身不遂的人，我还有事要做呢。挺住，尹雪梅，你还得带孩子、照顾老郝，你还得去参加同学聚会呢，你还得……

救护车终于到了医院，几个穿白大褂的年轻人，帮着把尹雪梅用小床拉到急救室，各种仪器上来一通检测，还好就是血压高，没有脑溢血或脑梗，不至于太危险。打上了点滴，或许是药里掺了点麻药，或许是累了，尹雪梅竟然沉沉地睡着了。她做了一个梦。在梦里，她回到了三十一岁。村子里刚刚单干没几年，二儿子已经会跑了，闺女郝晶晶在肚子里九个多月，她仍然扛着锄头去锄地。那时候的人们都这样，只要人能下地，就都得干活。她锄了一下午，太阳快落山了，只剩下半条垄，她想着一口气锄完，明天就不用再来。却突然感到肚子下坠，心想坏了，小三可能着急出来，就往回走。等她翻上一个小土坡的时候，已经来不及了，只能躺在草坡上。她把自己的褂子铺在身下，毕竟是第三个，经验已经很足，一个人花了二十几分钟就把孩子生下来了。这时候，夕阳刚好在西山顶上往下落，田野一片辉煌静谧。小三哇的一声哭出来，尹雪梅长长地呼出一口气，掰开孩子两条腿一看，是个女儿，笑了。村里有人从山里回来，赶着一辆马车，看见了尹雪梅，帮着把她和孩子抱上车，直接拉到了村西头的老中医生那里。

就算在梦里，尹雪梅也觉得这段不像梦，像回忆。接下来，她想起有一年，她跟几个相好的姐妹坐着大卡车，去附近的矿山上打零工，半个月赚了五百多块钱。她们到集市上，每个人买了一件新衣服，欢天喜地地回去。她穿了衣服给老郝看，却被喝醉酒的老郝骂了一顿，说她抛家舍业不顾男人孩子，说她乱花钱，仨孩子的学费还没着落，她竟然给自己买了八十块钱的衣服。说前天老二在墙头上掉了下来，眼角划了一条手指长的疤痢，差点瞎了一只眼。尹雪梅哭着把那件衣服压在了箱子的最底层，再也没穿过。

这梦怎么没完没了呢？尹雪梅想醒过来，可就是睁不开眼睛。她又梦见第一次到长春的时候，是去给老大看孩子的。从火车站出来，她有点吃惊。在尹雪梅的印象里，长春好歹也是吉林省会，是个大城市，街道怎么那么破旧啊，那儿的人说话，跟自己也差不多。她不是瞧不起长春，只是有些吃惊，吃惊的背后是自己有点不甘心：既然这样，我为啥就在村里过一辈子呢？我也可以到城市过日子。到了大城市，并没有过上城市的日子，她的日子只有孩子的尿布衣服奶粉，只有一日三餐洗洗涮涮，只有跟儿媳妇不撕破脸皮的互相争斗。然后是二儿子家，又是四五年。近十年下来，尹雪梅的头发白了，皱纹多了，背也驼了，整个人的精气神都泄掉了一半。在老二家时，她偶尔也跑到小区的广场跳跳广场舞，可不久她们被警察给驱散了，说有人报警投诉，扰民。再后来呢，尹雪梅就偷偷在家里跳，孩子睡的时候，她就到客厅，也没有音乐，她就自己哼唱自己跳，也挺开心。

这个梦可真长啊，好像把尹雪梅的大半生都打乱了，又重新拼凑了一遍。一些事接着另一些事，一些人覆盖了另一些人，一种情绪抵消了另一种情绪。

4

尹雪梅终于醒了过来，也许她根本不是睡着，只是陷入了杂乱的回忆中。

醒过来后，她觉得头脑清爽很多，一转头，看见嘟嘟睡在旁边，小手还紧紧地抓着自己的衣角。尹雪梅心头一酸，又一暖，轻轻摸了摸嘟嘟的脑袋。门开了，郝晶晶手里攥着一堆单子进来，看见她醒了，高兴地说：妈，头还疼吗？尹雪梅摇摇头，轻轻坐起来，说：三儿，妈没事了，咱们回去吧。

郝晶晶说，我刚跟大夫去问了，可能得拍个片子。尹雪梅说不用，我现在头不疼也不晕，眼睛也不花，我刚动了动手脚都没问题，妈的脑袋没事，没有脑溢血。真的？郝晶晶说。真的，妈还能糊弄你。郝晶晶还是有点疑惑，说，那你下来动动我看看。尹雪梅从病床上下来，活动着胳膊腿，确实没事。郝晶晶说，行，那咱们回去吧，天都快亮了。尹雪梅要去抱嘟嘟，郝晶晶抢在前面说，还是我来吧，出门能打车。

这次生病之后，尹雪梅并未留下任何后遗症，但她的心思开始慢慢变了。第二天，宝宝天团再开会的时候，尹雪梅说，姐妹们，我决定了，回去参加同学会。大家伙说，想通了？尹雪梅点点头，说我那天差点一觉睡过去，想明白了，人这一辈子总得随自己的心意做两件事，总得干点啥。尹雪梅的话，不小心把每个人的心事给勾了出来，一个个开始诉说自己年轻时的……梦想，她们找不准怎么说，只能借用网上、电视上听来的这个词。多多姥姥说，她当年想当模特的，众人都说你就是个模特。老太太六十多岁了，还有近一米七的个头呢，而且据说在家天天练瑜伽，身材保持得很好。瓜瓜奶奶，她倒没什么大梦想，就是想坐飞机，到现在也没坐过飞机，看看云彩。小雨姥姥说，她就想回到二十岁，然后谈一场轰轰烈烈的恋爱，如果那时候有非诚勿扰节目就好了，她肯定报名参加。大伙都笑，说你这不还是相亲嘛。小雨姥姥说，那不一样，在非诚勿扰上咱有选择权啊，亮灯，灭灯。你呢尹雪梅？多多姥姥问。我？尹雪梅引起的话题，到她这却有点心虚了，这么多年她从未认真想过这个问题。好像隐隐约约有过，我年轻时想过开个饭馆，这个算吗？我们说的是梦想，多多姥姥说，开饭馆不还是为了赚钱吗，不能算。那我没啥具体的想法，只是这些天我多少明白了，谁都不是生孩子做饭看孩子的机器人，除了这个，谁都能追求点别的东西。

问题是你到底想干啥事嘛？小雨姥姥说。

对呀，干啥？一时半会儿还想不出来。想不出来就不想，尹雪梅毕竟不是一个叽叽歪歪的人，她干脆利落，跟她干活一样。哎呀，该给孩子们吃水果了，尹雪梅的话音还没落在地上，手里已经打开了一盒火龙果。老太太们纷纷把自家准备的水果拿出来，瓜瓜的不用看就知道，肯定是苹果，他们家的水果永远是苹果。七八个孩子们坐在婴儿车里，红红绿绿的一排，一个个小脸红扑扑的，好看极了。老太太们一人端着一盒水果，手里拿着一个牙签，排着队从第一个孩子那儿喂过去，一人一块。每天每个孩子至少能吃到五种水果，营养丰富，富含维生素ABCDE。孩子们吃得一嘴果汁，这个张着手要猕猴桃，那个叫嚷着吃哈密瓜，老太太们比最繁忙的饭店的服务员还忙，刚才那些所谓的梦想，早就不知道哪里去了。水果吃完，各自掏出湿纸巾来擦手擦脸，临了忍不住在小脸蛋上亲了一口，有的使劲大了，小家伙不乐意，含混不清地说，奶奶你咬我。一阵嘻嘻哈哈，说咱们再转转吧，溜达一圈，就该回去做午饭了。

别人不知道，尹雪梅心里留了一件事：如果让我随便选，我到底该干点啥呢？

尹雪梅跟女儿吵了一架，准确地说是尹雪梅跟自己吵了一架。等嘟嘟睡了，尹雪梅说，晶晶，我跟你说点事。晶晶说，妈我开了一天会累得不行了，明天还要早起。尹雪梅说就几分钟。两人到了客厅，尹雪梅说，晶晶，你让小孙过年回来吧，我……想回去参加同学聚会。郝晶晶愣了一下，说，妈……这一下损失多少钱呀，你想想，就算这一个月咱们全家出去打工也赚不了这些钱。尹雪梅突然火了，说：郝晶晶，合着你们眼里就是钱是吧？算账是吧？那我跟你算一算，你别以为我不知道，现在北京随便找一个保姆就得七八千，好的一万多呢。我在这给你看孩子做饭洗衣服，你给我一分钱了吗？郝晶晶没想到母亲突然生气，更没想到她心里还有这么一笔账。话说回来，尹雪梅算得没错，就算你花一万块钱请保姆，哪个保姆能比孩子的姥姥更放心呢？但也没听说谁家给孩子姥姥或奶奶看孩子钱呀。

郝晶晶想起前几天母亲生病的事，千万不敢气着老太太，说妈你别生气，我明天就和小孙视频，让他过年回来。你放心，一定让你参加上同学会，你告诉我日期，我给你买回去的火车票。女儿同意了，可尹雪梅心里并没有十分痛快，她有点后悔说保姆和钱的事了，那不是她本意。她就是想说，你们考虑事情的时候不能光考虑自己，能不能想想我呢？我不是一个木头人，我也有我自己的想法呀。

尹雪梅的想法越来越多了。既然要参加同学会，总得有件像样的衣服吧，就算不给那几个当年暗恋自己的人看，也不能在女同学那里丢面子，她可是从北京回去的。她的衣服都是小摊上淘来的，郝晶晶带她去过几次商场，她都嫌贵，没买。其实她自己手里有一千多块钱，是大儿子二儿子女婿小孙过年过节发的红包，她都攒着，一分没花。现在，是这点钱派上用场的时候了。

周六，郝晶晶带嘟嘟去参加早教机构的亲子班，尹雪梅拒绝了宝宝天团老太太们逛大集的邀请，独自一人去了附近的商场。在三楼女装区转了一个多小时，相中了一件大衣，好家伙，一千二，还不打折。但是吧，她穿了身上往镜子前一站，就有点想哭。原来我尹雪梅没那么老，原来我尹雪梅还有点姿色呢，原来我缺的不是别的就是一件像样的衣服呀。左看右看，怎么看都好看，舍不得脱下来。卖衣服的说，阿姨您穿这件年轻二十岁。尹雪梅点点头，说，能不能便宜点？卖衣服的摇头说，真不行，这是新款，而且我们店里L号的就这一件了。尹雪梅始终下不了决心，一千二啊，大衣好是好，可平常根本没机会穿，就穿一天，怎么想都有点不合算。她恋恋不舍地脱了下来。

又去别的地方转，又试了几件，都不满意，心里还是惦记着那件大衣，只好回去那家店，又试了一遍，仍然下不了决心。尹雪梅心里老想着，有一年仨孩子一起开学，家里没学费了，就差两百块，交了这个就交不了那个，跑到一个有钱的亲戚家去借，人家给了她五十块钱打发了。她路上哭了一鼻子，刚好碰见一个收头发的，一狠心把自己养了几十年的大辫子剪了，卖了两百块钱。一米多长，油黑发亮的辫子。从此之后，她的头发就再也没留起来，后来就开始白，开始掉。她舍得一头秀发，可舍不得一千二。

尹雪梅夜不成寐，买还是不买，这个问题纠缠着她。早晨起来，脑袋有点疼，她心里一跳，想血压可别再上来。想起那次犯病，就觉得自己有点磨叽了，买，一辈子总得放纵一回。她又去那家店，尽管试过好几回了，还是忍不住又穿上试。这时候，商场人多，这家店还有三个人在试衣服。卖衣服的说阿姨你帮我瞅一眼，我去库房拿件衣服。尹雪梅说去吧去吧，我肯定帮你看好了。等店员回来，其他三个人都走了，就剩尹雪梅了。尹雪梅说姑娘我买了。店员却脸色大变，说阿姨我真没想到啊，我那么信任你，你竟然坑我。

咋了？尹雪梅不明白。

店员说，原来你跟他们是一伙的，骗子小偷。

尹雪梅说姑娘你可别瞎说，这话可是要负责的。

店员说，刚才那仨人呢？

尹雪梅说，他们说衣服不合适，走了。

店员说，那他们试的衣服呢？

尹雪梅脑袋嗡一下，说，衣服……衣服……

店员说，我看明白了，你就是他们的托儿。昨天你在这试衣服，我们就丢了一件，今天好家伙，丢了两件。我说呢，你老在这试就是不买，敢情是为了打掩护。

尹雪梅说姑娘你冤枉我了，真的，我跟他们不是一伙。

店员说你甭狡辩了，走，咱们去找保安，看监控。

监控室的录像显示，确实是在尹雪梅试衣服的时候，几个人拿着衣服跑了，走之前，那个女的还和尹雪梅打了个手势。尹雪梅以为就是打招呼呢，跟她笑了一下。尹雪梅一屁股坐在地上，她想自己真说不清了。

店员说，我也不为难你，赔我钱，要不然咱们就去派出所。

尹雪梅说，姑娘我真不是他们一伙，我怎么说你也不信，我想赔你，可我就一千多块钱。

后来监控室的人说，这事要说是一伙也行，要说不是也行，很难判断。店员说，行，一千二，就你试的衣服的价儿，我就当这两天白干了。

尹雪梅身无分文了，她最喜欢的那件大衣却没穿回去，她觉得自己这辈子也不会再买新衣服了。

5

小孙气冲冲回到北京，他搞不明白，为什么放着好几万块钱不要，非得把他叫回来。后来，他弄明白是岳母尹雪梅想回去参加高中毕业四十周年聚会，心里更是不满，但已经回来了，也不好再说什么。他从非洲给所有人都带了礼物，是一个少数族群的树根，被雕刻成非常厚重的工艺品。郝晶晶对此已经没什么感觉，每年回来都是这些东西，看着好，不堪用更不值钱。尹雪梅收到一个动物雕塑，是角马，她看动物世界的时候看到过，她非常喜欢这种动物，老觉得自己跟角马有点像。

小孙既然回来了，尹雪梅也没必要在北京待太久，很快就买票回家。回家前需要到长春大儿子和二儿子那里一趟，主要是看看两个孙女，半年没见了还挺想她们。

老二去长春站接她，两个人在车站外绕了一个小时，愣是没找见彼此。后来终于发现，他们一个在北广场，一个在南广场，而尹雪梅把南北搞混了。二儿子说，妈，你在晶晶那儿是不是太辛苦了，都把你累傻了。哪个孩子也不好看，都一样，尹雪梅说，你们家莉莉更闹人。在老二家住了一晚上，尹雪梅本想跟莉莉睡一个屋，亲热一会儿，可莉莉说她现在想自己睡。尹雪梅没办法，只能在沙发上将就了一宿。第二天一大早给他们烙了饼，做了羊肉汤，自己也没吃，就用保温饭盒装了一份坐公交去老大家。

没想到老大三口人早就出门了，今天大孙女要去上美术课，上课的地方远，走得早。尹雪梅记得门前的垫子下，有一把备用钥匙，可找来找去也没找到，也不知道是丢了，还是她走之后他们就换了地方。

尹雪梅只能拎着烙饼羊肉汤在小区里溜达。她在这个小区住过好几年，挺熟悉的，但现在看起来，却又很陌生。她知道怎么回事，因为这里不是她的家。如果是自己家，就算过了十年回去，也一样不会感到陌生。她发现小区旁边有好几个早餐摊，卖什么的都有，就找了个看起来还干净的小摊坐下，要了一个馅饼，一碗鸡蛋汤。馅饼刚一下嘴她就后悔了，东西做得实在难吃，旁边的人吃得还挺来劲。鸡蛋汤更是清汤寡水，只能吃出味精味。这么难吃都有人吃，尹雪梅想，嘴上的钱可真好赚。等一结账，要七块钱，她吓一跳，啥时候早餐都这么贵了。要是我自己开个早餐店，就卖发面饼羊肉汤，肯定比这好吃，比这赚钱。这个念头一闪而过。

快中午了，老大一家才回来。这时候尹雪梅手里拎着一兜菜和保温饭盒，在门口睡着了。大孙女跑上来把她摇醒：奶奶，我想你了。尹雪梅差点掉下眼泪，还是有人惦记自己的。一通忙，快吃午饭的时候，老二一家也来了。一大家子人坐在屋子里吃饭，俩孩子闹腾，被赶到了里屋。饭吃到快结束的时候，尹雪梅咳嗽一声，没人注意，她又咳嗽了两声。大儿媳说，妈你是不是感冒了？没有，尹雪梅说，是有个事，想跟你们商量

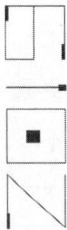

一下。

尹雪梅说，高中同学毕业四十周末聚会，她想参加一下。

好事，老大说。

好事，老二也说。

可……我就怕你爸不同意。尹雪梅说出了自己的担心。

二儿媳扑哧乐了，说我爸这么大岁数还爱吃醋啊。

不是不是，尹雪梅脸红了，她没想到自己竟然会脸红。那几个号称追过自己的男同学，她都记不清他们长什么样了，而且自己要参加同学会，其实跟他们没多少关系。她就是想去，让老同学们帮她回忆回忆，当年都发生过什么事。高中的事情，她现在还能清清楚楚记得的，已经不多了。她害怕忘掉，一旦忘掉，就好像自己没有年轻过一样。

你爸那人你们还不知道，他才不会吃醋，他就是会觉得我这是瞎折腾。让他说啊，什么同学，什么聚会，什么年轻，都既没用也没意思。这么多年，凡是我特别想做的事，他都不支持，都觉得那是我在胡闹呢。

没事，妈，我们支持你，儿子媳妇们说。你为了这个家忙了大半辈子，去参加个聚会有什么呀，是不是需要凑份子钱，我们给你出。

听儿子这么说，尹雪梅心情好起来，说：你们啥时候跟你爸爸也说说，也不用他支持我，就让他别因为这个跟我板着脸生气就行了。

第二天下午，老大开车送尹雪梅去的车站，她还得坐一个小时汽车才到家。

到车站附近，老大说妈我不下车了，你东西也不多，这儿不好停车。尹雪梅说，你把我放下就行。老大掏出五百块钱给尹雪梅，说妈你拿着。我有钱，尹雪梅说。你拿着，不是要同学聚会吗，到时候得交点份子钱吧，不够再跟我说。尹雪梅笑了一下，说，那不用现金，你要给我就给我发红包吧。我们班长说了，收现金太麻烦了，都微信收钱了。老大有些吃惊，说你还会用微信。尹雪梅说别瞧不起你妈，你妈就是生错了时代，我要赶上好时候，我比你们强。

就是就是，老大敷衍着，条件允许，我妈能去联合国。

但最后，尹雪梅心心念念的同学聚会没去成，不是老伴儿不让她去，是她自己决定不去的。他们的聚会日期定在腊月二十三小年那天，之前好几天，她就心绪不宁。大儿子二儿子都给老郝打了电话，说了她要去参加聚会的事。老郝没说同意也没说不同意，就说知道了。后来尹雪梅又问他到底啥意见，他说你想去就去呗。尹雪梅说谢谢你老郝。老郝不说话，拖着一条腿走了出去，当啷一声，不知道碰掉了个啥东西。

到了腊月二十二晚上，尹雪梅失眠了，一晚上都在炕头烙饼，翻过来翻过去。她犹豫了，不怕见了面所有人都物是人非，也不怕没什么聊的，她主要是预感到了聚会之后，自己可能会陷入一种困境。她很担心这么个聚会，把自己年轻时有过的那点心气再给点着了。几十年的生儿育女，几十年伺候老郝，再加上这几年看孩子，尹雪梅当年的那点劲儿早就被消耗光了。不管干什么，她都风风火火，是一把好手，可只有她自己知道，这背后都是累，都是疲惫，全靠一股劲撑着呢。她已经认了。这辈子其实挺好的，老郝本本分分，没闹出什么出格的事，对她虽然冷眉冷眼，但真有事的时候也知道心疼人。儿子女儿也算有出息，孙子孙女都有了，自己的身体呢，也就是血压突然高起来，别的都还成，再说了，这年头没点病还叫人吗？她没啥不满意的，她已经是镇子里最让人羡慕的老太太了。

现在让她把顶了几十年的一口气撤了，换上年轻时那口气，她还能喘匀吗？她怕，怕辛苦了这么多年建立起来的生活和心理上的平衡被打破，怕年轻时那个自己又借着这口气活过来。再有就是老郝的那句话。老郝也不是第一次说这句话了，可在这个节骨眼上，这句话就不一样。班长在微信群里"艾特"所有人，说马上交份子钱，每人六百，包吃包住包唱歌。尹雪梅的手机零钱里，只有五百八，还差二十块钱。她就跟老郝说，我得让晶晶给我微信里转二十块钱。老郝弄明白了她要干吗，说了句：真行，一辈子不挣工资，花钱可挺大方。尹雪梅听了一愣，心里头特别不是滋味。除了在粮油公司那几年和跑出去打过两段短工，尹雪梅确实一辈子没拿过一分钱工资。她整天都是围着家里转，下地种田，回家做饭，伺候完公婆伺候老郝，顺带还得养大三个孩子，然后是孩子的孩子。这么多年，谁给她算过工作量、开过工钱呢？

尹雪梅就觉得这聚会挺没意思了，算了，不去了。

真不去了？老郝说，我就那么随口一说。

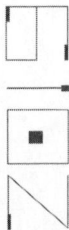

就因为是随口一说的，才是你的真实想法，老郝，你是不是特瞧不起我？是，你一辈子有工资，你退休了还有退休金，你们都有，全家就我一个吃白饭的。尹雪梅差点哭出来，可随即想到不能哭，一旦哭了，可能就收不住。老郝一准得笑话她。这人永远这样，永远体会不到女人的心思。

老了，尹雪梅想，容易多愁善感了。

尹雪梅年轻时候，可是不一样呢。

6

尹雪梅三十五岁的时候，老大郝春阳十岁，老二郝春辉七岁，老三郝晶晶马上五岁。那年夏天，尹雪梅失踪了。老郝找遍了镇子，问遍了亲朋好友，没人知道她去哪儿了。找了三天，老郝觉得她肯定被人贩子拐跑了，正要去派出所报案的时候，镇子中心台球厅老板胡二让他去接电话。那是镇子上唯一一部电话。

老郝到台球厅时，尹雪梅已经是第三遍打来了。电话通了，尹雪梅说老郝，孩子咋样。老郝已经快疯了，说尹雪梅你是不是被拐卖了？尹雪梅说老郝，我没被拐卖，我出来打工了。老郝对着电话咆哮：你有病吧？你是不是脑子有病啊，一声不响就跑了，扔下仨孩子。尹雪梅说我给你留了个纸条，你没看见啊？坏了，可能被老三给吃了，我放在老三衣服兜里，想着你晚上给孩子一脱衣服就能看见的。

尹雪梅你看你回来我不打断你的腿，老郝一激动，猛地扯电话线，把电话线扯断了。胡二的台球杆子甩了过来，就在快抽到老郝脑袋的瞬间停住了。操，看你是个被老婆甩了的人，这账不跟你算了。

尹雪梅是跟同村一个妇女跑出来的，她在沈阳。家里的日子不好过，仨孩子要吃要穿，公公婆婆那时都活着，每个月要吃药。大冬天的，婆婆还说：我口淡呀，我想吃黄桃罐头。老郝是个孝子，听妈这么说，就骑摩托车跑七八十里地去买，回来的时候刮大风，把腿给吹坏了，一变天就疼。我这腿里好像有一根大冰溜子，冻得我骨髓都疼，老郝哀号。尹雪梅来例假，连贵点的卫生巾都不舍得买，只能用一大沓厚厚的卫生纸垫着。她早就想出去了，也知道自己跟老郝说，老郝肯定不同意，还得发脾气。出去打工的事，尹雪梅提过不止一次，每一次老郝都气急败坏，说：尹雪梅你就是说我没能耐是吧？尹雪梅说，我不是这个意思，我就是想……你啥也别想，我不会让你出去的，老郝喊。

其实老郝冻坏的不只是腿，还有他作为男人的根本，从那次以后，他跟尹雪梅再也没有过亲热。孩子都好几个了，还亲热个什么劲？外头人不知道，尹雪梅从三十五岁就守活寡了。她那么年轻，也有自己的欲望，但尹雪梅不会离婚，更不会做出什么伤风败俗的事。她想的是，改变点什么，哪怕只是改变点家里的状况也好。

尹雪梅的打工生涯只进行了半个月，就带着一身伤回来了。村里的那个人搞的其实是传销，到那儿第二天，尹雪梅就觉出不对劲了，她热情，好说话，就跟组织上的人聊。话一多，人家就不对她设防，很快就搞明白怎么回事了。

尹雪梅还是机灵，半夜瞅着一个机会跑了出来，磕磕绊绊地摔了好多跤。

回到家的尹雪梅，抱着三个孩子哭了一通，老郝竟没为难她。那年冬天，领她去打工的那个同村妇女也回来了，不过回来的是尸体。她出殡那天，尹雪梅也去送行，葬礼现场被一群亲戚闹翻了天，骨灰盒都碎了，骨灰让风吹得到处都是。这个女人骗了几十个人，好多人把一辈子的辛苦钱都搭了进去，还有一个精神出问题，成了疯子。

打那以后，尹雪梅再也没出去过。

可是再往回倒十年的话，尹雪梅二十五岁，刚跟老郝结婚。两个人是自由恋爱，二十五岁的年纪结婚刚刚好，再过一年，就成老姑娘了，再年轻一点呢，又显得不成熟不稳重。尹雪梅十八岁高中毕业之后，就在镇上的粮油加工厂上班，工资不高，但还能过日子。五年后，粮油加工场倒闭，尹雪梅失业在家。那时候，小镇根本没有发廊，只有一个很小的剃头铺。尹雪梅想开一个小发廊，她说干就干，到市里学了三个月，就回来开了一家发廊。发廊的地址，就是之前粮油加工厂的靠街的一间厂房。镇上开小发廊很简单，刷一下门脸，贴上"剪发""烫发"几个美术字，门口再支一个架子，架子上随时搭着湿毛巾。有钱的，再放两只红红绿绿的灯箱。尹雪梅的发廊开业后，生意很一般，前一段是因为大家还不习惯花十五块钱去那儿剃个头，在剃头铺五块钱就解决了。等大家慢慢习惯起来的时候，发廊一下子冒出四五个来，还一个比一个装修豪华，不光能剪

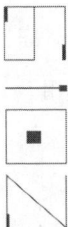

发，还能染发烫发，甚至有的都开始做SPA了。尹雪梅这个一个人的小作坊就不行了，只能关门大吉，彻底地成了农民。

在发廊刚开那年，老郝还是小郝，在汽配厂修车，是尹雪梅最稳定的顾客。每两个月肯定来一次，理发的要求也一直没变过：寸头，短点。小郝一直坚持到尹雪梅的发廊倒闭，他又去找她，说：你不开了，我以后想剃头怎么办？那么多理发店呢，尹雪梅说，哪儿不能剃啊。不行，我就找你剃，要不，你跟我结婚吧。尹雪梅一愣，说开玩笑。不开玩笑，小郝说，我喜欢你，要不我干吗老到你这里来剃头啊。他俩谈起了恋爱，一年左右就结婚了。然后就怀孕生孩子，再怀孕再生孩子，成了三十五岁的尹雪梅，成了现在的尹雪梅。

十五岁的尹雪梅刚上高中，学习成绩一般，可她活泼，会唱歌，也会跳舞，尽管唱得不一定在调上，跳得不一定在点儿上，可在那个普普通通的北方小镇中学，谁在乎这个呢？特别是每年的元旦晚会，是尹雪梅最风光的时刻，她是组织委员，要组织大家排练节目，要准备自己的歌舞，还要当主持人，那几乎是尹雪梅一个人的元旦晚会。她并不是多么享受被人鼓掌的虚荣感，她就是喜欢那种忙碌的热闹，要是按她的想法，就应该整天都办晚会。高中的时候，她在图书馆的角落里发现了一本外国书，封皮都没了，那里面写的俄国人，每天不是舞会就是舞会。过了几十年，她才从老二那里才知道，那是本俄国人写的书，叫《安娜·卡列尼娜》。

好几个男生对尹雪梅有好感，还有的跟她表白过。尹雪梅心里头暗自高兴，但她不想谈恋爱，老师家长不允许不说，她主要是瞧不上那些男生一个个窝窝囊囊，没志向。如果说十五六岁的尹雪梅对谁都没动过心也不对，有一个，是插班生张灏。张灏是从另一个镇上转学来的，成绩中等，开班会第一天，他就说：我的梦想就是考清华，而且我一定能考上清华。一堂哄笑，他们学校还没有考到清华的。可是随着一次又一次的考试，人们渐渐发现这个张灏还真不是说说的，每次考试他的排名都往前走，不知不觉就成了班级第一、年级第一了。

尹雪梅觉得这样的人才是牛人，才是值得喜欢的人。当然，她更清楚这样的人不会喜欢自己，他为了考清华，绝不可能谈恋爱的。尹雪梅也不想去跟他表白，她只是觉得，自己的学校里能有这样一个男生，本身就是很幸运的事儿。她以为自己跟他其实挺像的，都是有想法的人，只不过张灏的想法很明确，而尹雪梅的想法不是很模糊，就是隔一段时间就变。

高中毕业，张灏真考上清华了，尹雪梅连地区的专科也没考上。看到学校张贴大红榜上打头的张灏，心里特别高兴，就跟自己考上了一样。对她来说，张灏是一个有力的证明，证明什么呢？证明就算是在这样一个小镇里，也有人能做出惊天动地的大事。这种可能性对尹雪梅来说多么重要，只要还存在，她就还有希望。

所以呢，二十三岁的那个小发廊，可能是她想干的事儿。三十五岁出去打工赚钱，也可能是她想干的事儿。结婚后，特别是生孩子之后，就忙了，只能勤勤恳恳地干必须干的事儿，一干就到了现在。

7

春天来了，护城河岸边的草一点一点地从泥土下往上绿，树叶一片一片地从芽苞里往外抽。尹雪梅扎了条花围巾，带着嘟嘟去跟宝宝天团汇合。过完年之后，好几个宝宝接连感冒，她们已经挺长时间没集体行动了。天气转暖，尹雪梅熬不住在群里吆喝，今天公园见，她用电饼铛烤了很多动物小饼干给孩子们。

宝宝天团人员没法齐了，有两个满三岁的，上了幼儿园，还有两个租的房子到期，搬到了其他小区，剩下的就五六个人。五六个也是一个组织，尹雪梅很珍惜这个组织。后来，有一个新成员加入进来，但相处得不太好。大家都觉得新来那个好像挺事儿，整天显摆自己的儿子媳妇在大公司工作，一个月挣四五万；要么就说，自家孩子的鞋几千块、衣服几千块，让别人很不舒服。她们就商量好，把她踢出群去，不带她玩。

五一假的时候，几个搬走的老太太约好了回来，要聚一聚。而且都各自安排好，一整天不需要带孩子，就她们一群老太太，先去逛逛街，然后去聚餐，再然后去看个电影，彻底放松地享受一天。

她们逛街的时候，又路过尹雪梅试衣服那家店了，她借故上厕所，没进去。尹雪梅有点难受，比那天还难受，那天主要是气愤。吃饭本来要AA的，后来多多姥姥出的钱，说咱们不学外国人，A什么A，又没多少钱。看电影的时候，是尹雪梅买的票。我会团购，电影票团购很便宜，还送爆米花。尹雪梅觉得自己挺厉害，用一百多块的电影票钱，起到了跟多多姥姥五百块钱的饭钱一样的效果。

吃饭的时候，小雨奶奶说，尹雪梅，我要是像你做饭那么好吃，我就开个小饭馆。尹雪梅说，在北京开饭馆，办手续老麻烦了。小雨奶奶说，麻烦啥，我儿子就在工商局呢，办执照找他。多多姥姥说，开饭店事儿还是挺多的，你就跟人家卖鸡蛋饼的一样，开一个小摊就行。尹雪梅说，都是空想，我女儿女婿能让我干？那倒是，几个人又都点头。

晚上，嘟嘟在看动画片，尹雪梅在厨房里做晚饭。当那条鲤鱼滋啦一声滑进油锅时，小雨奶奶的话顺着油烟钻进了她脑袋里。开个饭馆？再不济支一个小摊？忘了是哪天了，尹雪梅在微信上看到过一条消息，说一个卖早餐的大妈，月入三万。三万是啥概念？比女儿女婿的工资还高呢。论手艺，尹雪梅自信比大街上的早餐摊好太多了。鱼在锅里颤抖着叫，渐渐变得金黄，尹雪梅暗笑自己可笑，多大岁数了，还想着下海创业？

马上要六一了，尹雪梅想给远在长春的两个孙女买点礼物寄过去。商场里的东西太贵了，她学着在网上购物，淘宝有很多便宜货。尹雪梅挑了两套裙子，就把微信里的钱花光了。她还想给她们再买一双小皮鞋，可没钱了。这天她去买菜，从餐厅的抽屉里拿零用钱。零用钱是郝晶晶或小孙放的，每次三百五百不等，没了就再放。小孙昨天结了一个项目，拿到了分成，多放了一些，差不多有一千块。尹雪梅也没数，拿着信封，挎着小包出门。

到了平常去的小菜摊，却发现关门了，不但关了，连门也没有了。墙上贴着一纸通告，说这种扒墙凿洞弄出来的小门脸，都是不合法的，近期都将整顿。尹雪梅茫然了半天，心里想，卖个菜都不行？来到这儿这一年多，几乎每天都在这里买菜，买水果，还有馒头豆沙包等。全没了，买根香菜都只能去商场的超市。

超市里人山人海。超市的菜价本来就贵，又趁机涨了一些，一把小白菜都得五块钱。但你也得吃呀，方圆几里地就这一个卖菜的地方。尹雪梅看排队的人实在太多，做饭也不着急，就忍不住又往服装部转过去了。商场里的裙子就是不一样，比淘宝上的好看，就是贵，贵好几倍。尹雪梅一边感叹一边走，不远处摆着甩卖的牌子，全是儿童鞋。尹雪梅大喜，赶紧冲过去。

尹雪梅花了四百块钱，买了两双小皮鞋。再回到超市，发现人少了一些，她挑了几样菜，一结账竟然要七八十。到家的时候，郝晶晶和嘟嘟回来了，嘟嘟正在吃火龙果，吃得满嘴粉嘟嘟的。尹雪梅刚把菜洗好，小孙就回来了，直接奔厨房，翻抽屉。

找啥？尹雪梅说。

零花钱呢？我刚打车回来的，身上没带钱，那个师傅也刷不了微信。

尹雪梅犹豫了一下，把信封从身上掏出来，递给小孙：我买菜拿走了。

小孙接过去，就下楼送车钱了。

这天晚上，尹雪梅就快睡着时，郝晶晶进她这屋里来。

咋了？她问。

没事，郝晶晶说，嘟嘟睡了，陪你待一会儿。

她们母女俩已经很久没有这样独处过了，最后一次两个人躺在一张床上，漫无目的地闲聊，还是郝晶晶怀孕不久，尹雪梅来看她的时候。那时候，她们说得最多的是孩子，现在呢，说得最多的还是孩子，只是感觉完全不一样。郝晶晶问尹雪梅，你们那个宝宝天团，最近好像活动少了呀。人不齐了，尹雪梅说。然后又说买菜不方便，得跑到超市去排队。不但是买菜，干洗个衣服，修个鞋，洗个照片，似乎干什么都不方便了。那些小门脸已经被统统堵死，刷了一层水泥，很难看。尹雪梅有点犯困了，但郝晶晶似乎有说不完的话。

晶晶，你是不是有啥事？尹雪梅心里头一凛，问。

郝晶晶沉默了一下，说，妈，你今天去超市，除了买菜，还买别的没？

别的？尹雪梅明白了，是零花钱的事。买了，我给嘟嘟的姐姐买了两双鞋，商场里在甩卖，打折的。

您回来咋不跟我说一声。郝晶晶有点埋怨地道。

晶晶，我是正巧碰见，就用买菜的钱买了。钱赶明我还你，是不是小孙说什么了？

没有没有，郝晶晶连忙否认，说哪儿是钱的事。我就是说，您跟我说一声，小孙问起来，我就能说明白，要不然稀里糊涂的，怕误会。

行了，我困了。尹雪梅明白过来，心里头一阵泛酸。

那我回去睡了妈，你别多想哈，真没事。

尹雪梅躺在床上翻来覆去，脑子里纠纠缠缠，既埋怨自己不该拿买菜的钱去买鞋，又觉得他们小题大做。讲真呢，小孙不是小气的人，经常跟郝晶晶说，晶晶，你带着妈去买件毛衣去，天冷了。但他喜欢一切都在自己的掌握之中，丁是丁卯是卯，他可以给你钱花，但你不能背着他拿钱花。

我就应该有自己的钱，尹雪梅最后得出这样一个结论，那样我想怎么花就怎么花。就是在这一会儿，尹雪梅突然又想干点什么了。心底那口气，终于缓缓地喘了上来。

再有半年，嘟嘟上幼儿园小班，她就能彻底脱身了。

8

尹雪梅失踪了。

尹雪梅回家一个多月后，郝晶晶和老郝及全家人才发现这件事。

九月的时候，嘟嘟上幼儿园小班，他适应得很快，一周左右就解决了分离焦虑问题。尹雪梅跟郝晶晶说，丫头，嘟嘟上幼儿园哩，今年你和小孙工作也没那么忙，我想回去。

郝晶晶说，妈，你再待一段时间吧。嘟嘟上学，白天没什么事，你也好歇歇。

妈是累了，妈想回家歇着。尹雪梅态度很坚决，郝晶晶只好同意。她能感觉出，自从那天她跟母亲夜谈了一次之后，尹雪梅开始跟她和小孙有所疏离。倒不是闹矛盾，而是尹雪梅变得客客气气，不像是孩子姥姥，倒像是请来的一个保姆。郝晶晶想可能是那次谈话伤到母亲的自尊了，但又不敢再提这事，怕越说越起反作用。她想尽办法对母亲好，给她零花钱，给她买吃的穿的，但尹雪梅什么都不需要。

她给母亲买了火车票，让小孙送她去火车站，尹雪梅死活不同意，说自己能去。他俩没办法，就给她打了一个车。四十分钟后，尹雪梅打来电话，说到车站了。又过了半个小时，说上车了，十分钟后发车。

母亲一走，郝晶晶才知道自己有多忙。早晨得准点起床，洗脸刷牙，然后叫嘟嘟起床，这个过程就得半个多小时。给嘟嘟穿好衣服，送到幼儿园去，就得赶紧坐地铁往单位去。下午呢，四点钟她必须下班，才能赶上接嘟嘟。过了半个月，郝晶晶眼睛就黑了一圈，她忍不住跟小孙念叨：妈这些年真是太辛苦了。

十一后，二哥来北京出差，跟郝晶晶见面。小孙请他吃饭。

到了饭店包间，菜快上齐了，老二问：妈呢？

妈？郝晶晶疑惑着，妈在家呢。

咋不叫妈过来一起吃饭？

小孙也愣了，说二哥，妈在老家呢，回去一个月了。

老二大惊：啥？不可能，我前天还给爸打电话，爸还问妈啥时候回去，要不要跟我一起呢。

郝晶晶和小孙面面相觑，赶紧掏出电话来打给尹雪梅，可始终无人接听。三个人也顾不上吃饭了，开始四处联络亲戚们，问最近有没有尹雪梅的消息。答案全是没有。

郝晶晶哇的一声哭出来，说，我把妈给弄丢了。

小孙说，不对啊，那天妈明明坐上了回家的火车啊，她发的消息还在呢。

他们想过了各种可能性，被绑架了，走丢了，甚至……出了大事。五点钟接了孩子，郝晶晶抱着嘟嘟，又忍不住哭出来：宝宝，姥姥找不见了。嘟嘟还不明白这句话的意思，说，妈妈你是不是想姥姥了呀。郝晶晶使劲抱嘟嘟，突然想起了什么，急匆匆冲出幼儿园，去找多多姥姥。她想，也许她们这个宝宝团的人会知道点消息。

多多姥姥说，她们最近也没尹雪梅消息，还以为她回老家了呢。郝晶晶准备离开的时候，多多姥姥突然说，我想起个事情来，两个多月前，嘟嘟姥姥在她们群里问，哪儿能买小板车。

她买小板车干吗？郝晶晶不解。

多多姥姥说，我也不清楚，她就问了一句，大伙都不知道，也就没信儿了。我帮你在群里问问，看她还联系过谁。

郝晶晶点点头，说谢谢。

老二把回去的车票退了，老大也连夜坐车赶来，第二天一大早到北京。

兄妹三个人坐在麦当劳商量来商量去，最后决定，报警吧。郝晶晶已经拿出了手机，按完了11，就差0了。突然有一个电话打了进来，是多多姥姥。

多多姥姥说：晶晶，你看你妈的朋友圈了没？

朋友圈？我妈有朋友圈？

你看看能不能看，我刚在群里说了你妈的事，后来已经搬走的瓜瓜奶奶说，她前几天还看尹雪梅发朋友圈了。我手机里看不到，其他人也看不到，我估计是尹雪梅屏蔽人的时候，忘了瓜瓜奶奶了。

我妈发的啥，您能发给我吗？

你加我微信，多多姥姥说，微信号就是宝贝多多的拼音。

郝晶晶放下电话，老大老二都问说了什么。妈可能有消息了，郝晶晶说，然后赶紧加多多姥姥的微信。多多姥姥传过来一张截屏图，上面是一个早餐摊，写着几个字：只要手艺好，赚钱跑不了。多多姥姥说，瓜瓜奶奶之前看到，也没当回事，就以为是尹雪梅出去吃早餐，随便拍的呢。后来又一翻之前的朋友圈，好像没那么简单。接着，多多姥姥又发来几张截屏图。一张是看起来半新的平板车，一张是地下室阴暗的室内，还有一张是条大街。老大眼尖，在第三张图上看到了一个垃圾桶，垃圾桶上写着朝阳门外大街环卫。

在朝阳，妈在朝阳区。老大看了看表，说咱们马上赶过去。

妈会不会是……老二不太确定地说，摆了个早餐摊？可她为什么呀？

三个人打了一辆车，在朝阳门外大街四处转，寻找着尹雪梅。

尹雪梅并不难找，他们没用半个小时就找到了，因为在朝外大街的一个十字路口，排着长长的一队人。兄妹三个，远远地就看见了尹雪梅，天气还没那么冷，她穿着一件紫色的罩衣，正在给买早餐的人盛东西。尹雪梅满脸都是笑，眼睛里像夏天的泉水一样，叮叮咚咚地流淌着。今天羊汤免费，其他的全部半价。她高声喊着。最后一天了，明天你们可就吃不到这么好吃的早餐了。

三个人互相看了看，默默排在了队伍里，跟着往前挪。他们看见那些买了早餐的人，拿着油饼、包子和羊汤从身边走过，一边感慨着：太可惜了，这么好吃的早餐。另一个说，就是啊，这是我在北京路边吃过的最好吃的早餐，又干净又便宜。

一个穿着西装的人排到尹雪梅前面。尹雪梅说,还是老三样?西装男说,是,大妈,你是不是遇到什么困难了,咋不干了呢?

尹雪梅说,也不算啥困难,我租那个地下室,不让住了。我也犯不着去租个楼房住,一个月得多少钱。西装男说,阿姨,你要想做大,我给你投资,咱们合伙开一家店,咋样?尹雪梅笑了,说别瞎说,开店得多少钱呀。

西装男说,不开玩笑,我出钱,您出力,赚了钱对半分。

尹雪梅愣一下,说谢谢你,不过不用了。

西装男拿了自己的食物,放下一张名片,说您要改主意了给我打电话。

尹雪梅点点头。

尹雪梅看见老大老二和老三,没怎么吃惊,说:你们才来呀,还没吃早饭吧,先吃点东西。她给三个孩子各盛了一碗羊汤,三张发面饼,还有一碟自己腌的小咸菜,他们就坐在马路牙子上吃起来。一边吃,一边掉眼泪。

最后一点汤和最后一张饼都卖出去了,七八个没买到的年轻人依依不舍地离开。尹雪梅收拾东西。三个人上去帮助尹雪梅,他们心照不宣,谁也不问尹雪梅为什么在这卖早餐。然后推着平板车,进了附近的一个小区,找到地下室。尹雪梅已经把东西收拾好了,就一些做饭的家伙什,一床很简单的被褥。

尹雪梅说,都放这儿吧,收废品的老冯下午自己过来拿,我都给他了。

尹雪梅只拎了一个蓝色的塑料袋,说:走,回去。

四个人打车回到郝晶晶家里。尹雪梅把塑料袋打开,稀里哗啦倒了一通,全是钱。最后数完了,竟然将近两万块。

几个人都吃惊:妈,你卖早餐就赚这么多?

尹雪梅说,得刨出去两千的本钱。

那也够多了。

尹雪梅掏出两片药，就着水吃下去，说：老大，老二，老三，不好意思，妈让你们担心了。

郝晶晶眼圈又红了，说：妈，是我对不起你。

老大老二接着说：是我们不孝。

尹雪梅说啥不孝，你们都挺好的，是妈自己有点不甘心，想试试。我就怕我这一辈，啥也没干成，就是个废人。试这一个月，妈满足了，妈也心安了。我尹雪梅不是个废人，要是给我机会，我能干成不小的事儿。只可惜，我年轻时没条件，现在想干，也没那么多力气了。

尹雪梅指着桌子上的钱，说：这点钱，我自己做主，行不？

三人连忙点头。

尹雪梅分成了四份，一份给老大，一份给老二，还有一份给老三，说这是给仨孩子的。尹雪梅还剩下一份，大概有四千块钱。她说，晶晶，你跟妈出去一趟。

郝晶晶和尹雪梅到了商场，尹雪梅到那家服装店，看见那件衣服还在，这会儿已经半价了，六百。她让买衣服的开票，还想解释一下自己当初真不是托，可卖衣服的换了人，她的冤情无处诉说了。又给老郝买了一块一千多的手表，剩下的钱，她要请宝宝天团的姐妹们去吃饭K歌。

饭吃得很热闹，歌也唱得很热闹。尹雪梅是焦点，老太太们都说，尹雪梅你太厉害了，你要是年轻五十岁，能当明星。尹雪梅说，那是。她们唱《二十年后再相会》，约好了只要还没死，每年都找机会聚一下。

> 来不及等待来不及沉醉
>
> 噢来不及沉醉
>
> 年轻的心迎着太阳
>
> 一同把那希望去追……

9

尹雪梅跟老大老二一起坐火车离开的北京。这次是真离开。虽然跟姐妹们有约定，但她已经想好，自己可能不会再来。也不一定，如果嘟嘟想她，她还会来的。

尹雪梅在火车上睡着了。

老大老二给她买了一个商务座，可以躺着的那种。尹雪梅看着车票上的八百多块钱，心疼地想，这得卖多少碗汤、多少张饼啊。在高铁的轻微晃动中，尹雪梅睡着了，这一回，什么梦都没做。

原载《十月》2019年第3期

点评/

《人人都爱尹雪梅》是一篇在现实生活的土壤中扎根、生长而出的小说，小说强烈的现实感和问题意识，让我们感受到年轻一代作家立足生活的写作立场以及对于平凡小人物高度同情关注的情感态度。

在城乡二元结构逐步融合的现代化进程中，诞生了一群融合了乡村与城市混合精神质素的人物，比如进城的打工者，那些感叹着"留不下的城市，回不去的乡村"的候鸟一样的打工者便具有这样的精神色彩，他们在乡村文化的滋养中长大，却在城市文化的熏染中完成个体成长与精神塑形，两种文化的融合与碰撞都内在于他们的身体和生活之中。刘汀关注到了另外一个具备这种混合精神质素的群体，即无数个进城带娃的"尹雪梅"。这是一个在以往文学作品中较少出现的群体。"尹雪梅"也是经历了城乡文化融合过程的"典型人物"，但不同于在文学中已有较多着墨的"打工者"形象，"尹雪梅"的进城是被动式的，她在被动的旅程中发现了另外一个世界，唤醒了另外一个自我。

小说用了近一半的篇幅，描写尹雪梅进城之前的人生，这其实是尹雪梅大半辈子的生活，她的生活轨迹也是普通乡村女性命运的象征。作者别出心裁地用描述梦想以及梦想破灭的方式连缀出她几十年的人生图景。十五岁时懵懂地想干点惊天动地的大事，二十五岁时想开一家发廊，三十五岁时想外出打工，这些梦想涌动在不同年龄段的尹雪梅心中，但它们逐一被现实瓦解风干，尹雪梅被生活围困，梦想被现实压抑。尹雪梅进城前的大半生其实就是一个个梦想如何破灭的过程。然而，在她看似灰暗、困顿的生命底部，依然有地火在运行燃烧，如同火山岩浆，需要一个出口，需要密不透风的命运打开一条缝

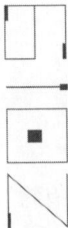

隙，这条缝隙就是进城。

进城首先是一个地理空间环境的变化转移，但也是一个文化精神空间的转换，尹雪梅在这里见识了城市的高楼大厦，也见识了另外一种生活方式和存在状态。她在"宝宝天团"里重新找回了十五岁时在学校晚会上的风姿，也重新找回了梦想与自我。疾病让她意识到时间和机会的有限，财务的受限则促使她最终迈出寻找自我和梦想的关键一步。小说在描写尹雪梅卖早点的场景时有一句传神之笔，"尹雪梅满脸都是笑，眼睛里像夏天的泉水一样，叮叮咚咚地流淌着"。这是生命自由流淌的声音，是梦想照进现实时生命花开的愉悦。吃着母亲早点的三兄妹泪流满面，愧疚万分，但愧疚的不应是母亲卖早点的艰辛，而是，在母亲被压抑的漫长人生中，他们站在身旁，却毫无察觉。人人都爱的尹雪梅并不是一个完整的尹雪梅，寻找到自我的尹雪梅才是一个充分、饱满、光彩照人的尹雪梅。

（崔庆蕾）

猪嗷嗷叫

/李司平

一

猪走路的时候一点都不好看，尤其下坡的时候，像醉汉划拳。

身负重任，猪从北方的养殖场一路扭着屁股来到了南方高原的村庄。为什么我要说它扭着屁股呢？因为它是头母猪，托付终身于村民发顺，负责繁衍。这里的繁衍包含着另外一层意思，坚决杜绝好吃懒做之人在脱贫和返贫二者之间不停地循环。这是一个修补短板难以突破的怪圈，一贯如此的事在人为，无论好事与坏事。

年久失修的土坯墙上搭着同样岌岌可危的房梁和破瓦，房檐之下是发顺乱糟糟的家。客台的一侧拢着火塘，火塘中杵着几根尚未干透的柴火棒子，不见明火，冒着浓烟熏着吊在火塘上面无物可装的几个编织袋。每个可视的角落结着蜘蛛网，蜘蛛网一层层堆积起来，挂满了火塘升起的烟尘以及蚊虫的尸体。这是一个破败的农家，或者它就不曾兴盛过。

自古破檐之下鲜有自视清洁之人，所以刚从宿醉中挺过来的发顺以及他邀来的酒友惺忪着眼，老岩打着哈欠，二黑朝着院子远远啐出一口痰，被狗吃掉。三人乃臭味相投同病相怜从而惺惺相惜的好友，唯一不同的是发顺在前些年忽悠回来一个少言寡语的媳妇，叫玉旺。少言寡语一定程度上我们习惯将其归类为痴傻，发顺喊——"憨婆娘！"别人也跟着喊："发顺家的！"一样的后缀："憨婆娘！"

至少发顺还有一个女人可供他呼来喝去，所以发顺更加神气一些。有理的，无理的，他都要呼来喝去。甚至于，昨夜三人大醉之后，发顺揪醒睡梦中的玉旺，为老岩和二黑表演打婆娘这个节目。绝非周瑜与黄盖，玉旺的一贯示弱和一贯隐忍，不断加重着发顺的这股男子本位的戾气。

"我婆娘！水腌菜好了没有？"发顺在客台上喝着，前一句喝给二黑和老岩听，是炫耀。后一句呵给村里人听，所以声音很大，因为村子很小。发顺的唯一长处，贫穷得善于自欺欺人并苦中作乐。基于一无所有，这算是一种乐观。

"好！"玉旺的声音从偏房传出来。玉旺的眼角还余留着昨夜发顺"表演节目"的青痕，此时玉旺正伸手朝着一个缺边少角的坛子深处抠。劣质的坛子里盛着大部分发霉的腌菜，所以希望在深处。

当然，今天发顺家有点人样的还有被请来杀猪的黑顺。黑顺是个小老头，焦瘦，干巴。因为没有一处是大的，黑顺在火塘边咕噜噜抽水烟筒的时候，三分之二的脸皮要用来蒙住烟筒口。普遍公认的，黑顺是个没有原则的杀猪匠，将杀猪视作为他的一种复仇。黑顺号称方圆十里唯一的也是最精巧的杀猪匠。

以村庄为中心的方圆十里，都是山。

二

猪还小，长了架子还没开始结膘。

猪圈失修漏雨，猪圈在雨季积蓄的泥塘入冬还未干涸。猪喜群居，落单的猪娃不好喂养。简易而又枯腐的猪圈栏才打开过半，里头的单猪便迫不及待冲出，从人的胯下钻入，从另外一个人的胯下钻出。还未结膘的猪最灵活，紧实的皮子下没有多余的脂肪累赘。前蹄短粗有力，后腿细长有力。这是起初自然给予猪觅食和逃生的造化，这只落单还未肥化的猪最大程度保持了本能，这是优势。

磨刀霍霍，还要猪活着，这是故事安排。

当然，为了敬神，准备了香纸，渍渍，充满了仪式感地宰杀一头猪。这里，是万物有灵的南高原。另外，还准备了茶叶，糯米和酒水。玉旺寡言但不呆巴，不忘习俗，要为一头猪超度亡魂。杀猪的人要下地，死了的猪要升天。

虎视眈眈，这里的虎视眈眈是相对的。发顺一干虎视眈眈盯着出圈的猪，院里的猪也虎视眈眈盯着围着它的一干人。人与猪的对峙，人为了吃肉，以便下酒，猪也察觉到不怀好意的人。人走近，猪退。人走进，猪后退。猪屁股擦到墙根的时候已退无可退，所以猪哼哼，从低沉转向慌张的激昂。单枪匹马的猪，人多势众的人，局势足够明朗。

杀心已定的糙汉眼中的猪，只不过是暂时会挣扎几下的肉。

发顺张着蛇皮袋，准备套住猪头。

二黑备着结好扣子的绳索。

老岩在大醉中夸下海口，从黑顺手中夺权。持着尖刀，今天他做凶手。

被夺权之后的黑顺站在一边，口授着杀猪的经验。不过，似乎现在没人听他的。

所以猪哼哼，有时候猪哼哼比人哼哼好听。比如现在，猪哼哼得就比较有内涵。说明一个重要的问题，此猪非彼猪，因为它还未见刀眼却先红。红眼之兽类并非善类，绝非漫不经心听天由命之辈。当然，这句话是从人那儿得来的经验，人本兽类，人如此，猪尤如此。

所以猪哼哼，低着头寻着地，两只前蹄刨着光滑的水泥地。发顺张好蛇皮口袋顺势往猪头套去，猪一惊，后撤两步，发顺首套猪头的动作落空，收不住力的发顺往地面上摔了个嘴啃泥："奶奶个奶嘴！"顺便吮了吮嘴唇擦破流出的血，往墙角远远地啐出一口带血的痰，爬起来往掌心啐两口唾沫，搓了搓拍拍屁股。后退两步的猪摇摇晃晃的屁股抵近二黑，二黑顺势一把揪住猪的尾巴，往上提。猪尾巴往上提，后退悬空使不上力气。所以猪嗷嗷，前蹄往前刨，二黑跟着猪屁股后边提着猪尾巴跑："快点来帮忙，别看猪小，特别有力道！"

老岩放下尖刀，揪住猪耳朵。

发顺作势捉住猪的右前蹄，想用绳索将右蹄和左蹄捆牢。

黑顺站在案桌上吆喝："推过来，推猪过来，我抓住猪鬃把它提上来！"黑顺口中所谓的"提"不过是基于他半生屠猪所积攒下来的一刀毙命人人皆知的口风。也正因为这样，没人质疑，包括揪耳和提尾巴往上拽的。

这是一场人多势众的必胜之仗，所以猪嗷嗷，声音有些嘶哑和绝望。人往案桌攒，猪往案桌边上靠。

推至案桌下的猪嗷嗷，众人齐心协力："一……二……"

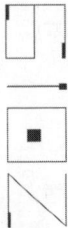

绝不是黑顺的功劳，猪被抬上一米多高的案桌之上侧躺着，二黑放下紧揪的猪尾，双手钳住猪朝上的右腿，用力别着。黑大爹向下一压，用身子按住猪的腹背："老岩，你掐准猪大腿的酸筋，让它使不上力气。发顺，你别提猪耳朵了，快去拿绳子来捆住猪嘴。"被众人控制在案板上的猪还在案板上嗷嗷乱叫，悬空在案板之外的激烈地摇头晃脑，咧着沾满腥气白沫子的猪嘴嘶嚎。每一声悠长嘶嚎声的起来到落下，都伴着以身压猪的黑大爹在猪腹背处上下起伏："老岩你快拿刀……发顺赶紧捆住猪嘴，然后提着猪耳朵！"

所以猪的嘶嚎持续不了多长时间就变成了憋而不通畅的呜呜声，因为它的嘴很快就被发顺捆牢扎紧。

完全受制待宰的猪此时唯一能用作防卫的部位只剩下眼睛，它侧躺着。朝上的眼睛恶狠狠地看着朝它身上忙得团团转的人。从猪的视角里，最先看见捆嘴巴的发顺这会紧紧扯着它的耳朵，手指紧紧地扣着耳朵上钉着的蓝色号牌，余光向后方扫见俯在它身上焦瘦的黑顺。它还感觉到后腿受制，无奈猪脖子上只有一条筋，无法大幅度转过头来看见别住猪后腿的二黑。

你见过绝望吗？关于一头猪。

案桌上的猪突然停止了激烈的挣扎，鼻子出声，呜呜着。

黑顺："都好好摁紧啰！这畜生开始蓄力了！"

黑顺："尖刀已经够锋利了，老岩你快点……"

如果这会再从猪的视角看，那个持着尖刀走近的猥琐男人就是老岩。老岩终得偿所愿，昨夜醉酒之后夸下杀猪的海口今日得以实现。没酒作胆，酒醒的老岩可没有那么勇敢，颤颤巍巍持着尖刀，无从下手。

黑顺："狗鸡巴日呢！愣着干吗！快点过来捅，我们摁不住了。"

老岩："要从哪里杀进去嘛？没杀过。"

随着案桌上的猪又开始发力，别着猪后腿的二黑有些别不住了："没有杀过猪，昨晚上灌了几口麻栗果（自烤酒）你吹什么牛逼！快点来杀进去！"

老岩："……"

趴在猪腹背的黑顺在猪的喘息声中起伏："从脖子往左下方深深地戳进去，干穿它的心。狗鸡巴日呢，干穿它的心！"

战战兢兢持着尖刀的老岩右手放低刀尖，伸出左手试探性地指了指猪脖子的部位："要从这里扎进去？"

"是嘞！是咧！猪嗓进，扎猪心。要扎猪心，要从猪嗓进！"

"使点大劲，千万杀准一点，不然血喷你一脸。"黑顺匍匐在猪身上传授着有关杀猪的经验，猪又开始挣扎，他有些不耐烦。

找准了一刀致命的部位，老岩右手握紧刀把，蓄力准备往里面捅。发顺揪紧耳朵好让老岩的左手端起猪头。发顺媳妇也端着接猪血的盆，盆里放了少许的水和盐巴。尖刀在猪脖子处比画寻找最佳的下刀口，最终抵在猪正嗓处。"那我就杀进去了！"老岩在地上搓了搓破拖鞋的底，双脚踩实，握紧刀把，抵进。

猪也感受到了尖刀一点点地正往肉里扎，它开始奋命挣扎。呜呜呜，嘴被捆牢，头端在老岩左手上。"那我杀进去了！"托在手上的猪头挣扎得越来越厉害。

"废话多！你倒是快杀呀，按不住了！"二黑别住猪后腿的手有些疲软。猪在发力做最后的奋命一搏。

发顺："杀准点，我家没存款。"（南高原的传统，有经验的杀猪匠能一次性放空猪心室的血。而心室的血放不空，吉利的说法，腹心血越多，主人的存款越多。）

"等等等，先用刀背敲三下前蹄再杀进去。"黑顺急忙阻止着，还有工序没做完。

蓄力待杀的老岩收回力气，照做。黑顺的话是不可违抗的权威，至少在杀猪上，是这样的。案桌上的猪挣扎得越来越激烈，这是垂死的挣扎。焦瘦的黑顺几乎全身的重量压在猪的身上。

老岩第一敲，猪看见尖利的屠刀，挣扎。

老岩第二敲，猪看见老岩紧握的刀把，是放血槽，全力挣扎。

老岩的第三敲，还没来得及落下，猪还在奋命挣扎。

是的，最终第三下没落下，因为腐朽失修的案桌率先散架。案板和猪，以及俯在猪上的黑顺的重量率先落在二黑的脚背上。

的确有些意料之外。"嘭……啊……"这是案板落在二黑脚背上以及二黑吃痛的声音，前者带着腐气，后者带着劣气。

二黑受痛而放开别住的猪后腿。这是猪的机会，猪健壮有力的后腿接地从而受力弹地而起："嗷嗷嗷！啊啊啊！"猪在嗷，人在啊，惊慌失措，人比猪还要惊慌。因为压在猪背上的黑顺跟着案板落下，又被惊慌的猪驮起。黑顺在猪背上，越惊慌，他反而越抓紧猪鬃。因身载负荷，猪急切想要甩脱，所以猪嗷嗷，挣断了前蹄的捆绑，弹地而起后又跃身疾行。疾行的距离很短，止于院墙。猪急停，黑顺这把老骨头在惯性和重力的双重作用下，摔在地上。嘭！尘土飞扬，像极了一口痰落在尘土上。

猪嗷嗷，红着眼，在院墙下扛着脖子，呼呼喘气刨着蹄。

"哎哟哟，哎哟哟！"蜷在地上的黑顺揉搓着纤细干巴的小脚杆，"哎哟哟，手疼！"转而又拍了拍头顶上的尘土，"哎哟哟，好像是屁股疼，不，腰杆也疼。"

黑顺的这种疼法多少有些不够具体，锈迹斑斑的老部件坠落而抖落下来的些许锈迹，只不过锈迹之中包裹的是一副老骨头。或者这种疼法在于一个精于一刀毙命的老屠夫在案桌上放跑了一头猪，这种疼法叫作失魄，也可以叫作一个屠夫的晚节不保。

"哎哟哟，哎哟哟！"黑顺仍旧蜷在地上，想等人来将他搀扶起来。他将这个视作台阶，杀猪匠最后的稻草。尽管他完全可以自己起来，尽管不会有人去扶他。

受伤最严重的是二黑，百斤的重量砸在脚背上。不过他的疼痛不像黑顺那样广泛，就是单纯的脚受伤了，脚疼。抱着开始发肿的脚一点点挪坐在客台上，两只手紧紧捏住脚杆子，不让血液往患处淌。这种砸伤，起初的疼痛在于麻木，疼过极限以后的一种自我保护。发顺一言不发，咬着牙。发顺媳妇想去管他，又不敢。

自家杀猪，不但猪没杀死，还伤了人。发顺自然火冒三丈："马咧个逼！老子今天一斧头劈死你个畜生！"疾步进屋寻找斧头。可是家里没有斧头，转而找榔头，可是也没有榔头。匹夫之怒是最为廉价的，发顺即匹夫，对现实最无力的那种，所以他掀翻了屋内的桌子。

发顺媳妇走进去收拾残局，发顺骂骂咧咧又走出屋来

"黑顺大爹你有经验，接下来咋整嘛？猪都放脱了。"发顺阿谀。

此时的猪在院墙角，喘息着红着眼瞪着人，一并还有鸡飞，狗吠。是在跟人示威，或者这头猪在想亡命之法，反正红眼的猪即是兽类，不再是家畜。

"现在可不好办了，案桌散了，按猪的人也受伤了。"被玉旺搀扶起来的黑顺坐在客台上咕噜噜。

"都怪老岩，都说要用刀背敲三下猪蹄才可以杀进去。年轻的后生啊，气盛！"这是黑顺即时总结出来的失败原因，第一是推卸，第二还是推卸。他是方圆十里最好的杀猪匠。

老岩蹲着一言不发，双手捏着受伤的脚，痛而且失神。他没想到一头猪求生的时候所爆发出来的力量是那么猛烈。一言不发，蹲着，像个过失杀人的悔罪者。尽管他杀的是猪，尽管他杀的猪现在还活蹦乱跳的。

发顺急速升起的怒气也急速地退去，显然，他不具备积蓄怒气转化为勇气的能力。不得不再走到黑顺跟前阿谀："黑顺大爹，你经验丰富，你肯定有办法把这畜生杀掉！"

"办法也不是没有，就是腰杆有些疼！"黑顺唏嘘着，用有点疼的手掌扶着全无大碍的瘦腰杆。

"黑顺大爹，这样吧！先把猪杀了，你提着猪腰子回去补一补腰杆。"发顺赔着笑脸。

"杀是可以杀，就是没人按猪。匹子猪架子大，瘦肉多，力气最大。"黑顺关于猪腰子的目的达成，但是还另有盘算。

"猪下水你提着回去吧！我家不吃那臭玩意！"发顺再说。

"要不，在村里再请几个人帮忙按猪吧？"玉旺怯怯说道。

"边去，男人的事女人别插嘴。"发顺瞪了玉旺一眼，"多请一个人来按猪，就得多一张嘴。"唯有玉旺还悸于发顺的余威，退去。发顺的盘算丝毫不顾及一旁的二黑和老岩这两张他盘算在内的嘴。二黑和老岩心不在焉，反正认了真理，今天待在发顺家有肉吃。

"要不直接用榔头直接砸吧！就像杀牛一样，先砸晕了再杀。"老岩回过神来。

"或者，干脆在猪身上泼水，然后拉电线电死它。"坐在客台上的二黑稍有恢复，"对，用电，直接电死这狗日的畜生。"二黑欲报砸脚之仇。

虽然同样地要猪的命，不过现在讨论出来的方式已变成了几个人对一

头猪的行刑。一旁默不作声的玉旺悄悄收起准备好的香纸和茶米。

"那就直接电吧！省事。"黑顺决定。

"那就直接电吧！电死它。"发顺附和着黑顺。实际上，发顺家也找不出一把斧头或者榔头。

杀猪的过程中途歇了半个小时，现在又继续。二黑的脚受伤了，没法参加杀猪了。疼得没有人样，因而没有坐相地瘫在客台上。脚背发肿不过没有伤及骨头，在玉旺打来半盏劣质白酒之后，自顾自地开始揉脚。老岩打趣："二黑，不杀猪你还待在这干吗？回去吧！"

二黑咧着嘴："我要等着吃肉。"再补充，"我要吃猪鸡巴！"

发顺："杀母猪，吃个鸡巴！"

老岩借机："对，你吃个鸡巴的猪鸡巴。"

二黑极力反驳："就是等着吃猪鸡巴。"

三人建立在互相需要的友谊从未牢靠。

"叫个鸡巴！猪鸡巴没有就吃猪逼嘛！小母猪逼。"黑顺结束三人无聊的叫战。

这次是黑顺拿刀，老岩提溜着水桶握着瓢准备往猪身上浇水。发顺扯来电线，零火分开各自拴在长杆子上。

院墙角的猪继续与人对峙，从案板上侥幸逃生的猪草木皆兵。三人走近，猪先是后退然后向前冲向三人。猪向前冲，人往一侧避让。老岩瓢里的水泼过来，猪向前一跃。水再泼来，猪嗷嗷着再次朝着人这边冲过来。一桶水泼完，战意十足的猪也被全身浇湿。

"发顺，快电他，快电死狗日的！"挥着空瓢的老岩喊。

老岩喊："发顺电。"发顺持着两根拴了电线的杆子朝满是防备的猪身边试探："那我电了！黑顺大爹准备杀！"

左手零线，右手火线，杆子朝着湿漉漉的猪身上一次一次地试探。猪还在跃跑，最终被三人围在角落。接下来就是零线和火线相碰产生的电流在猪的身上贯穿，猪就晕了。黑顺的尖刀再杀进去，猪就彻底死透了。当然，这只是预想。

即使猪再一次身处绝境，但猪还得活着。这也是故事的安排，据村子的扶贫干部李发康回忆，这一年的村子杀猪，真的有一头猪在零线火线之下顺利完成逃亡。

所以，我讲的，还真的是真事。

零线和火线即将在湿漉漉的猪身上相碰的时候，门口来人了。来人正是扶贫驻村干部李发康，发顺家是他的重点挂钩对象。"砰砰砰！"李发康的敲门声急促，一边敲门还一边叫喊。不过猪嗷嗷，听不清李发康的叫喊。

"玉旺你聋了？还不快去开门！憨婆娘！"发顺举起长杆对玉旺喊，然后又放低杆子往猪身上伸。零线碰到猪的时候猪又冲向人，火线放空。

玉旺打开大门的时候，三人还继续在狭小的院子里赶着饱含斗志的猪。大门彻底打开的时候，三人还没能把猪电翻。不过大门打开倒是一个亡命的大好时机，猪又开始奋命冲锋。首先朝着黑顺的方向，这次猪奔得更快，黑顺来不及避让，疾奔的猪钻胯而过。黑顺这把老骨头再次驮在猪背上，再次被带出，砰！又摔下。

人咿咿呀呀，猪嗷嗷哇哇，冲过黑顺的猪往敞开的大门冲去。猪来势汹汹，李发康还在门中。"书记吆住他！"话还没说全，猪便从李发康的胯下钻过，跑出发顺家。李发康个子高大，所以猪没有将他带翻。猪从李发康的背后跑出，李发康继续往发顺家院子里："发顺你这是干啥呢？这猪还杀不得啊！杀不得。"李发康来的本意就是阻止发顺杀猪的，此时猪已跑远。

"我的年猪啊！跑了。"发顺一怔，将手中拴着电线的杆子撂在湿漉漉的地上，往门口跑，追猪。冷下准备对他严厉说教的李发康在院子里黑着脸。发顺撂下杆子跑没问题，可是穿着一双破拖鞋在泼水的老岩却中了招。噼噼啪啪在湿漉漉的地上触电战栗，晕厥。所幸电路短路电闸自动关闭，捡回一命。老岩触电晕厥的过程很短，在李发康回过神之前就已经结束。李发康愕然，发顺家的院子乱作一团。这里的乱包括瘫在客台上抱脚的二黑，被猪掀翻在地还没爬起来的黑顺，在地上触电昏厥的老岩和一地弯曲打结的电线，以及早些时候散落一地的案板和桌子腿。这里比乱还乱的场景，已经上升为一个程度，是一种心境。

以辣居多的五味杂陈在此刻被打翻一地，火从即刻起，李发康却也无处发："狗日的发顺，发顺！"这是李发康参加扶贫工作首次对贫困户骂

狗日的，虽然也可以将这个狗日的看作无实意的语气词。不过李发康有这个权利骂发顺，李发康是发顺的堂家亲哥。

"发顺，发顺，狗日的发顺！"李发康在找狗日的发顺，可是发顺此时不在院子里。无人回应。此乱的始作俑者和助推者——发顺和他的猪，已经跑出家去。猪的嗷嗷亡命，发顺突突跟在后边追。

三

村子很小，猪跑起来的样子一点都不好看。

可两种情形加在一起，就成了全村的一道风景。像是一场闹剧，哦！不，是一场啼笑皆非的喜剧。

"看，奔跑中的猪和发顺是多么滑稽可笑。"作为观众的村民中有人道出实情。

可不会有人向发顺伸出援手，绝不会有。发顺十几岁开始至今，不知从何处学来的好吃懒做以及小偷小摸早已耗尽了村里人乡情的最后的耐性。偷东家的鸡鸭，撒西家的鱼塘，欺负北家的孩子，放火烧南家的菜园子，药死这家的狗，掐死那家的猫。勿以恶小而为之，发顺用了三十多年时间将这种小恶做绝，做到极致，所以发顺是将众怒惹到极致的人。帮他很容易，不帮他也很容易，人之常情。村子很小，村民也很少，这种团结的一致对外。很显然，发顺被见外了。

猪跑起来的时候，四只三寸金莲的蹄子前跃后刨，其间伴随着一个抖动的过程。肥猪抖膘，而瘦猪抖着松垮垮的肚皮和耳朵。从发顺家死里逃生的猪贯穿村庄土道，嗷嗷嗷向西亡命，发顺跟在后边气喘吁吁地追。亡命的路径途经村庄绝大部分人家的门口，村民纷纷掩住大门，顺着门缝往外瞧。猪在前面跑，跟在后面的发顺有些跌跌撞撞，边追边喷着唾沫星子："杂种，杂种！"

骂猪，也像在骂人。可是猪不回头，嗷嗷嗷向前跑。

发顺力不从心地追，边爬边嚷："杂种，憨杂种！"

村民的门缝中有人奚笑："哈哈，发顺家的猪疯了！"不过发顺听不到。此时这条村庄土道上充斥着猪的嗷嗷叫，发顺的叫骂，以及大多数亡命的过程所卷起的尘土，还有少量的猪粪。

不一会儿，猪亡命奔西的路跑到了尽头。村西边是个截断的土崖，懂得逃生的猪不笨，所以它掉头往回跑，可往回跑的路被朝后追来的发顺截住。

人与猪在土道上对峙。"哟哟哟！你倒是再跑啊！你个杂种。"截住猪的发顺嚷嚷着，灰头土脸，气喘吁吁。猪嗷嗷，向着土道的侧边往回冲，被发顺一脚蹬在拱嘴上堵回。猪嗷嗷，后退一截与发顺保持安全距离，前蹄刨地："嗷嗷嗷！"挑战发顺最后一点耐性。还是唾沫星子飞溅着，发顺臭骂的语言和唾沫星子一样散乱以及不卫生。发顺沉不住气了，弯腰抓起路边的石头和土块朝着猪所在的方向砸："杂种，老子今天把你砸死在这里！"大石头搬不动，小石头砸不准，土块一扔就碎，发顺徒劳无功累得够呛。作为一个人，在一头猪这儿屡屡挫败，用气急败坏形容发顺的现状再好不过。现在的情形似乎比自家院里还要糟糕，一人一猪的狭路相逢，猪是无畏的勇者。"莫非，这猪成精了？还是疯了？"发顺打量，胆怯起来的时候，发顺想求得支援。

"老岩、二黑、玉旺，都死哪儿去了！还不快来跟我一起把这杂种撵回去！"村子不大，但是发顺的叫喊声很大，往外喷着沫子。即使发顺不叫，玉旺，老岩以及李发康也正在赶来的路上。

"这几个杂种怎么还不来帮我！"发顺再一次叫骂，在叫骂声传出的同时发顺手中的一块石头冲向猪。叫骂声传进了猪耳，石头在猪的一侧空空落下。事与愿违，这反而又使得原本紧张的猪再次受到了惊吓。所以猪再次昂起头来朝着发顺截住的方向冲锋，受惊的猪此时多了一股子莽撞，像炮弹一样向着发顺射过来，无谓于前方有什么阻挡。

"啊！"吃痛声先于叫骂声脱口而出。发顺被射过来的猪愣头一撞，再被猪拱嘴向上一挑。砰！没有任何悬念，发顺被掀翻在地上。

"猪真的疯了，疯了！"发顺痛喊。撞翻发顺的猪没有停留，径直往回跑。发顺也迅速爬起顾不上拍一拍身上的尘土，竭力跟在猪后边追。得快点结束这一场人与猪的追逐啦，这场闹剧吸引了几乎全村的人成为观众。隔岸观火的快感在于能看到发顺这块灰头土脸。

"猪疯了！肯定是。"人们议论。"还没有见过猪疯了呢！""那你今天好好看看。"人们议论。猪还在前头嗷嗷疯跑，发顺跟着追。

"猪疯了？不会吧！"正在赶来的玉旺，黑顺和李发康一行人听到发顺的叫喊，加快脚步。

嗷嗷亡命的猪再次奔回村中央，这里是个十字路口，猪停了片刻。南边路玉旺一行人已经赶来堵上，西边有气急败坏的发顺追上来。猪要立即做出逃亡方向的决断，因为李发康和黑顺正悄悄往另外两个放空的路口上堵过去。

南边路只剩玉旺一人，玉旺结结巴巴吆猪："哟哟，啰啰，来来！啰啰，哟哟，来来来！"这种百试百灵的吆猪号子在今天宣布失效。地上无食，人慌张，这头猪在生死边缘安装了逃亡之心。

猪扭头，朝着北边的路口又开始奔袭。

堵向北边路口的人正是已经被猪掀翻两次的黑顺，黑顺自然清楚此猪的厉害，不敢再靠近向炮弹般射过来的猪。李发康喊："堵住它，堵住它！"黑顺战战兢兢靠在一侧的墙上："让它跑，让它跑，跑死它！"追猪的发顺也赶到这里："喂！狗日的黑顺，堵住他！"再次强力补充，"喂！狗日的堵住它，那边是林子，猪窜进去了就难撵了。"

形势所迫，黑顺无奈，伸手追向刚擦肩而过向北奔出两三米的猪。之后，是黑顺揪住了猪尾巴，然后猪再次将干巴的黑顺在地上拖行。尾巴负载黑顺的猪奔跑受限，停了下来。猪掉过头来看向揪着尾巴的黑顺，黑顺也看着猪。又是人与猪的对峙，黑顺率先败下阵来，黑顺松开手里揪住的尾巴，双腿微软向下曲："这猪的眼神怎么那么像一个红眼愤怒的人？"黑顺这么想的时候，猪嗷嗷张大拱嘴向着黑顺扑过来。"啊啊啊，妈咿呀！"黑顺即将成为历史上第一个葬生猪口之人，而且黑顺是个杀猪匠。可是没这样，扑上来的猪嘴并没有在黑顺身上咬合。嗷嗷扑过来的猪喷了黑顺一头一脸的腥臭沫子，黑顺蔫了，猪继续向北亡命。

李发康赶来，拉起黑顺："猪，猪呢？"

黑顺心有余悸："成精了，跑了。"李发康紧追上去。

发顺也到达："狗日的，我的猪呢？"

黑顺拉了个呻吟的长调——"成精了！"

发顺紧跟着李发康追了上去。心有余悸的黑顺继续留在路口，两条干巴纤细的小腿打着弦，瘫坐着嘟囔："再也不碰这猪了！给十副腰子也不干。"玉旺欲要扶起瘫坐地上的黑顺，黑顺有气无力："让我缓一缓！"

"你家那猪成精了，你信吗？"黑顺自言自语或者问玉旺。

"信！"玉旺回答。

"听过牛马成灵，麂子马鹿成仙，大象狗熊成圣，猫狗成神，就从没听过猪也成精的！"黑顺疑惑或者自言自语。

"猪仙人！"玉旺自言自语。

村子北边是森林，森林的最外围是退耕还林后村民栽下的松树林，往深处走，就是自然林。植被茂盛的自然林在缴枪禁猎禁伐之后，村民也只有在雨季采集山野的时候才会涉及这里。此时猪已经逃出村子窜进了树林。李发康这个不擅运动的干部在松林里跑岔了气，叉着腰呼呼大喘。发顺很快就在松树林中追上李发康，发顺丧气，灰头土脸，二人在林中呼呼大喘。喘得差不多了，憋着的话从嘴里涌出来。发顺："书记，你说这叫花子猪咋这么能跑啊？太野了，杀都杀不了，按不住。"

李发康仍大口喘着："匹子猪嘛！架子又大，皮肉又紧。"

李发康回过神来："不是，你要杀猪？狗日的，你要杀猪？谁给你的胆子，你要杀猪？"

李发康厉声，发顺即软，怯懦委委："这不是马上就要过年了嘛！杀头猪吃肉解馋，下酒。"

李发康怒："什么？狗日的，我问你为什么要杀猪？你为什么要杀了它当年猪？"

李发康再怒："狗日的发顺，老子辛辛苦苦申请来的扶贫项目，给你们建档立卡户发母猪种，是让你们养母猪生猪崽过好日子的！"

"狗日的，还想杀年猪，母猪种什么价格你没个逼数吗？"

"公猪母猪还有什么种猪都还不是一样，都是猪嘛？"发顺唯唯诺诺的辩驳。

李发康有些怒不可遏将发顺一把推倒，又毫无间隙地揪着发顺脏兮兮的衣领提起来。口对着口，喷着唾沫："狗日的，不要说话，听我说。"李发康叫停发顺的反驳，喘息还没有缓过来。

林外有人言："发顺今天给李发康吃火药了。"林外有人，可谁也不敢进林中，林中是一摊浑水。

谁也记不清林中传出多少句狗日的，而狗日的均出自李发康之口。当狗日的不再传出来，就无趣，林外的人各自散去。林中，在火冒三丈的李发康臭骂之下的发顺本来就灰头土脸，而现在灰溜溜地夹着尾巴。待到二人差不多都平息下来之后："李书记，那要咋办啊！猪都进林子了。"李发康在发顺一激之下，火又起来："咋办，凉拌啊！趁这几天杀年猪，把你狗日的油炸了！"

"进林子去把猪找到，撵回来！"李发康平复怒气后。他好像又习惯了发顺这种无赖式的漫不经心。

猪穿过松林的痕迹还在，二人顺着痕迹穿过松林，往更加茂密的自然林深处钻。植被茂密的自然林里，二人很快就失去了猪亡命的痕迹。南方高原的原始森林里，头上是遮天蔽日的巨大树冠，底下是低矮而茂盛的灌木。无迹可寻后，找猪的二人自然也无处可找，无计可施。

起伏的群山和茂密的森林，二人此时所在的位置是山谷，山谷擅回音。

发顺耳朵最尖："李书记你听，有猪嗷嗷叫！"李发康细听，果然有猪在嗷嗷叫。

"猪在哪里嗷嗷叫？"

"我也不知道，猪在哪里嗷嗷叫！"

"猪真的在嗷嗷叫。"

"我也知道猪在嗷嗷叫！"

闻其声，而不见其影，这是一个有方向而没有去向的僵局。

猪确定是在嗷嗷叫，可是二人不知道往哪个方向去找。猪真的在嗷嗷叫，回声良好的山谷，猪嗷嗷的叫声来自四面八方。

四

猪嗷嗷叫的声音真的一点都不好听。尤其在无人迹的寂静山中，你能听到自己的心怦怦跳，嗷嗷的猪叫仿佛在为你的心跳敲着锣打着鼓。

找猪的二人在林中漫无目标地游走，听得见猪叫，但二人都知道觅音寻猪这个办法不可靠。二人很少话，无从下手无计可施的李发康在前面走，此时灰溜溜的发顺是他的随从。不断传来的嗷嗷叫声加重着二人各自的烦躁，就丢猪这一事件而言，二人各有烦恼。发顺短浅，但也知道自家丢了一头猪，不是死了，是跑丢了。李发康深远，他更加知道此猪对于扶贫攻坚工作的重要，丢猪事小，领导下来视察的时候没有猪，事大。他早有耳闻，县里的领导过不了多久就要下来实地考察验收扶贫工作的进展和成果。

李发康看看身后灰溜溜的发顺，心中存疑，是不是有些揠苗助长了？想了想，即刻否定。发顺是短板，短得像一艘随时可以沉没的破船，不过终还是要将其补回来。顿生同情，李发康觉得自己和发顺同病相怜。一个是破船，一个是补船的，二者兼备，破船也要扬帆。

山里的天黑得早，找猪的二人决定返回村庄，再从长计议。

"唉！"二人长叹。从林中往回赶。

返程，发顺和李发康相互确认不是虚幻，林子深处嗷嗷的猪叫声又传来，不过二人已经听得厌烦。他们并不指望从声音中分析出什么，比如，窜进森林深处的猪，上半天还是案板上待宰的家畜，下半天就在林中率领着一整个野猪群嗷嗷叫。

暮色在山中笼罩迅速，基本上等同于太阳从山尖埋头山根的速度。势单力薄的人们不敢在山中逗留，那些昼伏夜出的生物的任何响动都会被人误以为鬼在风中叫。

入夜，发顺家中，火塘旁。虽猪已亡命山野，肉荤也没能碰上，老岩和二黑依然赖在发顺家中不肯走。这里的赖，指的是老岩和二黑这两个一人吃饱全家不饿的孤家寡人，要把晚饭的希望寄托在玉旺这个善良无二的女人身上。一天中被同一个猪掀翻三次的杀猪匠黑顺也没走，本着出门不走空的原则，他等着吃顿饭。一张瘦小干巴的老脸蒙在水烟筒口咕噜噜地抽着。

发顺心中有火，但也得强压着。李发康和他一并坐在火塘边上，相互冷着脸。25瓦的白炽灯昏黄，沾满了黑乎乎的苍蝇粪便更加昏黄，灯头以上的电线挂满了残破的蜘蛛网。火塘里偶尔冒出的浓烟熏得睁不开眼。灯黄火亮，每一个人的脸都很黑。来者即是客，况且还有李发康。发顺理所应当表现出主人的热情与担当，冷冷的有气无力："婆娘，整点饭吃嘛！都干巴巴地坐着，饿着。"

李发康冷着脸不过仍故作客套："不用了，不用了！我坐会，回家吃去。"在山中追了半天猪，李发康饿了。

黑黢黢的铁锅架在同样黑黢黢的铁三脚架上，玉旺往锅里加水。发顺抱着二郎腿组织着希望对答如流的语言，因为他知道今晚必有一顿李发康的所谓说服与教育。尽管李发康数次的说服与教育都没能将他说服。发顺不是顽固分子，只不过是劣质的狗皮膏药，越扯越黏，发不出任何功效。不过一旁的李发康却组织不出来任何用来教育发顺的语言，苦口婆心的说服嘱咐是吆猪的号子。脱贫攻坚的口号喊大了，发顺听腻了。政策讲细了，又有些烦琐晦涩了。发顺这个重点扶贫挂钩对象早已耗尽了李发康的耐心。爱谁谁了！烂泥糊不上墙，但要扶的对象是个人，烂泥一样散漫的人。说不扶，但不可不扶，他是共产党领导下的人民中的一员。只希望发顺这块狗皮膏药在越扯越黏的时候，再给他一股劲，黏在墙上。

"发顺，猪跑了，咋办啊？你说说你怎么打算的？"李发康放下紧绷着的脸。

发顺："不知道！发康哥，我也不知道咋办！"

李发康："停停停，别叫我哥。我担待不起。"

发顺："跑了，就跑了吧！那畜生没准过几天就死在山上了！"

发顺绝对是李发康的冤家，再一次精准地激到李发康，李发康强压怒火："去找找吧！明天去山上找找吧！找到了就撵回来继续养。"

发顺："书记，说真的，别找了！丢了就丢了，我不心疼。"

李发康又怒了："狗日的，你不心疼，我心疼，老子千辛万苦找来的扶贫项目，你们说杀就杀？谁给的胆子？"

发顺："猪是国家的，哥……不……书记，你别生气，气大伤身。"

李发康大怒，前俯后仰，差点没一头栽火塘上。右手高高抬起，却无桌子可拍，往下啪一声拍在左手上："狗日的发顺，明天去把猪给我找回来，过些天县委领导要下来检查工作，别给老子出岔子。"

发顺蔫了下去不敢再搭话，李发康把矛头对准了黑顺、老岩和二黑："你们仨明天也跟着去找。"

黑顺一听便不干了，水烟筒里伸出嘴巴："凭啥呀？他家的猪跑了凭啥我也要去找啊！我只是个杀猪的。"

"你不来杀，猪会跑了吗？明天去找猪，不然明年的低保别想要了！"李发康严词驳斥，加以低保这个并不存在的威胁。低保是黑顺的命根。

老岩和二黑倒是漫不经心的，他们此时只关心锅里已经滚开的面条，不断往火塘里添柴火。今天院里杀猪，明天山上找猪，对于二人而言今天和明天只不过是换种方式虚度。老岩和二黑也是建档立卡户，只不过考虑二人都是孤家寡人，所以没给他俩发母猪。

有人统计，在这个世上，坏消息的传播速度和广度是好消息的一百倍。议论纷纷是一种乐趣，隔岸观火也是。丢猪的次日，那只亡命于山野之猪被重新定义名字——"建档立卡猪"。猪只是一个广泛的概念，而加了建档立卡这个前缀后，一头猪的身份就有了精确的辨识度。方圆十里朝着方圆十里之外集体讶然："昨天有胆大的人杀建档立卡猪啦！""发顺家把建档立卡猪杀了！"以讹传讹："建档立卡猪把人杀了。"关于这只建档立卡猪的新闻被众人议论纷纷的时候，发顺和李发康一行找猪的人已经在山中。他们还不知道乡野之间从芝麻到西瓜的议论，在山中寻摸着到达猪最后失去踪迹的位置。

"这么大的山里找一头猪，怎么找啊！"才走了小半天的山路，黑顺这个小老头累得不行。

"怎么找？用眼睛、鼻子、耳朵嘴巴找！"喘得最厉害的李发康上气不接下气驳道，尽管他也没有任何办法。上山之前又接到县委的电话，县委领导下来检查工作的日子提前了很多天，绝不能出任何岔子，这是死命令。

"你去这边，你去那边，他去那边。"气喘吁吁的李发康不耐烦地挥手随意指点了几个方向，几人分头行动。

还是那千篇一律百试百灵的吆猪号子："哟哟，啰啰，来来！啰啰，哟哟，来来来！"尽管这号子已对此猪不奏效，几人仍旧噘着嘴撇着声朝着各个方向走开。

一天下来还是寻不见猪的踪迹，几人累得够呛。第一天潦草返程，路上，身后的丛林深处又传出嗷嗷的猪叫。

发顺："你们听见猪叫了吗？"

李发康："记下位置，明天再找。"

黑顺："不对，你们听，不止一头猪在叫。"

接下来的几日，几人顺着声音继续往深处找。唯一的发现就是在路上不停地发现地上有猪遗留下来的粪便，可以肯定，不止一头猪。不过仍没有寻见猪的身影。

黑顺有扰乱军心之嫌："别找啦！都是野猪的粪，可能那头家猪已经被野猪咬死了！"李发康狠瞪了他一眼，黑顺不敢再言，尽管李发康也这么认为。

几人已经受够了找猪的生活，生活绝不止找猪这件事，可是目前找猪是重中之重的大事。李发康的烦恼是其他人不能理解的，这是他的认为。领导下来的日子越来越近，可是这猪迟迟不见踪影。这时李发康又接到县委的电话通知："县委领导以及部分市委领导将于三天后到该村实地检查扶贫攻坚工作的进展和成果。"放下电话的李发康心急火燎，领导要来了，可是重点挂钩扶贫对象的猪却跑了。对于他这种扎根基层的干部而言，这绝对是一件大事。事关他在领导眼中的形象，而这猪，就是他的工作态度。可再看看几个一同找猪的人，发顺倚在树根上没个正形，黑顺瘫坐在地上抽烟。老岩和二黑略好，在前头开路，不过心不在焉。

气不打一处来，虽然李发康也毫无办法。李发康再次把火撒向几人："你们四个狗日的，如果你们不杀猪，今天老子也不会在这里找猪！狗日的！"李发康真不该骂狗日的，他是干部。不过自从建档立卡猪亡命山野后，狗日的就成了他的口头禅。发顺、老岩、二黑和黑顺真是狗日的，所以李发康骂狗日的，目的在于将自己和他们区别开来。

越找，几人越垂头丧气。越是垂头丧气的时候，林中就有嗷嗷的猪叫声传出来。这是对于几个将败之人的挑衅，李发康骂着狗日的，指挥："顺着声音分头找，找到以后包抄。"这是既定的一成不变的战术，每听到猪嗷嗷叫，几人就循着声音往林中深处奔跑，每一次都徒劳放空。如此这般，打了鸡血奔跑的人，被失望之棒当头一喝。重复性徒劳无功的劳动掏空的是心力。闻其声不见其影，是心力的煎熬。宁信山中有鬼，不信山中有猪，终耗尽几人找猪的最后一丝愿望。累死啦！包括李发康在内。

歇一会吧！都找了这几天了。几人没有坐姿，没有睡姿，瘫在地上。李发康也这样，找猪的几人都一样，一样的愁眉不展，一样的气喘吁吁，一样的灰头土脸。

黑顺这个小老头最先受不住了："李书记！我真的受不了了！再折腾的话，我这把老骨头就要扔在山上了。"黑顺说的是实话，老，是经不住消耗的，"书记，低保我不要了，猪我也不找了！"这是黑顺最后的妥协。

李发康气喘吁吁，不想搭话。

老岩和二黑异口同声："不找了，不找了，爱怎样就怎样吧！"二人也受不了，宣布罢工不干。

李发康长叹："其实最不想找的是我，只是这建档立卡猪丢不得啊！过几天领导就要下来检查工作了，猪丢了应付不了！"李发康对几人讲出心声。

几人讶然，沉默。

三分钟后，发顺："书记，原来是这样啊！不找猪了，应付检查的事情重新想办法……"发顺在李发康耳边私语。

似乎有了台阶，李发康妥协："那好吧！你负责这事，我回去取钱给你！"

李发康："不找了，不找了，猪都丢了好几天了，没准饿死在山上了！"

再返程，身后的林子深处仍然有嗷嗷的猪叫声传出来。几人累了，烦了，恼了，他们就听不见了。

五

猪是没有表情的，千篇一律的耳朵和拱嘴，熟悉到陌生的老嘴老脸，使得普遍人观念里所有的猪都只有一个共同的名字——还是猪。

物竞天择是一种富有进步性的规律。人于猪而言，人的能动性略强于猪，所以猪就成了被人驯养的家畜。一贯如此的漫不经心和自我满足的怡然自得是一种要命的毛病。猪嗷嗷叫的原因不外乎饿了、发情了、又饿了、要死了这几种。因而，不到饭点村庄响起来的嗷嗷猪叫声属于外来户。发顺赶着一头猪回来的时候，距离他上次追着猪贯穿村庄已经过去数日。

再次回到最开始对猪的描述：猪不大，长了架子还没有结膘。猪走路的时候一点都不好看，尤其下坡的时候，像醉汉划拳……猪在前面走，发顺挥着一根紫茎藤兰的秆秆跟在后面，嫁鸡随鸡的玉旺跟在发顺后面。像鬼子进村，前头的猪是太君。更像溃军过境，发顺家两口子一次比一次更加灰头土脸。此猪显然已经被驯服过度，和后边跟着的人一样，气喘咻咻。

穿村而过的土道上，发顺欲弄出一些响动出来，所以他挥下一鞭抽在猪屁股上。

猪嗷嗷，向前一段小跑。发顺再抽，猪嗷嗷。

"够啦！"玉旺阻止。发顺再抽，猪再嗷嗷。

显然，让猪嗷嗷叫着穿过村子是发顺想要达到的效果，因为李发康骑着摩托车在后边跟着，这也是李发康想要的效果。

村子中央，老岩、二黑和黑顺三人在懒洋洋晒着太阳。远远看到发顺赶着猪回来，三人远远地就想撤走。几日前发顺的猪对于三人而言是肉荤，现在就是祸水。对发顺和他的猪敬而远之，是最明智之举，也才像三人应有的做法。

远远的："你们仨别走，给老子站着！"发顺喊住三人，赶着嗷嗷叫的猪过来。

黑顺："回家收衣服，要下雨了！"晴空万里，构不成逃开的理由，发顺和他的猪已经来到跟前。

发顺："猪已经找到了！"找到猪的声音并不是讲给三人听的，所以发顺大声阔嗓地将消息在村中炸开。

老岩和二黑异口同声："哇呀呀！在哪里找到这畜生的？"

发顺："在后山的野芭蕉林里面找到这畜生的！"声音继续炸。

老岩："过几天再杀的时候，一定要多请几个人来。"

发顺拍了一下老岩的头："杀个屁！建档立卡猪是留着怀崽下猪的，建档立卡猪是国家为了扶持建档立卡户脱贫的重要举措……"发顺的声音继续在村中炸开，像复读机，不，像村中宣扬政策的高音喇叭。是发顺突然觉悟了吗？李发康跟在后头。

黑顺："莫扯卵子！白猪进了一趟山就变成花腰猪了？"黑顺看出端倪，黑顺是杀猪的。

发顺："莫废话！老子撵猪过去再掀翻你！"黑顺不会质疑发顺真会这么做，欲言又止，闭口逃开。

亡命山野的猪找回来的消息传达完毕，发顺和玉旺赶着猪回家。留下三人懒洋洋地继续晒太阳继续懒洋洋地侃："黑顺，这猪真的不是跑进林子里的那只？""肯定不是嘛！品种都不同！""那发顺哪来的钱买猪？他这是要干啥？"

李发康骑着摩托从三人身边疾驰而过，给三人扑了一脸尘土，三人议论止于中途，低声谩骂："妈的！骑个摩托了不起！"李发康骑着摩托车拐了个弯进了发顺家。

发顺家再传出猪嗷嗷叫声，发顺揪着猪耳朵，李发康拿着打孔器，二人在院子里又跟猪搅作一团。此猪换彼猪的主意出自发顺，而落实自李发康，假戏做成真戏。借来的打孔器要在赶回来的猪耳朵上打孔戴上建档立卡猪特有的标识耳牌。而这标识耳牌是杀建档立卡猪的时候发顺从猪耳朵上扯下来扔在院子里的。打孔戴牌比杀猪容易，二人很快就在猪耳朵叶上装上标识牌，把猪放回猪圈里。

李发康嘱咐："明天领导下来检查工作你知道怎么说的，不要大口马牙地乱嚼。"

李发康威逼或是利诱："这次检查应付了，这猪你继续养，给你了。出了岔子谁都不好受！"

失而复得的发顺自然高兴，龇着牙咧着嘴："李书记你放心吧！你交代的话我都快背得了！支持扶贫干部工作是贫困户的义务和责任，坚决摘掉贫困帽子是每个建档立卡户应持有的想法和态度……"

"莫要在这给我耍贫嘴，明天去领导面前耍去。"说完，李发康夹上摩托车离开，为明天迎检做其他准备。此猪换彼猪的确是个好办法，李发康悬着的心得以放下。

绝无雀占鸠巢之嫌，此猪本就是为了填补空窝而来。猪圈里刚进新家的猪卸下一路奔走的躁动后，在猪圈一角挪了一个窝躺下。耳朵叶子上刚打下的孔流血不止，耳朵叶没过多的神经，微疼。只不过耳朵叶上戴了一块身份标识牌，扑棱扇呼着耳朵。猪有灵敏的嗅觉，毕竟标识牌是别猪的，还有别猪的气味。

看着李发康走远，发顺把视线转向玉旺身上来。猪失而复得确实能让发顺欣喜。发顺拉过玉旺的手，久违的，玉旺猛地缩回，发顺继续拉过来："媳妇啊！特困户的帽子好啊！上头照顾咱照顾得这么周到。"发顺点了根烟叼着，摇晃着小脑袋盘算着："这顶帽子可千万别被摘掉。"

玉旺并不懂发顺口中所谓的帽子，咿呀着从发顺手中挣逃。又有猪可喂了，玉旺要去砍芭蕉。喂猪。

六

大概很少有人会观察，猪嘴优美的举止是进食。

拱嘴寻着地，呼哧呼哧大口进食。无论是在猪食槽中还是就地而食，猪都能保证吃个精光。灵活有力的舌头伸出，舌苔上众多的凸起不过放过任何食物的残渣，一一舔舐干净。这里的美，指示一点都不浪费，也指示猪圆滚滚的肚皮是一种美。

迎检当天清晨，发顺想起李发康的嘱咐："多喂猪一些芭蕉，少喂谷糠！"最大限度地呈现猪圆滚滚的肚皮，也是一种政绩。

发顺向喂猪的玉旺歧义转达："多喂些芭蕉，多喂些谷糠。"

玉旺弱弱地嘟囔："谷糠吃多了撑！"不过嘟囔不是话。

发顺无暇细听："废话多，破事多！李书记叫怎么做，我们就怎么做！"

玉旺低下头继续咔咔剁芭蕉。

村子远，山路弯。零落不整的石块和星罗棋布的坑坑洼洼，以及大面积积蓄的尘土。轿车行驶在山路上的样子像猪走路，犹犹豫豫，前俯后仰左摇右摆。前一辆车卷起尘土，后一辆钻进尘土，最后一辆被覆满尘土。

可算是即将抵达，车在山路上蹦跶。蹦跶最高的李发康，他骑车摩托在前头带路。跟在后边蹦跶的是轿车，村民没有级别概念，车上坐着的都是大官。

随着咣当一声后，首车停在村口，咣当两声后，两辆跟车停在路边。路面上同一块凸起的石头三车无一幸免。村子，已经到达。先头赶到的李发康把摩托车停在路边，挥手示意停车。车子所到扬起的尘土，有的已经落下，有的正在落下，路面是一层厚厚的尘土。车门打开，几双油光锃亮的皮鞋插进尘土中。走一步吧！尘土即覆住皮鞋的光泽。

李发康和村民小组长刘四咧着嘴挥手相迎，一旁散落着的还有老岩、二黑，黑顺和发顺，五个人的迎接队伍是李发康能组织和拿得出手的最高迎接礼遇。尽管政令一再重申不搞排场，不过这也算不上排场，顶多是人气。

三辆车共下来六人，不包括车上的司机。走在最前面黑瘦干练的干部是县委书记唐松，唐松两侧各拥一人，左边的是副县长王冬，右边的是乡党委书记兰正义。王东挺着肚子背着手，兰正义鞠着身子跟唐松介绍情况。还有其余三人，李发康没见过。县里的？市里的？管他哪里的！

兰正义："书记，到了，这个村子就是我县我乡最偏远的贫困村了！"

唐松有着从任何角度切入工作的本领："一路上见识了！挺远挺偏的。不过越是这样的村庄越是不能放松我们的工作。"

"是是是，书记说得对！"通常而言，这是书记每一句话结束之后异口同声的回音。

兰正义引荐一旁随从的李发康："唐书记，这就是这个村子的扶贫驻村干部李发康。"

唐松伸手向李发康，李发康欣喜相迎，结结巴巴："书记好，书记好！"

唐松点点头表示会意："辛苦你了！小李。"

李发康阿谀："不辛苦，不辛苦，都是在为老百姓做事情，服务。书记比我们更辛苦！"

阿谀的话唐松很受用，仔细再瞅李发康几眼："我想起来了，五月份有一批用来给贫困户脱贫的母猪种就是你找我签发的！"

"对对对！书记那么忙还记得这种小事。"李发康继续阿谀，激动万分。

唐松："母猪种都给贫困户发下去了没？今天咱们就去看看这些猪的长势如何！"

李发康："发下去了，长得挺好的，贫困户们也很高兴。"

"那个什么，王副你带着兰正义到村子里四处转转，记得访问各个农户都缺什么，需要什么，我们党和政府能做什么。让小李给我们四个介绍情况就行。"唐松亲自点将。

唐松："小李，你今天就带着我和这三位市里的专家四处看看！"

"好好好！"李发康回应着。原来其余三位李发康不认识的人是市里来的专家，李发康心里一个激灵。善于糊弄的是专家，善于不被糊弄的也是专家，这是一次带着照妖镜的检查。

村子很小，很适合检查工作。有什么突出的工作成果很容易看见，有什么工作中的不足和缺憾也会暴露无遗。为了避免后者情况的出现，李发康还在临检之前跟各家各户打过招呼，甚至给发顺家重新买了猪来顶替。现在还把发顺，老岩，黑顺几个扶贫工作的重难点作为随从带在身边，一方面为了防止几人乱说话，第二方面就是几人始终还是李发康心头的重中之患。走访各家各户是工作方式，进村入户访问谈心是工作方法。李发康的准备工作做得充实，所以一路上带着唐松入户调查之时，唐松看到的是他想看到的，听到的是他想听到的。看到的和听到的都是唐松希望李发康交上的令他满意的答卷。

唐松勉励："小李，做得很好！党和政府就需要你这样能吃苦能做事的干部，很好，给你一个口头表扬，继续努力。"

李发康官套："唐书记过奖了，我只是做了自己应该做的！"

唐松："刚刚还说到五月份我给你签发过一批母猪种的，转悠了一圈都没看到。你带着我们去看看。"

李发康继续阿谀和官套："书记真的有心了，心系下属和老百姓，我就带你去看看。这批猪分给了八户困难户，都养得挺好的，老百姓用心，猪长势都不错，再过几个月就发情可以配种怀崽了。"村中共八户发母猪种的农户，七户集中在村东边，和发顺家隔得远远的。李发康引着唐松一行检查视线往村东边走，尽最大可能避开发顺家这个隐患。发顺，老岩和二黑几人蓬头垢面地跟在一行的最后边。唐松疑惑，指了指几人："小李，这几个老乡不必跟着，让他们回去吧！"李发康自有官套好听的解释："书记，这是发顺，这是老岩，他们都是村里脱贫攻坚的重点挂钩对象，让他们跟着学习学习，接受教育。"

发顺收到李发康的眼色："是的，是的，我们是跟着学习的。"

唐松拍了拍李发康的肩膀以示器重："哈哈！这村有你这样的驻村干部是福分，我县有你这样的干部我放心。"李发康激动万分："还得跟唐书记学习，看齐！"唐松："相互学习，我多向你学习！"

见此，发顺揪了揪一旁的二黑和老岩的衣角："向领导们学习！"几个参差不齐的口号在李发康又一个眼色中响起。排场有些激动，唐松挥手叫停："不搞形式主义，不搞这些虚的。相互学习，领导干部多向人民群众学习，为人民服务。"

用精致华丽的面子包装里子，中国人自古就擅这样，因为很少有人具备向事物内部剖析的勇气。即使唐松一眼即明这是李发康为迎检而提前准备的花哨，不过唐松秘而不宣。知而不言也是一种鼓励。

继续走，到农户家中去，各家各户都提前做好了热烈欢迎的准备。糖果瓜子和茶水："领导您到家里坐会！"同时也准备好了对答如流的台词："米饭管饱，不存在饥荒。猪肉吃腻，偶尔杀鸡。屋子修整，不漏雨也不进风。"再汇报猪的长势："母猪种好养，不挑食，长肉快。"最后是感谢："感谢党和国家的政策，市上县上乡上，然后是李发康……"如此对答如流而大相径庭的客套寒暄，首先让市里三位畜牧专家听腻了："那就带着我们去看看猪吧！""再把猪拉出来，溜一溜，看一看。"

好吧，猪被从猪圈里放了出来，在院子里嗷嗷叫。三位畜牧专家掏出手机："猪耳朵揪过来，扫一扫。"建档立卡猪耳朵上戴着的标识牌上有条码，扫一扫，猪源、品种、用途一应既全。

先后进了七户农户家，重复的访问和重复性地得到相差大不大的回答，这绝对不是此行想要的，不过是想要听到的。也重复性地扫了七头猪耳朵上的条码，数据规范记录上表。三位专家也及时做出反馈："养得好，喂得也好，不过要注意配种受孕的时候不能喂得太胖。"见专家都连连称好，唐松再拍拍李发康的肩连连称赞："好，好，小李干得不错。"顺便给予鼓励性质的暗示："等扶贫工作结束，人事不再冻结，县里会考虑给你换一个大舞台！""谢谢书记，谢谢！"李发康心中狂喜。唐松幽默："别谢我，你要谢就谢谢这些猪，养得多好啊！"

李发康见检查总算是比较圆满地对付过去了，暗自庆幸。可三位畜牧专家："那个书记，记录上显示这村有八头建档立卡猪，再看完最后一头，今天的工作圆满结束了！"

唐松："哦，还有一头。那小李再带我们去看看。"

提起最后一头猪，暗自庆幸中的李发康汗毛又起，此猪已亡命山野。带着三个畜牧专家去看一头赝品，李发康心发慌，底气全无，想法拖延："书记，那个，那个现在都快到饭点了，要不咱们先吃饭吧！"

唐松："饭就不在村里吃了，有规定。看完最后一头猪我们就回乡上吃工作餐。"

李发康仍在想方设法："哦！是啊！都到饭点了，你们都还饿着。要不我把那家的户主给你喊来当面汇报。"慌乱中故作，"来来，发顺！你来跟书记说说你家猪的长势咋样。"

又该发顺表演了，结结巴巴地把台词背上："我家的猪吃得好，睡得好，长得……也好，关键是党和政府发的猪品种好。感谢政府，感谢政策……感谢书记！"

唐松打断："那个小李，你再带我们去他家看看，大家都辛苦了。再辛苦也要把工作落到实处。"

发顺还在背，虽然没人听。李发康揪了揪发顺的衣角："快别汇报了，去你家。"李发康冷了发顺一眼，心又悬了起来，希望可以糊弄过去吧！除非专家眼瞎了。

唐松看出李发康不对劲："怎么，小李，有什么困难吗？"

李发康现在已是惊弓之鸟："没没没，只是发顺家有些远。"

一行人往发顺家赶，这次是发顺在前，他是户主，在前带路，村道中穿行。还未到发顺家，先听到有哭声，一行人脚步加快。一贯没心没肺的老岩和二黑赶上前头的发顺："怎么了？你婆娘哭哇哇的，你家死人了？"发顺黑着脸驳："你家才人死了，你全家都死了！"

李发康也冷着脸："别废话，回去就知道了。"转回头冷脸转热："唐书记，就到了，就到。"

发顺家，为了迎检而拾掇一番后，破败之中能见一丝整洁。院子里悬晒着床黑黢黢的棉絮，棉絮下边是一农家妇女抱头瘫地而悲泣，呜呜然，咿咿呀，此人正是发顺婆娘玉旺。有客登门，而家中有人在哭号，发顺自然不开心。发顺黑着脸上前伸出脚尖碰了碰瘫在地上哭号的玉旺："咋个了嘛？你哭什么？"发顺语气加重，喝令，"咋了嘛？不准哭！"弯腰钳起玉旺。

玉旺露出哭脸，抽噎着："猪，猪……那猪……不动了……死了……"

"啊！死婆娘，好好的猪怎么就死了。"发顺愤，用力摇晃着抽泣的玉旺。

玉旺继续抽噎，有些颤抖："不动了……就……死了……"

发顺愤而挥手欲打："死婆娘，喂个猪都干不好。"手挥在半空被李发康制住："发顺，你要干什么？再犯浑。"

作为旁观的唐松几人在边上看着院里搅作的人，唐松厉声："小李，怎么回事？"

李发康吞吞吐吐："她说，她家的猪……死了？"

唐松的脸转黑："什么时候，怎么死的？猪在哪？让专家看看怎么死的！"唐松示意一旁的专家去看看情况。

几人径直走向猪圈，留着发顺和玉旺两口子坐在客台上，发顺挠着头，玉旺继续抽噎。比房屋还要破败的猪圈里，猪躺在角落里。畜牧专家进猪圈当机立断："这猪还没死嘛！"专家用手捅了捅猪，猪哼哼："猪还没死嘛！"躺在地上的猪无视一旁的人，顶着圆滚滚的肚皮，睡着，不动，像死了。专家转身看向猪圈内的猪食槽干干净净："今天都给猪喂了什么？"发顺在院子里有气无力地回答："就是芭蕉和谷糠嘛！""那应该没事，就是这猪吃撑了！""早上喂了多少猪食？"发顺回答："喂了不少呢，这猪能吃得很。"

猪没死，只是吃撑了不想动。猪圈外的李发康长舒一口气，教育发顺："以后一定要注意了，引以为戒，科学饲养。"

畜牧专家继续在猪身上比画打量："不对，这猪有问题。"

李发康："有什么不对的，你扫一扫耳朵上的标识牌嘛，会有什么问题嘛！"

猪圈里的畜牧专家被李发康一驳："标识牌是对的，可这猪不对。品种不对，而且这头小母猪被劁过，根本不是母猪种。"

李发康勉力地一副宁死不屈："怎么可能嘛！会不会是……搞错了。"

专家依据有理："劁猪的刀口都还在，况且这猪是小耳种，跟建档立卡猪不是一个品种。"

被专家当场戳穿，李发康支支吾吾，无语应答。一直在旁观的唐松感觉被糊弄了，而且是不能罔视的糊弄，厉声喝道："李发康，你给我过来。"

"怎么回事？"

"就是这猪，不是那个猪。"前言不接后语。

"到底这猪是什么猪？"

"唐书记，就是这猪，它不是原来的猪。"

"那原来的猪呢？"

"原来的猪原来也在这圈里……后来不在了……这猪才来了。"

"原来的猪哪儿去了？"

"原来的猪丢了，找不到了！"助攻，发顺瘫在客台上说。

"好好的猪怎么就丢了呢！"

"就是我们杀猪，猪挣逃，猪跑我们追，我们追猪跑，然后就丢了。"再助攻，发顺瘫在客台上。

"啊，你们杀猪，你们竟敢杀这猪？"唐松吃惊，"那猪呢，猪在哪里？"

"猪在山上。"

"猪怎么会在山上呢？"

"因为猪跑到了山上。"

唐松和李发康院中的对话，再加之发顺的助攻，一场杀猪，追猪，此猪换彼猪的闹剧呈现在人们面前。此时另一行人马，副县长王忠和乡长兰正义闻声赶来。进门，唐松对李发康的批评教育立即转向了一脸疑惑的乡长兰正义身上："小兰，这种弄虚作假的面子工程一定要严厉批评及时处理，该处分的处分，不能手软。"一脸疑惑的乡长兰正义受到迎头呵责更加疑惑："唐书记，怎么了？出什么问题了吗？"唐松冷着脸厉声："怎么回事？你问问这个好干部李发康吧！"李发康在一旁低着头。

唐松转身对低着头灰溜溜的李发康拍拍肩："李发康同志，好自为之。"

"王副，看来这个脱贫攻坚的工作形势严峻得很啊！走，回县里。"

村口的车子再次启动，在山路上蹦跶而回。乡长兰正义的车还留守，兰正义还要留在这处理问题，问题即指李发康。

还是发顺家中的院子，发顺冷着脸，李发康黑着脸，兰正义的脸更黑。玉旺不再抽泣，因为所有的人都黑着脸。老岩和二黑潜伏在门外，对于他们而言，门内任何事都是热闹。

兰正义："发康，说说吧！怎么回事。"

李发康："乡长，我也没办法啊！建档立卡猪丢了，为了迎检我才换猪的。"

兰正义："好端端的猪怎么就丢了呢？"

李发康："发顺他们杀猪，猪挣脱了跑进了山里。"

发顺抬起头："这个我可以证明，猪是我们杀的，跟发康没有关系。"

兰正义勃然大怒："闭嘴，没问你！"

发顺吃瘪，低下头继续挠头发，灰溜溜夹着尾巴。

兰正义："发康，那说说接下来你打算怎么办啊！"

李发康支支吾吾地憋出一句："我也不知道。"

兰正义："你这也算情有可原，关键是这事情办出马脚了。不处理你是不行了，惊动唐书记了。这样，处理你的事过几天再说，先把猪找回来。"

李发康委屈巴巴："这猪贼得很，找过了，找不到。"

兰正义："猪找回来，是工作的失误。猪找不回来，就是工作的错误，你自己看着办。"

停在村口的最后一辆车也启动蹦跶着开走了，村子恢复如常。换个方式形容吧：刚刚打完一场必败之仗的溃兵收获更大的败果，进而使得自身陷入更加窘迫的局面。李发康和发顺坐在院子石头上，现在的李发康跟发顺一样了，一样的灰头土脸，一样的右手挠着头，左手掐着烟屁股。

猪还没死就意味着玉旺又有事可做了，在院角咔咔剁着芭蕉。

老岩和二黑适时摸了进来。绝大部分时候，发顺、老岩和二黑是一体的，都是热闹的一部分。

"猪回来，是失误。猪不回来，是错误。"这句话是两个极端的结合，朝着李发康重压而下。李发康深知失误和错误的最终定性，没有什么本质的差别。

"要不，明天我们再去山上找找那猪！"李发康说，语气略软，带着恳求。

"找什么找，猪不是在猪圈里吗？"丢了一头猪又重新得到一头猪，

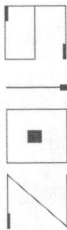

发顺自然没有什么损失，他盘算着，发硬地拒绝着。

尽管气大伤身不好，不过发顺总能屡次成功挑起李发康的火。不要试图去点燃任何人心中的火把，引火自焚的人不在少数。李发康迅速被激起怒气，朝着发顺咆哮："憨杂种，要不是你们造作，会有现在这么多事吗？"发顺被李发康揪着衣领提起来，再推倒在地。李发康继续咆哮："憨杂种，一群憨杂种！社会好，政策好，好好过日子还不好？"

遇硬则软，发顺被推倒在地后就索性不起来，这是他的自保方式。任由李发康燃着怒火咆哮发泄。而一旁附和的老岩和二黑显得更为明智，躲着，不敢上前沾染怒火。不料李发康放过赖在地上的发顺，转而捏着拳头走向二人。二人赔着笑脸："李书记别这样，别这样！"二人磕碜地后退："别这样，这样不好，不好。"李发康继续逼近，二人退到墙根再无退处的时候妥协："好好好，我们错了，错了！明天继续上山找猪，找猪！"

李发康得到想要的回答，随之软了下来："不好意思，不该跟你们动粗的！"

"没有，没有。"二人继续赔着笑脸，顺便拉起赖在地上的发顺。一对三的男人之间的对局以李发康完胜宣告结束，玉旺还在院角剁芭蕉，咔咔咔的。

七

入夜，发顺家的人各自散去。

一天之中逐级传递的怒气还没有消除，从县委书记唐松到乡长兰正义，从兰正义到驻村干部李发康，再从李发康到发顺。这种逐级传递的怒气在传递过程中不断得到积累和加重，发顺承受着这股巨大的怒气。不过发顺并不是开阔之人，他消受不了。

所以，玉旺成为这股怒气的最终承受者。

两个人的落魄家庭，发顺充当着暴君。暴君必有暴行，首先发顺得喝点酒，酒劲上头就趁着酒兴挑玉旺的毛病，以便为想要实施的暴行寻找合理的依据。一曰批评教育和指正，二曰拳头之下长记性。而玉旺最大的毛病在于一贯的示弱和一贯的隐忍，所以整日咔咔剁芭蕉喂猪成了发顺挑出的毛病。

"憨婆娘，大事不做，整日只会剁芭蕉喂猪！"发顺挑起。

剁芭蕉的玉旺受骂，无言之杠，往下剁的力度加大："嗒嗒嗒。"今夜，发顺家又不得安宁。

最先传出发顺的酒后没有条理污浊的叫骂声,叫骂声一直持续,越来越大声。其间伴随着锅碗瓢盆落地,玻璃器皿破碎的声音,玉旺隐忍不回应,发顺独角戏唱罢。紧接着就是拳头击打肉体的沉闷声,头颅撞击门板的砰砰声,且越来越大声,越来越凶狠。

邻里以及全村今夜又跟着不得安宁:"发顺又发酒疯打婆娘了!""发顺疯了,打得这么厉害,会不会打死人?"暴行愈演愈烈,从未有过地激烈,因为能清楚地听到玉旺绝望的惨叫和求饶声:"不要打了……啊……不要打了……"邻里乃至全村不由得为玉旺揪心:"去看看吧!劝劝,不然发顺这畜生真把媳妇打死。"也有异议:"别人家的家事别去掺和,别去粘到发顺。"

坐等,观望,持续的惨叫和求饶。

"嘭!……啊!……砰。"驻村未离开的李发康闻声而来,暴行止于李发康破门而入。嘭!一脚踢开门。啊!一脚踢在发顺屁股。砰!发顺在地上狗啃。发顺接着酒劲弹地而起欲反击,再次被李发康一脚蹬倒,在地上借酒耍起赖:"管得真宽,管教自己婆娘也要掺和。""砰!"又成功获取李发康一脚:"你婆娘不是人啊!怎么经得住这么打!"李发康朝着地上的发顺咆哮,"老子是干部,但也是你哥!"

李发康曲蹲一把揪起发顺的头发,厉声斥责:"你看看,你婆娘被你打成什么样子了,狗杂种!"

房间角落,玉旺倚着墙柱,脸肿着,眼青着,流着鼻血用袖子揩着。哭失了声,瑟瑟发抖抽噎着。地上散落着实施暴行的衣架,扫把和柴火棒子。

李发康指着墙角的玉旺:"打女人,一个大男人。滚过来!道歉。"

发顺赖在地上:"怎么可能跟一个女人道歉!"不容置疑,发顺话还没说完又再次获得李发康以暴制暴的一击。李发康揪着发顺的头发在地上拖行,拖到玉旺跟前,厉令:"道歉。"

发顺不得不屈服,嘴角流血,面部狰狞,朝着玉旺大声:"对不起,以后我不打你了!"这不算道歉,抽噎中的玉旺再次被狰狞的发顺刺激,浑身战栗，双手无力地向前挥舞："啊……啊……别过来，别打我……"

清官难断家务事，而现在李发康管了，最直接，以暴制暴的方式。平息好这场别人家的暴乱以后，李发康还要去村民小组长家，明天要组织全村的劳力上山找猪。

"发顺，你再打婆娘，我把你手脚卸下来。"李发康临走之前警告。发顺失了神，蔫在一边抽着烟不做回应，算是一种妥协。玉旺在另一边继续抽泣，李发康的眼睛扫过来，看到她干巴地咧嘴表示感谢。

"玉旺，这狗杂种以后还打你，你告诉我，过不下去就离婚！"听到李发康建议离婚，发顺瞪了李发康一眼。

绝不试图去赞美，只需要真实地描述。单纯地描述一个场景，从发顺家出来李发康接着奔赴下一家，从一件事奔赴另一件与上一件毫无关联的事。着重于时间，深夜，狗都不吠的深夜。基层干部扮演着一个类似于父母的角色，喋喋不休，殚精竭虑，苦口婆心以换来民众早就该具备的觉悟。基层干部的工作类似于在琐碎的河流中浮沉，这种琐碎的处理，要么细致入微，要么身败名裂。

次日，天还未亮。发顺的疯叫声又将整个村子喊得不得安宁。这种疯喊还不同以往，是沿着村道疯跑的疯喊。仔细一听发顺疯喊的内容：

"哇呀呀！李发康，我婆娘跑啦！不见啦！"

"哇呀呀，李发康，你个狗杂种，你促我婆娘跟我离婚！"

"李发康，你个憨杂种！"

发顺的疯喊一直持续到天亮，重复性的奔走叫喊以至于全村的人起来知道的第一件事情是这样的：驻村干部李发康建议玉旺和发顺离婚，从而导致了玉旺现在不知所终。

宁拆十座庙，不毁一桩婚的传统真理面前，村民一致认为发顺打婆娘是自家的小事小恶，而李发康一举则是大恶。这是大多数人的认为，可暂且成为正确。

疯喊到天明的发顺终在喊累的时候静了下来，木讷，两眼无神。现在他终于是一个人了，他从未想过会一个人。不过还想推脱责任或者是博取更多的同情，有气无力地嘟囔着："狗日的李发康！"

老岩劝解："发顺，怎么了？"

发顺捏着烟屁股："狗日的李发康促玉旺和我离婚，玉旺就跑丢了。"

老岩："那你婆娘到底跑哪里了？"

发顺："昨晚那疯婆娘揩干净鼻血就往外跑，跑进了林子里，跑得太疯，我追不上她。"

二黑附和："嗯，真的狗日的李发康。"

再次将行动轨迹倒叙到起初找猪的林子来，还是一样的场景描写：村北边是森林，最外围是退耕还林后村民种下的松林，往深处走，是人迹罕至的原始森林。为什么要旧景重提呢？因为据发顺的描述，昨晚玉旺就是趁着月色跑向这个方向的，并最终音讯全无。

外围的松林中，大规模的人群聚集。昨夜发顺家的叫喊，成为今早众人的谈资。议论纷纷的众人最终统一意见："玉旺失踪的原因可归结为，由于李发康这个外人擅自插手发顺家的家事。"

乡长兰正义一大早便闻讯赶来，贫困村特困户的婆娘丢了，这是天大的事。此时兰正义正训斥着奔忙一夜的李发康："猪的问题还没解决好，现在你又弄出个丢人！太丢人了！"

李发康："发顺都快把他婆娘打死了，所以我就……"

兰正义："自己的事情都还没处理好，还有心思管别人的家事。"

旁观李发康被训斥的发顺这会又有了力气，恨恨地："兰乡长，就是他要管我教育我自己的婆娘，我婆娘才丢的。他还促我婆娘跟我离婚……"

兰正义："发顺，你给老子闭嘴。"

太阳出来，林子中的浓雾散开。村庄里的能动劳力组成的搜索队伍进入森林，本来是要找猪，现在还要找人。因为要找人，惊动了兰正义，兰正义带来的乡派出所的全体警员和消防人员。当然，还有一只警犬，以及若干只村民家中品种不纯的撵山犬。

"找猪和找人两件事碰在一起，开干！"兰正义一声令下。

山大了，再多的人也自然就少了。本来计划的地毯式搜索不奏效，所有参与此次搜寻的人员在林中铺撒开来，往森林深处找。边走边喊，这边的人喊着玉旺，那边的人学着猪叫。

"玉旺这个小女子怎么这么能跑呢！这么多人找都还找不到。"

"都快找了一天了，怎么还找不到？"

发顺，老岩和二黑又聚在一起，跟在队伍的最后面，他们三人又一样了。漫不经心。

"发顺，婆娘跑丢了，你怎么一点都不心焦？"

发顺："死了最好，这疯婆娘！"

"发顺，我劝你还是好好找，没了婆娘怎么过日子。"

发顺："那疯婆娘是李发康弄丢的，他要负责。"发顺将责任推脱得一干二净。此时李发康正带着人在林子深处找，听不到。

"发顺，你是个畜生。"李发康在心里说。

进山搜寻的队伍在山中一直搜寻到傍晚依旧是毫无头绪，唯一的收获便只是越往深处走，地上散落的猪粪越多。村民跟兰正义打趣："兰乡长，派出所该发枪了，不然这野猪又要下山祸害人了。"兰正义："莫要扯卵，找人要紧。""不过要说玉旺这小女子进山也应该走不了多远，怎么就找不到呢？"警犬在嗅了玉旺的衣服气味汪汪汪撒出数里后也在山中丧失了气味的方向，众人不禁为玉旺的安危担忧起来。

村民甲："林子里有豺狗和豹子！"

村民乙："林子里有吃人的狗熊！"

村民丙："林子里还有大黑野猪，也吃人！"

村民甲乙丙代表群众的声音，代表群众的猜测里，玉旺的死因。因为找了一天了，丝毫不见玉旺的踪迹。

兰正义中断众议论："干部留下连夜找，村民回家，今晚找不到，明天接着找。"

村民回村，山中入夜。兰正义、李发康等一众干部继续留守山中，人命关天。消防和民警打着大电筒在前，兰正义和李发康打着小手电跟在后面。山中的夜里幽冷，林中的每一丝响动都会被放大得诡异。

"嗷嗷嗷！"猪叫声在夜里响起。

"你们听，猪在嗷嗷叫！"

"果然有猪在嗷嗷叫！"

众人闻声，手电筒齐刷刷朝着嗷嗷叫声的地方照，众人朝着手电筒照到的地方奔跑。约莫半小时后，离嗷嗷的叫声越来越近。手电筒所照的灌木丛中因为反射亮起数十双小灯泡："是野猪，很多的野猪！"有人惊喊。嗯，是的！灌木丛中亮起的小灯泡正是野猪群的眼睛反射着手电筒。与野猪在夜里不期而遇，众人愕然。野猪在夜里被强光所照，怔住三秒。待野猪回过神来嗷嗷往漆黑中逃的时候，众人还在愕然中。

"还愣着干吗？追上去。"李发康喊，众人打着手电筒追上去。

森林，尤其是夜里的森林，那绝对是属于野物的领地。野猪群往山顶上窜，众人跟在后头追。野猪群至山顶，野猪群向下翻下了山梁子后不见了踪影。兰正义和李发康跟在最后，气喘吁吁跟上来。

兰正义："大半夜地跟着野猪瞎追什么？万一野猪转过头来咬人怎么整！"

李发康喘着粗气："你看见了没？野猪群里夹着一头白猪？"

兰正义："乱逼麻麻的！谁顾得上去看黑的白的？"

李发康喊住一个民警问："那你看见了没，有一头白猪？"

民警："没有，光看猪眼睛了！"

"你……唉……"李发康问不出个结果。

"野猪群里夹进了家猪，家猪还不得被咬死！"

李发康把手电夹在腋下，双手揉了揉眼睛："应该没看错啊！我就看见一头白猪夹在黑野猪中间。"李发康再揉揉眼睛，一拍脑门，"我敢肯定有一头白猪夹在里面！"李发康自我拍板，确定看见一头白猪，此猪极有可能就是发顺家跑丢的那头建档立卡猪。

"那猪呢？"兰正义打断李发康。其实众人与野猪群只不过在慌乱中照过一面而已。

山中搜寻人员在夜遇野猪群的消息成为第二天早上人们的谈资，议论纷纷的一致结论：发顺跑丢的媳妇玉旺有极大的可能已经死在了山上，根据玉旺踪迹全无以及野猪成群的事实可以正面得出悲惨的推测，玉旺死了，肉已经被野猪吃了，骨头也被嚼碎。同时也得出一致的同情和愤慨：把发顺这个畜生也丢到山上让野猪嚼碎，李发康这个多管闲事的间接杀人犯也丢到山里。

发顺在玉旺走丢次日，又伙同着老岩二黑，呼呼大醉。仿佛丢了的不是他的媳妇。呼呼大醉时坚持的醉话："玉旺，是李发康弄丢的！必须由李发康负责。"

李发康领着人在山中继续找，他走在最前面，背后是千夫所指。

一天一夜的山中引吭，留守山中一天一夜的搜寻人员累得够呛。乡长兰正义糊弄个理由一大早就回了乡上，其余搜寻人员散在地上，横着，倚着，侧躺着。玉旺山中走失，谁都没法安宁。

随着玉旺走丢的时间拖长，这支搜寻队伍的规模不断扩大。第二天，相邻的几个村的劳力加入进来。第三天，县上派来一支专业的消防队。地毯式的搜寻在玉旺走失后第三天正式形成，林中已撒出去千余人。可是在千余双眼睛之下，丝毫不见任何一丝有关玉旺的踪迹。县上每天的指示大相径庭——设法减小这事的影响。但是这事没法不大，这种类似于人间蒸发的音讯全无让这场千余人找一人的事件无边扩大，一直寂静冷清的山林在大规模的人群介入之后变得热闹又沸腾。

不断加长的失踪时间消耗着李发康的耐性，在山中坚持三天三夜的李发康灰心丧气，心里打着突，脑子发着木。眼前一黑，累晕之前仍然不屈从："活要见人，死要见尸！"如果搜寻的第一天是人和猪一起找，第二天就是单纯地找人，第三天第四天就是活要见人死要见尸。而第五天，千余人期望着在林中张大鼻孔单纯的寻找一具发臭的遗体，以告结这件费时费力的搜寻。可是没有，什么都没有。

人们认为的玉旺的死讯满天飞的时候，发顺不得不接受玉旺已死的现实。酒越喝越发酸，接受死讯就意味着不得不悲伤，发顺不敢再扯着嗓子喊一个死人疯婆娘了。

所以发顺从村子一路哭喊着上山去："狗日的李发康，你还我玉旺。"

发顺的这种哭喊来得快，去得也快。就像是走走过场，在散落着千余人的林中哭号一气后，被老岩和二黑钳下山去。把悲伤哭喊出来不一定有缓释功能，不过能博取同情，这是发顺的目的。晕倒被抬走的李发康自然而然成为发顺这个可怜之人可怜的可恨制造者，这是一致认为，不可说服。

无所谓始，也无所谓终。发顺，老岩二黑三人又继续成为一体，喝上了酒。

老岩："给玉旺立个牌位供一下吧？"

发顺又开始醉话："不弄，浪费香火。明天去告狗日的李发康。"发顺又开始盘算着。

二黑："嗯嗯，人命，赔死狗日的李发康。"

八

玉旺走丢的第十天。

县委书记唐松的办公室热闹非凡，名为接待失踪者家属，实则是发顺率领着老岩和二黑在这里赖作一团。发顺的小盘算，以一条人命为筹码，肯定能在这里吃到一些甜头。唐松冷着脸，寻找着解决之法。办公室的皮沙发上，二黑穿着污兮兮的袜子蹲在上面，老岩靠着。抽烟，吐痰。发顺跷着二郎腿，假装丧妻之痛。对，是假装。

发顺："唐书记，都是李发康弄的鬼，我要一个说法，我家媳妇死得不明不白。"

唐松冷着脸："你媳妇不是没死吗？"

发顺："那么多人找了十天都找不到，跟死了有什么区别。"

发顺继续一脸哭相："唐书记，建档立卡猪是李发康发到我家的，换猪迎检的猪也是李发康买的，我那可怜的媳妇也是因为李发康才弄丢的……"

二黑和老岩附和："是啊，是啊，我们可以做证，都是因为狗日的李发康。"

唐松好言细语："我们县里会仔细研究这个事情，尽快给你们一个满意的答复。"

发顺无赖："我们好不容易来一次县里，今天必须要一个说法，不然就不走了！"

唐松无奈，也只得继续见证三人的无耻："那说说吧！你们的意见。"

发顺愤愤："李发康促我媳妇和我离婚，我媳妇才跑丢的，一定要处理他。而且李发康买到我家迎接检查的猪，我希望政府可以帮我变成钱……以后……政府再有什么发猪崽发鸡儿的，直接帮我变成钱发给我……还有就是……我媳妇死了，政府方面多少给点赔偿……"

唐松一听发顺一口气说出一系列无理的要求，冷着脸转黑。

"啪！"一拍桌子："死了婆娘还狂了小鬼？李发康的事情我们县里会处理，你们的意见我们也会开会讨论。现在，请你们出去，我们要开会了！"唐松对三人下着逐客令，不过三人丝毫不见要走的意思。唐松无奈，打通乡长兰正义的电话愤愤："兰乡长，快来把发顺他们带回去。"转而对坐在沙发上的三人说道："你们喜欢待就待着吧！我要开会去了。"

"唐书记，唐书记！"三人看着唐松的背影。

还是唐松办公室内，二黑："发顺，你狗日的不会说话！"

发顺："要怎么说，我说的都是实话嘛！"

老岩："本来可以弄点补偿款的，现在完蛋了。"

三人又开始百无聊赖没有结果的内斗。

玉旺走丢后的搜寻工作在搜寻十二天无果后宣告结束，玉旺成为失踪人口。李发康是躺在病床上被当作问题处理的，扶贫的母猪丢了，是工作的错误。处理基层问题的时候用不当的手段造成严重的后果，这是严重的工作错误。数错加在一起，发顺成为特别严重的，可以作为其他干部引以为戒的反面典型。革去公职——当李发康听到县上给自己的处理意见的时候，李发康瞬间释然："唉！"长舒一口气，"就这样吧！"其间，发顺率领的老岩和二黑三人的无赖队伍从乡上到县上再到市里，闹遍了所有他们认为可以管到这件事情的部门。以至于从乡上到县上再到市里的各个部门都一致认为——此人，无赖。避之不及。

卸去公职之后的李发康倍感轻松，他要离开这个地方。插手别人的家事从而导致别人媳妇跑丢了，他已背负着千夫所指的罪名。解释不清，不可说服。当李发康身无一物坐上离开的客车的时候，那个消失数月音讯全无的玉旺从山里回来了。

嗯，没说错！那个跑进山林里失踪数月的玉旺，那个千余人搜寻而不见的玉旺回来了。一同和玉旺回来的还有那头所谓的建档立卡母猪种以及母猪身后跟着的一群小猪崽。母猪嗷嗷嗷，小猪呀呀呀，被玉旺赶着穿村而过。这一天，村里的人打开大门，玉旺和猪回来，像战士凯旋。

"玉旺不是死在山上了吗？怎么回来了？"

"怎么还赶着猪回来了？还有一群小猪崽子。"

"那群小猪崽是小野猪呢！"

"肯定是小野猪，大概是那母猪跑到山上跟野公猪配的种！"

"不是，玉旺不是死了吗？怎么又回来了？"问题又回到原点。

玉旺和猪继续在村中穿行，一路走，背后跟着的人越来越多，都想看一看这个失踪在林中数月的女人。

玉旺赶着猪回到家中的时候，发顺刚打包好行李，他准备到省里去上访。大门开，见玉旺进门，发顺一愣，接着一惊："啊！你他妈不是死了吗？"赶进院子里的猪嗷嗷，见玉旺不回话，发顺大声吼道："你他妈不是死了吗？怎么回来了，没死成？"玉旺的嘴嘟囔了几下，发声："李……李发康……在哪？"见玉旺回来的第一句话就是问李发康，发顺愤愤："李发康都他妈差点把你害死了，你还跟我提他？"发顺挥手欲打玉旺。

不过这次发顺失算了。"啪！"玉旺响亮的一耳光抽在发顺脸上。挨了一巴掌的发顺发着蒙捂着脸向后退却："这疯婆娘，真的疯了！"天旋地转，天旋地转，这里的天旋地转指的是发顺在捂着脸的瞬间看到门外奚笑的人群。这当然很让人没面，发顺在此时酸软，瘫在地上。世界仿佛倒置，然后变了个色。

"李……发康……"

从山中归来的玉旺变得强硬，但是依旧痴傻。不过人们改变的说法，玉旺这是淳朴的无害。玉旺吆喝着从山中带回来的猪群，沿着山路走，最终被林海淹没。

列车向东走，驶出南高原，革去职务的李发康在车上。换个环境也许是种逃离，而逃离偶尔是逃命。列车向东走，李发康的电话响，接通，乡长兰正义的声音："发康啊！误会啊！误会，发顺家媳妇回来了，建档立卡猪也回来了！"

李发康并不惊讶："回来就好，回来就好！"

兰正义："我们乡里和县上已经更正了对你的处理，你可以回来了！"

"……"电话那头李发康不作声。

兰正义接着说："发顺媳妇回来，带回来建档立卡猪，还领回来一窝野猪的杂交崽子。乡上准备在村里建立一个野猪杂交的示范基地。"

"……"李发康还是不作声。

兰正义接着说："回来吧！村里的工作需要你！"

"嘟……嘟……嘟……"电话忙音，李发康挂断电话，列车驶出高原。

"唉，累了！结束了！"李发康自言自语，倚着车窗，睡去。

九

现在，我经常在电话里喊李发康："嘿，倒霉蛋！"

他回："滚球！说人话！"

我："爸！"

他现在在沿海的某个城市的建筑工地，有时候扎钢筋，多数时候扛水泥。

我："爸，村里的野猪养殖场弄起来了！村里的人都顺利脱贫了。"

我爸李发康："那就好，现在国家政策那么好，好好过日子比什么都强！"

我接着："玉旺养殖场的每一头猪，都是我爸！"

玉旺管养殖场的每一头猪，都叫作李发康。

原载《中国作家》2019年第5期

点评

　　《猪嗷嗷叫》是一篇扶贫题材小说，是对于时代主题的正面回应。但作者进入这一主题的方式又是别出心裁的，他没有从宏大的视角正面呈现扶贫攻坚的波澜壮阔，而是从侧面入题，以四两拨千斤的方式，通过养猪脱贫、杀猪过年这样具有冲突性的矛盾结构写出扶贫攻坚现场的复杂性和难度。

　　小说分层次描写了扶贫对象、驻村扶贫干部、乡镇基层扶贫官员这样一个扶贫事业生态链条的关键人物。扶贫工作层层压实，传递到扶贫对象这里，就变成了养猪任务，然而这看似享受政策红利，并没有什么难度的任务，却与发顺等扶贫对象的文化观念产生了剧烈冲突。在扶贫工作中，猪并不完全等同于个人饲养的私有财产，它肩负脱贫攻坚重任，它是脱贫奔小康的希望，因此，并不能把它作为年猪随意杀掉一饱口福。但在发顺等扶贫对象这里，显然没有意识到猪的这一特殊内涵，简单地把它视为私有财产而推上了屠宰台。这里体现的是扶贫政策和脱贫意识如何艰难落地生根的问题，扶贫并不是简单地给予多少物质援助，更重要的是从根本上摆脱旧有思维，从本体上具备脱贫主动性和行动力，显然发顺、老岩、二黑等人没有这样的思想认识，这是脱贫攻坚的深层难度之所在。

李发康作为驻村扶贫干部，是扶贫工作的关键角色之一。他的积极作为代表了这个群体光亮的一面。尽管，弄虚作假的主意源自发顺，但在巨大的压力面前，李发康还是做了帮凶，这体现出驻村扶贫干部所面临的巨大压力。

小说极为巧妙地呈现了脱贫攻坚的一个现实场景，具有很强的现实感，同时也写出了扶贫工作的复杂性和难度。扶贫是一个系统性工作，扶贫先扶智，在具体的政策和举措之外，需要统一思想，需要有深层共识。山村的贫困落后根源在于思想认知的落伍和保守，要从根本上改变思想问题，才能让扶贫政策更好地落地生根。

小说语言诙谐幽默，有天然去雕饰的轻盈之感，尤其是对于杀猪细节的描写，生趣盎然，极具画面感，既写出了猪的心理，也写出了人的心理，展现了山村乡野的自然之风。作为一个年轻作者，对于时代命题的关注和回应，以及处理这种重大题材的能力，让人对这一代写作者充满更大的期待。

（崔庆蕾）

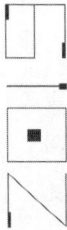

马腹村的事/

/吕　翼

一

　　泽林的脑壳开始疼。有时是一个点，像野蜂叮螫；有时是一片，如某人一巴掌扇来。有时在皮层，有时又像是在神经里。这疼没有规律，有时是一片云，不知不觉飘来，又不知不觉飘去。有时却像是乌云暴雨，瞬间扑来，疼痛难忍。那疼，很狡猾，和他打游击战呢。抠前边，却跑到了后边。抠上边，却钻到了下边。抠外边，却突然又窜进里面。泽林把手掌叉开，将头发捋住，掌心里就握了一簇。往上提，再往上提，疼痛就减轻了。可像这样，头发容易掉，捋一次，掌心里就是一小把。本来头发就不多，估计要不了多久，就会秃成光头强了。他有点儿心疼。

　　泽林刚驻村时，眼睛花，是因为在单位上看图多，查资料多，写文件多。大自然养眼得很，过不了几天，居然就正常了。看山，山青。看水，水秀。看人，一个个憨态十足。也不是憨态，是诚恳。金沙江边嘛，山高坡陡，交通不便，与外面交往少些。交往少，就不容易学坏。泽林说话，村民望着他笑。泽林吃饭，村民双手给他递碗添饭。泽林进村，总有人给他带路打狗。马腹村村民，不是那种搅家精，不是某些人说的刁民，不是那种当面一套背后一套的人。泽林觉得自己是来对了。原以为几十年的光阴，就那样丢了。不想居然还有这样一个机会，过过新生活。来没有多久，村里的问题出来了。有问题是好事，解决了问题，工作就往前推动了一步。泽林心里很阳光，要是基层没有问题，领导还派自己来干吗？泽林把这里的问题，理解成庄稼林里的杂草，出一苗，就拔一苗。出一苑，就挖掉一苑。

　　泽林的头疼，在下乡来之前就有了。事情处理得不顺畅，头就开始疼。反复疼，换着地点疼，疼多了，发就掉。泽林不服老，自己哪就老了？奔波几十年，很少有时间静下来思考人生，很少想到自己的年龄。突然有一天，看到镜子里繁乱的头发里，居然有那么几根，白白地夹杂在黑发里，很刺眼，像是规规矩矩的人群里，挤进来几个坏人，不舒服，拔掉。过三四天，又冒出来。于是再拔。于是再长。如此反复，他一留心，才觉得自己年龄还真不小了。再过两年，就要过五十的坎，便伤感青春的不再。头疼的次数，明显增多。早上洗完脸，泽林抓起梳子梳头，嘿，梳齿往头皮上一过，舒服，头疼居然减轻。再梳，不疼了。这是把牛角梳，也记不得是哪一年，泽林在西双版纳的佤族山寨买回的。他送妻子季老师，季老师梳了两次，嫌笨，不大用。泽林就揣在衣兜里，只要没事，就掏出来梳几下。还行，要不了几下，那头痛就被梳理得服服帖帖，不在了。

驻村扶贫前，泽林向季老师申请："你用过的，我带在身边，天天梳，就感觉到你在脑壳边晃荡了。"

"就当我在给你挠痒痒。"季老师说话做事都很实在，"男人寿命大多比女人短，就是因为梳头少。天天梳啊！"

泽林来马腹村当扶贫队长，转眼就一年多了。这马腹村，挂在高高的山腰上，远远看去，零星的房舍，细小得像长袍上的纽扣。从位置上看，要是打起仗来，绝对是兵家必争之地，易守难攻。但在这和平年代，行路难，饮水难，做产业难，世世代代住这里的老百姓，日子就过得煎熬。泽林原本考虑的是整体搬迁，但刚一提起，几个本地村干部就将头摇得像拨浪鼓。理由是这里气候好，物产好，种植和养殖都很好办，只要公路一通，要脱贫就像扔一件破袄。后来，泽林才知道，还有一个更深层的原因，马腹村人认为，他们每家都有灵筒，灵筒里住有祖先的灵魂，只能供好，不能搬走。村子搬空了，以后自己的灵魂回来，找不到归宿。泽林问村主任木惹是不是有这回事。木惹没有正面回答，只说老人有老人的想法，年轻人有年轻人的梦想，各人的理解不一样。不搬就做不搬的打算，通过泽林多方争取，投资近千万的出山公路，眼下总算完成。这当然得力于泽林所在的单位，省住建局。这不，一大早，太阳刚从山垭口冒出来，拉百货的车，拉客人的车，图个新鲜来试路的车，就从县城开来了。男男女女、老老小小全都挤到村口，整个马腹村像锅涨油，热辣辣的，比讨亲嫁女还热闹呢。木惹激动得自己掏钱，抬了两箱鞭炮来放。放就放嘛，路通了不是件小事，庆祝一下没啥不可以的，只要不大操大办，不铺张浪费。泽林不是那种骄傲的人，也不是爱面子的人。工作这些年，操办过的活，比这大的，多了。眼下呢，要干的事，也还不少。嘿，让他们高兴吧！泽林笑一下，长长地舒了口气，回屋。

头隐隐有些不舒服，估计是昨夜睡得晚的原因。泽林拿过梳子，开始梳头。手重了些，生疼。泽林咧咧嘴，摁了摁头皮，倒在床上。靠着叠起的被子，四肢有了放处，舒服了些。绕开疼处，继续梳头，这种感觉还算惬意。他眯上眼，眼前若有若无地飘来一些面孔：老婆，儿子，滇池里的海鸥……接着又有领导讲话的声音、文件上的白纸黑字、自己作的表态发言……

院子里突然闹嚷起来。山里人说话，口粗，像岩上滚石，咯噔咯噔，一堆扑过来。咯噔咯噔，又一堆扑过来。这也可以理解，吃的是洋芋、荞麦，喝的是苞谷酒，烤的是柴疙瘩火，不可能有江南的吴侬软语。泽林听惯了。泽林脑壳里太迷糊，不知是不是梦里，只要不是打架，他现在就不想起床。但是，说话声越来越大，脑壳里的疼也变大。他在枕头边找到梳子，从额头起，从前往后刮。一、二、三……他用力很重，外面的疼强烈起来，里面的疼就弱了下去。

头皮的真疼，让他知道外面的闹，是真的了。泽林住在三楼，立马蹿起，凑到窗边。好多人呢，男人披着披毡，女人穿得花花绿绿，牵成一线，有条不紊地朝村委会走来。其中有一簇人，挤去挤来，抬着个啥，好像有些沉。

麻烦。闹事了！听说在这以前，马腹村聚众闹事的不少，为一条溪水的改向要闹，为羊啃了几株庄稼要闹，为一片树影遮了阳光要闹。最近修路，占了一些村民的土地，移了部分村民的果树，一定程度上侵占了他们的利益。可补偿什么、如何补偿，都一一兑现了的，清清楚楚的啊！泽林揉了揉眼睛，还看不清。回头找到眼镜，哈口气，擦擦，戴上。越来越多的人，挤满了院子。

"木惹！木惹！"泽林喊着，迅速冲下楼。

这些人，泽林都熟悉，全是马腹村的。他们脸上洋溢着不可抑制的激情，叫，闹。见到泽林，有人吼道："来了！泽林队长来了！"

"嘭！"几个壮汉抬着什么，沉重地砸在地上。其中有两个汉子，将披毡往地上一扔，手里银光一晃，就蹿了过来。

是刀！吓人了！这些人，是要打冤家咯！

泽林脑壳又疼。他来不及梳头了。他举起双手，试图止住他们：

"整啥！你们要整啥！"

"羊……"有人说。

"羊怎么了？狼咬死了？落崖了？还是被盗了？你们就来胡闹！"

"嘿嘿，不是不是！我们是要吃羊，要吼歌，要跳舞！"

"要吃羊？回家去吃！弄到村公所来，影响不好！"

有人说："队长，你误会了！是路通了，烤只全羊感谢您！"

刀子一晃，就要下手。

逢年过节，讨亲嫁女，杀上一头牛、两只羊，抬几坛酒，款待亲友，这是金沙江边的风俗，正常。但为感谢他，就要杀羊，泽林并不买账：

"住手！"

被这一吼，众人蒙了。举刀的手没有放下，撸袖摁羊的还在用力。笑着的脸，喜色一时无法褪去，硬硬地僵住了。众人不解：这泽林队长，平日都好好的，眼下咋了？吃着火药了？

"队长，祖祖辈辈都没有干成的事，给你这一弄，就成了。杀个羊，喝碗酒，咋了？"

"买个针头线脑，不用到镇上了。卖一头猪、两筐鸡蛋，不用人背马驮了。讨亲嫁女，坐个车儿，'嘟'的一声就到了。高兴一下，咋了？"

"四乡八里出去讨生活的人，都要回来过十月年。以往鞋子都要走烂几双，现在坐车回家，灰都不沾，庆贺一下，咋了？"

还有些婆娘，盼着打工的男人，从车上一步跳下，从肩上卸下大捆的行李，吃的，穿的，脸上搽的，娃儿玩的，人情往来的，全有，多好。之前走路回来，不带东西的理由，谁都认为很充分，现在可不行的。这些天，电话里早就叮嘱过了，被叮嘱的人，也连说对。

是的，这路要修，几十年前就说过。不止一次测量过。不止一次，男女老少齐上阵，人山人海，锄头挖坏几大堆，骡马压倒一大群。不止一次，推土机在山那边拱来拱去，炸药也炸了几大堆，就是没成。岩石太硬，资金短缺，项目转移……原因多了。现在弄成了，好事。

"不是犯法。但又唱，又跳，还杀羊，还吃酒，不是形式主义？是啥？"

"这羊，肥着呢！每只至少也值千把块钱，随便就烤吃掉，不是奢靡之风，才怪！"

"脱贫工作才开始，苦荞粑才动边，就头脑糊涂，沾沾自喜，行吗？"

"要感谢吗？可以。就再干两年，把穷皮褂真甩了，到北京去感谢！"

木惹只好从人群后挤过来："队长，让大伙乐乐。不用公款，也不给村民摊派，他们自筹，自己搞搞文化活动，行不？"

"不行！要找乐，也不能吃羊！"泽林说，"生个火堆，围着跳两圈，就够了。"

很艰辛的脱贫工作，刚开个头，就自以为是，这不是泽林的做派，更不是上级允许的。他丧着脸，噘着嘴，像是谁借了他的白米，还的是粗糠。这一吆喝，人们像皮球给泄了气，像火上给浇了水，激情之火，突然熄灭。那只待毙的羊，在地上"咩咩"哀求。白光一闪，又有人挥刀而下。泽林脸都白了，伸手制止，晚了。但那羊没死，它挣扎着蹿起来，趔趄着，走到院子的角落里啃草。原来刀没有落在羊的喉咙上，而是砍断了捆绑的绳索。

泽林悬着的心落下，木惹的心也落下。木惹一挥手，村民的脚软茸茸的，不情愿地要走。

"别走。"泽林说。

别走？村民一个个满脸惊讶。这个省里来的干部，看上去文绉绉的，眼镜后面的目光，总是热乎乎的。眼下的反复无常，让人琢磨不透。

"都回来！"木惹招手，"刚才有些急，说话重了些，向大家道歉。"

道歉？这也值得道歉？村民才不在乎这个，又转身要走。

"别走。"木惹说。

村民又才聚拢过来，眼睛发热："发救济粮不是？"

"不是。"

又没闹春荒，也不是过年无米，泽林当然不会给大伙发救济粮。他是和大伙说建房的事，上面要求，年内必须建好，搬进去过年。整个村子都是土墙房，木杆串斗，茅草苫顶，而且大多都是几十年的老房子。有点儿小钱的，节衣缩食，无非就是把草顶换成瓦顶，把土墙抹上石灰。风雨大点儿，房子就有倒塌的危险。遇上地震，哪怕三级，大部分房子都得散掉。这住房，原始落后，没有保障，不安全，功能差，远远达不到眼下脱贫的要求。住房安全是重中之重，这个大伙都清楚，泽林刚一驻村，就宣传这个，耳朵都听起老茧了，谁不晓得？眼下路通了，砖头、水泥、钢筋、木材，要拉进来，还不就是一句话？人背马驮，用不着了。可修房是大事，大得不得了，花钱费米，劳心费神，谁不晓得？马腹村的人，一辈子能修一次房，就是大拇指了。买米量家底，吃饭量肚皮，有多大的能力，做多大的事。剩余的时光，吃吃酒，晒晒太阳，那才安逸呢！泽林把要求再说了一遍，都摇头，黑色的头颅，不安地晃动起来，像是调皮的孩子在耍拨浪鼓。可摇头解决不了问题。房子不是摇摇头就可以不修的，也不是摇摇头就可以修好的。

泽林不管大伙摇不摇头："勇敢的人穿虎皮，懒惰的人蹲火塘。从现在开始，动手了。年前搬新家，不准打退堂鼓！"

再交代。能细的地方，都说得很细了。比如地址的选用、基脚的深厚、墙体的规格、材料的标准，都得按要求办，不能偷工减料，不得自行扩建……山寨的人，没见过世面，得一一教，一一说，让他们懂。金沙江边的建筑，民族特色很鲜明。泽林对民居非常感兴趣，木惹曾领他看过很多地方：原始的洞穴，后来的地窝、崖棚、树巢，再到各种形状的闪片房、土掌房、权权房。那些岁月长河里留下来的东西，构成了山民的生活史。就是眼下的土墙房，功能也非常单一，还不安全。嘴巴拌干了，话说尽了，人群四散。泽林又让木惹通知村委会成员，还有自己手下的几个扶贫队员，围着火塘烤火喝茶。

柴火熊熊，热气上升，就商量出了个子丑寅卯。任务明确，工作就开始。一家一家，精准施策。跑了几天，摸到的情况是，村民都想住新房，大多都愿意。往山外的路修成功了，他们看到了曙光，对泽林这一帮扶贫队员有了好感，对村委会也有了信任。有这样那样困难、顾虑的，做了工作，说了利害，说了政策的温暖，都愿意。当然问题也不少，其中最核心的问题是要投入大量的钱。这一点，上边早考虑到了，有补助，一户好几万。不够的，还协调农村信用社，帮助贷款。木惹出来担保，各村民小组组长出来担保，依规依纪，很快，钱就打在了每家每户的卡上。

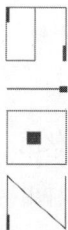

工作顺溜，心情舒畅，泽林就会在空闲时，沿着村外的路往山上走。高处，高高的乌蒙山，山连山，雾遮雾，神秘得很。低处，金沙江一江金色，河水怒吼，不停不止。往村里走，可以看看这不一样的村庄。偶尔掏出手机，照个相，留用。

二

最难的问题，还是冒出来了。问题和房子有关。这间房子，高高地矗在村头。从垭口拐进来，一进村口，就能看到它。房子土木结构，瓦顶，基脚均为石础，偶有雕刻，但相对粗糙。两层高，有些飞檐，有些翘角，有些巍峨。一看就是早年衰落的大户人家留下的。但年代久远，朽蚀严重，摇摇欲坠。瓦顶塌掉一半，剩下的一半，上面覆着枯朽多年的衰草，疯长着自由散漫的藤蔓。泽林刚下来的第二天，就来看过，知道是新中国成立前一位头人留下的。掐指一算，至少八十年以上了。

"和房主商量一下，拆了吧！"木惹建议说，"搞个村民活动场所，让大伙有个玩处。"

"拆不得。"这房真要拆了，就是暴殄天物，泽林想。

"咋？"

"是文物呢！"

"啥文物？这样破旧，看着心烦。"

泽林说："找找主人，聊聊嘛！"

说各种话的都有：

"劣马逮着耳朵驯，犟牛勒着鼻子教。这房主人，难整。"

"哪里找主人呀，也许发了财，根本就看不起这破房。"

"也许死了。"还有人说，"从他去打工以后，我就没有见到过。"

说起这事儿，木惹觉得难。木惹当了多年的村主任，大事小事经历无数，办法多，一般很少有事能难住他。可这个房的事，就难住他了。可见这事情，没有想象的那样简单。

刚下到马腹村时，泽林就到处摸底，对每家每户的情况，能倒背如流。他知道，这房主人叫尔坡。他的祖上，是马腹村的头人，在金沙江一带，可不是等闲之辈。他们祖祖辈辈打冤家，从江那边打过来，再从江这边打过去。打来打去，人死财空，偌大的家业，全都付之东流。新中国成立的头一年，他们家族再次裹搅进去，最后败了。全家人为扑救被点火的老房子，除了尔坡的爷爷，全部罹难。那时，尔坡爷爷才几岁，被扔到江里。是解放军及时赶到，把他捞出来的。尔坡爷爷长大后，还记得恩情，感谢解放军，一直任劳任怨，默默干活，平平安安活了七十多岁，在这屋里去世。有一年，山洪暴发，眼看这祖上留下来的房，就要毁于一旦，尔坡的父亲和母亲冲到房后排洪。洪水泄去，人却无影无踪。而这个尔坡，高中毕业后，就外出打工，要结婚了，匆匆忙忙来过一回，婚礼没办成，就走了，好像就再也没有回来过。这也正常，一般外出打工的人，只要能活下去，谁还愿回这走一回脚就要肿一回的大山旮旯？谁还会死守这穷得屙屎都不生蛆的蛮荒之地？三年前，村委会对贫困户进行界定，木惹费了很多力，才找到他的电话号码。通过电话了解，晓得他尔坡上无片瓦、下无妻儿，最近还因轧钢筋从高处摔下，差点儿丢了命。村委会一班子人反复讨论，最后将他确定并上报为建档立卡户。可尔坡还不配合呢！左说右说，他才寄回身份证、照片和其他相关信息。现在，他每月都领着政府的补助。

可居然有人说尔坡死了，那些寄回的资料，别人是可以代劳的。

"死啥死啥！马腹村的人，命大得很。"木惹不承认，"没见过你的多啦，难道你也死了不成！"

给死人发救济，发低保费，是违法的。他当村主任，要是干了这事，不管有意无意，是要被处分的。

也有人说尔坡没死。说某年某月，某个黄昏，曾远远地看到一只黑熊，在尔坡的草屋前蠕动。细看，还有烟火，还走来走去，看左看右。知道是人了，就抓住枝柯，踩着石砾，爬到房前，抹掉蛛网，想去看个究竟，却看不到任何人影。以为是鬼，吓得背脊发冷。回头却见地上丢有烟头，正冒烟。估计是尔坡，当然只能是估计。

既然是建档立卡贫困户，房子是必须要修的。但这房，是重新加固好，还是重新修建好？这房是保留，还是拆掉重建？泽林需要再琢磨。木惹在前，泽林在后，踩着梭脚石，爬到尔坡的房前。门上挂着一把锁，锈蚀斑斑。木惹将锁一扭，居然就开了。木门生涩，吱嘎作响。两人低头进屋，屋里空旷，黑得怕人。木惹打开手机上的照明灯，顺着看了一遍。

屋角有火塘，火塘里有半坑冷灰，还有破烂的木柜、木床。不多的锅碗，覆满了灰尘。

木惹的手机灯光在堂屋正面的墙上，停留了一下。上面挂着几只竹筒，竹筒上盖了红布，很神圣。

"啥？"泽林问。

"尔坡祖先的灵筒。"

"那他为啥不带走？"

"不能。只能守在老屋。魂不守舍，祖先回不来。"

村里人都认为，仙逝的人有三个灵魂。一魂归赴祖界，一魂留守葬地，一魂入灵筒。驻守在灵筒的，须供在老家的正堂屋，和家人在一起，不能带走。泽林算是明白了。可尔坡祖先的大灵筒旁边，居然还挂了个小灵筒，地位略微矮些，泽林便有些奇怪：

"小的那个是啥意思？"

"尔坡的。"

"尔坡的？他还没有死呀！"

"活着的成年男人也有灵魂，外出就得挂。几年前，尔坡这灵筒是挂在外面的，现在挂进来了。"

"哦？"

"没有子嗣挂外面，有子嗣了，就移进来。"木惹补充说，"干了坏事，祸害百姓，罪恶累累的灵魂，是不能进来的。如果品行高尚，贡献多多，那可略挂高些。"

泽林点点头。

金沙江边的风俗，很是特别。泽林走过不少地方，听到很多掌故。但如此注重灵魂的归宿，倒是少见。有信仰，只要是正道，都好。泽林也有他的信仰，他向善、诚恳、认真。不拿不该拿的，不吃不该吃的，不去不该去的，是他的准则。参加工作以来，同事都认为泽林是好人，说泽林在哪个单位，就是哪个单位的福。虽然不见得是褒义，但泽林觉得这就够了。如果非要说泽林有啥问题，就是太直。树直有用，人直无用。有啥说啥，说完就走，不会转弯，不会藏，有时还真够呛。也不是不会，泽林觉得没有必要，自己觉得是问题的，如果还掖着捂着，心会塞，会疼，时间长了，心会黑，会烂，那不成了狼心狗肺？当然，泽林也清楚，在单位上，当小兵说真话可以，当领导的规矩多，顾虑多，更得忍，忍得越好，越成熟，办事才稳妥。

搞了多年建筑的泽林清楚，眼下这房，是乌蒙山区就地取材、最原始的建筑，也是保存相对完好的土木建筑。要说有多大的史料价值和艺术价值，倒不见得。但要申请列入县级文物保护，是没有问题的。马腹村要是有这样一个文物保护点，发展旅游产业，肯定是锦上添花。想到这，泽林暗地里为这个念头兴奋。

眼下，泽林帮村民们修房，而家里也正为房子的事揪心。家里要买房，不是泽林的主意，是季老师的主意。季老师是省城一个小学的老师。一说她的姓，泽林脑海里跳出的词语就是：急。儿子大学毕业后，一直在入职考试的路上。这不，都二十七八的人了，一次又一次名落孙山，一次又一次与那些诱人的岗位擦肩而过。年龄大了，没有一分钱的收入，以后的日子，还真不知道咋过。泽林十八岁参加工作，二十岁就结婚生子，算是成家立业了。眼下这些孩子，唉！作为父亲，泽林对儿子，要粗枝大叶一些，更多的是心灵上的关心。在买房这样的事情上，泽林是被动的。泽林有泽林的事，那些婆婆妈妈的活儿，他不大管，都是季老师在操心。最近一两年，季老师利用空余时间，跑了不下百家楼盘。比较位置，比较楼层，比较价格，比较服务，同时还要评估：这个位置好不好？这家房地产，可信度到底有多高？会不会是空中楼阁？会不会是烂尾楼？这些年来，关于楼市，啥稀奇古怪的事情都发生过。比较来比较去，掂量去掂量来，眼花了，心乱了，更是定不下来。其实泽林也清楚，定不下来的主要原因，还是包包里没有钱。

季老师的钱，被骗子煸干了。这话说起来，既让人心酸，又让人难以启齿。

这不，正想着，季老师打电话来，前几天和他说的那个楼盘，要开盘了，她已经认了一套，要交出三十万的首付。

"我只有两万，其他……其他你想办法。"季老师那个急，仿佛火烧眉毛，仿佛尿急豆浆涨、娃娃滚下床。

季老师一提这事，泽林就想梳头。

"不买，行不？"泽林掰了一根树枝，将门上的蛛网挑掉，几只蜘蛛吓得四下奔逃。

"不行，我已经认筹了。据说转手就能赚十万。"

"那你先赚十万。"

"赚你个头！只顾眼前的蝇头小利！几十年工龄的老职工，给儿子交个首付，居然交不起。你不害臊我都害臊了！"

季老师的同事和学生家长多，各种层次、各种级别的人都有，有钱人也不少。哪个楼盘房价如何，开发商是谁，哪个学校有老师在偷偷补课，收费多少，甚至市里谁提拔了，谁又被调查了，她比记者知道得还快，还多。这个季老师，要是她当公务员，绝对比泽林吃得开。

泽林打开视频聊天，围着这快要倒塌的老屋转了一圈，让老婆看眼前的房："他们的生活，比我们难多了。"

马腹村风光风情不错，季老师几次说要下来看望泽林，都没有成行。现在泽林让她看视频，看如此贫穷落后的地方，她不耐烦了。她也不是不耐烦，是泽林不识数，不支持她的工作。一个女人，为了儿子到处筹钱，丈夫却无动于衷，不是缺乏责任心是啥？

"晒给你单位领导看，我才没有心情！"季老师说话像蹦豆，"贫困户房子破了，有人管。我的破了，谁来管？儿子找不到工作，谁来管？"

季老师发完脾气，和往常一样，自个儿就挂了电话。

挂了电话就没事了，泽林知道妻子的脾气。他回过头来，尔坡这住房，外观有些历史的痕迹，但没有住的价值。旁边有一块平地，很宽阔，这在马腹村很是少有。泽林想，村民活动场所建在这里，倒是不错。

"联系一下尔坡。"泽林对木惹说。

木惹有他的电话号码。木惹打了，但那边不接。一般都是这样，每次木惹打去电话，那边都不在第一时间回话。过了一天半晌，尔坡才回过来。不是说他在高空作业，要静音，就说他正在搬水泥钢筋，哪敢接。

天知道。

尔坡不接电话，木惹也不急。木惹又不是啥大领导，不可能一呼百应，不可能有人前呼后拥。早些年的村干部，当的是头人，是真正的领导，一呼百应，利益不算少。现在不行了，要求严，规矩多。当的哪是头人？是孙子！稍不注意，还会惹火烧身。利益？根本就谈不上。机关每天上八小时的班，可村干部不止，眼睛一睁开，就开始办事。晚上回家，水没有喝上一口，又有人找上门来。夜里躺下了，门还有人敲，院子里的狗还在叫。

木惹早年初中毕业回家，恰好村级组织换届，木惹没有事干，便卷入了自己家族与其他家族之间的争锋。争来争去，他当上了村文书，后来是副主任。主任调任另一个村，他就当上了主任。没当上正职时，做梦都想当。自己说了算嘛！当上了，才发觉是个大包袱，沉重地压在他的身上，让他喘不过气来。他成了一个村的磨心，好事没影子，烦心事都围绕着他转。先前村里的干部，在家里就能办公，还可以种地，可以养牲口，可以做生意，吃五喝六、划拳吃酒也不是没有过。现在不行了，现在村委会才是家，天天有任务，时时要迎接检查。木惹甚至觉得，好多政策规矩，像是为他制定的。要不是有泽林下来，他木惹纵有三头六臂，也无法蹚打开来，现在恐怕早就圯掉了。待遇呢，少得可怜，一个月一千多块钱，不够抽烟，喝酒就更不用说了。家里地种荒了，牲口少了，有点儿土特产也没有时间送出山去卖，经济日渐萧条。他干脆把烟戒了。木惹的媳妇当年嫁他，住的也是上辈留下的老房子。媳妇看中的，是木惹为人正派，还有这份体面的工作。结婚后，媳妇勤扒苦挣，养畜，种地，修房，生娃。日复一日地辛苦，大姑娘熬成了黄脸婆。媳妇难以承受，支撑不了家里的活，怨气不少。木惹一回家，迎面来的是一块冷脸巴。一个男人，在外再苦累，都是小事。回家没有温暖，那才是大事。木惹受不了，要辞职。乡上的领导刚下村回来，跺着一双脏鞋，反手捶打着背脊说："天底下所有有责任心的干部，都累。谁不累？上级来调研过几次了，说不准很快就会有村干部转正的政策。建议你考虑考虑。"

木惹希望的火光再次点燃。但两年过去了，转正的风声悄无声息。他和媳妇商量来商量去，又想辞职，准备到城里帮人修房子。木惹骑着摩托，刚到村口，族里最年长的老人站在路中间，银白的胡须不停地抖动。老人一手拄着拐杖，一手指着他的鼻子：

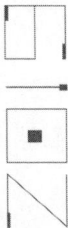

"想当年，我马腹村的汉子，如果战死在疆场，是要检查伤口的！"

这话说得很重，当地人一听就懂。从新中国成立初往上推的数千年里，这里械斗不断，死人是常事。但这里有个规矩，在战场上牺牲，不能就说你有多了不起，还得验伤口。刀枪穿过的孔，要是在正面，没说的，你是迎敌而上，家族都为你自豪，以你为英雄，隆重祭奠。伤口要是在身后，哪怕就是在脑勺子上，说明你是逃兵，死得没有价值。对不起，尸陈荒野，任狼撕狗啃，还要被吐口水诅咒。最严重的是，灵筒要被抛弃，不能和祖先的在一起。

既然这样说了，哪怕下刀子，咬着牙巴骨也要上。这也是木惹的脾气。

尔坡不大配合，估计是多年前心里郁积的气，至今没有消除。这和木惹有关，木惹也颇多歉意。木惹想，随着时间的推移，总有一天，会得到消解的。即使是块石头，从金沙江的上游，磨砺到下游，经历过惊涛骇浪，绝对是块奇石。两人没有世代冤仇，没有夺妻之恨，也没有借债不还，这是前提。

看木惹打去的电话，尔坡没有接。泽林觉得不能老等，泽林就用自己的电话打，尔坡还是没有接。他干脆发去短信：

"尔坡兄弟，你好，我是马腹村的扶贫工作队队长。独在异乡，真不容易。"

很快，尔坡回了："想家，却没有家。"

"很快就会有的。最好见个面，我们商量一下。"

"猎犬有志，不舔别人的洗脸水；穷人有志，不吃富人的剩菜饭。"这是金沙江边谚语，这个泽林懂。泽林回：

"兄弟，可别眼睛疼怨手指，肚子疼怨嘴巴。电话说？"

泽林和木惹刚回到村委会院坝里，尔坡的电话来了。泽林掏出梳子，边梳头，边和尔坡说话。这次泽林不是头疼，是借此机会给自己的头皮按摩按摩。聊了半天，泽林明白了尔坡不太配合的原因：穷。

人穷志短，马瘦毛长。可是因为穷，就连上级帮助都不要？穷了，就不听从组织的安排？事实是，穷还和懒互为兄弟，紧紧捆在一起。他泽林来这穷山沟，不是来吃素的，也不是来养老的，是奔着这个字来的，是带着重托来的。看来要把这个字掰碎，让它从这块土地上滚蛋，还真得下些功夫。一直以来的努力，还不够。只让毕摩（金沙江一带专门替人祈福、祭祀的祭师，是彝族文化的传承人）天天念驱穷经，不行。衣来伸手，饭来张口，不行。拔穷根还得先从脑壳里开始。

"视频。"泽林对尔坡说。

尔坡不肯，说他刚扛水泥，身上脏，脸上全是汗水，怕吓着父母官。等他哪天休息时，好好洗洗，理理发，再和他视频。

"又不是相亲。"泽林接过去说，"我就是想看看你穷苦而又勤劳的样子，好给你出点子。"

"我没有话费了。"

泽林马上给那个电话充进五十块钱。五十块视频一次，应该够了。可再打，尔坡干脆关机。热脸巴贴人家的冷屁股。当扶贫队长，吃亏受气，和小媳妇没啥两样。

尔坡的视频来了。透光的工棚。朽烂的石棉瓦顶，被几根木桩撑着。墙角一堆破棉絮，他娘的，连狗窝都不如。旁边是两三个没有洗的碗，一把比古董还黑的烧水壶。讨口的不是？尔坡满身尘土，衣裳又旧又破，脸脏得像是刚和猪同槽抢食过。这哪里又洗过了？泽林正在吃烧洋芋，那种脏，泽林一看，正要下咽的洋芋都要呕了出来。

"尔坡，你这样子，污染一线城市的环境了。"

"是了嘛，所以苦不到钱。"还算好，尔坡没有生气。

"你每天收入多少？"

"说每天一百，可经常拖欠，都大半年没有领到一分了。"

"那你回来，我给你找工，一天一百块。还可以照顾家里。"

"在马腹村？别说一天一百，一天二十块都没有人要。"尔坡一边说一边往外走。

"别扯那些，我是想告诉你，好政策来了。你把存款取出来，回马腹，签字确认，修你的房子。"

"政府出钱？太好了！我就修别墅！越宽越好，越大越好！"

真是牛不知角弯，马不知脸长。这家伙，太让人失望。木惹脸都气白了："这种把政府瘪奶里的血都要咂干的人，让他滚蛋！"

泽林连忙将手机晃开，不让那边看到木惹："政府补助多少，每家每户能修多大，上面有规定。你说了不算。我说了也不算。自己建房为主，政府帮助为辅。自力更生，你又不是不知道。"

尔坡不干："我哪有钱，我要是有钱，我就不会一个人，孤零零地在这大城市讨口了。"

"你老婆呢？"

"跑啦，十多年前跑啦！一直没找到。"

尔坡的视频里，有他背后尚未完工的高楼，支离破碎的天空。然后是一片海，隐约有无数的鸟在飞起飞落。泽林心里一颤。

"你在哪？"

"我在工地上。"

"我是说，你在哪里的工地？"

"我在深圳……"

"我的意思是说，你是在世界之窗、欢乐谷、东部华侨城，还是中英街？"

那边一愣，说："我……我哪有那福分。"

"尔坡兄弟，好好聊聊。你这老房子，怎么处理？听你的意见。"

"再破也是自己的碗，再穷也是自己的家！队长，你帮我看着点！哪个动一块土疙瘩，老子就告到中南海！"尔坡急匆匆挂了。

那话是咬牙切齿说出来的，隔着那么远，也能听到噬骨的仇恨。山里人，耿直是没得说的，但固执起来，九头牛也拉不回。据说，这金沙江岸边，曾经有过这样一件事。一个叫吉克的男人，骑着马去赶集，马因负重，在一个叫玛莎的女人面前，放了一个屁，玛莎由此而羞愧上吊。两个家族由此矛盾丛生，互相残杀，冤仇代代相传。直到解放军进入金沙江两岸，做了很多工作，吉克家族赔了三头牛、十只羊、两百斤荞麦，此案才算了结。世居此地，相互摩擦不少，冤家易结，却最难解。尔坡为啥会这样拒绝这块土地，内心到底有多深的隔阂，如何隔阂的，怎样才能解开，的确是件头疼的事。

"他在外是不是有住房？有车辆？有存款？"泽林放下手机，停止梳头问。

"查了不止一遍。"木惹说，"都没有。"

"再查。"泽林说，"对贫困程度的认定，必须精准，精准，再精准。稍有错漏，麻烦很大。"

木惹欲言又止。

泽林看着他："怎么了？有困难吗？"

"真没法。总不能跑到人家家里翻箱倒柜吧……"木惹显得无可奈何，"更何况，他躲在哪个旮旯，天才晓得。"

三

木惹和尔坡之间的恩怨，泽林也知道一些，但背后他们究竟如何，还真不好说。有着上千年历史的山村，明里暗里的人事，盘根错节，不是谁都捋得清楚的。昨天晚上，他和尔坡谈话时，隐隐约约感觉到，尔坡旁边就好像有人在和他凑耳朵，出主意。旁边有人，也正常，谁没有个三朋四友。尔坡旁边那人，就算是他的性伴侣，就算他们正搂搂抱抱，也无可厚非。但他就是觉得，尔坡背后，还有隐情，说准确点儿，尔坡不应该那么穷。

再就是，尔坡身后晃动的那片建筑和湖泊，他太熟悉了。

泽林趁村上的人都回家后，在村委会的档案柜里，找出尔坡的所有材料，认真看了一回。这些材料，他查阅不下数十遍。但看也白看，那种在黑与白之间，没有任何温度的表格，不可能发现什么蛛丝马迹。他在老木凳上坐下来，看着门外的重峦叠嶂发呆。老对一个人怀疑，怀疑来怀疑去，泽林甚至也怀疑起自己来。

有必要自己亲自出马，泽林暗下决心。这样足不出户、纸上谈兵，分明就是作风漂浮，根本干不好事的。

村民们该拆的房，拆了，该进的建筑材料，也在进了。有几家已经开始挖填基础了，村子里有了轰轰烈烈的样子。这就对了。如果不出意外，村里的房子，年前是能够完成的。泽林稍微放心了些。他和木惹商量了一下，就向县里扶贫办请了假，说家里有急事，想回去一下。泽林除了逢年过节，其他时间很少回家，镇里的领导都清楚的，连连同意。泽林下来一年多，之前每次回家，都是先走路到集镇，再坐车到县城，再买票，坐长途客车到鸥城车站，再打车回家。要是木惹有空，他也会骑摩托送上一程。现在不走到集镇了，在村口就可上车，平坦坦的水泥路，端碗水喝，也洒不了多少。爽！弯道是大些，扭麻花一样。但这正常，没有弯道，还叫大山？还叫金沙江峡谷？

泽林出门时，找了一套建房申请表，还有一盒印泥，揣上。木惹要用摩托送他，泽林坚决地摆摆手。木惹肩上的担子够沉的了，他不能耽误木惹的时间，也不能给基层添麻烦。木惹习惯了他的脾气，不再坚持。木惹有些欲言又止。泽林笑："有啥话就说，别老是驮马放屁。"

负重的马，被压出的屁，自然是吞吞吐吐。泽林这样说，木惹不觉得是批评，相反还觉得很亲切。他想请泽林帮助向上边问问，都当了十多年的村主任了，可不可以转正了？他干工作得到的各种奖状，至少有二十个。木惹还说，他自学的本科文凭，也已经到手了。

这个木惹，真是不错，在基层一线的干部，要是都像他，脱贫的事就不是难事。泽林安慰他："一旦有，我第一个推荐你。"

木惹谢过泽林后，驮着一个村干部，油门一轰，进村去了。

木惹想上进，这是对的。别说他，就是泽林这把年纪，也不是没有梦想。泽林坐上客车，闭上眼睛，乱七八糟的事情跳了出来。

泽林今年四十八岁，再过两年就是知天命的年纪。在单位，已经往后靠了。事业上有成就的人，大多三十出头就已顺风顺水，那时候枝繁叶茂，底蕴十足，要精力有精力，要想法有想法。能吃苦，能受累，睡得着，爬得起，既敢爱，又敢恨，还敢闯。四十岁一过，都已经身居要职、权重位高了。泽林不一样，这和他的出身有关，也和他的志趣有关。他的老家，在本省的另一个县，也是乡下，交通、物产什么的，比马腹村强些。家里有几亩果园，种苹果，季节早，销得快。价格不是很高，但每年都能卖完。父母省吃俭用，有了十多万的积蓄，也就勉强够生活了。妻子在的学校不是名校，但也不太差，收入不比泽林少。儿子呢，小时候学习不错，每个学期都有奖状，这都得益于妻子的看管，泽林也省了不少心。儿子后来顺利考上了省外的一所大学，顺利毕业了。儿子在思想上，受泽林的影响更多些，一直想当公务员。毕业后就回鸥城，天天看书，天天去考试机构培训。从毕业到现在，都考了五六年了，大大小小几十场，历练成了个考试老兵。每次成绩出来，要么差三五分，要么刚好入围。入围后还要面试，只要前边的人没有啥重大缺陷和重大问题，他就只能出局。老考不上，儿子的信念开始动摇了。他也考事业单位，但事业单位也一样，百万大军过独木桥，还是难。

泽林怕儿子有想法，特意请儿子在小区旁边的月光咖啡屋小坐。那种表面休闲其实很庄重的方式，让儿子有些吃不消。但儿子还算理解他，要爸放心，他会正确对待，啥都要靠自己。看儿子比自己还淡定，他松了口气，下村扶贫就铁了心了。单位上要求要有一位干部下村挂任扶贫队长，泽林是正科级，正好。原本，他所在的那个处，有位老同志明年退二线，副处级位置空出来了，排来排去泽林最适合。他如果上了，此生就在这个岗位上定个格，也还过得去，走到哪，别人都不会说他泽林太差。但厅里分管扶贫的领导找他谈话，间接地说，要提拔，得有基层工作的经历。这个泽林懂，任何一样好处的背后，都需要艰苦的努力。轻易到手的东西，要就不值价，要就是诱饵，有利钩和地雷。泽林是农村出身，虽离开土地多年，根子还是在农村，和农村人没有多少融不拢的。领导那话不是太好听，但他觉得家里没有多大的事了，便一口答应下来，单位也有人暗地里笑他。此前，好些次有机会到北京、上海深造，他都没去，理由是每天要接送儿子读书，离不得。现在受累吃苦，前途无多，他倒答应了。

和季老师正式谈起这事时，季老师骂他脑子进水："是不是要给你挂个副市长啥的？回来再升个厅长？"

这话暗含讥讽。说这话的人，一听就是天天和鸡毛蒜皮那样的小事打交道，境界大、心眼小。

"几十年了，天天上下班，吸汽车尾气，到单位整天画图、开会、汇报、审规划，晕头。"泽林挠挠脑壳，"你看，我这次的头发又少了些，又白了些。下去洗洗肺，养养眼，多活两年。"

"翻过五十，想去，领导怕不见得还给机会。"泽林又说。

头发白，头发少，到了这个年纪，谁都会有。泽林说晕头，不是一次两次。不注意的时候，晕了。注意的时候，又躲得无影无踪。妻子也觉得是个事儿，好说歹说，将泽林拖去医院。检查下来，缴费三千多，单据几十张，啥也没有说清楚，开了几副中药，也就不了了之。现在泽林再说，妻子觉得也是。

泽林下了决心，单位也已确定，季老师觉得再讨论，或者阻拦，意义都不大了。修改作业翻篇时，她抬头："去哪？"

泽林说了马腹村这个名字。妻子没有听说过："你就说在哪个方向。”

　　“金沙江边。”

　　金沙江名气大。那里山高坡陡，河流凶险，有好几个少数民族聚居，富有传奇性。吸引人的是，那河流里黄金闪闪，据说也有淘金者，只要吃得苦，多少都能捞些上来。季老师每年至少要给学生讲上一两次金沙江。季老师的红笔，在作业本上顿了顿，墨水慢慢沁开。

　　“你小时候吃过苦，没事。”妻子鼓励他，然后又讥讽说，“在家你也帮不了我，连像样的饭都做不出一顿来，下去还可以挣点儿伙食费。”

　　家里要牵挂的，就是房子的事情。房改时，泽林买到了单位最后一套，七十来平方米，一万零点儿就买下了。一万多块钱，当时是个大数，泽林也是贷款的。但工资涨得快，没几年就还清了。那套房原是一位厅官住的，房改时，每人只能买一套，人家就买更好的去了。泽林和季老师当时正在恋爱，季老师正犹豫着泽林的老实，怕跟了这样的人吃亏受气。有了这房，算是火塘里添了一把柴，火焰灼灼。等不及了，两人随便刷了一下墙，就在里面结了婚。第二年生了儿子，六斤多，很少生病。泽林对这房子算是满意，按照老家择房的标准来看，觉得有人气，有福气，风水好。便从没有想到过要搬更新、更宽的房。泽林的精力，都放在了单位的事情上，下乡搞勘测，在单位做策划，陪领导上京城做汇报，多年来就干这些。别人买房，他觉得好笑，人生短短几十年，好不容易存下点儿钱，就为住新房，住宽点儿，钱全都拱手送给开发商，真是愚蠢。回头看看，偌大的省城，超过三百年的房子，没有换姓的，居然就没有。真的没有。但看到房价飞涨，去年和今年不一样，春天和秋天不一样，甚至晚上和早上也不一样。季老师坐不住了。学校里的同事，有的住电梯房，有的住海景房，有的住别墅。两套三套的有，十套八套也有，随便一出手，上百万的钱就回来了。这样一比，自己不就是不会理财吗？不就是没有远见吗？不后悔才怪。季老师一分析，泽林妥协了。但泽林和季老师跑上两回，就觉得累，楼市里水太深了，他无法判断，也无法抉择。便和季老师说，你脑筋活络些，时间充裕些，你先摸清楚情况，我支持你。工资卡都在你手里，你想咋用就咋用。得到了泽林的支持，季老师到处调研，摸情况。结果季老师发现，居然有比倒房来得更快的钱。是啥，小额信贷。和季老师搭班教数学的小王老师，才工作五年，结婚一年多，手里就有三百多万，吓死人。咋来的？钱放小额信贷公司嘛！那小额信贷公司，给的是两分的利息。十万块钱放进去，一年就是二万四的利息。如果每月取出，再放进去，利滚利，利息就在三万以上。房价怎么涨，也没有这个来得快。泽林表示怀疑，这么高的利息，钱从哪里来？季老师说，她也怀疑过，但公司是把这钱再借给房地产开发商急用。开发商每拿项目，钱都不够用，必须到处找钱来填，也就一两个月，环节打通了，人家就连本带利还了。泽林知道这两年房地产的暴利，觉得这种情况存在，有道理，就不再多问。季老师把两人的积蓄全部取出，送了去。每月的最后一天，季老师预留的银行卡上，都会有一笔不少的利息存了进来。季老师说，存上三年，她就可以在鸥城给儿子轻轻松松买套房。如果儿子要是去北京、上海、深圳那样的城市工作，给点儿首付，一点儿问题也没有。

那种不劳而获的好事，也就持续了一年多，意外发生了。这不，季老师将得到的利息，凑了个整数，给小额信贷公司送去。到了收钱的日子，银行卡上却没有钱再汇进来，季老师预期收款的手机信息铃声，一直没响。第二天，还是没有响。季老师担心手机坏了，或者移动公司信息发送遗漏，就带上银行卡到自动柜员机上查，还是没有。季老师又忍了几天。第五天了，还是没有。她到小额信贷公司，一问，柜台前的人连说抱歉，这两天资金需求量大，调整不过来，过两天利息一并算上。季老师心落了下来，走了两步，回来，想找找当时具体联系的人。但人没在，说出去融资了。季老师回来，和泽林一说，一个不祥的预感跳到了泽林的脑壳里。泽林要季老师全部要回来，越快越好。但是晚了，当季老师再次来到小额信贷公司时，镶有金边的豪华玻璃门已紧紧关闭。两扇门之间，还贴了一张封条。

季老师傻眼了。

小额信贷公司的左边，是一家儿童服装店。右边，是小锅米线店。季老师问了儿童服装店的老板娘，那个中年妇女看了看她，说不清楚。小锅米线店她熟悉，里面的人也熟悉她。此前，她不只来吃过一次。收款的小姑娘告诉她，前天老板被抓走了。这几天来踢门的，吐口水骂爹骂娘的，怕有几百人。回过头去，季老师居然就看到一位头发胡须都已花白的老人，走过去，踢了几脚。大约是把脚踢伤了，便坐下来哭。小姑娘告诉季老师，此前这老人也常来吃米线。据说他把自己的住房都卖了，把钱给存进了小额信贷公司，自己租房住。一百多万，就这样没了。

季老师没有忘记她还有课，匆匆赶到学校。在办公室，她遇上了小王老师。小王老师一脸寡白，眼睛浮肿，好像才哭过。

季老师心里有数了。她说："你没事儿吧？要不要下班一起走？"

季老师反应敏捷，把她和泽林的公积金取出，又借了些钱，在新开发的湖畔名园订了一套，交了二十万的预付款。不出意外的话，一年后，就能拿到房子钥匙。照现在这个涨幅，两年以后，增加二十万没有问题，家里比有个不吃不喝的公务员还强。也不说钱的事情，儿子不管考进哪个单位，总得找个女朋友，总得结婚，总得抱上个大胖小子。那时候，没有个房，怎么也说不过去。那湖畔名园，位于五百里滇池旁边，可以晒太阳，可以看海景，可以看每年从西伯利亚飞来越冬的海鸥。泽林很满意，没少到那地方溜达，看到那楼房，像庄稼一样，一天天长高，心里真是乐滋滋的。但事与愿违，一年后，到了预定拿钥匙的时候，楼房才修了一半。原因是开发商资金链突然断了。房子成了烂尾楼，季老师哭不出好声气来。

泽林清楚，所谓资金链断，其实就是开发商根本就没有钱，通过不正当手段，弄到了开发的资质，便这里借一点儿，那里筹一点儿。一边卖房，一边修建。金融风暴来了，反腐的力度大了，他们弄不到钱，就只能停下来，半途而废。为了这事，妻子没少与受骗的人，一起开会，写状纸，到市政府请求解决。泽林觉得委屈，觉得难，也觉得无招。这样的事，对于一个小公务员来说，太大了。季老师一回家就向他倒苦水，两人意见略有不一致，季老师就拍桌子打板凳，就哭，就责备泽林不是个男人，没有伸出肩膀来，把这个家扛住。泽林有自己的生存哲学。一家人过得好好的，饿不死，冷不死，为啥非要去想那些不义之财。一个人能扛一百斤，扛八十斤，走起来很轻松。每天能走八十里地，走六十里七十里不就行啦？家里就是因为妻子的决策，将自己的家所能承受的，翻倍地让自己承受！现在反过来做妻子的工作，妻子根本就不听他的，甚至有要和他分手的意思。分就分吧，要是在一起整天都吵吵闹闹，那有啥子意思。但一分手，债务也要分摊，凭空多出些无法偿还的债，两人都难以承受。泽林的头疼，就是从那时开始的。妻子再闹，他就头疼，双手抱紧，缩在沙发上，一动不动。

泽林到马腹村蹲点扶贫前，这个问题还没有解决。没有解决，妻子就注定不快乐，所以他得每天晚上给她一个电话，也不说房子，就说自己今天又走了几家农户，吃了几个烧洋芋，解决了几个问题。再问一下妻子今天早饭在哪吃，食堂里的菜味道如何，等等。儿子呢，儿子给他的电话越来越少，就是连朋友圈也很少发。儿子内心的苦，泽林清楚，再这样下去，他会越来越孤独的。

泽林好几个月没有回家了，现在他想回去。季老师和儿子，和他分开久了，他觉得亲情淡了好多，有很多事情必须得沟通。

电话响了。

电话是一个建筑老板打来的。这人泽林见过，从省住建局里直接或者间接拿到过不少项目，也请他吃过几次档次不低的饭。反腐的风声紧了，泽林便再也没有见到过这人。泽林下马腹村后，他打过一次电话，是请泽林帮他协调一个项目。泽林不置可否，那人也就没有了下文。前几天，儿子打电话来，说一个企业的叔叔，要他去他们建筑公司办公室工作，五险一金，每月底薪五千，此外还有奖金。工作嘛，也不重，每天去打打卡，临时有些任务。当然，工作做完了，也可坐在办公室看书。泽林吓了一跳，这待遇不得了，哪会轻易落在一个小毛头身上。泽林再问，知道了公司的名字。泽林要儿子先别去，过几天再说。第二天，那人突然将电话打了过来。泽林手机里有那人的名字和身份，一看，就明白了。

"泽林兄，下基层镀金，也不告诉兄弟一声，喝杯送行酒。"

泽林说："又不是提拔，哪能轰轰烈烈。"

"下基层吃苦，不提拔哪行。"

也不是那样，哪有下基层就要提拔的道理。当然，人家要找个理由赞美一下，也是不好阻拦的。

那人直言不讳，说了需要帮的忙。泽林清楚，那问题很棘手。现在的人，执纪意识和监督意识，前所未有，哪能看着你捞钱而不管不顾。

"让我想想啊！"泽林没有一口回绝。

泽林打电话给儿子，儿子等不得，居然去上了一天的班。他当机立断，要儿子下班前把钥匙之类全部交了，把那些公司里的电话号码设置在黑名单里，回家安心看书，电话响了不要接，门铃响了不要开。做生意的人，见到了利益，个个像苍蝇见到垃圾，连命都可以不要。机关上这几年里，就一直不太平，一个副厅长，两个处长，都给关了起来，被这样处分那样处分的，就更多了。

儿子听他的，快刀斩乱麻，行动起来比当爹的迅速，很快就按他的意思办了。泽林总算放下心来。

到了县城。泽林去了县委组织部村干部科，问了问木惹委托的事。基建办的同志说，调研报告已经往上报送，如果他们的建议被上级采纳，木惹这种干部，应该是首先考虑的。泽林告辞，直奔县文物管理所，所长见他来，从文件夹上取下一份文件：

"泽林队长，你交办的事，成啦！昨天县政府办公会通过了。今天拟向社会公布。"

四

泽林马不停蹄，再奔鸥城。尔坡和他视频时，背后的那些烂尾楼，老是在他眼前晃来晃去。泽林给尔坡打电话，没有接。泽林给他发了短信：

"尔坡，兄弟，我来鸥城开会。有事相商，抽空，见个面。"

关了手机，睡了一觉。突然醒，再睡，就到了。下了客车，打开手机，还是没尔坡的任何信息。这次在车上晃的时间长，估计是累，到了鸥城客运站，泽林头疼。他找个位置坐下，长喘。硬邦邦的座位，没有马腹村的地埂安逸。泽林摸摸头的痛处，掏出梳子，从前到后，从上往下，甚至连脖颈，都梳了一遍。总数梳到三十六，血流通畅了些，舒服了。他把梳子小心地装回衣兜。

泽林再打电话，依然没人接。他找个位置坐下，再发信息：

"主要是想看看你，金沙江边男人了不起的一面。"

……

发到第五个短信。尔坡回了：

"你在哪？"

"鸥城。"

"我在深圳啊，怎么见？"

"兄弟，别装了，我知道你在鸥城。"

"没……"

"说实话。具体哪个位置？"

"其实你不用来的。"

"是想看看你，说说老家的事。"

那边停了一会儿，回了："好吧。见你。"接着就发了微信地址。

好难。泽林到京城协调关系，要见那些国家部委的领导，似乎也没有这么费劲。得到允诺，泽林全身轻松，头不疼了，他嘘起了口哨。在马腹村是不允许嘘口哨的，特别是深夜，据说会招惹鬼怪，缠身附体。

坐地铁。坐出租车。坐摩的。回到这省城的深处，居然又坐上了摩的。泽林在鸥城生活了几十年，对老城片区熟悉得像是自己的手掌心。现在他居然找不到北。摩托穿过逼仄的小巷，在菜园子的土路上飞奔。这是哪里呀？如果一直走下去，会走到一个什么地方？他居然有些害怕。

泽林掏出手机，看了看尔坡发的地址。还好，从线路上看去，方向是对的。

摩托迅速穿过菜地，驶过田埂，还有几个正在拆迁的村庄。费了不少力，算是见到了尔坡。尔坡站在一片偌大的烂尾楼间，脏得像个讨口的。泽林低头看看，自己也脏得不得了，人也又瘦又小。尔坡面无表情，目光呆滞，和烂尾楼的某个局部很一致。

"你就是尔坡？"

"是。"

尔坡领着他，走进工地，在建筑垃圾里绊来绊去。尔坡的衣服沾满了泥，有几个破洞。一只鞋的底子分家了，用一根红皮的电线缠了几道。走一步，鞋子就"扑"地响一声。

越往里走，越是阴森。这建筑的森林，了无生气，冷漠无比，让人恐怖的程度，甚至超过原始森林和荒漠。泽林站住，不走了。

尔坡回头："怎么了？"

"你真是尔坡吗？"

"怀疑我了？"

泽林打开手机，将先前存下的尔坡的照片找出，放大。对着尔坡，左看，右看，上看，下看。

又说："确定？"

"不是。我走了，你去找真正的尔坡。"尔坡说着，转身就走。这尔坡，半斤鸭子四两嘴，好硬。

泽林追上去："哎哎，等等！我是得核实一下嘛！不然，一个堂堂正正的扶贫队长，要是莫名其妙地消失在一堆建筑垃圾里，怕会成为今年最大的网红事件。那都不要紧，要紧的是，怕影响这片烂尾楼的再动工……"

烂尾楼的深处，墙角。尔坡停下。一堆没有怎么燃烧的木柴，冒着散乱的烟色。这味道，和马腹村的柴疙瘩火无法比，是胶合板碎片。旁边，有个烧水壶，有个污脏的口袋，鼓鼓的，不知里面装的是啥。

和先前照片上的场景差不多。再看背后的天空，泽林暗暗为自己的判断点赞。聚神细听，居然有滇池低低的潮声。

"你住哪？"

尔坡指了指另一面墙脚。一块破旧的塑料，盖着一团乌黑的棉被。

这不是讨口的是啥？这个时代了，居然还过着这样的生活。此前对尔坡的印象，被眼前的现实一笔抹掉。这样的场景，让他原谅了尔坡此前的撒谎。泽林心里一酸，差点儿流出眼泪。他镇定了一下，努力让自己的喉头好过些：

"恁难，你还守着？"

"守。不守能咋？"

"跟我回去，种洋芋，种苦荞，养牛养羊。饿不死的。"

尔坡抬头看看他，眼皮又耷下。

"回去吧！啊？"泽林看着他。

"不去。"尔坡说。

"回去修房，娶个老婆，养个儿，读书。"泽林说。

"没钱。"尔坡说。

还是说钱，钱钱钱，命相连。现在说没有钱，比在视频里和短信里更真实些。看这样子，尔坡说的是实话。要让他拿出几万、十几万来修一幢房子，做梦呢。

"想想办法，咬咬牙，挺过去。"泽林鼓励他。

"啥都可以想，钱不能多想。想多了，只有去偷去抢了。"尔坡说。

也对，这话像根针，刺得泽林一个激灵。他想起家里那个季老师。

"我们一起想，往正道上想。"泽林说，"知道大伙都有难处，政府考虑了，可以贷款。"

"不贷，贷了也还不起。"尔坡并不给面子。

手机响了。泽林懒得接。是上面催扶贫的进度吧！是要统计数字的吧！手机那边的人，像个机器，生硬、固执。

"谁都有困难，是男人，就要面对。躲避是解决不了问题的。"泽林说。

手机又响。响到第三次，泽林一看，是儿子打来的。儿子很少给他打电话。肯定有事。

儿子在电话里告诉泽林，他今天才知道，妈妈为他操心太多，却又心愿难遂。妈妈买的那位于滇池边的房，半年前就没有往上修了，好像成了烂尾楼。妈妈神色不大好，半夜起来喝水，还自言自语。他很难受。

儿子内心的堵，太多了。泽林抬起头来，看了看眼前黑乎乎的烂尾楼。这楼里的某套房，原本就属于他们家。现在看来，真不知道要烂到哪种程度。泽林镇定了一下，要儿子别婆婆妈妈的，要阳刚一点儿。

儿子说："真担心妈妈有个啥。"

"你妈呀，只要天天上课，保准没事的。她一忙起来，饭都忘记吃，这些馊事情，难不倒她。"泽林宽慰儿子，一点儿也不慌。

儿子又说小额信贷的事，要爸爸小心点儿，有钱就存银行，现在骗子多。

儿子对家里的"金融风暴"有些了解，但没完全了解真相。这就对了，泽林笑，泽林希望这笑，能通过手机传递过去，让儿子轻松些。于是泽林的呼吸就夸张了些，笑声也比以往更加爽朗："你妈心急，想发财，这人世间，哪有那么好发的财！轻易就能得到的东西，要就没价值，要就是有倒钩。"

钓鱼的铁钩尖上，有个倒钩，一旦咬上，别说鱼，任何动物要退出来，都难。至少得付出巨大的代价。有一年，泽林被开发商邀请去一个天然湖泊钓鱼。天热，就穿了个薄薄的背心。鱼漂动了，甩竿，鱼没有钓到，结果倒将自己的光背钩住。几个人上来，弄了半天，才将钩拔出来。不想他背上给拽了个洞。有经验的人告诉他，说竿提早了，鱼还没有吃住钩。第二次，鱼拉上来了，肥肥的，在草地上挣扎。鱼太大，泽林用衣服将鱼摁住，才去取它嘴里的钩。鱼挣扎，鼓着眼睛，不服气，而泽林又必须得将它制服。两相搏斗，各不服输。最后胜利的，当然是人。费了半天力，鱼钩才拿出来，但鱼鳃弄豁了，一团肉也被硬生生扯出。那鱼鼓着眼睛看着他，一眨不眨，泽林便有了失败的感觉。泽林后来再也没有去钓过鱼。就是在餐厅里点餐，每次都绕开它。

"幸福需要努力才能换来。"泽林说。

泽林的轻松，让儿子也松了一口气。儿子说："爸，你要是空了，还是回来一趟，和妈妈聊聊。"

这话是对的，看来儿子长大了。泽林说："好，说不定我明天就回家了。"

泽林又说："最好还是让你妈来看看我，我都长五斤肉了。"

"马腹村肉食多吧！"在儿子看来，马腹村不仅吃牛、羊、猪、鸡，肯定还吃马。

"不是不是。"泽林笑起来，"儿子，心情好，喝口水都会长膘。"

"爸，看来马腹村，还是挺养人的。"

"肯定啦！天底下，我最喜欢的就是马腹村。给你说，我越来越觉得，我前世就是马腹村的女婿，或者马腹村的儿。欠给马腹村的太多了，今生得好好报答。"

儿子笑了："爸，你真逗，你那个马腹村的人，肯定长寿得多。"

尔坡就蜷缩在不远的墙角，听到这些话，内心像打翻了五味瓶。他发呆，黑影中像是块熏黑的木头。他一直以为，这些所谓吃国家饭的人，有吃不完的饭，用不完的钱，高高在上，颐指气使。想不到，他们也有他们的疼。他们为了房，为了生活，居然也会不快乐。

泽林说完，便往回走。他一边走，一边搓脸，努力让自己的脸色更光鲜些。他不希望自己有些晦气的脸色，让尔坡看见。不想，泽林差点儿撞在一个黑乎乎的影子上。泽林吓了一跳，仔细看，是尔坡。

泽林估计他在偷听自己说话："你干吗呢？"

"尿尿呢！"尔坡往裤子里使劲掏了掏，对着烂尾楼的墙脚，"哗啦啦"尿了一大泡。他一边尿，一边说："尿死你！尿死你！"

尿完了，尔坡吐了三泡口水，咬着牙说："黑心烂肝的开发商，我咒你们，咒你断子绝孙！咒你无人收尸！咒你永世永代不得翻身……"

"还有，那些放高利贷的、小额信贷的、套钱的，也不得好死！"尔坡叽里咕噜的，又说了一长串。泽林知道，这是马腹村少数民族的咒语。至于咒的内容，他听不懂。

"屙泡尿还唠叨？下水道有问题呀？"泽林试探他。

尔坡说："这幢楼的开发商欠我整整一年的工资，算下来也有两万多，一分也得不到。"

泽林担心起来："你的钱也被套进去了吗？"

"没有没有，我这穷光蛋，哪有钱给他套！他们欠我的，是血汗钱！"

泽林也尿了一次。尿光了，人一下子舒服多了。就像肚子里有话憋着，说出来，总是要好过些。

回到工棚，尔坡拖了些木板来，将火烧得很旺。从破口袋里摸出几个土豆，扔在火堆里。泽林惊讶于尔坡生存的能力。土豆刚煳皮，香味漫上来，泽林的口水直冒。这时他才想起，自己连晚饭都还没有吃呢！

两个一边啃洋芋，一边聊天。泽林讲自己小时候的事，讲自己对城乡建筑的理解，讲对马腹村不同时期的印象。尔坡的脸色有些好转，尔坡也给他讲自己这些年打工的辛酸，讲对马腹村人的失望，两人的思想有了些靠近。

夜色慢慢上来，没有任何灯光的烂尾楼，黑暗得像是回溯到多少个世纪以前。要是真没有这堆柴火，这里就真的是伸手不见五指了。尔坡有些歉意，说要领泽林出去找个地方住。泽林摇摇头，说他不能丢下尔坡，说这个夜晚对于他来说，真是重要得不能再重要了。泽林只有在童年，在老家，才会有这样的感觉。他不想放弃，他想再感受。

"你那祖上留下来的房子，怎么办？拆了吧？"

"拆？怎么要拆？"尔坡跳起来，"我就晓得，这是木惹的馊主意！这些年，他一直在整我！"

"不是他。拆那老屋，是我的主意。"

"要拆，行！我跟你们拼了！"尔坡脸红脖子粗，"我就知道，我尔坡在马腹村，真是没有立锥之地了。"

"我几次提出，但是，木惹没同意。他告诉我说，那屋里，你供有祖先的灵筒。"泽林说。

尔坡站起来，眼睛朝着马腹村的方向，双手紧握，眼里噙满泪水：

"那屋子，他们都用来做牛厩了！"

"我没有看到牛在里面。相反……"泽林站起来，拍拍尔坡的肩。尔坡一拐，泽林拍在了生硬的骨头上。这肩很结实。

泽林收回手，从挎包里掏出一份红头文件："看看！"

尔坡不理。

泽林说："县政府发的文件，你看看。"

尔坡回过头来，横眉怒目："是要强拆吧！那你们拆吧！"

"不是，你认真看看，这是关于马腹村头人文物保护单位核准的通知。"泽林说，"你不看，我走啦！"

尔坡伸手接过。他的脸色开始平静，当他看完第二遍时，回头问道："真的？"

"红头文件，盖有公章，还假？"

泽林突然想起了什么，打开手机，搜索了一下。好，县政府的相关公示出来了。

尔坡看了手机上的公示，脸色转了过来。两相印证，他长舒了一口气。

泽林说："这下，你祖上留下的房子，修缮、管理就不是你个人的事，是国家的事，是马腹村的事。经费呀什么的，不用你操心了。"

尔坡点点头："对不起啦，我们山里长大的人，就是有个小脾气。如果连祖先的灵筒都没有置放的地方，那就真的要完蛋了。泽林队长，你这样帮助我，我代表祖先谢谢你！"

尔坡说着，朝泽林深深鞠了一个躬。

泽林忙伸手去拦："别这样，应该的。"

尔坡说："我们有三个灵魂。不管走到哪里，其中一个，是必须回到老家的。能守在祖先的身边，是件多么重要的事情。"

两人坐下，有一句无一句地聊。聊累了，就靠着水泥墩子烤火。曙光从那些水泥框架里透进来时，泽林看到尔坡那张疲惫无比的脸。

泽林觉得自己该走了，从包里掏出两百块钱，递给尔坡：

"拿着吧，买袋米，再买一床厚一些的棉被，应该够了。"

尔坡眼里明显有些慌乱。他伸出的手，缩回。缩回，再伸出。最后，他接住了那钱，手背擦了一下眼睛。尔坡的眼睛红了。

尔坡心里的酸，让泽林也把持不住，眼眶也湿润了起来。

泽林拿出建房申请表，指着上面的格子，让尔坡一个空一个空地填，最后签字画押。尔坡盖了手印。尔坡盖的手印不太清晰。泽林拉过他的手，翻过来看了看：

"这大拇指，得摁重点。"

尔坡虽然摁了手印，好像还是不放心。他说：

"新房可以建，我做梦都想建。但我没钱，得请队长支持。"

尔坡还说，"如果修，屋里得有客厅、厨房、卧室、卫生间，应该像城里人一样。院子里要有篮球场，有乒乓球桌，可以唱歌跳舞，可以办理村里的事……"

"你这想法不错。"泽林说，"村民活动场所是有标准的，但标准是上级定的，我们不能改变。还有选址，也得大伙商议。你让修在你家门口，就修在你家门口，那不行。"

"你就定我家门口，需要的钱，我贷款。"这个尔坡，突然有了些豪气。

"这个，牵涉面大，再议。"

"过两天我就回来，队长。"尔坡说，"细节上我们再商量。"

泽林紧紧握住尔坡的手，笑了。

回到马腹村，泽林让木惹通知村委会成员，自己通知了驻村队员，大家开了个短会。一边烤着柴火，泽林一边讲见闻。那老房被列为文物给予保护，大伙非常兴奋。说到尔坡，意料中的啊，他活到这一步，真是艰辛。

木惹说："尔坡的房，他同意修了，我心头的石头就落地了。但一些具体的事情，还得他来定才行。他一旦同意，修建的事，这样办吧。我家不也正要修吗？购材料一起，请小工一起，最后分开结算，除了政府补助的，差多少，算他欠我。以后有了，再还。"

"村里有几个年轻人也答应支持一点儿，这样算下来，差得就不多了。"有人说。

电话铃响，是季老师打来的。

"老公，你帮我找个装修工。和你关系好、靠得住的那种。"

"干吗，房子到手啦？"

"……没有，我就是想维修一下。"季老师支支吾吾。

"是水管漏水，还是卫生间堵塞？等我回来……"

"小问题，哪要你这样的领导操心，我自己就搞定。"

"这样，网上找找，或者到新房的楼盘门口看看，那里的广告多得是。"泽林突然想起，"儿子整天看书，也闷，让他处理好了。"

尔坡家的老房子，还真就成了县级保护文物。县文管所所长亲自下来挂牌，并批了十万块钱，找来有修缮文物资质的施工队，加班加点，半月后就完成了。泽林将县里网站上的消息，转给了尔坡。

几天后，尔坡回来了。他背着一个很脏的行李袋，一摇一晃。一看，就是还没苦到钱的那种。木惹不说，但看到这个老同学辛苦多年，还这个屌样，内心难受。

尔坡围着老房子转了三圈，进屋，对着灵筒行了大礼，叽里咕噜说了些祝愿的话。他心情不错，主动和泽林、木惹几个握了手。他来的目的，是想把建房的位置，当面确定下来。这没啥说的，新房的基脚，就在老房子的旁边。看样子，尔坡很在行，在院子里规划了他想要的那些篮球场、乒乓球桌，旁边居然还要有一间图书室。

泽林委婉地说："我也想找一块地平整一下，作为村民的活动场所。你能这样想，当然更好。但全村人使用的，场面得宽。还必须得立项，向上申请经费。"

尔坡说："我贷款来修。"

"贷款？没有指甲，就别揽蒜来剥。"木惹语重心长地说，"尔坡，住房的修建，你能拿多少就拿多少。差欠的，泽林队长帮你协调，先垫。只是，杀人偿命，欠债还钱，古规常道，不可食言。"

"照我说的办，要多少，我去借就是。欠大伙多少，我会还清，不给大伙拖累。"尔坡说，"对着祖先的牌位，说了假话，天会怒，雷会劈的。"

尔坡背着破包走了。半天后，他又回来了。一进村委会，就从脏口袋里扯出一大捆钱来，扔在木惹面前：

"木惹主任，这是我借来的三十万，交给村上管理使用。一定要当优质工程来做。做好了，我们前嫌尽释，我也不再恨你。"

"你……"木惹脸都吓白了，"你这不是偷来抢来的吧？"

"屁话！对着天神恩梯古兹发誓，我尔坡顶天立地，我穷，我尿，但我尔坡为人处事，还从没有半点儿鞋歪脚错！"

泽林内心明晰起来，内心的石头，咯噔落地。他的感觉是对的。他点点头："嗯，木惹主任，给他写个收条吧工程完了，再结算。"

尔坡电话响了，铃声居然是张也的《走进新时代》。尔坡和那边说了几句，好像是有人家要装修旧房，很急，需要尽快安排，问他做不做。

尔坡说："不管新房旧房，只要有生意，都做。"

尔坡回到老屋，给祖先的灵筒行了个大礼。一转身，屁颠屁颠地走了。

木惹凑在泽林的耳朵边，小声说："尔坡皮肤很细嫩，掌心里也没有茧。我担心他这钱……"

泽林笑，却不说话。

三天后，儿子打电话过来："爸，妈妈怎么要拆屋里的装修呀？一大早，她让我到公园里看书。等我回来，整个屋子被敲得乱七八糟。"

泽林吓了一跳："妈妈怎么说的？"

"她说检修一下，水管爆了。"

水管爆了，就修水管，整个屋子弄得乱七八糟，肯定有问题的。泽林把电话给季老师打过去。季老师没有接，泽林就一直打。第五次拨号，总算接了。那边传过来的声音里，真的有重锤敲打墙壁的声音、电锯切割木头的声音、铁铲搅拌水泥的声音。季老师拿着手机走了很远，杂乱的声音没有了，季老师就小声说：

"老公啊，我们家这房，当年是一个老领导退出来的，你还记得吗？"

"记得。"

"老领导离开时，没有翻修过吧？"

"没有。"

"你还记得，前年最火的那部电视剧吗？"

"哪部？"

"《人民的名义》呀！里面不是讲到，那些高官，钱太多了，不敢用，或者用不掉，都砌在墙里了。"

泽林恍然大悟，哭笑不得："老婆，千万不能往那方面想。眼下的官员，不是个个都有钱，更不是个个都贪赃枉法。更多的都是公仆，和你我一样……"

大约是有人喊叫。季老师说："没你的事，你别管，下次你回家，家里就是个新家了。"

"买不起新房，装修一下总可以吧！"季老师说完就挂了，泽林举着发出"嘟嘟嘟"忙音的手机，一时不知如何是好。

泽林掏出梳子，慢慢梳头。前三下，后三下，左三下，右三下。

五

秋天的阳光，又是一种韵味，山川河流一片金色。山上暖，河边暖，人心也暖。村里的房子都修得差不多了，檐前屋后，甚至老树的杈上，都挂满了火红的辣椒和金黄的苞谷。不管站在远处看，还是走进村里看，都是一道特别的风景。有的人家等不得了，在门框上贴个对联，放两串鞭炮，就搬了进去。泽林渐感踏实，今年的扶贫任务，算是顺利。

尔坡的房修了，院子平整了。木惹把照片发到他微信里时，他不说好，也不说不好，甚至连感谢的话也没有一句。这家伙，有心计呢！

木惹发消息说："吉房已成，回来把家搬了吧！"

尔坡留了两个字："等等。"

一等又是几天。泽林电话过去："火塘给你砌好了，石坎用的是金沙江里的石头，说不定是块金子呢！"

尔坡回复说："手里的装修工程快完了，我最近就回。"

时间过得很快。一晃，十月年快到了。泽林和木惹一起策划过年的事。金沙江边人聪明，规定三十六天为一月，一年十个月，第十个月末，再加五天，为过年日。全年就是三百六十五天。这过年的五天，在外工作的、打工的，全都得回家。今年马腹村还有一项任务，就是所有的村民，都要搬进新房过年。一家一家查看，一户一户解决遗留的问题，累。但看到工作有成效，泽林内心还是很高兴的。

过年的头一天，泽林和木惹就不下户了。他们得等尔坡。说好的，尔坡今天要回来。尔坡的老房子，已按文物的标准修缮完毕，院子里还竖了参观指南，有点儿景区的味道。他的新房，也结合上边的规定和泽林的要求修好。场院里的健身器材，等过些天，再去文体部门，看能不能立项扶持。泽林买来红纸和笔墨，自己写了对联贴上，把火塘里的柴火烧燃。横看竖看，就有了家的样子。泽林一屁股坐在板凳上，双手搓脸，长长地舒了一口气：

"你找个毕摩来，给他念念除秽咒。"

泽林清楚，马腹村的人家，很讲究。孩子的生，老人的死，搬个家，修个房，都是要请毕摩选择吉日的。提早准备，错不了。

"得主人自己决定，其他人代替不了。"木惹说。

也有道理，那就等吧。从早上等到中午，秋天的阳光直下，照得人更是舒服。泽林在向阳的墙脚坐着，眼睛一直盯着对面的山路。他想象着那个中年男人，背着污黑的口袋，从山垭口蹒跚而出。

脑壳皮疼呢，泽林掏出梳子，往头上慢慢梳。他得轻一点儿，牛角梳子材质硬，梳齿坚利，太重了会把头皮刮破。估计，这头牛生前也不是个孬货，长个角都这样坚硬，不服输。梳着梳着，泽林睡着了。也不是睡着，就是迷糊一下，眼皮耷下，远在鸥城的妻子居然就慢慢清晰起来。季老师戴着厚厚的眼镜，一边改本子，一边和他说借贷和房子的事。泽林没有吭气，老说钱的事，对于他来说，没有多大的意义。他看到季老师钢笔里的红墨水，变成无数的钞票，一张连着一张，像是一条红色的河流，缓慢地从门缝里流走。仔细一看，红墨水不是自然流走的，外面黑暗的地方，有一根管道插进来，有着一种极其强大的吸力。季老师的脸开始发白，手开始发白，头发开始发白。泽林想，把一个人的青春流逝提速，估计就是这个样子。他想劝季老师批改作业的速度慢一点儿。因为他看到，季老师动作快，那红色的河流流淌得就快。季老师的动作慢，那河流流淌的速度就慢。慢到极致，季老师的脸色就正常，头发就黑黝黝的，脸色就红润润的，和谈恋爱时一个样子。但季老师根本就不听他的，或者说没有听到。季老师是学校的名师，多少年来，她所教的班级，都是全年级第一。泽林要让这样一个名师听自己的，显然不大可能。不听就不听吧！那红色的河流越淌越快，越淌越快，甚至有了河流奔腾的声音。守着一条河流生活，多好。泽林感到生活的诗意。但那河流不断地往外涌，让他感到了可惜。他跑到门边，用毛巾堵，用棉衣服堵，用自己的身体堵。可那些河流根本就不听他的，根本就不服从他的安排，依然固执地、不可阻挡地往外流去。他想得到季老师的支持，可他回头一看，季老师脸色更加白了，头发越来越枯，身体越来越瘦。脸色白到极致，就像是个雪人。头发枯到极致，就像是深冬的干草。身体瘦到极致，就像是一张薄纸。泽林觉这是不对的。他大声叫季老师，要她停下来。但季老师根本就停不住，她的动作是那样连贯，她的神态是那样自然……

"来了！那么多车，是不是检查组的！"好像不远处还有汽车喇叭的嘟嘟声。

"啊！"泽林大叫一声，突然醒来。伸手摸摸，满头冷汗。他看到天空的蓝里，有了晚霞的橘红。原来，自己是做了一个梦。他坐起来，看到几辆车开到了面前。一阵黄灰，有些呛鼻。

开来了三辆车，前边的一辆是越野车，后面的两辆是货车。泽林站起来。车上风风火火下来几个人。泽林拍拍手，预备去握。领导下来，这是礼数。可那些人并没有理会，而是站在院子中间，转了一圈，四下里看。其中有一个，个子高大，戴了墨镜，还有雪白的手套。他手一挥，那群人有的奔进老房子，有的奔进新修的屋子。他们看上看下，看里看外，还有人提着根铁棍，在贴砖的地方，这里敲敲，那里磕磕。然后跑出来说："经理，这房子修得还行，不是豆腐渣工程。"

墨镜男人往老房子走。地上的杂草除掉了，门框间的蜘蛛网也没有。他推门，门转轴也修理过，难听的吱嘎声也没有了。抬头看去，瓦顶维修好了。有光亮进来，但那不是破洞，而是还原当年的玻璃亮瓦。火塘里的木柴嗞嗞燃烧。堂屋正中，大大小小的灵筒挂在高处，也被擦得干干净净，还用红布做了装饰。墨镜男人摘掉眼镜，深深地行了个大礼。

"不太像是检查组的。"木惹凑在泽林耳边低声说。

"不管是谁，想看，都行。"泽林回头，再看山路。那麻线一样细的山路上，一个人也没有。嘿，这尔坡，怎么回事？

泽林抹了抹额头，梦中给激出的冷汗还有些黏。他给季老师打去电话。没有接。再打，儿子接了，儿子说妈妈在厨房里。泽林轻松下来。他安慰自己，梦中的事，和现实并没有半毛钱的关系。他掏出梳子，一边看那寂静的山路，一边轻轻梳头。后面有些响动，他回过头来，手里提着墨镜的男人站在他的面前。

尔坡！

是尔坡！这家伙在搞啥子鬼！

木惹和村上的一帮子人，看了看尔坡，又看了看泽林。看了看泽林，又看了看尔坡。

"吉娜，这是我给你讲过的泽林队长。这是村主任木惹。"尔坡满脸笑容，拉过旁边的女人，介绍说，"这是我老婆，吉娜，我的董事长。"

木惹大吃一惊。在他有限的想象里，一时还转不过来。

泽林握住他们的手："欢迎欢迎！这个十月年过得有意思了。"

尔坡伸出手，紧紧握住泽林："队长，谢谢您！"

"谢谢？要谢他们呢！"泽林指了指木惹，还有村上的一帮人。

"是，要谢大伙！"

泽林说："房子给你修好了，家具也做了些简单的安排。你看看，还有啥要求，过年这几天，尽量解决好。"

"不用不用。"尔坡一挥手，那些人打开货车车厢，往外搬东西。有几十捆书，有书架，乒乓球桌，各种健身器材，最大的是篮球架。最后，他们从车上拖下几只咩咩叫的羊。

泽林连着问："干吗？干吗？"

吉娜说："你们辛苦了，杀几只羊，感谢一下。"

"不能铺张浪费……"

"是这样的。"尔坡说，"十月年到了，我们马腹村所有的贫困户，还搬了新家，我们真是感激不尽。这些年，吃过苦，受过累，但还算找了些钱。这都得益于父老乡亲的关照。明天就是我们正式结婚的日子。我们郑重邀请泽林队长、木惹主任，还有我们整个马腹村的乡亲，参加我们的婚礼，敬请赏光。婚庆主持，拜托泽林队长。后勤总管，辛苦一下木惹主任。可以吗？"

"说好的，不收礼。"吉娜笑着说。

泽林说："娃都生了，你们居然还没有结婚？"

"你怎么知道的？"尔坡张大嘴巴。

木惹笑："狐狸再狡猾，尾巴都难藏。"

"算你厉害，我怎么都弄不过你。"尔坡笑。

木惹咳了一声，脸上有些尴尬："之前的事，对不起。我呀，内疚了多年……"

"都过去了，哪能怨你。当时我的要求也过分了，草率了。"尔坡说。

泽林说："还是按照我们的民族风俗，请人择个良辰吉日，避邪，纳福……"

"不用择了，今天就是良辰吉日。"尔坡还是以前那个性。

十月年结婚，当然大吉。在木惹的安排下，村民们有条不紊地干起活来。有的杀羊，有的做饭，有的坐着车去镇上买酒买菜买鞭炮。而尔坡带来的那一帮人，则从车上拖下很多箱子。很快，他们在院坝里搭起了篮球架、乒乓球桌、羽毛球拦网。在新房的最大一间，安装了书柜、桌子、电脑，书一上架，档次就出来了。泽林正想着过几天回单位，请领导再支持支持，不想尔坡这下就解决了。泽林比较满意。大家进屋，往火塘边坐。通红的篝火照得每个人脸上都红扑扑的。

"木惹主任，你给我出证明啊，我们趁这几天，去民政局把结婚证办了。"吉娜说。

"一定一定，之前的事，对不起啦！"木惹一脸惭愧，他又说，"不过，我有个要求。"

"啥要求？现在这种情况下，还卡我？官僚作风！"尔坡睁大眼睛。

"十月年期间，打工的年轻人都回来了。你们两口子，是马腹村的第一颗纽子，大伙服。给他们讲堂课，引导一下。"

"讲啥？"

木惹说："就讲你们的奋斗史，讲灵魂的回归。"

"这个嘛，三天三夜讲不完……"尔坡心潮涌动，一时难平。

泽林说："你们呐，到处都是谜……"

六

尔坡和吉娜，一个出生于江这边，一个出生在江那边。一个砌墙砖，一个粉墙壁。他们在给人家修房时认识的。说起金沙江，两人心里就哗啦啦的，有如波涛汹涌；说起起伏的群山，两人仿佛就有了依靠，走路都更精神；说起江边的山寨村落，两人仿佛嗅到了炊烟的味道，感觉到了家的温暖。看着对方的眼睛，两人笑，糊着泥水的手，拉在了一起。拉的次数多了，两人开始讨论细节。

"有房吗？"吉娜明知故问。

打工的尔坡，修过无数的房子，但没有一套是他的。甚至一块砖头，他也没有。这一点，怎么也瞒不过吉娜。尔坡只有在与吉娜一起坐在公交车上的时候，或者逛街的时候，不无自豪地指着某幢高楼或者小区说：

"看，这个地盘上的商铺，外墙都是我们公司承包的，涂料全是我送过来的！"

"看，这幢楼修得最神奇，只用了十个月。"

"看，那是我参与修的，从八层到八十八层。"

吉娜拉尔坡的手更紧了。尔坡的能干，吉娜是知道的。

尔坡凑过来，很神秘地说："知道吗？那最高层，我刻了一个人的名字。"

吉娜问："谁？男人还是女人？"

"你猜！"

吉娜："是林志颖？还是周慧敏？"

尔坡："哈，想不到你这么跟风。伸手过来，我写给你。"

吉娜伸手过去。尔坡在她的手心里写了两个字。

"小时没好好学，写个字都这样潦草。"吉娜装不明白，"你干脆说出来，省得我心头起火！"

尔坡让吉娜侧过耳朵来，尔坡凑过去，喘出的热气，弄得吉娜脸红心跳。

吉娜说："听不到。"

听不到？那尔坡就一直凑在她的耳朵边，不停地说下去，当他说到一百句的时候，吉娜听到了。吉娜的脸像个红苹果。

"可是，可是……"

"可是啥？"

"你有房子吗？别说我势利啊！"吉娜心直口快，"我们老家的风俗是，不管你有多少钱，长得多帅，没有房，是没有资格求婚的。"

"嗨！这个我懂。"尔坡脑子里转了转，说，"我家上辈留下的房子，在马腹村可没有第二家。"

"原来是个啃老族。"吉娜踏实了，她摁着尔坡的鼻子说，"我家老爹很任性，我也就是问问。"

尔坡说上辈留下有房子而且没有第二家，没错。但他没有告诉吉娜那房子的真实情况。不管怎样，先把吉娜搞定再说。凭他尔坡的收入情况来看，过几年要在老家修间房，不是不可能。可不到一年，他们就急需那房子了，因为吉娜肚子有动静了。

事不宜迟。他们的结婚仪式即将在老家举行。吉娜父亲也算开明，单凭女儿电话里的一席话，就把这门亲事给答应了。对于女儿的婚礼，吉娜父亲的意见是回老家，按江边的风俗办。岳父的意见，如同天神恩梯古兹的意见。尔坡电话里请了马腹村的毕摩，择了日子，并精心准备礼物，各项程序，依次进行。比如给吉娜准备三套衣服，还有项链等首饰；比如给岳父岳母准备一罐白酒、两包老叶子烟，还有一头牛、三只羊，等等。

尔坡给自己留够了时间，其中包括对老房子的维修、简单家具的购买等。可佳期渐近，公司里突然通知，正在修建的小区，要提前开盘，给他的假期，得提前收假。尔坡再请毕摩，掐算日子。还好，提前的日子也不错。提前就提前，尔坡信心十足。他一边让吉娜回家做好准备，自己则打电话给马腹村的村主任木惹：

"我那房，你是知道的，多年没有人住了。结婚时间提前，一时打理不出来。"

木惹是尔坡儿时的伙伴，好说话。尔坡让他把自家的房留出一间来，暂时做自己的新房。这没啥不妥的，尔坡认为。

木惹没有明确表示反对，说话却有些吞吞吐吐。木惹这种人，世面见得少，去县城的次数都数得清，说话吞吞吐吐，正常。

"有话就说，别驮马放屁……如果不行，就安排在村委会。"

木惹说："村委会是公家的，要是有人举报，我就完蛋了！"

扁担当房梁，担风险。木惹的担忧是对的。但尔坡坚持说："村委会，村委会，就是给村民办事的地方嘛！有啥不可以的！"当年村里选举村主任时，马腹村的几个家族明争暗斗，都想把自己的人推上去。木惹的情况不妙，尔坡跳出来，为他争取了不少支持。木惹也就成了。当然，木惹成了的因素，也不只这些。但尔坡功不可没。

"到时给你挂挂红，放两挂鞭炮，冲冲喜，再送你一只羊。"尔坡突然想起曾经有过的往事，"告诉你吧，这两年在外打工，老板没亏待我。哪像村里人，借个路费都不愿意。"

"新房里的被子，门上的对联和喜字，还有鞭炮，请帮助办理一下。钱我出。省得你婆娘叽叽喳喳……"乡下女人没有见过世面，不能让她吃半点儿亏。这个尔坡晓得。

尔坡说完就挂机了，他自信满满，相信这点儿小事，木惹会帮他办好。

尔坡也没有打扰别人，自个穿上新郎官衣服，带上彩礼，风风火火赶到了吉娜家。吉娜家已严阵以待，按照寨子里的风俗，要求他必须得抢亲。抢走才算是他的，抢不走就别想。这种风俗沿袭上千年了，尔坡懂。吉娜也赞同，风俗不可违，同时也觉得嫁一个能抢走女人的男人，算是他们一家的面子。那就抢吧！尔坡单枪匹马，一个人上阵。事到临头，来不及了，要不然尔坡会叫上一帮年轻人，还有木惹，那样阵容就会更强大，更热闹，更有面子。尔坡将牛羊撵进岳父的牲口厩里，手里攥着一大沓红包，边跑边扔，冲过了层层封锁，终于见到新娘。抢亲嘛，更多也就是个仪式，亲家也不是非要死守严防，更何况还有吉娜里应外合。

很快，他背着新娘子冲出了山寨。

尔坡汗流浃背地背着心爱的女人，从金沙江边爬上来。他走到木惹家院门前，木门紧闭。原来，木惹的老婆看到金沙江上的木船往这边划，胸前挂着红花的尔坡，背着一个顶红盖头的女人，一步一步穿过沙滩，往寨子奔时，脸丧下来了。对于房子，马腹村有句话说：宁给人停丧，也不借人成双。把自家的屋子给他做新房，会给家里带来霉运的！木惹和她解释了半天，她还是一百个不愿意。

"为修这房，我老了十岁。"木惹媳妇说起来，就眼泪哗哗，"尔坡这几年不是挣了不少钱吗？他在城里找家酒店，体体面面大办一场，不就行了吗？"

"不是镇里面通知你去开会吗？快去！迟到了又要挨批评。这里我会处理好。"木惹的摩托声在村子尽头消失后，木惹媳妇便把门关上，还在门后下了一根抵门杠。

木惹家的黄狗看到背着新娘子的尔坡，身子往后缩了缩，矮下身子，龇牙咧嘴，汪汪大叫。尔坡大叫木惹，没有人应。尔坡推门，没有人开。

尔坡头上的热汗变成了冷汗，他将背上的女人往上紧了紧，就往村委会跑。村委会在寨子的另一边，站在这里就可以看到流动的金沙江。几年前，村委会改建，尔坡没少干活，扎钢筋，拌水泥，砌砖抿墙，弄得像个泥猴，还一分工钱不要。木惹感动惨了，敬了他满满一碗苦荞酒："兄弟，这房不是我的，也不是村上的，是大家的。你要咋用，就咋用。"现在尔坡突然记得这句话，他深吸一口气，鼓起劲，奔到村委会。可是，村委会的铁门上挂着把大锁。尔坡抬起脚，朝铁门踢去。"咣！咣！咣！"里面悄无动静。

糟了！木惹变卦了！

背上的人动了一下。尔坡说："等等，吉娜，等等……"

尔坡背着女人往另一个方向走。上山时腿劲十足，下山倒像被抽了筋似的，腿直打战。但想着自己是新郎官，关键时候不能不行。他再次将背上的女人往上搂搂，尔坡感觉到新娘子温暖的体温，还感觉到她的心在怦怦直跳。不，不只是她，还有另外一个小生命。尔坡瞬间力气倍增。

下坡，再爬坡。过沟，再过坎，总算到了自己的家门口。尔坡松了一口气，站住。他腿软，明显地不自信。他侧身对背上的新娘子说："你等等啊，我很快就请你进屋。"尔坡将新娘子放下，扶她站好。为她整理了一下红盖头。他不想让新娘子看清眼前的一切，脸上臊得像火烤一般。

房子陈旧得很，在树木掩映的寨子里，像个风烛残年的老人。但那高大巍峨的气势，不是谁想有就能有得起的。门楣上，居然挂有"养牛互助基地"的牌子。木格子窗户上，蛛网密布，几只蜘蛛爬来爬去，这里成了它们捕猎的天堂。尔坡的响动，让它们以为又有蚊蚋落网，急吼吼地扑过来。尔坡一把抓掉，转身进屋。房顶的瓦被风掀走一半，剩下的一半长满枯黄的蒿草。墙体上的红泥，风一吹就往下掉。地上长时间没人打扫，污黑得怕人。坑坑洼洼，一脚踩下，就是一个泥印。火塘里没有木柴，一堆草灰早已冰冷多年。

"哞——"角落里传来几声牛叫。尔坡吓了一跳，仔细看去，屋角里居然拴着几头牛，它们看到尔坡进屋，以为是送草料来了，一个个兴奋地朝他大叫。

这哪是屋子呢？怎么能做新房呢？

这地方自从自己外出打工，就再也没有人管理。眼下居然成了村里的养牛基地。尔坡冷得发抖，看来还得再想办法。出得门来，却见地上堆着新娘的服装，人早已无影无踪。红色的盖头，火一样在他心里嗞嗞燃烧。他双手按住胸口。越捏，火越冒。越揉，火越旺。尔坡尥开双腿，奋力奔跑，遍村找寻。尔坡目光所及之处，木门纷纷关闭，人们迅速躲藏起来。

尔坡焦虑地喊："吉娜！"

无人应答，整个马腹村安静得很。唯有尔坡的心在狂跳，如雷，地动，山塌。

从马腹村到镇上的路上没有吉娜。从镇上到县城的路上也没有吉娜。尔坡抓住溜索，渡过金沙江，赶到吉娜的老家，那里也没有吉娜。岳父从火塘里抓起一根还在燃烧的木柴，"扑"地打了过来："不成器的狗杂种！还我女儿来！吉娜要是有个三长两短，我打断你的狗腿！再让毕摩念经，咒你七天七夜！"

尔坡连忙躲闪，认错。没见到人，再多说也没有任何意义，岳父根本不可能原谅他。尔坡赶快逃离，把寻找吉娜当成头等大事。从县城到打工的鸥城，再到鸥城的旮旯角角，他居然就没有找到吉娜的一个脚印，一根头发。

吉娜像山林里的鸟儿，"吱喳"一声都没有，翅膀一振，就消失了。

失魂落魄，尔坡来到打工时认识吉娜的地方。这里有他第一次见到吉娜的心动，有第一次拉吉娜手的颤抖，有见证他们亲吻的行道树，有他们一起合租过的小屋。应该是，这样的地方，才是家。这样的地方，才值得他尔坡驻留。这样的地方，有着他甜美的回忆。他闭上眼，啥都有。睁开眼，那个心爱的人，却连影子也没有。

痛苦不能阻止尔坡，痛苦是他最大的动力。他晓得，吉娜逃跑的原因，还不就是因为穷？还不就是因为没有一间像样的房？房子有啥了不起？钱有啥了不起？说不定到了某一天，他会住上整个城市最好的房子，他会拥有多得数不清的钱。那个时候，他会大声向世界宣布：

"吉娜，那些都不重要！只有你，才是最可贵的！"

尔坡个子高大，鼻梁高挺，双目深邃。整个身体，像金沙江两岸一样，高的地方挺拔，深的地方收藏。他一出现，餐厅要他，歌厅要他，宾馆要他，那些卖保健用品的，也要他。他不干，这些活都不是他想要的那种。他还是去建筑工地。刀不快，石上磨；人不会，世上学。他在山里出生，在山里长大，苦不怕，累不怕。别人砌砖，他跟着砌砖。别人抿墙，他跟着抿墙。别人轧钢筋，他跟着提扳手。他参与了平整场地、放线、打桩、防护、开槽、竖吊、支护、做基础、做主体等环节，学会了做底梁、底板、防水、搭脚手架、塔吊、内墙抹灰、外墙粉刷、水电施工、门窗安置等等。可一年下来，他得到的钱，还不够买一个平方的房子。他站在大楼的最高处，怎么也想不通。想不通就不想了，他还得干。在这里，哪怕就是买上一个平方，也比马腹村的一百个平方好。在干活的过程中，吉娜老是出现在他的眼前，砌墙的时候，墙上有吉娜的笑脸。搬砖的时候，砖上有吉娜的笑脸。蹲在高高的塔吊上，城市的上空就有吉娜的笑脸。他知道，自己走火入魔了。晚上，他冲冲澡，换上干净的衣服，就往大街小巷里走。鸥城是个躁动不安的城市，年轻的女孩太多了，每一个都像吉娜一样漂亮。这些女孩给了他无限的希望，又给了他无限的失望。希望有多大，失望就有多大。但他也明白失望有多大，希望就有多大。他尔坡，一个金沙江边的汉子，不会轻易放弃。

尔坡每修完一层楼，就会在房子的某个地方，刻上吉娜的名字。有的是在厨房，有的是在客厅，有的干脆在过道上。说不定某一天，有认识吉娜的人，会将这个奇怪的现象告诉吉娜。如果吉娜亲眼看到，那就更好啦！吉娜要是知道，他尔坡还如此痴迷地爱着她，等着她，寻找她，她一定会原谅尔坡，一定找来，扑在他尔坡的怀里，不顾一切。

晚上，尔坡干完活又上街了。广场上，人山人海，这和往日没啥区别。有区别的是远远的台子上，似乎有啥特别引人注目的演出。人多就好，尔坡就喜欢人多，因为人多，他要找到吉娜的概率就更大。尔坡挤了过去。看到台子上的时装表演，尔坡眼睛都直了。时装表演不重要，重要的是，那服装是金沙江边人独有的服装。江边的人做出和穿过的服装，随便数数，都有上百种款式，这是人类所特有的文化遗产。吉娜心灵手巧，做这样的服装，很在行。看到这，他就想起穿着这样服装的吉娜婀娜多姿的身材，想起他们新婚那天的情景。尔坡眼睛潮湿，想哭。

尔坡往里拱，努力靠前。正在表演的人，在台上走去走来，那服饰上，山的造型、水的波痕、树的长势，还有鸟儿飞翔的样子，不是乌蒙山的是啥？不是金沙江的是啥？做这服装的人，肯定对金沙江熟悉得不得了，对两岸的山脉熟悉得不得了，对那里的风土人情也熟悉得不得了。不，这人应该就是那里土生土长的人。只有浸润够了那片山河灵气的人，才能做出这无与伦比的艺术品。

尔坡看够了，看清了，看准了。他摁着心口，站在后台的门边。舞台谢幕。工作人员开始收拾场面。

一个女人走出来。

尔坡跟着她走。这个女人并没有想到，居然会有一个男人在盯梢她。

开门。换鞋。尔坡趁机挤进门来。女人慌乱的同时，尔坡惊呆了。整个屋子的墙上，挂满了各式各样的服装，屋子里成了民族服装展示区。尔坡心里颤抖，人就如地动山摇。吉娜也看清了，这个让她又恨又爱的人，终于出现在她的眼前。

"我也不是嫌你没房。是你的不诚实，酿了苦酒。"吉娜搂着隆起的肚子，呜呜咽咽。

尔坡赶紧认错。懂得认错的男人，才会更有出息。他们再度走在一起。在这远离家乡的城市，他们需要互相温暖和帮助。尔坡要吉娜办结婚证，吉娜摇头："没有自己的新房，我是不会和你办证的。"

尔坡愧对吉娜，对吉娜言听计从。尔坡每挣到一分钱，都存在吉娜的账上。这一点吉娜倒没有强求，她说："作为一个男人，别苛刻自己，你得有自己的钱啊！"

尔坡不这样认为，尔坡觉得欠吉娜太多："这一生，我怎么也得还你一套新房。"

吉娜在服装厂上班。她把做每一件服装，都当成是在修一间房。那房不在大小，而在于是否合身。老板发现了，把她当宝，由她组织，做了不少推广。有了尔坡，她干脆自己开了个服装设计公司。尔坡更喜欢建筑上的事，后来也开了装修的公司。但他连公司注册，用的都是吉娜的身份证。

不久，孩子出世，但吉娜依然不肯办结婚证：

"没有新房，我们只算同居。"

"那孩子的户口……"

"落在我的户口上吧！"

"没结婚，就有了孩子，理由？"

"我捡的呗！"

吉娜有吉娜的办法，要不了多久，孩子的户口办好了。

尔坡偷偷回了一趟马腹村。此后十来年时间里，他们省吃俭用，存了一点儿钱，买了一套二手房，小，窄，远离市中心，但总算有了自己的家。

搬完家的那天晚上，尔坡兴奋极了，两人躺在床上，尔坡说："我们结婚吧！我们好好办上一回酒席，请上所有的朋友！"

"真正有新房的那一天，才是我们结婚的日子。"吉娜还是不同意，"新房得修在马腹村，得比别人家的都高大，都漂亮！"

女人就是这样，丢了多年的面子，一直耿耿于怀。

因为幸福，他们暂时忘记了马腹村。也因为痛苦，他们永远也忘记不了马腹村。每到火把节、十月年这样的节日，吉娜都要提醒他，一家人找一个金沙江风味的小饭馆，点上几个菜，要上一瓶酒，一边吃，一边唱着故乡的歌谣。高兴了就笑，伤心了就哭。吉娜戳着他的鼻子说：

"你忘本了。"

尔坡知道她说啥，眼眶瞬间潮湿：

"我没有。"

"说实话。"

"我怎么会忘记？金窝银窝，不如我那乱草窝。我们家的祖灵，我的家灵，还供在马腹村……"

孩子长大了，读书了，尔坡教孩子认识老家，他指着地图：

"这是长江，这是黄河。这是青藏高原，这是云贵高原……这是我们的老家。这里，有我们不散的灵魂……"尔坡指着那一线弯弯曲曲的金沙江。

尔坡虽然读书不多，因为吃得苦，受得累，在这个城市里，还是受欢迎的。他知道，老鹰高飞靠翅膀，受人尊敬须本事。除了干活、挣钱外，空余时间，他和吉娜还参加了公司的一些活动。比如参观纪念馆，缅古怀今；看高铁的修建，感受时代的变化；参观电子公司的各种研发，领略科技的神奇。尔坡还被推选成公司里的先进标兵，被安排到北京天安门、上海东方明珠等地参观。后来，他以吉娜的身份开了装修公司，带着一帮人忙得不亦乐乎，赚了不少钱。吉娜的服装公司也不错，甚至有的生意做到了东南亚。他和吉娜深切地感受到生活的变化，同时也时时关注马腹村的一举一动。每隔几天，他都要上网看，看那里的新闻。哪里修路了，哪里电站立项了，哪家又考了一个大学生了……他都清楚。但每每有老家的电话打来，他又噤若寒蝉，总是要左思右想，想了各种可能，才会将电话拨回去。当木惹打来电话时，他更是心情复杂，狂躁不安。木惹想把他列为建档立卡贫困户，他觉得没有什么不可以的。逢年过节，木惹给他安排些民政上的救济，他也觉得理所当然。木惹说要给他修新房，要让他住房有保障，他也认为没有什么不妥，马腹村欠他的太多了。而当他和泽林有了一次次的接触，知道了眼下整个中国农村正在进行的变革，知道泽林这样的扶贫工作队员为村民做出的努力。特别是，他知道这样的扶贫队员，也有关于房子的苦恼，也有经济上的捉襟见肘，也有生活中的不愉快时，他内心的拒绝、对抗、不满，如春天的冰块，慢慢消融。他感觉到自己心眼小，胸襟窄，没有格局，当年那些所谓的恩怨，放在十年甚至更长的时间河流里，还真算不了什么。

"你有当演员的天分。"泽林笑他。

尔坡也笑："为了应付你，我要把自己弄成那个屌样，还真不容易……那些脏衣服、烂行头、破家具，都是从民族电影制片厂租借来的。"

"你老辣呢，我差点儿被你蒙了。"泽林说，"这正应了江边的谚语：篾帽底下不能小看人，披蓑衣的恰是英雄汉……"

"在我们马腹村，没有锅大的银锭，也没有天大的纠纷，话明气散，我们还是好兄弟。"木惹说。

木惹媳妇提着茶罐，给尔坡和吉娜斟满："你们婚礼上的餐饮，就由我来安排。给你们赔礼……"

七

尔坡回过马腹村两次。一次是孩子出生了，他回去，把挂在门外的自己的家灵，理直气壮地挂在祖先的旁边。另一次是他老做噩梦，不好睡，便偷偷地溜回去，想看看是不是灵位有啥问题。他意外发现，老屋得到了适当的维修，垮塌的地方被认真加固，还挂上了县文物保护的牌子。堂屋里祖先的灵筒，也有人擦拭过，挂正了。借着天上的星光，他村里村外走了一转。看到村子里道路得到修缮，环境得到整治，电通了，自来水也有了。他内心里像火把点燃，嗞嗞燃烧，亮堂而又温暖。他知道，没有这帮人的辛苦付出，绝对是做不好的。内心里，他又感激了一回。

"泽林队长了不起，佩服。为了做好工作，你付出的太多了。"尔坡话题一转，"你们家的房子，我去装修过。"

泽林大吃一惊，疑窦丛生："装修？什么装修？你是不是搞错了？"

尔坡说："几个月前，季老师找装修工人。很巧，遇上我了。那活，就是我干的。"

天地如此逼仄。泽林有些尴尬："我家季老师，总是坐不住……听儿子说了，你做那些活，质量真是好，也没有乱收钱。"

泽林、木惹、尔坡，还有吉娜，几个人一直坐着说话。火塘冷了，就往里添一捆柴。肚子饿了，就烧几个洋芋吃。口渴了，就用土罐烤大叶子茶。到马腹村这不少的时间里，泽林学会了烤罐罐茶。他掌握了烤茶的技术，知道罐子最合适的温度，知道哪种茶叶好，投入时间多长，颠簸多少下，什么时候掺水。

"过完年，我们就得回公司。这里嘛，就捐献给你们啦！你们想打球就打球，想做操就做操，想看书就看书，想上网就上网。"尔坡看着吉娜，"如果有人要结婚，需要新房，就给他们用吧！"

木惹张大嘴巴："你不是借钱来修的吗？就这么给人了？"

"可不能一碗米养个恩人，一斗米养个仇人吧！虽然企业老板给了点儿汗水钱，可这些年，我们一家，得到组织的关心，乡亲的帮助，更是恩重如山。啥都只为自己着想，那才是真正的贫穷。还有，这几年我被列为建档立卡贫困户，违规领了国家好几千块的扶持资金，我全部退还。"尔坡看见一帮人看他的眼神，有些发愣，便指了指自己的脑袋，"你们不信我？我立字据。请泽林队长做证。"

吉娜点点头，她的目光是肯定的。吉娜多年的愿望得到实现，日子好过了，她心里就没了那些不愉快的过往。

木惹有些惭愧："不是不信你，是幸福来得太突然，为你点赞。"

"新房和老屋，新旧对比，让村里人记得，这里曾经有个尔坡。记得现在的日子，和以前的日子不一样……"吉娜说。

"俊豪国际的装修又开始了。我刚揽下的工程，工期紧，需要的人多。"尔坡说，"坐吃山会空，坐喝江会干。请队长和主任帮助物色一下，推荐过去。人数？三十五十都行。"

"我策划民族服装，喜欢的人多，有些供不应求。我给大伙说说，以后手工做出的服装，就交给我营销。过不了几年，马腹村家家都开得上轿车。"吉娜说。

泽林眯着眼听他们讲，偶尔喝上一口茶，点点头。

电话响，是儿子。

儿子小声告诉他，家里的房子拆了，妈妈天天在灰堆里刨，好像在找啥，最后啥也没有。重新装修完了，妈妈还是不得安宁。整啥都步履匆匆，急。这几天，妈妈每上完课，老是往外跑，周末还去了圆通寺。这不，刚才还在家里供了尊佛，又是烧香，又是点烛的。

"佛？"

"财神。面前一大堆金晃晃的元宝。"儿子说。

想钱，没有错。但天天想钱，又没正道，就麻烦了。泽林哭笑不得。

"暂时让她拜吧，别打扰她。只要她不去给别人借钱、骗钱，不去犯罪，就行；只要她好好教书，就行。"泽林接着说，"这边工作告一段落，我就回来，我们爷俩，好好陪陪她，帮她解解心结。"

儿子在那边吞吞吐吐。泽林说："儿子，还有啥事吗？"

儿子说："爸，是这样的。有个叫尔坡的装修老板，给我们家改造房子时，和我多聊了几句，我们留了联系方式。这不，几天前让我去他们公司，收入计件核算。如果天天上班，每月会有三四千块钱的收入。"

"你的想法是？"

"我也不小了，想自食其力。您，同意不？"

儿子当公务员的梦，太遥远了。到事业单位工作，也似乎还有很多坎。泽林想叹气，却又连忙伸手捂住。在儿子面前，他要有父亲的样子。

"儿子，只要是正路，就大胆走吧，老爹支持你。"泽林说，"但你得记住，宁给好汉拉马，不给懒汉做爷；宁给君子提鞋，不与小人同财。再就是，违法乱纪的事，想都不能想。这是底线。"

"好。爸，我就听您这句话。"儿子显得很轻松。

尔坡和吉娜的结婚仪式举行了，喜酒喝了，歌舞开始了。泽林回到宿舍。估计是凌晨，外面是鞭炮、礼花炸响的轰隆声。从刚修好的活动场所那边，传来了村民唱的酒歌，还有众多合拍的脚步声，村民们的舞蹈还很热烈。泽林感觉自己肩上卸下了一挑担子，瞬间轻松下来。他躺上床，努力将四肢拉伸，这样会更舒服些。睡不着，泽林像柴火里烧的洋芋，像铁锅里烙的饼，翻过去，又翻过来。侧朝左，再侧朝右。头开始疼了，轻一下，重一下，深一下，浅一下，小鸡啄米似的。他垫高枕头，用梳子的把，摁在上面，慢慢往里转，试图将梳子的把转进去，找到那个疼的核，把它撵走。疼还继续，他便开始梳头。依据先前的方式，也不知道梳了多少下，头不疼了，握着梳子的手，轻轻耷在床沿。

泽林睡着了，轻一下重一下地打鼾。夜鸹子叫，他没听到，露水从枝叶上滚落在地，他还是没有听到。至于他们家的季老师，还有那个考了多年公务员的儿子，是否进入他的梦乡，就只有泽林自己才知道了。

原载《民族文学》2019年第7期

点评

《马腹村的事》是一篇扶贫题材小说，围绕马腹村的脱贫攻坚工作展开叙事，作者不仅正面描写了马腹村的扶贫历程和突出成绩，同样耐心呈现了扶贫工作的复杂性和难度，塑造出具有典型时代特征的扶贫干部泽林这一人物形象，体现出作者敏锐的观察力和问题意识。

小说有两条主要线索，一条是对马腹村的扶贫进程的正面描写。在扶贫干部泽林和村干部木惹的带领下，马腹村的扶贫工作卓有成效，不仅铺设了关系村庄发展命脉的公路，也努力推进房屋的改建工作，可以说，马腹村的脱贫攻坚稳步推进，扎实有效。作品较为深刻地体现出扶贫政策、扶贫干部、村干部以及人民群众等多种力量在这一伟大事业中共同作用的生动局面，马腹村的扶贫工作也是当下扶贫攻坚战斗的缩影，具有典型的时代性和象征性。

值得注意的是，作者既写出了扶贫工作的卓有成效，也写出了扶贫攻坚的难度和内在问题。难度和问题集中体现在两方面，一方面是扶贫对象复杂的文化形态和价值观念有时会成为阻力力量。比如在如何庆祝铺路成功这件事情上，村民们的选择是杀羊、唱歌、跳舞，用最传统的仪式来表达内心的喜悦，这种想法深植于地方性文化，是一种淳朴的习俗和观念，但在扶贫干部泽林看来是一种铺张浪费、小题大做。另外，小说着力描写的乡村人尔坡也颇具多元价值内涵，尔坡因为矛盾误会远走他乡，却通过个人努力在外创业成功，值得玩味的是成功后的尔坡极力回避乡村，他的回避心态显现出乡村价值观念的复杂形态，这也是扶贫对象内在性难题的一个侧面。另外一方面是小说着力描写了扶贫干部泽林的生存困境，在扶贫工作顺利开展的背面，是泽林家庭问题的日益严峻，儿子的工作问题、家庭经济问题，都对泽林构成了压迫和挑战。泽林一面在扶贫战场衔枚疾进、开疆拓土，一面要迎接来自家庭层面的压力。作者在泽林这个人物身上，写出了扶贫干部生活状态的多面性。这其实也是扶贫攻坚难度的另外一个重要维度。

小说结尾，尔坡终于归来，汇聚于扶贫这一时代事业之中，既彰显出扶贫事业的感召力，也体现出乡村文化的容纳力。

（崔庆蕾）